근대계몽기 양계초 저술의 국한문체 번역

이 책은 2019년도 中國教育部人文社會科學研究靑年基金項目
("韓國現存梁啓超著作近代譯文的整理與研究" 19YJC740017)의 지원을 받아 연구되었다.

근대계몽기 양계초 저술의 국한문체 번역

한은실

역락

책머리에

대학원 재학 시절 지도 교수님이신 이병기 교수님께서 추천해주신 두 권의 책을 읽게 되었다. 『근대적 글쓰기의 형성 과정 연구』와 『20세기 국한문체의 형성과정』이었다. 이 두 권의 책을 읽으면서 근대계몽기의 국한문체에 관심을 가지게 되었고, 더 많은 자료를 찾아 읽게 되었다. 근대계몽기의 국한문체에 대하여 이미 많은 연구가 이루어졌고 그 연구들에 자주 등장하는 인물이 바로 양계초이다. 근대계몽기의 한국 지식인들은 1899년부터 1914년까지 양계초의 저술을 지속적으로 번역·소개하였다. 양계초의 저술은 신문, 잡지, 학회지뿐만 아니라 단행본으로도 출판되었다. 양계초는 중국 역사책에 꼭 등장하는 인물이었기에 중국인인 저자에게는 생소한 인물은 아니었다. 그러나 중국에서 유명한 인물인 양계초의 저술이 한국 땅에서 이정도로 널리 번역·소개되고 근대의 한국 사회에 큰 영향을 미쳤다는 사실은 놀라운 일이 아닐 수가 없었다. 그 후 양계초 저술의 번역본에 더 깊은 관심을 가지게 되었고, 박사학위 논문의 주제로 확정하게 되었다.

근대계몽기는 국가 의식이 대두되고, 언문일치가 강조된 시기였다. 그러나 이러한 근대적 분위기 속에서도 국한문체는 그 시대의 "문명의 번역"을 담당하고 계몽 시기의 중심 문체로 정착되었다. 근대계몽기의 시대적 특징에 비추어 볼 때 국한문체 번역은 시대적 흐름을 역행하는 듯 보이기도 한다. 이에 비해 순국문체를 사용하는 것은 별 어려움이 없으리라 생각되지만 실상은 그렇지 않았다. 순국문체는 오히려 음운 현상과 관련된 문제, 표기의 문제 등을 해결하지 못하여 근대문명을 보급하는 데에 적지 않은 어려움을 겪어야만 했다. 반면에 국한문체는 상대적으로 어려움이 적었다. 특히 근대 신지식 신사상이 담겨 있는 근대 신어를 보급하는 데에는 국한문체가 더욱 효과적이었다. 국한문체로 된 글들은 대부분 근대 국가의 형성과 관련한 근대 사상을 담고 있고 애국계몽운동을 전개하는 데에 중요한 역할을 하였다. 양계초의 저술도 대부분 국한문체로 번역되었다.

중국과 한국 학계에서 언어학적으로 양계초 저술이나 양계초 저술의 번역문을 살펴본 연구가 생각보다 많지 않다. 이 책은 한문 원문과 한국의 국한문체 번역문을 언어학적인 관점에서 분석하였다. 이러한 분석을 통해 근대계몽기 국한문체 번역의 다양한 양상을 살펴볼 수 있었다.

이 책은 제1부와 제2부로 나뉜다. 제1부는 필자의 박사학위 논문인 「근대계몽기 양계초 저술의 번역 양상 연구」를 수정 및 보완한 것이며, 제2부에서는 『월남망국사』의 한문 원문과 두 개의 번역본을 단락 단위로 끊어서 대응시켜 제시하였다. 『월남망국사』는 1900년대 한국 독자들에게 가장 널리 읽힌 책 중의 하나이고 양계초의 저술 중에서 가장 많이 번역된 책이다. 한국 내 번역본은 현채의 국한문체본과 주시경의 순국문체본을 모두 제시하였다. 향후 양계초 저술의 순국문체 번역 양상에 대한 연구도 이루어져야 하기 때문이다.

끝으로 그 동안 많은 심혈을 기울여 이 논문을 지도해 주신 한림대학교의 이병기 교수님과 신서인 교수님께 깊은 감사를 드린다. 그리고 항상 옆에서 큰 힘이 되어 주는 가족에게도 감사의 마음을 전한다. 이

책의 간행을 가능케 해주신 역락출판사의 이대현 사장님과 편집을 맡아주신 여러 선생님들께 깊은 감사를 드린다.

2021년 11월
저자가 한국에서

차 례

제1부

근대계몽기 양계초 저술의 번역 양상

제1장

서론

본 연구는 근대계몽기[1] 한국에서 번역된 중국 양계초(梁啓超) 저술의 번역 양상을 살펴볼 것이다. 당시 양계초 저술에 대한 번역은 순국문체 번역도 있었지만, 대부분 국한문체로 이루어진 번역이었다. 본 연구는 국한문체 번역에 한정하여 그 번역 양상을 살펴볼 것이다.

근대계몽기에 들어서면서 한국 사회는 "사회진화론으로 무장한 문명의 침범"에 맞서 국가와 민족을 보존하고 발달케 하는 방편의 하나로 "문명의 번역"을 선택하였다(정선태 2006: 43). 이 시기는 그야말로 한국 번역사에서 찾아보기 힘든 황금기라고 할 수 있다. '서학동점(西學東漸)'의 조류를 타고 나온 번역물은 양이 많고 영역이 넓어 당시의 사회에 막대한 영향을 미쳤을 것이고 외국 서적을 대량으로 번역하는 과정에서 성립된 번역 문체는 계몽기 문체[2]의 형성에 매우 큰 역할을

---

1) 본 연구가 지칭하는 근대계몽기는 1894년에서 1910년대 사이이다.
2) 본 연구에서 언급하고자 하는 '문체'는 중국 양계초의 '신문체(新文體)'와 한국 근대계몽

담당했다고 할 수 있다(우림걸 2002: 192).

번역이 계몽기 문체 형성에 끼친 영향에 대해 임상석(2014)는 문체의 전환에 번역이 수반되고 계몽기의 지식인들은 창작 활동을 할 때도 한문 원문을 작성해 놓거나 머릿속에 충분히 정리한 뒤에, 사후적으로 한글의 통사구조로 변경시키는 번역의 과정이 개입되었을 확률도 많다고 보고 있다.

계몽기의 번역은 이와 같이 '한문 탈출'과 '문체 전환'의 과정이었다. 한문에 익숙한 지식인들에게는 국한문체의 번역이 굳이 필요하지 않았을 것이다. 국한문체의 번역은 민족의 자국어 글쓰기가 요구된 시대적 요구를 반영한 것이고, 단기적으로 순국문체로 전환하는 과제를 수행할 수 없는 상황에서의 과도적 조치였다. 이러한 상황에서 한국인들은 한문이 아닌 자국어 글쓰기 방식을 모색해 나갔던 것이고 그 과정에서는 이미 익숙해진 고한문의 문장을 한국어 식으로 전환하는 번역의 과정을 겪어야만 했다.

근대계몽기는 국가 의식이 대두되고, 언문일치(言文一致)[3]가 강조된

기의 국한문체이다. 흔히 말하는 '문체'는 문학적인 용어로 글쓴이에 따라 나타나는 문장의 개성적인 특색을 말하는데, 본 연구에서 다루고자 하는 '문체'는 이와 다르다. 양계초 '신문체'에서의 '문체'는 구어체, 문어체, 논문체, 서사체 등을 가리키는 문장의 양식을 말한다. 문어체가 주 문체였던 19세기말~20세기 초의 중국에서 양계초의 신문체는 고한문과 대립되는 문어와 구어의 중간 단계에 위치해 있는 '반문반백(半文半白)'의 문체였다. 그러나 이때의 문어체는 지금 우리가 흔히 말하는 일상에서 사용하는 말보다 격식을 갖춘 말을 가리키는 것이 아니라, 중국 고대의 문언문(文言文)을 말한다. 한국 근대계몽기의 국한문체에서 '문체'는 표기체를 말한다. 한자로 구성된 글은 한문체, 순한글의 글은 순국문체, 한자와 한글이 섞인 것은 국한문체이다. 본서에서 다루고자 하는 계몽기 국한문체는 전통적인 국한문체와 성격이 다르다.

3) 언문일치란 일상생활에서 쓰는 말과 그 말을 적은 글이 일치함을 뜻한다. 그러나 홍종선(2016: 213)에서 언급했듯이 말과 글은 각각 고유한 언어적 체계를 가지므로 이들 사이에 차이가 있을 수밖에 없고, 말과 글의 완전한 일치는 불가능하다. 본 연구에서 말하는 근대계몽기의 언문일치는 아직 구어체를 지향하는 단계까지 이르지 못하고, 한문 탈출과

시기였다. 이러한 근대적 분위기 속에서도 국한문체는 순국문체[4]와의 경쟁에서 살아남아 그 시대의 "문명의 번역"을 담당하고 계몽 시기의 중심 문체로 정착된 것이다.

한국은 근대에 들어서기 위해 서구 문화를 학습하기 시작하였고 근대 계몽 운동을 추진하였다. 당시의 한국은 주로 중국과 일본 서적을 통해 서구 문화를 접촉했는데, 1910년 이전에는 중국 서적이 대부분이었으며, 그중에서 양계초의 저술이 큰 비중을 차지하였다. 따라서 한국 근대 계몽사상의 형성과 전파에 있어서 중국 양계초의 역할을 무시할 수 없다고 할 수 있다.[5]

우림걸(2002: 2)에서도 양계초가 한국 계몽기에 끼친 영향에 대해 논의하였다. 이 논의에 따르면 계몽기의 한국에서 애국계몽사상과 언론, 문학 등을 이끌어 온 인물로 유길준(兪吉濬), 서재필(徐載弼), 신채호(申采浩), 박은식(朴殷植), 현채(玄采), 장지연(張志淵) 등을 들 수 있는데 이중 유길준과 서재필은 해외에 가서 서양의 문물과 계몽사상을 직접 접하였지만, 나머지의 사람들은 중국이나 일본 서적을 통해 계몽사상을 접하였다. 그러나 이 시기의 애국계몽사상과 언론, 문학 등의 사회의식은 해외에 다녀온 사람들보다 오히려 국내에 있던 장지연, 박은식, 신

'우리말'을 '우리글'로 적기의 단계에 있었다.

4) 순국문체를 주장한 대표적인 매체로 『독립신문』을 들 수 있다. 임형택(1999)에서는 언문일치의 시대적 흐름 속에서 순국문체가 국한문체와의 경쟁에서 밀려난 것은 『독립신문』과 같은 전면 국문사용이 초시대적인 것이기 때문이라고 보고 있다.

5) 정선태(2003: 104~108)에서는 근대계몽기 번역의 네 가지 경로로 (1)한국 내에서 동시에 생산된 공적인 텍스트를 다른 문자로 보여주는, 국문체로 쓰인 것을 국한문체로 '번역'하거나 국한문체로 쓰인 것을 국문체로 '번역'하는 경우, (2)중국을 통한 번역, (3)서양의 저작을 직접 변역한 경우, (4)일본을 통한 번역을 제시하였다. 여기서 두 번째 경로인 중국을 통한 번역에 대해 정선태(2003)은 적어도 1910년 이전에는 중국 텍스트의 번역이 지식인들 사이에서 적잖은 반향을 불러일으켰으며, 특히 양계초가 중요한 역할을 한 사람으로 손꼽힌다고 보고 있다.

채호, 현채 등 한학(漢學) 지식인들에 의해 주도되었고, 이들은 중국 양계초의 저술을 수용 및 번역하였다고 한다.

한편, 양계초는 일본 망명 생활을 하면서 「루소학안(盧梭學案)」(1910), 「홉스학안(霍布士學案)」(1901), 「근세문명 시조 2대가의 학설(近世文明初祖二大家之學說)」(1902), 「진화론 시조 다윈의 학설 및 약전(天演論初祖達爾文之學說及其略傳)」(1902), 「법리학 대가 몽테스키외의 학설(法理學大家孟德斯鳩之學說)」(1902) 등6)의 서양 서적을 활발히 번역하여 근대적 신사상을 신문 잡지 등을 통해 전파하였는데 한국 지식인들은 익숙한 한문으로 쓰인 양계초의 저술을 통해 서양 사상을 어느 정도 접할 수 있었던 것이다.

이와 같이, 양계초는 서양의 선진 사상을 활발히 번역하였고 자신의 글에서도 이러한 근대적 사상을 소개하였다. 외국 서적에 대한 번역이 아직 활발히 진행되지 못했던 한국에서는 서양이나 일본 서적에 비해 한문으로 쓰인 양계초의 글이 훨씬 쉬웠을 것이고 간단한 편집을 통해 재빨리 확산할 수 있었을 것이다.

양계초의 글이 한국에서 환영 받을 수 있었던 또 한 가지의 이유는 그가 개발한 신문체(新文體)에도 있을 것이다. 뒤에서 자세히 논의하겠지만, 양계초의 신문체는 근대적 신지식의 보급을 위해 개발되었고, 고한문에서 어느 정도 탈출한 글쓰기 방식이었다. 고한문은 문장의 간결함을 추구하기 때문에 목적어나 수식어와 같은 성분을 생략하는 경우가 많아, 문장의 의미를 파악하는 것이 어려웠다. 이와 달리 신문체는 문장 성분을 생략하지 않고 문장에 반영하였기 때문에 문장의 의미를 파악하는 것이 어렵지 않았다. 이러한 문체적 전환에 성공한 신

---

6) 강중기(2013) 참조.

문체는 '한문 탈출'의 목표가 같았던 계몽기 한국에서 "가장 유력한 참조 대상이 되었을 것이다"(임상석2014: 115).

게다가 신문체는 문장 성분을 파악하기 쉬웠기 때문에, 그 문장 성분들을 한국어 어순으로 재배치하는 것이 어렵지 않았을 것이다. 만약 양계초의 글이 신문체가 아닌 고한문으로 쓰여졌다면, 고한문으로 근대 문명을 번역하는 것은 불가능에 가까웠을 뿐더러, 아무리 일본과 서양의 선진 사상이 담긴 글이라도 『황성신문(皇城新聞)』, 『대한매일신보(大韓每日申報)』 등을 비롯한 주요 매체나 『유년필독(幼年必讀)』과 같은 교과서에도 소개되지 않았을 가능성이 컸고, 더욱이 10년 넘게 한국인의 환영을 받지 못했을 것이다.

한편, 양계초의 저술은 장지연과 박은식, 신채호, 현채 등 한학 지식인들에 의해 번역·소개되었는데 이 네 명의 지식인들이 번역한 양계초의 저술을 살펴보면, 모두 국한문체로 번역했다는 공통점을 보인다. 그러나 번역 문체를 국한문체로 선택하였다는 점 외에 이들의 번역은 서로 다른 양상을 보였다.

장지연과 박은식의 번역은 한문 원문을 거의 그대로 유지하고 한글 토만 다는 번역이었고, 신채호는 이들보다 어느 정도 더 한국어에 가까운 번역을 했다. 그리고 이들 중에서 한국어에 가장 가까운 번역을 한 사람은 현채였다. 현채의 번역은 전통적인 국한문체에 가까운 정도의 번역이었다.

이들 번역 양상의 차이는 곧 한문 해체 정도의 차이라고 볼 수 있다. 근대의 한국은 서양과 일본의 '언문일치와 음성문자 우월성 강조'의 영향을 받아, 언어생활에 있어서 한문 해체를 근대로 전환하는 첫 단계로 삼았다. 계몽기의 '언문일치로의 접근'은 언문일치 과정의 초기 단계인 만큼 한문 해체가 거의 이루어지지 않거나 잘 이루어지지 못한 번역본이나 저술들을 쉽게 발견할 수 있다.[7]

그동안 양계초 저술의 한국 내 번역본에 대하여 번역자에 의한 내용의 추가나 생략, 직역이나 의역, 번역 과정에서 나타난 오역 문제 등을 다루는 논의들은 있었지만[8] 언어학적 관점에서 번역본을 바라보는 논의는 거의 없었다.[9]

내용의 추가나 생략, 번역본의 오역 문제 등의 분석을 통해 양계초 저술의 번역 양상을 어느 정도 살펴볼 수 있지만, 문체의 전환이 요구되었던 계몽기의 번역에 대한 고찰은 한문 원문 텍스트에 대한 편집보다 문체 전환 과정에서 '언문일치'에 어떻게 접근하였는지, 한문 어휘에 대해 어떻게 번역하였는지, 한문의 문법 요소에 대해서는 어떻게 처리하였는지 등의 문제를 고찰하는 것이 더욱 중요하다고 생각한다. 이러한 고찰을 통해 계몽기 지식인들이 근대 문명을 학습하는 과정에서 나타내는 수용, 거부, 선택 등 다양한 태도를 어느 정도 엿볼 수 있을 것이다.

앞에서도 논의했듯이 계몽기의 번역은 '문명'을 만나는 방법이었다. 번역은 문체 전환을 요구하였고, 동시에 문체의 전환에는 번역이 수반되었다. 한문 글쓰기에 익숙한 근대 초기의 지식인들에게는 창작글이든 한문 서적의 번역이든 모두 '번역'의 절차를 겪고 한문 탈출을 시도해야 했다. 따라서 당시의 번역 양상을 살펴봄으로써 자국어 글쓰기

---

7) 홍종선(2016ㄷ: 221~223)에서는 근대와 같은 시대 변화의 과정에서 개화 지식인이라 하더라도 내적인 갈등이나 혼란이 없을 수 없고, 또 변화의 완적성을 한꺼번에 기대하기도 어려울 것이라고 말하고 있다.
8) 정환국(2004), 고병권·오선민(2010), 이종미(2006), 송엽휘(2006) 등을 들 수 있다.
9) 언어학적 관점으로 양계초 저술의 국한문체 번역본을 분석한 논의로 이병기(2013)을 들 수 있다.

를 모색하는 과정의 한 단면을 살펴볼 수 있을 것이다.

본 연구는 양계초 저술의 번역에 대하여 아직 조명되지 않았던 부분에 대한 추가적인 보충으로서, 한문 원문과 번역본에 대한 언어학적 분석을 하려고 한다. 이러한 논의를 통해 그동안 근대계몽기 국한문체의 연구에서 논의되지 않았던 한 단면을 보여줄 수 있을 것이며 앞으로 계몽기 국한문체에 대한 보다 전면적인 연구를 하는 데에 도움이 될 수 있다고 생각한다. 또한 본 연구의 한문 원문 자료에 대한 분석은 향후 양계초 저술의 번역 양상에 대해 심도 있는 연구를 할 수 있는 가능성을 열어줄 수 있다고 생각한다.

본 연구는 한국에 번역·소개된 양계초의 저술을 전체적으로 살펴보았다. 다만 양계초의 방대한 저술 전체를 한정된 지면 내에서 다룬다는 것은 불가능하기 때문에 논의의 필요에 따라 자료의 범위를 한정하였다.

본 연구의 논의는 주요하게 근대계몽기의 대표적 지식인인 장지연과 박은식, 신채호, 현채 등이 번역한 양계초 저술의 번역본을 비교 및 분석하는 방식으로 진행된다. 따라서『대한자강회월보(大韓自强會月報)』에 연재된 장지연의「교육정책사의(敎育政策私議)」,『서우(西友)』에 연재된 박은식의「논유학(論幼學)」,「애국론(愛國論)」, 신채호의 단행본『이태리건국삼걸전(伊太利建國三傑傳)』, 현채의 단행본『월남망국사(越南亡國史)』,『청국무술정변기(淸國戊戌政變記)』등이 본 연구의 주요 연구 대상이 되고, 논의의 필요에 따라 전항기(全恒基)의『음빙실자유서(飮氷室自由書)』에 실린「기월남망인지언(記越南亡人之言)」,『태극학보(太極學報)』에 실린「자유론(自由論)」,「무명의 영웅(無名의 英雄)」,『대한협회보(大韓協會報)』에 실린 홍필주의「논유학(論幼學)」등 번역본도 분석 대상이 된다.

번역 양상을 살펴보는 가장 좋은 방법은 원문 텍스트와 번역본을 대조하는 것이다. 만약 하나의 원문 텍스트가 여러 가지 번역본이 있다면, 각 번역본과 원문을 대조해야 하고 또 번역본과 번역본의 비교도 이루어져야 한다.

본 연구는 국한문체로 번역된 양계초의 저술을 한문 원문과 비교하여, 전체적인 번역 양상과 개별 지식인의 번역 양상을 살펴볼 것이다.

원문 텍스트와 번역본의 철저한 비교를 위해, 본 연구는 다음과 같이 원문과 번역본을 단락 단위로 분리하여, 단락 안의 문장, 어휘, 문법 요소 등을 분석할 것이다.

다음 제시한 예에서 (1a)는 양계초의 원문, (1b)는 전항기(全恒基)의 『음빙실자유서(飲氷室自由書)』에 실린 「기월남망인지언(記越南亡人之言)」, (1c)는 현채본 『월남망국사(越南亡國史)』이다. 이와 같이 한 원문에 두 개의 번역본이 있을 경우에는, 원문과 번역본의 비교뿐만 아니라 번역본과 번역본에 대한 비교·분석도 진행할 것이다.

(1) a. 年月日, 主人兀坐丈室, 正讀日本有賀長雄氏之≪滿洲委任統治論≫, 忽有以中國式名刺來謁者, 曰△△△且以一書自介紹, 其發端自述云, 吾儕亡人, 南海遺族 日與豺狼鷹隼爲命, 每磨眼望天, 拔劍斫地, 輒鬱鬱格格不欲生。噫!吾且死矣, 吾不知有生人之趣矣。

b. 年月日에 飲氷室主人 梁啓超가 丈室에 獨坐ᄒᆞ야 日本 有賀長雄氏의 滿洲委任統治論을 讀ᄒᆞᆯ시 忽然히 一人이 入謁ᄒᆞ고 幷히 一書ᄅᆞᆯ 進ᄒᆞ니 其書 發端에 曰 吾儕 亡人은 南海 遺族이라 豺狼鷹隼로 더브러 日夕相處ᄒᆞ더니 僕이 磨眼 望天ᄒᆞ고 拔劍 擊地ᄒᆞ야 鬱鬱格格ᄒᆞᆫ 心이 生活ᄒᆞᆯ 意가 全無ᄒᆞ니 吾가 且死ᄒᆞᆯ지라 엇지 生人의 趣가 有ᄒᆞ리오 ᄒᆞ얏거늘

c. 年月日에 主人이 兀坐丈室ᄒᆞ야 日本有賀長雄氏之滿洲委任統治

論을 讀ᄒ더니 忽然히 中國式名刺로써 來謁ᄒᄂᆫ 者】 有ᄒ니
曰△△△쏘 一書로 스스로 紹介ᄒ니 其發端에 自述云「吾儕亡
人ᄂᆫ 南海遺族이라 날마다 豺狼鷹兒로 爲命ᄒ민 민양 磨眼望
天ᄒ고 拔劍斫地에 鬱鬱格格ᄒ야 生코자 아니ᄒ니 噫라 吾死
矣라 吾가 不知 有生人之趣矣」라 ᄒ고

그리고 5장에서 번역본의 어휘적 특징을 다룰 것인데, 연구 대상이
되는 어휘들이 계몽기 지식인들에 의해 만들어진 것인지, 중국 고문헌
에 이미 존재한 것인지를 밝히기 위해 북경대학교 중국언어학연구중
심(北京大學 中國言語學硏究中心)에서 만든 말뭉치(語料庫)와『사원(辭源)』,『사
해(辭海)』사전을 조사하였다.

양계초 저술의 번역 양상을 살펴본 논의로 정환국(2004)와 고병권·
오선민(2010), 이종미(2006), 송엽휘(2006), 우림걸(2002), 이병기(2013) 등을
들 수 있다.

정환국(2004)에서는『월남망국사』와『이태리건국삼걸전』을 중심으
로 근대계몽기의 번역물이 어떤 경로를 통해서 이루어졌는지를 살펴
보고, 번역 양상에 대해서는 현채와 신채호의 현토체 번역, 그리고 주
시경의 국문체 번역을 살펴보았다. 이 논의에서는 또한 번역본 내용의
삭제와 추가에 중점을 두고 번역의 의도와 의미를 논의하였다.

고병권·오선민(2010)에서는 현채본, 주시경본, 이상익본『월남망국
사』에서 발췌한 예를 비교하여 현채본은 기본적으로 한문에 한글로
토를 단 한문현토체이지만, 부사 등을 한글로 옮기는 등 국한문체형식
도 취하고 있고, 주시경본은 순국문 번역인데 필요에 따라 일부를 의
역하거나 부가 설명하고 때로는 축약하기도 하는 양상을 보이며, 이상
익본은 고전 가사와 유사한 구연체(口演體, narration) 형식을 취한 것으

로 보인다고 말하고 있다. 이 논의는 세 개의 번역본을 비교적 자세히 대조했다는 것과 현채의 번역은 전통적인 국한문체에 가깝다는 것을 밝힌 것에 의미가 있다고 할 수 있지만 번역본 일부가 아닌 전체에 대한 더 자세한 비교·분석이 부족하다고 할 수 있다.

양계초 저술 번역본의 번역 양상을 비교적 자세히 살펴본 논의로 이종미(2006)과 송엽휘(2006), 우림걸(2002), 이병기(2013) 등을 들 수 있다.

이종미(2006)과 송엽휘(2006)는 양계초의 『월남망국사』을 중심으로 구성과 내용 두 가지 측면에서 초인본과 한국내 번역본을 비교·분석하였다. 이 두 논의의 공통적인 부분은 현채본『월남망국사』의 구성을 살펴보았다는 것이고, 차이점은 이종미(2006)은 초인본과 현채본, 주시경본을 비교하였고, 송엽휘(2006)은 현채본과 주시경본, 이상익본, 김진성본 이상 네 개의 번역본을 모두 비교하는 더 자세한 논의를 하였다는 것이다. 이러한 자세한 분석을 통해 현채본이 나머지 번역본의 바탕이 되었고, 현채의 번역을 원천으로 하여 주시경과 이상익은 국문체로, 김진성은 국한문체로 재번역하였다는 것을 밝혔다.

이상에서 살펴본 연구들은 양계초의『월남망국사』에 국한된 연구가 다수였고, 번역과정에서 나타난 책 내부 구조의 재편집, 내용의 삭제 및 추가, 번역 과정에서의 오역 문제 등을 다룬 논의가 대부분이었다.

언어적 측면에서 양계초 저술의 번역을 살펴본 논의로 우림걸(2002)와 이병기(2013)을 들 수 있다. 우림걸(2002)는 양계초가 한국 개화기 문학에 끼친 영향을 살펴본 논의인데, 개화기 번역본체를 다루는 부분에서 적게나마 양계초의 「소년중국설(少年中國說)」의 국한문체 번역과 순국문체 번역에서 나타난 어휘의 번역 양상을 살펴보았다.

본 연구의 연구 대상과 같이 양계초 저술의 국한문체 번역 양상을 다룬 논의로 이병기(2013)을 들 수 있다. 이 논의는 전항기가 국한문체로 번역한 『음빙실자유서』의 번역 양상을 분석하여 근대계몽기에 국한문체가 성행한 원인에 대해 논의하였다. 이병기(2013)에 따르면 『음빙실자유서』와 같은 국한문체 번역이 근대적 내용과 전근대적 표현 수단이라는 모순된 모습을 보여줌에도 불구하고 계몽기의 주요 문체로 자리 잡은 것은, 사회적 맥락 속에서 국한문체 사용의 주체, 번역의 효용성, 차자 표기의 전통, 한자·한문의 위상 재정립, 국문 표기법의 혼란 등이 그 이유가 된다고 논의하였다. 결국, 이병기(2013)은 국한문체의 성행을 근대 과도기의 자연적인 흐름과 요구에 의한 것으로 보고 있는 것이다.

이병기(2013)의 이러한 역사의 자연적인 흐름과 요구 속에서 계몽기 국한문체의 성행 원인을 찾고자 하는 시각은 민현식(1994)에서 현토체의 발달 및 정책을 통감부 설치에 의한 것으로 보는 논의와 상대적이다. 본 연구는 이병기(2013)의 관점에 동의하지만 계몽기 국한문체의 성행 원인, 근대적 의미 등을 논의하기 위해서는 국한문체 저술이나 번역에 대한 철저한 분석 작업이 선행되어야 한다고 생각한다. 그리고 『음빙실자유서』의 번역은 근대계몽기의 다양한 국한문체 번역 중의 하나일 뿐이다. 앞에서도 논의했듯이 근계 계몽기의 국한문체는 『음빙실자유서』와 같이 한문 원문을 거의 그대로 유지하고 한글토만 다는 번역이 있고, 현채와 같이 한국어에 가까운 번역을 한 경우도 있다. 이뿐만 아니라 한국어 어순을 이룬 문장과 그렇지 못한 문장들이 혼재되어 있는 번역들도 있다. 따라서 국한문체 번역에 대한 논의가 보다 설득력을 얻기 위해서는 전체적인 번역 양상을 살펴보는 것이 필수적인 작업이 될 것이라고 말할 수 있다.

본 연구는 양계초 저술의 한문 원문과 한국 내 국한문체 번역을 비교·분석하여 번역본의 구문적 특징과 어휘적 특징에 대해 살펴볼 것이다. 이 시기의 번역은 현실적 필요에 따른 책 내부 구조의 재편집, 내용의 삭제 및 추가 등 행위가 자주 일어났다. 따라서 본 연구에서는 한문 원문과 번역문의 내용을 비교하여 1:1로 대응될 수 있는 부분만 추출하여 조사할 것이다.

2장에서는 중국 양계초와 한국 근대계몽기의 문인들이 펼친 애국계몽운동에 대해 알아볼 것이다.

3장에서는 근대계몽기 국한문체 번역이 어떻게 형성되었고 그것의 근대적 의미가 무엇인지를 알아보겠다. 그리고 다양한 양상으로 나타난 계몽기 국한문체의 전체적인 특징에 대해 살펴보고 본 연구에서 다루고자 하는 계몽기 국한문체는 흔히 개화기의 대표적인 문체라고 논의해왔던 유길준의 국한문체와 다른 양상을 보인다는 것을 논의할 것이다.

4장에서는 양계초가 신문체를 개발한 배경을 논의하고 신문체와 전통적인 고한문의 차이점을 살펴볼 것이다. 그리고 이러한 신문체로 쓰인 양계초 저술의 한국 내 수용 양상에 대해서도 다루겠다.

5장에서는 번역본의 구문적 특징으로 한문 해체의 정도 확인과 번역자에 따른 다양한 부사어 번역, 독자의 이해를 돕기 위해 쉬운 문장으로의 대체, 한문의 중요한 문법 요소인 '之'는 어떻게 번역되었는지를 살펴볼 것이다.

6장에서는 번역본의 어휘적인 특징을 알아볼 것이다. 양계초 저술의 근대 신조어인 경우와 신조어가 아닌 경우를 나누어서 그 번역 양상을 살펴볼 것인데, 근대 신조어가 아닌 경우에 대해서는 다른 어휘로 대체하는 경우와 단음절 어휘가 2음절 어휘로 번역되는 경우로 나누어서 살펴볼 것이다. 단음절 어휘를 2음절 어휘로 교체하는 양상은 명사의 경우, 동사의 경우, 부사의 경우로 나누어서 살펴보고 그 어휘들이 대부분 현대 한국어에 전승되었다는 것을 증명할 것이다.

제 2 장

양계초와 한국 근대계몽기의 문인들

2.1. 양계초와 그의 애국 계몽 운동

양계초(1873~1929)는 자가 탁여(卓如), 임보(任甫)이고 호는 임공(任公), 음빙실주인(飮冰室主人), 음빙자(飮冰子), 애시객(哀時客), 중국지신민(中國之新民), 자유재주인(自由齋主人) 등이다. 그는 청 목종(穆宗) 동치(同治) 12년인 1873년에 광동성(廣東省) 신회현(新會縣) 웅자향(熊子鄕)의 남단에 있는 섬, 지금의 강문(江門)시 신회(新會)구에서 태어났다. 6세에 사서(四書)와 시경(詩經)을 배웠으며 8살 전에 오경(五經)을 독파했다. 11세 어린 나이에 수재(秀才) 시험에 합격했고 박사제자원(博士弟子員)으로 보충 선발되었다. 16세에는 거인(擧人)이 되어 주위의 칭찬이 자자했다.

1870~80년대의 중국은 아편전쟁을 겪은 뒤에 중국의 정치 골격을 유지하면서 서양의 군사기술을 배우자는 양무운동(洋務運動)이 전개되던 시기였다. 1890년, 17세가 된 양계초는 회시에 참가했다가 낙방한

후, 광저우(廣州)에서 광서제(光緒帝)에게 변법(變法)에 대한 상소를 올렸다는 강유위(康有爲, 1858~1927)를 만나게 되었는데, 이 만남은 그의 인생에서 근본적인 변화를 초래했다. 강유위는 수백 년 동안 전해 내려온 구학문(舊學問)을 반박했으며 양계초에게 지금까지 배운 모든 것을 청산하라 하고, 양명학(陽明學)과 함께 개략적인 서양학문을 가르쳤다. 양계초는 강유위의 가르침을 받아 생애 처음으로 세상에 학문이 있다는 것을 알게 되었다.

1895년, 중국은 갑오전쟁(甲午戰爭)에서 패배하고 양무운동의 파산을 선고하였다. 1895년 4월 17일, 마관조약(馬關條約)이 체결되었다는 소식이 전해지자 강유위는 중국은 이제 새로운 자구책을 모색해야 한다고 호소하며 그 시대적 임무를 떠안고 유신변법(維新變法)을 추진하여 나라와 민족을 구하기 위해 활발한 활동을 했다. 양계초는 강유위를 도와 변법운동의 중앙에 서서 단체를 조직하고 신문 잡지 등 간행물을 창간했다. 1895년부터 양계초는 강유위가 조직한 강학회(强學會)에서 활동했으며 1896년에는 황준헌(黃遵憲), 왕강년(汪康年) 등과 함께 『시무보(時務報)』라는 잡지를 창간하고 주필을 담당하면서 변법을 설명하고 선전하였다. 『시무보』는 유신파의 대표적인 매체가 되었으며 무술변법(戊戌變法)을 위한 여론을 형성시키고 개혁운동을 위한 토대를 마련하였다.

1898년 초, 유신파들은 중국을 분할하려는 제국주의 열강으로부터 망국에 처할 것이라는 위협을 느껴 「거아변법서(拒俄變法書)」, 「상청제제오서(上淸帝第五書)」 등 상주문(上奏文)을 올렸다. 광서제(光緒帝)는 그들의 상주문을 읽고 강유위, 양계초 등 유신파 인사들과 함께 변법을 실시하기로 결심했다. 이것이 바로 무술변법운동(戊戌變法運動)이다.

그러나 무술변법운동은 폭넓은 사회적 기초가 없었고 실권이 없는 황제가 시행했기 때문에 서태후(西太後)를 필두로 하는 보수파의 반격으로 103일 만에 실패하였다. 무술변법운동이 실패하자 강유위와 양계초는 일본으로의 망명길에 올라야만 했다.

양계초는 신해혁명(辛亥革命) 뒤 1912년에 귀국하기까지 약 15년에 이르는 망명 생활을 했다. 그는 일본 망명생활을 하면서 활발한 얼론 활동을 했다. 1898년 12월에 일본 요코하마(橫濱)에서『청의보(淸議報)』를 창간했고, 1902년 2월에는『신민총보(新民叢報)』를 창간했다. 양계초는 신문 매체를 통해 서양의 정치, 경제, 문화를 폭넓게 소개하고 봉건주의를 비판하며 왕성한 계몽활동을 전개했다. 양계초의 글이 실린 신문들은 중국뿐만 아니라 한국, 일본 등 아시아 국가에서도 널리 유통되었고 특히 근대 한국 사회에 극대한 영향을 주었다.

『청의보』와『신민총보』는 한국 인천에 대리 발행처가 있었고 여러 경로를 통해 바로 수입되었다. 양계초의 글은 근대 국민국가의 건설과 관련된 글들로 한국 근대계몽기 지식인들의 관심을 받게 되었다. 당시의 한국도 국가 존망의 기로에 서 있었기 때문에 양계초의 글에서 구국(救國)의 길을 모색했던 것이다.

2.2. 한국 근대계몽기 문인들의 활동

1876년의 강화도 조약(江華島條約) 이후부터, 한국은 서양 문물의 영향을 받아 종래의 봉건적인 사회 질서를 타파하고 근대적 사회로 개혁되어 갔다.

1905년 11월, 한국은 을사조약(乙巳條約)에 의해 일본 제국주의자들에게 국권의 일부를 빼앗기게 되었다. 일본의 침략에 맞서 한국은 국권회복운동을 광범위하게 전개하였다. 일본 제국주의에게 '실력'과 국권을 빼앗긴 한국인들은 한국과 일본의 '실력' 격차를 객관적으로 인식하고 '힘'과 '실력'을 양성하여 궁극적으로 자기 민족의 힘으로 국권을 회복하려는 애국계몽운동(愛國啓蒙運動)을 펼쳤다.

애국계몽운동의 궁극적인 목표는 국권의 회복이었지만, 당시의 한국 사회는 민족의식과 자주독립 정신을 계발하고, 교육을 통해 외래문화와 새로운 지식을 습득하여 민족의 '힘'을 키우는 것을 시대적 과제로 내세웠다.

당시 신문 잡지의 창간과 발행은 애국계몽운동의 주요 수단이 되었고 사람들은 신문 잡지를 통해 근대적 신사상 및 신지식을 학습할 수 있었다. 『한성순보(漢城旬報)』, 『독립신문(獨立新聞)』, 『황성신문(皇城新聞)』, 『제국신문(帝國新聞)』, 『대한매일신보(大韓每日申報)』, 『서우(西友)』, 『자강회월보(自强會月報)』, 『서북학회월보(西北學會月報)』 등이 계몽운동의 주요 매체들인데 사람들은 이 신문 잡지들을 통해 신문명을 적극적으로 학습할 수 있었다.

이 시기에 활발한 애국계몽운동을 펼친 지식인으로 장지연(張志淵), 박은식(朴殷植), 신채호(申采浩), 현채(玄采) 등을 들 수 있다.

1) 장지연(張志淵)

장지연(1864~1921)은 호(號)가 위암(韋庵), 숭양산인(嵩陽山人)이고, 자(字)는 순소(舜韶)이다. 1894년, 장지연은 식년시(式年試)에 합격하여 진사

(進士)가 되었다. 1899년에는 『시사총보(時事叢報)』의 편집인이자 주필로 언론 활동을 시작했다. 그리고 1902년에는 남궁억(南宮檍)의 뒤를 이어 1898년에 창간된 『황성신문(皇城新聞)』의 사장이 되었다.

당시 『황성신문』은 국민들을 계몽하고 민족의식을 높이는 데 앞장 섰으며 을사조약을 비판하고 일본의 침략에 저항하는 언론으로 명성 을 날렸다. 1905년, 일본의 강압으로 을사늑약(乙巳勒約)이 체결되자 장 지연은 『황성신문』에 「시일야방성대곡(是日也放聲大哭)」이라는 사설을 써서 일본 침략의 만행을 폭로하고 그 사실을 세상에 널리 알렸다. 장 지연은 이 글에서 을사조약에 찬성한 대신(大臣)들을 "개나 돼지만도 못하다."고 비난하면서 국민들이 이 조약에 반대해 일어설 것을 촉구 했다. 이 일로 『황성신문』의 집행진은 모두 체포되었고 신문은 정간되 었다. 장지연도 3개월간 투옥되었다.

1906년, 장지연은 윤효정(尹孝定) 등과 대한자강회(大韓自強會)를 조직 해 구국운동을 벌렸다. 그러나 대한자강회는 이듬해인 1907년에 강제 로 해산을 당했고 대한협회(大韓協會)로 개편하였다. 그러나 일본의 압 력이 심해지자 장지연은 블라디보스토크로, 상해(上海), 남경(南京) 등지 를 방랑하다가 1909년이 되어서야 귀국할 수 있었다. 귀국한 뒤에 그 는 『경남일보(慶南日報)』의 주필로 취임하였다. 1910년, 일본의 국권침 탈이 이루어지자 장지연은 『경남일보』에 황현(黃玹)의 「절명시(絶命詩)」 를 게재하였으며, 이 때문에 『경남일보』는 10일간 발행정지를 당하게 되었다.[10]

---

10) 장지연은 언론인으로서 일본 침략에 저항한 공적을 인정받아 대한민국 건국훈장 국민 장이 추서되었다. 그러나 그는 1914년 12월 23일부터 1918년 7월 11일까지 『매일신보』 에 발표한 시와 산문 중에서 친일 경향의 글이 있었다는 연구 결과가 알려지면서 친일 행적을 둘러싸고 비판을 받고 있다.(『한국민족문화대백과사전』 참조.)

2) 박은식(朴殷植)

박은식(1859~1925)은 호가 겸곡(謙谷)·백암(白巖)이고, 자는 성칠(聖七)
이다. 그는 어려서부터 부친의 서당에서 한학을 익혔으며 시문에 능하
고 재주가 뛰어나 신동으로 불리었다. 1885년, 박은식은 향시에 응시
해서 특선으로 뽑혔고, 1888년부터 1894년 갑오개혁이 일어날 때까지
능참봉(陵參奉)으로 6년간의 관직생활을 하였다.

1898년, 박은식은 독립협회의 사상과 운동의 영향을 받고 독립협회
에 가입해 회원이 되었다. 1898년 9월, 『황성신문(皇城新聞)』이 창간되
자 그는 장지연과 함께 이 신문의 주필이 되었고, 1904년 7월에는 『대
한매일신보(大韓每日申報)』의 주필을 맡아 활발한 애국계몽운동을 펼
쳤다.

1905년, 을사늑약이 체결되자 장지연은 『황성신문』에 「시일야방성
대곡(是日也放聲大哭)」이라는 사설을 써서 일본 침략의 만행을 폭로했다.
이 때문에 『황성신문』은 일제에 의해 정간되었다. 장지연이 일제의 방
해로 『황성신문』이 복간된 후에도 복귀하지 못하자 박은식은 『황성신
문』을 지키기 위해 1910년까지 이 신문의 주필을 맡아 국권회복을 위
한 수많은 애국적 논설을 발표하여 국민을 계몽하였다.

1906년, 박은식은 대한자강회(大韓自强會)에 가입해 기관지 『대한자강
회월보(大韓自强會月報)』에 수많은 애국계몽 논설들을 발표하였다. 그리
고 1906년 10월에는 서우학회(西友學會)를 조직하여 기관지인 『서우(西
友)』의 주필을 맡았다.

이렇게 박은식은 『대한매일신보(大韓每日申報)』와 『황성신문』, 『대한
자강회월보(大韓自强會月報)』, 『서우(西友)』 등 신문과 잡지에 애국 사상

이 담긴 논설을 써서 계몽운동을 고취하여 애국계몽 사상가로서 커다란 영향을 끼쳤다.

그러나 1910년 8월 한국은 완전히 일제의 식민지가 되었고『황성신문』을 비롯한 신문과 잡지들은 모두 정간되었고, 박은식의 모든 저서들도 '금서(禁書)'로 처리되어 발행과 독서가 금지되었다.

박은식은 결국 1911년 5월에 독립운동을 전개하고 국혼이 담긴 역사서를 집필하기 위해 중국으로 망명하게 되었다.

1914년, 박은식은 중국의 애국계몽사상가인 강유위와 양계초, 당소의(唐紹儀), 경매구(景梅九) 등과 친교를 맺었다. 그는 중국 애국 인사들의 영향을 많이 받았고 그의 애국계몽적 논설에는 양계초를 비롯한 중국 지식인들의 애국 사상이 수용되었다.[11)]

3) 신채호(申采浩)

신채호(1880~1936)는 호가 일편단생(一片丹生)·단생(丹生) 혹은 단재(丹齋)이고 필명은 금협산인(錦頰山人)·무애생(無涯生) 등이다. 그는 어려서 할아버지로부터 한학교육을 받았으며, 10여 세에 시문에 뛰어나 신동이라 불렸다. 18세 때에는 성균관(成均館)에 들어가 당시 이름높은 성균관 교수 이남규(李南珪)의 문하에서 공부했다. 1905년 신채호는 성균관 박사가 되었으나, 그해 을사늑약이 체결되자 그는 본격적으로 민족운동에 뛰어들어 활발한 언론 활동을 하기 시작하였다.

1905년 신채호는 장지연의 초청으로『황성신문』의 논설기자가 되어 논설을 쓰며 크게 활약했고『황성신문』이 무기 정간되자 이듬해『대

---

11)『한국민족문화대백과사전』참조.

한매일신보』의 주필로 얼른 활동을 했다. 그는 신문 매체에 시론을 발표하여 민중을 계몽하고 정부를 편달하며 민족의식 고취에 노력했고 항일언론운동을 전개하였다.

신채호는 1910년 중국으로 망명하기 전까지 『가뎡잡지』, 『대한협회보(大韓協會報)』, 『기호흥학회보(畿湖興學會報)』 등 여러 신문잡지에 애국계몽의 내용이 담긴 논설을 발표하였다. 그의 대표적인 글로 「일본의 삼대충노(三大忠奴)」, 「서호문답」, 「영웅과 세계」, 「한일합병론자에게 고함」 등 애국적 계몽논설과 사론, 그리고 「독사신론」, 「이순신전」, 「최도통전」 등 역사물을 들 수 있다.

신채호는 또한 양계초의 『이태리건국삼걸전(伊太利建國三傑傳)』을 번역·소개하였다. 그는 양계초의 영향을 받아 이 책에서 "……愛國者가 無한 國은 雖强이나 必弱하며 雖盛이나 必衰하며 雖興이나 必亡하며 雖生이나 必死하고 愛國者가 有한 國은 雖弱하며 必强하며 雖衰나 必盛하며 雖亡이나 必興하며 雖死나 必生하나니……"라는 글로 한 나라의 흥망이 애국자의 유무에 달려있다고 외치면서 대중들의 애국심을 불러일으켰다.[12]

4) 현채(玄采)

현채(1856~1925)는 호가 백당(白堂)이며 대대로 역관을 지낸 집안에서 태어나 18세 때인 1873년 식년시 역과(譯科)의 한학(漢學)에 3위로 급제했고 1892년에는 부산 감리서(監理署)의 번역관이 되었다. 1895년에는 관립외국어학교와 한성사범학교 부교관을 맡았고 1899년에는 학부

---

12) 『한국민족문화대백과사전』 참조.

편집국 위원으로 임명되어 1907년까지 학부 주사 및 보좌원으로 근무
했다.

1900년 학부편집국에 재직 중인 현채는 양계초의 『청국무술정변기
(淸國戊戌政變記)』를 번역·발행하여 최초로 단행본으로 양계초의 저술
을 한국에 소개하였다. 현채가 번역한 『청국무술정변기』는 당시의 한
국 사회에 큰 영향을 주었다.

현채는 학부(學部)에서 번역하는 일에 종사하면서 또한 『월남망국사
(越南亡國史)』, 『만국사기(萬國史記)』, 『동서양역사(東西洋歷史)』, 『동국사략
(東國史略)』 등 역사서와 『유년필독(幼年必讀)』, 『유년필독석의(幼年必讀釋
義)』 등을 역술하여 당시의 한국 사회에 독립국가 성취 등 민족적인
희망을 심어주었다.

1906년부터 현채는 보성사(普成社)에서 출판일을 하기 되었는데 바로
이 시기에 대중들의 애국심을 불러일으킨 『월남망국사』을 출판한 것
이다. 1910년 국권이 상실되자 현채는 장지연, 최남선(崔南善) 등과 함
께 조선광문회(朝鮮光文會)에 참여하여 한국 고전을 발굴·간행 및 보급
하는 일에 앞장섰다.

현채는 외국어 서적의 해독문제가 시급했던 시대에 외국서적의 번
역과 출판에 열정을 쏟았으며 민중들의 독립·자강의 분위기가 고조
되던 시기에 양계초 저술을 비롯한 진보적인 사상이 담긴 외국 서적
을 번역·소개하여 당시의 한국 사회에 지대한 공헌을 하였다.[13]

---

13) 『한국민족문화대백과사전』 참조.

제3장

근대계몽기 국한문체 번역과 국한문체의 특징

3.1. 근대계몽기의 국한문체 번역

1894년 갑오개혁에서 1910년 한일합방에 이르는 근대계몽기라 불리는 시기, 한국 사회는 거대한 변화를 겪게 되었다. 1876년 일본의 강압에 의한 개항 이후 국내외적으로 '내우외환(內憂外患)'의 상황에 처해있었다. 이러한 상황에서 변화를 갈망하는 다양한 세력들이 등장하여 위기를 돌파하기 위한 일련의 개혁운동이 전개되고 지적인 영역에서는 일본과 중국을 거쳐 이입된 '근대적 지식'들을 검토하고 또 실천에 옮겨 근대적 문명 국가로 전환하는 길을 모색하였다.[14]

근대계몽기의 한국 지식인들은 번역을 '문명'을 만나고 '문명세계'로 나아가는 데 필수적인 방법이라고 인식하고 있었다. 민족의 생존 여부와 관련된 세계적 지식의 확산과 습득, 문명화는 결국 번역을 통

---

14) 이화여대 한국문화연구원(2004), 『근대계몽기 지식개념의 수용과 그 변용』 참조.

과하지 않고서는 불가능하였기 때문이다(정선태 2003).

근대계몽기의 번역은 일종의 '문체의 전환'으로 보아도 무방하고 문체의 전환에는 번역이 수반되었다.[15] 앞에서도 언급했듯이 계몽기의 지식인들은 번역이 문명을 만나게 하는 하나의 도구였기 때문에 번역을 위한 새로운 글쓰기 방식을 모색하였다. '근대'라는 시대적 상황에는 '한문 탈출'과 '언문일치'가 요구되었고 한국의 '언문일치'는 곧 순한글의 글쓰기를 기대하게 되었다. 그러나 수천 년 동안 한국인의 문자 생활에서 체질화된 고한문을 한국인의 '국문'으로 교체한다는 것은 단기적으로 쉽게 수행할 수 있는 과제가 아니었다. "국문은 제도적이고 정책적인 규범화가 필수적이나, 근대 초기 문체와 번역의 우선적 극복 대상은 문화 권력이 되어버린 고전어 한문, 그리고 이에 근거한 신분질서였다. 이 선결의 과제를 위해 국문의 제도적이고 정책적인 규범화는 장래의 과제로 미루어진 셈이다(임상석 2014: 108)." 이러한 상황에서 근대계몽기의 지식인들은 전통적인 고한문에서 언문일치로 향하는 과도적 문체를 모색하였으며 그들이 선택한 '문명'을 만나기 위한 문체가 바로 국한문체였고 '한자'와 '한문'은 아직 퇴출하지 않고 다른 양상으로 사용되었다.

1910년 이전에는 중국 텍스트를 번역하여 문명의 신지식을 학습하는 경우가 많았다. 사실 한문에 익숙한 한국 지식인들에게는 국한문체 번역은 굳이 꼭 필요한 것이 아니었을 것이다. 그러나 국어와 한문을 구분하기 시작한 당대적 시대정신, 한문으로부터의 탈피라는 문체와 문명의 교체를 위해 한문 문헌의 수용에서 '번역'은 필수적인 일이 되었다.[16] 이런 시대적 상황 하에 지금의 기준으로는 번역이라 규정하기

---

15) 임상석(2014: 115) 참조.

어려운 한문 현토체에 가까운 번역이 대량 나타났던 것이다.

황호덕(2005: 458~462)에서는 국한혼용이라는 형태가 새로운 문명에 터져 있는 '번역'의 용이성이라는 측면, 기존 고급 지식의 위상을 비교적 덜 손상시킨다는 점, 이미 한자어라는 주성분에 한글(구결과 같은)의 의존 성분을 결합시키는 방식이 저간의 '읽기' 방식에 존재했다는 점을 강조하면서 국한문체의 창안자들은 언어적 실천이 근대 국가의 형성과 맺는 관계를 자각적으로 알고 있었고, 동시에 한자와 정체성, 문화적 유산과 문화적 존엄의 관계 역시 함께 고려했던 사람들이라고 말하고 있다.

이와 같이 근대계몽기의 번역 문체로 선택된 국한문체는 국어와 한문을 구분하기 시작한 당대적 시대정신을 반영하고, 기존 지식인의 자부심을 비교적 덜 손상시키는, 근대의 '문명'을 비교적 쉽게 번역할 수 있는, 당시의 시대적 상황을 충분히 고려하여 선택된 문체였을 것이다.

임상석(2014: 116)에서는 근대계몽기의 '번역'은 지식인들의 창작에도 영향을 미쳤을 것이라고 보고 있다. 이 논의에서는 초창기 국한문체 작문의 실제 과정 자체가 번역과 유사한 성격이었을 것이고 유길준이 『서유견문』의 문체가 경서언해를 전범으로 삼았다는 진술은 형태적인 면을 지적한 것일 뿐 아니라, 실제 작문의 과정을 지칭한 것일 수도 있으며 경서 원문을 한문의 질서에 맞추어 충분히 곱씹은 상태에서 이루어지는 것이 경서언해이듯이 초창기의 국한문체는 한문 원문을 작성해 놓거나 머릿속에 충분히 정리한 뒤에, 사후적으로 한글의 통사구조로 변경시키는 번역의 과정이 개입되었을 확률도 많다고 보고 있다.

---

16) 임상석(2014: 120) 참조.

임상석(2014)의 이러한 논의는 어디까지나 추측에 불과하나 '언문일
치'가 충분히 강조되고 또 고유한 한글이 있는데도 불구하고 국한문체
가 강력하게 요구된 계몽기의 문자 생활을 고려하면 전통적 한문의
질서에서 벗어나 국가와 국문을 모색하는 것은 어려운 일이었다는 사
실을 다시 한 번 강조하였다고 볼 수 있고, 이러한 어려움 때문에 당
시의 지식인들의 창작도 잠재적인 번역의 과정을 거쳐 이루어졌을 가
능성도 없지 않다.

이러한 가능성을 고려하면 '한문 해체'와 '자국어 성분의 도입'이
주요 과제였던 근대 초기의 '번역'은 자국어 글씨기 방식의 형성에도
적지 않은 영향을 끼쳤을 것이다. 근대계몽기의 지식인들의 머릿속에
는 항상 '한문 해체'와 '어순 재배치'가 있었을 것이고, 국한문체라는
과도기적 문체로 진행된 번역이었지만, 자국어로의 접근은 끊임없이
시도되었을 것이다. 결국 "번역은 다른 문화적 연원을 가진 이질적 어
문의 교섭이고, 문자의 교체를 위한 문체의 모색 과정에서 번역은 결
정적인 원천이 되었던 것이다(임상석 2014: 117)."

한편, 19세기말 20세기 초의 번역이 지금 우리에게 익숙한 개념의
번역과 달랐던 점은 원문 텍스트에 대한 처리 방식에서도 나타난다.
일단 저작권 관념이 희박한 계몽기에는 외국 저자의 글을 그대로를
자신의 논거로 제시하거나 또는 자신의 논거의 일부로 인용한 경우가
많았다.

이 시기의 번역은 또한 망국과 구국, 그리고 성장과 자조라는 당대
조선의 분명한 현실적 필요에 따라 텍스트를 재배치하고 구성하는 것
을 주된 목표와 의미로 삼고 있었다. 번역자의 언술이 일종의 편집 행
위(삭제, 축소, 확대)를 거치며 번역 텍스트에 적극 개입하는 '역술ㆍ역

설'의 형태와 서양의 원문을 기점으로 삼아 영어→일어/중국어→(국)한문으로 번역되는 '중역'의 형태로 존재했다(김남이 2011: 141~142).

이상에서 논의했듯이, 근대계몽기의 번역은 지금 우리가 생각하는 번역과 달랐다. 계몽기의 번역은 민족의 생존 여부와 관련된 세계적 지식의 확산과 습득을 위한 필수적인 방법이었고, 근대의 '언문일치'라는 시대적 요구에 의해 '한문 탈출'은 꼭 반영해야 하는 항목이었다. 그러나 '언문일치' 인식을 갖고 있었으나 전통적으로 사용해왔던 한문에서 탈출하여 자국의 국문으로 문체 전환을 한다는 것은 단기적으로 달성할 수 있는 목표가 아니었다. 이러한 상황에서 계몽기 지식인들은 한문에 자국어의 요소를 도입하는 방법을 모색하였으며 이 과정에서 도출된 문체가 바로 국한문체이다.

한문에서 국한문체로의 전환은 간단한 문체 간의 전환이 아니라 청일전쟁 이후의 세계 질서의 전환이고 기존 문화 권력의 해체이기도 했다. '한문'이라는 절대적 '문명'에서 벗어나는 과정에 국한문체라는 과도적 절차가 필요했던 것이다. 이러한 국한문체 번역의 과정에서 어순재배치가 반영된 구문적 특징, 번역 과정에서의 어휘 선택 등을 살펴보면, 당시 지식인들의 '한문 탈출'과 '신문명 전환' 과정에서의 노력을 엿볼 수 있다.

3.2. 근대계몽기 국한문체의 특징

3.2에서는 근대계몽기 국한문체의 특징을 살펴보려고 한다. '근대계몽기'라는 수식어를 붙인 것은, 이것이 전통적인 국한문체와 다르기

때문이다. 계몽기의 국한문체는 전통적 국한문체와는 달리 규칙을 찾기 힘든 문체였고 한문의 요소가 아직 많이 남아있는 과도적 문체였다.

20세기 이전의 한국에서는 한자·한문을 그대로 수용한 한문체와 이두(吏讀)나 향찰(鄕札)과 같은 차용체(借用體), 한자와 한글이 섞인 국한문체, 한글만 사용한 순한글체, 이상 네 가지의 문체가 사용되었다.

이러한 문체들의 사용자층은 사회 계급에 따라 나뉘었는데 한문체는 주로 사대부 계층과 관리들의 문체로 19세기 후반까지 사용되었고, 이두나 향찰은 서리(胥吏)들의 문체로 19세기 말까지 사용되었다. 국한문체는 주로 한문 번역에 사용되었고 순한글체는 일반 서민이나 여성들의 문체로 사용되었다. 이렇게 19세기 말에 이르러 차용체와 한문체는 퇴장하고 국한문체와 국문체가 남았던 것이다.[17]

다만, 19세기 말의 국한문체는 15세기의 전통적인 국한문체와 다른 모습으로 '계몽'이라는 시대적 임무를 수행하게 되었다. 이것이 바로 앞에서 언급한 '계몽기 국한문체'이다. 계몽기 국한문체는 순국문체와의 경쟁에서도 순국문체를 밀어내어 개화와 계몽의 도구로 선택되어 그 시대의 대표적인 문체로 자리 잡았다.

이러한 근대계몽기의 국한문체는 유길준의 『서유견문(西遊見聞)』과 박영효의 『사화기략(使和記略)』, 『내정 개혁에 대한 건백서(內政 改革에 對한 建白書)』를 통해 등장하게 되었는데[18] 여기서는 그 중에서 대표적인 『서유견문』을 살펴보겠다.

유길준은 『서유견문』의 서문에 "我邦七書諺解[19]의 法을 大略效則"하

---

17) 임형택(1999) 참조.
18) 민현식(1994ㄱ) 참조.
19) 칠서언해(七書諺解)는 유교의 기본 경서인 사서삼경(四書三經)을 한글로 해석하여 엮은 책이다. 1590년에 간행된 『대학언해(大學諺解)』1권 1책, 『중용언해(中庸諺解)』1권 1책,

였다고 본인의 문체의 원리를 제시하였다. 그러나 민현식(1994ㄱ: 125)
에서 지적했듯이 유길준이 『서유견문』에서 실제로 사용한 문체는 『칠
서언해』의 문체와 다르다. 『칠서언해』는 한문의 학습을 돕기 위하여
몇몇 한자 어근을 제외하고는 거의 다 고유어를 선택한 것과 달리 『서
유견문』은 어순은 어느 정도 한국어 어순으로 바꾸었으나 한글토를
제외하고는 철저히 고유어를 배제하고 있다.

『서유견문』과 『칠서언해』의 예를 제시하면 다음과 같다.[20]

(2) 子가 골아샤딕 學호고 時로 習호면 또혼 깃브디 아니호랴

『論語諺解』

(3) a. 聖上御極호신 十八年辛巳春에 余가 東으로 日本에 遊호야 其
人民의 勤勵혼 習俗과 事物의 繁殖혼 景像을 見홈이 竊料호든
배 아니러니 及其國中의 多聞博學의 士를 從호야 論議唱酬호
는 際에……

『西遊見聞』序

b. 夫貨幣는 國家의 命脈이오 生民의 血氣이라 百物의 標準을 立
호야 販購의 媒介를 行호니…

「貨幣의 大本」, 『西遊見聞』

15세기의 국한문체는 위에서 살펴본 『칠서언해』 외에 『용비어천가
(龍飛御天歌)』와 『월인석보(月印釋譜)』 등을 들 수 있는데, 이들은 15세기

『논어언해(論語諺解)』4권 4책, 『맹자언해(孟子諺解)』14권 7책의 사서(四書)와 1610년을
전후하여 간행된 『주역언해(周易諺解)』9권 5책, 『시경언해』 20권 10책, (판본에 따라
5·7책으로도 되었음), 『서전언해(書傳諺解)』5권 5책의 삼경(三經)을 통칭 칠서언해라
고 한다.
20) 민현식(1994ㄱ)의 예를 인용하였다.

에 한문의 학습을 돕거나 비공식적으로 쓰여 그 기능이 매우 주변적
이었다.

이와 달리 『서유견문』을 비롯한 계몽기 국한문체는 19세기 말, 20세
기 초부터 당시 계몽의 도구라고 할 수 있을 정도로 『황성신문』을 비
롯한 각 신문매체, 관보, 교과서 등에 널리 쓰였고 특히 중국이나 일본
의 계몽서를 번역하는 데에 활발히 쓰여 그 시대의 주 문체로 자리잡
았다.

그러나 『서유견문』은 당시의 국한문체의 형성에 영향을 끼쳤다는
것은 사실이지만 계몽기의 모든 국한문체가 『서유견문』의 문체를 따
랐다고 할 수 없고, 계몽기의 모든 국한문체가 동일한 양상을 보였다
고도 할 수 없다.

조규태(1992: 25)에서는 신채호를 비롯한 장지연, 박은식의 국한문체
가 『서유견문』의 문체와 다름이 없다고 보고 있지만, 그들의 문장 구
조를 분석해 보면, 한문 해체의 정도가 다르다는 것을 확인할 수 있다.
자세한 논의는 4장에서 다루겠다.

그 동안 계몽기의 국한문체의 유형을 분류하는 논의가 활발히 나왔
는데, 대표적인 논의로 민현식(1994ㄱ), 임상석(2008), 홍종선(2016ㄱ) 등
을 들 수 있다.

민현식(1994ㄱ)은 계몽기의 국한문체를 한국어 어순이냐, 중국어 어
순이냐 그리고 어절에 토를 다느냐, 구절에 토를 다느냐에 따라 한국
어 어순의 어절식 국한문체 즉 서유견문식 국한문체와 한문어순의 구
절식 국한문체 즉 중세 구결문의 모습을 닮은 호남학보식 국한문체[21]

---

21) 민현식(1994ㄱ: 127)에서는 다음과 같은 예를 들었다.

　ㄱ. 凡我留學生之在於東京者ㅣ 千則多ᄒ고 五百則少ᄒ니 要之可爲六七百人이라 卽六七百
　　　人이 自爲一家族社會ᄒ니 以一家族社會로 不有親睦團結之力이면 其不辱留學生之名

로 나누었다. 이 외에 임상석(2008)에서는 '한문 문장체(漢主國從), 한문 구절체(國主漢從의 시도), 한문 단어체(國主漢從)', '『소년』의 국한문체'와 같은 구분, 홍종선(2016ㄱ)은 '한문구 국한문체, 한문어 국한문체, 한자어 국한문체' 등의 구분을 보였다.

민현식(1994ㄱ), 임상석(2008), 홍종선(2016ㄱ) 등의 논의에서 계몽기 국한문체를 다양하게 분류한 것과 같이, 이 문체는 저자나 번역자에 따라 다양한 양상으로 존재하였다. 이러한 다양한 양상을 보인 것은 계몽기 지식인들의 한문 탈출 정도가 달랐기 때문이다. 전통적인 한문에서 거의 탈출하지 못한 지식인의 글은 '한문 문장체(漢主國從)'의 특징을 보이고, 한문에서 벗어나 한국어에 거의 가까운 문체에 도달한 지식인의 글은 '한문 단어체(國主漢從)'의 양상을 보인 것이다. 그리고 '한문 문장체(漢主國從)'과 '한문 단어체(國主漢從)'의 양상이 혼재되어 있는 계몽기 국한문체도 존재하였다.[22]

사실 계몽기의 국한문체의 유형을 분류하는 것은 쉽지 않다. 같은 작가의 같은 글에서도 한문의 통사구조가 해체되지 않아 그대로 사용되는 경우와 한국어 어순으로 한문의 통사구조가 해체된 경우, 구절에 한국어 토가 붙은 경우와 단어에 토가 붙은 경우 등 여러 가지 양상들이 공존했기 때문이다. 임상석(2008: 19)에서도 말했듯이 근대계몽기의 국한문체는 적잖은 개별 양상이 존재하며 몇 개의 기준으로 구분할 수 있는 간단한 문제가 아니다. 다만, 위에서 제시한 기존 논의들에서

義乎아…(大韓 留學生 學報 창간호, 1907. 3. 3)

ㄴ. …天下之學이 如政法之浩大과 理化之精微에 皆以書著로더 而獨此精神一科다 爲其父兄與敎師者ㅣ 只可以口授心傳이오 而不可以書著故也라…(湖南學報 7호, 1908. 12.)

22) 1894~1910년은 한국 역사상 최대의 전환점이자 신구(新舊)가 혼효·갈등한 기간이었다. 인간의 행위와 사고는 언어 문자의 형식으로 표현되기 마련이다. 그 당시의 혼효와 갈등은 문체에서도 그대로 확인할 수 있다(임형택 2008: 18).

구분한 몇 가지 유형이 가장 대표적인 것은 사실이다.

본 연구가 뒤에서 살펴보고자 하는 양계초 저술의 번역본에서도 한문 해체의 정도 차이 때문에 위에서 논의한 계몽기 국한문체에서 나타난 다양한 양상을 보인다. 한문 해체의 정도는 한국어 어순으로의 어순 재배치에서도 나타나겠지만, 한문 문장의 문법 요소에 대한 번역, 한문식 어휘에 대한 번역 등에서도 나타난다.

근대 지식인들이 번역한 양계초 저술의 번역 양상을 논의하기 전에, 4장에서는 먼저 양계초 한문 원문의 특징과 한국 내에서의 수용 양상을 살펴보겠다.

제4장

양계초 저술의 특징 및 한국 내 수용 양상

4.1. 양계초 저술의 특징

양계초는 중국 유명한 사상가이자 애국 운동가였다. 그는 '국민 교육'이 구국의 길이라고 주장하고 신문 매체를 통해 「애국론(愛國論)」, 「무술정변기(戊戌政變記)」, 「신민설(新民說)」 등 수많은 계몽의 글을 발표하였다. 그의 이러한 글들은 한국에도 유입되어, 당시 계몽 지식인들에게 많은 영향을 끼쳤다.

양계초의 글이 중국과 한국에서 환영을 받은 것은 그의 대부분의 주제가 '애국·계몽'이라는 점에서 그 원인을 찾을 수 있지만, 그가 고한문의 구속에서 벗어나 새로운 문체를 시도했다는 것도 중요한 원인이 된다.

양계초는 동성파 고문(桐城派古文)[23]이나 팔고문(八股文)[24]을 비롯한

---

23) 동성파(桐城派)는 청대(淸代)의 산문 유파이다. 중국 청나라 때, 당송 팔대가(唐宋八大家)

당시 중국의 주 문체였던 문언문(文言文)을 비판하고 신문체(新文體)[25]를 개발하여 그가 창간한『시무보(時務報)』,『신민총보(新民叢報)』등 애국·계몽의 신문에서 이 신문체로 많은 글들을 발표하였다.

우림걸(2002: 180)에서 논의했듯이 새로운 문체의 형성은 언제나 그 시대의 언어적 환경과 관련되기 마련이다. 양계초의 신문체의 형성도 역시 '서학동점(西學東漸)'의 시대적 조류로 인한 언어 환경의 변화와 구(舊)문체에 대한 비판 등 시대적 상황에서 이루어진 것이다.

아편전쟁 패배 후, 중국인들은 당시 중국의 문제가 '사회제도의 문제'와 '지식의 부족'에 있다고 반성하고, 서양의 신지식을 적극적으로

의 문장을 표준으로 삼고 주희(朱熹) 등의 철학을 바탕으로 하던 고문 문장가들의 무리를 동성파라고 했으며 강희(康熙) 시기부터 청나라 말기까지 청대 문단에 커다란 영향을 끼쳤다. 동성파의 문장은 간명(簡明)한 표현으로 뜻이 통하는 것을 중요시하여 중복되거나 나열하는 표현 방식은 사용하지 않았다.(『문학비평용어사전』 참조.)

24) 팔고문(八股文)은 명·청 2대에 걸쳐 과거(科擧)시험의 답안용으로 채택된 특별한 형식의 문체이다. 반드시 4단 구성으로 된 대구법(對句法)을 순서에 따라 배열하여 모두 팔고(八股)를 포괄하기 때문에 팔고문이라 부르는 것이다. 『사서오경(四書五經)』의 한두 구(句) 또는 여러 구를 제(題)로 하여, 고인(古人) 대신 그 의미를 부연하는 것이 제정 당시의 취지였다. 즉『사서오경』에서 출제를 하게 되는데 응시자들은 반드시 고인(古人)의 말투를 사용하여 글자 수(數), 문장길이, 성조의 고저 등 정해진 틀에 맞추어 글쓰기를 해야 했다. 1370년 8월 9일의 향시(鄕試)에서 처음으로 실시된 후부터 1901년 폐지될 때까지 이 팔고문은 지식인들을 적잖이 괴롭혔다.(『문학비평용어사전』 참조.)

25) 양계초는 1920년에 발표한『청대학술개론(淸代學術槪論)』에서 신문체에 대하여 다음과 같이 기술하고 있다.

啓超夙不喜桐城古文, 幼年學文, 學晩漢、魏、晉, 頗尙矜煉。至是自解放, 務爲平易暢達, 時雜以俚語、韻語及外國語法, 縱筆所至不檢束, 學者競效之, 號'新文體'。
(계초는 오래전부터 동성파의 고문을 좋아하지 않았다. 어려서부터 글을 지었으며, 晩漢과 魏晉의 정련된 글을 열심히 배웠다. 스스로 해방됨에 이르러서는 평이하고 창달한 글을 짓기 시작했다. 때로는 속담이나 운어 및 외국문법을 섞기도 하고, 구속을 받지 않았다. 학자들은 이것을 다투어 따라했으며, '신문체'라고 불렀다.)

이와 같이 양계초의 '신문체'는 동성파 고문을 비롯한 당시의 주요 문체인 고한문과 다르다는 의미에서의 '신(新)' 문체였다.

받아들이기 시작했다. 양계초는 한 나라의 발전은 그 나라의 '국민성'에 달렸다고 주장하고 '신민(新民)'이 당시 중국사회에 필요하고 시급한 일이라고 강조했다. 여기서의 '新民'는 'V+O' 구조로 이해해야 된다. 즉 '국민을 계몽시키다'의 의미인 것이다. 양계초는 문학을 무기로 삼아 '신민(新民)'과 '구국(救國)' 활동을 펼쳤는데 외국 서적의 번역,[26] 신문 출판 등을 통해 계몽사상을 전파하였다.

그러나 외국 서적이나 일본의 번역서를 고한문으로 옮긴다는 것은 결코 쉬운 일은 아니었다. 양계초는 고한문으로 계몽을 한다는 것은 불가능에 가깝다는 것을 깨닫고 신문을 통해 국민들에게 신지식을 소개하고 그들을 계몽시킬 수 있는 글쓰기 방식을 모색했다.

무술정변운동(戊戌政變運動)이 실패한 후, 양계초는 일본 망명생활을 떠나게 되었다. 그는 일본의 메이지 문화를 접하면서 자신의 글쓰기 방식을 더 발전시켜 나중에 중국의 문언문에 큰 충격을 준 '신문체'를 만든 것이다.

양계초는 자신이 개발한 신문체로 작성한 글을 신문을 통해 전파하여 민중을 계몽하는 일에 많은 힘을 쏟았다. 그는 또한 신문체를 「루소학안(盧梭學案)」(1910), 「홉스학안(霍布士學案)」(1901), 「근세문명 시조 2대가의 학설(近世文明初祖二大家之學說)」(1902), 「진화론 시조 다윈의 학설 및 약전(天演論初祖達爾文之學說及其略傳)」(1902), 「법리학 대가 몽테스키외의 학설(法理學大家孟德斯鳩之學說)」(1902) 등[27] 외국 서적의 번역에도 활발히 사용하였다.[28]

---

26) 청일전쟁 이전에는 서양서적의 번역이 중국인의 '직역(直譯)'으로 이루어졌는데, 청일전쟁 패배 후에는 주로 일본에서 번역한 서적을 '중역(重譯)'하는 경우가 더 많았다.

27) 강중기(2013) 참조.

28) 임상석(2014: 115)에서는 양계초의 이러한 신문체를 외국 서적의 번역에 광범위하게 사

신문체는 문언문 즉 고한문보다 훨씬 쉬운 표현을 사용하여 독자층을 넓히는 데에 성공적이었으며 또 일본의 근대적 신조어를 대량 사용하여 민중들에게 신지식을 전파하는 데에 효과적이었다.29)

쉬운 표현을 사용했다는 것은 사실 언문일치(言文一致)의 문제와 관련된 것이다(우림걸 2002: 188). 최형욱(2001: 420~423)에서 언급했듯이 양계초는 일본 망명 생활을 시작하기 전에 이미 언문일치에 대해 인식하고 있었다. 다음은 최형욱(2001)에서 제시한 양계초의 언문일치 사상이 반영된 글이다.

> (4) 古人之言卽文也, 文卽言也。自後世語言文字分, 始有離言而以文稱者, 然必言之能達之能達, 而後文之能成有固然矣!⋯⋯古人語言與文字合, 如禮儀左傳所載辭令, 皆出之口而成文也。
>
> (선인들의 말은 곧 글이었고, 글은 곧 말이었다. 후대에 언어와 문자가 분리되면서, 비로소 말에서 벗어나 글이라고 일컫는 것이 있게 되었다. 그런데 말이 능히 뜻을 잘 나타낼 수 있은 연후에야 글이 이루어질 수 있는 것이 당연하다. ⋯⋯선인들에게 있어서는 언어와 문자가 결합되어 있었다. 예를 들어 『禮儀』와 『左傳』에 실린 辭令은 모두 입에서 나와 문자가 된 것이다.)
>
> 「論幼學」
>
> (5) 抑今之文字, 沿自數千年以前, 未嘗一變, 而今之語言, 則數千年以來, 不啻萬百千變, 而不可以數計。以多變者與不變者相遇, 此文言相離之所由起也。
>
> (즉 오늘날의 문자는 수천 년 전부터 이어져 오며 한 번도 변

용한 것은 계몽기 한국에서 가장 유력한 참조 대상으로 문체의 전환에 번역이 수반된 과정을 명백하게 보여준다고 말하고 있다.

29) 신문체의 특징에 대한 자세한 논의는 최형욱(2001)를 참고할 수 있다.

하지 않았다. 그러나 오늘날의 언어는 수천 년 이래로 수없이 변하여 헤아릴 수도 없다. 많이 변한 것과 변하지 않는 것이 서로 만나게 되니, 이것이 문자와 언어의 분리가 말미암는 바이다.)

「沈氏音書序」

위에서 제시한 예를 통해 알 수 있듯이, 양계초는 고대에는 '언'과 '문'이 일치하였는데 나중에는 '언'은 발전하였는데, '문'은 수천 년 동안 그대로 발전하지 못하였다는 '언문불일치'의 언어 상황을 인식하고 있었다. 한문은 선진(先秦) 시대에는 일상 언어를 반영하는 언문일치체였다. 우리가 흔히 알고 있는 『論語』는 현대인에게는 문언문(文言文)이지만 당시 선진 시대의 사람들에게는 일상 구어를 기록한 공자(孔子)의 어록(語錄)이었다. '언문불일치'는 후세 사람들이 선진(先秦) 문학에 대한 맹목적인 숭배에서 초래된 것이다. 선진 시대 이후의 사람들은 글을 지을 때 선진 시대의 어법과 어휘들을 모방하는 데에만 열중하고, 글은 언어를 기록하고 의사소통을 하는 도구라는 것을 외면했다. 이렇게 구어는 발전하고 문어는 고대에 머무르게 되었다. 즉 언문불일치가 된 것이다. 이러한 '언문불일치'에 대한 해결책으로 양계초는 '신문체'를 내놓은 것이다.

신문체가 쉬운 표현을 사용했다는 것은 주요하게 '문장 성분의 해방'에서 나타난다. 고한문은 문장의 간결함을 추구함으로 목적어나 수식어 등의 문장 성분을 생략하였다. 이러한 문장 성분의 생략 때문에 고한문을 이해하는 것은 어려운 일이었고 지식인들만이 할 수 있는 일이었다. 신문체는 고한문에서 생략된 문장 성분을 해방시켰다. 문장 성분을 해방시켰다는 것은 주어, 술어, 목적어, 수식어 등 성분을 문장에 나타나게 했다는 것이다. 이러한 해방을 통해 독자들은 문장의 의미를 파악하기 훨씬 쉬워졌던 것이다. 예를 들면 동성파 고문인 "余在刑部獄"와 신문체 문장인 "余兒時常伴親屬出鄕赴熊本"을 비교하면 동성파 문장인 '余在刑部獄'는 '나는 형부(刑部)에서 감옥에 들어갔다'라는 뜻을 표현하고자 하는 문장인데, 여기서는 명사 '獄'을 동작동사(action verb)로 사용하여 '감옥에 들어가다(入獄)'의 의미를 나타냈다. 이것은 고한문에서 흔히 볼 수 있는 특징이다. 반면에 양계초의 신문체는 '余兒時常伴親屬出鄕赴熊本(나는 어린 시절에 자주 친한 사람들과 함께 고향을 떠나 웅본에 갔었다.)'에서처럼 동사나 목적어를 생략하지 않았다.

양계초의 신문체는 동성파 고문을 비롯한 고한문에서 어느 정도 벗어났으나 여전히 고한문의 특징을 보였다. 양계초의 글에서는 뒤에서 살펴볼 고한문의 대표적인 특징으로 볼 수 있는 '주어+之+술어' 구문을 발견할 수 있고, 고한문에서만 사용되는 '焉, 歟, 哉, 者, 也, 矣, 乎' 등의 문종결 허사도 쉽게 확인할 수 있다.

그러나 신문체가 일상에서 흔히 사용되는 쉬운 표현을 문장에 도입하고, 문장 성분을 해방시킴으로써 '문(文)'과 '언(言)'의 거리를 어느 정도 좁히는 데에 성공하였다는 것은 부정할 수 없는 사실이다.[30]

양계초와 그의 저술을 번역한 한국 지식인들은, 고한문에 대한 태도는 같았다. 근대의 '언문일치'의 분위기 속에서 그들은 모두 '한문 해

---

30) 최형욱(2001: 423)에서는 신문체에 대해 다음과 같이 기술하고 있다.
　　"결국 양계초가 추구한 신문체는 일상생활에서 쓰는 구어로된 문체는 아니었지만, 무엇보다 평이창달(平易暢達)에 힘씀으로써, 원래 일치되었다가 분리되었던 '문'과 '언'의 거리를 다시 점차 가깝게 하고, 또한 이전 고문의 격식이나 의법(義法)을 무시하고 자기의 생각을 자유롭게 써 내려가 오직 독자들의 분명한 이해에 주의를 기울임으로써, 일정한 문화적 소양을 지닌 사람들이라면 쉽게 이해하고 사용할 수 있는 혁신적인 문언문 또는 '반문반백'의 문체였다고 할 수 있다."

체'의 길을 모색하였다. 이러한 과정에서 양계초는 고한문에서 어느 정도 탈출한 신문체를 내놓았고, 한국 지식인들은 문장 성분을 쉽게 확인할 수 있는 신문체의 글을 재빨리 어순 재배치를 할 수 있었던 것이다. 물론 아무리 문장 성분을 해방시켰다고 해도 고한문의 특징을 보류하고 있는 한, 구어와는 거리가 있기 마련이고, 모든 문장의 문장 성분이 해방된 것도 아니었다. 따라서 양계초 저술의 번역본에서도 고한문적인 특징을 볼 수 있다.

양계초의 저술의 또 다른 특징은 근대에 형성된 일본 신조어가 적지 않게 발견된다는 것이다. 沈國威(2012: 74)에서는 중국이 일본어 어휘를 처음 들여오던 상황을 말할 때 양계초, 엄복(嚴復), 왕국유(王國維)를 빼놓고는 이야기할 수 없다고 보고 있다.

양계초 저술에는 '改革, 經濟, 公司, 財務, 公民, 個人, 電車, 團體, 動機, 關係, 影響' 등의 수많은 일본 신조어들이 등장하는데, 당시 중국인들은 양계초의 글을 읽으면서 이러한 신조어들을 접하게 되었다. 양계초의 저술에서 등장한 근대 신조어들을 제시하면 다음과 같다.

다음 (6)은 『무술정변기』에서 추출한 근대 신조어들이고, (7)는 『월남망국사』에서 추출하였다.[31]

(6) 改革 講義 經理 經費 經營 經濟 警察 考試 公司 工業 工資 課級 課
程 關係 礦務局 礦物 礦産 教堂 教練 教師 教案 教會 國家 國敎 國
權 國民 國事 國勢 國會 國際 公法 軍律 權利 權限 規模 規則 機器
大學 道路 圖書 圖書館 同僚 領事 料理 輪船 律例 律法 律學 利權
利息 利益 理財 貿易 文明 文體 物理 美術 民權 民律 民法 民事 民

---

31) 劉正琰・高名凱・麥永乾・史有爲(1984), 이한섭(2014), 香港中國語文學會(2001), 沈國威
(2012), 崔惠善(2013) 등을 참조하였다.

險 陪審 翻譯 法規 法律 法制 兵權 報章 報紙 使館 事務 師範學 司
法 償款 商律 商務 商法 商情 商貨 商會 小學 訟律 市場 薪水 薪資
溫和主義者 外交 外交官 郵船 郵政 郵政局 衛生 委員 銀行 陰謀 飮
食 議論 醫理 議員 議院 醫學 人民 咽喉 資格 自由 財政 電 專家
傳敎 電報 電線 電信 戰艦 節目 政權 政府 政治 制度 條理 種族 宗
旨 中學 證券 地球 地球圖 地圖 地理 紙幣 職業 執政 執照 天文 鐵
路 鐵路局 鐵艦 體制 鈔票 總理 董事 侵權 統計 通商 退休 學會 海
關 行政 憲法 血脈

『戊戌政變記』

(7) 法律 文明 團體 組織 人民 住宅稅 稅關 警察署 政府 植民地 獨立政
策 權利 義務 計劃 同盟 運動 電線 鐵路 自由 出版 世界 民權 民黨
議會 同胞 議黨 議兵 巡警 規則 貿易 關係 公司 卒業證 天堂 條約
司法 進化 財權 領事 利息 基督教 政治 宗敎 主權 居民 帝國 强權
者 地球 新聞 國權 改革 雜誌 廣告

『越南亡國史』

4.2. 양계초 저술의 한국 내 수용 양상

근대계몽기의 한국 지식인들은 1899년부터 1914년까지 양계초의 저
술을 지속적으로 번역·소개하였다. 양계초의 저술은 신문, 잡지, 학
회지뿐만 아니라 단행본으로도 출판되었다. 한국 내 양계초 저술의 수
용 양상을 표로 제시하면 다음과 같다. <표 1>은 신문 및 잡지에 실
린 것을 정리한 것이고, <표 2>는 단행본으로 출판된 것을 정리한 것
이다.32)

〈표 1〉 신문·잡지에 수록된 글

신문 잡지	기사 제목	문체	발행일	번역자[33]	출처[34]
皇城新聞	愛國論	국한	1899. 03. 17~03. 18	譯者未詳	
	讀越南亡國史	국한	1906. 08. 28~09. 05	譯者未詳	
	滅國新法論	국한	1907. 05. 01~05. 04	譯者未詳	
	梁啓超氏談話	국한	1908. 12. 02	譯者未詳	日本每日新聞
大韓自强會報	敎育政策私議	국한	1906. 09. 25	張志淵	
	敎育政策私議(續)		1906. 10. 25		
	論報館有益於國事 (原文)	한문	1907. 01. 25		
	論報館有益於國事 (原文)		1907. 02. 25		
	理財說	국한	1907. 04. 25~06.25	金成喜	史記貨殖列傳今議
獨立新聞	愛國論	국문	1899. 07. 27~28	譯者未詳	
時事叢報	去國行	한문	1899. 08. 09	徐小隱	
新韓民報	無名之英雄일홈업는 영웅	국문	1909. 06. 16	譯者未詳	
大韓每日申報	自曆二首	한문	1906. 10. 09		
	書感寄友人	국한	1906. 10. 12	譯者未詳	
	志未酬	한문	1906. 10. 13		
	澳亞歸舟	한문	1906. 10. 14		
	羅蘭夫人傳	국문	1907. 05. 23	譯者未詳	
太極學報	自由論	국한	1906. 10. 24	文一平	
	無名의 英雄	국한	1908. 02. 24	農窩生 鄭濟原	
朝陽報	滅國新法論	국한	1906. 10. 25	譯者未詳	
帝國新聞	動物論	국문	1906. 11. 20~11. 21	譯者未詳	動物談
共立新報	敬告我靑年同胞	국문	1907. 06. 21	譯者未詳	
	國의 老少가 人의		1907. 12. 20	譯者未詳	中國魂

---

32) <표 1>과 <표 2>는 우림걸(2002: 30~35)에서 정리한 양계초의 저술을 바탕으로 수
정 및 보완한 것이다.

신문 잡지	기사 제목	문체	발행일	번역자33)	출처34)
	老少로 同함 譯 中國魂		1907. 12. 27		
			1908. 01. 08		
	텬하에 가장 비루ᄒ고 미운 쟈ᄂᆞᆫ 제 나라 일을 남의 일 보 듯 ᄒᆞᄂᆞᆫ 것 譯中國魂		1908. 01. 15	譯者未詳	
			1908. 01. 22		
	방관자를 꾸짓는 글 譯中國魂		1908. 01. 29	譯者未詳	
			1908. 02. 05		
			1908. 02. 12		
	아국의 쇠약ᄒᆞᆫ 근원 譯中國魂		1908. 02. 19	心農	
			1908. 02. 26		
			1908. 03. 04		
			1908. 03. 11		
			1908. 03. 18		
	中國積弱溯源論(譯中國魂)		1908. 03. 25	心農	
			1908. 04. 01		
			1908. 04. 08	何書生	
			1908. 04. 15	心農	
			1908. 04. 22		
			1908. 04. 29		
			1908. 05. 06	心農	
			1908. 05. 13		
	過渡時代論 (譯中國魂)		1908. 05. 20	心農	
			1908. 05. 27		
			1908. 06. 03		
	論近世國民競爭之大勢(譯中國魂)		1908. 06. 10	譯者未詳	
			1908. 06. 17		
	論中國與歐洲國體之異同(譯中國魂)		1908. 06. 24	譯者未詳	
			1908. 07. 08		
			1908. 07. 14		
			1908. 07. 22		
	國家思想變遷異同論 (譯中國魂)		1908. 07. 29	譯者未詳	
			1908. 08. 05		
			1908. 08. 12		
	十種德性相反相成議 (譯中國魂)		1908. 08. 19	譯者未詳	
			1908. 08. 29		

신문 잡지	기사 제목	문체	발행일	번역자33)	출처34)
			1908. 09. 02		
			1908. 09. 09		
	當以競爭求和平 (譯中國魂)		1908. 09. 16	譯者未詳	
			1908. 09. 23		
			1908. 09. 30		
	排外主義(譯中國魂)		1908. 10. 07	譯者未詳	
			1908. 10. 14		
	論國家思想 (譯中國魂)		1908. 10. 21	譯者未詳	
			1908. 10. 28		
			1908. 11. 04		
	論進取冒險 (譯中國魂)		1908. 11. 04	譯者未詳	
			1908. 11. 11		
			1908. 11. 18		
大韓協會報	論幼學	국한	1908. 01. 25	洪弼周	
			1908. 02. 25		
	小說(動物談)	국한	1908. 04. 25	譯者未詳	
	斯賓塞論日本憲法」 (原文)	한문	1908. 04. 25		
	變法通議序	국한	1908. 05. 25	譯者未詳	
	學校總論	국한	1908. 06. 25~	洪弼周	
			1908. 07. 25		
			1908. 08. 25		
			1908. 09. 25		
	論師範		1908. 12. 25		
	國民十大元氣		1909. 03. 25		
西北學會月報	世界最小民主國	국한	1908. 07. 01	一吘生	
	論毅力	국한	1909. 03. 01	譯者未詳	
			1909. 04. 01		
湖南學報	政治學說	국한	1908. 07. 25	李沂	
			1908. 08. 25		
			1908. 09. 25		
			1908. 10. 25		
			1908. 11. 25		
			1908. 12. 25		
			1909. 01. 25		
			1909. 03. 25		
畿湖興學會月報	霍布士學說第一	국한	1909. 01. 25	李春世	

신문 잡지	기사 제목	문체	발행일	번역자[33]	출처[34]
			1909. 02. 25		
			1909. 03. 25		
			1909. 04. 25		
			1909. 05. 25		
西友	自厲 二首 (原文)	한문	1906. 12. 01		
	大同志學會序」(原文)	한문	1906. 12. 01		
	學校總論	국한	1907. 01. 01	朴殷植	
			1907. 02. 01		
			1907. 03. 01		
			1907. 04. 01		
	愛國論第一	국한	1907. 01. 01	朴殷植	
	動物談(原文)	한문	1907. 02. 01		
	論學會	국한	1907. 03. 01	李甲	
	惟心論(原文)	한문	1907. 03. 01		
	師範養成의 急務	국한	1907. 04. 01	朴殷植	論師範
	論幼學	국한	1907. 05. 01	朴殷植	
			1907. 06. 01		
			1907. 07. 01		
			1907. 08. 01		
			1907. 09. 01		
	冒險勇進은 靑年의 天職	국한	1907. 11. 01	金河琰	論冒險與進取
	女子敎育의 急先務	국한	1908. 02. 01	金河琰	論女學

〈표 2〉 단행본

번역자	번역서	문체	발행일
玄采	淸國戊政變記	국한	1900. 09
	越南亡國史		1906. 11

33) 이 표에서는 역술(譯述)과 중역(重譯)을 세분하지 않고 번역으로 보고자 한다. 역술은 번역자의 언술이 일종의 편집 행위(삭제, 축소, 확대)를 거치며 번역 텍스트에 적극 개입하는 경우이다. 중역은 여기서 근대계몽기에 많은 번역 텍스트들이 서양의 원문을 기점으로 삼아 영어→일본어/중국어→국(한)문으로 번역된 경우를 말한다(김남이 2011: 141 참조).

34) 양계초 원문의 제목과 다른 것만 표시하였다.

번역자	번역서	문체	발행일
	越南亡國史 再版		1907. 05
	「世界最小民主國」, 『幼年必讀』 卷二 釋義에 수록		1907. 07. 11
	「越南亡國史」, 『幼年必讀』 卷四 釋義下 敎師用에 수록		1907. 07. 11
周時經	월남망국사	국문	1907. 10
	월남망국사 재판		1908. 03
	월남망국사 3판		1908. 06
	이태리건국삼걸젼		1908. 06. 13
李相益	월남망국사	국문	1907. 12
全恒基	飮冰室自由書 (成敗, 卑士麥與格蘭斯頓傳播文明三利器, 自由祖國之組, 地球第一守舊黨, 文野三界之別, 英雄與時勢, 近因遠因之說, 草茅危言, 養心語錄, 理想與氣力, 自助論, 偉人訥耳遜軼事, 放棄自由之罪, 國權與民權, 破壞主義 自信力, 善變之豪傑, 加布兒與諸葛孔明, 論强權, 文明之精神, 獨立, 豪傑之公腦, 孟德斯鳩之學說, 精神敎育者自由敎育也, 祈戰死, 中國魂安在乎, 答客難, 憂國與愛國,, 保全支那, 惟心, 慧觀, 無名之英雄, 志士箴言, 天下無價之物, 舌下無英雄筆底無奇士, 世界最小之民主國, 維新圖說, 十九世紀之歐洲二十世紀之中國, 異哉所謂支那敎育權者, 俄人之自由思想, 二十世紀之新鬼, 難乎爲民上者, 煙士披里純, 無慾與多慾, 說悔, 機埃的格言, 富國强兵, 世界外之世界, 輿論之母與輿論之僕, 文明與英雄之比例, 干涉與放任, 不婚之偉人, 嗜報國民, 奴隷學, 西村博士自識傳, 加藤博士大則百話, 希望與失望, 國民之自殺, 成敗, 答飛生, 答和事人, 記斯賓塞論日本憲法語, 記越南亡人之言 以下甲辰, 記日本一政黨領袖之言)	국한	1908. 04. 10
張志淵	中國魂	국한	1908. 05
朴殷植	「大同誌學會序」, 『高等漢文讀本』에 수록	국한	1910
申采浩	伊太利建國三傑傳	국한	1907. 07. 25
李輔相	匈牙利愛國者葛蘇士傳	국한	1908. 04
李豊鎬	新譯 生計學說	국한	1908
劉鎬植	民族競爭論	국한	1908
閔濬鎬	十五小豪傑	국문	1912. 02. 05
金澤榮	「麗韓十家文抄序」(原文), 『麗韓十家文抄』에 수록	한문	1914

위에서 제시한 <표 1>, <표 2>에서 확인할 수 있듯이 양계초의 글

을 번역·소개한 가장 대표적인 매체로는 『황성신문(皇城新聞)』, 『대한매일신보(大韓每日申報)』, 『대한자강회보(大韓自强會報)』, 『대한협회보(大韓協會報)』, 『공립신보(共立新報)』, 『서우(西友)』 등을 들 수 있고, 양계초의 저술을 번역한 계몽기의 대표 지식인으로 현채, 신채호, 장지연, 박은식을 들 수 있다.

양계초의 글은 『독립신문』, 『공립신보』, 『신한민보』, 『제국신문』 등 몇몇 신문을 제외하고 모두 국한문체로 번역되었고, 단행본을 출판한 지식인들도 주시경과 이상익을 제외하고는 모두 국한문체를 선택하였다.

위의 표에서도 확인할 수 있듯이 양계초의 저술 중에서 가장 많이 번역된 것은 『월남망국사』이다. 우림걸(2002), 최박광(2005), 송엽휘(2006), 이종미(2006) 등 논의들에서 밝힌 바와 같이 『월남망국사』는 1900년대 한국 독자들에게 가장 널리 읽혀진 책 중의 하나이다. 이 책은 1905년 9월에 상해(上海) 광지서국(廣智書局)에서 발간되고, 1906년 11월에 한국 애국계몽가인 현채에 의해 국한문체로 번역·소개되었다. 『월남망국사』는 1907년 5월에 재판을 하였고, 1907년에는 현채의 『유년필독(幼年必讀)』에 수록되어 학교 교재로도 사용되었다. 1907년 11월에, 주시경은 순국문으로 『월남망국사』를 번역하였다. 주시경의 순국문본은 그 다음 해인 1908년에 3판까지 발행되었고, 같은 해 12월에는 이상익본 순국문체 『월남망국사』가 발행되었다.[35]

계몽기의 신문·잡지에 많이 소개되거나 단행본으로 출판된 양계초 저술의 번역으로 또한 「애국론(愛國論)」, 「논유학(論幼學)」, 「세계최소민주국(世界最小民主國)」, 「중국혼(中國魂)」, 『이태리건국삼걸전(伊太利建國三傑

---

[35] 『월남망국사』는 1949년에 김진성(金鎭聲)에 의해 국한문체로 다시 간행되었다. 이 시기는 본서의 연구 범위에 포함되지 않기 때문에 표에 넣지 않았다.

傳)』,『청국무술정변기(淸國戊戌政變記)』,『음빙실자유서(飮氷室自由書)』등
을 들 수 있다.

근대계몽기의 한국은 주로 중국과 일본 서적을 통해 서구 문화를
접촉하고, 1910년 이전에는 중국 서적이 대부분이었다는 것이 사실이
지만 한 개인의 저술이 이처럼 많이 번역·소개된 것은 흔한 일이 아
니다. 이것은 한국 지식인들이 높은 한문 소양을 갖고 있어 중국 서적
을 읽고 번역하는 것이 크게 어렵지 않았던 이유도 있겠지만, 양계초
의 저술들의 주제가 대부분 애국계몽, 영웅, 교육정책, 신민사상 등이
었다는 것도 원인 중의 하나였을 것이다.

19세기 말 20세기 초의 조선사회는 내우외환(內憂外患)을 맞고 있던
중국의 현실과 비슷하였다. 청일전쟁에서 승리한 일본은 1905년의 을
사조약을 통하여 총독 통치를 실시하였으며, 1910년에는 한일합방을
자행하였다. 이러한 시대적 상황에서 조선의 애국 지식인들은 애국계
몽 운동과 자주독립의 길을 모색하였다. 이런 중요한 시각에 양계초의
애국계몽사상은 그들의 귀중한 사상적 무기가 되었을 것이다. 조선의
애국 지식인들은 애국과 계몽에 관한 양계초의 저술을 적극 번역·소
개하고 서양의 앞선 근대문화를 조선인들에게 전파하였던 것이다.[36]

---

36) 우림걸(2002: 35~36) 참조.

| 제5장 |

구문의 번역 양상

5장에서는 국한문체로 번역된 양계초 저술의 구문적 특징을 살펴보겠다. 본 연구에서는 장지연, 박은식, 신채호, 그리고 현채의 번역본을 비교하는 방법으로 그 번역 양상을 살펴볼 것이다. 이 네 사람은 모두 근대계몽기의 영향력 있는 지식인들이고 계몽기 국한문체 표기에 있어서 선명한 차이점을 보이고 있으므로, 당시 계몽기 양계초 저술의 다양한 번역 양상을 잘 보여줄 수 있다.

5.1. 한국어 어순의 반영

5.1에서는 각 번역본의 한문 해체 정도를 살펴보겠다. 한국어 어순을 구문에 많이 반영할수록 한문에서 해체되고 언문일치에 접근하였다고 볼 수 있다. 대체로 이 시기의 국한문체는 한문 해체를 시도하고

언문일치로 접근하는 언문일치의 초기 단계에 있다고 봐야 한다.

전통적으로 동아시아는 한문을 공유하고 있었다. 일상적으로 말은 국어로 하더라도 문자 생활은 거의 한문으로 하는 이중 언어생활이었다. 중국의 경우도 마찬가지다. 일상적인 말은 중국어 구어로 했지만 글쓰기는 구어와 거리가 먼 고한문이었다. 동아시아 각국의 이러한 '언문불일치'의 언어생활은 오랜 기간 동안 지속되었다.

그러나 서구의 충격을 받아 근대를 맞이하면서 오랜 기간 동안 사용해 왔던 한문은 해체될 수밖에 없었다. 서양 선진 나라의 음성문자의 우월성과 언문일치의 언어생활이 일본에 의해 강조되면서 민족 의식과 자국어 의식이 대두되어, 한문 해체는 근대로 전환하는 과정에서 필수적인 절차가 되었다.

한국의 경우, 19세기 말에 이르러 갑오경장(甲午更張, 1894)을 계기로 전에 방언, 이언, 언어(諺語) 등으로 불렸던 한국말은 '국어'[37]로 불리게 되었고, 한글로 기록해 온 '언문(諺文)'도 '국문'으로 바뀌었다.

같은 해 11월에, 고종이 "모든 법령이나 칙령은 국문을 본(本)으로 삼되 한문이나 한자를 혼용하는 漢文附譯 혹은 國漢文 형식으로 발표된다"는 칙령1호를 공포함으로 전에 순한문으로만 쓰였던 관보나 공사문서(公私文書)들이 국한문으로 쓰이게 되었고 순한글문이 곧 '국문'

---

37) 이병기(2015)에 따르면 훈민정음 창제 이전의 '국어'의 개념은 당시 한국에서 사용되던 언어를 다른 언어와 구별되는 하나의 대상으로 인식하였다. 하지만 언어 자체가 민족을 드러낸다거나 언어 공통체로서의 민족을 인식하는 면모는 발견되지 않는다. 그러다 훈민정음 창제 된 후, 훈민정음에 나타난 '國語'는 중국을 비롯한 다른 나라의 말과 다른 당시의 한국말을 대상화하여 지시한 것이다. 이러한 대상화는 물론 '國語'를 민족 내지는 국가와 강하게 묶여 있는 대상으로 인식하였을 때 가능한 것이다. 그런데 '國語'에 대한 이러한 민족적 자각은 15, 16세기 다른 문헌에서는 좀처럼 찾아보기 어렵다. 훈민정음에서도 '國語'를 '方言俚語', '諺' 등으로 지시하고 있어 '國語'에 함의된 민족의식은 언어를 통해 형성된 민족 공동체를 자각하는 단계에까지 이른 것은 아니라고 판단된다.

이 되었다.

이 시기『독립신문』은 '음성문자'와 '언문일치'의 근대적 기준을 내세워 급진적 순국문을 주장했으나 한문에 익숙한 독자들의 호응을 받지 못했다.

계몽기 초기의 한국은 아직 수천 년 동안 사용해 온 전통적인 한문에서 완전히 벗어나지 못했으며 한문에 민족의 요소인 한글을 삽입시키는 식으로 '언문일치'로 접근하는 준비 단계에 있었던 것이다.

양계초의 저술을 번역한 장지연, 박은식, 신채호, 현채도 한문에 익숙한 지식인들이었고, 이들의 저술이나 번역도 이러한 시대적 상황에서 자유로울 수 없었다.

그러나 이들의 번역을 보면, 한문 원문에 대한 의존도가 확연한 차이를 보인다. 장지연과 박은식의 번역은 한문 문장이 분리되지 않은 채 한글토만 단 정도의 번역이었고, 신채호의 번역은 이들보다 한국어 어순에 더 가까웠고, 현채는 한문 문장을 한국어 어순으로 해체시켜, 한국어에 가까운 번역을 하려는 노력을 보였다.

구체적인 예를 통해 살펴보겠다. (8)는 장지연이 1906년에『대한자강회월보』에 발표한「교육정책사의(敎育政策私議)」라는 글에서 가져온 것이고, (9)는 박은식이 1907년에『서우』에 발표한「애국론(愛國論)」의 일부이다.

(8) 장지연

a. 當十八世紀以前, 歐美各國小學之制度未整 ; 至十九世紀以後, 巨眼之
政治家始確認敎育之本旨在養成國民。普之皮裏達埒法夏哥士等, 首倡
小學最急之議 ; 自茲以往, 各國從風。德將毛奇於師丹戰勝歸國之際, 指
小學校生徒而語曰 : 非吾儕之功, 實彼等之力, 蓋至言也。今中國不欲

興學則已, 苟欲興學, 則必自以政府幹涉之力强行小學制度始。今試取
日本人所論教育次第, 撮爲一表以明之。

a'. 當十八世紀 以前에는 歐美 各國의 少學之制度가 未整이라가 至十
九世紀以後ᄒ야 巨眼之政治家ㅣ 始確認敎育之本旨가 在養成國民
ᄒ고 普之皮里達坊夏哥土等이 首倡小學最急之議ᄒ익 自玆以往으
로 各國이 從風ᄒ야 德將毛寄가 於師丹戰勝歸國之際에 指小學生
徒而語曰非吾儕之功이라 實彼等之力이라 ᄒ니 蓋至言也라 今吾國
이 不欲興學則已어니와 苟欲興學인듸 必自以政府干涉之力으로 强
行小學制度가 可也니 今에 試取日本人所論敎育次第ᄒ야 撮爲一表
以明之ᄒ리니

　　　　　　　　　　　　　　　　　　　　　　　　　「敎育政策私議」

b. 由此觀之, 敎育之次第, 其不可以躐等進也明矣。夫在敎育已興之國,
其就學之級, 自能與其年相應;若我中國今日之學童, 則當其前此及
年之日, 未獲受相當之敎育, 其德知情意之發達, 自比文明國之學童低
下數級, 而欲驟然授之, 烏見其可?

b'. 由此觀之면 敎育之次第가 其 不可 躐 等 也ㅣ 明矣라. 夫在敎育已
興之國에도 其就學之級이 自能與其年相應이어늘 若 我國은 今日
之學員이 當前 此 及 年之日ᄒ야 未受相當之敎育ᄒ니 其 知德意
情之發達이 自比文明國之學童이면 低下數級이어늘 欲驟然授之ᄒ
면 烏見其可也리오

　　　　　　　　　　　　　　　　　　　　　　　　　「敎育政策私議」

c. 抑學校之議、所以倡之累年而至今不克實施, 或僅經營一省會學堂而以
自足者, 殆亦有故焉:則經費無出是也。夫欲擧全國之中學小學而悉以
國帑辦之, 無論財政極窘之中國所不能望也, 卽極富如英美蓋亦不給焉
矣。各國小學皆行義務敎學;義務雲者:其一、則及年之子弟皆有不
得不入學之義務也, 其二、則團體之市民皆有不得不擔任學費之義務也。
日本明治二十三年所頒法律, 號稱地方學事通則者, 其第二條雲:"凡
一區或數區相合所設之小學校, 其設立費及維持費, 由居寓本區之人有

實業(有土地家宅者)及營業(無鋪店之行商不在內)者共負擔之；若其區
原有公産, 則先以公産之所入充之."此制蓋斟酌各國法規所定也.

c'. 抑學校之議】 所以倡之屢年에 至今不克實施ᄒ고 或僅經營一省會
學堂ᄒ고 己自足者】 迨亦有故**焉이라**. 則經費無出이 是**也니** 夫欲
擧全國之中學小學而悉以國帑으로 辦之ᄒ면 無論財政蕩竭之我國
ᄒ고 卽 極富如英美라도 亦不給**焉矣라**. 各國 小學이 皆行義務敎
育이라 ᄒ니 義務云者는 其一則及年之子第가 皆有不得不入學之義
務**也오** 其二則團體之市民이 皆有不得不擔任學費之義務也라. 日本
明治卄二年所頒法律의 號稱地方學事通則者에 其 第二條 云. 凡 一
區 或 數區의 相合所設ᄒ 小學校에 其 設立費와 及 維持費를 由居
寓本區之人이 有實業(有土地家宅者) 及 營業(無鋪店之行商은 不在
內) 者가 其 負擔之ᄒ고 若 其 區에 原有公産이면 先以公産之所入
으로 充之라 ᄒ니 此 制는 蓋 斟酌 各國 法規의 所 査定**者라**.

「敎育政策私議」

(9) 박은식

a. 泰西人之論中國者, 輒曰：彼其人無愛國之性質。故其勢渙散, 其心耍
懦, 無論何國何種之人, 皆可以掠其地而奴其民, 臨之以勢力, 則帖耳
相從。啗之以小利, 則爭趨若鶩, 蓋彼之視我四萬萬人, 如無一人**焉**, 惟
其然也。<u>故日日議瓜分, 逐逐思擇肉</u>, 以我人民爲其幸下之隷。以我財
産爲其囊中之物, 以我土地爲其版內之圖, 揚言之於議院, 勝說之於報
館。視爲固然, 無所忌諱, 詢其何故?則曰支那人不知愛國故。哀時客
曰：“嗚呼!我四萬萬同胞之民, 其重念此言**哉**。”

a'. 泰西人의 論中國者】 輒曰：彼其人이 無愛國之性質이라. 故로 其
勢渙散ᄒ고 其心軟懦ᄒ야 無論何國何種之人이던지 皆可以掠其地
ᄒ고 奴其民ᄒ야 臨之以勢力이면 帖耳相從ᄒ며 啗之以小利ᄒ면
爭趨若鶩라 ᄒ니 盖彼之視我四萬萬人을 如無一人**焉이라** 惟其然也
<u>故로 日日노 瓜分을 議ᄒ며 逐逐히 擇肉을 思</u>ᄒ야 以我人民으로

爲其圈下之隷ᄒ며 以我財産으로 爲其囊中之物ᄒ며 以我土地로 爲
其版內之圖ᄒ야 議院에 揚言ᄒ며 報舘에 騰說ᄒ되 視爲固然ᄒ야
無所忌諱ᄒ니 詢其何故ᄒ니 曰：支那人이 不知愛國ᄒᄂᆫ 緣故라
ᄒ니 哀時客이 曰："嗟乎라!我四萬萬同胞之民은 其重念此言歟ᆫ
뎌."

「愛國論」

b. 哀時客又曰："嗚呼!異哉, 我同胞之民也。謂其知愛國耶, 何以一敗再
敗, 一割再割, 要害盡失, 利權盡喪, 全國命脈, 朝不保夕。而我民猶
且以酬以嬉, 以歌以舞, 以鼾以醉, 晏然以爲於己無與, 謂其不知愛國
耶?"顧吾嘗遊海外, 海外之民以千萬計, 類皆激昂奮發, 忠肝熱血, 談
國恥, 則動色哀嘆, 聞變法, 則額手踴躍, 睹政變, 則扼腕流涕。莫或
使之, 若或使之, 嗚呼!等是國也, 等是民也, 而其情實之相反若此。

b'. 哀時客이 又曰：嗚呼異哉라 我同胞之民이여 謂其知愛國耶딘 何以
로 一敗再敗ᄒ고 一割再割ᄒ야 要害를 盡失ᄒ며 利權을 盡喪ᄒ
야 全國命脈이 朝不保夕이로딘 而我民은 猶且酬ᄒ며 嬉ᄒ며 歌
ᄒ며 舞ᄒ며 鼾ᄒ며 醉ᄒ야 以爲於己에 無與라ᄒᄂᆫ뇨 謂其不知
愛國耶딘. 顧吾嘗遊海外ᄒ니 海外之民이 以千萬計라 類皆激昂奮
發ᄒ야 忠肝熱血로 國恥를 談ᄒ면 動色哀嘆ᄒ며 變法을 聞ᄒ면
額手踊躍ᄒ며 政變을 覩ᄒ면 扼腕流涕ᄒ야 莫或使之로딘 若或使
之ᄒ니 等是國也요 等是民也어ᄂᆞᆯ 其情實의 相反이 若此로다.

「愛國論」

c. 哀客請正告全地球之人曰："我支那人, 非無愛國之性質也, 其不知愛
國者, 由不自知其爲國也。"中國自古一統, 環列皆小蠻夷, 無有文物,
無有政體, 不成其爲國, 吾民亦不以平等國視之。故吾國數千年來, 常
處於獨立之勢, 吾民之稱禹域也, 謂之爲天下, 而不謂之爲國, 既無國
矣, 何愛之可雲?今夫國也者, 以平等而成, 愛也者, 以對待而起。《詩》
曰：兄弟鬩於墻。外禦其侮, 苟無外侮, 則雖兄弟之愛, 亦幾幾忘之
矣。故對於他家, 然後知愛吾家, 對於他族, 然後知愛吾族。遊於他省

者, 遇其同省之人, 鄉誼殷殷, 油然相愛之心生焉。若在本省, 則擧目
皆同鄉, 泛泛視爲行路人**矣**。

c'. 哀時客은 請컨디 全地球之人의게 正告ᄒ노니 曰：我支那人이 非
無愛國之性質이라 <u>其不知愛國者ᄂ 其國이 됨을 自知치 못흠으로
由ᄒ지라.</u> 中國은 自古一統이라 數千年來로 獨立之勢에 常處ᄒ야
天下라 謂ᄒ고 國이라 謂치 아니ᄒ얏스니 旣無國**矣라** 何愛之可
云이리오. 夫國也者ᄂ 以平等而成이오 愛也者ᄂ 以對待而起라. 詩
에 曰：兄弟鬪于墻이나 外禦其侮라ᄒ니 苟無外侮면 雖兄弟之愛
라도 亦幾忘之**矣라**. 故로 對于他家 然後에 知愛吾家ᄒ고 對於他
族 然後에 知愛吾族ᄒᄂ니 遊於他省者가 遇其本省之人ᄒ면 鄉誼
殷殷ᄒ야 油然相愛之心이 <u>生**焉호디**</u> 若在本省ᄒ면 擧目이 皆同鄉
일시 泛泛視爲行路人ᄒᄂ니라.

「愛國論」

위에서 제시한 (8), (9)에서 볼 수 있듯이, 장지연과 박은식은 대체로
양계초 한문 원문에 한글토를 단 정도의 번역이었다. 문장의 어순은
한문 어순을 그대로 유지하는 양상을 보여 번역이라고 할 수 있을지
의심스러울 정도이다.

그리고 굵은 글씨로 표시한 '焉, 歟, 哉, 者, 也, 矣, 乎' 등과 같은 문
종결 허사도 한문 원문 그대로 유지하고 뒤에 바로 한문토를 단 것을
확인할 수 있다.

장지연의 번역에서는 양계초 원문에 없는 문종결 허사를 번역본에
추가하는 경우도 발견된다. 그 예를 제시하면 다음과 같다.

(10) a. 今中國不欲興學則已, 苟欲興學, 則必自以政府幹涉之力强行小學
制度始。

b. 今吾國이 不欲興學則己어니와 苟欲興學인듸 必自以政府干涉
之力으로 强行小學制度가 可**也니**

(11) a. 自比文明國之學童低下數級, 而欲驟然授之, 烏見其可?

    b. 自比文明國之學童이면 低下數級이어늘 欲驟然授之ᄒ면 烏見
其可**也리오**

'焉, 歟, 哉, 者, 也, 矣, 乎' 등과 같은 문종결 허사는 고한문의 전형적
인 특징이라고 할 수 있는데, 장지연은 양계초 원문에 있는 문종결 허
사를 번역본에 그대로 반영하고 있으며, 원문에 문종결 허사를 사용하
지 않은 문장에도 '也니, 也리오'와 같이 한문 문종결 허사에 한글토를
단 구조를 번역본에 추가한 것을 확인할 수 있다.

박은식의 번역도 장지연과 같이 한문 원문에 한글토를 단 정도의
번역이 대부분을 차지한다. 그러나 한문을 해체하여 한국어 어순으로
전환한 예도 발견할 수 있다. 그 예를 제시하면 다음과 같다.

(12) a. 故日日議瓜分, 逐逐思擇肉

    b. 故로 日日노 瓜分을 議ᄒ며 逐逐히 擇肉을 思ᄒ야

(13) a. 睹政變

    b. 政變을 覩ᄒ면

(14) a. 其不知愛國者, 由不自知其爲國也。

    b. 其不知愛國者는 其國이 됨을 自知치 못흠으로 由흔지라.

이상에서 볼 수 있듯이 장지연과 박은식의 번역은 한문 원문의 어

순을 유지하고, 고한문의 전형적인 특징이라고 할 수 있는 문종결 허사를 번역본에 그대로 반영하는 것으로, 이들은 한문에서 거의 벗어나지 못했다고 할 수 있다. 특히 장지연은 한문 원문에 없는 문종결 허사를 번역본에 추가하는 번역 양상을 보여 박은식보다 한문에 더 의존하고 있다고 볼 수 있다. 박은식의 번역은 전체적으로 한문 원문의 어순과 문종결 허사를 그대로 유지하고 있지만, 위에서 제시한 (12~14)와 같이 한문을 한국어 어순으로 재배치한 문장을 발견할 수 있다.

다음은 신채호와 현채의 번역을 보겠다. (15)와 (16)은 신채호의 단행본 『이태리건국삼걸전(伊太利建國三傑傳)』에서 발췌한 부분이고, (17)과 (18)는 현채의 단행본 『월남망국사(越南亡國史)』와 『청국무술정변기(淸國戊戌政變記)』에서 발췌하였다.

(15) 신채호

   a. 萌蘖初生, 而牛羊牧之。蓋自拿破侖旣敗, 各國專制君相會議於維也納。絕世奸雄梅特涅。敢以「意大利不過地理上之名詞」一語。名目張贍以號於衆。於是盡復前者王族壓制之舊。全意仍爲若幹小國。爲外來種族波旁家哈菩士博家等所分領。其王位爲意大利人血族者。惟有撒的尼亞Sardinia國王之一家而已。而亦壓於羣雄, 奄奄殘喘。蓋至是而意大利闇無天日矣。時勢造英雄。嗚呼, 時勢至此, 豈猶未極**耶**。

   a'. 雖然이나 萌蘖이 纔生에 牛羊이 牧之라。拿破倫이 已敗하고 各國 專制君相이 維也納에서 會議할 새, 絕世奸雄 梅特捏이 敢히「伊太利는 地理上의 名詞에 不過하다는」語로 列國에 宣布하고 王族壓制의 舊觀을 盡復하며, 伊太利 全土를 許多小國으로 再分하여 外來의 種族, 波房家・哈菩士博家 等이 分領하고, 伊太利人의 血族으로 相傳하는 王位는 惟 撒的尼亞 一家而已인데, 亦 群雄에게 被壓하여 殘喘이 奄奄하니, 蓋此時에 至하며 伊太利 全國이 闇無天

日矣로다. 時勢가 英雄을 造하나니, 嗚呼라, 時勢가 至此하여도
豈猶未極**耶아**.

『伊太利建國三傑傳』

b. 先是瑪志尼以愛國熱血之所湧, 思有所憑藉, 乃投入加波拿里黨, 旣而
察其內情, 以爲此黨之人, 血氣有餘. 而道心不足. 當其瀝血淋漓指天誓
日. 雖凜凜然若薄雲霄而貫金石. <u>一遇挫折</u>, 荼然餒然, 前此之壯懷盛
氣, 銷磨盡**矣**.

b'. 先是에 瑪志尼가 愛國熱血의 所激에 同類相求의 意思로 加波拿里
黨에 投入하더니 旣而오 其內情을 察한즉 血氣는 有餘하나 道心
이 不足하여 其慷慨淋漓의 血로 指天誓日할 時에는 凜凜한 意氣
가 雲霄도 薄할듯 金石도 貫할듯하다가 <u>一遇挫折하면</u> 氷消灰冷
하여 昔日之壯懷盛氣가 銷磨盡**矣니**, 如此하고야 安能有**爲리오**

『伊太利建國三傑傳』

c. 瑪志尼以爲欲成大事者. 不可不先置成敗利鈍於度外. 今日不成, 期以
明日, 今年不成, 期以來年, 如是乃至十年二十年百年數百年, 所不辭
也.

c'. 瑪志尼는 以爲하되「大事를 成코자 하는 者는 利害成敗는 度外에
實하여 今日不成커던 期以明日하며, 今年不成커던 期以明年하여
或 十年・二十年・百年・數百年까지 至함도 可**也오**

『伊太利建國三傑傳』

(16) a. 及身不成, 期之於子. 子猶不成, 期之於孫, 如是乃至曾孫玄孫來
孫, 所不辭也. 吾力不成, 期諸吾友, 吾友不成, 期諸吾友之友,
乃至吾黨不成, 期諸他黨所不辭也, <u>惟求行吾志貫徹吾主義而已.</u>
<u>瑪志尼以爲非有此等氣魄此等識想者</u>, 不足以言革命, 不足以言天
下事.

b. 及身不成이어던 期之於子하며 子猶不成이어던 期之於孫하여
或 曾孫・玄孫・來孫까지 至함도 可**也오** 吾力이 不成이어던

期諸吾友하며 吾友不成이어던 期諸吾友之友하고 吾黨不成이
어던 期諸他黨도 可也라. 惟吾志를 行하고 吾主義를 貫徹할
而已니, 此等識想과 此等氣魄이 不有한 者는 革命을 不足與言
이며 天下事를 不足與言이오

『伊太利建國三傑傳』

(17) 현채

a. 余曰：貴國人心, 憤發若是。亦曾有組織團體以圖光復者乎?抑客言貴
國民氣有餘民智不足, 公等志士, 曾亦思所以遣子弟遊學海外, 爲自樹
立之遠計者乎?客曰：昔晉惠帝聞民有飢者, 咄之曰：何不食肉糜, 先
生之言, 毋乃類。吾越今法律, 苟非一戶眷屬, 敢有四人集於一室,
則緹騎且至, 而尙何組織團體之可言

b. 予曰 貴國人心의 憤鬱이 如此ᄒ니 其中에 團體를 組織ᄒ야 光復
을 圖ᄒᄂᆫ 者ㅣ 有ᄒᆫ가 또 公이 言ᄒ되 貴國의 民氣ᄂᆫ 有餘ᄒ나
民智가 不足ᄒ다 ᄒ얏스니 公 等과 如ᄒᆫ 志士가 子弟를 海外에
遣ᄒ야 自樹立ᄒᆯ 遠計를 行ᄒᄂᆫ 者ㅣ 幾人고 ᄒᆫ되 客曰 古語에
云ᄒ되 何不食肉糜라 ᄒ더니 今에 先生의 言이 此와 同ᄒ도다 今
에 法人의 法律이 一家 眷屬 外ᄂᆫ 敢히 四人이 一室에 集聚ᄒᆯ지
라도 緹騎(捕盜吏隷)가 立至ᄒᄂᆫ니 組織團體가 何有ᄒ리오

『越南亡國史』

(18) a. 政變之總原因有二大端, 其一由西后與皇上積不相能久蓄廢立之志
也。其二由頑固大臣痛恨改革也。西后之事旣詳前篇今更紀頑固
黨之事如下。

a'. 政變의 總原因이 二大端이 有ᄒ니 其一은 西太后ㅣ 皇上과
不相能ᄒ지 積久ᄒ야 廢立ᄒᆯ 志를 當蓄ᄒᆷ이오 其二ᄂᆫ 頑固
大臣이 改革을 痛恨ᄒᆷ이라 今에 頑固黨의 事蹟을 下錄ᄒ노라

b. 去年, 湖南巡撫陳寶箴擬在湖南內河行小輪船, 湖廣總督張之洞不

許曰, 中國十八省, 惟湖南無外國人之足跡。今一行小輪船, 則外
人將接踵而至矣。陳詰張曰, 我雖不行小輪, 甯能禁外人之不來
乎。張曰, 雖然但其禍不可自我當之耳。若吾與君離湖南督撫之
任, 以後雖有事而非吾兩人之責也。於是小輪船之議卒罷。

b'. 湖南 巡撫 陳寶箴은 慷慨曉事人이라 去年에 湖南內河에 小輪
船을 行코자 ᄒᆞᆺ더니 湖廣 摠督 張之洞이 不許曰 中國 十八
省 中에 오작 此省에 外國人의 足跡이 無ᄒᆞ거늘 今에 小輪船
을 用ᄒᆞ면 外人이 장찻 接踵ᄒᆞ야 來ᄒᆞ리라 ᄒᆞᄂᆞᆫ지라 陳寶箴
曰 萬一 公意와 如ᄒᆞᆯ진딘 小輪船이 無ᄒᆞ면 外人의 來ᄒᆞᆷ을 禁
止ᄒᆞ겟ᄂᆞᆫ가 ᄒᆞ딘 張 曰 君 言이 是ᄒᆞ도다 然이나 다만 其
禍를 我가 自當ᄒᆞᆯ 비 아니오 君 吾 兩人이 湖南 督撫의 任을
離去ᄒᆞᆫ 後에ᄂᆞᆫ 비록 有事ᄒᆞᆯ지라도 吾等의 責은 아니라 ᄒᆞ
고 其議를 卒罷ᄒᆞ며

『淸國戊戌政變記』

신채호와 현채의 번역은 앞에서 살펴본 장지연과 박은식에 비해, 한
문을 한국어 어순으로 번역했다는 면에서, 한문에서 어느 정도 벗어
난, 언문일치로 접근하려고 시도한 번역이다. 그리고 신채호보다는 현
채가 한국어에 더 가까운 번역을 했다고 볼 수 있다.

(15)와 (16)을 보면, 신채호의 번역에서는 아직 한문의 문종결 허사
를 그대로 유지하고 있는 것을 확인할 수 있다. 그리고 (15)의 '一遇挫
折하면'과 같은 경우와 (16)과 같이 한문 어순을 그대로 유지하고 있는
것은 앞에서 예를 든 장지연, 박은식과 비슷한 형태의 번역이라 할 수
있다. (16)에서는 밑줄 친 '惟吾志를 行하고 吾主義를 貫徹할 而已니, 此
等識想과 此等氣魄이 不有한 者는 革命을 不足與言이며 天下事를 不足與
言이오.'를 제외하고는 모두 한문 원문을 그대로 번역본에 반영하고

있다.

그러나 현채의 번역은 한국어 어순으로 문장 성분을 재배치한 것은 물론이고, 고한문의 문종결 허사를 철저히 배제하고 있다. 현채의 번역에서는 문종결 허사를 찾아보기 힘들다. '有餘ᄒ-', '自當ᄒ-'와 같은 한문 구조를 확인할 수 있는데, 이러한 한문 구조는 구(句)에 지나지 않는다. 그리고 '客曰 古語에 云ᄒ되 何不食肉糜라 ᄒ더니'와 같은 문장에서 '何不食肉糜라'는 한문 원문을 그대로 번역본에 반영한 것인데, 이것은 원문에서 화자인 '객(客)'이 고어(古語)를 그대로 인용한 것이기 때문이다.

이상에서 논의했듯이, 양계초의 저술을 번역한 계몽기 대표적인 지식인 장지연과 박은식, 신채호, 현채 등은 민족 의식과 자국어 의식이 대두된 시대적 흐름 속에서 한문에서 벗어나려는 노력을 했다는 것이 그들의 공통점이다. 그러나 장지연과 박은식은 신채호와 현채에 비해, 한문 어순을 그대로 유지하고 고한문의 전형적인 특징이라고 할 수 있는 문종결 허사도 그대로 번역본에 반영하고 있다는 면에서, 한글토를 한문에 붙였으나 아직은 한문의 구속에서 벗어나지 못했다고 봐야 한다. 신채호와 현채는 번역본이 전체적으로 한국어 어순으로 전환한 양상을 보인다. 그러나 신채호의 번역본에서는 아직도 한문 어순을 그대로 유지하고 있는 단락과 한문 문종결 허사를 그대로 사용하고 있는 것을 확인할 수 있다. 반면에, 현채의 번역은 간혹 한문 어순을 해체시키지 않은 부분이 발견되지만, 그러한 경우는 구(句)에 지나지 않는다. 현채의 번역은 전체적으로 한국어에 가장 가까운 번역이라고 할 수 있다. 고한문의 문종결 허사는 현채의 번역에서는 발견되지 않았다.

현채의 이러한 번역 양상은 동일한 원문 텍스트를 번역한 다른 번역자의 번역본과 비교해보면 더 뚜렷이 나타난다. 현채본『월남망국사』
와 전항기의『음빙실자유서』에 실린「기월남망인지언(記越南亡人之言)」[38]
을 비교해 보겠다. 다음에 제시한 예에서 (19a, 20a)는 양계초의 한문
원문, (19b, 20b)는 전항기의 번역본, c는 현채의 번역본이다.

> (19) a. 年月日, 主人兀坐丈室, 正讀日本有賀長雄氏之≪滿洲委任統治論≫,
>   忽有以中國式名刺來謁者, 曰△△△且以一書自介紹, 其發端自述
>   云, 吾儕亡人, 南海遺族 日與豺狼鷹梟爲命, 每磨眼望天, 拔劍斫
>   地, 輒鬱鬱格格不欲生。噫!吾且死矣, 吾不知有生人之趣矣。
>
> b. 年月日에 主人이 兀坐丈室ᄒᆞ야 日本有賀長雄氏之滿洲委任統治
>   論을 讀ᄒᆞ더니 忽然히 中國式名刺로써 來謁ᄒᆞᄂᆞᆫ 者ㅣ 有ᄒᆞ니
>   曰△△△또 一書로 스ᄉᆞ로 紹介ᄒᆞ니 其發端에 自述云「吾儕
>   亡人ᄂᆞᆫ 南海遺族이라 날마다 豺狼鷹梟로 爲命ᄒᆞ미 ᄆᆡ양 磨眼
>   望天ᄒᆞ고 拔劍斫地에 鬱鬱格格ᄒᆞ야 生코자 아니ᄒᆞ니 噫라 吾
>   死矣라 吾가 不知 有生人之趣矣」라 ᄒᆞ고
>
> c. 年月日에 飮氷室主人 梁啓超가 丈室에 獨坐ᄒᆞ야 日本 有賀長
>   雄氏의 滿洲委任統治論을 讀ᄒᆞᆯ시 忽然히 一人이 入謁ᄒᆞ고 幷
>   히 一書를 進ᄒᆞ니 其 書 發端에 曰 吾儕 亡人은 南海 遺族이
>   라 豺狼鷹梟로 더브러 日夕相處ᄒᆞ더니 僕이 磨眼 望天ᄒᆞ고
>   拔劍 擊地ᄒᆞ야 鬱鬱格格ᄒᆞᆫ 心이 生活ᄒᆞᆯ 意가 全無ᄒᆞ니 吾가
>   且死ᄒᆞᆯ지라 엇지 生人의 趣가 有ᄒᆞ리오 ᄒᆞ얏거늘

> (20) a. 次乃述其願見之誠, 曰:吾必一見此人而後死, 吾必一見此人而後
>   死無憾, 且爲言曰:落地一聲哭, 卽已相知, 讀書十年眼, 遂成通
>   家。援此義以自信其無因至前之不爲唐突也, 得刺及書, 遽肅人,
>   則一從者俱, 從者盖間關於兩粵二十年, 粗解粵語者也。客容憔悴,

而中含俊偉之態, 望而知爲異人也。相將筆談數刻, 以座客雜, 不
能盡其辭, 盖門弟子輩, 見有異客, 咸欲一覩其言論丰采, 侍左右
者以十數也。更訂密會後期行。

b. 次에 其願見의 誠을 述ᄒᆞ야 曰「吾 必 一見 此人 而 後死ᄒᆞ고
吾 必 一見 此人 而 後死라야 無憾」이라 ᄒᆞ고 且 言曰「落地
一聲哭이 卽己相知오 讀書 十年眼이 逐成 通家」라 ᄒᆞ니 此 義
를 援ᄒᆞ야 其 無因至前ᄒᆞᆷ이 唐突이 되지 아님을 自信ᄒᆞᆷ이더
라 刺와 書를 得ᄒᆞ고 急히 肅人ᄒᆞᆫ則 一從者] 俱ᄒᆞ니 從者ᄂᆞᆫ
대기 兩奧에 間關ᄒᆞᆫ 지 二十 年에 奧語을 粗解ᄒᆞᆫ 者] 라
客容은 憔悴ᄒᆞ나 俊偉之態가 有ᄒᆞ야 一望ᄒᆞᆷ이 異人됨을 知ᄒᆞᆯ
너라 셔로 數刻을 筆談ᄒᆞ다가 座客이 煩雜ᄒᆞᆷ으로 能히 其辭
를 盡치 못ᄒᆞ니 대기 門弟子輩가 異客을 見ᄒᆞ고 其言論과 丰
采를 一覩코자 ᄒᆞ야 左右에 待ᄒᆞᆫ 者] 十數 人이라 密會ᄒᆞᆯ
後期를 更訂ᄒᆞ고 去ᄒᆞ더니.

c. 予가 其書를 接ᄒᆞ고 愕然ᄒᆞ야 其人을 見ᄒᆞ니 形容이 憔悴ᄒᆞ
나 俊偉ᄒᆞᆫ 態度가 顔 外에 溢見ᄒᆞ야 其 凡常人이 아님을 知
ᄒᆞ겟더라

위의 b와 c를 비교해 보면 전항기의 번역본은 원문에 충실하여 토만
다는 정도인 것과 달리, 현채의 번역본은 '獨坐ᄒᆞ야, 日夕相處ᄒᆞ더니,
全無ᄒᆞ니, 且死ᄒᆞᆯ지라' 등 몇몇 '부사어+동사+ᄒᆞ' 구조를 제외하고는
모두 한국어 어순으로 번역하였다. 여기서 '日夕相處'는 중국어의 사자
성어여서 한 단어로 취급되고, '全無'도 '부사어+동사'였던 것이 하나
의 덩어리로 굳어졌기 때문에 역시 한 단어로 취급할 수 있다.

5.2. 부사어의 번역

부사어의 번역도 번역자에 따라 상이한 양상을 보인다. 장지연, 박은식, 신채호 등은 한문의 부사어를 그대로 번역본에 반영하는 것과 달리, 현채는 그것을 한국어로 옮기려는 노력을 보였다.

다음은 부사어 '猶'의 경우이다. 박은식 등의 번역자들은 원문의 '猶'를 그대로 유지하고 있는 반면, 현채는 그것을 한국어 '오히려'로 번역하고 있다.

> (21) a. (三)可以强民使就義務敎育也。旣以造就國民爲目的, 則不可不擧
> 　　　全國之子弟而悉敎之；故各國通制：及年不學, 罪其父母。蓋子
> 　　　弟者壹國所公有, 非父母所能獨私也。然國家學制未定, 使民何所
> 　　　適從?故必用此法先使學校普及, 然後敎育可以普及；其有力者, 出
> 　　　其所入之壹小部分以維持公益, 其寠貧者亦可豁免學費以成就其前
> 　　　途：如是而<u>猶</u>不樂學焉, 未之有也。
>
> 　　b. 三은 可以强民使就義務敎育也니 旣以造成國民으로 爲目的則不
> 　　　可不擧全國之子弟而悉敎之 故로 各國通制에 及年不學이면 罪
> 　　　其父母ᄒ나니 蓋子弟者는 一國所公有오 非父母의 所獨私也라.
> 　　　然而國家學制未定이면 使民何所適從이리오. 故로 必用此法ᄒ
> 　　　야 先使學校로 普及然後에 敎育이 可以普及이니 其有力者ᄂ
> 　　　出其所入之一小部分ᄒ야 以維持公益ᄒ고 其貧寠者ᄂ 亦可豁
> 　　　免學費ᄒ야 以成就其前途니 如是而<u>猶</u>不樂學焉은 未之有也니라.
> 　　　　　　　　　　　　　　　　　　　　　　　장지연, 「敎育政策私議」

> (22) a. 哀時客又曰："嗚呼!異哉, 我同胞之民也。謂其知愛國耶, 何以一
> 　　　敗再敗, 一割再割, 要害盡失, 利權盡喪, 全國命脈, 朝不保夕。
> 　　　而我民<u>猶</u>且以酣以嬉, 以歌以舞, 以鼾以醉, 晏然以爲於己無與,

謂其不知愛國耶?

b. 哀時客이 又曰：嗚呼異哉라 我同胞之民이여 謂其知愛國耶딘
何以로 一敗再敗ᄒ고 一割再割ᄒ야 要害를 盡失ᄒ며 利權을
盡喪ᄒ야 全國命脈이 朝不保夕이로딘 而我民은 猶且酣ᄒ며
嬉ᄒ며 歌ᄒ며 舞ᄒ며 鼾ᄒ며 醉ᄒ야 以爲於己에 無與라ᄒ
ᄂ뇨 謂其不知愛國耶딘.

박은식,「愛國論」

(23) a. 及身不成, 期之於子。子猶不成, 期之於孫, 如是乃至曾孫玄孫來
孫, 所不辭也。吾力不成, 期諸吾友, 吾友不成, 期諸吾友之友,
乃至吾黨不成, 期諸他黨所不辭也, 惟求行吾志貫徹吾主義而已。
瑪志尼以爲非有此等氣魄此等識想者, 不足以言革命, 不足以言天
下事。

b. 及身不成이어던 期之於子하며 子猶不成이어던 期之於孫하여
或 曾孫・玄孫・來孫까지 至함도 可也오 吾力이 不成이어던
期諸吾友하며 吾友不成이어던 期諸吾友之友하고 吾黨不成이
어던 期諸他黨도 可也라. 惟吾志를 行하고 吾主義를 貫徹할
而已니, 此等識想과 此等氣魄이 不有한 者는 革命을 不足與言
이며 天下事를 不足與言이오.

신채호,『伊太利建國三傑傳』

(24) a. 宋代之稱姪稱子, 猶天上矣, 時則客淚如墮麇, 談紙濕漬。

b. 宋代의 稱姪 稱子는 **오히려** 天上人이라 ᄒ딘 客이 此言을 聞
ᄒ고 더욱 悲感ᄒ야 淚落ᄒ기 墮麇와 如ᄒ야 衫袖가 盡濕ᄒ
거늘

현채,『越南亡國史』

다음은 ‘豈’와 ‘惟’의 경우이다. 박은식과 신채호는 여전히 한문에서

의 부사어를 번역본에 그대로 유지하는 양상을 보인다. 이와 달리 현채는 『월남망국사』와 『청국무술정변기』에서 '엇지, 오작'과 같은 한국어 부사어로 번역하였다.

(25) a. 適其地者, 所受淩虐, 甚於黑奴。殆若牛馬, 慘酷之形, 耳不忍聞, 目不忍睹, 夫同是圓顱方趾冠帶之族, 而何以受侮若是, 則<u>豈</u>非由國之不强之所致耶?孟子曰：人必自侮, 然後人侮之, 吾寧能怨人哉?

b. 適其地者ㄴ 所受淩虐이 甚於黑奴ᄒᆞ고 殆若牛馬ᄒᆞ야 慘酷之形을 耳不忍聞이오 目不忍覩라 夫同是圓顱方趾冠帶之族으로 何以受侮若是耶아 豈非由國之不强之所致耶아? 孟子曰：人必自侮然後人侮之라 ᄒᆞ시니 吾寧能怨人哉아?

박은식, 「愛國論」

(26) a. 嗚呼!越南人三十年間, 干戈了, 又水火, 水火了, 又刀劍, 幾番蹂躪, 餘喘僅存。又豈堪法人之毒手段哉。今方日日割剝魚肉, 嗚呼!越南豈不是早晚無遺種哉。

b. 嗚呼라 越南人이 三十 年來로 干戈가 纔畢에 水火가 至ᄒᆞ고 水火가 纔畢에 刀劍이 又至ᄒᆞ야 幾番 蹂躪에 餘喘이 僅存ᄒᆞ니 此後ㄴ **<u>엇지 또</u>** 法人의 毒手段을 堪ᄒᆞ리오 方今에 割剝魚肉ᄒᆞ기 日甚 一日ᄒᆞ야 早晚에 越人의 遺種이 無ᄒᆯ지라

현채, 『越南亡國史』

(27) a. 及身不成, 期之於子。子猶不成, 期之於孫, 如是乃至曾孫玄孫來孫, 所不辭也。吾力不成, 期諸吾友, 吾友不成, 期諸吾友之友, 乃至吾黨不成, 期諸他黨所不辭也, <u>惟</u>求行吾志貫徹吾主義而已。瑪志尼以爲非有此等氣魄此等識想者, 不足以言革命, 不足以言天下事。

b. 及身不成이어던 期之於子하며 子猶不成이어던 期之於孫하여 或 曾孫·玄孫·來孫까지 至함도 可也오 吾力이 不成이어던 期諸吾友하며 吾友不成이어던 期諸吾友之友하고 吾黨不成이어던 期諸他黨도 可也라. 惟吾志를 行하고 吾主義를 貫徹할 而已니, 此等識想과 此等氣魄이 不有한 者는 革命을 不足與言이며 天下事를 不足與言이오.

신채호, 『伊太利建國三傑傳』

(28) a. 去年, 湖南巡撫陳寶箴擬在湖南內河行小輪船, 湖廣總督張之洞不許曰, 中國十八省, 惟湖南無外國人之足跡. 今一行小輪船, 則外人將接踵而至矣. 陳詰張曰, 我雖不行小輪, 甯能禁外人之不來乎. 張曰, 雖然但其禍不可自我當之耳. 若吾與君離湖南督撫之任, 以後雖有事而非吾兩人之責也. 於是小輪船之議卒罷.

b. 湖南 巡撫 陳寶箴은 慷慨曉事人이라 去年에 湖南內河에 小輪船을 行코자 ᄒᆞ얏더니 湖廣 摠督 張之洞이 不許曰 中國 十八 省 中에 **오작** 此省에 外國人의 足跡이 無ᄒᆞ거ᄂᆞᆯ 今에 小輪船을 用ᄒᆞ면 外人이 장찻 接踵ᄒᆞ야 來ᄒᆞ리라 ᄒᆞᄂᆞᆫ지라 陳寶箴 曰 萬一 公意와 如ᄒᆞᆯ진ᄃᆡ 小輪船이 無ᄒᆞ면 外人의 來ᄒᆞᆷ을 禁止ᄒᆞ겟ᄂᆞᆫ가 ᄒᆞᆫᄃᆡ 張 曰 君 言이 是ᄒᆞ도다 然이나 다만 其 禍를 我가 自當ᄒᆞᆯ 비 아니오 君 吾 兩人이 湖南 督撫의 任을 離去ᄒᆞᆫ 後에ᄂᆞᆫ 비록 有事ᄒᆞᆯ지라도 吾等의 責은 아니라 ᄒᆞ고 其議를 卒罷ᄒᆞ며

현채, 『淸國戊戌政變記』

이상에서 논의했듯이, 부사어의 번역에 있어서 박은식, 장지연, 신채호 등은 한문 원문의 그것을 그대로 유지하여 토를 다는 식으로 번역한 것과 달리 현채는 '猶'를 '오히려'로, '豈'를 '엇지'로, '惟'를 '오

작'으로 번역하는, 즉 한국어로 번역하려는 노력을 보였다. 현채의 이러한 노력은 다음과 같은 번역에서도 나타난다.

(29) a. 去年之冬, 德人踞膠州, 歐洲列國分割支那之議紛起。有湖南某君謁張之洞詰之曰 列國果實行分割之事, 則公將何以自處乎。張默然良久曰, 雖分割之後, 亦當有小朝廷。吾終不失爲小朝廷之大臣也。某君拂衣而去。吾今又有一言告於讀此書者, 若不能知中國全國二品以上大員之心事如何, 則張之洞此兩語其代表也。

b. 去年 冬에 德人이 膠州灣을 踞有ᄒᆞᆯ 시 歐洲 各國이 支那를 分裂ᄒᆞᆫ다ᄂᆞᆫ 議論이 紛起ᄒᆞ거ᄂᆞᆯ 湖南 豪傑 某 君이 張之洞을 謁見ᄒᆞ야 曰 列國이 萬一 我國을 分割ᄒᆞ면 公은 將且 엇지 措處ᄒᆞ리오 ᄒᆞᆫ딕 張이 默然 良久에 曰 비록 分割ᄒᆞᆫ 後에라도 맛당히 小朝廷은 有ᄒᆞ리니 伊時에ᄂᆞᆫ 我가 小朝廷의 大臣은 不失ᄒᆞ리라 ᄒᆞ거ᄂᆞᆯ 其人이 拂袖ᄒᆞ고 去ᄒᆞ니 大抵 支那 全國에 二品 以上 大臣의 心事ᄂᆞᆫ 다 如此ᄒᆞᆫ지라

현채, 『淸國戊戌政變記』

(30) a. 去年, 湖南巡撫陳寶箴擬在湖南內河行小輪船, 湖廣總督張之洞不許曰, 中國十八省, 惟湖南無外國人之足跡。今一行小輪船, 則外人將接踵而至矣。陳詰張曰, 我雖不行小輪, 甯能禁外人之不來乎。張曰, 雖然但其禍不可自我當之耳。若吾與君離湖南督撫之任, 以後雖有事而非吾兩人之責也。於是小輪船之議卒罷。

b. 湖南 巡撫 陳寶箴은 慷慨曉事人이라 去年에 湖南內河에 小輪船을 行코자 ᄒᆞ얏더니 湖廣 摠督 張之洞이 不許曰 中國 十八省 中에 오작 此省에 外國人의 足跡이 無ᄒᆞ거ᄂᆞᆯ 今에 小輪船을 用ᄒᆞ면 外人이 **장찬** 接踵ᄒᆞ야 來ᄒᆞ리라 ᄒᆞᄂᆞᆫ지라 陳寶箴 曰 萬一 公意와 如ᄒᆞᆯ진딕 小輪船이 無ᄒᆞ면 外人의 來ᄒᆞᆷ을 禁止ᄒᆞ겟ᄂᆞᆫ가 ᄒᆞᆫ딕 張 曰 君 言이 是ᄒᆞ도다 然이나 다만 其 禍

룰 我가 自當ᄒᆞᆯ 빅 아니오 君 吾 兩人이 湖南 督撫의 任을 離
去ᄒᆞᆫ 後에ᄂᆞᆫ 비록 有事ᄒᆞᆯ지라도 吾等의 責은 아니라 ᄒᆞ고
其議를 卒罷ᄒᆞ며

현채, 『淸國戊戌政變記』

(31) a. 余瞿然曰：有是哉, 以世界第一等專制之中國近古以來, 此種野蠻
法律, 且<u>幾</u>廢不用, 曾是靦然以文明, 人道自命之法蘭西, 而有是
耶而有是耶。

　　b. 予가 瞿然ᄒᆞ야 曰 世界 第一等 專制ᄒᆞ든 中國으로도 近日에
ᄂᆞᆫ 此種 蠻法을 **거의** 廢革ᄒᆞ얏거늘 所謂 法蘭西人은 自稱ᄒᆞ
되 文明이니 人道이니 自命ᄒᆞᄂᆞᆫ 國으로 此 法을 行ᄒᆞᄂᆞᆫ도다

현채, 『越南亡國史』

(32) a. 酒稅, 亦與鹽稅同, 亦由法人自煮, 業賣酒者, 亦向法人領買酒紙
牌, 但只兩重稅耳。

　　b. 酒稅도 ᄯᅩᄒᆞᆫ 鹽稅와 同ᄒᆞ야 法人이 自釀ᄒᆞᆫ 後 賣酒를 業ᄒᆞᄂᆞᆫ
者ㅣ ᄯᅩᄒᆞᆫ 法人을 向ᄒᆞ야 賣酒 紙牌를 領ᄒᆞ니 此ᄂᆞᆫ **오쟉** 兩
重稅**뿐**이오

현채, 『越南亡國史』

　(29)와 (30)은 현채의 『청국무술정변기』에서 발췌한 예들이다. (29)에
서 '將'이 '將且'로 번역되어 한국어 번역이 아닌 것으로 보인다. 그러
나 (30)을 보면 '將'은 '장찻'으로도 번역된다. 이것은 '장차'가 한자어
인 관계로 (29)에서 한자로 표시된 것으로 보인다. 한자로 표시되었지
만 '장찻'과 같은 한국어로 바로 전환이 가능하기 때문에 한국어 번역
으로 봐야 한다. 여기서 주의해야 할 것은 현대 한국어에서 '장차'의
한자는 '將次'고 중국어에서도 '將且'는 존재하지 않고 '將次'만 사용된

다는 것이다. 당시 '將且'와 '將次'가 통용되어 현채가 번역문에 '將次'
가 아닌 '將且'를 사용했는지에 대해서는 더 많은 자료 조사가 필요하다.

(31)와 (32)는 현채의 『월남망국사』에서 발췌한 예들인데, (31)에서는
한문 원문의 '幾'를 한국어 '거의'로 번역한 것이다. (32)에서는 '只…
耳'가 '오작…쑨'으로 번역되었는데 '只'는 중국어에서 '오직'의 의미
로 부사어 역할을 하고 '耳'는 앞에서 언급한 고한문의 전형적인 특징
이라 할 수 있는 문종결 허사이다. '只…耳'와 같은 '부사어+문종결
허사' 구성의 경우, '耳'와 같은 문종결 허사가 번역본에 나타나지 않
는 것은 현채 번역본 전체에서 나타나는 특징이다.

5.3. 문장 대체

김남이(2011)에서 논의했듯이 근대계몽기의 '번역'은 지금 우리에게
익숙한 개념의 번역과 조금 다른 형태로 존재했다. 그 특징 중의 하나
가 '역술(譯述)·역설(譯說)'의 방식이다. '역술·역설'은 번역자의 언술
이 일종의 편집 행위(삭제, 축소, 확대)를 거치며 번역 텍스트에 적극 개
입하는 것을 말한다.

장지연, 박은식, 신채호, 현채의 번역에서 '역술·역설'의 특징을 가
장 잘 보여주는 것은 신채호와 현채의 번역이다. 현채의 번역은 또한
신채호보다 원문 텍스트에 대한 편집이 더 많이 진행되었다. 이와 달
리 장지연과 박은식의 번역은 거의 한문 원문에 한글토를 단 정도인
만큼, 이들의 번역은 원문 텍스트에 대한 삭제, 축소, 확대 등의 편집
도 거의 없었다.

앞에서 논의했듯이, 본 연구는 번역 과정에서 원문 텍스트 내용에 대한 삭제나 추가, 의역이나 직역 등의 문제에 대해서는 언급하지 않겠다. 여기서는 번역자가 어려운 한문 문장을 비교적 쉬운 문장으로 대체하는 경우를 살펴볼 것이다. 독자가 이해하기 쉬운 문장을 쓴다는 것은 독자의 이해를 돕기 위한 조치일 뿐만 아니라, 언문일치체 문장의 특징이기도 하다. 이 시기의 번역은 아직 언문일치와 상당한 거리가 있다고 봐야 하지만, 이러한 조치는 언문일치로의 접근으로 볼 수 있을 것이다.

먼저 신채호의 번역을 보겠다.

(33) a. 於是盡復前者王族壓制之舊。<u>全意仍爲若幹小國</u>。爲外來種族波旁家哈菩士博家等所分領。其王位爲意大利人血族者。惟有撒的尼亞Sardinia國王之一家而已。而亦壓於羣雄, 奄奄殘喘。蓋至是而意大利闇無天日矣。時勢造英雄。嗚呼, 時勢至此, 豈猶未極耶。

b. 王族壓制의 舊觀을 盡復하며, <u>伊太利 全土를 許多小國으로 再分</u>하여 外來의 種族, 波房家・哈菩士博家 等이 分領하고, 伊太利人의 血族으로 相傳하는 王位는 惟 撒的尼亞 一家而已인데, 亦 群雄에게 被壓하여 殘喘이 奄奄하니, 蓋此時에 至하며 伊太利 全國이 闇無天日矣로다. 時勢가 英雄을 造하나니, 嗚呼라, 時勢가 至此하여도 豈猶未極耶아.

(34) a. ①當十八世紀之末年, ②拿破侖蹂躪意大利, ③<u>其時意大利已支離滅裂</u>, ④分爲十五小國。⑤拿破侖鐵鞭一擊, 合而爲三, ⑥置之法政府督治之下。⑦雖然, <u>意大利後此之獨立, 實拿破侖之賜也</u>。⑧拿破侖廢其小朝廷, 鋤其家族, 將封建積弊一廓而掃之, ⑨以法國民法之自由精神, 施行於其地。⑩於是意人心目中, 始知有所謂

自由, ⑪有所謂統一, ⑫且對外反動, 而知有所謂獨立。⑬拿破侖
實意大利之第一恩人也。

b. 昔者 十八世紀末에 拿破倫의 氣燄이 方壯하여 東侵西伐할 새,
伊太利를 蹂躙하여 法政府 督治下에 置하니 拿破倫는 固 伊太
利의 仇人也나 亦 伊太利의 恩人乎인저. <u>拿破倫가 七分八裂된
伊太利 十五小國을 鐵鞭一擊하여 三國으로 合倂하며 伊太利
人의 統一思想이 萌矣며</u>, 拿破倫가 豪族을 摧折하여 封建積弊
를 一擧廓淸하고, 法國의 民法을 其地에 施行하며 伊太利人
의 自由觀念이 湧矣며, 且其對外 反動의 風潮로 獨立精神이
發矣니(①, ②, ⑥, ⑬, ③, ④, ⑤, ⑪, ⑧, ⑨, ⑩, ⑫)

　(33)에서는 한문 원문의 '全意仍爲若幹小國'를 '伊太利 全土를 許多小
國으로 再分하여'와 같이 번역하였다. 여기서 한자 '仍'은 '여전히'라는
뜻으로도 쓰이고, '다시, 연속'이라는 뜻도 있다. 단음절 한자가 초래
한 의미모호성 때문에 이 문맥에서 어떤 의미로 쓰이는지 파악하기
어려울 수 있다. 그리고 '全意'를 '伊太利 全土'로 번역한 것,[39] '若幹'
을 '許多'로 번역한 것도 독자의 이해를 돕기 위한 조치라고 볼 수 있
다.[40]

　(34)는 아주 특별한 경우인데, 신채호가 양계초 원문의 문장 순서를
재배치한 경우이다. 신채호가 본인의 글쓰기 방식에 맞게 양계초의 문
장 순서를 재배치한 것인지, 문장을 재배치함으로써 독자의 이해를 도
울 수 있다고 판단한 것인지는 알 수 없으나 원문의 '其時意大利已支離
滅裂, 分爲十五小國。拿破侖鐵鞭一擊, 合而爲三, 置之法政府督治之下。雖

---

39) 한문 원문에서는 '이태리'를 '意大利'로 표시되어 있고, 번역본에서는 '伊太利'로 표시
　　되어 있다.
40) 현채의 번역은 흐름상 해석에 문제가 되지 않으나 사실 '許多'는 '若干'보다 수적 차이
　　에서 더 많음을 나타낸다.

然, 意大利後此之獨立, 實拿破侖之賜也。'를 '拿破倫가 七分八裂된 伊太利 十五小國을 鐵鞭一擊하여 三國으로 合倂하며 伊太利人의 統一思想이 萌 矣며'로 번역한 것은 분명 독자의 이해를 돕기 위한 조치라고 볼 수 있다. 여기서 '支離滅裂'를 '七分八裂'로 번역한 것과 '實拿破侖之賜也' 를 '(나폴레옹이 십오 소국을 삼 국으로 합한 것이) 伊太利人의 統一思 想이 萌矣며'로 번역한 것은 더 쉬운 표현을 쓰려고 한 것으로 볼 수 있다.

한문 원문의 문장을 더 쉬운 문장으로 대체하려고 하는 노력은 현 채의 번역에서 더 많이 확인된다.

(35) a. 客容憔悴, 而中含俊偉之態, 望而知爲異人也。
　　 b. 予가 其書를 接ᄒ고 愕然ᄒ야 其人을 見ᄒ니 形容이 憔悴ᄒ 나 俊偉ᄒ 態度가 顔 外에 溢見ᄒ야 其 凡常人이 아님을 知 ᄒ겟더라

(36) a. 僕之行, 改華服, 冒華籍, 僞爲旅越華商之傭僕者, 僅乃得脫耳
　　 b. 故로 僕이 行ᄒ 時에 淸人의 衣服을 着ᄒ고 淸人의 屬籍을 作ᄒ야 旅越ᄒ 淸商의 傭僕을 飾ᄒ 後 僅히 得脫ᄒ얏노라

(37) a. 有人如此, 國其能終亡。客曰：當國之未夷也, 爲之倀者, 將謂有 私利也從而導之
　　 b. 如此ᄒ 人이 有ᄒ거늘 엇지 國이 亡ᄒ리오 ᄒ듸 客曰 我國이 亡키 前에 其 倀鬼된 者ㅣ 謂ᄒ되 私利가 有ᄒ리라 ᄒ야 法 人을 引導ᄒ니

(38) a. 今君號曰成泰, 昔之親王, 而法所擁立也。卽位時纔十齡, 盖不利 吾有長君, 是以置此, 歲受俸六千, 木居士焉爾。賞自從九品以上,

罰自杖十以上, 皆關白法吏, 贅旈於其間, 奚爲也?

b. 今皇帝는 號曰 成泰니 卽 昔의 親王으로 法國이 擁立흔 빅라
卽位 時에 年이 十歲니 곳 越南에 長君이 有흠을 不喜흠이라
故로 此 幼兒를 立흔 後, 歲俸 六千을 予흘 쭌이오 此 外에
職賞이 九品 以上과 刑罰이 杖 十 以上은 다 法人의게 禀白
흐니 我 皇帝는 곳 其 間에 贅旈이라 무삼 權位가 有흐리오

(35)에서는 '望而知爲異人也'를 '凡常人이 아님을 知흐겟더라'와 같이
번역했는데, 한문 원문의 '異人'는 '다른 사람'으로 오해할 가능성이
있다. 현채는 독자의 이해를 돕기 위해 '凡常人이 아님(평범한 사람이 아
님)'으로 번역한 것으로 보인다.

(36)에서는 '改華服, 冒華籍'를 '淸人의 衣服을 着흐고 淸人의 屬籍을
作흐야'로 번역한 것은 '改, 冒'의 의미 중복을 고려한 조치로 판단된다.

(37)에서 한문 원문의 '未夷'를 '亡키 前에'와 같은 더 쉬운 문장으로
번역한 것은 '夷'의 의미를 정확하게 파악할 수 없는 독자를 위한 조
치라고 추측할 수 있다.

(38)는 나라에 황제(皇帝)는 있으나 사소한 일을 결정할 때도 프랑스
인에게 보고를 하여 허락을 받아야 된다는 내용인데, 한문 원문의 '奚
爲也'는 '무슨 일을 하겠는가, 어떻게 능력을 발휘하겠는가'의 의미로
쓰였다. 현채는 이해하기 어려운 '奚爲也'를 '무삼 權位가 有흐리오'로
번역하여 독자들의 이해를 도운 것으로 보인다.

5.4. '之'의 번역

조사 '의, 之'의 과잉 사용은 일본어 영향의 가장 대표적인 예로 볼 수 있다. 계몽기 국한문체의 성행 원인을 논하는 논의에서 일본의 영향이 항상 언급되는데, 민현식(1994: 45)에서는 특히 갑오경장기에 공문서체로 현토체가 도입된 이후 러일전쟁(1904)에서 일본의 승리 후에 친일파가 재득세한 통감부 시대의 공문서는 일본의 영향이 직접적이었으며 통감부의 국한문혼용정책이 대중의 문체에 영향을 미쳤다고 보고 있다.

그러나 이병기(2013: 364~371)에서는 통감부의 국한혼용정책이 개화기 문체에 어느 정도는 영향을 미쳤으나 계몽기 국한문체의 성행은 외압에 의한 것이라기보다는 근대화 과정의 자연적인 흐름에 따른 것이라고 보고 있다.

본 연구는 계몽기 국한문체의 성행 원인을 논하지는 않겠으나 '之'의 번역 양상을 보았을 때, 계몽기 국한문체에 대한 외압의 영향이 절대적이지는 않았던 것으로 보인다. 조사 '之' 하나의 번역 양상을 살펴봄으로써 계몽기 국한문체에 대한 일본의 영향을 논하는 것은 부족하지만, 적어도 그러한 문제의 한 단면을 보여줄 수 있고 일본어 영향에 대한 한국 지식인들의 수용 태도를 살펴볼 수 있을 것이다.

양계초 저술의 한국 내 번역본을 살펴보면, 원문에 과잉 사용된 '之'를 그대로 반영하는 번역이 있는 한편, 일본어의 영향을 받은 '之'의 수량이 대폭 줄어든 번역도 있다.

번역본을 살펴보기 전에 먼저 양계초 원문의 '之'의 사용 양상을 살펴보도록 하겠다.

5.4.1. 양계초 원문의 '之'의 사용 양상

5.4.1.1. 일본어 'の'의 영향

일본어의 'の'는 고대 중국어의 '之'에 해당되는데 양계초의 저술에는 'の'의 영향을 받은 문장들을 적잖게 발견할 수 있다. 'の'의 영향은 '之'의 과잉 사용에서 확인할 수 있으며, 양계초의 저술은 일본어식 표현을 그대로 중국어에 적용시킨 양상을 보인다.

일본어에는 두 명사가 'の'로 연결되어 앞의 명사가 뒤의 명사를 수식, 제한하는 경우가 있다. 즉 '명사1＋の＋명사2'의 구성을 취하는 것이다. 두 체언을 연결한다는 의미에서 'の'를 연체조사라고 하고, 'の'로 인해 앞의 체언이 뒤에 오는 체언을 수식하는 관형어가 되기 때문에 'の'는 관형격조사라고도 한다.

'の'는 '소유, 소속 관계를 나타내는 경우(學校の先生 학교의 선생, 日本の石油産業 일본의 석유 산업, 父の財布 아버지의 지갑), 수량을 나타내는 경우(一足の靴下 한 켤레의 양말, 一房のぶどう 한 송이의 포도), 명사2 앞에 정도를 나타내는 수식어가 오는 경우(地上最大の作戰 지상 최대의 작전), 전체와 부분 관계를 나타내는 경우(國民の一人 국민의 한 사람, 全体の一部分 전체의 일부분), 시간, 장소, 방향을 나타내는 경우(冬のソナタ 겨울의 소나타, ソウルの名所 서울의 명소), 동격의 관계를 나타내는 경우(社長の山田さん 사장이신 야마다 씨)' 등, 두 명사의 다양한 관계를 나타내 주는 역할을 한다. 그리고 일본어 구문에서는 한 문장에서 '病院の前の[にある]店(병원 앞의 가게)'와 같이 'の'가 몇 번이고 사용되는 경우도 많다.

앞에서 중국어 '之'의 주요용법을 살펴본 것과 같이 일본어의 'の'와 달리 중국어의 '之'는 '수량＋之＋명사'의 구조에 쓰이지 않는다. 그리

고 '之'가 연속 출현하는 경우도 자연스러운 중국어 표현이라고 할 수
없다. 그러나 양계초의 글에서는 일본어 'の'의 용법을 그대로 중국어
에 적용시킨 것으로 보이는 문장을 발견할 수 있다. 양계초의 글에서
'の'의 영향을 받은 예를 제시하면 다음과 같다.

> (39) a. 嗟乎!余乃今始有所悟, 彼<u>一片之石</u>雖大, 不足以築高城, 一個人物
> 雖偉, 不足以爲英雄, 使高城如彼其高者, 有無名之礎石爲之也,
> 使英雄如彼其大者也, 有無名之英雄爲之也。
>
> 「淸代學術槪論」
>
> b. 泱泱然, 擁有五十餘萬之精兵, <u>二百六十餘艘之軍艦</u>。<u>六千餘英里</u>
> <u>之鐵路</u>。<u>十一萬餘英方里之面積</u>, 二千九百餘萬同族之人民。
>
> 『意大利建國三傑傳』

> (40) 嗚呼!<u>我四万万之同胞之民</u>, 其重念此言哉!其一雪此言哉!
>
> 「愛國論」

(39a)의 '一片之石'은 '수사(數詞)+양사(量詞 즉 단위명사)+之+명사'의
구조를 보이는데, 이러한 구조는 선진(기원전21세기~기원전221년) 시대
의 중국어에 존재하였다가 서한(기원전 202년~서기 8년12월) 전후에 '之'
가 탈락되면서 '수사+양사(단위명사)+명사'의 구조로 남았다.[41] (39a)
의 '一片之石'은 '一足の靴下 한 켤레의 양말'과 같은 일본어식 표현이다.
(39b)의 '二百六十餘艘之軍艦'은 '二百六十餘+艘+之+軍艦', '六千餘英
里之鐵路'은 '六千餘+英里+之+鐵路', '十一萬餘英方里之面積'은 '十一萬
餘+英方里+之+面積' 등 구조로 분석되며 (39a)와 같은 '수사+양사(단

---

41) 汪志國·疏誌芳, 「論梁啓超的"新文體"」, 『五邑大學學報 社會科學版』4-4, 五邑大學, 2002,
15~18면 참조.

위명사)+之+명사' 구조이다. (39b)도 역시 '一足の靴下 한 컬레의 양말'과 같은 일본어식 표현이다.

(40)의 '我四万万之同胞之民'에서는 '之'가 연속 출현하는 것을 볼 수 있다. 앞에서 언급했듯이 일본어 구문에서는 한 문장에서 '病院の前の[にある]店(병원 앞의 가게)'와 같이 'の'를 몇 번이고 사용하는 경우가 많다. 그러나 이러한 문장 구조는 중국어에서는 보기 힘들다.

이렇게 양계초의 글은 고한문에서 완전히 벗어나지 못했으며 일본어의 영향도 받은 것으로 보인다. 이러한 특징은 원문 곳곳에서 나타나는 '之'에서 확인할 수 있다.

5.4.1.2. 고한문적인 특징

양계초는 비록 언문일치를 지향하는 신문체(新文體)를 개발하였으나 그의 글에는 아직 고한문의 흔적이 적지 않게 남아 있다. 양계초 원문에서 대량 발견되는 '之'가 이러한 사실을 말해준다. 근대의 지식인들이 '之'를 어떻게 번역했는지를 논의하려면 양계초 한문원문의 '之'를 먼저 살펴봐야 한다.

'之'는 고한문의 가장 대표적인 특징 중의 하나이다. 중국어 '之'의 사용 양상을 정리하면 다음과 같다.

> (41) a. 동사 가다: 君將何之
>   b. 지시대명사 '그것', '저것': 求之不得, 有過之無不及
>   c. 구체적인 의미가 없음: 久而久之
>   d. 관형사 '그', '저': 之二蟲
>   e. 관형격 조사 '의': 赤子之心

f. 관형사형어미 '-ㄴ', '-는': 無價之寶

g. '주어+之+술어' 구조 형성, 주격조사 '이/가'로 해석됨: 戰
鬪之激烈, 則如水之就下極爲自然

조사한 결과 양계초 원문에는 위에서 제시한 (41b, e, f, g)의 '之'가
가장 많이 사용되고 있었다.

먼저 지시대명사와 관형격 조사, 관형사형어미의 '之'를 보겠다.

(42) 凡自意國入口貨物收關稅, 自本國出口而往意國之貨物則免之

「世界最小之民主國」

(43) 一人之愛國心, 其力甚微合衆人之愛國心, 則其力甚大

「愛國論」

(44) 夫欲擧全國之中學小學而悉以國帑辦之, 無論財政極窘之中國所不能
望也

「敎育政策私議」

(42)에서는 '之'가 지시대명사의 역할을 한다. '이태리에서 본국으로
수입한 물건은 관세를 받고, 본국에서 이태리로 수출하는 물건은 그것
을 면제한다'로 해석되는데, 여기서 '之'가 '그것'을 나타내고, '그것'
은 앞에서 말한 '관세'를 지칭한다. (43)을 보면 '一人之愛國心(한 사람의
애국심)과 衆人之愛國心(많은 사람들의 애국심)'에서 '之'로 소유관계 '의'를
나타내는 것을 확인할 수 있다. (44)에서는 '之'가 관형사형어미의 역
할을 하며, '之'로 인해 '財政極窘'가 뒤에 오는 '中國'을 수식해 주게
된다. 즉 '재정상 매우 가난한 중국'으로 해석된다.

다음은 '之'가 주격조사 '이/가'로 해석되는 경우를 보겠다. 이 경우는 '之'가 주어와 술어 사이에 위치하여 '주어+之+술어' 구조가 형성되는데 이 구조는 중국어에서 문장의 늑어화(仂語化)[42]라고 한다. 늑어화는 古代 중국어의 가장 대표적인 문법적 특징 중의 하나이다. 특히 상고(上古)한어에서 문장의 늑어화가 자주 일어났는데, 늑어란 句를 가리킨다. 문장의 늑어화는 문장이 구로 축소된다는 것이다. 즉 주어와 술어로 한 문장을 이뤘는데 주어와 술어 사이에 '之'가 삽입되면서 이세 요소가 하나의 구를 이룬다는 것이다. 문장의 늑어화는 다양한 양상을 보이는데, 양계초의 저술에서는 '주어+之+술어' 구조의 '之' 늑어 구조만 확인되어 여기서는 이 종류의 늑어화만 살펴보겠다.

양계초의 저술에서 가장 많이 보이는 '之'의 늑어구조를 다음과 같이 정리할 수 있다. 다음 (45)에서는 '주어+之+술어+也/者/焉'의 구조를 보이는데, 여기서 '也, 者, 焉'은 어기조사(語氣助詞)[43]의 역할을 할 뿐 구체적인 의미는 없다.

(45) a. 日本人之稱我中國也, 一則曰老大帝國, 再則曰老大帝國。是語也, 蓋襲譯歐西人之言也。嗚呼!我中國其果老大矣乎?梁啓超曰：惡, 是何言!是何言!吾心目中有一少年中國在。

「中國少年說」

b. 人之生也, 有大腦有小腦。大腦主悟性者也, 小腦主記性者也。小腦一成而難變, 大腦屢浚而愈深。故教童子者, 導之以悟性甚易, 强之以記性甚難。何以故?

「論幼學」

---

42) 王力, 『漢語史稿』, 中華書局, 1958; 王力, 『中國現代語法』, 商務出版館, 2011에서는 늑어화에 대해 더 자세한 설명을 하고 있다.
43) 어기조사는 문장 뒤에 붙어 화자의 말투를 나타내는 역할을 한다. 구체적인 의미가 없어 허사(虛詞)에 속한다.

c. <u>泰西人之論中國者</u>, 輒曰：彼其人无愛國之性質。故其勢渙散, 其
   心夌懦, 无論何國何种之人, 皆可以掠其地而奴其民, 臨之以勢力,
   則帖耳相從。咱之以小利, 則爭趨若鶩, 盖彼之視我四万万人, 如
   无一人焉, 惟其然也。

「愛國論」

d. 其長成所以若是之遲者, 則歷代之民賊有窒其生機者也。譬猶童年
   多病, 轉類老態, 或且疑其<u>死期之將至焉</u>, 而不知皆由未完全未成
   立也。非過去之謂, 而未來之謂也。

「中國少年說」

(45)의 '日本人之稱我中國也', '人之生也', '泰西人之論中國者', '死期之將
至焉'에서 '之'를 빼면 '日本人稱我中國也(SVO)', '人生也(SV)', '泰西人論
中國者(SVO)', '死期將至焉(SV)'이 되어 하나의 문장이 된다. 이런 문장
의 주어와 술어 사이에 '之'를 삽입하여 '주어+之+술어' 늑어구조가
형성된 것이다. '日本人之稱我中國也', '人之生也', '泰西人之論中國者',
'死期之將至焉'을 한국어로 해석하면 '일본인이 우리 중국을 칭할 때',
'사람이 태어날 때', '태서인이 중국을 논할 때', '죽는 시기가 다가옴
은'이 된다.

5.4.2에서는 한국 지식인들의 '之'에 대한 번역 양상을 살펴보겠는
데, 위에서 살펴본 '늑어구조'라는 용어는 고한문에서만 사용되기 때
문에, 여기서는 '늑어구조' 대신 '주어+之+술어' 구조라고 하겠다.

5.4.2. 한국 내 번역본의 '之'의 번역

5.4.2.2. 보편적인 번역 양상

양계초 저술의 한국 내 번역본을 보면, 장지연, 박은식, 신채호의 번역은 '之'를 그대로 남겨 두는 경우가 가장 보편적이다. 관형격의 '之'는 원문 그대로 유지하는 경우와 '의'로 번역하는 경우가 있고, '주어+之+술어' 구조의 '之'는 원문 그대로 반영하는 경우가 가장 보편적이었고, 박은식의 번역에서 주격 조사로 번역한 예를 발견할 수 있었다.

먼저 장지연의 번역을 보겠다. 앞에서 논의했듯이, 장지연의 번역은 한문 원문에 가장 충실한 번역이다. 한문 구조를 그대로 유지한 채, 한글토만 단 정도였다. 따라서 장지연 번역본의 '之'는 거의 한문 원문 그대로이다.

> (46) a. 頃者朝廷之所詔敕, 督撫之所陳奏
>   b. 頃者에 朝廷之所詔勅과 各省之所陳奏가

> (47) a. 抑學校之議、所以倡之累年而至今不克實施, 或僅經營一省會學堂而
>   以自足者, 殆亦有故焉 : 則經費無出是也
>   b. 抑學校之議ㅣ 所以倡之屢年에 至今不克實施ᄒ고 或僅經營一省會
>   學堂ᄒ고 己自足者ㅣ 迨亦有故焉이라. 則經費無出이 是也니
>   장지연 「敎育政策私議」

다음은 박은식의 번역을 보겠다. (48a~51a)는 양계초의 원문인데, 모두 일본어 영향을 받은 속격 '之'의 예들이다. (48b~51b)는 『서우』 제2호에 실린 박은식이 번역한 「애국론」의 예들인데, 박은식은 양계

초 원문의 '之'를 번역하지 않고 그대로 사용한 것을 확인할 수 있다.

(48) a. 故其勢渙散, 其心耎懦, 無論何國何種之人, 皆可以掠其地而奴其
　　　 民, 臨之以勢力, 則帖耳相從。

　　 b. 故로 其勢渙散ᄒ고 其心軟懦ᄒ야 無論何國何種之人이던지 皆
　　　 可以掠其地ᄒ고 奴其民ᄒ야 臨之以勢力이면 帖耳相從ᄒ며

(49) a. 哀客請正告全地球之人曰

　　 b. 哀時客은 請컨ᄃᆡ 全地球之人의게 正告ᄒ노니 曰

(50) a. 故其愛國之性, 隨處發現, 不敎而自能, 不約而自同。

　　 b. 故로 愛國之性이 隨處發現ᄒ야 不敎而自能ᄒ고 不約而自能이
　　　 어니와

(51) a. 其貿遷於海外者, 則愛國心尤盛。非海外人之人, 優於內地之人也。

　　 b. 其貿遷於海外者ᄂᆫ 愛國心이 尤盛ᄒ니 非海外之人이 優於內地
　　　 之人이라

　　　　　　　　　　　　　　　　　　　　　박은식, 「愛國論」

　박은식의 번역에서는 다음과 같이 기계적으로 '之'를 '의'로 번역하
는 경우도 적지 않게 발견된다.

(52) a. 泰西人之論中國者, 輒曰 : 彼其人无愛國之性質。

　　 b. 泰西人의 論中國者ㅣ 輒曰 : 彼其人이 無愛國之性質이라.

(53) a. 故欲觀其國民之有愛國心與否, 必當於其民之自居子弟歟自居奴隷
　　　 歟驗之。

　　b. 故로 其國民의 愛國心이 有혼 與否를 欲觀인디 其民이 自居
　　　子弟歟아 自居奴隸歟아 於此驗之어다.

(54) a. 故西人政治家之言曰：國字者家族二字之大書也。
　　 b. 故로 西人政治家의 言에 曰：國字者는 家族二字之大書라 ᄒ니

(55) a. 我中國人之善于經商, 雖西人亦所深服。然利權所以遠遜于人者
　　 b. 我中國人의 善於經商은 雖西人이라도 亦所深服이나 然이나
　　　利權이 所以遠遜於他人者는

　　　　　　　　　　　　　　　　　　　　　　　　박은식, 「愛國論」

　위에서 제시한 (52~55)는 모두 '주어+之+술어' 구조를 가진 예들
인데, 한국어로 제대로 번역하면 '(52). 태서인이 중국을 논할 때',
'(53). 그 국민이 애국심이 있음', '(54). 서인 정치가가 말하기', '(55).
우리 중국인이 장사를 잘 함'과 같이 된다. 그러나 박은식은 고한문의
대표적인 특징을 보이는 '주어+之+술어' 구조의 '之'를 모두 기계적
으로 '의'로 번역하였다. 높은 한문 소양을 가진 박은식이 고한문의
'주어+之+술어' 구조를 모를 리는 없다. (55)의 밑줄 친 부분에서 고
한문의 '주어+之+술어' 구조를 정확히 파악하고 주격조사를 사용하
는 데에서 이러한 사실을 확인할 수 있다. 다음 (56)에서도 '주어+之+
술어' 구조의 '之'를 정확히 번역한 것을 확인할 수 있다.

　(56) a. 昔英人之拓印度, 開广東, 全籍商會之力, 及其業已就
　　　 b. 昔에 英人이 印度를 拓ᄒ고 廣東을 開혼 것이 全籍商會之力
　　　　　이나 及其業已就ᄒ야는

　　　　　　　　　　　　　　　　　　　　　　　　박은식, 「愛國論」

다음은 신채호의 번역을 살펴보겠다. 앞에서 논의했듯이 신채호의 번역은 장지연이나 박은식보다 한국어에 더 가까운 번역을 했다고 할 수 있다. 그러나 '之'의 번역에 있어서는 다음과 같이 관형격의 역할을 하는 '之'를 '의'로 번역한 예를 확인할 수 있으나 원문의 '之'를 그대로 유지하는 경우도 적지 않게 발견된다. 그리고 양계초의 저술에서 고한문적인 '주어+之+술어' 구조에 대한 번역은 (61)에서 확인할 수 있듯이, 원문의 '之'를 그대로 유지하는 번역 양상을 보였다.

(57) a. 自般琶西莎兒以來, 以至阿卡士大帝之世併呑歐羅巴亞細亞阿非利加之三大陸, 而建一大帝國爲宇宙文明之宗主者非羅馬乎哉。

  b. 船琶西沙兒 以來로 阿卡士大帝의 時에 至하기까지 歐羅巴亞細亞阿非利加의 三大陸을 倂呑하고 大帝國을 建設하여 宇宙文明의 宗主가 되던 羅馬로서

(58) a. 望加西士陷落之火燄, 吟法馬之悼歌薤露蒼涼。

  b. 加西士의 火燄을 望하며 法羅의 悼歌을 吟하며 薤露가 蒼涼하고 劫灰가 零落하니

(59) a. 今之意大利古之羅馬也。

  b. 今之 伊太利는 古之 羅馬也니

(60) a. 嗟乎, 哀莫哀於無國之民。後世讀史者, 旁觀猶爲感慨。而況於身歷之者乎。

  b. 哀哉라, 無國之民이여, 後世 讀史者도 慷慨의 淚를 難禁하려던 以況, 身親當之者乎아.

(61) a. 當二人之相見也, 所語者不過"少年意大利"之來歷及其目的。泛

泛回答壹夕話耳, 及其相別也。瑪誌尼語人曰"吾見加裏波的, 吾
之負擔輕減其半。"加裏波的亦語人曰"吾見瑪誌尼, 其愉快有視哥
倫布新覺得阿美利加時尤甚者。"自是以往兩雄握手, 而半島之風
雲卷地來矣。

b. 當二人之相見也에 所語者가 不過 少年伊太利의 來歷과 及其目
的으로 泛泛然 此問彼答의 一夕話而已러니, 及其相別也에 瑪
志尼가 語人曰「吾가 加里波的를 見하매 負擔이 輕減其半이라」
하고, 加里波的도 亦謂人 曰「吾가 瑪志尼를 見하매 中心愉快
가 哥倫布의 新世界를 覚得함보다 尤甚하도다」하더라. 自是
於往으로 兩雄이 握手에 半島之風雲이 捲地來矣러라.

신채호『伊太利建國三傑傳』

이상에서 살펴본 장지연, 박은식, 신채호의 번역은 어느 정도의 자
의성을 가진 번역이다. '之'를 번역하지 않거나 기계적으로 '의'로 번
역하는 경우가 가장 많기 때문에, 원문에서 과잉 사용된 '之'는 번역본
에서도 대량 출현한다. 그러나 5.4.2.2에서 살펴볼 현채의 번역은 이들
의 번역과 다른 양상을 보인다.

장지연, 박은식, 신채호의 번역은 일본어의 영향을 받은 양계초 저
술의 '之'를 그대로 수용 및 번역했다면, 현채는 일본어의 영향을 받은
'之'에 대해 선택 및 거부의 번역 태도를 보였다고 볼 수 있을 듯하다.

5.4.2.3. 현채 번역본의 '之'의 번역 양상

현채의 번역은 앞에서 살펴본 장지연, 박은식, 신채호의 번역과 다
른 양상을 보인다. 현채 번역본에서는 '之'의 수량이 양계초의 한문원

문보다 훨씬 줄어들었다는 것을 확인할 수 있다. 물론 한국어 어순으로 번역되면서 전형적인 고한문 요소인 '之'가 생략되어 한문 원문에 비해 그 수가 대폭 줄어든 것은 당연한 일이지만 한국어 문장으로의 어순 재배치와 상관없이 한문 원문의 '之'가 현채의 번역에서 생략되는 경우가 적지 않게 발견된다. 구체적인 예를 통해 살펴볼 것인데 여기서는 주로 『월남망국사(越南亡國史)』를 통해 살펴보겠다.

(62) a. 故昔[1]之滅人國也, 以撻[2]之伐[3]之者滅[4] 之, 今[5]之滅人國也, 以噢[6]之咻[7]之者滅[8]之。昔[9]之滅人國也驟, 今[10]之滅人國也漸。昔[11]之滅人國也顯, 今[12]之滅人國也微。昔[13]之滅人國也, 使人知[14] 之而備[15]之, 今[16]之滅人國也, 使人親[17]之而引[18]之。<u>昔[19]之滅國者如虎狼, 今[20]之滅國者如狐狸,</u> 或以通商滅[21]之, 或以放債滅[22]之, 或以代練兵滅[23]之, 或以設顧問滅[24] 之, 或以通道路滅[25]之, 或以煽黨爭滅[26]之, 或以平內亂滅[27]之, 或以助革命滅[28]之, 其精華已竭機會已熟也, 或一舉而易其國名焉, 變其<u>地圖[29]之</u>顔色焉。其未竭未熟也, 雖襲其名仍其色, 百數十年可也。嗚呼!泰西列强以此新法施於<u>弱小[30]之</u>國者, 不知幾何矣, 謂余不信, 請擧其例。

   b. 故로 昔日에ᄂᆞᆫ 人國을 滅ᄒᆞᆯ 時에 撻[2]之 伐[3]之로써 滅ᄒᆞ더니 今에ᄂᆞᆫ 人國을 滅ᄒᆞᆯ 時에 噢[6]之咻[7]之로써 滅ᄒᆞ며 昔日에ᄂᆞᆫ 人國을 滅ᄒᆞᆷ이 驟ᄒᆞ더니 今에ᄂᆞᆫ 人國을 滅ᄒᆞᆷ이 漸으로 進ᄒᆞ며 昔에 人國을 滅ᄒᆞᆷ은 顯ᄒᆞ더니 今에 人國을 滅ᄒᆞᆷ은 微로써 入ᄒᆞ며 昔에ᄂᆞᆫ 人으로 ᄒᆞ야곰 知ᄒᆞ야 備케 ᄒᆞ더니 今에ᄂᆞᆫ 人으로 ᄒᆞ야곰 親ᄒᆞ야 引케 ᄒᆞ며 <u>昔의 滅國ᄒᆞᆷ은 虎狼과 如ᄒᆞ더니 今의 滅國ᄒᆞᆷ은 狐狸와 如ᄒᆞ야</u> 或은 通商으로 滅ᄒᆞ고 或은 放債로 滅ᄒᆞ고 或은 鍊兵을 伐ᄒᆞ다가 滅ᄒᆞ고 或은 顧問을 設ᄒᆞ다가 滅ᄒᆞ고 或은 道路를 通ᄒᆞ다가 滅ᄒᆞ고 或은 黨爭을 煽ᄒᆞ다가 滅ᄒᆞ고 或은 內亂을 平ᄒᆞ다가 滅ᄒᆞ고 或은 革命을 助ᄒᆞ다

　　가 滅ᄒᆞᆯ ᄉᆡ 其 精華가 己竭ᄒᆞ고 機會가 己熟ᄒᆞᆫ 後에ᄂᆞᆫ 一擧에
其 國을 易ᄒᆞ고 其 地圖의 顔色을 變ᄒᆞᄂᆞ니 嗚呼라 泰西의 列
强이 此 新法으로써 弱小國에 施ᄒᆞ기 其 數ᄅᆞᆯ 不知ᄒᆞᆯ지라 子
ᄅᆞᆯ 不信ᄒᆞᆯ진ᄃᆡᆫ 其 例ᄅᆞᆯ 請言ᄒᆞ리라

　c. 이런 고로 넷적에는 남의 나라를 멸ᄒᆞᆯ 째에 치더니 지금에
　　는 남의 나라를 멸ᄒᆞᆯ 째에는 꾀이며 넷적에는 남의 나라를
　　멸ᄒᆞᆷ이 급ᄒᆞ더니 지금에는 남의 나라를 멸ᄒᆞᄂᆞᆫ 것은 감안이
　　ᄒᆞ도다 넷적에는 남의 나라를 멸ᄒᆞᆯ 째에 그 나라 사람으로
　　알게 ᄒᆞ여 방비ᄒᆞ게 ᄒᆞ더니 지금은 그 나라 사람으로 친ᄒᆞ
　　여 졔 나라가 멸ᄒᆞᄂᆞᆫ 일을 인도ᄒᆞ게 ᄒᆞ며 넷적에는 남의 나
　　라를 멸ᄒᆞᄂᆞᆫ 것이 호랑이 ᄀᆞᆺ더니 지금은 남의 나라를 멸ᄒᆞ
　　ᄂᆞᆫ 것이 여호ᄀᆞᆺ타셔 혹 통샹으로 멸ᄒᆞ여 혹 빗쥬는 것으로
　　멸ᄒᆞ고 혹 병뎡을 대신 가ᄅᆞ치다가 멸ᄒᆞ고 혹 고문을 두다
　　가 멸ᄒᆞ고 혹 길을 통ᄒᆞ다가 멸ᄒᆞ고 혹 당파의 싸홈을 도아
　　쥬다가 멸ᄒᆞ고 혹 ᄂᆡ란을 평뎡ᄒᆞ여 쥬다가 멸ᄒᆞ고 혹 혁뎡
　　을 도아쥬다가 멸ᄒᆞᄂᆞᆫᄃᆡ 그 형셰가 다ᄒᆞ고 그 긔회가 익은
　　후에는 한 번에 그 나라를 밧구어 그 디도의 빗츨 변ᄒᆞ니 슬
　　프다 셔양 여러 당ᄒᆞᆫ 나라가 이 새법으로 약ᄒᆞ고 적은 나라
　　에 베푼 것이 수를 알 수 업는 도다 나를 밋지 아니ᄒᆞ면 그
　　증거을 말ᄒᆞ리라

　　위에서 제시한 양계초의 한문 원문 (62a)에서 볼 수 있듯이 짧은 글
인데도 불구하고 '之'가 총 30번 출현했다. 이 중 대명사로 사용된 '之'
가 18개인데 현채의 번역본에서 한국어 어순으로 문장 성분을 재배치
하는 과정에서 생략된 것은 '4, 8, 14, 15, 17, 18, 21, 22, 23, 24, 25, 26,
27, 28'번이며 '人國을 滅ᄒᆞᆯ 時에 撻[2]之 伐[3]之로써 滅ᄒᆞ더니 今에ᄂᆞᆫ 人國
을 滅ᄒᆞᆯ 時에 噢[6]之 咻[7]之로써 滅ᄒᆞ며'와 같이 번역하지 않고 그대로 수

용한 것은 '2, 3, 6, 7'번이다.

여기서 '1, 5, 9, 10, 11, 12, 13, 16'번 '之'는 앞에서 언급한 '주어+之
+술어' 구조로 보일 수 있지만 그렇지 않다. '昔, 今'과 같은 시간명사
는 중국어에서 주어의 역할을 할 수 있으나 이 경우에는 주어가 아닌
부사어의 역할을 하고 있어 '주어+之+술어' 구조로 볼 수 없다. (62b)
현채의 번역을 보면 '昔日에는, 今에는'과 같이 '之'를 '에'로 정확하게
해석한 것을 확인할 수 있다.

'19, 20'번의 '之'도 '주어+之+술어' 구조와 비슷하다. 그러나 뒤에
명사 '滅國者'가 와서 '주어+之+술어' 구조로 볼 수 없다. 이 문장은
'옛날의 멸국자는 호랑이와 늑대와 같았고, 오늘의 멸국자는 여우와
같다'라는 뜻인데 현채는 '滅國者'를 '멸국하는 사람'으로 번역하지 않
았으나 '멸국홈'과 같은 명사로 번역하여 '之'를 정확히 '의'로 번역하
였고, 문맥을 자연스럽게 하였다.

'29'번의 '之'는 구문상 꼭 필요한 것으로 판단되며 현채 번역본에서
도 이것을 생략하지 않고 '地圖의 顏色'와 같이 '의'로 번역하였다. 그
러나 '30'번 '弱小之國'의 경우, '之'를 생략하여 '弱小國'으로 해도 원
문의 의미와 동일하기 때문에 과감히 생략하였다. '弱小之國'와 같은
경우에 대한 자세한 논의는 뒤에서 다시 하겠다.

그리고 다음 (63)에서 제시한 '一人一家[1]之國(일 인 일 가의 나라)', '一國
人[2]之公産(한 나라 사람의 공통 재산)', '一人一家[3]之關係(일 인 일 가의 관계)'
와 같이 뒤에 오는 명사의 속성을 나타내는, 구문상 꼭 필요한 '之'에
대해 현채는 모두 '의'로 번역하였다.

'5'번 '之'는 관형사형어미의 역할을 하는 경우인데, 이러한 번역은
전문 곳곳에서 발견할 수 있다.

(63) a. 昔者以國爲一人一家[1]之國, 故滅國者必虜其君焉, 潴其宮焉, 毁其
宗廟焉, 遷其重器焉, 故一人一家滅而國滅。今也不然, 學理大明,
知國也者一國人[2]之公産也, 其與一人一家[3]之關係甚淺薄, 苟眞欲
滅人國者, 必滅其全國, 而不與一人一家爲難。不寧惟是, 常借一
人一家[4]之力, 以助其滅國[5]之手段。

b. 昔日에는 國으로써 一人과 一家의 國으로 知ㅎ는 故로 滅國
ㅎ는 者ㅣ 반다시 其 君을 虜ㅎ고 其 宮을 潴ㅎ면 其 宗廟를
毁ㅎ고 其 重器를 遷ㅎ는지라 故로 一人 一家가 滅흠으로써
國이 滅ㅎ얏다 ㅎ더니 今에는 不然ㅎ야 學理가 大明흔 故로
國이 一人의 公産이 아님을 知흔지라 이에 一人 一家의 關係
로 더브러 甚히 淺薄ㅎ야 人國을 滅코자 ㅎ면 반다시 其 全
國을 滅ㅎ고 一人과 一家로 더브러 爲難치 아니ㅎ며 쏘 如此
홀 뿐 아니라 恒常 一人一家의 力을 借ㅎ야 其 滅國ㅎ는 手
段을 助ㅎㄴ니

c. 녯날에는 나라를 한 사람과 한 집의 나라로 아는 고로 나라
를 멸ㅎ는 쟈가 반다시 그 님군을 사로잡고 그 종묘를 허는
지라 그럼으로 한 사람과 한 집이 멸흠으로 나라가 멸ㅎ엿
다 ㅎ더니 이제는 그러치 아니ㅎ여 학문이 크게 붉아진 고
로 나라가 한 사람의 지산이 아닌 줄을 아는지라 그런 고로
한 사람과 한 집에는 관계가 적으매 남의 나라를 멸코자 ㅎ
면 반다시 그 왼 나라를 멸ㅎ고 한 사람과 한 집으로 더브
러 싸호지만 안으며 쏘 이럴 뿐 아니라 흥샹 한 사람과 한
집의 힘을 빌어 남의 나라를 멸홀 슈단을 뜨드니

번역본의 '之'가 한문 원문에 비해 그 수가 대폭 줄어든 것은 원문
의 '주어+之+술어' 구조가 빈번히 나타나는 데에서도 그 원인을 찾을
수 있다. 다음 (64), (65)에서 '주어+之+술어' 구조의 번역을 보여 준

다. 여기서도 '之'는 '其力之不達也', '俄人之亡波蘭也'와 같은 문장에서 주어와 술어를 연결하고 있는데 현채본에서는 '其力이 不逮ᄒ지라', '俄人이 波蘭을 亡흠은'과 같이 '之'를 주격 조사 '이'로 하는 정확한 번역을 하고 있다.

(64) a. 當美、班之交戰也, 菲國猶受壓於班之軛, 美人首以兵艦欲搗菲島 以牽班力, 而自懼<u>其力之不達也</u>。

　　 b. 故라 向者 美國이 西班牙와 交戰ᄒ 時에 菲國이 오히려 西班 牙의게 受壓ᄒᄂ지라 美人이 兵艦으로써 菲島ᄅ 搗ᄒ야 班力 을 牽코자ᄒ 시 <u>其力이 不逮ᄒ지라</u>

　　 c. 미국이 셔반아와 싸홀 째에 비률빈이 셔반아의 압졔를 밧 ᄂ지라 미국사람이 병함을 거ᄂ리고 비률빈에 일을 어셔 밧아 권셰를 업시ᄒ고자 홀 새 미국의 힘이 넉넉지 못ᄒ지라

(65) a. <u>俄人之亡波蘭也</u>, 非俄人能亡之, 而波蘭之貴官、豪族三揖三讓以 請俄人之亡之也。嗚呼!吾觀中國近事, 抑何其相類耶。團匪變起, 東南疆臣, 有與各國立約互保之擧, 中外人士, 交口贊之。而不知 此實爲列國確定勢力範圍之基礎也。張之洞懼見忌於政府, 乃至電 乞各國, 求保其兩湖總督之任, 又恃互保之功, 蒙惑各領事, 以快 其仇殺異黨之意氣, 僚官之與已不協者, 則以恐傷互保爲名, 借外 人之力以排除之, 豈有他哉。爲一時之私利, 一己之私益而已。

　　 b. <u>ᄯ 俄人이 波蘭을 亡흠은</u> 俄人이 亡흠이 아니오 波蘭 貴官 豪族이 俄人을 結ᄒ야 其 國을 亡케 흠이라 嗚呼라 我ㅣ 中 國 近事ᄅ 見ᄒ니 엇지 相類ᄒ기 如此ᄒ뇨 團匪 變起 以來로 東南 疆臣이 各國과 互保約을 結ᄒ니 此가 곳 列國으로 ᄒ야 곰 勢力 範圍ᄅ 確定ᄒᄂ 基礎라 張之洞이 政府에 見忌홀가 恐ᄒ야 各國에 乞ᄒ야 其 兩湖 總督의 任을 仍存ᄒ고 ᄯ 互

保ᄒᄂᆫ 功을 恃ᄒ고 各國 領事를 蒙惑ᄒ야 異黨을 仇殺ᄒ야
僚官이 己와 不協ᄒᆫ 者를 排除ᄒ니 此】 엇지 他意가 有ᄒ리
오 곳 <u>一時 私利</u>와 <u>一己 私益</u>을 爲ᄒᆯ 쑌이오

c. 또 아라사가 파란을 망홈은 아라사 사람이 파란을 망홈이
아니요 파란의 귀족들이 스스로 망케 홈이니 슬프다 우리
중국의 근릭 일을 보면 엇지 그리 이와 ᄀᆺᄒ뇨 중국에셔
십여 년 젼브터 외국을 물리치자는 의화단의 란이 일어난
후로 동남 총독들이 각 국과 약됴를 매져 셰력으로 압제ᄒ
며 쟝지동은 각 국에 익걸ᄒ여 총독 노릇 ᄒ는 거슬 썰어
지지 아니ᄒ게 ᄒ고 제 뜻과 ᄀᆺ치 아니ᄒᆫ 당파를 죽이니
이는 제 스스 욕심을 위ᄒᆯ 쑌이라

이상에서 논의한 바와 같이 한문 원문의 '之'는 대명사로 쓰일 때
(62)에서와 같이 번역하지 않고 번역본에 그대로 수용하는 경우도 있
으나 번역 과정에서 한국어 문장을 구성하면서 생략되는 경우가 대부
분이다. 시간명사가 부사어의 역할을 할 때 대부분 '에'로 번역되고,
'주어+之+술어' 구조는 현채 번역본에서 모두 주격 조사로 번역되었
다. 관형사형어미로 표현되는 경우나 속성을 나타낼 때는 대부분 생략
되지 않는다.

앞에서 논의했듯이 '弱小之國'와 같이 '之'를 생략하여 '弱小國'으로
해도 원문의 원의미와 동일한 경우는 '之'가 생략되는 양상을 보인다.
위에서 제시한 (65)의 '爲一時之私利, 一己之私益'과 다음 (66)의 경우도
그렇다.

(66) a. 不寧惟是, 埃及國民于忍之無可忍, 望之無可望, 呼籲不聞生路全
絶之際, 不得不群起而與外敵爲難, 而所謂重文明守道義之大英

國, 所謂尊耶教倡自由之格蘭斯頓, <u>直以數萬之雄師</u>, 壓埃境, 挾
埃王, 以伐埃民, 石卵不敵, 義旗遂靡, 而埃及<u>愛國之志士</u>, 卒俯
首擊項, 流竄于<u>異洲之孤島</u>, 而全埃之生機絶矣。嗚呼!世有以借
外債用客卿而爲<u>救國之策</u>者乎, 吾願與之一觀埃及之前途也。雖然,
吾無怪焉, 滅國之新法則然耳。

b. 時의 埃民이 虐政을 不堪ᄒ고 生路가 全絶ᄒ야 不得已 羣起
ᄒ야 外敵과 爲難ᄒ얏더니 이에 文明 道義를 守ᄒ던 大英國
과 基督教를 奉ᄒ야 自由를 唱ᄒ든 大法國이 <u>數萬雄師</u>로 埃
境을 壓ᄒ고 埃王을 挾ᄒ야 埃民을 伐ᄒ니 埃民의 事勢가 곳
石 卵의 不敵이라 義旗가 遂靡ᄒ고 <u>愛國志士</u>는 俯首 擊頸ᄒ
야 <u>異洲孤島</u>에 竄ᄒ고 全埃에 生機가 絶ᄒ얏스니 嗚呼라 外
債를 借ᄒ고 客卿을 用ᄒ야 <u>救國策</u>이라 ᄒ는 者는 願컨딕 埃
及의 前途를 一觀홀지어다 然이나 吾는 其 事를 不怪타 ᄒ
노니 滅國ᄒ는 新法이 如此홈이오

c. 이 째에 익급 빅셩들은 학졍을 견딕지 못ᄒ여 싱로가 아조
씃허져 부득이 무리를 지어 일어나 딕덕 되는 외국 사람과
난을 지엇더니 문명ᄒ 도를 직히던 대영국과 그리스도교를
밧들어 주유를 쥬장ᄒ던 대법국이 수만 명 호랑ᄀᆺ흔 군ᄉ
로 익급을 누르고 익급왕을 씨고 익급 빅셩을 치니 익급의
형셰가 곳돌로 알을 바수는 것ᄀᆺ흔 의병의 긔가 쓰러지고
나라 사랑ᄒ니 사람들은 머리를 숙이고 목을 매여 모라 외
로온 셤으로 구양을 보내니 왼 익급에 싱긔가 씃허진지라
슬프다 외국 빗슬 내고 외국사람를 써서 나라를 구원코자
ᄒ는 쟈는 원ᄒ건딕 익급의 지난 일을 한 번 볼지어다 그러
나 나는 그 일을 괴상타 아니ᄒ노니 남에 나라를 멸ᄒ는 새
법이 이러ᄒ 연고니라

위에서 제시한 것과 같이 한문 원문 '數萬之雄師, 愛國之志士, 異洲之 孤島, 救國之策'에서의 '之'는 현채 번역본에서 모두 생략되어 '數萬雄 師, 愛國志士, 異洲孤島, 救國策' 등으로 나타나는 것을 확인할 수 있다.

그리고 여기서 한문 원문의 '弱小之國'과 '救國之策'의 '之'는 '2음절 (弱小)(救國)＋1음절(國)(策)'을 '2음절(弱小)(救國)＋2음절(之國)(之策)'과 같은 음절수 좌우 대칭 구조를 위한 것이다. '弱小國', '救國策'으로도 의미 전달이 되지만 좌우 대칭의 음절수를 가진 '弱小之國'과 '救國之策'이 중 국어 조어 습관에 더 부합되기 때문에 '之'를 사용한 것이다. 그러나 '數萬之雄師, 愛國之志士, 異洲之孤島'와 같은 표현에서 특히 '愛國之志 士'와 같은 경우는 '之'가 과잉 사용된 경우로 보이며 중국어에서 어색 한 표현이 된다. 이러한 표현은 일본어 '愛國の志士'의 영향을 받은 것 으로 보인다.

이상의 논의에서 알 수 있듯이 현채의 번역은 '之'를 번역하지 않고 그대로 사용하거나 기계적으로 '의'로 번역한 장지연과 박은식, 신채 호 등의 번역과는 다르다. 현채는 구문상 꼭 필요한 '之'와 그렇지 않 는 '之'를 정확히 파악하여 한문 요소를 줄이고 최대한 한국어 어순에 가까운 문장을 만들려는 노력을 보였다. 다만 어순은 어느 정도 한국 어 어순으로 바꾸었으나 한글토를 제외하고는 철저히 고유어를 배제 하고 있다. 이러한 문장 양식은 유길준의 『서유견문』식 국한문체와 유 사한 특징을 보인다. 현채는 양계초 저술에 과잉 사용된 '之'를 최대한 줄이려는 노력을 보였다. 이것은 당시 한국은 중국이나 일본을 통해 '문명'을 학습하였으나 그 수용은 선택적이었고 때로는 거부하는 태도 를 보였다는 것을 말해 준다.

제6장

어휘의 번역 양상

6.1. 근대 신조어의 번역

근대 신조어는 근대적 신개념, 신지식을 번역하기 위하여 만든 새로운 어휘를 가리킨다. 청일전쟁 이전 한국과 일본은 주로 중국에서 만든 새로운 어휘를 사용했는데, 청일전쟁 이후 중국을 비롯한 한자 언어권 나라들은 근대에 먼저 들어선 일본에서 만들어진 신조어를 유입하여 사용하였다.

양계초는 근대 신조어를 저술에 적극 사용하였는데, 한국 지식인들은 이러한 양계초의 저술을 번역할 때, 신문물을 나타내는 신조어는 원문 그대로 유지하는 경향을 보였다. 다음은 문일평이 번역한 「자유론」과 현채가 번역한 『월남망국사』이다. 원문과 비교해 보면, '文明, 人民, 法律' 등과 같은 신개념 용어들에 대해서는 번역본에 그대로 수용한 것을 확인할 수 있다. 이것은 계몽기 국한문체의 번역본에서 확인할 수 있는 전체적인 번역 양상이다.

(67) a. 自由者, 天下之公理, 人生之要具, 無往而不適用者也。雖然, 有
眞自由, 有僞自由, 有全自由, 有偏自由, 有<u>文明</u>之自由, 有野蠻
之自由。今日"自由云自由云"之語, 已漸成靑年輩之口頭禪矣。
新民子曰：我國民如欲永享完全文明眞自由之福也, 不要不先知自
由之爲物果何如矣。請論自由。自由者, 奴隷之對待也。綜觀歐、
美自由發達史, 其所爭者不出四端：一曰政治上之自由, 二曰<u>宗
敎</u>上之自由, 三曰民族上之自由, 四曰生計上之自由(卽日本所謂
經濟上自由)。政治上之自由者, <u>人民</u>對於<u>政府</u>而保其自由也。宗敎
上之自由者, <u>敎徒</u>對於敎會而保其自由也。民族上之自由者, 本
國對於外國而保其自由也。生計上之自由者, <u>資本家</u>與勞力者相互
而保其自由也。而政治上之自由, 復分爲三：一曰平民對於貴族
而保其自由, 二曰國民全體對於政府而保其自由, 三曰<u>殖民地</u>對於
母國而保其自由是也。

b. 自由는 天下의 公理오 人生의 要具니 母論 何如혼 事物과 何
如혼 境遇에 適用치 못홀 바 無혼지라. 然호나 眞自由와 僞
自由와 全自由와 偏自由와 <u>文明</u>自由와 野蠻自由 等이 有호디
今日에 自由라 自由라 호는 說이 一般靑年輩의 口頭로 常云
호는 바느 實로 其 自由의 爲物이 果何如홈을 先究치 아니면
完全흔 文明의 幸福을 永享키 難호도다. 故로 僕의 譾陋를 不
顧호고 其 大旨를 左에 略論컨디 一은 政治上의 自由오 二는
<u>宗敎</u>上의 自由오 三은 民族上의 自由오 四은 生計上의 自由
니 大蓋 政治上의 自由라 謂홈은 <u>人民</u>이 <u>政府</u>에 對호야 其
自由를 保存홈이오 宗敎上의 自由라 謂홈은 <u>敎徒</u>가 敎會에
對호야 其 自由를 保存홈이오 民族上의 自由라 謂홈은 本國
이 外邦에 對호야 其 自由를 保存홈이오 生計上의 自由라 謂
홈은 <u>資本家</u>와 勞力家가 서로 其 自由를 保存홈이라. 또 政

治上의 自由를 三으로 分ᄒ니 一은 平民이 貴族에 對ᄒ야 其
自由를 保存홈이오 二ᄂ 國民 全體가 政府에 對ᄒ야 其 自由
를 保存홈이오 三은 <u>殖民地</u>가 母國에 對ᄒ야 其 自由를 保存
홈이니라.

문일평,「自由論」

(68) a. 其一擧一動, 如機器之節腠, 其一進一退, 如軍隊之步武。服從者
何?服<u>法律</u>也。法律者, 我所制定之, 以保護我自由, 而亦以鉗束
我自由者也。彼英人是已。天下民族中, 最富於服從性質者莫如英
人, 其最享自由幸福者亦莫如英人。

b. 其 一擧一動을 機器의 節腠와 一進一退를 軍隊의 步武와 갓
치 홈이 文明의 自由니 所謂 <u>法律</u>은 我의 制定ᄒ 바로써 我
를 保護ᄒᄂ 者라. 故로 世界 民族 中에 服從 性質에 最富ᄒ
英人이 其 自由 幸福을 獨占홈을 可見ᄒ겟도다. 所謂 服從은
法律에 服從홈이라.

문일평,「自由論」

(69) a. 客曰：無外援而暴動, 能殲之於內, 不能拒之於外。此奚待著龜
者, 且前此旣屢試矣。事躓之後, 株及鄰保, 夷及宗族, 豈無義
憤, 不成則獨身坐, 無足咨者, 如父母邱墓何, 盖法人所恃以箝制
吾越者, 無他道, 族誅也, (如進士宋維新以擧義旗拒法全家被戮)。
發塚也, (如進士潘廷逢, 入山聚義, 十一年。其父尙書潘廷選, 伯
父潘廷同之塚及母墳, 俱被掘, 其子潘廷迎斬梟然逢, 終不屈逢
死, 火其屍, 此公於南國義人中最赫赫者。)以東方野蠻之<u>法律</u>, 還
治東方之人, 如斯而已。

b. 客曰 外援이 無ᄒ고 暴動ᄒ면 비록 內에셔 法人을 盡殺ᄒ기
無慮ᄒ나 外에셔 拒禦홀 力이 無ᄒ리니 此ᄂ 前日에도 屢試
ᄒ얏고 事敗後ᄂ 隣保에 株及ᄒ며 宗族에 夷及홀지라 萬一

不然ᄒᆞ면 我越人의 義憤이 곳 鼎鑊에 赴ᄒᆞᆯ지라도 不願ᄒᆞ리
니 엇지 此에 至ᄒᆞ리오 또 法人의 箝制ᄒᆞᄂᆞᆫ 法은 非他오 곳
族誅와 發塚이라 東方野蠻의 **法律**로써 도로혀 東方人을 治
ᄒᆞᄂᆞᆫ 我越人이 輕擧치 못홈이 此에 拘홈이라 ᄒᆞ거늘

현채, 『越南亡國史』

(70) a. 自美國獨立以後, 而所謂**殖民政策**者, 其形式略一變, 前此以殖民
地脂膏供母國揮霍者, 今略知其非計矣。故英屬之澳洲、之加拿大,
其**人民權利義務**, 與百年前之美國, 旣大有所異。雖然, 此其同
種者爲然耳。若美之紅夷, 澳之黑蠻, 則何有焉?

b. 美國이 獨立ᄒᆞᆫ 以來로 所謂 **殖民政策**이라 ᄒᆞᄂᆞᆫ 者ㅣ 其 形式
이 若干 一變ᄒᆞ나 昔에ᄂᆞᆫ 殖民地 脂膏로써 母國의 揮霍을 供
ᄒᆞ더니 今에ᄂᆞᆫ 其 非計 됨을 略知ᄒᆞᆫ 故로 英屬의 澳洲 及 加
拿大에 其 **人民**의 **權利 義務**가 百年前 美國과 大異ᄒᆞ얏ᄂᆞᆫ지
라 然이나 此ᄂᆞᆫ 其 同種人인 故로 然홈이오 至於 美國의 紅
番과 澳洲에 黑蠻은 此와 大異ᄒᆞ얏고

현채, 『越南亡國史』

(71) a. 以前者蓬艾滿目, 麋鹿群游之地, 忽成爲居民十五萬之巨鎭, 而杜
國**政府**之**財權**, 幾全移於此金市之域, 而握其樞者實英人也。英
人乃變其前此兵力幷呑之謀, 改爲富力侵略之策, 因迫杜政府許其
開一**鐵路**自杜京經金市以達好望角, 杜統領知此擧之爲禍胎也。

b. 前者에ᄂᆞᆫ 蓬艾가 滿目ᄒᆞ고 麋鹿이 羣遊ᄒᆞ든 地러니 今에ᄂᆞᆫ
忽然히 居民 十五萬 되ᄂᆞᆫ 巨鎭이 되고 杜國 **政府**의 **財權**이
專혀 此 金市城에 移ᄒᆞ고 其 權을 握ᄒᆞ기ᄂᆞᆫ 實노 英人이라
英人이 이에 前此 兵力으로 幷呑ᄒᆞ든 謀를 變ᄒᆞ고 富力 侵略
策을 用ᄒᆞ야 杜國 政府를 迫ᄒᆞ야(75/) 一 **鐵路**를 開홀 ᄉᆡ 杜
京으로브터 金市를 經ᄒᆞ고 好望角에 達코자 ᄒᆞ니 杜國 統領

이 此 學의 禍胎됨을 知ᄒ고

현채, 『越南亡國史』

(72) a. 嗚呼!此雖赫德一人之私言, 而實不啻歐洲各國之公言矣。由此觀
    之, 則今日紛紛言保全中國者, 其爲愛我中國也幾何?不寧惟是, 彼
    西人深知夫**民權**與**國權**之相待而立也。苟使吾四萬萬人能自起而
    組織一政府, 修其內治, 充其實力, 則白人將永不能染指於亞洲大
    陸。又知夫**民權**之興起, 由於原動力與反動力兩者之摩蕩, 故必
    力壓全國之動機, 保其數千年之永靜性。然後能束手以待其擺佈,
    故以維持和平之局爲第一主義焉。

  b. 嗚呼라 此 語가 비록 赫德 一 人의 私言이나 然이나 此ᄂᆞᆫ 곳
    歐洲 各國의 公言이니 此ᄅᆞᆯ 觀ᄒ면 今日에 紛紜히 中國을 保
    全ᄒ다ᄂᆞᆫ 者ㅣ 其 中國을 爲홈이 幾何오 ᄯ 此쑨 아니라 彼
    西人은 **民權**과 **國權**이 相待ᄒ야 立홈을 知ᄒᄂ니 萬一 我 四
    億萬으로 ᄒ야곰 能히 自起ᄒ야 一 政府ᄅᆞᆯ 組織ᄒ고 內治ᄅᆞᆯ
    修ᄒ야 實力을 充ᄒ면 白人이 永히 亞洲 大陸에 染指치 못ᄒᆯ
    거시오 ᄯ **民權**의 興起ᄂᆞᆫ 元動力 及 反動力 兩 者가 磨盪ᄒ
    ᄂᆞᆫ 데셔 由홈을 知ᄒᄂᆞᆫ 故로 반다시 支邦 全國의 動機ᄅᆞᆯ 力
    壓ᄒ야 數千年 되ᄂᆞᆫ 永靜性을 保ᄒ 後에야 비로소 可히 其
    分裂ᄒᆯ 排布ᄅᆞᆯ 成ᄒᆯ지라 故로 和平을 維持홈으로써 第一 義
    ᄅᆞᆯ 삼고

현채, 『越南亡國史』

위에서 제시한 '文明, 人民, 法律, 民權, 國權' 등은 모두 일본에서 만
들어진 근대 신조어들인데[44] 일본은 서양의 신개념을 번역하기 위하

---

44) 劉正琰·高名凱·麥永乾·史有爲(1984), 이한섭(2014), 香港中國語文學會(2001), 沈國威
(2012) 등을 참조하였다.

여 새로운 어휘를 만들어야만 했다. 새로운 어휘를 만든다는 것은 중국 고전에 있는 기존 어휘에 새로운 의미를 부여하는 것과 아예 새 어휘를 만들어 내는 방법이 있었는데, 당시의 일본인은 전자의 방법을 선호하였다. 이 문제에 대해 沈國威(2012)에서는 다음과 같이 말하고 있다.

> (73) "어휘 항목을 늘리는 한 가지 방법은 기존 어휘를 가지고 외래의 신개념을 표현하는 것이다. 이러한 조어법으로 만들어진 단어는 지시 대상의 특성에 따라서 다음과 같이 두 가지로 나누어 생각할 수 있다.
>
> Ⅰ. 외국에서 들어온 추상적 개념을 나타내는데 사용되는 기존 어휘. 서양의 정치·경제·사회제도에 관한 용어와 철학, 문학과 같은 인문과학 분야의 전문어가 이에 해당된다.
> Ⅱ. 외국에서 들어온 물건이나 도구, 제품명에 사용되는 기존 어휘. 서양 각국의 독특한 물건이나 도구를 비롯해서 근대 과학기술의 성과와 제품명이 이에 속한다.
>
> Ⅰ의 기존 어휘는 원래 전통 문화와 관계가 깊은 개념어가 많아서 (예를 들면 '혁명革命, 민주民主', 공화共和, 자유自由 등) 외래의 신개념을 나타내게 되더라도 옛 의미를 완전히 버리지 못하고(옛 의미를 버리는 데 시간이 많이 걸린다) 신구 의미가 같이 쓰이게 되어 동형 충돌이 일어나는 등 새로운 어휘 항목으로 수용되는 과정에서 복잡한 사정이 생긴다."
>
> 『近代中日語彙交流史』[45]

---

45) 沈國威(2012), 『近代中日語彙交流史』, 이한섭 외 옮김, 고려대학교출판부, p.204~206.

沈國威(2012)에서 언급했듯이 근대의 신조어는 아예 새로 만들어진 것도 있지만, 중국 고문헌에서 이미 사용된 어휘가 일본에 의해 새로운 의미를 얻은 것도 있다. '影響'46)과 '保障'47)이 그렇다.

沈國威(2012: 288)에 따르면 '影響'은 중국 고대 문헌에서 원래 '그림자와 울림'의 의미로 쓰였다. 근대에 들어서자, 일본은 이러한 '影響'에 'influence'라는 새로운 의미를 부여한 것이다. '保障'도 비슷한 경우이다. 韓銀實(2015)에서 밝혔듯이, '保障'은 고대 중국 문헌에서는 '국경 성루'의 의미로 쓰였는데 일본이 서양의 'guarantee'를 번역하면서 '保障'에 'guarantee'라는 새로운 의미를 부여한 것이다.

'影響'이나 '保障'과 같은 어휘는 중국 고문헌에 이미 존재했던 어휘들이기 때문에, 새로운 의미가 부여되었다고 해도, 그것의 원의미가 바로 사라지지 않았을 것이다. 沈國威(2012)에서도 말했듯이 신구 의미가 같이 쓰이게 되어 동형 충돌이 일어나는 등 새로운 어휘 항목으로 수용되는 과정에서 복잡한 사정이 생겼을 것이다. 근대라는 시기에는 표기법뿐만 아니라, 어휘의 신구 의미의 교체에 있어서도 혼란을 겪은 시기이다.

오랜 기간 동안 한문을 사용해 온 근대계몽기의 한국 지식인들도 이러한 혼란을 겪었을 것이다. 앞에서 논의했듯이 양계초는 자신의 저술에 일본에서 만들어진 근대 신조어를 적극 사용하여 독자들에게 근대 신지식을 전파하는 일에 많은 노력을 기울였다. 한국 지식인들은 양계초의 저술을 번역할 때, 저술에 나타난 신조어가 일본에 의해 아예 새로 만들어진 것이든, 중국 고문헌에 쓰였던 것이 새로운 의미를

---

46) '影響'의 의미변화에 대해서 沈國威(2012: 287~312)를 참고할 수 있다.
47) '保障'의 의미변화에 대해서 韓銀實(2015)를 참고할 수 있다.

얻은 것이든, 동형 충돌을 최소화하려면 원문 그대로를 번역본에 유지
시키는 것이 가장 효과적인 방법이었을 것이다.

그러나 다음 6.2에서 볼 수 있듯이, 일본의 근대 신조어가 아닌 것은
번역자의 의도에 따라 다른 어휘로 대체하는 일이 흔했다.

6.2. 어휘 대체

앞에서 논의했듯이, 근대 지식인들은 양계초의 저술에 나타난 근대
신조어에 대해서는 시종일관하게 번역하지 않고 원문 그대로 번역본
에 유지하는 양상을 보였다. 그러나 다음에서 볼 수 있듯이, 근대 신조
어가 아닌 개별 어휘에 대해서는 다른 어휘로 대체하는 번역 양상을
보였다.

    (74) a. 由此觀之, 敎育之次第, 其不可以躐等進也明矣。夫在敎育已興之
          國, 其就學之級, 自能與其年相應；若我中國今日之**學童**, 則當其
          前此及年之日, 未獲受相當之敎育, 其德知情意之發達, 自比文明
          國之**學童**低下數級, 而欲驟然授之, 烏見其可?
        b. 由此觀之면 敎育之次第가 其 不可 蠟 等 也丨 明矣라. 夫在敎
          育已興之國에도 其就學之級이 自能與其年相應이어늘 若 我國
          은 今日之**學員**이 當前 此 及 年之日ᄒ야 未受相當之敎育ᄒ니
          其 知德意情之發達이 自比文明國之**學童**이면 低下數級이어늘
          欲驟然授之ᄒ면 烏見其可也리오
                              장지연,「敎育政策私議」

    (75) a. 抑學校之議、所以倡之累年而至今不克實施, 或僅經營一省會學堂

而以自足者, 殆亦有故焉：則經費無出是也。夫欲擧全國之中學小
學而悉以國帑辦之, 無論財政**極窘**之中國所不能望也, 卽極富如英
美蓋亦不給焉矣。

b. 抑學校之議】所以倡之屢年에 至今不克實施ᄒ고 或僅經營一省
會學堂ᄒ고 己自足者】洽亦有故焉이라. 則經費無出이 是也
니 夫欲擧全國之中學小學而悉以國帑으로 辦之ᄒ면 無論財政
蕩竭之我國ᄒ고 卽 極富如英美라도 亦不給焉矣라.

장지연, 「敎育政策私議」

(76) a. 當此之時, 天下者羅馬之天下。於戲, 何其盛也。何圖一旦爲北狄
所蹂躪。日削月蹙, **再軛於**回族, **三軛於**西巴尼亞, **四軛於**法蘭
西, 五軛於日耳曼。迎新送舊, 如老妓之款情郞, 朝三暮四。

b. 一朝에 北狄의 蹂躪을 經한 以後로 日削月蹙하여, **今日**에는
西班牙, **明日**에 法蘭西, **又 明日**에는 日耳曼 等國의 前虎後狼
이 彼退此進하고 左刀右鋸가 朝割暮剝하여

신채호, 『伊太利建國三傑傳』

(77) a. 客曰：無外援而暴動, 能殲之於內, 不能拒之於外。此實待著龜
者, 且前此旣屢試矣。**事蹶**之後, 株及鄰保, 夷及宗族, 豈無義
憤, 不成則獨身坐, 無足吝者, 如父母邱墓何, 盖法人所恃以箝制
吾越者, 無他道, 族誅也, (如進士宋維新以擧義旗拒法全家被戮)。
發塚也, (如進士潘廷逢, 入山聚義, 十一年。其父尙書潘廷選, 伯
父潘廷同之塚及母墳, 俱被掘, 其子潘廷迎斬梟然逢, 終不屈逢
死, 火其屍, 此公於南國義人中最赫赫者。)以東方野蠻之法律, 還
治東方之人, 如斯而已。

b. 客曰 外援이 無ᄒ고 暴動ᄒ면 비록 內에셔 法人을 盡殺ᄒ기
無慮ᄒ나 外에서 拒禦홀 力이 無ᄒ리니 此ᄂ 前日에도 屢試
ᄒ얏고 **事敗**後ᄂ 隣保에 株及ᄒ며 宗族에 夷及홀지라 萬一

不然ᄒ면 我越人의 義憤이 곳 鼎鑊에 赴ᄒᆯ지라도 不願ᄒ리
니 엇지 此에 至ᄒ리오 쏘 法人의 箝制ᄒᄂ 法은 非他오 곳
族誅와 發塚이라 東方野蠻의 法律로써 도로혀 東方人을 治ᄒ
ᄂ 我越人이 輕擧치 못홈이 此에 拘홈이라 ᄒ거늘

현채, 『越南亡國史』

(78) a. 法之視彼, 與常奴等耳。前此未亡以前, 所予以特別利益, 剝奪靡
子遺, 而**西來教僧**, 益束縛魚肉之。故景教之徒, 怨毒逾倍, 十年
以前, 曾有私邀英艦, 欲圖泄忿, 機露被逮, 火戮者百數焉 教徒而
昔之鷹犬也。若其備於官署爲輿臺者, 初則假以詞色, 以爲功狗,
獵弋所獲, 俾餕其余, 及其將盈, 則一擧而攫之

b. 法人이 彼를 視ᄒ기 奴隷와 同히 ᄒ야 前此 亡키 前에ᄂ 特
別흔 利益을 予ᄒ다가 今에 至ᄒ야ᄂ 剝奪侵迫이 甚흔 中에
天主教師가 더욱 束縛魚肉ᄒᄂ 故로 景教의 徒가 怨毒이 愈
倍ᄒ야 十年前에 英艦을 私邀ᄒ야 洩忿코자 ᄒ다가 機가 露
ᄒ야 被逮ᄒ야 火戮흔 者ㅣ 百數에 至ᄒ얏스니 此ᄂ 다 昔日
에 法人의 鷹犬되엿든 者오 其 官署에 備役ᄒ얏든 者를 初에
ᄂ 詞色을 假ᄒ야 功狗가 되민 獵弋에 獲흔 바를 其餘를 餕
케 ᄒ더니 其 貨財가 將盈ᄒ민 一擧ᄒ야 攫取ᄒ니

전항기, 「記越南亡人之言」

c. 法人이 此 輩를 視ᄒ기 奴隷와 同ᄒ야 前此 亡國키 前에ᄂ 特
別흔 利益을 與ᄒ다가 今에 至ᄒ야ᄂ 剝奪侵迫이 甚흔 中에
天主教師가 더욱 束縛魚肉ᄒᄂ 故로 天主教徒의 怨毒아 尤極
ᄒ야 十年 前에 教徒 等이 英國 兵船을 私邀ᄒ야 洩忿코자
ᄒ다가 機事가 不密ᄒ야 被逮 燒死흔 者ㅣ 數百이 되니 此ᄂ
다 昔日에 法人의 鷹犬 되든 者오 至於 法人官署에 備役ᄒ든
者ㅣ 初에ᄂ 詞色을 假ᄒ야 功狗가 되민 獵戈 所獲에 其餘를
餕케 ᄒ더니 及其 貨財가 小盈ᄒ면 곳 一擧 攫取ᄒ니

현채, 『越南亡國史』

장지연의 경우, (74)에서는 동일한 단락에서 '學童'을 '學員'으로 대체하기도 하고, '學童'을 그대로 유지하기도 하는 일관되지 않은 번역 양상을 보여 준다. 그리고 (75)에서는 '極窘'과 같은 '부사어＋형용사' 구조의 구 구성을 '蕩竭'과 같은 한자어로 대체시켰다. '蕩竭'은 현대 한국어에서도 쓰이는 것을 보면,48) 그 당시에도 '極窘'과 같은 한문 표현보다 더 많이 쓰인 한자어 어휘였을 것이다.

(76)의 신채호의 경우, 양계초 원문에서 '再軛於回族, 三軛於西巴尼亞, 四軛於法蘭西, 五軛於日耳曼'과 같은 표현을 쓰고 있는데, 여기서 '軛'는 '구속받다'의 뜻이다. 즉 '二(再)는 회족(回族)의 구속을 받고, 三은 스페인(西巴尼亞)의 구속을 받고, 四는 프랑스(法蘭西)의 구속을 받고, 五는 게르만(日耳曼)의 구속을 받는다'라는 뜻인데 신채호는 이것을 더 쉬운 '今日, 明日, 又 明日'로 번역하였다. 이것은 번역본을 보는 독자의 이해를 돕기 위한 조치로 판단된다.

(77)의 현채의 번역도 마찬가지다. 위에서 제시한 예문에서 알 수 있듯이 한문 원문의 '事蹶'는 현채의 번역본에서 '事敗'로 나타난다. '事蹶'를 '事敗'로 번역한 것도 독자들의 이해를 돕기 위해 '事蹶'보다 더 쉬운 표현인 '事敗'로 대체한 것으로 보인다.

(78)을 보면, 양계초 원문의 '西來教僧'을 전항기와 현채의 번역본에서는 모두 '天主敎師'로 나타내고 있다. '僧'은 불교에서 '스님'을 나타내는 말인데, '西來敎僧'을 서양에서 온 천주교 신부를 가리키는 것으로 보인다. 이에 대해 전항기와 현채는 '天主敎師'로 번역하고 있다. 이것도 독자의 정확한 이해를 돕기 위한 조치로 볼 수 있다.

---

48) 재물이 남김없이 다 없어지다. 또는 재물을 다 없애다.

한편, 양계초가 천주교 신부를 '西來敎僧'로 가리킨 『월남망국사』에
서 다음과 같은 예를 발견할 수 있다.

> (79) a. 其一, 則**天主敎徒**, 其一, 則通寄之輩也。寧知君俘社屋, 鳥盡弓藏,
>   b. 其一은 **天主敎徒**오 其一은 通辯의 輩라 엇지 君俘社屋과 鳥盡
>   弓藏을 知ᄒ리오
>   c. 其一은 **天主敎徒**오 其一은 詔附ᄒᄂ 輩라 此 輩가 엇지 君俘
>   社屋과 鳥盡弓藏홈을 知ᄒ리오

위에서 제시한 예에서 알 수 있듯이 양계초는 같은 저술에서 천주
교 신부와 신도에 대해 '西來敎僧'와 '天主敎徒'와 같은 전혀 다른 명칭
을 붙이고 있는 것을 확인할 수 있다. 이러한 예는 근대 초기의 어휘
사용의 혼란상을 보여 주고 있다.

6.3. 단음절 어휘의 번역

양계초 저술의 한국 내 번역본의 또 하나의 공통적인 특징은 한문
원문의 단음절 어휘를 2음절 어휘로 번역한 예를 발견할 수 있다는 것
이다. 장지연과 박은식의 번역본은 대체로 한문 원문을 그대로 유지한
특징을 보여, 단음절 어휘가 2음절 어휘로 변한 예가 드물게 몇몇 문
장에서만 발견된다. 이들에 비해 신채호와 현채의 번역본에서는 단음
절 어휘가 2음절 어휘로 번역된 예를 쉽게 발견할 수 있는데, 현채의
번역에서 이러한 번역 양상을 보이는 예가 압도적으로 많다.

다음 절에서는 장지연, 박은식, 신채호에서의 예를 같이 살펴보고,

단음절 어휘가 2음절 어휘로 번역된 예가 압도적으로 많은 현채의 예를 따로 살펴보겠다. 단음절 어휘가 2음절 어휘로 번역된 양상을 살펴본 다음, 그 2음절 어휘가 현대 한국어의 『표준국어대사전』에 등재되었는지를 조사하고 등재된 2음절 어휘의 의미가 계몽기의 그것과 동일한지를 확인하겠다. 동일한 의미로 등재된 것에 한정하여 중국 고문헌에서의 출처도 밝히도록 하겠다.

위와 같은 조사를 통해, 당시 계몽기의 지식인들이 한문 원문에서 이해하기 어려운 단음절 어휘를 한국에서 활발히 사용되고 있었던 2음절 어휘로 바꾸었다는 사실을 확인할 수 있을 것이다. 중국 고문헌의 어휘가 19세기 말 20세기 초까지 사용되고, 그것이 현대 한국어에까지 전승되었다는 것은, 그 어휘가 오랫동안 한국에서 활발히 사용되어 한국어의 일부가 되었다는 것을 증명한다. 이러한 작업은 또한 현재 한국에서 사용되고 있는 한자어에는 근대에 유입된 일본 신조어도 많지만, 그 전에 차용된 중국 한자어도 적지 않게 남아 있다는 사실을 보여 준다.

6.3.1. 장지연, 박은식, 신채호의 번역

먼저 장지연, 박은식, 신채호의 번역에서 나타난 단음절 어휘가 2음절 어휘로 번역된 예를 살펴보겠다.

(80) a. 其第二條雲 : "凡一區或數區相合所設之小學校, 其設立費及維持費, 由居寓本區之人有實業(有土地家宅者)及營業(無鋪店之行商不在內)者共負擔之 ; 若其區原有公產, 則先以公產之所入充之." 此制蓋斟酌的各國法規所定也.

b. 其 第二條 云 凡 一區 或 數區의 相合所設혼 小學校에 其 設立
費와 及 維持費를 由居寓本區之人이 有實業(有土地家宅者) 及
營業(無舖店之行商은 不在內) 者가 其 負擔之학고 若 其 區에
原有公産이면 先以公産之所入으로 充之라 학니 此 制는 蓋
斟酌 各國 法規의 所 **査定**者라.

장지연, 「敎育政策私議」

(81) a. 故其勢渙散, 其心瑗**懦**, 無論何國何種之人, 皆可以掠其地而奴其
民, 臨之以勢力, 則帖耳相從。

b. 故로 其勢渙散학고 其心**軟懦**학야 無論何國何種之人이던지 皆
可以掠其地학고 奴其民학야 臨之以勢力이면 帖耳相從학며

박은식, 「愛國論」

(82) a. 故日日議瓜分, 逐逐思擇肉, 以我人民爲其幸下之隷。以我財産爲
其囊中之物, 以我土地爲其版內之圖, 揚言之於議院, 勝說之於報
館。視爲固然, 無所忌諱, 詢其何故?則曰支那人不知愛國**故**。哀
時客曰 : "嗚呼!我四萬萬同胞之民, 其重念此言哉。

b. 故로 日日노 瓜分을 議학며 逐逐히 擇肉을 思학야 以我人民
으로 爲其圍下之隷학며 以我財産으로 爲其囊中之物학며 以我
土地로 爲其版內之圖학야 議院에 揚言학며 報舘에 騰說학되
視爲固然학야 無所忌諱학니 詢其何故학면 曰: 支那人이 不知
愛國학는 **緣故**라 학니 哀時客이 曰 : "嗟乎라!我四萬萬同胞之
民은 其重念此言歟 ㄴ뎌."

박은식, 「愛國論」

(83) a. 自般琶西莎兒以來, 以至阿卡士大帝之世倂呑歐羅巴亞細亞阿非利
加之三大陸, 而**建**一大帝國爲宇宙文明之宗主者非羅馬乎哉。

b. 船琶西沙兒 以來로 阿卡士大帝의 時에 至하기까지 歐羅巴亞

細亞阿非利加의 三大陸을 倂呑하고 大帝國을 **建設**하여 宇宙
文明의 宗主가 되던 羅馬로서

(84) a. 敢以「意大利不過地理上之名詞」一語。名目張膽以號於衆。於是
　　　盡復前者王族壓制之**舊**。全意仍爲若幹小國。爲外來種族波旁家
　　　哈菩士博家等所分領。
　　b. 敢히「伊太利는 地理上의 名詞에 不過하다는」語로 列國에 宣
　　　布하고 王族壓制의 **舊觀**을 盡復하며, 伊太利 全土를 許多小國
　　　으로 再分하여 外來의 種族, 波房家·哈菩士博家 等이 分領
　　　하고

　　　　　　　　　　　　신채호, 『伊太利建國三傑傳』

　대체로 고한문의 단음절 어휘는 다양한 의미로 해석할 수 있어 의
미 파악이 어려운 경우가 많다. 예를 들어 (83)의 동사 '建'의 경우, '건
립하다(build)'의 의미로 쓰이기도 하고, '제창하다(propose)', '권력을 부
여하다(confer power upon)' 등 다양한 의미로 쓰인다. (84)의 '舊'도 '낡
은, 오래된', '지나간, 원래의', '지나간 시간' 등 다양한 의미로 쓰인다.
이런 단음절 어휘의 의미를 파악하려면 반드시 앞뒤 문맥에 의존해야
한다.

　그러나 2음절 어휘는 다르다, '建'을 '建設'로, '舊'를 '舊觀'으로 번역
함으로써, 의미 파악이 훨씬 쉬워진다. '建設'과 같은 경우, '建'과 '設'
은 고한문에서 단음절 어휘로 쓰일 때, 그 의미가 훨씬 더 다의적이었
는데, 이 두 단음절이 결합함으로써 그 의미의 범위가 한정되어 'build'
라는 의미로만 쓰이게 된다. '舊觀'도 마찬가지다, '舊'와 '觀'이 결합함
으로써 분산된 의미가 하나로 제한되어 '예전의 모양이나 경치'라는
의미로 쓰이게 된 것이다. 즉 '觀'에 의해 '舊'는 이 단어에서는 '예전

의'의 의미로만 해석된다는 것이다.

위에서 제시한 2음절의 어휘 중에서 '軟懦'은 중국 고문헌인『大藏經』
에서만 유일한 예가 확인되고[49] 한국의『표준국어대사전』에서는 확인
되지 않는다. '査定'은『표준국어대사전』에서는 확인되나 중국 고문헌
에서는 나타나지 않는다. '軟懦'은 고한문에서 드물게 사용된 어휘이
고 현대 한국어에는 전승되지 못했다. '査定'은 일본제 한자어로 추정
된다.[50] 나머지 2음절 어휘의 의미와 중국 고문헌에서의 출처를 살펴
보겠다. ①은 본서가 조사한 범위 내에서 번역본에서의 2음절 어휘의
최초 출현 문헌을 제시한 것이고, ②는『표준국어대사전』의 정의를 제
시한 것이다.

> (85) 緣故: ①.『論安燾辭免遷官恩命事箚子』: 伏望聖慈, 從其所請, 若除
> 　　　　　受別有緣故, 即乞明降指揮。
> 　　　　②. 사유(事由), 일의 까닭.
> 　　建設: ①.『墨子·尚同中』: 古者上帝鬼神之建設國都、立正長也, 非
> 　　　　　高其爵, 厚其祿, 富貴遊佚而錯之也。
> 　　　　②. 건물, 설비, 시설 따위를 새로 만들어 세우다.
> 　　舊觀: ①.『晉書·王羲之傳』: 忽見足下答家兄書, 煥若神明, 頓還舊
> 　　　　　觀。
> 　　　　②. 예전의 모양이나 경치.

6.3.2. 현채의 번역

위에서 장지연, 박은식, 신채호의 번역에서 단음절 어휘를 2음절 어

---

49)『大藏經』: 凝膚極軟懦 莊麗甚殊特.
50) 중국어에서는 확인되지 않으나 일본어와 한국어에서는 확인된다.

휘로 번역한 것을 살펴보았다. 이러한 번역 양상은 현채의 번역, 특히 『월남망국사』의 번역에서 대량 발견된다.

본 연구는 현채가 번역한 단행본 『월남망국사』를 양계초의 한문 원문과 대조하여, 단음절 어휘가 2음절 어휘로 번역된 모든 예를 추출하였다.

다음은 『월남망국사』에서 추출한 2음절 어휘를 명사의 경우, 동사의 경우, 부사의 경우로 나눠서 살펴보겠다. 어휘의 의미 파악을 위하여, 그 어휘가 들어 있는 문장도 같이 제시하겠다.

6.3.2.1. 단음절 명사의 번역

현채의 번역본에서 단음절 명사를 2음절 명사로 번역한 예를 모두 제시하면 다음과 같다.

(86)

1). 客容憔悴, 而中含俊偉之態, 望而知爲異人也。
   其人을 見ᄒ니 形容이 憔悴ᄒ나 俊偉ᄒᆫ 態度가 顏 外에 溢見ᄒ야
   其 凡常人이 아님을 知ᄒ겟더라

2). 客容憔悴, 而中含俊偉之態, 望而知爲異人也。
   其人을 見ᄒ니 形容이 憔悴ᄒ나 俊偉ᄒᆫ 態度가 顏 外에 溢見ᄒ야
   其 凡常人이 아님을 知ᄒ겟더라

3). 僕之行, 改華服, 冒華籍, 僞爲旅越華商之傭僕者
   淸人의 衣服을 着ᄒ고 淸人의 屬籍을 作ᄒ야

4). 賞自從九品以上, 罰自杖十以上, 皆關白法吏, 贅虱於其間, 奚爲也?
   此 外에 職賞이 九品 以上과 刑罰이 杖 十 以上은 다 法人의게 稟
   白ᄒ니

5). 而所練越兵殆四十萬, 守禦之役, 一任越兵耳。苟得<u>間</u>, 則逐人殲齊指
顧間也。

其 訓練ᄒᆞᆫ 越兵은 四十萬이라 守禦ᄒᆞᄂᆞᆫ 役은 越兵의게 一任ᄒᆞ니
萬一 間隙을 得ᄒᆞ면 一擧에 法人 을 殲ᄒᆞ기 指顧 間事라 ᄒᆞ거ᄂᆞᆯ

6). 而所練越兵殆四十萬, 守禦之役, 一任越兵耳。苟得間, 則逐人殲齊指
顧間也。

其 訓練ᄒᆞᆫ 越兵은 四十萬이라 守禦ᄒᆞᄂᆞᆫ 役은 越兵의게 一任ᄒᆞ니
萬一 間隙을 得ᄒᆞ면 一擧에 法人을 殲ᄒᆞ기 指顧 間事라 ᄒᆞ거ᄂᆞᆯ

7). 且<u>前</u>此旣屢試矣。

此ᄂᆞᆫ 前日에도 屢試ᄒᆞᆫ얏고 事敗後ᄂᆞᆫ 隣保에 株及ᄒᆞ며

8). 客又曰：法人之所以朘削越南者, 無所不用其<u>極</u>, 其口算之率, 初每人
歲一元, 十年前增倍之。

客이 又曰 法人이 越南을 剝割홈이 其 <u>極度</u>에 臻ᄒᆞᆫ지라 其 口筭
稅ᄂᆞᆫ 每人에 每歲 一元이러니 十年 前에 增加ᄒᆞ야 倍가 되고 今
에ᄂᆞᆫ 三倍가 되얏고

9). 他更何論矣, 結婚者例以<u>貲</u>入敎堂。

然則 他事를 奚論ᄒᆞ며 ᄯᅩ 結婚 者ᄂᆞᆫ <u>貲貨</u>로써 敎堂에 納ᄒᆞᄂᆞ니

10). 盖吾越人亦有自取<u>亡</u>之道焉

吾 越人이 ᄯᅩ <u>敗亡</u>을 取ᄒᆞ얏스니

11). 效扇所在, 必極力蹤跡之, 法虎得紳潔爲<u>倀</u>, 捕效扇益急, 效扇度兵必
敗。

效 扇 二 人의 所在處를 極力 蹤跡ᄒᆞ니 法人이 이에 紳 潔로써
<u>倀鬼</u>를 作ᄒᆞ야 效 扇 二 人을 捕ᄒᆞ기 急ᄒᆞ거ᄂᆞᆯ 效 扇이 自思ᄒᆞ
되 兵이 敗ᄒᆞ면

12). 此輩爲之<u>倀</u>

此輩로써 <u>倀鬼</u>를 作ᄒᆞ야

13). 法人初來, <u>橙</u>卽投法兵, 爲<u>細作</u>, 引法兵<u>拿匪</u>,

法人이 初來 時에 橙이 곳 法兵에 投ᄒᆞ야 <u>細作</u>이 되고 法兵을

引ᄒ야 匪徒를 拿홀 시

14). 又禁與外人交通, 又絶越人往來音信, 以一有德無過之君, 羈囚異地

外人과 交通을 絶ᄒ며 幷히 越人의 音信을 絶ᄒ니 如此흔 <u>幼君</u>
을 異域에 出囚ᄒ고

15). 法人初言民生須爲<u>國</u>供役, 古今通義。

法人이 言ᄒ되 民人이 <u>國家</u>에 供役홈은 古今 通義라

16). 有憂的, 有喜的, 有驚懼的, 俱是未解法人的意

憂喜가 相半ᄒ미 畢竟 法人의 <u>意想</u>을 未解ᄒ다가

17). 這條禁例, 不識法人之意何如

此條 禁例가 不識케라 法人 <u>意向</u>에

18). 如此後越南與各外國交通, 則須合法國之意, 事乃可行。

此後ᄂ 越南이 各 外國과 交通홀진딘 法國 <u>意向</u>과 同흔 後에 行
ᄒ고

19). 乃一人荷戈, 而全家墟塚, 討賊亦何罪之有

一人이 荷戈에 全家가 邱墟를 成ᄒ니 <u>賊人</u>을 討홈이 何罪완딘

20). 然我也不信, 我聞越南自法人占了, 越南國人, 個個爲<u>法</u>奴隷

客言이 다 不信ᄒ도다 我ㅣ 聞ᄒ니 越南이 法人 占領 後로 越人
이 個個히 <u>法人</u> 奴隷가 되야

21). 倚爲爪牙之用, 不反爲其所拏攫乎, 無是<u>理</u>也

爪牙任을 作ᄒ다가 도로혀 其 拏攫이 됨은 當然흔 <u>理致</u>라

22). 其權利必爲優而勝者所吞幷, 是卽滅國之理也。

其 權利가 반다시 優ᄒ야 勝흔 者의게 吞幷이 될지니 此ᄂ 곳
滅國ᄒᄂ <u>理致</u>라

23). 一曰對波王絶君臣之分, 二曰許俄皇以干涉內政之權

一은 曰 波王의게 君臣 <u>分義</u>를 絶ᄒ라 홈이오 二ᄂ 曰 俄皇이
內政을 干涉케 홈이라

24). 而英政府遂恃大國之<u>威</u>, 用强制手段, 限來往五年者卽得參政權矣。

英廷이 大國의 <u>威力</u>을 恃ᄒ고 强制 手段을 用ᄒ야 杜國에 來往

ᄒ기 五 年 된 者ᄂ 叅政權을 得ᄒ리라 ᄒ야

25). 在三十年以前之今日, 而不能還三千萬元之息。則三十年后, 其不能
還二十三萬萬元之息又明矣。

三十 年 以前의 今日로도 三千萬 元 <u>利息</u>을 不還ᄒᆯ진딘 其 三十
年 後에 二十三億萬 元의 利息을 不還ᄒ기 ᄯᅩ 分明ᄒ고

26). 謂我祖若宗以來, 旣皆如是矣。習而安之, 以爲分所當然

相謂ᄒ되 我 祖宗 以來로 다 如此ᄒ다 ᄒ고 <u>習性</u>이 곳 此에 安
ᄒ야 分義에 當然ᄒ다 ᄒ고51)

27). 主人旣見<u>奴</u>於人, 而主人之<u>奴</u>, 更何有焉。

主人이 外國의 <u>奴隷</u>가 되면 主人의 <u>奴隷</u>ᄂ 何物이 되리오

28). <u>路</u>與土地有緊密之關係, <u>路</u>之所及, 卽爲兵力之所及, 二十行省之<u>路</u>
盡通, 而二十行省之地, 已皆非吾有矣。

<u>鐵路</u>와 土地ᄂ 密接 關係가 有ᄒ니 <u>鐵路</u> 所及은 곳 兵力 所及이
라 二十 省의 <u>鐵路</u>가 盡通ᄒ면 二十 省의 地가 다 吾有가 아니오

이상 명사의 경우, 총28개의 예가 발견되는데 다음에서 제시한 예에
서 볼 수 있듯이, 한 문장에서 동일한 단음절 어휘 '間'이 나타날 때,
의미 구분을 위해 각각 2음절 어휘인 '間隙'와 '間事'로 번역한 것을
볼 수 있다.

(87) a. 而所練越兵殆四十萬, 守禦之役, 一任越兵耳。苟得<u>間</u>, 則遂人殲
齊指顧間也。

b. 其 訓練ᄒᆫ 越兵은 四十萬이라 守禦ᄒᆫ 役은 越兵의게 一任
ᄒ니 萬一 <u>間隙</u>을 得ᄒ면 一擧에 法人을 殲ᄒ기 指顧 <u>間事</u>라
ᄒ거늘

---

51) 한문 원문의 '習'은 동사 '적응하다'의 의미로 쓰인다. 현채가 잘못 번역한 것으로 보인다.

(88) a. 而所練越兵殆四十萬, 守禦之役, 一任越兵耳。苟得間, 則遂人殲
齊指顧間也。

b. 其 訓練혼 越兵은 四十萬이라 守禦ᄒᄂᆫ 役은 越兵의게 一任
ᄒ니 萬一 間隙을 得ᄒ면 一擧에 法人을 殲ᄒ기 指顧 間事라
ᄒ거늘

위의 예를 보면, '苟得間'에서의 '間'은 한자어 '間隙'로 번역하여,
'시간 사이의 틈'이라는 의미로 해석된다. 같은 문장에서 '則遂人殲齊
指顧間也'에서도 '間'이 나타나는데, 이때는 '間事'로 번역하였으며 '시
간과 시간 틈 사이에 일어나는 일'로 해석된다. 북경대학교의 말뭉치
를 조사한 결과, 중국 고대 문헌 자료에서는 '間事'를 발견하지 못했
다. 이것은 현채가 '間'과 '事'로 합성어를 만든 것으로 보인다. 이러한
해석의 가능성은 '指顧'의 의미에서도 확인할 수 있는데, '指顧'는 '순
식간에'라는 의미이다. 즉 '一擧에 法人을 殲ᄒ기 指顧 間事라 ᄒ거늘'
은 '프랑스 사람들을 한 번에 절멸시키는 것은 순식간에 일어나는 시
간 틈 사이의 일이라'라는 의미로 해석된다.

현채 번역본의 2음절 어휘들은 '間事'를 제외하고는 중국 고문헌에
서 모두 확인되었으며, '間事', '法人', '贄貨', '賊人'을 제외한 나머지
한자어들은 모두 『표준국어대사전』에서 확인된다.[52] 이 중 '國家'는
중국 고문헌에서 확인되나 근대에 형성된 '國家'의 개념과 다르다. 나
머지의 『표준국어대사전』에서 확인된 2음절 어휘들의 의미는 중국 고
문헌이나 현채 번역본의 그것과 동일하다.

앞에서 논의했듯이 중국 고문헌에서 사용되었던 어휘들이 현대 한
국어에까지 전해 왔다는 것은 근대 이전 시기부터 이미 한국어의 일

---

52) '贄貨'과 '賊人'은 현대 중국어에서는 잘 쓰이지 않지만, 고한문에서는 확인된다.

부가 된 한자어인 가능성이 크다는 것이다.

중국 고문헌과『표준국어대사전』에서 모두 확인되는 어휘를 제시하면 다음과 같다. ①은 본서가 조사한 범위 내에서 현채 번역본에서의 2음절 어휘의 최초 출현 문헌을 제시한 것이고, ②는『표준국어대사전』에서의 정의를 제시한 것이다.

(89) 形容: ①.『管子・內業』: 全心在中, 不可蔽匿, 和於形容, 見於膚色。

　　　　 ②. 사람의 생김새나 모습.

　　屬籍: ①.『後漢書・安帝紀』: 三月丙午, 改元 延光。大赦天下。還徒者, 復戶邑屬籍。

　　　　 ②. 어떤 사람이 속한 국적이나 본적.

　　刑罰: ①.『書・呂刑』: 刑罰世輕世重, 惟齊非齊, 有倫有要。

　　　　 ②. 범죄에 대한 법률의 효과로서 국가 따위가 범죄자에게 제재를 가함. 또는 그 제재.

　　間隙: ①.『呂氏春秋・長利』: 其所求者, 瓦之間隙, 屋之翳蔚也。

　　　　 ②. 시간 사이의 틈.

　　前日: ①.『孟子・公孫醜下』: 孟子 致爲臣而歸。王就見 孟子, 曰 :"前日願見而不可得, 得侍同朝, 甚喜。"

　　　　 ②. 전날, 일정한 날을 기준으로 한 바로 앞 날.

　　極度[53]: ①.『民國演義』: 同時桂派防制粤人的手段, 也越弄越嚴, 雙方交惡, 達於極度。

　　　　 ②. 더할 수 없는 정도

　　敗亡: ①.『易・乾』: 謂居高位而不知謙退, 則盛極而衰, 不免敗亡之悔。

　　　　 ②. 싸움에 져서 망함.

---

53) '極度'의 최초 출현 문헌은 근대 시기의『民國演義』이기 때문에 일본에서 만들어진 어휘일 가능성도 없지 않다.

倀鬼: ①. 『傳奇·馬拯』: "二子並聞其說, 遂詰獵者, 曰: '此是倀鬼, 被虎所食之人也, 爲虎前呵道耳。'"

② 먹을 것이 있는 곳으로 범을 인도한다는 나쁜 귀신. 남을 못된 짓을 하도록 인도하는 사람을 비유적으로 이르는 말.

匪徒: ①. 『大學問』卷二六: 不必更爲別說, 匪徒惑人, 祇以自誤無益也。

② 무기를 가지고 떼를 지어 다니면서 사람을 해치거나 재물을 빼앗는 무리.

幼君: ①. 『公羊傳·隱公元年』: 且如 桓 立, 則恐諸大夫之不能相幼君也。

② 나이가 어린 임금.

意想: ①. 『韓非子·解老』: 人希見生象也, 而得死象之骨, 案其圖以想其生也, 故諸人之所以意想者皆謂之象也。

② 마음속에 지닌 뜻이나 생각.

意向: ①. 『南齊書·庾杲之傳』: 昔袁公作衛軍, 欲用我爲長史, 雖不獲就, 要是意向如此。

② 마음이 향하는 바. 또는 무엇을 하려는 생각.

理致: ①. 『世說新語·文學』: 裴 徐理前語, 理致甚微, 四坐咨嗟稱快。

② 사물의 정당한 조리(條理). 또는 도리에 맞는 취지.

分義: ①. 『荀子·强國』: 禮樂則修, 分義則明, 擧錯則時, 愛利則形。如是, 百姓貴之如帝, 高之如天。

② 자기의 분수에 알맞은 정당한 도리.

威力: ①. 『呂氏春秋·蕩兵』: 凡兵也者, 威也；威也者, 力也；民之有威力, 性也。

② 상대를 압도할 만큼 강력함. 또는 그런 힘.

利息: ①. 『漢書·谷永傳』: 爲人起債分利受謝" 唐 顔師古 註: "言富賈有錢, 假託其名, 代之爲主, 放與它人, 以取利息而共分之。"

　　　②. 이자(利子), 남에게 돈을 빌려 쓴 대가로 치르는 일정
　　　　한 비율의 돈.
　習性: ①.『北史・儒林傳序』: 夫帝王子孫, 習性驕逸。
　　　②. 습관이 되어 버린 성질.
　奴隷: ①.『後漢書・西羌傳』: 羌無弋爰劍者, 秦厲公時爲秦所拘執,
　　　　以爲奴隷。
　　　②. 남의 소유물로 되어 부림을 당하는 사람. 모든 권리
　　　　와 생산 수단을 빼앗기고, 물건처럼 사고팔리던 노예
　　　　제 사회의 피지배 계급이다.
　鐵路: ①.『貿易通志』[54]: 西洋貿易不但航海, 卽其在本國水陸運載亦
　　　　力求易簡輕便之術, 一曰運渠, 一曰鐵路。
　　　②. 철도(鐵道), 침목 위에 철제의 궤도를 설치하고, 그 위
　　　　로 차량을 운전하여 여객과 화물을 운송하는 시설.

6.3.2.2. 단음절 동사의 번역

동사의 예는 총 65개이며, 2음절로 번역된 어휘의 가장 많은 수를
차지한다. 그 예를 제시하면 다음과 같다.

(90)

1). 客曰：自越之亡, 法政府嚴海禁, 私越境者罪且死
　　客이 曰 我 越南아 亡흔 以後로 法國政府가 海禁을 嚴立ᄒ야 私
　　히 越境ᄒᄂ 者ᄂ 其 罪가 死에 處ᄒ고

2). 減等亦錮諸崑崙(按崑崙, 越之南岸一小島也, 名見≪瀛涯勝覽≫。)乃
　　若僕者, 爲敵忌滋甚
　　비록 減等 ᄒ지라도 海島에 錮置ᄒ니 至於 僕은 適와 最히 忌疾

---

54)『貿易通志』는 1840년에 출판되었다.

ᄒᆞᄂᆞᆫ 비라

3). 減等亦錮諸崑侖(按崑侖, 越之南岸一小島也, 名見≪瀛涯勝覽≫。)乃
若僕者, 爲敵忌滋甚

비록 減等ᄒᆞᆯ지라도 海島에 錮置ᄒᆞ니 至於 僕은 適와 最히 <u>忌疾</u>
ᄒᆞᄂᆞᆫ 비라

4). 客曰：無外援而暴動, 能殲之於內, 不能拒之於外

客曰 外援이 無ᄒᆞ고 暴動ᄒᆞ면 비록 內에셔 法人을 盡殺ᄒᆞ기 無慮
ᄒᆞ나 外에셔 <u>拒禦</u>ᄒᆞᆯ 力이 無ᄒᆞ리니

5). 此種野蠻法律, 且幾廢不用, 曾是靦然以文明

此種 蠻法을 거의 <u>廢革</u>ᄒᆞ얏거늘 所謂 法蘭西人은 自稱ᄒᆞ되 文明
이니

6). 卽有一二欲冒險鑿空以<u>出</u>, 而父母爲戮, 墳墓暴骨, 誰非人子, 其能安
焉。

設令 一二 人이 冒險鑿空ᄒᆞ야 <u>逃出</u>ᄒᆞᆯ지라도 父母가 爲戮ᄒᆞ고 墳
墓가 暴骨ᄒᆞᄂᆞ니 誰가 人子가 아니완ᄃᆡ 엇지 此를 忍行ᄒᆞ리오

7). 客又曰：法人之所以朘<u>削</u>越南者, 無所不用其極, 其口算之率, 初每人
歲一元, 十年前增倍之。

客이 又曰 法人이 越南을 <u>剝割</u>ᄒᆞᆷ이 其 極度에 臻ᄒᆞᆫ지라 其 口筭
稅ᄂᆞᆫ 每人에 每歲 一元이러니 十年 前에 增加ᄒᆞ야 倍가 되고 今
에ᄂᆞᆫ 三倍가 되얏고

8). 客又曰：法人之所以朘削越南者, 無所不用其極, 其口算之率, 初每人
歲一元, 十年前<u>增</u>倍之。客 이 又曰 法人이 越南을 剝割ᄒᆞᆷ이 其 極
度에 臻ᄒᆞᆫ지라 其 口筭稅ᄂᆞᆫ 每人에 每歲 一元이러니 十年 前에
<u>增加</u>ᄒᆞ야 倍가 되고 今에ᄂᆞᆫ 三倍가 되얏고

9). 鹽者, 南人所最嗜也, 需要之額, 殆半於華人, 法人旣<u>征</u>鹽地, 又<u>征</u>鹽
市, 前此鹽一升値銅貨三四十文

塩은 越人의 最嗜 者라 需要額의 多ᄒᆞᆷ이 淸人보다 半이어늘 法人
이 塩地에 征稅ᄒᆞ고 쏘 塩市에 <u>征稅</u>ᄒᆞ니 前此에ᄂᆞᆫ 塩 一 升 價値

　가 銅貨 三四十 文이러니 今에는 銀貨 三四 圓이오

10). 他更何論矣, 結婚者例以賫入敎堂。

　然則 他事를 奚論ᄒ며 또 結婚 者는 賫貨로써 敎堂에 納ᄒᄂ니

11). 凡一切地貨與酒米諸通行品, 皆法人掌之

　一切 지화 及 酒, 米 諸 通行品을 法人이 다 掌執ᄒ믹

12). 顧以吾寫哀之筆, 未能殫其什一也

　予의 寫哀ᄒᄂ 筆로써 其十一을 殫記치 못홀지라

13). 近世憂憤之士, 往往懸擬亡國慘狀, 播諸詩歌, 託諸說部, 冀以聳天下之耳目。

　近世에 憂憤士子가 往往히 亡國慘狀을 懸擬ᄒ야 詩歌에 播傳ᄒ고 說部에 托入ᄒ야 天下耳目을 聳動코자 ᄒᄂ니

14). 近世憂憤之士, 往往懸擬亡國慘狀, 播諸詩歌, 託諸說部, 冀以聳天下之耳目。

　近世에 憂憤士子가 往往히 亡國慘狀을 懸擬ᄒ야 詩歌에 播傳ᄒ고 說部에 托入ᄒ야 天下耳目을 聳動코자 ᄒᄂ니

15). 近世憂憤之士, 往往懸擬亡國慘狀, 播諸詩歌, 託諸說部, 冀以聳天下之耳目。

　近世에 憂憤士子가 往往히 亡國慘狀을 懸擬ᄒ야 詩歌에 播傳ᄒ고 說部에 托入ᄒ야 天下耳目을 聳動코자 ᄒᄂ니

16). 則豈惟我國賴之貴國亦將賴之余感其言因拔淚以著是篇

　곳 貴國에도 來頭 機會가 有ᄒ리라 ᄒᄃ] 巢南子] 其 言을 感動ᄒ야 淚를 拭ᄒ고 是篇을 著ᄒ니

17). (今西貢)又西撫高巒萬象

　(今西貢)를 得ᄒ고 西으로 高巒 萬象을 撫綏ᄒ고

18). 尊君黨, 抑民權, 崇虛文, 賤武士

　君黨을 尊ᄒ고 民權을 抑ᄒ며 虛文을 崇尙ᄒ고 武士를 賤視ᄒ야

19). 尊君黨, 抑民權, 崇虛文, 賤武士

　君黨을 尊ᄒ고 民權을 抑ᄒ며 虛文을 崇尙ᄒ고 武士를 賤視ᄒ야

20). 其時有鄕進士阮勳, 武擧人阮忠, 直鄕圍戶張定、張白、擧義兵, 與
法人<u>抗</u>, 累數百戰,
時에 鄕進士 阮勳과 武擧人 阮忠直과 鄕圍戶 張白이 擧義ᄒ야
法人과 <u>抗戰</u>ᄒ기 屢百次라

21). 高旣死, 法猶以不得殺割爲恨也, 斷其首<u>梟</u>之。
高가 死ᄒ믹 法人이 오히려 自手로 殺害치 못흠을 恨ᄒ야 其
首를 斷ᄒ야 <u>梟示</u>ᄒ고

22). 法人却思快積忿, 必發其屍而火之, 必割其首而<u>梟</u>之
法人은 積忿을 洩코자 ᄒ야 其 屍를 搜出 燒燼ᄒ고 其 首는 割
ᄒ야 <u>梟示</u>ᄒ니

23). 乙酉年, 法兵攻京城, 咸宜帝<u>奔</u>乂安省, 詔四方勤王
乙酉年에 法軍이 京城을 攻ᄒ니 咸宜帝가 又安省에 <u>出奔</u>ᄒ야 四
方에 下詔ᄒ야

24). 乙酉年, 法兵攻京城, 咸宜帝奔乂安省, <u>詔</u>四方勤王
乙酉年에 法軍이 京城을 攻ᄒ니 咸宜帝가 又安省에 出奔ᄒ야 四
方에 <u>下詔</u>ᄒ야

25). 法人知之, 向淸廷<u>阻</u>其事。
法人이 知ᄒ고 淸廷을 向ᄒ야 其事를 <u>阻止</u>ᄒ고

26). 沒其産, 欲多方凌轢, 以得碧之<u>出</u>也。
其 財産을 籍沒ᄒ야 多方 凌轢ᄒ니 此는 碧을 <u>搜出</u>ᄒ라 흠이라

27). 利<u>信</u>之, 豹道法兵入屯
有利가 <u>信用</u>ᄒ얏더니 豹가 法兵을 引入ᄒ야

28). 利信之, 豹道法兵<u>入</u>屯
有利가 信用ᄒ얏더니 豹가 法兵을 <u>引入</u>ᄒ야

29). 扇<u>慨然諾</u>, 遂著冠帶, 望闕五拜
扇이 <u>慨然</u>히 <u>許諾</u>ᄒ고 冠帶를 着ᄒ고 望闕五拜ᄒ고

30). 又向效再拜曰, 君<u>勉</u>之, 我去也。
ᄯ 效를 向ᄒ야 再拜曰 君은 <u>勉施</u>ᄒ라 我가 去흔다 ᄒ고

31). 乙未年, 七月逢死, 義黨潰。

　　乙酉年 七月에 潘廷逢이 死ㅎ고 義黨이 潰散ㅎ니

32). 若有一毫虛謊, 天地亦不饒也。

　　萬一 一毫라도 虛謊흔 句語가 有ㅎ면 天地가 容饒치 아닐지라

33). 又遷之絶域曰南斐洲亞羅熱城, 又幽之密室

　　絶域에 遷ㅎ니 曰 南亞非利加洲의 亞爾熱城이라 密室에 幽囚ㅎ고

34). 又禁與外人交通, 又絶越人往來音信, 以一有德無過之君, 羈囚異地

　　外人과 交通을 絶ㅎ며 幷히 越人의 音信을 絶ㅎ니 如此흔 幼君
　　을 異域에 出囚ㅎ고

35). 凡所爲種種惡虐, 必布之于國中, 聞之於外國

　　種種 惡虐흔 事를 國中에 頒布ㅎ며 또 外國에 傳播ㅎ야

36). 請摘擧其大者, 說與我同胞聽者。

　　其 大者로써 我 同胞의게 垂廳키를 供ㅎ노라

37). 乃相聚而謀曰：

　　이에 相聚 謀議 曰

38). 向法官納稅, 領法文門牌一紙, 方得奉祀。

　　法員의게 納稅ㅎ고 法文 門牌를 領取흔 後에 奉祀케 ㅎ니

39). 煙草自田間采還, 未經三五日, 割切成片

　　烟草를 田間에서 採出ㅎ야 三五 日 內에 割切ㅎ야 成片흔 後

40). 總之越人無一線生路, 法人志願始滿耳。

　　總히 越人은 一線生路가 無흔 後에야 法人의 志願이 滿足홀지라

41). 果然是極兇極很極貪極謠的, 方許選到。

　　果然 極凶 極惡 極狠 極貪 極謠흔 人이라야 비로소 入選홀 식

42). 況眞正好的人才, 他那得不忌

　　況 眞正흔 人才야 엇지 忌畏치 아니리오

43). 他便下一禁令, 極是叫天拍地, 咽不能出聲的事

　　이에 一 禁令을 下ㅎ니 곳 叫天拍地에 硬咽ㅎ야 出聲치 못홀 事라

44). 法人又有一個法術, 旣攘了銀元, 又愚弄國人

法人이 쏘 一箇 法術이 有ᄒᆞ니 이믜 銀을 攮奪ᄒᆞ고 쏘 國人을
愚弄ᄒᆞ니

45). 而法人爲主席, 却選個無廉無恥

法人이 主席ᄒᆞ야 其 無廉無恥ᄒᆞᆫ 數輩를 選入ᄒᆞ야

46). 搜銀稅銀, 無一文爲耶穌人減

搜銀과 稅銀에 一文도 耶蘇敎人을 爲ᄒᆞ야 減省치 아니ᄒᆞ니

47). 何如同心以保吾族, 死後之天堂未卜

吾 宗族을 保全홈이 何如ᄒᆞᆫ고 死後에 天堂은 來頭事오

48). 如此情境, 其何以生。

如此 情境으로 엇지 生活ᄒᆞ며

49). 然我也不信, 我聞越南自法人占了, 越南國人, 個個爲法奴隷

客言이 다 不信ᄒᆞ도다 我ㅣ 聞ᄒᆞ니 越南이 法人 占領 後로 越人
이 個個히 法人 奴隷가 되야

50). 一七五三年, (乾隆十八年)越人大窘戮天主敎徒, 多逃至印度。

後 五 年에 越人이 天主敎徒를 窘迫ᄒᆞ니 敎徒가 印度로 逃亡ᄒᆞ고

51). 法人乃以兵直陷河內, 噩耗達順化政府。

法人이 곳 兵士로 河南을 陷沒ᄒᆞ니

52). 當其勘定之后, 監印度人者印度人也。

其 戡定ᄒᆞᆫ 後에 印度를 統監ᄒᆞᆫ 者도 印度人이라

53). 於是敢悍然以其待埃及待印度之故技以待波人, 波亞雖不支, 要不失
爲轟轟烈烈有名譽之敗績乎。

이에 悍然히 埃及과 印度를 待ᄒᆞᆮ 故 智로써 杜國을 待ᄒᆞ니 杜
國이 果然 數年 戰爭에 支拒치 못ᄒᆞ얏스나 오히려 轟轟烈烈히
名譽가 有ᄒᆞᆫ 敗績이 되얏고

54). 今國帑之竭, 衆所共知矣。

今에 國帑이 空竭ᄒᆞ야

55). 借五十萬於英國, 置兵備以殘同胞

五十萬 兩 銀을 英國에 借ᄒᆞ야 兵備를 置ᄒᆞ야 同胞를 殘害ᄒᆞ고

56). 雖殘暴桎梏, 十倍於歐洲人, 而民氣之靖依然也。

비록 殘暴桎梏홈이 歐洲人보다 十倍가 될지라도 民氣의 <u>安靖</u>홈이 依然홀지라

57). 子毋慮他人之顚覆而社稷變置而朝廷也。

子는 他人이 爾의 社稷을 顚覆호고 爾의 朝廷을 <u>廢置</u>홀가 恐懼치 말지어다

58). 使以列强之力, 直接而虐我民, 民有抗之者, 則謂之抗外敵

大抵 列强<u>으로</u> 호야곰 直接<u>으로</u> 我民을 抗호면 我民이 <u>抗拒</u>호야 謂호되 外敵을 抗혼다 호고

59). 而列强隱於幕下, 持而<u>舞</u>之。

列强은 幕下에 隱在호야 繩을 持호고 傀儡를 <u>舞弄</u>호면

60). 自爾以來, 日人之所以加於朝鮮者, 日出而未有窮。東報多諱之

自此以來로 日人이 朝鮮에 加호는 者】 日出 無窮호거늘 日本報에는 <u>隱諱</u>호얏스니

61). 夫孰使汝有警察, 不用以<u>衛</u>民

誰가 汝로 호야곰 警察을 設호야 民을 <u>衛安</u>치 아니호고

62). 法人又極狡, 初間一二出首, 法人甘言醴賞誘他

法人은 또 極히 <u>狡猾</u>호야 初時에는 其 來降者를 甘言醴賞호야

63). 鹽産那得不窮, 鹽價那得不騰昂

鹽産이 엇지 <u>窮乏</u>치 아니며 鹽價가 엇지 騰昂치 아니리오

64). 凡有謀人之心者, 必利其人之愚, 不利其人之明

大抵 謀人호는 心이 有호는 者는 其人의 <u>愚昧</u>홈을 喜호고 其人의 明哲홈을 忌호며

65). 凡有謀人之心者, 必利其人之愚, 不利其人之<u>明</u>

大抵 謀人호는 心이 有호는 者는 其人의 愚昧홈을 喜호고 其人의 <u>明哲</u>홈을 忌호며

이상 제시한 65개의 예에서 단음절 '征'이 2음절 '征稅'로 번역된 예

로 동사의 경우를 설명하도록 하겠다. 동사 2음절 어휘가 명사나 부사
2음절 어휘보다 그 수가 훨씬 많은 것은 단음절 동사의 다의성이 명사
나 부사보다 더 강하기 때문이다.

> (91) a. 鹽者, 南人所最嗜也, 需要之額, 殆半於華人, 法人既<u>征</u>鹽地, 又<u>征</u>
> 鹽市, 前此鹽一升值銅貨三四十文
> b. 塩은 越人의 最嗜 者라 需要額의 多홈이 淸人보다 半이어늘
> 法人이 塩地에 <u>征稅</u>호고 坯 塩市에 <u>征稅</u>호니 前此에는 塩 一
> 升 價値가 銅貨 三四十 文이러니 今에는 銀貨 三四 圓이오

‘征’와 같은 경우, ‘멀리 떠나다’, ‘무력으로 제재하다’, ‘모집하다’,
‘수집하다’, ‘초빙하다’, ‘초청하다’, ‘증명하다’, ‘실증하다’[55] 등 다양
한 의미를 가진다. ‘征’이 많은 의미 중에서 어떤 의미로 쓰이는지는
앞뒤 문맥을 파악해야만 알 수 있다. 그러나 ‘征稅’와 같이, 목적어를
붙여 2음절이 되면 ‘세금을 징수하다’의 의미가 바로 파악된다.

한편, 현채의 번역본에서는 (92)와 같이, 양계초 원문의 동사 앞에
다른 동사를 결합하여 양계초 원문의 동사를 방향을 나타내는 보조동
사[56]로 만든 경우가 있고, (93)와 같이 양계초 원문의 동사 뒤에 보조
동사를 붙여 단어의 뜻을 보충 설명해 주는 경우도 있다.

> (92) a. 卽有一二欲冒險鑿空以<u>出</u>, 而父母爲戮, 墳墓暴骨, 誰非人子, 其
> 能安焉。

---

55) 『辭源』, 『辭海』 참조.
56) 중국어에서는 방향보어(趨向補語)라고 한다. 방향보어는 술어 뒤에 쓰여 동작·행위의
방향이나 일·상황의 진전·발전 등을 나타내는 문장 구성 성분으로, ‘走出來’·‘發展
起來’ 등에서 ‘出來’·‘起來’ 등이 이에 해당한다(박영종 2009 참조).

  b. 設令 一二 人이 冒險鑿空ᄒ야 逃出홀지라도 父母가 爲戮ᄒ고
    墳墓가 暴骨ᄒᄂ니 誰가 人子가 아니완ᄃᆡ 엇지 此롤 忍行ᄒ
    리오

(93) a. 客又曰：法人之所以朘削越南者, 無所不用其極, 其口算之率, 初
    每人歲一元, 十年前增倍之。
  b. 客이 又曰 法人이 越南을 剝割홈이 其 極度에 臻혼지라 其 口
    筭稅ᄂᆞᆫ 每人에 每歲 一元이러니 十年 前에 增加ᄒ야 倍가 되
    고 今에ᄂᆞᆫ 三倍가 되얏고

  위에서 제시한 총 65개의 동사 중에서 '統監'을 제외하고 모두 중국
고문헌에서 확인된다. 이것은 당시 중국이나 한국에서 이러한 2음절
동사들이 문자생활에서 쓰였다는 증거가 된다. 그러나 현대 『표준국
어대사전』에는 '嚴立, 錮置, 忌疾, 拒禦, 廢革, 逃出, 奚論, 掌執, 殫記, 托
入, 下詔, 阻止, 勉旃, 容饒, 出囚, 垂廳, 領取, 採出, 減省, 支拒, 衛安' 등의
동사는 등재되지 않았다. 이것은 이러한 동사들은 근대 시기의 한국에
서는 쓰였지만, 그것이 현대까지는 전승되지 못했다는 것이다.
  위에서 살펴본 2음절 동사 중, 『표준국어대사전』에 등재된 것을 제
시하면 다음과 같다. 사전에 등재된 2음절 동사의 의미와 현채 번역본
에서의 의미를 비교해 보면, 근대에 쓰였던 아래와 같은 2음절 동사들
이 현대어에 와서도 동일한 의미로 쓰인다는 것을 알 수 있다. 이들은
중국 고문헌에서도 동일한 의미로 확인된다. 그 출처를 같이 제시하겠다.

(94) 剝割하다: ①. 『後漢書·宦者傳序』: 皆剝割萌黎, 競咨奢欲。
      ②. 가죽을 벗기고 살을 베어 내다, 탐관오리가 백
        성의 재물을 강제로 빼앗다.

增加하다: ①.『漢書・刑法誌』: <u>增加</u>肉刑、大辟。

②. 양이나 수치가 늘다.

征稅하다: ①.『東京賦』: <u>征稅</u>盡, 人力殫。

②. 세금을 강제적으로 거두어들이다.

播傳하다: ①.『應詔論四事狀』: 歡聲<u>播傳</u>, 和氣充塞。

②. 전하여 널리 퍼뜨리다.

聳動하다: ①.『梁書・元帝紀』: 紫辰曠位, 赤縣無主, 百靈<u>聳動</u>, 萬

國回皇。

②. 두렵거나 놀라서 몸이 솟구쳐 뛰듯 움직이게 되다.

感動하다: ①.『漢紀・成帝紀二』: 天尚不能<u>感動</u>陛下, 何敢望, 獨

有極言待死而已。

②. 크게 느끼어 마음이 움직이다.

崇尙하다: ①.『晏子春秋・諫上一』: 足走千裏, 手裂兕虎, 任之以

力, 淩轢天下, 威戮無罪, <u>崇尙</u>勇力, 不顧義理, 是以

桀紂以滅殷夏以衰。

②. 높여 소중히 여기다.

賤視하다: ①.『孽海花』[57]: 在他們心目中, <u>賤視</u>我們當做劣種, 卑

視我們當做財産。

②. 업신여겨 낮게 보거나 천하게 여기다.

抗戰하다: ①.『冊府元龜』: 內兵滄州<u>抗戰</u>四境交支郡之管棄鄰好之

姻親無恩於家忘義於國

②. 적에 대항하여 싸우다.

梟示하다: ①.『明史・雲南土司傳二・武定』: 捷聞, 銓、朝文 皆<u>梟</u>

<u>示</u>, 籍其産, 家屬戍邊。

②. 목을 베어 높은 곳에 매달아 놓아 뭇사람에게

보이다.

出奔하다: ①.『論春秋變周之文』: 忽之<u>出奔</u>, 其爲失國, 豈不甚明?

---

57) 1903년에 출판된 소설이다. 고문헌으로 보기가 어려운 면이 없지 않다.

②. 도망하여 달아나다.

搜出하다: ①. 『南征錄匯』: 午後, 朱皇後, 太子, 公主等出城, 安置
齋宮, 搜出王妃, 帝姬四人, 津送劉家寺。

②. 조사하여 알아내다.

引入하다: ①. 『東周列國誌』: 犬戎豺狼之性, 不當引入臥闥. 申公
借兵失策, 開門揖盜, 使其焚燒宮闕, 戮及先王, 此
不共之仇也。

②. 안으로 끌려 들어가다.

許諾하다: ①. 『儀禮·鄕射禮』: 司正禮辭, 許諾, 主人再拜, 司正答
拜。

②. 청하는 일을 하도록 들어주다.

潰散하다: ①. 『舊唐書·竇建德傳』: 守兵旣少, 聞士達敗, 衆皆潰
散。

②. 허물어져 흩어지게 되다. 또는 군대가 싸움에
져서 흩어져 도망하게 되다.

幽囚하다: ①. 『戰國策』: 使臣得進辯如伍子胥, 加之以幽囚, 重申
不復見, 是臣說之行也, 臣何憂乎?

②. 잡아 가두다.

頒布하다: ①. 『謝元豐三年歷日表』: 竊以修人事者, 必以正時; 明
天道者, 在於治歷。 爰從頒布, 俾一奉承。

②. 세상에 널리 퍼져 모두 알게 되다.

謀議하다: ①. 『史記·封禪書』: 而使博士諸生刺六經中作≪王制≫,
謀議巡狩封禪事。

②. 어떤 일을 꾀하고 의논하다.

滿足하다: ①. 『南齊書·張敬兒傳』: (敬兒)自稱三公。 然而意知滿
足, 初得鼓吹, 羞便奏之。

②. 흡족하게 여기다.

入選하다: ①. 『爲王敬則讓司空表』: 王基才勇, 與聲華入選。

②. 출품한 작품이 심사에 합격되어 뽑히다.

選入하다: ①. 『全漢文』: 成帝初, 選入後宮, 拜婕好。

②. 가려 뽑아서 넣다.

忌畏하다: ①. 『後漢書·桓帝紀』: 孝質皇帝聰敏早茂, 冀心懷忌畏,
私行殺毒。

②. 꺼리고 두려워하다.

硬咽하다: ①. 『孔雀東南』: 擧言謂新婦再拜還入戶府吏默無聲硬咽
不能語

②. 몹시 슬프거나 서러워서 목이 메도록 흐느껴 울다.

攘奪하다: ①. 『管子·八觀』: 裏域橫通, 攘奪盜竊者不止。

②. 약탈하다, 폭력을 써서 남의 것을 억지로 빼앗다.

保全하다: ①. 『漢書·賈捐之傳』: 今陛下不忍悁悁之忿, 欲驅士衆
擠之大海之中, 快心幽冥之地, 非所以救助饑饉, 保
全元元也。

②. 온전하게 보호하여 유지하다.

生活하다: ①. 『孟子·盡心上』: 民非水火不生活。

②. 사람이나 동물이 일정한 환경에서 활동하며 살
아가다.

占領하다: ①. 『外交小史』: 略言支那康熙, 乾隆間武功極盛, 若黑
龍江地方之占領, 若西藏之歸服

②. 어떤 장소를 차지하여 자리를 잡다.

逃亡하다: ①. 『管子』: 管子對曰: "不可。今發徒隸而作之, 則逃亡
而不守; 發民, 則下疾怨上, 邊竟有兵則懷宿怨而不
戰。

②. 피하거나 쫓기어 달아나다.

陷沒하다: ①. 『華陽國誌』: 寧州陷沒後, 歷隋、唐、宋、元, 無能
考牂牁江爲何水者。

②. 물속이나 땅속에 빠지게 되다. 재난을 당하여

멸망하게 되다.

空竭하다: ①. 『後漢書・西羌傳・東號子麻奴』: 軍旅之費, 轉運委輸, 用二百四十餘億, 府帑空竭。

②. 물건이나 돈 따위가 다하여 없어지다.

殘害하다: ①. 『後漢書・趙彥傳』: (勞丙)攻沒 瑯邪 屬縣, 殘害吏民。

②. 사람에게 인정이 없이 아주 모질게 굴고 물건을 해치다.

安靖하다: ①. 『左傳』: 凡諸侯小國, 晉, 楚所以兵威之, 畏而後上下慈和, 慈和而後能安靖其國家, 以事大國, 所以存也。

②. 나라를 편안하게 다스리다.

廢置하다: ①. 『顏氏家訓・勉學』: 二十之外, 所誦經書, 一月廢置, 便至荒蕪矣。

②. 폐한 채 내버려 두다.

抗拒하다: ①. 『宋書・索虜傳』: 德祖 隨方抗拒, 頗殺虜, 而將士稍零落。

②. 순종하지 아니하고 맞서서 반항하다.

舞弄하다: ①. 『明史・仇鉞傳』: 今群奸在朝, 舞弄神器, 濁亂海內, 誅戮諫臣, 屏棄元老。

②. 붓을 함부로 놀리어 문사(文辭)를 농락하다

隱諱하다: ①. 『荀子・成相』: 世亂惡善不此治, 隱諱疾賢, 良由奸詐, 鮮無災。

②. 꺼리어 감추거나 숨기다.

窮乏하다: ①. 『新唐書・南蠻傳中・南詔』: 蠻小醜, 勢易制, 而蜀道險, 館餼窮乏。

②. 몹시 가난하다.

狡猾하다: ①. 『左傳・昭公二十六年』: 若我一二兄弟甥舅, 獎順天法, 無助狡猾, 以從先王之命……則所願也。

②. 간사하고 꾀가 많다.

愚昧하다: ①. 『太平經』: 然, 眞人自若眞眞愚昧, 蒙蔽不解, 向者見
    子陳辭, 以爲引謙, 反眞眞冥冥昧昧何哉?

②. 어리석고 사리에 어둡다.

明哲하다: ①. 『今文尙書』: 群臣鹹諫於王曰: "嗚呼!知之曰明哲, 明
    哲實作則。

②. 총명하고 사리에 밝다.

(97) 撫綏: ①. 『書·太甲上』: 天監厥德, 用集大命, 撫綏萬方。

②. 어루만져 편하게 함.

信用: ①. 『左傳·宣公十二年』: 王曰: '其君能下人, 必能信用其民
    矣, 庸可幾乎?

②. 사람이나 사물이 틀림없다고 믿어 의심하지 아니함.
    또는 그런 믿음성의 정도

65개의 2음절 동사에서 '窮乏하다, 狡猾하다, 愚昧하다'와 '明哲하다'
는 형용사인데 여기서는 넓은 의미에서 동사에 분류하였다. 그리고
(97)과 같은 경우는 현채의 번역본에서는 동사로 쓰였으나, 현대에 와
서는 명사의 품사만 가지게 되었다.

6.3.2.3. 단음절 부사의 번역

단음절 부사가 2음절 부사로 번역된 경우는 명사와 동사에 비해 그
수가 극히 적다. 그 예를 제시하면 다음과 같다.

(96)

1). 故恒思所以噢休之, 除其患害而結其歡心, 則吾國古代所謂仁政者是
也。

故로 恒常 愛咻 保護ᄒ고 其 患害를 除ᄒ야 其 懽心을 結ᄒᄂ니
卽 中國古代 所謂 行仁政이라

2). 文祥比踐誠更甚, 善於逢迎掩飾, 深得主上心, 嘗蓄纂奪之志

文祥이 더욱 奸巧ᄒ야 帝心을 得ᄒ고 恒常 纂奪ᄒᆯ 志가 有ᄒ더니

3). 不寧惟是, 常借一人一家之力, 以助其滅國之手段

쏘 如此ᄒᆯ 쑨 아니라 恒常 一人一家의 力을 借ᄒ야 其 滅國ᄒᄂ
手段을 助ᄒᄂ니

4). 波亞之種, 本繁殖於好望角之地

波亞 人種이 本來 好望角地에 繁殖ᄒ더니

5). 自美國獨立以後, 而所謂殖民政策者, 其形式略一變, 前此以殖民地脂
膏供母國揮霍者, 今略知其非計矣。

美國이 獨立ᄒᆫ 以來로 所謂 殖民政策이라 ᄒᄂ 者ㅣ 其 形式이
若干 一變ᄒ나 昔에ᄂ 殖民地 脂膏로써 母國의 揮霍을 供ᄒ더니
今에ᄂ 其 非計 됨을 略知ᄒᆫ 故로

위에서 확인할 수 있듯이, '恒'과 '常'은 모두 '恒常'으로 번역되었다.
사실 고한문에서 '恒'과 '常'은 부사로 쓰일 때 '자주, 항상'의 동일한
의미로 쓰였으며 중국의 고문헌인 『說文』에서는 '恒'에 대해 "恒, 常也
(恒은 즉 常이다)"와 같은 설명을 하고 있다.

'嘗蓄纂奪之志'에서의 '嘗'도 '恒常'으로 번역된 것을 볼 수 있다. '嘗'
은 고한문에서 부사로 쓰일 때 '일찍이, 이전에'라는 뜻은 있으나 '恒
常'의 뜻으로는 쓰이지 않았다.

'本'은 명사로 쓰일 때는 '근본, 근원' 등 여러 가지 의미로 쓰였지

만, 부사로 쓰일 때는 '本來'와 같이 '원래'의 의미로 쓰였다.

사실 근대계몽기 지식인들의 번역에서 나타난 2음절 어휘는 '間事'와 같이 번역 과정에서 필요에 따라 만들어진 합성어도 있지만, 대부분은 당시 중국과 한국에서 쓰였던 어휘들이다. 이 2음절 어휘들은 동일한 의미를 가진 단음절 어휘와 공존했던 것이다. 다만, 앞에서도 논의한 바와 같이 하나의 단음절 어휘는 수많은 의미를 가지며, 그 의미를 파악하려면 앞뒤 문맥에 의존할 수밖에 없었다.

왕력(1958)에 따르면 단음절 어휘가 2음절 어휘를 비롯한 복음절어(複音節語)로 발전하는 것은 중국어의 일반적 추세였다. 한어 복음절 단어의 증가, 특히 2음절 단어의 증가는 중고 시기(中古時期)부터의 일이며, 당대(唐代)에 이르러 이러한 2음절 단어가 아주 풍부해졌고 아편전쟁 이후에는 더욱 폭발적으로 증가하였다.

이와 같이 중국어에서 2음절 어휘는 오래전부터 대량 존재하였다. 그러나 그럼에도 불구하고 양계초는 단음절 어휘를 선택하였다. 그리고 그의 저술을 번역한 현채를 비롯한 한국 지식인들은 단음절 어휘가 초래한 의미파악의 어려움을 최소화하기 위해 2음절 어휘로 번역한 것이었다.

위에서 살펴본 2음절 부사 '恒常, 本來, 若干'은 중국 고문헌과 『표준국어대사전』에서 모두 확인된다. 그러나 이 중 '若干'은 고대 중국어나 현대 중국어에서는 명사인 '얼마 되지 않음'의 뜻으로만 쓰이고, 부사 '얼마 안 되게'의 뜻은 나타내지 않는다. 이와 달리 『표준국어대사전』에서는 명사와 부사의 용법을 모두 확인할 수 있다. 부사 '얼마 안 되게'의 의미는 나중에 파생된 것으로 보인다.

(97) 恒常: ①.『癸巳類稿・彌婁山鐵圍山考』: 小鐵圍山 並 大鐵圍, 其
間從來恒常黑暗, 未曾見光。
② 언제나 변함없이.
本來: ①.『選擧令』: 事本來臺郞統之, 令史不行知也。
② 처음부터 또는 근본부터

한편, 단음절 어휘를 2음절 어휘로 번역한 양상 외에 단음절 어휘를
3음절어로 번역한 경우와 2음절 어휘를 단음절 어휘로 번역한 예도
발견된다. 여기서는 그 예만 제시하겠다.

(98) a. 非以國家擔債不可, 卽今暫不爾
b. 國家 擔保가 아니면 不可ᄒ리니 卽 今은 暫時間 釁隙이 無ᄒ나

(99) a. 建設杜蘭斯哇兒及阿郞治兩民主國於南非之中央
b. 杜蘭斯哇兒와 阿郞治의 兩 民主國을 建ᄒ고

(100) a. 何所愛於中國, 而方針之轉變
b. 中國을 何故로 愛ᄒ야 方針을 變ᄒ기 如此ᄒ뇨

이종미(2006), 송엽휘(2006), 김주현(2009), 고병권・오선민(2010) 등의
논의에서 이미 밝혔듯이, 20세기 초기의 조선에서『월남망국사』의 반
향은 대단했다. 이 책은 현채에 의해 최초로 번역되었고, 출판된 지 6개
월 만에 재판되고 국민의 교육을 목표로 한『유년필독석의(幼年必讀釋
義)』에도 수록되었다.
송엽휘(2006)에 따르면 현채본 이후에 번역・출판된 주시경의 순국
문본『월남망국ᄉᆞ』나 이상익본은 모두 현채본을 바탕으로 번역된 것

이다. 주시경과 이상익이 양계초 원문을 번역하지 않고 현채의 국한문
체본을 재번역한 것은 현채가 양계초의 『월남망국사』의 구조를 한국
의 상황에 맞게 재편집한 것이 그 이유 중의 하나가 될 수 있지만, 위
에서 살펴본 현채가 독자의 이해를 돕기 위해 한 노력도 중요한 원인
이 될 수 있다.

현채는 당시의 다른 지식인들과 달리, 양계초의 원문에 토를 단 정
도의 번역이 아닌, 한국어에 가까운 번역을 하려고 노력했으며, 그의
노력은 번역본의 구문, 어휘, '之' 등에서 나타난다.

주시경을 비롯한 계몽기 지식인들은 현채에 의해 편집 및 번역된 『월
남망국사』의 한자어를 순한글로 표시하거나, '부사어+동사'의 한문
구조를 한국어 어순으로 바꾸는 간단한 절차를 통해 바로 순국문으로
의 번역을 할 수 있었을 것이다. 이것은 현채 이후의 지식인들이 모두
현채본을 바탕으로 『월남망국사』를 번역한 가장 중요한 원인이 될 것
이다.

제7장

결론

　이상에서 본서는 양계초 저술의 한문 원문과 한국 내 번역본에 대한 비교·분석을 통해 양계초 저술의 국한문체 번역본의 구문적 특징과 어휘적 특징을 살펴보았다.

　이러한 번역 양상을 살펴보기 전에, 3장에서 국한문체 번역의 근대적 의의와 계몽기 국한문체의 특징을 살펴보았다. 계몽기의 번역은 '한문 탈출'과 '문체 전환'의 과정이었다. 한문에 익숙한 지식인들에게는 국한문체의 번역이 굳이 필요하지 않았음에도 불구하고 그들은 한문 원문을 국한문체로 옮겼다. 국한문체의 번역은 민족의 자국어 글쓰기가 요구된 시대적 요구를 반영한 것이고, 단기적으로 순국문체로 전환하는 과제를 수행할 수 없는 상황에서의 과도적 조치였다. 이러한 상황에서 한국인들은 한문이 아닌 자국어 글쓰기 방식을 모색해 나갔던 것이고 그 과정에서는 이미 익숙해진 고한문의 문장을 한국어 식으로 전환하는 번역의 과정을 겪어야만 했다. 이 시기의 국한문체는 다양한 양상으로 실현되었는데 본 연구에서 다룬 계몽기 국한문체는 흔히 개화기의 대표적인 문체라고 논의해왔던 유길준의 국한문체와 다른 양상을 보였다.

4장에서는 원문 텍스트인 양계초 저술의 전체적인 특징과 한국 내의 수용 양상을 살펴보았다. 양계초는 동성파 고문이나 팔고문을 비롯한 당시 중국의 주 문체였던 문언문을 비판하고 신문체를 개발하였다. 신문체는 문언문 즉 고한문보다 훨씬 쉬운 표현을 사용하여 독자층을 넓히는 데에 성공적이었으며 또 일본의 근대적 신조어를 대량 사용하여 민중들에게 신지식을 전파하는 데에 효과적이었다. 쉬운 표현을 사용한다는 것은 사실 언문일치의 문제와 관련된 것인데, 양계초의 신문체는 비록 언문일치의 백화문은 아니었지만 반문반백의 언어문자를 사용함으로써 전통적인 고한문에 비해서는 훨씬 이해하기 쉬웠다.

근대계몽기의 한국 지식인들은 1899년부터 1914년까지 양계초의 저술을 지속적으로 번역·소개하였다. 양계초의 저술은 신문, 잡지, 학회지뿐만 아니라 단행본으로도 출판되었다. 조사한 결과 양계초의 글을 번역·소개한 가장 대표적인 매체로는『황성신문』,『대한매일신보』,『대한자강회보』,『대한협회보』,『공립신보』,『서우』 등을 들 수 있고, 양계초의 저술을 번역한 계몽기의 대표 지식인으로 장지연, 박은식, 신채호, 현채를 들 수 있다. 계몽기의 신문·잡지에 많이 소개되거나 단행본으로 출판된 양계초 저술의 번역으로는 또한「애국론」,「논유학」,「세계최소민주국」,「중국혼」,『이태리건국삼걸전』,『청국무술정변기』,『음빙실자유서』 등을 들 수 있다.

5장에서는 번역본의 구문적인 특징을 분석해 보았다. 본서가 살펴본 장지연, 박은식, 신채호, 현채의 번역은『서유견문』의 문체와 다른 양상을 보였다. 장지연과 박은식의 번역은 한문 원문을 거의 그대로 유지하고 한글토만 다는 번역이었고, 신채호는 이들보다 훨씬 더 한국어에 가까운 번역을 했다. 그리고 이들 중에서 한국어에 가장 가까운 번역을 한 사람은 현채였다. 현채의 번역은 전통적인 국한문체에 가까운 정도의 번역이었다. 이러한 다양한 번역 양상은 한문 해체의 정도 차이를 보여준다고 할 수 있다.

부사어의 번역도 번역자에 따라 상이한 양상을 보인다. 장지연, 박은식, 신채호 등은 한문의 부사어를 그대로 번역본에 반영하는 것과 달리, 현채는 그것을 한국어로 옮기려는 노력을 보였다.

본 연구는 구문적 특징을 논의하면서 번역자가 어려운 한문 문장을 비교적 쉬운 문장으로 대체하는 경우도 살펴보았다. 이러한 특징은 신채호와 현채의 번역본에서 많이 나타난다는 것을 확인할 수 있었다. 독자가 이해하기 쉬운 문장을 쓴다는 것은 독자의 이해를 돕기 위한 조치일 뿐만 아니라, 언문일치체 문장의 특징이기도 하다. 이 시기의 번역은 아직 언문일치와 상당한 거리가 있다고 봐야 하지만, 이러한 조치는 언문일치로의 접근으로 볼 수 있을 것이다.

본 연구는 또한 '之'의 번역 양상을 살펴보았다. 계몽기 국한문체에 대한 논의에서 많이 언급되는 문제가 일본의 영향이다. 일본 영향의 대표적인 요소가 바로 이 관형격 조사 '의, 之'라고 할 수 있다. 번역의 국한문체에서의 '之'를 살펴봄으로써 계몽기 국한문체가 일본의 영향을 받았는지를 논하기는 어렵겠지만, 적어도 한 단면을 보여줄 수 있다고 판단된다. 번역본의 '之'를 살펴보기 전에 먼저 양계초 저술에서 일본어 'の'의 영향을 받은 '之'와 고한문적 특징으로 볼 수 있는 '주어+之+술어' 구조를 살펴보았다. 이러한 분석을 바탕으로 계몽기 지

식인들의 '之'에 대한 보편적인 번역과 현채의 번역을 나누어서 살펴보았는데, 그 결과 장지연, 박은식, 신채호의 번역은 '之'를 그대로 남겨두는 경우가 가장 보편적이었다. 관형격의 '之'는 원문 그대로 유지하는 경우와 '의'로 번역하는 경우가 있고, '주어+之+술어' 구조의 '之'는 원문 그대로 반영하는 경우가 가장 많았다. 이러한 번역에 의해 일본어의 영향을 받아 과잉 사용된 양계초 원문의 '之'는 번역본에서도 대량 출현한다는 것을 발견하였다. 그러나 현채의 번역은 일본어의 영향을 받은 '之'에 대해 번역본에 그대로 유지하지 않고 선택 및 거부의 번역 태도를 보였다. 따라서 현채의 번역본에서는 '之'의 출현이 한문 원문보다 훨씬 적다.

마지막으로 6장에서는 번역본의 어휘적인 특징을 살펴보았다. 양계초 저술의 번역본에서는 근대 신조어는 그대로 번역본에 유지하고 신조어가 아닌 것은 번역자의 판단에 의해 다른 어휘로 교체하는 양상을 보였다. 다른 어휘로 교체하는 것은 한문 원문보다 더 쉬운 어휘로 교체하는 것과 한문 원문의 단음절 어휘를 의미 파악이 더 쉬운 2음절 어휘로 교체하는 두 가지 번역 양상을 보였다. 단음절 어휘를 2음절 어휘로 교체하는 양상은 명사의 경우, 동사의 경우, 부사의 경우로 나누어서 살펴보았다. 이러한 2음절 어휘의 특징을 살펴본 결과, 번역된 2음절 어휘들은 대부분 중국 고문헌에서 확인되었으며, 몇몇 어휘를 제외하고는 모두 현대 한국어의 『표준국어대사전』에 등재되었다는 것도 확인하였다. 게다가 번역본에서의 의미는 『표준국어대사전』의 의미와 동일하다는 것도 확인하였다. 이것은 계몽기 지식인들이 양계초의 원문에 나타난 단음절 어휘를 번역할 때, 이미 한국어의 일부가 된 2음절 한자어로 번역하였다는 것을 보여준다. 고한문에서의 어휘가 현대 한국어에 전승되었다는 것은 그 전부터 활발히 사용되었다는 것에 대한 방증이다.

이상에서 본서는 양계초의 한문 원문과 한국 내 번역본을 언어학적 관점에서 비교·분석하였다. 그동안 언어학적 관점에서 양계초 저술의 번역 양상을 살펴본 논의가 거의 없었고 한문 원문에 대한 분석도 이루어지지 않았다. 본서는 양계초 저술의 번역에 대하여 아직 조명되지 않았던 부분에 대한 논의이며, 이러한 논의를 통해 양계초 저술의 번역 양상에 대한 보다 폭넓은 연구뿐만 아니라 계몽기 국한문체에 대한 전면적인 연구를 하는 데에도 도움이 될 수 있을 것이다.

양계초의 신문체 저술은 계몽기의 한국과 중국에 커다란 영향을 끼쳤다. 그의 이러한 저술들은 한국 내에서 순국문으로도 번역되었지만 대부분 계몽기 국한문체로 번역되었다. 계몽기 국한문체는 양계초의 신문체와 같은 성질을 보였다. 즉 언문일치와는 상당한 거리가 있지만, 언문일치로 접근하는 과정에 있었던 것이다.

앞에서도 논의했듯이 근대 초기의 문체 전환은 항상 번역이 수반되었다. 근대 초기에 한국의 대부분의 계몽서가 중국에서 유입되었다는 점과, 그 중에서 양계초의 저술이 절대적인 양을 차지하였다는 점을 고려했을 때, 신문체는 계몽기 국한문체의 형성에 영향을 미쳤을 가능성이 없지 않다.

고한문은 문장의 간결함을 추구했기 때문에 목적어나 수식어와 같은 성분을 생략하는 경우가 많아 문장의 의미를 파악하기 어려웠다. 이와 달리 신문체는 문장 성분을 생략하지 않고 문장에 반영하였기 때문에 문장의 의미를 파악하는 것이 어렵지 않았다. 한국의 지식인들은 이러한 신문체 글의 문장 성분을 파악하여 한국어 어순으로 재배치하기 쉬웠을 것이다. 현대인의 입장에서는 신문체에 토만 달아 번역한 것이 과연 번역이라고 할 수 있을지 의심스럽지만, 그 당시 어려운 고한문과 비교했을 때, 신문체로 인해 원문 텍스트의 가독성이 높아진 것은 부정할 수 없다.

양계초의 저술은 일본이나 중국에서 발표되자마자 한국에 유입되어 바로 번역·출판되었던 시기에 신속하고 정확한 번역이 무엇보다 중요했을 것이다. 고한문에서 문장 성분이 해방된 신문체의 문장 성분을 확인하고, 그런 문장 성분에 토를 다는 것은 어렵지 않았을 것이며, 또 정확한 번역을 위해서는 원문을 유지하여 의미파악에 도움을 주는 토만 달아주는 것이 가장 효과적인 방법이었을 것이다. 이러한 상황을 고려했을 때, 신문체의 특징이 번역본에 많이 남아있을 가능성이 크다.

양계초 저술의 번역본에 신문체의 특징이 남아있다는 것은, 양계초의 신문체가 계몽기 국한문체의 형성에 영향을 끼쳤다는 것인데, 이러한 가설이 성립하기 위해서는 양계초 신문체에 대한 보다 철저한 분석이 이루어져야 하고, 한국 내 신문체 저술의 번역 양상뿐만 아니라, 계몽기 지식인들의 국한문체 창작 저술을 반드시 살펴봐야 한다. 창작 저술의 문체와 양계초 저술의 번역을 비교하여, 그 번역 문체에서 양계초의 특징을 확인해야 한다. 이러한 연구는 추후의 과제로 남기기로 한다.

제2부

양계초의 한문 원문과
근대 계몽기의 번역문

제8장

부록: 『월남망국사』

다음의 a는 『월남망국사』의 한문 원문이다. b는 현채의 국한문체 번역이고 c는 주시경의 순국문체 번역이다.

a. 世界有公理邪?强權而已矣。

b. 世界에 公理가 何有ᄒ리오, 오작 强權쑨이라

c. 세계에 공평흔 리치가 어딕잇스리오 오즉 강흔 권셰밧게 업도다

a. 歷史上國名何啻千數, 今所餘者數十爾, 其它皆殭石也。

b. 歷史上에 國名이 千으로 數ᄒ든 者ㅣ 今에는 所餘가 數十이오

c. 스긔에 나라일홈이 천이나 되던 것이 이제는 남은 나라가 수십 쑨이라

a. 而此數十中, 其運命與殭石爲鄰者, 又十而七八也。

b. 此 數十 中에도 危亡에 濱흔 者ㅣ 十에 七八이오

c. 남은 수십 나라 중에도 위틱ᄒ여 망홀 디경에 일은 나라가 열에

일여듧이요

a. 必徵諸遠, 其與我接壤雞犬聲相聞者若干國, 而今安在也?

b. 쏘 此 危亡에 濱흔 者ㅣ 我와 隔遠흔 國이 아니라 곳 鷄犬이 相聞
ㅎᄂ 隣國이러니 今에 此 數國이 쏘 安在ㅎᄂ

c. 쏘 이 망홀 디경에 일은 나라들이 다 우리나나와 멀지 아니ㅎ고
개와 둙의 소리가 서로 듯는 이웃 나라들이더니이제 이런 나라
들이 어디 잇ᄂ뇨

a. 又豈必徵諸遠, 我生數十年來, 眼見其社爲屋而宮爲瀦者, 抑寧止一二
數也。

b. 不過 數十 年 來로 其 社ᄂ 屋이 되고 宮은 瀦를 成ㅎ야

c. 수십 년 동안 그 나라의 샤직들은 다 업서지고 궁궐들은 못시되여

a. 麥秀漸漸兮禾黍油油, 彼狡童兮, 不與我言兮。

b. 麥秀ㅎ기 漸漸ㅎ고 禾黍가 油油ㅎ도다

c. 아츰에는 이슬만져셔 눈물이 흐르는 것곳고 져녁에는 안개만
씨여 긔가 막히는 것곳치 참혹흔 졍경만 쮜엇도다

a. 吾最近得交一越南亡命客, 嘗有以語我來, 吾聞之而不知其涕洟之何從
也。

b. 近日에 越南 亡命客 巢南子가 我의게 來ㅎ야 其 國事狀을 言ㅎ민
我로 ㅎ야금 涕泗가 縱橫흠을 不覺ㅎ겟도다

c. 근일에 월남망명긱 소남ᄌ가 내게와셔 그 나라 ᄉ졍을 말ㅎ여
날로 하여금 눈물이 흘너 이통흠을 씨둣지 못하게 ㅎᄂᆫ도다

a. 顧我不自哀而哀人耶, 人將哀我。讀此編毋哀焉而懼焉, 其或慮幾。

b. 然이나 我가 自哀치 아니ㅎ고 他人을 哀ㅎᄂ지 他人이 將且 我를

哀홀지라 惟願 我國人은 此 編을 讀ᄒ고 自哀心을 變ᄒ야 自懼心을 生ᄒ면 國家가 其 或 庶幾홀진져

c. 그러나 내가 나를 이통차(치) 아니ᄒ고 남을 이통ᄒᄂ지 다른 사람이 쟝ᄎ ᄯ 나를 이통홀지라 오즉 원ᄒ노니 우리 나라 사람들은 이쳐을 스스로 슬펴ᄒᄂ ᄆᄋ음을 변ᄒ여 스스로 두려워 ᄒᄂ ᄆᄋ음을 내면 우리 나라가 혹 위틱홈을 면ᄒ고 ᄎᄎ 될바가 잇스리라

a. 乙巳九月　飮冰識
b. 乙巳九月日飮冰室主人梁啓超識
c. 을스구월 일 음빙실 쥬인 량계초 셔

a. 年月日, 主人兀坐丈室, 正讀日本有賀長雄氏之《滿洲委任統治論》, 忽有以中國式名刺來謁者, 曰△△△且以一書自介紹, 其發端自述云, 吾儕亡人, 南海遺族

b. 年月日에 飮冰室主人 梁啓超가 丈室에 獨坐ᄒ야 日本 有賀長雄氏의 滿洲委任統治論을 讀홀시 忽然히 一人이 入謁ᄒ고 并히 一書ᄅ을 進ᄒ니 其 書 發端에 曰 吾儕 亡人은 南海 遺族이라

c. 하로는 음빙실 쥬인 량계초가 한 방에 혼자 안자셔 일본사람 유하쟝웅씨의 만쥬통치론을 보더니 홀연히 한 사람이 (들어와 칙 한 권을 내게 주니) 그 첫 쟝에 ᄒᄋ엿스되 도망ᄒ여 온 우리들은 월남에 ᄭᄭ친 사람이라

a. 日與豺狼鷹鳧爲命, 每磨眼望天, 拔劍斫地, 輒鬱鬱格格不欲生。噫!吾且死矣, 吾不知有生人之趣矣。

b. 豺狼鷹鳧로 더브러 日夕相處ᄒ더니 僕이 磨眼 望天ᄒ고 拔劒 擊地ᄒ야 鬱鬱格格혼 心이 生活홀 意가 全無ᄒ니 吾가 且死홀지라 엇지 生人의 趣가 有ᄒ리오 ᄒᄋ얏거늘

c. 즘싱과 함긔 거쳐ᄒ다가 눈을 들어 하늘을 쳐다보고 칼을 쎅여 쌍을 치며 답답한 ᄆᆞ음은 살고 십흔 뜻이 도모지 업스니 우리가 죽을지라 엇지 산 사람의 뜻이 잇스리오 ᄒ엿거늘

a. 次乃(151/)述其願見之誠, 曰：吾必一見此人而後死, 吾必一見此人而後死無憾, 且爲言曰：落地一聲哭, 卽己相知, 讀書十年眼, 逐成通家。援此義以自信其無因至前之不爲唐突也, 得刺及書, 遽肅人, 則一從者俱, 從者盖間關於兩粤二十年, 粗解粤語者也。客容憔悴, 而中含俊偉之態, 望而知爲異人也。相將筆談數刻, 以座客雜, 不能盡其辭, 盖門弟子輩, 見有異客, 咸欲一覩其言論丰采, 侍左右者以十數也。更訂密會後期行。

b. 予가 其書를 接ᄒ고 愕然ᄒ야 其人을 見ᄒ니 形容이 憔悴ᄒ나 俊偉ᄒᆫ 態度가 顔 外에 溢見ᄒ야 其 凡常人이 아님을 知ᄒ겟더라

c. (음빙실 쥬인 량계초)이 이 글을 보고 감작놀라 그 사람을 바라보니 형샹은 초취ᄒ나 쥰걸스러온 틱도가 얼골에 나타나 범샹ᄒᆫ 사람이 아닌줄 알겟더라

a. 越二日, 復見於所約地, 皆橫濱山椒臨太平洋之一小酒樓也, 海天空闊, 風日麗美, 自由春氣, 充溢室內外, 而惡知其中乃有眼淚洗面之人在。坐定, 叩客行程, 客曰：自越之亡, 法政府嚴海禁, 私越境者罪且死, 減等亦錮諸崑崙(按崑崙, 越之南岸一小島也, 名見≪瀛涯勝覽≫。)乃若僕者, 爲敵忌滋甚

b. 予가 이에 客을 揖ᄒ야 坐定ᄒᆫ 後, 其 遠道 跋涉홈을 問ᄒ니 客이 曰 我 越南아 亡ᄒᆫ 以後로 法國政府가 海禁을 嚴立ᄒ야 私히 越境ᄒᄂᆫ 者ᄂᆫ 其 罪가 死에 處ᄒ고 비록 減等홀지라도 海島에 錮置ᄒ니 至於 僕은 適와 最히 忌疾ᄒᄂᆫ 빅라

c. 쥬인이 긱(고유어아님)을 읍ᄒ여 좌명흔 후에 먼길에 엇지 오셧ᄂᆞ뇨 물은딕 긱이 글ᄋ딕 우리 월남이 망흔 후로 법국 정부가

외국으로 왕릭ᄒᆞ는 것을 엄히 직혀 ᄉᆞᄉᆞ로 월경ᄒᆞ는 쟈는 ᄉᆞ형
에 쳐ᄒᆞ며 죄를 감ᄒᆞ여도 바다로 귀양 보닉여 외로온 셤속에 가
두는딕 나는 더구나 법국사람이 뎨일 ᄭᅴ리고 미어ᄒᆞ는쟈라

a. 欲乞一通涉國內之關津券, 且不可得, 遑論出境。
b. 곳 國內에 通涉ᄒᆞᄂᆞᆫ 關津券이라도 得치 못ᄒᆞᆯ지니 엇지 出境키를
望ᄒᆞ리오
c. 심지어 나라 안에셔도 나루를 건느거나 셩문에 드나드는 표지
가 잇는딕 나는 이 표지도 엇을 수 업스니 엇지 외국으로 나가
기를 바라리오

a. 僕之行, 改華服, 冒華籍, 僞爲旅越華商之傭僕者。僅乃得脫耳
b. 故로 僕이 行ᄒᆞᆯ 時에 淸人의 衣服을 着ᄒᆞ고 淸人의 屬籍을 作ᄒᆞ
야 旅越ᄒᆞᆫ 淸商의 傭僕을 飾ᄒᆞᆫ 後 僅히 得脫ᄒᆞ얏노라
c. 이런고로 내가 고망ᄒᆞ야 나올 쌔에 쳥국 사람의 옷을 입고 쳥국
사람의 호젹을 ᄆᆞᄃᆞ러 가지고 월남으로 쟝ᄉᆞ다니는 쳥국 사람
의 심부름꾼 되어 ᄀᆞᆫ신이 벗셔나왓노라

a. 然一人逃亡, 五族繫夷, 僕盖茹痛飮恨, 奉母以終其天年, 母之旣亡, 乃
遣妻寄子於僻陬氓隷, 乃今始得自效於外。余曰：傷哉君也。客曰：豈
惟鄙人, 國中貴族長老, 慘陑且倍蓗, 乃解貼懷小革囊, 出一物相視, 視
之則其畿外候乞給通行券之文也。文曰：
東宮△△△△皇太子△△△△△候△△稟爲乞文批事緣卑竊聞貴國有
△△△△△△△△△△△△△△△△△△△等因卑竊揆卑
係初生未識△△△△△如何事體玆卑乞帶隨家人二名一往恭瞻△△以
委微情並反回△△△△△△收拾△△△骸骨△△埋葬庶免漂流伏乞
住京貴欽使大臣恤及文批許卑便執通行以防別礙今肅。稟 成泰 △△年
△△月△△日

其紙用法政府印稅紙, 法總督署名簽印焉。

b. 然이나 一人이 逃亡ᄒ면 五族이 縶夷ᄒᄂ 故로 僕이 茹恨 忍痛ᄒ고 母親을 奉ᄒ야 其 天年을 終ᄒ 後 비로소 妻子를 僻陬荒服에 寄置ᄒ고 今番 遠航이 有ᄒ얏다 하거늘 予曰 傷哉라 君이여 客曰 此 事ᄂ 엇지 鄙人섇이리오 我 越南國 中에 貴族 長老ᄂ 慘厄이 此에서 益甚ᄒ다 ᄒ고 其懷中에서 一紙를 出ᄒ야 相示ᄒ니 곳 其 國 候爵이 法人의게 通行券을 乞홈이라 其文에 曰 卑官이 隨帶 家人 二 名을 率ᄒ고 父母 舊山에 往ᄒ야 其 骸骨을 收拾移埋홀지라 伏乞 貴保護總督은 此 情을 恩恤ᄒ야 通行券을 許給ᄒ야 沿路에 防碍가 無케 ᄒ소서 ᄒ니 其 紙ᄂ 法政府의 印稅紙오 法摠督의 名을 署ᄒ 者라

c. 그러나 한 사람만 도망ᄒ면 여러 식구와 친척을 다 잡아죽이는 고로 내가 답답ᄒ고 이통흔 ᄆᆞ음을 억지로 참고 모친을 봉양ᄒ더니 슈가 다ᄒ여 돌아가시매 비로소 쳐ᄌᆞ를 궁벽흔 곳에 감추고 써나셔 배를 타고 이러케 멀리 왓노라 ᄒ거늘 쥬인이 글ᄋᆞ딕 그딕의 졍샹이 극히 슬프도다 흔딕 긱이 글ᄋᆞ딕 이 일은 엇지나 한아섇이리오 우리 왼 안남국 귀죡과 쟝로들의 당ᄒᄂ 참혹흔 졍샹은 이보다 더욱 심ᄒ다 ᄒ고 품에서 조히 한 쟝을 쓰내여 보이니 곳 그 나라 한 후쟉이 법국 사람의게 통힝권을 달나고 이걸ᄒᄂ 것이라 그 글에 ᄒ엿스되 내가 식구 두 명을 거ᄂ리고 부모의 ᄒᆡ골을 거두어 구산으로 쟝ᄉᆞᄒ러 가고자 ᄒ오니 업디여 비옵ᄂ니 귀ᄒ신 보호총독씌셔 이 ᄉᆞ졍을 굽어 불샹이 역여셔 통힝권을 허락ᄒ여 주셔 지나는 길에 방ᄒᆡ가 업게 ᄒ여 주시옵소셔 ᄒ엿스니 그 조히는 법국 졍부에셔 셰밧는 표지요 법국 총독의 도쟝을 친 것이라

a. 余讀一過, 泫然不知涕之承睫也。曰：傷哉傷哉, 腰下寶玦青珊瑚, 可憐王孫泣路隅, 問之不肯道姓名, 但道困苦乞爲奴。亡國之貴胄,

其現狀乃如此哉。

b. 予가 讀ᄒᆞ기 一遍에 涕淚가 承睫ᄒᆞ야 曰 傷哉傷哉라 古詩에 云ᄒᆞ
되 腰下 寶玦이 靑珊瑚에 可憐王孫이 泣路隅라 聞之 不敢 道 姓名
ᄒᆞ고 但 道困古乞爲奴라 ᄒᆞ더니 今에 亡國 貴冑가 其 現狀이 果然
如此 ᄒᆞ도다

c. 쥬인이 이것을 한 번 보고 이내 눈물이 소사 굴ᄋᆞ듸 불상ᄒᆞ고도
불샹ᄒᆞ도라 옛글에 이르되 몸에 가득ᄒᆞᆫ 보븨의 빗이 찬란ᄒᆞ더
니 가련ᄒᆞ다 님군의 ᄌᆞ손이 길모통이에서 우는지라 누구뇨 물
으나 감히 셩명을 이르지 못ᄒᆞ고 다만 곤고ᄒᆞ여 빌어먹는 종이
되엿다 ᄒᆞ더니 이제 져 월남국 귀ᄒᆞᆫ 족쇽들의 오날 당ᄒᆞᆫ 졍샹이
과연 이러ᄒᆞ도라

a. 宋代之稱姪稱子, 猶天上矣, 時則客淚如墮糜, 談紙濕漬。

b. 宋代의 稱姪 稱子ᄂᆞᆫ 오히려 天上人이라 ᄒᆞᆫ듸 客이 此言을 聞ᄒᆞ고
더욱 悲感ᄒᆞ야 淚落ᄒᆞ기 墮糜와 如ᄒᆞ야 衫袖가 盡濕ᄒᆞ거늘

c. 숑나라 째 족하라 칭ᄒᆞ고 아들이라 칭ᄒᆞ던 것은 오히려 하늘 우
에 사람이라 홀 만ᄒᆞ다 ᄒᆞᆫ듸 긱이 이 말을 듯고 더욱 비감하여
눈물이 비오듯 쏘다져 옷소매가 다 젓거늘

a. 余曰 : 客哀止, 願畢其詞, 且吾聞越尙有君, 今何如矣?

b. 予曰 客은 哀를 止ᄒᆞ고 其 詞를 畢ᄒᆞ라 ᄯᅩ 予가 聞ᄒᆞ니 越南國에
오히려 人君이 有ᄒᆞ다 ᄒᆞ더니 今에ᄂᆞᆫ 何如오

c. 쥬인이 굴ᄋᆞ듸 긱은 이통흠을 근치고 그 말을 다ᄒᆞ라 ᄯᅩ 내가
들으니 월남국에 아직 님군이 잇다ᄒᆞ더니 지금은 엇지 되엿ᄂᆞ
뇨 ᄒᆞᆫ듸

a. 客曰 : 乙酉之役, 法人遷我君咸宜帝於南非洲之阿爾熱城, 禁絶南人,
毋得通問訊, 於玆二十年, 生死誰卜?

b. 客曰 乙酉役에 法人이 我君 咸宜帝를 南阿非利加洲 阿爾熱城에 匿
ᄒᆞ고 越人을 禁ᄒᆞ야 通問치 못케 ᄒᆞᆫ 지 於今 二十餘 年에 生死를
誰가 知ᄒᆞ리오

c. 긱이 굴ㅇ듸 을유년 싸홈에 법국 사람이 우리 님군 함의뎨를 아
비리가쥬 남편 아이열셩에 숨기고 월남 사람을 금ᄒᆞ여 통신치
못ᄒᆞ게 ᄒᆞᆫ 지 이십여 년에 싱ᄉᆞ를 누가 알리오

a. 今君號曰成泰, 昔之親王, 而法所擁立也。卽位時纔十齡, 盖不利吾有
長君, 是以置此, 歲受俸六千, 木居士焉爾。

b. 今皇帝ᄂᆞᆫ 號曰 成泰니 卽 昔의 親王으로 法國이 擁立ᄒᆞᆫ 비라 卽位
時에 年이 十歲니 곳 越南에 長君이 有ᄒᆞᆷ을 不喜ᄒᆞᆷ이라 故로 此
幼兒를 立ᄒᆞᆫ 後, 歲俸 六千을 予ᄒᆞᆯ ᄲᅮᆫ이오

c. 지금 황뎨는 호를 셩데라 ᄒᆞ니 젼에 친왕으로 법국이 셰운 님군
이라 즉위ᄒᆞᆫ 째에 겨우 열 살이니 이는 법국이 월남에 쟝셩ᄒᆞᆫ
님군이 잇슴을 슬혀ᄒᆞᆷ으로 이런 어린 ᄋᆞ희를 셰우고 일 년에 륙
쳔 환식 주어 쓰게ᄒᆞᆯ ᄲᅮᆫ이여

a. 賞自從九品以上, 罰自杖十以上, 皆關白法吏, 贅疣於其間, 奚爲也?

b. 此 外에 職賞이 九品 以上과 刑罰이 杖 十 以上은 다 法人의게 稟
白ᄒᆞ니 我 皇帝ᄂᆞᆫ 곳 其 間에 贅疣이라 무삼 權位가 有ᄒᆞ리오

c. 벼슬과 형벌은 다 법국사람의게 픔ᄒᆞ니 우리 황뎨는 곳 그 사이
에 군더덕으로 붓흔 사마귀라 무슨 권셰가 잇스리오

a. 余曰：余誠哀客, 誠敬客, 顧貴邑中志客之志者, 幾何人矣, 抑相率奴
隸於法人, 保一時殘喘以自適也。

b. 予曰予가 客을 哀ᄒᆞ고 客을 敬ᄒᆞ노니 貴國 中에 客의 志와 同ᄒᆞᆫ
者ㅣ 幾人이 되ᄂᆞᆫ지 或 相率ᄒᆞ야 法人의 奴隸를 願ᄒᆞ고 一時 殘
喘을 保코자 ᄒᆞᄂᆞᆫ지 其 事를 願聞ᄒᆞ노라

c. 쥬인이 골♀디 내가 긱을 이통히 역이고 긱을 존경ᄒ노니 귀국
줍에 긱의 뜻과 굿흔 이가 몃 사람이 되는지 법국 사람의 노례
가 되여 한 새 잔명을 보견코자 ᄒ는지 듯기를 원ᄒ노라

a. 客曰：弟子沐甚風, 櫛甚雨, 間關奔走國中, 垂二十年, 山陬海噬, 所攀
結殆遍。今矢天日, 不敢爲諫言以欺長者。

b. 客曰 僕이 櫛風沐雨ᄒ고 國中에 間關 奔走ᄒ기 二十 年에 山陬와
海隅에 知舊의 結交가 殆遍ᄒ니 今에 天日을 矢ᄒ고 瞞言으로써
長者를 欺치 아닐지라

c. 긱이 골익디 내가 풍우를 무릅쓰고 분쥬히 왼 나라를 다 돌아다
닌지 이십 년에 산협과 히변식지 친구가 두루 널럿스니 이제 하
늘을 밍셰ᄒ고 놉흐신 쥬인을 속이지 아니ᄒ노라

a. 簿計國人, 可分五等, 喬木世臣, 衣被國恩, 旣數百祀, 懷子房報韓之
志。有三戶亡秦之戚, 此中膏粱紈袴, 固其本性, 然錚錚佼佼, 盖非絶
無一二巨室。爲世所宗, 乘雲易尊, 則亦有焉, 其可謀者, 二十得一。

b. 國人을 簿記ᄒ면 可히 五等에 分홀지니 一은 曰 喬木世臣이 國恩
을 衣被ᄒ기 이믜 數百 年이라 子房의 報韓홀 志를 懷ᄒ고 三戶
가 亡秦ᄒ는 感이 有ᄒ니 此 中에 膏粱과 綺紈은 其 本性이라 然
이나 錚錚佼佼흔 者ㅣ 絶無치 아니흔 故로 其 中에 可謀홀 者ㅣ
二十分에 一이오

c. 우리 나라 사람을 가히 네 등분에 난흘만ᄒ니 첫재는 딕딕로 벼
슬ᄒ는 귀흔죡쇽들이니 나라의 은혜를 입은 지 임의 슈빅 년이
된지라 고량음식과 비단 의복 조화ᄒ는 것은 셩질이 되엿스나
이 사람들 줌에도 준걸이 아조업든 아니ᄒ니 함게 일을 도모홀
만흔 쟈가 스물에 하나는 되고

a. 若乃羽林孤兒, 丹穴孽子, 在昔乙酉之難, 勤王詔下, 薄海雲湧, 又安河

靜、北寧、山西諸轄。(按越南省名也)。

b. 二는 曰 羿林의 孤兒와 丹穴의 孽子가 向者 乙酉亂에 勤王 詔가 下흔 後로 薄海가 雲湧ᄒ야 又安 河靜 北寧 山西 各 省皆越南省名

c. 둘재는 고ᄋ와 열ᄌ들이니 을유년란에 나라를 구원ᄒ라ᄒ시는 죠셔가 나리매 예안과 하졍과 북녕과 산셔 각싱(싱은 우리나라 도와 ᄀ흔 일홈)

a. 飛蛾赴火, 驚蜂戀巢, 倡義最多, 拒持最久。事後獮薙亦最烈,

b. 飛蛾가 赴火ᄒ고 驚蜂이 戀巢ᄒᄂ 故로 倡義흔 者ㅣ 最多ᄒ야 相持ᄒ기 最久ᄒ다가 事後에ᄂ 獮薙ᄒ기 ᄯ흔 最熱ᄒ니

c. 즁에셔 나비가 불에 달려들고 벌이 벌통에 달려드는 것과 갓치 칭의ᄒ여 일어나는 쟈들이 뎨일 만하 법국 군ᄉ와 샹지ᄒ기 그 즁 오래 ᄒ다가 법국 사람의게 몹시 죽기도 뎨일 만히 ᄒ엿는지라

a. 今雖窮蹙帖屈, 而怨毒積心, 公仇私仇, 有觸卽發, 此輩無絲毫勢力。而猛鷙之氣, 視死如飴, 擧國之中, 十有二焉。

b. 今에 비록 窮蹙帖屈ᄒ나 怨毒이 積心ᄒ매 公仇와 私仇가 有觸ᄒ면 卽 發흘지라 此輩無絲毫勢力。而猛鷙之氣, 視死如飴, 擧國之中, 十有二焉。

c. 이제 궁츅ᄒ여 숨을 쉬지 못ᄒ나 원통흔 싱각과 분흔 독긔가 ᄆ음에 싸여 법국이 나라의 원슈만 될분 아니라 ᄉᄉ원슈도 되매 서로 부드치기만 ᄒ면 곳 일어날지라 이 무리가 셰력은 터럭만 치도 업스나 밍렬ᄒ고 독흔 긔운은 죽기를 당ᄒ여 반다시 셜분 ᄒ고자 ᄒ니 이런 자가 젼국 사람 즁에 다섯에 하나는 되고

a. 次則生計路絶, 哀鴻嗷嗷, 不樂其生, 求死無路, 渴望勝廣, 有如雲霓, 絶無遠謀, 有呼斯應, 其若此者, 十人而五。

b. 三은 曰 生計가 路絶ᄒ야 哀鴻이 嗷嗷흔데 其 生을 不樂ᄒ고 拘死

ㅎ야도 無門ㅎ야 勝 , 廣陳勝 吳廣을 渴望ㅎ기 雲霓와 如ㅎ고 遠
謀가 頓無ㅎ나 有呼ㅎ면 斯應ㅎ지니 此 輩가 十人 中 五오

c. 셋재는 싱도가 아조 쇤허져 살지도 못ㅎ고 죽지도 못ㅎ여 란리
나기만 싱각ㅎ여 누가 부르기만 ㅎ면 곳 일어날지니 이런 무리
가 젼국 사람 즁에 반이나 되고

a. 上則承學之子, 悲憫是與, 東馳西越, 餐血飲淚, 寧與國俱死, 不與敵同
生。所感非恩, 所憤非仇, 惟以血誠, 立於天地, 似此落落, 固無幾人,
然受創日深, 求伸日急, 雞鳴風雨, 聲聞於天, 百人之中, 亦一二焉。

b. 四는 曰 讀書 士子니 此輩가 悽惶悲悶ㅎ야 東馳西走에 餐血飲淚ㅎ
야 차라리 國으로 더브러 同死ㅎ지언뎡 敵으로 더브러 同生치
아니코쟈 ㅎ야 所感이 非恩이오 所忿이 非仇라 오작 血誠으로 天
地 間에 立코자 ㅎ니 如此히 磊落흔 者는 幾人이 無ㅎ나 然ㅎ나
受創ㅎ기 日淡ㅎ믹 求伸ㅎ기 日急ㅎ야 鷄鳴風雨에 聲이 天에 聞
ㅎ니 此 輩는 百人中에 쏘흔 一二 人이라

c. 넷재는 글읽는 션비들이니 황황 답답ㅎ야 동셔남북으로 도망ㅎ
여 피를 먹고 눈물을 마셔 차라리 나라로 더부러 함긔 죽을지언
졍 덕국 사람으로 더부러 함씌 살고자 아니ㅎ여 오즉 혈셩으로
텬디 간에 독립코자 ㅎ니 이런 쟈는 만치 아니ㅎ나 젼국 사람
즁에 빅에 두엇은 되는지라

a. 以上四派, 其在國中, 占十之八。此外爲倀爲狐, 蓋十一二

b. 以上 四派가 國人 十分의 八을 占ㅎ고 此外에 倀鬼와 狐怪된 者는
十分 一二人이라

c. 이샹 이런 네 당패가 통계ㅎ면 젼국 사람 즁의 십분에 팔분이
되고 이 외에는 챵귀 노릇ㅎ는 쟈와 여호 노흣ㅎ는 쟈니 곳 젼
국 사람 즁 열에 한 둘이 되는듸

a. 但齷齪猥瑣, 全無才智, 彼寧忠於法, 忠於衣食耳。

b. 其 爲人이 齷齪猥瑣ᄒ야 才智가 全無ᄒ고 오작 法國에 盡忠ᄒ야 衣食을 求홀 ᄲᅮᆫ이라

c. 그 사람들은 다 비루ᄒ여 ᄌᆞ조와 지혜가 젼혀 업고 오즉 법국에 붓혀 의식을 구홀 ᄲᅮᆫ이라

a. 一旦有事, 亦法內蠧也。

b. 萬若 一朝에 有事ᄒ면 此 輩도 ᄯᅩᄒᆫ 法國에 內蠧가 되리로다

c. 일죠에 일이 잇스면 이 무리도 법국을 해롭게 홀자라

a. 余曰 : 哀哉, 偉哉。客言信耶, 果爾爾者, 我國其猶慚諸

b. 予曰 哀哉偉哉라 客의 言이 信然ᄒᆫ가 果然 此와 如홀진ᄃᆡ 我支那ᄂᆞ 越南에 有愧ᄒ도다

c. 쥬인이 ᄀᆞᆯᄋᆞᄃᆡ 슬프다 긱의 말ᄉᆞᆷ이 과연 이ᄀᆞᆺᄒᆞᆯ진ᄃᆡ 우리 나라ᄂᆞ는 오히려 월남국만도 못ᄒ여 붓그러음이 잇도다

a. 有人如此, 國其能終亡。客曰 : 當國之未夷也, 爲之倀者, 將謂有私利也從而導之

b. 如此ᄒᆫ 人이 有ᄒ거늘 엇지 國이 亡ᄒ리오 ᄒᆫᄃᆡ 客曰 我國이 亡키 前에 其 倀鬼된 者ㅣ 謂ᄒ되 私利가 有ᄒ리라 ᄒ야 法人을 引導ᄒ니

c. 월남에 이ᄀᆞᆺᄒᆫ 사람들이 잇거늘 엇지 나라가 망ᄒ리오 ᄒᆫᄃᆡ 긱이 ᄀᆞᆯᄋᆞᄃᆡ 우리 나라가 망ᄒ기 젼에 챵귀된 쟈가 ᄉᆞᄉᆞ 리익을 위ᄒ여 법국 사람을 인도ᄒ니

a. 其一, 則天主敎徒, 其一, 則通寄之輩也。寧知君俘社屋, 鳥盡弓藏,

b. 其一은 天主敎徒오 其一은 謟附ᄒᄂᆞᆫ 輩라 此 輩가 엇지 君俘社屋과 鳥盡弓藏흠을 知ᄒ리오

c. 첫재는 텬쥬교 ᄒ는 사람들이요 둘재는 아첨ᄒ여 부동ᄒ는 무리라 이 무리들이 님군이 사로 잡히고 나라가 망홀 줄을 엇지 미리 알며 법국이 월남을 다 차지ᄒᆫ 후에는 져희 무리들도 필경 법국의게 해 바들 줄을 엇자 미리 알앗스리오

a. 法之視彼, 與常奴等耳。前此未亡以前, 所予以特別利益, 剝奪靡孑遺, 而西來教僧, 益束縛魚肉之。

b. 法人이 此 輩를 視ᄒ기 奴隷와 同ᄒ야 前此 亡國키 前에ᄂ 特別 ᄒᆫ 利益을 與ᄒ다가 수에 至ᄒ야ᄂ 剝奪侵迫이 甚ᄒᆫ 中에 天主教師가 더욱 束縛魚肉ᄒᄂ 故로

c. 이 무리들을 법국사람들이 노례와 ᄀ치 보아 나라를 다 쌔앗기 전에ᄂ 특별ᄒᆫ 리익을 주고 부리다가 이제ᄂ 그 리익을 다 쎗앗으며 박뒤가 심ᄒᆫ 즁에 텬쥬교인은 더욱 압졔ᄒ여 어육을 ᄆᆫᄃᄂ 고로

a. 故景教之徒, 怨毒逾倍, 十年以前, 曾有私邀英艦, 欲圖泄忿, 機露被逮, 火斃者百數焉

b. 天主教徒의 怨毒아 尤極ᄒ야 十年 前에 教徒 等이 英國 兵船을 私邀ᄒ야 洩忿코자 ᄒ다가 機事가 不密ᄒ야 被逮 燒死ᄒᆫ 者ㅣ 數百이 되니

c. 텬쥬교도의 원망이 극진ᄒ여 영국 병션을 ᄉᄉ로 마쟈들여 셜분코쟈ᄒ다가 일을 비밀히 ᄒ지 못흠으로 법국 사람의게 들켜셔 잡혀 불에 타죽은 자가 수빅 명이 되니

a. 教徒而昔之鷹犬也。若其傭於官署爲輿臺者, 初則假以詞色, 以爲功狗, 獵弋所獲, 俾餕其余, 及其將盈, 則一擧而擭之

b. 此ᄂ 다 昔日에 法人의 鷹犬 되든 者오 至於 法人官署에 傭役ᄒ든 者ㅣ 初에ᄂ 詞色을 假ᄒ야 功狗가 되미 獵弋 所獲에 其餘를 餕

케 ᄒᆞ더니 及其 貲財가 小盈ᄒᆞ면 곳 一擧 攫取ᄒᆞ니

c. 이 무리들은 다 젼에 법국 사람의게 아쳠ᄒᆞ여 붓흔 쟈와 법국 관청에 고용ᄒᆞ던 쟈들이 법국을 위하여 산양개 노릇을 ᄒᆞ매 그 공뢰로 산양ᄒᆞ여 쎅앗은 것의 나머지를 좀 맛보게 ᄒᆞ다가 이러케 준 지물도 좀 모히는 것을 보면 법국 사람이 별거조ᄒᆞ여 한 겁에 다 쎅앗으니

a. 彼輩直法虜之撲滿耳

b. 彼輩ᄂᆞᆫ 곳 法虜의 僕滿僕滿은 小兒가 錢兩 儲蓄ᄒᆞᄂᆞᆫ 圓器니 卽俗語에 병어리라이라

c. 이 무리들은 다 법국 사람의 돈모는 벙어리라

a. 奴顔婢膝二十年, 所贏者亦僅免凍餒, 他於何有

b. 奴顔婢膝ᄒᆞ기 二十 年에 贏餘ᄒᆞᆫ 者ㅣ 僅히 凍餓를 免ᄒᆞᆯ 쑨이오 他益이 奚有ᄒᆞ리오

c. 이 무리들이 법국 사람의게 이러케 죵노릇 ᄒᆞᆫ 지 이십 년 동안에 남은 것이 겨우 굶어죽지 아니ᄒᆞᆯ 쑨이라 ᄒᆞ거늘

a. 彼輩卽冥頑, 今亦知悔矣。但噬臍而已,

b. 故로 今에ᄂᆞᆫ 彼輩도 쏘흔 知悔ᄒᆞ나 다만 噬臍ᄒᆞᆯ 쑨이로라 ᄒᆞ거늘

c. 번역없음

a. 余聞而憮然有間, 不復能置答, 竊自默念曰：安得使我滿洲山東人聞此言, 安得使我擧國人聞此言?

b. 予가 此言을 聞ᄒᆞ고 憮然ᄒᆞ기 有間에 能히 置答다 못ᄒᆞ고 切히 自念曰 何法을 用ᄒᆞ야 我 滿洲와 山東人으로 ᄒᆞ야곰 此言을 聞케 ᄒᆞ며 쏘 何法을 用ᄒᆞ야 我 擧國人으로 ᄒᆞ야금 此言을 聞케 ᄒᆞ리오 ᄒᆞ더니

c. 쥬인이 이 말을 듯고 한참 즘즘ᄒ다가 ᄃᆡ답지 못ᄒ고 스스로 싱각ᄒ되 엇지ᄒ여야 우리나라 만쥬사람과 산동사람이 이 말을 듯게 ᄒ며 ᄯᅩ 엇지 ᄒ여야 우리 원 나라사람이 이 말을 듯게 ᄒ리오 ᄒ더라

a. 客曰：安南之國, 面積二十六萬三千英方里, 與日本埒。全國人口, 據法人所籍身稅搜銀丁簿云二十五兆, 盖西貢十兆, 東京、順京及諸省共十五兆云, 實則不止此數。盖搜銀(按此稅則之名稱指口算也)甚重, 掩匿甚多, 法人行政法, 實非能密, 惟西貢爲大吏所駐, 搜括逾密, 所簿籍殆得實數。西貢以外, 當尙三四十兆。全國則四五十兆近之, 人數寧下於日本

b. 客이 又曰 安南國의 面積이 十六萬 三千 英方里라 日本과 相埒ᄒ고 全國人口는 法人의 藉有ᄒᆫ 身稅搜銀 丁簿에 云ᄒ되 二千五百萬이라 ᄒ얏스나 其實은 搜銀此는 人口를 隨ᄒ야 收稅훔이라이 甚重ᄒᆫ 故로 掩匿이 亦多ᄒ야 統以計ᄒ면 全國人口가 五千萬이 되리니 人數도 ᄯᅩᄒᆫ 日本과 同ᄒᆫ지라

c. ᄀᆡᆨ이 ᄯᅩ ᄀᆞᆯ오ᄃᆡ 월남국에 면적이 십륙만 삼천 영방리(영방리는 영국 방리란 말이니 한 영방리는 우리나라 구 방 쯤 되ᄂᆞ니라)니 일본과 샹등ᄒ고 전국 인구는 법국 사람이 월남 사람의 인구세 밧는 ᄎᆡᆨ에 이쳔오빅만이라 ᄒ엿스나 기실은 인구세가 심히 즁ᄒᆫ 고로 은익ᄒᆫ 인구가 ᄯᅩᄒᆫ 만하 통계ᄒ면 전국인구가 오쳔만이 되리니 사람의 수효도 일본과 ᄀᆞᆺᄒᆫ지라

a. 有豪傑撫而用之, 亦霸王之資矣。自玆以往, 余與客詰難應對甚詳, 余有固守秘密之義務, 不能宣也。惟中間客言法兵駐越者, 實數不逾五千

b. 萬一 豪傑이 起ᄒ야 撫用ᄒᆯ진ᄃᆡ ᄯᅩᄒᆫ 霸王의 資가 되리라 ᄒ고 客이 又曰 法兵위 駐越ᄒᆫ 者] 五千에 不逾ᄒ고

c. 만일 호걸이 일어나 이 빅셩을 잘쓸 디경이면 패왕의 업을 일우

기가 어렵지 아니ᄒ리라 ᄒ고 긱이 ᄯ 글오ᄃ 법국병뎡이 월남
에 잇는 쟈 오쳔 명에 지나지 못ᄒ고

a. 而所練越兵殆四十萬, 守禦之役, 一任越兵耳。苟得間, 則遂人殲齊指
顧間也。

b. 其 訓練ᄒ 越兵은 四十萬이라 守禦ᄒᄂ 役은 越兵의게 一任ᄒ니
萬一 間隙을 得ᄒ면 一擧에 法人을 殲ᄒ기 指顧 間事라 ᄒ거ᄂ

c. 훈련ᄒ 월남병뎡이 ᄉ십만 명 인ᄃ 각 쳐 파슈ᄒ는 일은 모도
월남병뎡의게 맛켯스니 만일 틈을 타셔 한번 거조ᄒ면 법국사
람을 다 멸ᄒ여 업시 ᄒ기가 슌식간에 ᄒᆯ 일이라 ᄒ거ᄂ

a. 余曰：法人究以何道能夷然晏坐, 使四十萬越兵戢戢受範?

b. 予曰 如此ᄒ면 法人이 何才로 何道를 用ᄒ야 夷然히 安坐 無憂ᄒ
야 四十萬 越兵으로 ᄒ야곰 戢戢히 其 制限을 受ᄒᄂ뇨

c. 쥬인이 글ᄋ디 이 ᄀᆺᄒ면 법국사람이 무슨 지조로 평안이 안자
셔 ᄉ십만이나 되는 월남군ᄉ를 엇지 졔어ᄒᄂ뇨

a. 客曰：無外援而暴動, 能殲之於內, 不能拒之於外。此奚待著龜者, 且
前此旣屢試矣。事蹶之後, 株及鄰保, 夷及宗族, 豈無義憤, 不成則獨
身坐, 無足吝者, 如父母邱墓何, 蓋法人所恃以箝制吾越者, 無他道, 族
誅也, (如進士宋維新以擧義旗拒法全家被戮)。發塚也, (如進士潘廷逢,
入山聚義, 十一年。其父尙書潘廷選, 伯父潘廷同之塚及母墳, 俱被掘,
其子潘廷迎斬梟然逢, 終不屈逢死, 火其屍, 此公於南國義人中最赫赫
者。)以東方野蠻之法律, 還治東方之人, 如斯而已。

b. 客曰 外援이 無ᄒ고 暴動ᄒ면 비록 內에셔 法人을 盡殺ᄒ기 無慮
ᄒ나 外에셔 拒禦ᄒᆯ 力이 無ᄒ리니 此ᄂ 前日에도 屢試ᄒ얏고 事
敗後ᄂ 隣保에 株及ᄒ며 宗族에 夷及ᄒᆯ지라 萬一 不然ᄒ면 我越
人의 義憤이 곳 鼎鑊에 赴ᄒᆯ지라도 不願ᄒ리니 엇지 此에 至ᄒ

리오 坯 法人의 箝制ᄒᆞᄂᆞᆫ 法은 非他오 곳 族誅와 發塚이라 東方
野蠻의 法律로써 도로혀 東方人을 治ᄒᆞᄂᆞᆫ 我越人이 輕擧치 못홈
이 此에 拘홈이라 ᄒᆞ거ᄂᆞᆯ

c. 긱이 글ᄋᆞ딕 외국 구원이 업시 갑작이 일어나면 나라 안에셔는
법국사람을 죽이기가 념려 업스나 밧게셔 들어오는 것을 막을
힘이 업슴으로 이런 일을 여러 번 시험ᄒᆞ여 보다가 필경에 일은
일우지 못ᄒᆞ고 이웃과 족쳑이 다 멸ᄒᆞᄂᆞᆫ 화만 당ᄒᆞᄂᆞᆫ지라 坯 법
국사람이 월남사람을 억제ᄒᆞᄂᆞᆫ 법은 족쳑을 멸ᄒᆞ고 굴총ᄒᆞᄂᆞᆫ
형별이라 동방에 그즁 야만스러온 법률노 동방사람을 다ᄉᆞ리는
고로 월남사람이 이것을 쓰려 쉽게 일어나지 못흔다 ᄒᆞ거ᄂᆞᆯ

a. 余霍然曰：有是哉, 以世界第一等專制之中國近古以來, 此種野蠻法律,
且幾廢不用, 曾是靦然以文明, 人道自命之法蘭西, 而有是耶而有是耶。

b. 予가 霍然ᄒᆞ야 曰 世界 第一等 專制ᄒᆞᆫ 中國으로도 近日에ᄂᆞᆫ 此
種 蠻法을 거의 廢革ᄒᆞ얏거ᄂᆞᆯ 所謂 法蘭西人은 自稱ᄒᆞ되 文明이
니 人道이니 自命ᄒᆞᄂᆞᆫ 國으로 此 法을 行ᄒᆞᄂᆞᆫ도다

c. 쥬인이 놀나 글ᄋᆞ딕 세계에 데일 젼졔ᄒᆞ던 즁국으로도 근일에
는 이러ᄒᆞᆫ 야만의 법률을 거의 다 폐ᄒᆞ엿거ᄂᆞᆯ 소위 법국은 문
명ᄒᆞ다 ᄌᆞ칭ᄒᆞ면셔 이법을 힝ᄒᆞᄂᆞᆫ도다

a. 嗚呼!今世之所謂文明, 所謂人道, 吾知之矣。

b. 嗚呼라 世上에 所謂 文明과 所謂 人道를 予가 知ᄒᆞ깃도다

c. 슬프다 셰상에 문명이라 ᄒᆞᄂᆞᆫ 것을 내가 알겟도다

a. 余曰：貴國人心, 憤發若是。亦曾有組織團體以圖光復者乎?抑客言貴
國民氣有餘民智不足, 公等志士, 曾亦思所以遣子弟遊學海外, 爲自樹
立之遠計者乎?

b. 予曰 貴國人心의 憤鬱이 如此ᄒᆞ니 其中에 團體를 組織ᄒᆞ야 光復

을 圖ᄒᆞᄂᆞᆫ 者ㅣ 有ᄒᆞᆫ가 ᄯᅩ 公이 言ᄒᆞ되 貴國의 民氣ᄂᆞᆫ 有餘ᄒᆞ나 民智가 不足ᄒᆞ다 ᄒᆞ얏스니 公 等과 如ᄒᆞᆫ 志士가 子弟ᄅᆞᆯ 海外에 遣ᄒᆞ야 自樹立ᄒᆞᆯ 遠計ᄅᆞᆯ 行ᄒᆞᄂᆞᆫ 者ㅣ 幾人고 ᄒᆞ되

c. ᄯᅩ 쥬인이 ᄀᆞᆯᄋᆞ되 귀국인심의 분울홈이 이러ᄒᆞ니 그즁에 단톄를 죠직ᄒᆞ여 회복ᄒᆞ기를 도모ᄒᆞᄂᆞᆫ 쟈가 잇는가 ᄯᅩ 그딕 말ᄉᆞᆷ이 월남 빅셩의 긔운은 넉넉ᄒᆞ되 지혜가 부죡ᄒᆞ다ᄒᆞ시니 ᄯᅩ 그딕와 ᄀᆞᆺᄒᆞᆫ 이들이 ᄌᆞ뎨들을 외국으로 보내여 일후에 나라일을 스스로 힝ᄒᆞ기를 계교ᄒᆞᄂᆞᆫ 쟈가 몃사람이나 되ᄂᆞ뇨 ᄒᆞ되

a. 客曰：昔晉惠帝聞民有飢者, 咄之曰：何不食肉糜, 先生之言, 毋乃類是

b. 客曰 古語에 云ᄒᆞ되 何不食肉糜라 ᄒᆞ더니 今에 先生의 言이 此와 同ᄒᆞ도다

c. 긱이 ᄀᆞᆯᄋᆞ되 녯말에 닐으되 웨 육미를 먹지 아니ᄒᆞᄂᆞ냐 ᄒᆞ더니 이제 쥬인의 말ᄉᆞᆷ이 이와 ᄀᆞᆺ도다

a. 吾越今法律, 苟非一戶眷屬, 敢有四人集於一室, 則緹騎且至, 而尙何組織團體之可言

b. 今에 法人의 法律이 一家 眷屬 外ᄂᆞᆫ 敢히 四人이 一室에 集聚ᄒᆞᆯ지라도 緹騎捕盜吏隷가 立至ᄒᆞᄂᆞ니 組織團體가 何有ᄒᆞ리오

c. 법국 사람이 법률을 세워 한집식구 외에는 네 사람만 한 곳에 모혀도 슌검이 곳 덤벼드니 엇지 죠직된 단톄가 잇스리오

a. 人民在國中由此省適彼省, 猶須乞政府之許可, 由舟而車, 由車而舟, 皆易憑照以爲符信, 不則以奸諜論。

b. ᄯᅩ 如此ᄲᅮᆫ 아니라 人民이 此 省에셔 彼 省에 往코자 하야도 法人의 許可ᄅᆞᆯ 得ᄒᆞᆫ 후 行ᄒᆞ고 ᄯᅩ 舟에셔 車로 移ᄒᆞ든지 車에셔 舟로 移ᄒᆞ든지 다 憑票ᄅᆞᆯ 易ᄒᆞ야 符信이 有ᄒᆞᆫ 後에 敢行ᄒᆞ고 不然이면

곳 奸謀으로 論홀 식
c. 쏘 이러홀 쑨 아니라(라) 빅셩이 이 고을에셔 져고을노 가랴ᄒᆞ
는 것도 법국 사람의게 혀락을 바다가지고야 힝ᄒᆞ고 쏘 빅에셔
챠로 옴겨 타던지 챠에셔 빅로 옴겨 타던지 다 빙표를 밧군 후
에야 감히 힝ᄒᆞ는딕

a. 往往行百裏而易券且至三四也, 而遑論適異國以遊學也。
b. 或 百里 間에 易券ᄒᆞ기 三四 次라 엇지 異國에 遠適遊學키를 論ᄒᆞ
리오
c. 빅리 간에셔 네 번식 표를 밧구어주며 이러치 아니ᄒᆞ면 곳 수상
ᄒᆞᆫ 쟈로 쳐치ᄒᆞ니 타국에 멀라 유학ᄒᆞ기를 싱각ᄒᆞ리오

a. 卽有一二欲冒險鑿空以出, 而父母爲戮, 墳墓暴骨, 誰非人子, 其能安
焉。嗚呼越南, 從茲已耳。
b. 設令 一二 人이 冒險鑿空ᄒᆞ야 逃出 홀지라도 父母가 爲戮ᄒᆞ고 墳墓
가 暴骨ᄒᆞᄂᆞ니 誰가 人子가 아니완딕 엇지 此를 忍行ᄒᆞ리오 嗚呼
라 越南이 從此로 永已ᄒᆞ리로다
c. 혹 한두 사람이 험흠을 무릅쓰고 ᄀᆞ신이 구멍을 쭐러 나가면 그
부모를 죽이고 분묘를 파셔 빅골을 헤쳐ᄇᆞ리니 누가 참아 도망
ᄒᆞ리오 슬프다 이럼으로 월남이 영영 고만이로다

a. 客又曰：法人之所以朘削越南者, 無所不用其極, 其口算之率, 初每人
歲一元, 十年前增倍之。
b. 客이 又曰 法人이 越南을 剝割홈이 其 極度에 臻ᄒᆞᆫ지라 其 口筭稅
ᄂᆞᆫ 每人에 每歲 一元이러니 十年 前에 增加ᄒᆞ야 倍가 되고 今에
ᄂᆞᆫ 三倍가 되얏고
c. 긱이 쏘 ᄀᆞ오딕 법국사람이 월남을 박학홈이 극진하여 인구셰
를 믹명에 믹년 일 환식 밧더니십 년만에 빅를 더밧고 지금은

삼 빈를 더 바드며

a. 今且三之, 人民住宅, 梁有稅, 窻有稅, 戶有稅, 室增一窻一戶, 則稅率隨之。

b. 人民住宅에 樑이 有稅ᄒ고 窻이 有稅ᄒ고 戶가 有稅ᄒ고 室에 一窻一戶를 增ᄒ면 稅가 곳 隨ᄒ며

c. 사람 사는 집에 들보에도 셰가 잇고 쟝에도 셰가 잇고 챵 한아라도 더내면 또 셰가 잇고

a. 其宅城市者, 茸一椽, 易一瓦, 鳴鼓一聲。(案越人以銅鼓爲宗敎品最重之典也, 故法吏限制之。)宴客一度, 皆關白山譚所, 乞取免許狀, 不則以違憲論, 山譚所者, 警察署之稱也。免許狀, 則稅十分圓之三也。

b. 其 城市에 宅ᄒᆫ 者ᄂᆫ 一椽을 茸ᄒ든지 一瓦를 易ᄒ든지 鳴鼓一聲 越人이 銅鼓로써 宗敎品에 最重典을 삼는 故로 法人이 制限홈이라과 讌客 一度에 다 山譚所라 홈은 警察署오 免許狀은 價値가 三十 錢이오

c. 저쟈 집에는 셕가래 하나를 고치던지 긔와쟝 하나를 고쳐도 다 각각 셰가 잇고 쇠북을 치면 한 번 소래 내ᄂᆫ듸 셰가 얼마식 잇고 (월남사람이 쇠북을 종교에 뎨일 귀ᄒᆫ 물건으로 삼는 고로 법국이 한졔ᄒᆞ여 셰를 마련홈) 손님을 듸졉ᄒᆞᄂᆞᆫ 잔치를 한 번 ᄒᆞ고자 ᄒᆞ여도 다 슌검의게 고ᄒᆞ고 허락ᄒᆞᄂᆞᆫ 표를 어든 후에야 힝ᄒᆞ니 셰가 삼십 젼이요

a. 畜牛一歲稅金五, 豕一歲稅金二三, 狗一歲稅金一, 貓亦如之, 鷄則半貓狗之稅。

b. 畜牛ᄂᆫ 一歲에 稅金이 五圓이오 豕ᄂᆫ 一歲에 二三 圓이오 狗ᄂᆫ 一圓이오 貓도 亦同ᄒᆞ며 鷄ᄂᆫ 貓 狗보다 半이오

c. 소 한 칠에 해마다 셰가 오 환식이요 도야지는 한 마리에 해마

다 세가 이삼 환식이요 개는 한 마리에 해마다 일환식이요 고양
이도 한 마리에 해마가 일 환식이요 닭은 한 마리에 반환식이요

a. 鹽者, 南人所最嗜也, 需要之額, 殆半於華人, 法人旣征鹽地, 又征鹽市,
前此鹽一升值銅貨三四十文, 今非銀貨三四元, 不能得也。

b. 塩은 越人의 最嗜 者라 需要額의 多喜이 淸人보다 半이어늘 法人
이 塩地에 征稅ᄒ고 ᄯ 塩市에 征稅ᄒ니 前此에ᄂ 塩 一 升 價値
가 銅貨 三四十 文이러니 今에ᄂ 銀貨 三四 圓이오

c. 소금은 빅에셔 셰를 밧고 ᄯ 저자에셔 셰를 밧는 고로 소금 한
되에 오륙 젼 ᄒ던 것이 지금은 삼ᄉ 환이요

a. 人民之生産者, 納初丁稅二元, 死亡者納官驗稅五元, 一戶之中, 生死稍
頻繁, 遂足以破産。

b. 人民의 生産者 ᄂ 初丁稅가 二 圓이오 死亡者ᄂ 官驗稅가 五 圓이
라 故로 一家 中에 生死가 稍繁ᄒ면 곳 破産홀지라

c. 인민이 희산ᄒ면 처음 밧는 셰가 이 환이요 죽으면 셰가 오 환
인고로 한 집안에 싱ᄉ가 자즈면 곳 패가 ᄒ고

a. 他更何論矣, 結婚者例以貨入敎堂。號曰≪欄街銀≫, 分三等徵之, 上
者二百元, 次百元, 而下者亦五十也。

b. 然則 他事를 奚論ᄒ며 ᄯ 結婚 者ᄂ 貨貨로써 敎堂에 納ᄒᄂ니 號
曰 欄街銀이라 三 等에 分ᄒ야 徵홀 식 上等은 二百 圓이오 次ᄂ
百 圓아오 其 最下ᄂ 五十 圓이오

c. ᄯ 법국 텬쥬교당에셔 혼인ᄒᄂ 셰를 밧되 샹들 혼인에ᄂ 이빅
환이요 즁등 혼인에ᄂ 빅 환이요 하등 혼인에ᄂ 오십 환이요

a. 若乃普通生計, 若茶桂牙角以至林木藥品(砂仁豆蔲之類), 凡一切地貨
與酒米諸通行品, 皆法人掌之, 南人莫得營業, 有所需則稟呈政府乞買

而已。

b. 至於 普通 生計 中에 茶, 桂, 牙, 角과 林木, 藥品, 砂仁, 荳蔻 等 類
와 一切 지화 及 酒, 米 諸 通行品을 法人이 다 掌執ᄒ미 越人은
營業홀 者ᅵ 無ᄒ고 所需가 有ᄒ면 政府에 稟呈ᄒ야 乞買홀지라

c. 쏘 차와 약지료와 술과 곡식과 흔이 쓰는 각죵 물건을 다 법국
사람이 붓잡아 월남 사람은 싱업홀 수도 업고 이런 물건을 쓰랴
면 정부에 고ᄒ고 사기를 비는지라

a. 一言蔽之, 則法人之立法, 使吾越人除量腹而食之外, 更無一絲一粟之
贏餘, 然後爲快也。

b. 撍히 一言으로 蔽ᄒ야 曰 法人의 立法홈이 곳 吾越人으로 ᄒ야곰
量腹ᄒ야 食ᄒ 外에ᄂ 다시 一絲一粟의 贏餘가 無케 홈이라

c. 통히 말ᄒ면 법국사람이 법을 마련홈이 월남 사람을 겨우 몸이
나 가리고 빅에 풀이나 ᄒ게 ᄒ는 외에는 다시 실 한올과 쌀 한
톨의 남아지가 업게 홈이라

a. 嗚呼!知我如此, 不如無生, 彼蒼者天, 何生此五十兆之傮民爲哉?

b. 嗚呼라 我의 身勢가 如此홀진딘 生ᄒ치 아니홈이 可홀지라 彼 蒼
者 天이여 엇지 此 五千萬 傮民을 生ᄒ얏ᄂ고

c. 슬프다 나의 신셰가 이러ᄒ니 셰샹에 살지 아니홈이 올흘지라
저 푸르고 푸른 하늘이여 웨 이 오쳔만 불샹흔 빅셩을 내셧는고

a. 客又曰:往事不可追矣, 吾儕固不敢怨法政府。盖吾越人亦有自取亡之
道焉, 但使法人務開民智, 滋民力, 爲吾越掃百年腐敗政敎, 使有餘地可
以自振拔。則百年後, 有英雄起而復之, 未晚也。

b. 客이 又曰 徃事ᄂ 可追치 못홀지라 吾儕가 엇지 敢히 法人을 怨
ᄒ리오 吾 越人이 쏘 敗亡을 取ᄒ얏스니 萬一 法人이 我越 人民
을 進發ᄒ야 民智를 開ᄒ고 民力을 滋ᄒ야 吾越人의 數百年 腐敗

혼 政教를 掃除ᄒ야 可히 振撥홀 道가 有ᄒ얏스면 數十 年 後에
英雄이 起ᄒ야 恢復ᄒ기 未晩홀지라

c. 긱이 또 ᄀᆯᄋᄃᆡ 만일 법국사람이 우리 월남사람을 잘 ᄀᆞᄅ쳐 빅
성의 지혜를 널니고 빅성의 힘을 늘니며 우리 월남의 수빅년 썩
은 졍수를 쓸어ᄇ리고 새로온 법으로 인도ᄒ면 수십 년이 지나
지 아니ᄒ여 월남 사람 즁에셔 영웅이 졈졈 싱겨 나라를 회복ᄒ
여 오라지 아니ᄒ야 월남이 강셩ᄒᄂᆞᆫ지라

a. 其奈旣困之, 又愚之, 嗚呼!更數四年, 越人必亡者半, 更十餘年, 越無遺
類矣。

b. 故로 法人이 此를 深知ᄒ야 이믜 困阨케 ᄒ고 또 愚昧케 ᄒ니 嗚
呼라 다시 數 四 年을 經ᄒ면 越人이 折半이 亡ᄒ고 다시 十餘 年
이 되면 越人이 遺類가 無ᄒ리니

c. 이럴 줄을 법국사람이 깁히 아는 고로 법을 이러케 마련하여 우
리 월남사람을 곤ᄒ게 ᄒ고 어리석게 ᄒ니 슬프다 다시 삼ᄉ 년
을 지내면 월남사람 절반이나 망ᄒ고 다시 십 년이 되면 월남사
람이라고는 씨가 업슬지라

a. 此非過憂, 彼誠不以人道視吾族也, 客語至此, 淚涔涔不能抑。

b. 此가 過慮홈이 아니라 彼 法人이 我를 人道로 待치 아니ᄒ고 畜
類로 待홈이라 ᄒ고 客이 語ᄒ기 至此에 淚가 涔涔히 下ᄒ더라

c. 법국사람이 우리를 이러케 죵ᄌᆞ가 업서지게 홀 ᄲᆞᆫ 아니라 우리
를 사람으로 ᄃᆡ졉지 아니ᄒ고 잡아먹을 즘싱으로 ᄃᆡ졉홈이 더
욱 분ᄒ고 긔가 막힌다 ᄒ고 긱이 이 말에 니르러 눈물이 펑펑
쏘다지더라

a. 飮冰室主人曰：吾與客語, 自辰迄酉, 筆無停輟, 今掇其所述安南現狀
之一部分者記之如右, 顧以吾寫哀之筆, 未能殫其什一也。

b. 이에 飮氷室主人 梁啓超가 다시 定衿危坐ᄒᆞ야 曰 予가 客과 語ᄒᆞ
기 終日이라 客의 語ᄒᆞᆫ 바 安南國 現狀을 隨錄ᄒᆞ얏스나 予의 寫
哀ᄒᆞᄂᆞᆫ 筆로써 其十一을 殫記치 못홀지라

c. 이제 쥬인이 다시 옷을 졍졔히 ᄒᆞ고 꿀어안져 글ᄋᆞ디 긱이 종일
토록 월남국 졍샹을 말ᄉᆞᆷᄒᆞ는 것을 듯는 대로 긔록ᄒᆞ엿스나 십
분에 일분도 쓰지 못ᄒᆞ엿슬지라

a. 嗚呼!近世憂憤之士, 往往懸擬亡國慘狀, 播諸詩歌, 託諸說部, 冀以聳
天下之耳目。豈知此情此景, 固非理想所能構, 更非筆舌所能摹, 誰謂
茶苦, 其甘如薺, 今日吾輩所謂若何若何之慘酷者, 彼越南人猶望之如
天上也。我哀越南耶, 越南哀我耶, 請君且勿誼, 賤子進一言, 我不自
哀, 豈待十年, 自有哀我者耳。

b. 嗚呼라 近世에 憂憤士子가 往往히 亡國慘狀을 懸擬ᄒᆞ야 詩歌에 播
傳ᄒᆞ고 說部에 托入ᄒᆞ야 天下耳目을 聳動코자 ᄒᆞᄂᆞ니 其 志가 엇
지 可悲치 아니리오

c. 슬프다 근릭에 근심ᄒᆞ고 분ᄒᆞᆫ 션빅들이 망ᄒᆞᆫ 나라에 참혹ᄒᆞᆫ 졍
샹을 들어셔도 짓고 소릭도 만들어 젼파ᄒᆞ기도 ᄒᆞ고 론셜도 지
어 텬하 사람의 귀와 눈을 씌우고자 ᄒᆞᄂᆞ니 엇지 슬프지 아니ᄒᆞ
리오

a. 飮氷室主人又曰：今歐洲各國文明, 皆濫觴羅馬, 羅馬全盛時代, 卽略
奪其殖民地人民之生命財產, 以莊嚴其都會, 以頣使其左右。羅馬文明,
實無數人類之冤血之苦淚所構結晶體也。

b. 今에 歐洲 各國 文明은 다 羅馬의 惡習 餘波라 羅馬 全盛時代에
곳 其 殖民地와 人民의 生命財產을 掠奪ᄒᆞ야 其 都會를 莊嚴ᄒᆞ고
其 左右를 頣使ᄒᆞ니 羅馬의 文明은 實로 無數ᄒᆞᆫ 人類의 冤血과 苦
淚로써 搆結ᄒᆞᆫ 晶體라

c. 이제 셔양 각국의 문명이라는 것은 다 녯날 라마국 악ᄒᆞᆫ 풍쇽의

흘너오는 것이라 라마국이 강성홀 쌔에 남의 나라를 쌔앗스며
각쳐 여러 빅셩의 직물을 쌔앗셔 그 도성을 쟝려ᄒ게 믄ᄃ엇스
니 라마의 문명이라는 것은 실노 무수흔 사람의 원통흔 피와 괴
로온 눈물이 얼어 만든 뭉텅이라

a. 天道無親, 惟佑强者, 而羅馬之聲譽, 遂數千歲照耀天壤, 彼其嗣統之
國, 若今世所謂歐洲某强某雄者, 受其心法, 以鴟張於大地, 施者豈惟
一法蘭西, 受者豈惟一越南, 滔滔者天下皆是也。

b. 天道가 無親ᄒ야 오작 强者를 佑ᄒᄂ 故로 羅馬의 聲譽가 數千 載
토록 天壤에 照耀ᄒ더니 今에 其 嗣統흔 國中에 所謂 歐洲의 某强
某雄이라 ᄒᄂ 國이 其 心法을 受ᄒ야 大地에 鴟張ᄒᄂ 者ㅣ 엇
지 法蘭西쑨이며 쏘 其 毒을 受ᄒᄂ 者도 쏘 엇지 一越南쑨이리
오 天下가 滔滔 皆是라

c. 텬도가 친흠이 업서 오즉 강흔 쟈를 돕는 고로 라마의 강ᄒ고
쟝흔 소리가 수쳔 년이 되도록 텬디 간에 쩌들더니 이제 그 긋
들을 이은 구라파 여러 강국들이 지금신지 모도 이 법을 본바
다 날개를 버리고 남의 쌍들을 쌔앗셔 널니 차지ᄒ는 쟈가 엇
지 법국쑨이며 쏘 독흔 해를 밧는 쟈도 엇지 월남국 쑨이리오
텬하가 모도 이러흔지라

a. 自美國獨立以後, 而所謂殖民政策者, 其形式略一變, 前此以殖民地脂
膏供母國揮霍者, 今略知其非計矣。故英屬之澳洲、之加拿大, 其人民
權利義務, 與百年前之美國, 旣大有所異。雖然, 此其同種者爲然耳。
若美之紅夷, 澳之黑蠻, 則何有焉?

b. 美國이 獨立흔 以來로 所謂 殖民政策이라 ᄒᄂ 者ㅣ 其 形式이 若
干 一變ᄒ나 昔에ᄂ 殖民地 脂膏로써 母國의 揮霍을 供ᄒ더니 今
에ᄂ 其 非計 됨을 略知흔 故로 英屬의 澳洲 及 加拿大에 其 人民
의 權利 義務가 百年前 美國과 大異ᄒ얏ᄂ지라 然이나 此ᄂ 其 同

種人인 故로 然홈이오 至於 美國의 紅番과 澳洲에 黑蠻은 此와 大
異ᄒ얏고

c. 영국에셔 그 쇽디 어스트리아와 가나다에는 인민 압졔ᄒ는 것
과 셰 밧는 법을 ᄎᄎ 감ᄒ여 지금은 인민의 편리가 빅년 젼보
다는 대단이 싱곗스니 이는 젼에는 본쌍의 인종이 만이 살고
영국 빅셩은 건너간 쟈가 얼마 되지 아니홈으로 압졔도 몹시ᄒ
고 셰도 몹시 밧더니 본쌍 인종은 그 압졔에 눌녀 ᄎᄎ 줄어 업
서지고 영국 빅셩이 졈졈 건너가 삶으로 이제는 ᄀ튼 인종인
고로 권리를 주는 것이요 다른 인종의게는 이와 대단이 달흔지라

a. 吾未至印度, 吾不知印度人之權利義務, 視越南何如也, 若乃日本之在
臺灣, 其操術又皆與此異, 彼之計畫, 盖欲使十年以後, 擧臺灣人而皆
同化於日本人也。故恒思所以噢休之, 除其患害而結其歡心, 則吾國古
代所謂仁政者是也。

b. 予가 ᄯ 印度에 未往ᄒ얏스니 其 印度人의 權利義務가 越南과 何
如흔지 不知ᄒ거니와 至於 日本人이 臺灣에서 行ᄒᄂ 術도 ᄯ흔
此와 異ᄒ니 此ᄂ 彼의 計劃이 十年 以後에ᄂ 臺灣人으로 ᄒ야곰
다 日本人을 化成코자 홈이라 故로 恒常 愛恘 保護ᄒ고 其 患害
를 除ᄒ야 其 懽心을 結ᄒᄂ니 卽 中國古代 所謂 行仁政이라

c. ᄯ 내가 인도국을 가셔 보지 못ᄒ엿스니 인도사람의 권리가 월
남사람과 엇더흔지 아지 못ᄒ거니와 일본사람이 대만에셔 힝ᄒ
는 법도 법국사람이 월남사람을 다ᄉ리는 법과 ᄀ지 아니ᄒ니
이는 일본 계칙이 십 년 후에는 대만사람을 다 변ᄒ여 일본사람
이 되게 ᄒ고자 ᄒ는 고로 흥샹 ᄉ랑ᄒ고 보호ᄒ며 근심과 해를
졔ᄒ여 그 ᄆ음을 깃부게 ᄒ여 주ᄂ니

a. 臺灣、越南, 同一易主, 以表面論, 則臺灣若天上人矣, 但今之越南
人。求死不得死, 而將來世界上, 或猶有越南人, 今之臺灣人, 熙熙焉

樂其生, 而十年以後, 世界上無復臺灣人。孰禍孰福?吾亦烏從知之。

b. 然이나 臺灣과 越南이 易主ᄒ기ᄂ 同一ᄒ거ᄂ 表面으로 論ᄒ면 臺灣은 곳 天上人과 如ᄒ지라

然ᄒ나 今時 越人은 求死ᄒ야도 不得ᄒ되 將來 世界上에 或 오히려 越南人이 有ᄒ거시오 今에 臺灣人은 熙熙焉이 其 生을 樂ᄒ나 十年 以後에ᄂ 世界 上에 다시 臺灣人이 無ᄒ리니 孰禍孰福을 엇지 知ᄒ리오

c. 이제 월남사람은 죽고자 ᄒ나 죽을 수도 업스되 이담 셰샹에 월남사람은 구경ᄒ 수 잇슬 것이요 이제 대만사람은 사는 락이 잇스되 십 년 후 셰샹에는 대만사람을 구경치 못ᄒ리니 누가 회를 당ᄒ고 누가 복을 엇을는지 엇지 알리오

a. 抑莊生有言 : 彼不材之木也, 無所可用, 故能若是之壽, 臺灣區區數十萬人, 海賊山番, 十七八焉。日本之力, 足以吞吐融化之而有餘, 其假借之而被納之宜爾, 若越南以五十兆半開化之國民, 其在內者旣有可畏之實, 然則豈惟法人, 任取一國易地以處, 其所以撫之者亦如是矣。夫寧不見一年來日本之所以待朝鮮耶, 今戰爭且未集, 而第二越南之現象, 己將見矣。同一日本, 而待臺灣與待朝鮮, 何以異焉?其故可思也, 越南且然, 朝鮮且然, 況乃其可畏什伯於越南朝鮮者, 又何如矣?

b. 莊生이 言ᄒ되 彼不材ᄒ 木은 所用ᄒ 處가 無ᄒ 故로 若此토록 壽ᄒ다 ᄒ니 臺灣의 區區ᄒ 三百萬人에 海賊山番이 十中 七八이라 日本의 力이 足히 吞吐融化키 有餘ᄒ 故로 其 假借ᄒ고 披納ᄒ이 果然 事理에 合ᄒ거니와 至於 越南은 五千萬 되ᄂ 半開化ᄒ 國民이라 其 內狀이 現然히 可畏ᄒ 者ㅣ 有ᄒ니 然則 此事가 엇지 法人쑨 如此 ᄒ리오 設令 日本으로 ᄒ야곰 易地ᄒ지라도 畢竟 法人과 同히 壓制ᄒ지니 今에 一 年 以內에 日本이 朝鮮 待遇ᄒᄂ 事를 見ᄒ지어다

c. 녯사람의 말에 지목되지 못ᄒ 나무는 소용업는 고로 이쌔ᄭ지

오래 산다 ᄒ니 대만에 구구ᄒᆞᆫ 삼빅 명 인죵이 열에 일여듧은 다 어리셕고 무식ᄒᆞᆫ 자들이라 일본에 힘과 쇠가 족히 삼키던지 토ᄒᆞ던지 주무르던지 변ᄒᆞ게 ᄒᆞ기를 임의대로 ᄒᆞ려니와 월남은 오쳔만 명이 다 반기화이 된 나라 빅셩이라 고 속에 ᄉ졍이 가히 두려올 것이 잇스니 엇지 법국사람만 이러케 ᄒᆞ리오 일본이 밧구어 월남을 쳐치ᄒᆞᆯ지라도 필경 법국사람처럼 압졔ᄒᆞᆯ지니 이제 일 년 안에 일본이 죠션 되졉ᄒᆞ는 일을 볼지어다

a. 飲冰室主人又曰：羅馬蠻律, 中世史之殭石, 自今已往, 世界進化之運, 日新月異, 其或不許此種披毛戴角之僞文明種, 橫行噬人於光天化日下, 吾觀越南人心而信之, 吾觀越南人才而信之。

다음 b와 c만 있는 내용은 광지서국 원본에는 없는 부분이다.

b. (今에 戰事가 未畢ᄒᆞ얏그나 무히 第二 越南의 現象이 見ᄒᆞ야 向者 日本이 處心積慮ᄒᆞ야 朝鮮을 謀흔 지 數十 年이라 其 第一着은 朝鮮을 中國에 離흠이니 其 原因이 天津條約을 本ᄒᆞ야 結果가 中 日 戰爭에 在ᄒᆞ고 第二着은 朝鮮을 日本에 幷코자 홀 시 其 原因이 日 英 同盟에 本ᄒᆞ야 結果가 日 俄 戰爭에 在흔지라

c. 지금 싸홈이 긋나지 아니ᄒᆞ엿스나 벌셔 월남의 모양이 보이니 일본이 죠션을 도모흔 지가 수십 년이라 첫재 일은 텬진됴약으로 죠션을 쳥국에셔 쎼어노흔 것이니 이는 쳥국과 일본이 싸흔 결과요 둘재 일은 일본이 죠션을 앗고자홀새 결과가 일본이 영국과 일본이 영국과 동밍흠을 인ᄒᆞ여 일본이 아라사와 싸홈ᄒᆞ는되 잇는지라

b. 自此로 日本이 後援이 有ᄒᆞ미 더욱 朝鮮을 幷呑코자 흠이 滿洲보다 尤甚흔지라 이에 駐韓 日公使林 權助가 韓國外部와 議定書를

立ㅎ고 自此로 朝鮮이 곳 英國의 埃及이 되니 其 所謂 獨立이라
흠은 곳 形式上 샌이오

c. 이후로 일본이 죠션을 삼키고자 흠이 만쥬를 삼키고자 ㅎ는 것
보다 더 심흔지라 죠션에 잇는 일본공ㅅ 림권죠가 죠션 외부와
의뎡셔를 세우니 이제브터 죠션이 영국의 익급이 되니 소위 독
립이라는 것은 말샌이요

b. 日 俄 開戰 後로는 日本이 朝鮮에 軍事上 外에는 特別ㅎ 擧動이
無ㅎ니 韓人이 坦然心安ㅎ거늘 日本國 輿論은 其 政略의 遲緩을
責ㅎ다가 이에 長森 爲 名人으로 ㅎ야곰 私人 資格으로 朝鮮 全
國 荒蕪地를 占領코자 ㅎ는지라

c. 일본과 아라사가 싸혼 후로는 일본이 죠션에셔 국ㅅ샹일에는
특별흔 거동이 업슴으로 죠션사람이 탄평으로 ㅁㅇ음을 편안이
ㅎ거늘 일본 인민의 의론이 일어나 일을 더듸흔다 칙망ㅎ다가
쟝삼이라 ㅎ는 사람을 식혀 ㅅㅅ사람 모양으로 죠션국의 황무
디를 차지ㅎ고자 ㅎ는지라

b. 이에 韓國 上下 人民이 크게 激動ㅎ야 四方에 傳檄ㅎ고 自此로 排
日運動이 大起ㅎ야 鐘路大街上에 日日 集會ㅎ고 處處 演說흘 ㅅㅣ
切齒 裂眦에 喘汗奔走ㅎ며 其 全國에 在흔 負褓商은 平安 咸鏡 兩
道에 出沒ㅎ야 電線을 斷ㅎ고 鐵路를 毁ㅎ며 或은 日本 軍情을 俄
國에 洩흘 ㅅㅣ 種種흔 擧動이 實로 韓廷 有力 大臣의 陰主흔 바라

c. 이에 죠션 샹하 인민이 크게 격동ㅎ여 ㅅ방에 글을 젼ㅎ며 일본
을 물리치는 운동이 크게 일어나셔 종로 큰길거리에 날마다 모
히고 쳐쳐에서 연셜흘 새 이를 갈고 눈을 부릅쓰고 쌈을 흘리면
셔 분주ㅎ며 젼국에 부보샹은 편안도와 함경도에 출몰ㅎ여 뎐
보줄을 씬코 텰로를 파ㅎ며 혹은 일본 군졍을 아라사에 젼ㅎ니
이런 거동이 종종 죠션 죠졍에 유력흔 대신의 감만이 쥬쟝ㅎ는

일이라

b. 日本 各 報에 曰 此는 亂民이오 險人이라 稱ㅎ나 公眼으로 觀ㅎ
면 如此흔 敵愾心도 無홀진된 곳 禽獸와 如홀지라 엇지 韓人을
責ㅎ리오

c. 일본 각 신문에 글ㅇ되 이를 란민이라 ㅎ나 공변된 눈으로 보면
죠션사람이 이굿흔 ㅁ음도 업스면 곳 즘싱이라 엇지 죠션사람
을 칙망ㅎ리오

b. 이에 日人의 專制政策이 日甚一日ㅎ야 其 軍隊로 ㅎ야곰 會黨首領
元世性을 捕縛ㅎ고 集會 自由를 禁ㅎ며 出版自由를 禁ㅎ야 其 皇
城 帝國 兩 新聞을 日本 警官이 檢閱ㅎ고 一句一語라도 日本의 行
爲를 誹謗ㅎ면 곳 監禁ㅎ는지라 이에 日本輿論이 其 政府의 處置
가 嚴酷홈을 駁議ㅎ고 又曰 長森은 一私人이라 韓國 全土 大權을
畀與ㅎ야 對韓 政策의 大綱이 未立에 몬져 韓人憾情을 招ㅎ다 ㅎ
거늘 其 後日 廷이 쏘 幾度 商議흔 後에 所謂 韓國內政改革이라
稱ㅎ고 韓國의 財政權 軍政權 外交權을 奪ㅎ니 此 三 者가 無ㅎ면
곳 亾國과 何異ㅎ리오

c. 이의 일본사람의 젼졔ㅎ는 졍칙이 날노 심ㅎ여 그 군되로 민회
두령 원셰셩을 잡고 인민이 임의로 회ㅎ지 못ㅎ게 ㅎ며 임의로
글을 박여 젼파치 못ㅎ게 ㅎ며 황셩신문과 뎨국신문을 일본 경
찰관이 미리 살펴보고 한 귀졀이라도 일본 힝위 비방ㅎ는 말이
잇스면 곳 금단ㅎ여 죠션사람의 감졍이 졈졈 더 일어나게 ㅎ며
쏘 일본졍부가 죠션뇌졍을 곳친다 ㅎ고 직졍권과 군졍권과 외
교권을 다 배앗스니 이 세 가지가 업스면 망흔 나라와 무엇이
다르리오

b. 쏘 其 所謂 借款이라 홈은 곳 英國이 埃及에 對ㅎ는 政策과 何異

ㅎ리오 然이나 더욱 可笑ㅎ 者는 埃及은 借款ㅎ다가 財政權을 失
ㅎ얏거늘 韓國은 財政權을 失흔 後 借款ㅎ얏스니 此는 곳 日本이
臺灣行政廳과 同히 待遇홈이니 嗟夫嗟夫라 此 所謂 朝鮮滅亡史라
以上을 觀ㅎ면 大抵 同一흔 日本이어늘 臺灣과 朝鮮을 待ㅎ기 如
此토록 判異ㅎ니 其故를 可思홀지라 越南과 朝鮮이 如此ㅎ거든
況 可畏ㅎ기 越南 朝鮮보다 十倍 되는 中國이리오

c. 그러나 더욱 가쇼흔 것은 익급은 챠관ㅎ다가 직정권을 일엇거
니와 죠션은 직정권 일흔 후에 챠관ㅎ엿스니 슬프고 글프도다
이것이 죠션의 멸흔 스긔라 이것을 보면 일본은 한 일본이어늘
대만과 죠션을 딕졉ㅎ는 것이 이굿치 판이ㅎ니 그 연고를 가히
알지니라 월남과 죠션을 이굿치 ㅎ거든 ㅎ물며 두렵기가 월남
과 죠션보다 십 배 되는 우리 청국이리오.)

(發端)

a. 痛莫痛於無國 痛莫痛於以無國之人而談國事
b. 大抵 人이 痛ㅎ기는 無國ㅎ는 데서 더 痛흔 者가 無ㅎ고 또 痛ㅎ
기는 無國흔 人으로 國事를 論ㅎ는 데서 더 痛흔 者가 無ㅎ지라
c. 대뎌 사람의 익통되는 것은 나라가 업서진 것보다 더 익통되는
것은 나라 업서진 사람이 나라일을 의론ㅎ는 것보다 더 익통되
는 것이 업는지라

a. 吾欲草此文 吾淚盡血枯 幾不能道一字
b. 予가 此文을 帥코자 ㅎ믹 淚盡血 枯ㅎ야 거의 一字를 道及지 못
ㅎ겟도다 嗚呼嗚呼라
c. 내가 이 글을 긔록코자 ㅎ매 눈물이 다ㅎ고 피가 말나 거의 한
즈도 쓸 수가 업스니 슬프고도 슬프도다

a. 飮冰室主人曰 嘻吾與子同病爾且法人在越種種苟狀擧世無知者 子

爲我言之 我爲子播之 或亦可以喚起世界輿論於萬一

b. 飮氷室主人 梁啓超가 다시 客을 對ᄒ야 發言曰 嘻噫라 吾가 子로 더브러 病이 同ᄒ도다 今에 法人이 越國에 在ᄒ야 種種ᄒᆫ 苛酷慘狀을 擧世에 知者가 無ᄒ니 子가 我를 爲ᄒ야 言홀지어다 我ㅣ子를 爲ᄒ야 盡力 播傳ᄒ면 或 可히 世界 輿論을 萬分一中에 喚起ᄒ리라

c. 음빙실 쥬인 량계쵸가 다시 긱을 되ᄒ여 글ᄋ되 나와 그듸가 서로 병이 ᄀᆺ도다 이제 법국사람이 월남 안에셔 월남 사람의게 그러케 참혹이 힝ᄒᄂᆫ 일을 왼 셰샹에셔 아는 이가 업스니 그듸가 나를 위ᄒ여 말을 다홀지어다 내가 그 듸를 위ᄒ여 힘것 그 말을 젼파ᄒ면 셰계에 공론을 만분에 일분이라도 일으키리라

a. 彼美人放奴之擧著 書者之力也 俄土戰爭亦報紙爲之推波助瀾也 子如無意於越南前途則已 苟猶有意則布之爲宜 抑吾猶有私請者 我國今如抱火厝積薪下而寢其上 猶擧國酣嬉 若無事語以危亡之故 藐藐聽之而已 吾子試爲言越亡前事或我國大多數人聞而自惕因蹶然起有復見天日之一日 則豈惟我國賴之貴國亦將賴之余感其言因抆淚以著是篇

b. 彼 美人에 妨奴事ᄂᆫ 著書者의 力이오 俄 土 戰爭도 ᄯᅩᄒᆫ 新聞紙로 其 波蘭을 助홈이니 子가 越南 前途에 無意ᄒ면 己어니와 萬一 有意홀진딘 越南 現象을 盡言 無諱ᄒ라 ᄯᅩ 吾가 私請홀 者ㅣ 有ᄒ니 今에 我支那人은 火를 抱ᄒ고 積薪에 臥홈과 如ᄒ야 擧國이 酣嬉怠玩ᄒ야 時日을 度ᄒ고 危亡홀 事를 言ᄒ면 廳ᄒ기 藐藐ᄒᄂᆞᆫ니 吾子ᄂᆫ 越國 前事를 言ᄒ라 或 我 支那의 多數ᄒᆫ 人이 此事를 聞ᄒ고 自悔自惕ᄒ야 蹶然히 起ᄒ야 天日을 復見홀 一日이 有홀진딘 此事가 엇지 我國에만 有益ᄒ리오 곳 貴國에도 來頭 機會가 有ᄒ리라 ᄒᄃᆡ 巢南子ㅣ 其 言을 感動ᄒ야 淚를 拭ᄒ고 是篇을 著ᄒ니

c. 미국에셔 종을 노하준 일도 글을 지은 쟈의 힘이요 아라사와 토

이긔의 싸홈도 신문지로 파란을 도음이니 그딕가 월남 젼졍에
뜻이 업스면 고만이어니와 뜻잇거든 월남졍샹을 은휘ᄒ지 말고
다 말ᄒ지어다 이제 우리 쳥국사람은 불을 안고 나무 가리 우에
셔 지는 것과 ᄀᆞᆺ흔딕 왼나라 사람이 계을러셔 편히 놀기만 취ᄒ
여 셰월을 헛되히 보내며 나라일이 위틱홈이 미구에 망홀 디졍
에 일을 일로 말ᄒ면 들은쳬 만쳬 ᄒ니 그딕가 월남의 지낸 일
을 말ᄒ면 우리 쳥국에 여러 사람이 이 일을 듯고 씌드러 후회
ᄒ는 이들이 싱겨셔 ᄎᆞᄎᆞ 분발홀 날이 잇슬지니 이러ᄒ면 이 일
이 엇지 우리나라에만 유익ᄒ리오 귀국에도 쟝닉에 긔회가 잇
스리라 흔딕 소남ᄌᆞ가 이말을 감동ᄒ여 눈물을 씻고 이 칙을 지
으니

a. 一　越南亡國原因及事實

b. 一　越南亡國原因及事實

c. 첫직는 월남이 망흔 근본과 실샹

a. 越南在漢唐以前　本交趾一部與林邑占城同爲榛狉未開之人族秦趙尉佗
　　時　漢馬伏波時　漸成一小小部落　迨宋以後交阯英雄丁璿丁先皇李公蘊
　　李太祖等繼起篳路藍縷開拓漸大已全有珠崖象郡文郎越裳等各部漸成
　　一國至元時有陳國峻　陳光啓　越之人傑也與韃人戰戮元將唆都虜元太
　　子烏馬兒捕送燕京時有詩云
　　奪槊章陽渡　擒胡鹹子關
　　太平當致力　萬古舊江山

b. 巢南子 】日 越南이 漢 唐 以前에ᄂᆞ 오작 交趾 一部ᄲᅮᆫ이라 林邑과
　　占城으로 더브러 同히 蠻狉 未開흔 人族이러니 秦 趙 尉 佗 時와
　　漢 馬 伏波 時에 漸漸 一 小小 部落을 成ᄒ다가 宋 以後에 交趾의
　　英雄 丁璿丁先皇 李公蘊李太祖 等이 繼起ᄒ야 開拓이 漸大ᄒ야 珠
　　崖와 象郡 文郎 越裳 各部를 全有ᄒ고 漸漸 一國을 成ᄒ다가 元時

에 至ㅎ야ᄂ 陳國峻 陳光啓ᄂ 越國 人傑이라 韃人과 戰ㅎ야 元將
唆都ᄅ 戮ㅎ고 元太子 鳥馬兒ᄅ 虜ㅎ얏스니

c. 소남ᄌ가 글ㅇ되 월남국이 지나 한나라와 당나라 이젼에 한 조
각 교디쌍 ᄲᅮᆫ이라 림읍이라 ᄒᆞᄂ 쌍과 면셩이라 ᄒᆞᄂ 쌍으로 더
부러 열이지 못흔 야만 인종이더니 진나라 죠위하(타) 시졀과
한나라 마복파 시졀에 졈졈 부락이 되엿다가 송나라 이후에 교
디의 영웅 명션(명션왕) 리공온(리태조) 등이 일어나 졈졈 널니
기쳑ㅎ여 쥬인라는 쌍과 샹군이라는 쌍과 문랑이라는 쌍과 월
샹이라는 쌍들을 다 차지ㅎ여 졈졈 한나라를 일우다가 원나라
째에 월남사람 진국준과 진당계는 영걸이라 달단사람과 싸화
원나라 쟝슈 사도를 죽이고 원나라 태ᄌ 오마오를 사로 잡앗스니

a. 其時人才, 人人思進步, 事事求進步, 故國勢日强。黎朝時戰退明兵,
又收占城國之半, 倂有林邑全壤。前阮光中君又極英雄, 攻敗暹羅, 殺
退洋艦, 英威偉烈, 實令人心心口口欽仰, 至今朝阮氏建國, 國初人才,
實能極力求進步, 遂全有占城, 又得富貴眞臘地, (今西貢)又西撫高蠻
萬象, 西北極哀牢鎭寧樂丸, 南極崑崙島, 北夾兩廣、雲南, 爲一全越
南國。其時越南國, 比唐時以前交阯部成五六倍之大, 若使越南人君
臣, 常思進步, 務益民智, 務長人才, 國計兵謀, 事事求進步, 豈非烈火
得鉅柴, 炎炎赫赫, 光焰亘天耶。

b. 其 時에ᄂ 人人이 다 進步ᄅ 思ㅎ야 事事히 開發ㅎᄂ 故로 國勢
가 日强ㅎ고 黎朝에ᄂ 明兵을 戰退ㅎ고 ᄯᅩ 占城國을 收ㅎ고 林邑
全地ᄅ 倂有ㅎ고 前 阮光中 君도 極흔 英雄이라 暹羅ᄅ 攻敗ㅎ고
洋艦을 殺退ㅎ야 英威偉烈이 世人으로 ㅎ야곰 欽仰케 ㅎ고 今朝
阮氏가 建國ㅎ든 初에도 人才가 甚多ㅎ야 占城을 全有ㅎ고 ᄯᅩ 富
貴眞臘 等 地今西貢ᄅ 得ㅎ고 西으로 高蠻 萬象을 撫綏ㅎ고 西北
은 哀牢 鎭寧 樂丸이오 南은 崑崙島에 至ㅎ고 北은 兩廣 雲南을
合ㅎ야 一越南國을 建立ㅎ얏스니 其時 越南은 唐時 以前의 交阯

部와 此홀진된 곳 五六 倍라 萬一 越人으로 ᄒ야곰 君臣이 恒常
進步를 思ᄒ야 民智를 益ᄒ고 人才를 長ᄒ고 國計와 軍謀에 事事
히 다 進步를 求ᄒ야스면 엇지 烈火가 鉅柴를 得홈과 如ᄒ야 炎
炎爛爛혼 光焰이 雲霄를 亘치 아니ᄒ얏스리오

c. 그쌔에 사람마다 진보ᄒ기를 힘써 일마다 열리는 고로 나라 권
셰가 날마다 강셩ᄒ여 가고 려죠에는 명나라 군수를 쳐셔 물리
치고 또 뎜셩국을 취ᄒ고 림읍을 모도 차지ᄒ고 왕광즁군도 영
웅이라 셤라국을 쳐셔 파ᄒ고 셔양 병함을 쳐셔 물리쳐 위엄이
셰샹 사람으로 우러어 보게 ᄒ며 부러워 ᄒ게 ᄒ고 금죠와 씨가
처음으로 나라 셰움 쌔에 인지가 심히 만하 뎜셩을 왼통차지ᄒ
고 지금 셔공이라 ᄒ는 부요혼 진랍 등 디를 엇고 셔편으로 고
만과 만샹을 평졍ᄒ고 셔북으로 익로와 진녕과 락환을 아우르
고 남편으로 곤륜신지 이르고 북편으로 량광(지금 쳥국 광동싱
과 광셔싱) 운남 (지금 쳥국 운낭싱)을 합ᄒ여 월남국을 셰웟스
니 그 째 월남은 당나라 이젼의 교지와 비교ᄒ면 오륙 빅가 되
는지라 만일 월남의 님군과 신하들이 흥샹 진보ᄒ기를 도모ᄒ
여 빅셩의 지혜를 널니고 인지를 기르며 나라의 졍수와 군수의
계칙을 일일히 힘셋스면 엇지 밍렬혼 불이 큰셥을 엇어 펄펄 일
어나는 불길이 하늘에 치쌔차는 것ᄀ치 되지 아니하엿스리오

a. 人亦有言, 器滿則傾, 越人彼時, 自顧已滿, 擁金睥睨, 井蛙無天, 文恬
武熙, 日甚一日。其間積腐政敎, 事事模倣明淸, 文人以陳編冤守, 俗
學鴉塗, 自矜得志, 武人以旗鼓美觀, 棍拳兒戱, 自謂無前。其最可鄙
者, 抑制民權, 芻狗輿論。凡國家謀議, 民黨從旁咨嗟而已。

b. 人이 有言ᄒ되 器가 滿ᄒ면 傾이라 ᄒ더니 越人이 伊時에 果然
自顧 已滿혼지라 擁金 睥睨ᄒ야 井蛙가 無天ᄒ미 文恬武嬉ᄒ고
日甚一日ᄒ야 其間 積腐혼 政敎가 事事히 다 明 淸을 倣ᄒ야 文人
은 陳編을 冤守ᄒ고 僞學을 鴉塗ᄒ야 其得志를 自矜ᄒ고 武人은

旗鼓美觀과 拳棍兒戲로 自謂ᄒ되 無前 勇武라 ᄒ고 其最 可鄙ᄒᆫ 者ᄂᆫ 民權을 抑制ᄒ고 輿論을 芻狗ᄒ야 凡 國家 謀議에 民黨이 從 傍咨嗟홀 ᄲᅮᆫ이라

c. 그릇이 ᄀ득히 차면 씨울어진다 ᄒ는 말이 잇더니 월남 사람이 이째에 과연 스스로 가득ᄒᆫ 줄만 알아 우물에 잇는 개고리가 큰 하늘을 구경치 못ᄒᆫ 것처럼 왼 나라가 다 두려워ᄒ는 일이 업시 편안ᄒ고 즐기기만 조하홈이 날마다 심ᄒ여 그후로 썩은 정ᄉ 가 겸겸 싸여 무엇시던지 다 명나라와 청나라 일을 본쪄셔 문신 들을 묵은 칙만 보면셔 스스로 노픈 체 자랑ᄒ고 무신들은 긔나 얼숭덜숭 ᄭᅮ미고 북과 몽동이나 ᄋᆞ히 작란가음처럼 ᄆᆞ드러 가 지고 단니면셔 젼고에 업시 용밍스러온 쟝졸이라 ᄒ며 스스로 양양ᄒ며 빅셩은 말도 못ᄒ게 압졔ᄒᆞ매 나라일 의론에 빅셩은 탄식만 홀 ᄲᅮᆫ이라

a. 孟子有云：國必自伐，然後人伐之。於是有數萬洋里外於而來之佛蘭 西國，(有人呼爲大法)佛蘭西於百年前，遣其教徒來西貢河仙等處，乞講 道，是爲嘉隆初年。是時法人已有窺覦越南之志，因見越南君臣輯睦， 政教無缺，又國中虛實未詳，如何敢動。馴至嗣德初年，見越南的是野 蠻政教，民權日削，公論不伸，知是越南垂亡時候，遂遣法教徒，問越南 政府，陳乞通商，又大集商船於西貢，而以冰船出其不意，潛入沱㶚，(在 广南爲越南扼要海口)攻沱㶚，三年，不能下，引去。自法人之失意於沱 㶚也，蓄憤潛謀，眈視更甚，是爲法人取越南之濫觴。

b. 孟子가 言ᄒ되 國은 自伐ᄒᆫ 後人이 伐ᄒ다 ᄒ얏스니 이런 故로 數萬里 外洋의 法蘭西人이 來ᄒ얏노라南人이 呼曰 大法이라 法蘭 西가 百年 前에 其 教徒로 ᄒ야곰 西貢 河仙 等 處에 來ᄒ야 傳道 키롤 請ᄒ니 此時에 法人이 이믜 越南을 窺覦홀 志가 有ᄒ나 越 南의 君臣이 輯睦ᄒ고 政教가 無缺ᄒ며 ᄯᅩ 國中 虛實을 不知ᄒ야 動치 못ᄒ다가 嗣德初年에 至ᄒ야 越南이 政教가 腐敗ᄒ고 民權

이 日削ᄒ야 公論이 不伸ᄒᄂ지라 이에 越南의 垂亡홀 時候를 知ᄒ고 法國이 敎徒를 遣ᄒ야 通商을 乞ᄒ고 ᄯ 商船을 西貢에 大集ᄒ고 兵船으로 써 不意에 沱瀼越南 扼要 海口口에 入ᄒ야 攻伐ᄒ기 三年에 得志치 못ᄒ고 去ᄒ더니 自此로 더욱 蓄忿潛謀ᄒ야 眈視ᄒ기 更甚ᄒ니 此ᄂ 法人이 越南을 取ᄒᄂ 第一擧라

c. 밍ᄌ 말솜에 제 나라를 제가 친 후에 다른 나라가 친다ᄒ셧스니 이런 고로 수만 리 바다 밧게 잇는 법국사람이 왓도다 법국이 빅년 전에 텬주교ᄉ를 셔공ᄒ셩 등 쳐에 보내여 전도ᄒ기를 청ᄒ니 이째에 법국사람이 월남을 엿볼 ᄯ시 잇스나 월남에 흔단이 업고 허실을 아지 못ᄒ여 감히 동ᄒ지 못ᄒ다가 ᄉ덕황뎨 초년에 일으러 월남의 졍ᄉ가 더욱 잘못ᄒ고 빅셩의 권리가 날마다 더싹겨 공론이 서지 못ᄒ매 이에 월남을 쎄앗슬만흔 째가 된 줄 알고 법국이 텬쥬ᄒ는 무리를 더 보내여 통상ᄒ기를 익걸ᄒ고 샹션을 셔공으로 만히 모야들이고 병션은 불의에 월남에 뎨일 요긴흔 항구타양으로 들어와셔 싸혼지 삼 년에 그 ᄯᆺ을 일우지 못ᄒ고 가더니 이후로 분흔 ᄆᆞ음을 품고 쇠를 베풀어 다시 도모ᄒ기를 힘쓰니 이는 법국사람이 월남을 취코자ᄒ는 첫재 일이라

a. 越南若及是時, 大修兵政, 大振民權, 君臣上下, 勵精圖治, 深求外洋之智學, 洗刷積腐之規模, 迨天之未陰雨, 徹彼桑土, 綢繆牖戶, 國猶可爲也。

乃越南朦朧雙睡眼, 痿痺一病軀, 尊君黨, 抑民權, 崇虛文, 賤武士, 盜賊窺伺於庭, 妻兒酣歌於室, 主人擁被臥床, 時時作一欠伸。嗚呼!危乎, 岌岌哉!

b. 越南이 萬一 此時에 兵政을 大修ᄒ고 民權을 大振ᄒ며 君臣上下가 勵精 圖治ᄒ야 外洋 智學을 深求ᄒ고 積腐흔 規模를 洗刷ᄒ얏스면 오히려 國을 可爲ᄒ겟거늘 이에 越南은 不然ᄒ야 君黨을 尊

ᄒ고 民權을 抑ᄒ며 虛文을 崇尙ᄒ고 武士를 賤視ᄒ야 盜賊이 庭
에셔 伺ᄒ거늘 妻兒ᄂ 室에셔 酣睡ᄒ며 主人은 臥床에셔 擁被ᄒ
고 時時로 一次伸홀 ᄲᅢᆫ이라 嗚呼 危哉 岌岌乎로다

c. 만일 이째에 월남이 군경을 크게 닥고 민권를 일으켜 군신 샹하
가 모도 졍신을 차리고 잘 다스리기를 도모ᄒ여 셔양의 새학문
을 깁히 연구ᄒ고 썩은 구습을 써셔버렷드면 나라일이 잘 되엿
겟거늘 월남은 그러치 아니ᄒ여 님군의 당만 놉피고 민권일을
억졔ᄒ며 헛된 것만 슝샹ᄒ고 쟝졸을 쳔듸ᄒ여 도덕은 쁠에셔
엿보ᄂ되 쥬인은 방에셔 잠만 자면셔 각금 긔지기만 틀ᄲᅢᆫ이니
슬프다 위틔홈이 급ᄒ도다

a. 果也, 負且乘, 致寇至, 嗣德十五年, 法人以重兵厚集於西貢, 要越南講
盟, 越國君以欽差大臣往會, 越大臣奉國章如西貢, 法人以兵劫盟, 使
紀盟詞曰, 越南國君臣順情願大法國保護, 乞以六省爲讓地, (嘉定、邊
和、寶祥、永隆、安江、河僊)押國章訖, 又定約章, 有越南旣願大法
國保護, 不得更與他外國交涉一條, 是爲法人取越南之嚆矢。

b. 果然 嗣德 十五 年에 至ᄒ야 法人이 重兵을 西貢에 厚集ᄒ고 越南
을 要ᄒ야 講盟코자 ᄒ거늘 越君이 欽差大臣을 遣ᄒ야 往會케 ᄒ
니 越大臣이 國章을 奉ᄒ고 西貢에 如ᄒ니 法人이 兵으로 써 劫
盟ᄒ야 曰 越南國 君臣이 情愿으로 大法國 保護를 受ᄒ고 六省으
로 써 讓地를 作흔다 ᄒ야 圖章을 押흔 後에 쏘 約章을 定ᄒ야
曰 越南이 이믜 大法國 保護를 自願ᄒ얏스니 다시 他外國과 交涉
지 못ᄒ리라 ᄒ니 此 一條가 곳 法人이 越南을 取ᄒᄂ 第二法이오

c. 과연 슈덕 십오 년에 니르러 법국 사람이 대병을 셔공에 모아들
이고 약죠ᄒ기를 쳥ᄒ거늘 월남님군이 대신을 보내니 법국사람
이 병명으로 위협ᄒ며 약됴ᄒ여 골ᄋ되 월남의 님군과 신하는
진졍으로 대법국의 보호를 밧고 여섯 싱으로 법국의 보호를 ᄌ
원ᄒ엿스니 다시는 다른 나라와 교셥지 못ᄒ리라 ᄒ니 이것은

법국사람이 월남을 취ᄒᆞᆫ는 둘재 일이라

a. 其時三十省全轄未動, 兵財充裕, 苟奉命講和之人, 有膽氣, 有機略, 但依通商講道前約, 諤諤與爭, 亦未至權利盡失, 最可恨者, 當時潘淸簡、林維義爲欽差大臣, 二人羊、豚其肝, 狐鼠其枝, 一見法人, 便戰戰慄慄, 汗出如雨, 倘法人要將其父母, 獻其供宰, 彼亦恭恭敬敬, 雙手獻之, 何況六省?

b. 其 時에 三十省이 完然 存在ᄒᆞ고 兵財가 裕充ᄒᆞ얏스니 萬一 奉命 講和人이 膽氣와 機略이 有ᄒᆞ이 다만 通商約을 講ᄒᆞ고 諤諤與爭 ᄒᆞ얏스면 如此히 權利를 盡失치는 아닐지라 쏘 最可恨ᄒᆞᆯ 者는 當時에 潘淸簡 林維義가 欽差大臣으로 其 肝은 羊豚이오 其 技는 狐鼠라 法人을 見ᄒᆞ고 戰戰慄慄ᄒᆞ야 恭恭敬敬히 國家를 雙手로 奉獻ᄅᆞ얏도다

c. 그 쌔에 월남에 삼심 싱이 완연히 잇고 병명과 직력이 넉넉ᄒᆞ엿스니 님군의 명을 밧들고 약됴를 명ᄒᆞ는 사람이 담약이 잇서 약됴를 바로 ᄒᆞ엿스면 이ᄀᆞ치 권리를 다 일치는 아니ᄒᆞ엿슬지라 쏘 뎨일 한 되는 것은 당시에 반쳥간과 림유의가 약됴를 명ᄒᆞ는 대신으로 ᄆᆞ음은 도야지와 ᄀᆞᆺ고 싱각은 쥐와 ᄀᆞᆺ허셔 법국 사람은 보고 벌벌썰며 극히 공경ᄒᆞ여 나라를 두 손으로 밧들어 법국 사람의게 들인것이라.

a. 此六省者, 人民勁悍, 財粟豊饒(西貢粟米輸出海口海國皆利之)實越南天府也, 法人經營其地, 已有四五十年之久。至此時始出很毒手段, 越南堂奧, 爲之闃然。嘉定蒢芹海口爲越南第一深廣海口, 歐洲海船入越南, 非此不達, 是自西洋來之關鎖。

b. 此 六省은 人民이 勁悍ᄒᆞ고 財粟이 豊饒ᄒᆞ니 實로 越南의 天府라 法人이 其地를 經營ᄒᆞᆫ 지 四五十 年이러니 至是ᄒᆞ야 狠毒ᄒᆞᆫ 手段을 出ᄒᆞ야 越南의 堂奧가 곳 寂然히 他人의게 屬ᄒᆞ얏는지라

c. 법국의게 준 여섯 싱은 빅셩이 강경ㅎ고 직물과 곡식이 풍요흔 ᄯᅡᆼ이라 법국 사람이 이 ᄯᅡᆼ을 차지ㅎ랴고 경영흔 지가 ᄉ오십 년 이러니 이ᄯᅢ에 니르러 독흔 슈단을 베플어 ᄲᅢ앗더라

a. 其時有鄉進士阮勳, 武擧人阮忠, 直鄕圍戶張定、張白、擧義兵, 與法人抗, 累數百戰, 然以軍械不及法, 尋敗, 全家被戮, 墳墓一空。

阮勛最烈, 起兵時, 三爲法人所擒, 再脫於獄, 再聚義, 臨刑時, 有句云：＂縱死已驚胡虜魄, 不降甘斷將軍頭。＂終不屈死, 法人梟其尸, 投之海。

b. 時에 鄕進士 阮勳과 武擧人 阮忠直과 鄕團戶 張白이 擧義ㅎ야 法人과 抗戰ㅎ기 屢百次라 然이나 맛참ᄂᆡ 軍械가 法人을 不及ㅎ야 敗흔지라 全家가 被戮ㅎ고 墳墓가 一空ㅎ니 阮勳은 가쟝 烈烈흔 人이라 起兵 時의 法人의게 被擒ㅎ기 三次오 脫獄ㅎ기 再次라 臨刑 時에 有詩ㅎ야 曰 縱死已驚胡虜魄이오 不降甘斷 將軍頭라 ㅎ고 맛참ᄂᆡ 不屈ㅎ니 法人이 其 首를 梟ㅎ야 海에 投入ㅎ고

c. 이ᄯᅢ에 향진ᄉ 완훈과 무과 완즁직과 향쟝 쟝빅이 의병을 일으켜 법국과 수빅 번 싸호다가 맛ᄎᆞᆷ내 군긔가 부죡ㅎ여 패흔지라 왼집 식구들은 다 도륙을 당ㅎ고 그 조샹의 무덤ᄭᅵ지 파낸지라 완훈은 츙렬이 더욱 쟝흔 사람이 법국사람의게 두 번이나 잡혀 두 번 디옥에셔 도망ㅎ엿다가 세 번재 잡혀도 황복지 아니흠으로 법국사람이 그 머리를 벼혀 바다에 던지고

a. 嗣德三十五年, 取東京河內城, 城臣黃耀以血書遺表, 自縊。表有云：＂何忠義之敢言, 懼事勢之必至, 城亡莫救, 多慚北坼都人士於生前, 身死何裨, 願從先臣阮知方於地下＂。(前法兵旣襲東京, 壯烈伯阮知方父子殉難)時以休官在家起義殉難者, 爲按察海陽北寧解元阮高, 聚黨千餘, 謀復省城, 爲法所擒, 以手刀自剖其腹, 不卽死, 復自斷其舌而死。有義人輓以詩云：＂誓心天地流腸赤, 切齒江山吐舌紅＂。

高旣死, 法猶以不得殺割爲恨也, 斷其首梟之。未幾, 諸省相繼淪陷, 甲申建福元年, 法兵入順京海口, 劫越南以淸國封王璽章繳還淸朝, 淸國以越南讓法, 實在是年, 嗟乎!數千百年受封之榮, 不足以償一朝還璽之辱也, 枯楊生花, 何可久也, 老婦得其士夫, 亦可醜也, 越南之謂哉。

b. 嗣德 三十五 年에 法人이 東京 河內城을 取ᄒᆞ거늘 城臣 黃耀가 血書로 遺表를 作ᄒᆞ고 自縊ᄒᆞ니 其文에 曰 臣이 城亡에 莫救ᄒᆞ니 北圻人士에 多憝ᄒᆞᆫ지라 願컨딕 先臣 阮知方을 地下에 從ᄒᆞ리라 ᄒᆞ니 此ᄂᆞᆫ 向者 法軍이 東京을 襲ᄒᆞᆯ 時에 知方이 殉難ᄒᆞ얏고 時에 休官 在家ᄒᆞ다가 起義 死難ᄒᆞᆫ 者ᄂᆞᆫ 解元 阮高니 黨千餘를 聚集ᄒᆞ야 省城을 謀復ᄒᆞ다가 法人의게 被擒ᄒᆞ야 手刀로 其 腹을 自剖ᄒᆞ니 不死ᄒᆞᄂᆞᆫ지라 다시 其 舌을 自斷ᄒᆞ야 死ᄒᆞ니 高가 死ᄒᆞᄆᆡ 法人이 오히려 自手로 殺害치 못ᄒᆞᆷ을 恨ᄒᆞ야 其 首를 斷ᄒᆞ야 梟示ᄒᆞ고 未幾에 諸省이 相繼 淪陷ᄒᆞ더니 甲申 建福 元年 距今 二十三 年 前 光武 十年 內 午計下 仿此 에 法軍이 順京 海口로 入ᄒᆞ야 越南에서 淸國의 封王ᄒᆞᆫ 璽章을 劫ᄒᆞ야 淸國에 還ᄒᆞ고

c. ᄉᆞ덕 삼십오 년에 법국사람이 동경 하ᄂᆡ셩을 쌔앗거늘 그 셩 츙신 황요가 손을 멱어 그 피로 씌치는 글을 쓰고 스ᄉᆞ로 목매여 죽으니 그 글에 ᄀᆞᆯᄋᆞ딕 신은 셩이 망ᄒᆞ는 것을 구원치 못ᄒᆞ니 붓그러음이 만흔지라 죽은 신하 완지방을 디하로 좃차가노라 ᄒᆞ니 완지방은 젼번에 법국 군ᄉᆞ가 동경을 음습ᄒᆞᆯ 쌔에 슌졀ᄒᆞ엿고 ᄯᅩ 완고는 이병 쳔여 명을 모아 동경을 회복ᄒᆞ랴다가 법국사람의게 잡혀 ᄌᆞ긔의 배를 ᄌᆞ긔의 칼노 질너 죽지 아니ᄒᆞ매 다시 그 혀를 스ᄉᆞ로 ᄭᅳᆫ코 죽으니 법국사람이 제 손으로 죽이지 못ᄒᆞᆷ을 한ᄒᆞ여 그 시톄의 머리를 베어 효슈ᄒᆞ더라 이후로 여러 싱이 련ᄒᆞ야 함몰ᄒᆞ더니 갑신 건복원년 (이십ᄉᆞ년이니 륭희원년 뎡미에게 산ᄒᆞᆷ) 법국군ᄉᆞ가 슌경에 들어와 쳥국에서 월남의 왕을 봉ᄒᆞ던 옥시를 겁탈ᄒᆞ여 쳥국으로 돌녀보내고

a. 乙酉年, 法兵攻京城, 咸宜帝奔乂安省, 詔四方勤王, 而輔政大臣阮福說
赴廣東, 求粤督達懇淸廷乞援。法人知之, 向淸廷阻其事。且問越南人
來意, 淸政府憚法, 遂安置越南人於韶州。

b. 乙酉年에 法軍이 京城을 攻ᄒ니 咸宜帝가 又安省에 出奔ᄒ야 四方
에 下詔ᄒ야 勤王ᄒ라 홀 시 大臣 阮福은 廣東에 赴ᄒ야 粤總督
으로 ᄒ야금 淸廷에 乞援ᄒ니 法人이 知ᄒ고 淸廷을 向ᄒ야 其事
를 阻止ᄒ고 또 越南人의 來意를 詰ᄒ거늘 淸廷이 法人을 懼ᄒ야
越南人을 韶州에 安置ᄒ고

c. 을유년에 법국이 경셩을 치니 함의황뎨가 예안셩으로 도망ᄒ여
죠셔를 ᄉ방으로 나려 황실을 구완ᄒ라 홀 시 대신 완복이 청국
에 가셔 구완을 쳥ᄒ니 법국사람이 알고 청국정부를 칙망ᄒ여
구원치 못ᄒ게 ᄒ며 또 월남사람을 힐란ᄒ매 청국정부가 법국
사람을 두려워ᄒ여 구완을 쳥ᄒ러 온 월남사람을 소쥬에 가두고

a. 法兵掠乂安, 奪咸宜駕, 徙之巴黎城, 尋以帝有謀歸國之志, 徙之南斐洲
阿爾熱城, 禁南人往來, 絶音問。

b. 法軍이 又安을 掠取ᄒ고 咸宜帝를 奪ᄒ야 法京 巴黎에 徙ᄒ더니
旣而오 帝가 歸國홀 志가 有ᄒ다 ᄒ고 南阿非利加洲 阿爾熱城에
移ᄒ고 越人의 往來를 禁ᄒ야 音問이 不通ᄒ고

c. 법국군ᄉ가 예안셩을 노략ᄒ여 취ᄒ고 함의황뎨를 쎄앗아 법국
셔울 파리셩에 옴겨 두엇더니 얼마 동안이 되여 함의뎨가 본
국으로 돌아가랴 ᄒ는 뜻이 잇다 ᄒ고 아비리가쥬 한편 아이열
셩으로 다시 옴겨 가두고 사람의 왕릭를 금ᄒ여 소식을 통치 못
ᄒ게 ᄒ고

a. 越南地勢險要, 人兵勁捷可戰, 法人非容易可取, 緣嗣德時, 有姦臣陳踐
誠、阮文祥當國, 此二人者俱虎狼面目, 狐猾肝膓, 文祥比踐誠更甚,
善於逢迎掩飾, 深得主上心, 嘗蓄簒奪之志, 因國政內腐, 法虜外窺, 知

法勢疆盛, 遂借外交手段, 脅制朝廷, 以陰行己志, 多以重賂結法人, 約
爲法人奧援, 彼爲機密院大臣。每有機密, 輒先洩於法,

b. 越南의 地勢가 險要ᄒ고 人民이 勁捷ᄒ야 法人이 容易히 取치 못
ᄒ겟거늘 嗣德帝 時에 奸臣 陳踐誠 阮文祥이 當國ᄒ니 此 二人은
虎狼面目이오 狐獨肝腸이라 然而 文祥이 더욱 奸巧ᄒ야 帝心을
得ᄒ고 恒常 簒奪ᄒᆯ 志가 有ᄒ더니 時에 國政이 內腐ᄒ고 法虜가
外寇ᄒᆯ 시 各國中에 法勢가 强盛ᄒᆫ지라 文祥이 드ᄃᆡ여 外交를 借
ᄒ야 朝廷을 脅制ᄒ고 陰히 其 志를 行ᄒ며 法人의게 重賂ᄒ야
法人의 內應이 되고 彼ᄂᆫ 機密大臣으로 機事를 遇ᄒ면 몬져 法人
의게 洩ᄒ니

c. 월남의 디셰가 험ᄒ고 인민이 강성ᄒ고 민쳡ᄒ여 법국사람이
용이히 취ᄒ지 못ᄒ겟거늘 ᄉᆞ덕 황뎨 ᄯᅢ에 간신 진쳔셩과 완문
샹이 국권을 잡앗ᄂᆫᄃᆡ 이 두 사람은 호랑의 면목이요 여호의
심쟝이라 그런 즁에 완문샹이 더욱 간교ᄒ여 황뎨의 ᄆᆞ음을 깃
부게 ᄒ여 흥샹 황뎨의 위를 ᄲᅢ앗슬 ᄯᅳᆺ이 잇더니 이 ᄯᅢ에 안으
로는 졍ᄉᆞ가 졈졈 약ᄒ여 가고 밧그로는 외국의 침로가 졈졈
심ᄒ여 가는 즁에 법국의 권셰가 뎨일 강셩ᄒᆫ지라 완문샹이 드
ᄃᆡ여 외국의 힘을 빌어 저의 죠졍을 위협ᄒ고 가만히 제ᄯᅳᆺ을
힝케 ᄒ며 법국사람의게 뢰물을 후이 주면셔 법국사람의 ᄂᆡ응
이 되고 제가 나라에 즁대ᄒ고 비밀ᄒᆫ 일을 맛흔 대신으로 나
라의 비밀ᄒᆫ 일을 다 법국사람의게 루셜ᄒ니

a. 法人亦以重賂餌之, 凡交通英德等事, 皆爲祥所敗露, 國中又有太后范
氏, 愚而貪, 爲嗣德翼宗之生母, 干預朝政, 翼宗事事稟求母后乃行, 阮
文祥卽以法人所餌之重賂, 結母后心, 昏姦賊, 表裏弄權, 顚倒國政, 陷
害正人君子, 或則橫被刀斧, 或則黜削歸里, 順京失守時, 文祥實引法
兵入城, 阮福說出兵迎敵, 使人向祥乞濟師, 祥却向法營通信, 絶彈藥
弗給, 城遂陷。法得國, 祥自以爲功, 謀求封王,

b. 法人이 坯혼 重賂를 予ᄒ야 凡 越人이 英 德 等과 通ᄒᄂ 事를 文
祥이 다 宣露致敗ᄒ고 國中에 坯 范太后ᄂ 愚貪ᄒ니 此ᄂ 嗣德帝
의 生母라 朝政을 干預ᄒ거늘 嗣德帝가 事事를 다 母后의게 稟혼
後 行ᄒ니 阮文祥이 이에 法人의 賂遺로 써 母后心을 結ᄒ야 表裏
用權ᄒ야 國政을 傾倒ᄒ고 正人君子를 陷害ᄒ야 或은 刀斧를 橫
被ᄒ고 或은 削黜 放逐ᄒ고 順京이 失守 時에ᄂ 文祥이 法軍을 引
入홀 시 阮福이 出兵迎敵 코자 ᄒ야 文祥의게 濟師를 請혼되 文
祥이 곳 法營에 通知ᄒ고 藥彈을 不給ᄒ야 城이 遂陷ᄒ거늘 法人
이 得城혼 後에 文祥이 其 功을 恃ᄒ고 封王ᄒ기를 求ᄒᄂ지라

c. 법국 사람이 坯흔 완문샹의게 뢰물을 만히 주어 월남에셔 영국
과 덕국에 비밀히 샹통ᄒ는 일을 다 법국사람의게 루셜ᄒ여 그
일이 모도 랑패되게 ᄒ고 坯 범태후는 미련흔 즁에 탐욕만 만흐
니 이는 ᄉ덕뎨의 싱모라 죠졍일을 간섭ᄒ거늘 ᄉ덕뎨가 모든
일을 다 그 모후의게 픔흔 후에 힝ᄒ니 완문샹이 이에 법국사람
의게 뢰물을 주어 범태후의 ᄆᆞ음을 매자 안과 밧스로 다 권셰를
쳔단ᄒ여 나라 졍ᄉ를 업질으고 바른 사람과 군ᄌ들을 모함ᄒ
여 혹은 칼과 독긔로 죽이고 혹은 벼슬을 삭탈ᄒ고 내쫓츠며 슌
경을 법국사람의게 쌔앗길 쌔에 완문샹이 법국 군ᄉ를 인도ᄒ
여 올 새 외복이 군ᄉ를 내여 법국 군ᄉ를 방어코자 ᄒ여 완문
샹의게 구완병을 쳥흔되 완문샹이 이 일을 곳 법국 영문에 알게
ᄒ고 탄알을 주지 아니ᄒ여 셩이 곳 함몰ᄒ거늘 법국이 셩을 엇
은 후에 완문샹이 그 공을 밋고 법국사람의게 왕노릇하게 ᄒ여
주기를 구ᄒ는지라

a. 法人惡其反側, 恐留之爲後患, 徙之海, 溺其屍。以空鐵棺回, 令祥子
孫出十萬金以贖, 法人之狡獪如此。然引虎入室, 爲虎所噬, 彼假虎威
以逞者, 胡不以祥賊爲鑒哉。

b. 法人이 其 反側홀가 恐ᄒ야 海에 徙ᄒ얏다가 殺ᄒ야 其 屍를 溺

호고 空鐵棺으로 써 回호야 文祥의 子孫으로 호야곰 十萬金을 出
호야 贖호라 호니 法人의 狡獪가 如此호더라 然이나 虎를 引호
야 入室호얏다가 虎의게 被噬호니 彼 虎威를 假호야 逞志호는 者
는 祥賊으로 써 爲鑑홀지어다

c. 법국 사람이 반복홀가 두려워호야 완문샹을 바다 셤으로 옴겨
가두엇다가 죽여셔 그 신톄는 물에 던지고 빈 늘만 쓸고 와셔
그 주손두려 십만금을 쇽밧치고 차자가라 호니 법국사람의 궤
휼호고 포악홈이 이러호더라 그러나 호랑이를 인도호여 방으로
들어오게 호엿다가 그 호랑이의게 물녀죽엿스니 져 호랑이의
위염을 빌어서 제 뜻을 일우고자 호는 쟈는 이 역젹 완문샹으
로 거울을 삼을지어다

a. 小人當國, 朝廷空虛, 京城亡時, 勤王詔下, 應詔死事者, 不是邊郡左遷,
便是江湖間散, 無權無位之君子, 手無寸鐵之豪傑, 一旦義憤感激, 視死
如歸, 除西貢淪沒已久, 繩束太嚴, 無可與法爲梗外, 南北兩圻諸省, 以
至山邊海徼, 漢族淸蠻, 無處不有揭竿斬木, 與法人捐生, 久者幾二十
年, 近者亦一二載, 有與法人惡戰死者, 有爲法人拿捕以死者, 有爲法人
招誘不屈而死者, 有陽爲法臣, 陰結義黨, 爲法人所覺而死者, 有憤極塡
胸, 自尋死法而死者, 可惜幾千年江山精氣所鐘毓之英人、傑士, 遭世
不造, 蘭薰玉焚, 俱化作南海怒潮而去。

b. 小人이 當國호민 朝廷이 空虛혼지라 向者 京城이 亡홀 時에 勤王
詔가 下호니 應詔호야 死事혼 者ㅣ 다 邊郡의 左遷혼 者가 아니면
곳 江湖의 間散혼 無權 無位의 仁人君子라 手에 寸鐵이 無호고
오작 義憤所激에 死를 視호기 歸홈과 如호니 곳 此時 西貢은 淪
沒혼 지 久호야 繩束이 太嚴혼 故로 法國과 爲梗혼 者ㅣ 無호고
此外에 南北 兩圻의 諸省과 山邊海徼ᄭ지 漢族과 淸蠻이 到處에
斬木 揭竿호야 法人을 拒敵홀 ᄉㅣ 久 者는 二十 年이오 近者는 一
二 年이니 其 法人과 戰死者도 有호고 法人의게 被捕호야 死혼 者

도 有ᄒ고 法人의 招誘를 不屈ᄒ다가 死ᄒᆫ 者도 有ᄒ고 法臣을
陽爲ᄒ고 義黨을 陰結ᄒ다가 法人의게 被覺ᄒ야 死ᄒᆫ 者도 有ᄒ
고 忿極 塡胸ᄒ야 自殺ᄒᆫ 者도 有ᄒ니 可惜ᄒ도다

c. 쇼인이 나라 권셰를 잡으매 죠정이 비빗는지라 향쟈에 경셩이
망홀 째에 황실을 구원ᄒ라는 죠셔가 나리매 죠셔대로 죽는 쟈
는 다 변방에 귀양간 이와 권셰와 벼슬 업시 강호 간에 거ᄒ는
군ᄌ들이라 손에 쇠삿 하나 업시 츙의가 격동ᄒ야 죽기를 돌아
보지 아니ᄒ니 이째에 셔공은 함몰ᄒ지라 오래여 법국 사람의
단속이 엄ᄒᆫ 고로 감히 거역ᄒ는 쟈가 업고 그 위에 남북 모든
싱과 산협과 히변에서 빅셩들이 곳곳이 나물을 싹가 군긔를 ᄆ
드러 법국사람을 되덕ᄒᆫ지 이십 년이요 법국군ᄉ에 갓갑던 쟈
들도 일이 년 동안을 되덕ᄒ엿스니 법국사람과 싸호다가 죽은
쟈도 잇고 법국사람의게 잡혀셔 죽은 쟈도 잇고 법국 사람의게
불려가셔 굴ᄒ지 아니ᄒ다가 죽은 쟈도 잇고 거짓 법국의 신하
노릇 ᄒ면서 가만이 의병당을 ᄭᅮ미다가 법국사람의게 발각되여
죽은 쟈도 잇고 분ᄒ이 극진ᄒᆷ으로 가슴이 메여 스스로 죽은
쟈도 잇스니 가셕ᄒ도다

a. 可惜幾千年江山精氣所鐘毓之英人、傑士, 遭世不造, 蘭薰玉焚, 俱化
作南海怒潮而去。冤哉痛哉!言念及此, 爲之酸鼻, 爲之痛心, 爲之撫膺
大慟, 欲言不忍言, 欲不言又不忍不言。嗟乎!海河淸晏, 則廟堂之上庸
夫高枕而飽餐, 天地塵氛, 則鋒矢之場壯士捐軀而呑恨, 使此數千百義
人壯士, 得於國未亡時, 居之廟堂布之州郡, 國其能亡乎。晴天不肯走,
直待雨淋頭, 是誰爲之?是誰爲之, 此數千百泉下義人壯士, 其有知耶,
其無知耶, 必不樂其以國破君亡, 賣吾一身忠烈之名也。哀哉痛哉!有
國者其可使國人偏有忠烈之名哉。

b. 幾千 年 江山 精氣의 所種ᄒᆫ 英人傑士가 厄을 遇ᄒ야 蘭燻玉焚ᄒ
야 南海怒潮를 化ᄒ야 逝去ᄒ니 冤哉痛哉라 言이 此에 及ᄒ니 鼻

酸心痛ᄒ야 撫膺大慟에 言코자 ᄒ니 忍言치 못ᄒ겟고 不言코자
ᄒ니 쪼 忍ᄒ야 不言치 못ᄒ지라 嗟乎라 海河가 淸晏ᄒ면 廟堂
上에 庸夫가 高枕 飽餐ᄒ고 天地가 塵氛ᄒ면 鋒矢場에 壯士가 捐
軀 呑恨ᄒ도다 大抵 數千百 義人壯士로 ᄒ야곰 國亡키 前에 廟堂
에 居ᄒ고 州郡에 置ᄒ얏던들 國이 亡코자 ᄒ나 得乎아 此 事를
誰가 爲ᄒ고 此事를 誰가 爲ᄒ고 此 數千百 義人壯士가 泉下에서
其有 知乎아 不知乎아 其 意에 必然 國破君亡ᄒ야 一身 忠烈의 名
을 買키 不樂ᄒ리니 哀哉痛哉라 有國者가 其 國으로 ᄒ야곰 엇지
忠義名이 偏有키를 望ᄒ리오

c. 여러쳔 년 강산졍긔에 태여난 영웅호걸들이 긔회를 맛나 독ᄒᆫ
불에 재가 되여 동남풍에 불려가니 자취도 업고 터도 업네 원
통ᄒ고 이통ᄒ다 이것을 말ᄒ매 ᄆ음이 씨어지고 가슴이 막혀
참아 말ᄒᆯ 수 업고 말을 말고자 ᄒ나 참아 말 아니ᄒᆯ 수도 업는
지라 슬프다 나라가 태평ᄒ면 용렬ᄒᆫ 쟈들이 죠졍우에서 벼기
를 놉피ᄒ고 배를 불이고 나라에 풍진이 일어나면 쟝수가 젼쟝
에서 험흉을 무릅쓰고 목숨을 ᄇ려한을 먹는도다 대뎌 여러쳔
명 외인과 쟝수들노 나라 망ᄒ기 젼에 조졍에 잇게 ᄒ고 방젹
수령이 되게 ᄒ엿든들 나라가 망코 쟝ᄒ나 엇지 망ᄒ리오 이
일을 누가 ᄒᆯ고 이 일을 누가 ᄒᆯ고 이 여러쳔 명 외인과 쟝수들
이 디하에셔 아는지 모르는지 그 뜻에 반다시 님군이 업서지고
나라가 망ᄒ여 일신에 츙신 일홈만 엇고자 홈이 아니리니 이통
ᄒ고 이통ᄒ도다 누가 나라는 엇지 되던지 그 나라에 츙신 일
홈만 엇기를 바라리오

a. 二 國亡時志士小傳

c. 둘재는 나라 망ᄒᆯ 째 분ᄒ여 잇쓰던 사람들의 ᄉ젹

a. 阮碧 南定人, 擧二甲進士, 法人取興安, 碧爲巡撫, 攖城死戰, 城陷, 棄
妻子入山, 結義士, 北圻全轄義人, 皆隷麾下, 二年餘, 屢與法戰, 適勤
王詔下, 遂奉詔如粵, 援淸兵黃廷經、李子才等, 謀復宣諒, 與法戰死,
碧家南走, 去諒山十餘日程, 法人謂死信詐也, 逮捕全家。時碧母已七
十矣, 幽之坡室, (法人獄名)累年不得解, 碧所居程浦社, 以碧故, 法人
幽其豪役, 沒其産, 欲多方凌轢, 以得碧之出也。一人盡忠, 全鄕蹂躪,
文明之流毒甚矣哉。

b. 阮碧은 南定人이라 法人이 興安을 取ᄒᆞ거늘 碧이 巡撫가 되야 嬰
城 死戰ᄒᆞ다가 城陷ᄒᆞᄂᆞᆫ지라 妻子를 棄ᄒᆞ고 山에 入ᄒᆞ야 義士를
結ᄒᆞ니 北圻人이 다 麾下에 隷ᄒᆞ더라 二年餘에 法人과 累戰ᄒᆞ더
니 會에 勤王 詔가 下ᄒᆞ거늘 드듸여 詔를 奉ᄒᆞ고 粵에 如ᄒᆞ야 淸
軍을 引ᄒᆞ야 法人과 戰ᄒᆞ다가 死ᄒᆞ니 碧의 家가 戰地와 相距ㅣ
數千 里라 法人이 謂ᄒᆞ되 碧의 死가 詐言이라 ᄒᆞ고 全家를 逮捕
ᄒᆞᆯ ᄉᆡ 時에 碧의 母夫人이 年 七十餘라 坡室 法人 獄名 에 囚ᄒᆞ야
屢年 不解ᄒᆞ고 碧의 所居 程浦社ᄂᆞᆫ 碧의 事를 因ᄒᆞ야 法人이 其
豪傑을 幽ᄒᆞ고 其 財産을 籍沒ᄒᆞ야 多方 凌轢ᄒᆞ니 此ᄂᆞᆫ 碧을 搜出
ᄒᆞ라 홈이라 一人이 盡忠에 全鄕이 蹂躪ᄒᆞ니 文明國의 流毒이 甚
ᄒᆞ도다

c. 완벽은 남뎡사람이라 법국사람이 흥안을 취ᄒᆞ거늘 완벽이 슌문
가 되여 죽도록 싸호다가 셩이 함몰ᄒᆞᄂᆞᆫ지라 쳐ᄌᆞ를 바리고 산
협으로 도망ᄒᆞ야 의병을 일으키니 북편사람들이 휘하에 복죵ᄒᆞ
더라 두 ᄒᆡ 동안이나 넘어 법국사람과 여러 번 싸호더니 맛ᄎᆞᆷ
황실을 구원ᄒᆞ라는 죠셔가 나리거늘 쳥국 월쌍으로 가셔 쳥국
군ᄉᆞ를 잇끌고 법국사람과 싸호다가 죽으니 완벽의 집이 이 젼
쟝에셔 샹거가 수쳔 리라 법국사람은 완벽이 죽엇다 홈이 것진
말이라 ᄒᆞ고 완벽에 집안을 다 포박홀 새 그 모친은 칠십 로인
인듸 잡아다가 법국사람의 옥에 가두고 완벽이 사던 쌍에 호걸
들을 모도 잡아가두고 진익이며 완벽을 차자내라 ᄒᆞ며 직산을

다 적물ᄒ니 한 사람의 츙셩으로 왼 고을이 진멸흠을 당ᄒ니 문
명국에 혹독흠이 이러케 잔악ᄒ더라

a. 武有利 南定人, 擧進士, 南定城失守, 利以督學棄官歸, (法人初取越國,
攻一城下一府縣, 有卽投降者, 依舊官銜而奴隷之。)與其友杜輝僚陰圖
收復, 未發也, 得勤王詔, 遂起兵, 法屢擊之, 弗能獲, 有越南之豚㺜而
進士冠者, 曰阮文豹, 法以美官賂豹, 豹爲之間, 豹利同年也。利信之,
豹道法兵入屯, 遂被執, 時北圻未定, 法欲官利以收人心, 竟不屈, 遂以
歲除日, 梟斬於南城市上, 時義人有輓聯云：未捷身亡, 長使英雄淚滿,
並遊顔厚, 肯敎夫子生還, 蓋指豹也。
杜輝僚 亦南定人, 二甲進士, 國亡, 與武有利同謀, 法人幽之坡室, 禁
飮食不與, 僚以老母無養故, 不敢死, 坐獄待命, 如是者累年, 亂定后,
僚以潛匿無實狀, 得免戮。然旬月間, 必向法人點名呈面一次, 又如是
者累年, 母亡。居喪終, 悉召其門生子弟, 囑之曰：昨所以區區忍死者,
有老母耳, 今母喪終, 吾死矣。卽仰藥, 僚㫿神溫雅, 而中存凜凜不可犯
之槪。人有說及法人及爲法奴隷之事, 但微笑不答, 然子房諸葛之志,
實無頃刻忘也。被法人束縛嚴, 無可伸展, 賫志以歿, 僚嘗有詩云：
千百年來有此日, 十八九事不如心。
未老杜老空懷古, 再生賈生徒哭今。
宋維新 淸花人, 進士, 全家死於法, 今無嗣, 維新初罷官歸里, 與擧人
子宋維淸奉勤王詔, 擧義兵於淸花, 結山蠻岑伯爍、丁文毛等兵數千餘,
屢挫法兵, 乂安解元阮季淹亦以義兵會, 屯岑恉, 時有淸花人高玉醴爲
法獵獒, 最得力, 維新之故門吏也, 維新爲所誑, 被獲, 維新一時有盛名,
法奴隷者爲之謀脫死, 竟不可, 法人梟之。其家眷於維新未獲時, 皆以
幽獄死, 阮季淹亦被戮。

b. 武有利ᄂ 南定人이라 南定이 失守ᄒ거ᄂᆞᆯ 有利가 督學官으로 在ᄒ
다가 棄官ᄒ고 歸ᄒ야 法人이 越南을 初取ᄒᆯ 時에 一城을 下ᄒ면
곳 其 投降者의 官爵을 依舊 授予ᄒ고 奴隷와 同히 使役흠이라 其

友 杜輝僚로 더브러 收復을 陰圖ᄒᆞ다가 勤王詔를 得ᄒᆞ고 곳 起兵 ᄒᆞ니 法人이 屢擊ᄒᆞ나 不得ᄒᆞ더니 時에 阮文豹라 ᄒᆞᄂᆞᆫ 者ㅣ 有ᄒᆞ니 奸凶人이라 法人이 美官으로 賂ᄒᆞ거ᄂᆞᆯ 豹ᄂᆞᆫ 有利의 同年이라 有利의게 就ᄒᆞ니 有利가 信用ᄒᆞ얏더니 豹가 法兵을 引入ᄒᆞ야 이에 被執ᄒᆞ니 時에 北圻가 未定ᄒᆞᆫ지라 法人이 官으로써 人心을 收拾코자 ᄒᆞ거ᄂᆞᆯ 有利가 不屈ᄒᆞ야 畢竟 其 年 十二月에 南城市上에 梟首ᄒᆞ니라

c. 무유리는 남명사람이라 남명이 패ᄒᆞ거ᄂᆞᆯ 무유리가 벼슬을 버리고 돌아가 그 벗 두회요로 더불어 감안이 회복ᄒᆞ기를 도모ᄒᆞ다가 황실을 구원ᄒᆞ라는 죠셔를 엇더 군수를 일으켜 법국사람과 여러 번 싸호더니 이 째에 완문포라 ᄒᆞᄂᆞᆫ 이가 잇스니 간흉ᄒᆞᆫ 사람이라 법국사람이 됴흔 벼슬을 식히거ᄂᆞᆯ 완문포는 무유리와 동년 되는 친구라 완문포가 무유리를 차자보매 무유리가 미더 일을 서로 경영ᄒᆞ더니 완문포가 법국군수를 잇끌고 들어와 무유리를 잡게 ᄒᆞ니 이 째에 북방에 의병이 뎡쳐 아니ᄒᆞᆫ지라 법국사람이 무유의 ᄆᆞᄋᆞᆷ을 벼슬노 쇼이랴 ᄒᆞ거ᄂᆞᆯ 무유리가 굴치 아니ᄒᆞ고 그ᄒᆡ 십이월에 효수를 당ᄒᆞ니라

a. 阮敦節 清花人, 倜儻有大志, 謀擧義兵, 未及發, 事泄, 法人幽之、杖之、鞫之, 問其黨, 固不言, 法人引斬者數次。竟不斬, 欲窮査之, 盡得其全黨乃已。敦節固終不言, 法人發爲囚, 徒牢堡。哀哉!著赭衣, 荷板鍤, 執役刀, 從法兵背後, 而供灑汲之役者, 乃越南十年前儒冠文屨目炬聲鐘之阮敦節也, 敦節以進士歷官知府, 素懷國憂, 多結山寨好漢, 不肯死, 非憚死也。嗟乎!此老心事, 何日作一聲泉下笑哉。

b. 阮敦節은 清花人이니 倜儻히 大志가 有ᄒᆞ야 義兵을 擧코자 ᄒᆞ다가 事泄ᄒᆞ야 法人이 杖鞫ᄒᆞ고 其 黨을 問ᄒᆞᆫ거ᄂᆞᆯ 不答ᄒᆞᆫᄃᆡ 法人이 斬刑者를 示ᄒᆞ기 數次가 되니 此ᄂᆞᆫ 敦節로 ᄒᆞ야곰 畏怖케 홈이오 ᄯᅩ 窮査ᄒᆞ야 其 全黨을 得코자 홈이라 然이나 敦節이 畢竟 不對

ㅎ니 法人이 囚徒에 編ㅎ더라 敦節이 이에 赭衣를 着ㅎ고 板鎖을
荷ㅎ고 役刀를 執ㅎ고 法兵 背後를 從ㅎ야 灑掃役을 供ㅎ니 嗚呼
라 此人을 卽 十年 前에 儒冠文履에 目炬聲鐘ㅎ든 阮敦節이라 阮
敦節이 元來 進士로 知府官을 歷ㅎ고 國憂를 懷ㅎ야 山寨好漢을
結ㅎ더니 今에 其 不死홈은 畏死홈이 아니라 嗟乎라 此 老心事가
何日에야 一聲泉下笑를 作ㅎ리오

c. 완돈졀은 쳥화사람이라 큰 뜻이 잇서 의병을 일으키다가 일이
루셜되여 법국사람이 잡아 악형으로 국문ㅎ며 슈형에 쳐ㅎ는
사람을 여러 번 완돈졀 압폐셔 버혀 죽이니 이는 완돈졀을 두
렵게 ㅎ여 그 동모ㅎ던 당을 다 스실ㅎ고자 홈이라 그러나 완
돈졀이 하나도 딕답지 아니ㅎ매 법국사람이 완돈졀을 증역식이
매 완돈졀이 증역군의 옷슬 입고 삽을 메고 법국군스를 짜라든
니며 더러운 뭇 역스를 ㅎ여주니 슬프다 완돈졀은 원릭 글 잘
ㅎ는 사람으로 십년 젼에 셩명이 일국에 가득ㅎ엿고 진스흔 후
에 슈령도 지내고 나라를 위ㅎ여 근심을 품고 됴흔 사람을 만
히 쳐결ㅎ더니 이제 죽지 아니홈은 죽기를 두려워 홈이 아니라
슬프다 어느 날이나 이 늙은 이의 므음먹은 일이 일우어 디하
에셔 반가와 웃는 노릭가 한 번 나게 되리오

a. 丁文質 乂安人, 應詔起義, 兵敗被執, 法人梟其屍。屍爛, 門人乞收
葬。法人但予屍, 奪其首而火之。文明强國所爲, 固如是也。丁文質
其幸而身被之哉, 丁母與其弟, 旣死於難, 男二, 侄二, 女一, 年甚幼,
法人俱戮之。文明國嗜殺, 固如是哉。丁初以進士莅義興府, 甚得軍民
心, 與法人戰, 屢勝, 南定城亡, 義興府不能下, 質受刑乃酷慘如此, 想
是愛國者犯歐洲之最重律科歟。

b. 丁文質은 又安人이니 應詔ㅎ야 義兵을 起ㅎ다가 兵敗ㅎ야 被執ㅎ
니 法人이 其 屍를 梟ㅎ야 屍가 爛흔지라 門人이 收葬키를 請ㅎ
니 法人이 다만 屍身을 予ㅎ고 其 首를 奪ㅎ야 燒ㅎ니 時에 丁의

父親과 其 弟ᄂ 國難에 死ᄒ고 二男二女가 有ᄒ니 다 年幼ᄒ거ᄂᆯ
法人이 盡戮ᄒ니 文明國의 嗜殺홈이 如此ᄒ더라

c. 뎡문질은 예안사람이라 황실을 구원ᄒ라는 죠셔를 응ᄒ여 의병
을 일으키다가 군ᄉ가 패ᄒ여 잡히니 법국사람이 효수ᄒ고 그
몸을 진이 익거ᄂᆯ 문인들이 거두어 쟝ᄉᄒ기를 청ᄒ되 법국사
람이 그 진익 인몸만 츳고 머리를 불살으니 이째 뎡씨의 부친과
아오는 다 나라일에 몬져 죽고 아들 둘과 ᄯᆯ 둘이 잇스니 다 어
린 아히들인되 법국사람이 다 죽이니 문명국에셔 사람 죽이기
를 됴와ᄒ는 것이 이ᄀᆺ더라

a. 阮效 潘伯扇 廣南人, 以散官起義, 三年血戰, 法人未有以敗之, 會廣義
人阮紳, 初亦附名義會者, 後叛義會, 投法, 法人奴隷中之最露頭角者,
其黨黎潔亦爲法黠狗, 效扇所在, 必極力蹤跡之, 法虎得紳潔爲倀, 捕效
扇益急, 效扇度兵必敗。全三省義人, 必盡爲法魚肉, 效乃與扇謀曰,
三省義會, 君與我實主之, 事不可爲, 有死而已, 然俱死無益,

b. 阮効와 潘伯扇은 廣南人이라 散官으로 起義ᄒ야 血戰ᄒ기 三年에
法人이 屢敗ᄒ더니 時에 廣義人 阮紳이 其初에ᄂ 義會에 附名ᄒ
다가 後에 義會를 叛ᄒ고 法人의게 投ᄒ니 곳 法人奴隷 中에 最
著名혼 者오 其 黨 黎潔이 ᄯᅩ혼 法人의 黠狗가 되야 効 扇 二 人
의 所在處를 極力 蹤跡ᄒ니 法人이 이에 紳 潔로써 倀鬼를 作ᄒ
야 効 扇 二 人을 捕ᄒ기 急ᄒ거ᄂᆯ 効 扇이 自思ᄒ되 兵이 敗ᄒ
면 全 三省 義士가 다 法人의 魚肉이 되리라 ᄒ고 이에 効가 扇
의게 謂曰 三省 義會ᄂ 君吾 二 人이 主張혼 者라 事가 不成ᄒ면
有死홀 ᄯᅡᆫ이니 然이나 俱死ᄒ야도 無益홀지라

c. 완효와 반빅션은 광남사람이라 의병을 일으켜 죽도록 싸혼지
삼 년에 법국사람이 여러 번 패ᄒ더니 이째에 광의 사람 단신
이 처음에는 의병에 일흠을 붓쳣다가 나종에는 의병을 빅반ᄒ
고 법국사람의게 항복ᄒ니 곳 법국사람의 노례 즁에 뎨일 유명

흔 쟈요 그 당 려결이라 ᄒᄂᆞᆫ 쟈도 법국사람의 산양기가 되여
완효와 반빅션의 종적을 극력 탐지ᄒᆞ니 법국사람이 완신과 려
결노 챵귀를 삼아 완효와 반빅션을 급히 잡으랴 ᄒᆞ거늘 완효와
반빅션이 스스로 싱각ᄒᆞ되 의병이 패ᄒᆞ면 삼싱의ᄉᆞ들이 법국사
람의 어육이 되리라 ᄒᆞ고 이에 완효와 반빅션ᄃᆞ려 닐너 ᄀᆞᆯᄋᆞ되
삼싱 의병은 우리 두 사람이 쥬쟝ᄒᆞ엿스니 함긔 다 죽어도 일
을 일우지 못ᄒᆞ면 죽을 ᄲᅮᆫ이요 유익이 업슬지라

a. 君先死, 我散其黨, 而以身任法人執, 法人鞫問我, 我極力爲吾黨解
   脫。死一我, 不足惜, 存吾黨, 他日有成吾志者, 吾生也。扇慨然諾,
   遂著冠帶, 望闕五拜, 又向效再拜曰, 君勉之, 我去也。卽傾藥囊, 一
   飮而瞑, 蓋扇初起兵時, 卽以衣袋貯鴆藥有死志久矣。

b. 君이 先死ᄒᆞ면 我ᄂᆞᆫ 其 黨을 散ᄒᆞ고 吾가 身으로써 法人의게 任
   ᄒᆞ야 法人이 我를 鞫問ᄒᆞ거든 我ㅣ 極力으로 吾黨을 爲ᄒᆞ야 脫死
   케 ᄒᆞ리니 我 一人의 死홈은 可惜홀 비 無ᄒᆞ고 吾黨을 存ᄒᆞ얏다
   가 他日에 吾志를 成ᄒᆞ면 此ᄂᆞᆫ 吾가 生홈이라 ᄒᆞ니 扇이 慨然히
   許諾ᄒᆞ고 冠帶를 着ᄒᆞ고 望闕五拜ᄒᆞ고 ᄯᅩ 效를 向ᄒᆞ야 再拜曰 君
   은 勉旃ᄒᆞ라 我가 去ᄒᆞᆫ다 ᄒᆞ고 곳 藥囊을 傾ᄒᆞ야 一飮에 命이 盡
   ᄒᆞ니 大抵 扇이 起兵 時브터 衣袋 中에 鴆藥을 貯ᄒᆞ야 死志를 懷
   ᄒᆞᆫ지 久ᄒᆞ더라

c. 그듸가 몬져 죽으면 나는 의병을 헤치고 내 몸을 법국사람의게
   맛겨 법국사람이 나를 국문ᄒᆞ거든 내가 극력ᄒᆞ여 우리 당이 이
   화를 당ᄒᆞ지 아니ᄒᆞ게 ᄒᆞ리니 한 사람에 죽는 것은 앗가울 것이
   업고 우리 당을 살녓다가 다른 날에 우리 ᄯᅳᆺ을 셩취케 ᄒᆞ면 이
   것은 우리가 죽어도 사는 것이라 ᄒᆞᆫ듸 반빅션이 슬피 허락ᄒᆞ고
   의복을 졍졔히 ᄒᆞ고 황궐을 바라보고 다섯 번 졀ᄒᆞ고 ᄯᅩ 완효를
   향ᄒᆞ고 ᄌᆡ빗ᄒᆞ여 ᄀᆞᆯᄋᆞ되 그듸는 힘쓸지어다 나는 가노라 ᄒᆞ고
   곳 주머니에셔 약을 ᄶᅩ다 한 번 마시고 목숨이 ᄭᅳᆫ허지니 반빅션

이 의병을 일으킬 째브터 흥샹 스약을 주머니에 감추고 죽기를
작뎡ᄒᆞ엿더라

a. 效被虜, 解赴順京, 法人集刑官廷鞫, 時廣南三省義會, 不下數百人, 此
其有名者, 效獨稱三省人甘心作賊者, 惟效一人, 其餘皆爲效所力脅,
彼懼燒毁, 不敢不從, 無他心也, 斬效足矣。他不辱問, 獄成, 竟無一
言, 伸頸就戮。效麾下胡學, 以布役起兵, 有名戰將, 亦被戮。嗚呼!二
人者, 家破矣, 不問也, 身死矣, 不恤也, 區區思存其黨, 以爲后圖, 彼
其眼中胸中, 但有祖國有同胞耳。此等肝腸, 眞是天地欽鬼神佩, 爲其
黨者, 顧乃僥倖偸生, 蹉跎至死, 不知人間有何可羞可恨, 何其以地下
告程嬰哉。

b. 이에 效가 被虜ᄒᆞ야 順京에 解赴ᄒᆞ니 法人이 刑官을 集ᄒᆞ고 廷鞫
ᄒᆞᆯ 시 廣南 三省 義士가 數百人이라 然이나 效가 言ᄒᆞ되 三省人
中에 甘心으로 此事를 起ᄒᆞᆫ 者ᄂᆞᆫ 오쟉 我 一人ᄲᅮᆫ이오 其 餘ᄂᆞᆫ 다
我의 力脅ᄒᆞᆫ 비라 彼가 我의 燒殺을 懼ᄒᆞ야 不得已 來從ᄒᆞᆷ이오
他心이 無ᄒᆞ니 오쟉 我 一人을 斬ᄒᆞ라 ᄒᆞ야 獄이 成ᄒᆞ도록 畢竟
一言이 無ᄒᆞ고 頸을 伸ᄒᆞ야 就戮ᄒᆞ며 時에 其 麾下士 胡學은 市役
으로 起兵ᄒᆞ야 戰將名이 有ᄒᆞ더니 ᄯᅩᄒᆞᆫ 被戮ᄒᆞ니 嗚呼라 此 二人
이여 家破ᄒᆞ야도 不問ᄒᆞ고 身死ᄒᆞ야도 不恤ᄒᆞ고 오쟉 區區히 其
黨을 存ᄒᆞ야 後圖를 成코자 ᄒᆞ니 此 二人 眼中 胸中에ᄂᆞᆫ 다만 祖
國과 同胞ᄲᅮᆫ이라 此等 肝腸은 眞是 天地가 欽ᄒᆞ고 鬼神이 佩ᄒᆞᆯ지
로다

c. 이에 완효가 법국사람의게 사로잡혀 순경으로 가니 법국사람들
이 형벌 맛흔 관원들을 모고 국문ᄒᆞᆯ 새 광남삼셩에 의ᄉᆞ 수빅
인이 되나 완효가 말ᄒᆞ기를 삼셩사람 즁에 감심으로 이 일을 일
으킨 쟈는 나 하나ᄲᅮᆫ이요 다른 사람들은 다 나의 위협으로 태여
죽이는 것을 두려워ᄒᆞ여 ᄶᅡ라ᄃᆞᆺ넛스니 나 하나만 죽이라 ᄒᆞ고
죽일 ᄶᅢ신지 다른 말은 한 마ᄃᆡ도 아니ᄒᆞ고 스스로 목을 느려

죽임을 밧으니 슬프다 이 두 사람이여 집안이 망ᄒᆞ는 것도 도라
보지 안코 몸이 죽는 것도 앗기지 아니ᄒᆞ고 구구히 오즉 그 당
을 살녀 후ᄉᆞ를 도모코자 ᄒᆞ니 이 두 사람의 눈속과 가슴 속에
는 나라와 동포ᄲᅮᆫ이라 이런 심쟝은 참 하늘과 ᄯᅡᆼ이 다 공경ᄒᆞ겟
도다

a. 黎忠庭 陳猷 二人皆廣義人, 阮紳同鄕也。庭、猷以廣義人抗法, 紳以
廣義人助法, 庭、猷以勤王死於法, 紳實戮之, 越南固紳之同種, 廣義
又紳同種中至親至切之同種, 夫同種而至不愛同種, 亦已忍矣。乃又爲
異種者拔刀刃, 必殺吾同種而后已, 獨何心哉?法人愛紳慕紳庇護紳, 於
紳何取乎?倘使紳祖宗父母而生於法, 法人能保其不助異種者以禍法乎,
今日背越南忘廣義而助異種之法人, 他日必將背法人忘欽使而助攻法之
一種人, 此翻覆事, 阮紳固優爲之, 法人而果愚昧與, 法人而果可欺可
弄與, 則必崇信此朝恩暮讎反側顚倒之阮紳, 阮紳必有以報法, 聯法人
以攻法, 道與法異種者以攻法, 固阮紳一反掌間耳, 然法人決不愚也,
法人決不可欺弄也, 法人決不信此忘祖國而崇殊族之阮紳也, 危哉阮紳,
危哉阮紳。
范纘 平定人, 以武學生起兵平定, 勤王會人, 纘其赫赫者, 與法抗三
年。弗克, 入山死, 法人募人入山, 尋其墓, 掘屍而火之。此等奇駭事,
乃文明國亦嘗爲之也。
黎寧 河靜人, 以蔭生爲義黨倡, 寧世家子, 有厚貲, 少年時, 知國必亡,
已有短刀匹馬之志, 結納俠客, 揮金如泥, 手下嘗有數百死士, 順京失,
卽擧義旗奉出帝詔, 爲義軍參贊, 多敗法兵, 馘法將, 會病斃, 法人分捕
其村民, 沒其社村號, 兄弟五人, 四死於法難。麾下神佐, 後隷潘廷逢,
皆有戰將名, 功雖不成, 實義黨中之最表表者。
何文美 和靜人, 以書生應詔, 深沉有智, 能易裝服, 混入法營屯, 爲義
會彊間, 時儎取法屯軍械火器, 裝載入山, 法人不能害, 爲仇人中傷, 自
射其喉而死。美起居必以短槍隨, 誓不汚法人手也。燈蛾赴火, 美誠可

憐哉然義黨中之最凜凜烈烈者。美旣死, 法人以不得殺爲恨也。割其首,
梟之市, 十餘日, 彼傔傔者何罪乎?酷虐至此, 此所以爲文明國也。

a. 阮仕 乂安人, 初本傔漢, 不事人家業, 常以短刀隨身, 聞法人名, 輒怒
目切齒, 頭髮指天, 誓必殺割此賊。投義黨爲領兵, 經百餘戰, 見法人
未嘗避也, 善撫士卒, 恩愛備至, 帥府賞賜銀錢, 輒分予手下, 一文不入
囊。嗟乎!不愛錢, 不惜死, 兼而有之。得如此傔兒, 我且焚香稽首而祝
之曰：吾千拜汝, 吾萬拜汝, 仕死, 法人發其墓, 仕出身甚微, 然義黨中
之名戰將者, 仕死後, 乂安更無如此人。

b. 阮仕는 乂安人이니 本來 傔竊漢이라 人生家業을 不事ᄒ고 每當에
短刀로 自隨ᄒ야 法人의 名을 聞ᄒ면 믄득 怒目切齒로 頭髮이 上
指ᄒ야 曰 此 賊을 必殺ᄒ리라 ᄒ고 義黨에 投入ᄒ야 百餘 戰을
經ᄒ되 賊을 避치 아니ᄒ고 士卒을 善撫ᄒ야 恩愛가 備至ᄒ고 帥
府의 賞銀을 部下에 分予ᄒ고 一文도 入囊치 아니ᄒ며 死ᄒ 後에
法人이 墓를 發ᄒ고

c. 완ᄉ는 예안 사람이라 본릭 도적이라 ᄒᆞᆼ상 단도를 진니고 ᄃᆞ니
며 법국사람의 일홈을 들으면 눈을 부릅 쓰고 이를 갈며 머리털
이 치쌔쳐 이 원슈놈을 반다시 죽이리라 ᄒ고 의병에 들어 빅여
번이나 싸호되 뎍병을 피치 아니ᄒ고 국ᄉ를 잘 어루만지며 은
혜와 ᄉ랑이 극진ᄒ고 웃 쟝슈가 샹급을 주면 다 군ᄉ의게 난화
주고 ᄌᆞ긔 주머니에는 한푼도 차지 아니ᄒ더니 죽은 후에 법국
사람이 그 무덤을 파셔 업시 ᄒᆞ엿고

a. 阮有政 阮春溫 皆乂安進士, 熱誠憂國, 天性懇摯, 溫比政又過之。溫
被執, 檻赴京法人百般窘辱, 終不屈死。揮刀割天, 賚恨入地, 仇人尙
在, 肯忍見其子孫耶。
潘廷逢 丁酉難作, 乘輿播遷, 以香溪縣爲行在所, 河靜轄也。河靜屬乂
安, 安靜全部, 赴義最多, 與法相持最久, 被禍較諸省亦最酷。十一年

間, 販奴佃戶, 傭漢屠兒, 皆奮跡草菜, 與法人拼命, 有百戰間關, 爲一
時名將者,

a. 義兵掌營高勝, 義兵提領阮橙, 尤庸中佼佼也。勝果敢善戰, 能一見洋
炮, 依式製造, 精巧不下於法人。與法戰, 輒瞰法一畫二畫等官, 法兵
相戒, 遇勝輒避, 使國中有數百勝, 法人其不狼狽而西乎, 勝自投軍, 遇
敵輒戰, 眞法人之無賴賊, 勝死, 所居里, 法人燬之, 勝墳墓被掘, 橙果
敢不亞勝, 而謀略又過之, 法人初來, 橙卽投法兵, 爲細作, 引法兵拿
匪, 卻陰諴徒黨, 以酒具餌法兵, 乘醉誅之。盡奪其砲, 遂赴義黨, 奉出
帝詔爲領兵, 橙赴戰, 能避銳擊惰, 以逸待勞, 臨變從容, 應機神速, 有
古名將風, 累與法交槍無敗者, 天方授楚, 未可與爭, 惜哉, 橙勝死, 河
靜遂無名將。

b. 義兵掌營 高勝과 義兵 提領 阮橙은 다 河靜人이니 勝은 果敢善戰
ㅎ고 洋砲를 一見ㅎ미 其式을 依倣ㅎ야 製造ㅎ니 精妙ㅎ기 法人
에 不下ㅎ며 法人을 殺ㅎ기 最多ㅎ니 法兵이 相戒ㅎ야 勝을 遇ㅎ
면 輒避ㅎ더라 勝이 死ㅎ니 法人이 其 所居 鄕里를 燬ㅎ고 阮橙
은 果敢ㅎ기 高勝에 不下ㅎ고 謀略은 勝보다 過ㅎ더라 法人이 初
來 時에 橙이 곳 法兵에 投ㅎ야 細作이 되고 法兵을 引ㅎ야 匪徒
를 拿홀 시 陰히 徒黨을 諴ㅎ야 酒食으로써 法兵을 餌ㅎ고 其 醉
를 乘ㅎ야 誅ㅎ고 其 砲械를 奪ㅎ야 義黨에 奔ㅎ야 出帝의 詔를
奉ㅎ고 兵士를 領ㅎ야 赴戰홀 시 能히 避銳 擊惰ㅎ고 以逸 待勞
ㅎ며 臨變從容에 應機ㅎ기 神速ㅎ야 古名將의 風이 有ㅎ며 屢次
法人과 交鋒ㅎ미 敗 時가 無ㅎ더라 然이나 大勢가 已傾ㅎ야 畢竟
死ㅎ니라 橙 勝이 死ㅎ미 河靜에 다시 名將이 無ㅎ니

c. 의병쟝 고승과 완동은 하졍사람이라 고승은 용감ㅎ여 싸홈을
잘ㅎ며 셔양대포를 한 번 보고 그 법을 본써서 믄는 것시 졍묘
홈이 법국 대포만 못ㅎ지 아니ㅎ며 법국사람 죽이기를 데일 만
히 ㅎ매 법국 군ᄉᆞ가 서로 경계ㅎ여 고승을 맛나면 곳 피ㅎ더

니 고승이 죽으매 그 살던 농리를 다 물지르더라 완동은 용밍
과 모략이 고승만 못ᄒᆞ지 아니ᄒᆞᆫ지라 법국사람이 처음으로 올
째에 곳 법국 병뎡이 되여 법국군ᄉᆞ를 인도ᄒᆞ야 의병을 칠 새
가만이 의병을 ᄀᆞᄅᆞ쳐 술과 음식으로 법국 군ᄉᆞ를 먹이고 취ᄒᆞᆯ
째를 타셔 죽이고 긔계를 쌔아셔 의병으로 달려가 내 친 황뎨
의 죠셔를 밧들고 긔회를 짜라 싸홈을 변동ᄒᆞ는 것이 미우 신
속ᄒᆞ여 녯적 명쟝의 슈단이 잇서 법국사람과 여러 번 싸화 패
ᄒᆞᆯ 쌔가 업더라 그러나 대셰가 임의 기우러져 필경 죽으니라
고승과 완동이 죽으매 하졍 쌍에는 다시 명쟝이 업더라

a. 二人皆潘廷逢麾下也, 逢書生時, 已落落不入時套, 擧廷試第一, 尋補御
史。會權姦當國, 擅行廢立事, 刀斧林立, 乃集朝臣聽命, 擧朝屏息, 逢
獨抗章嚴劾, 義氣凜凜, 不避鼎鑊, 類如此, 勤王詔下, 逢方居母喪, 以
衰経奉詔, 築山屯, 掠法堡, 董率諸道義兵, 二轄民大半歸附, 法人號令
不能行。法大奴黃高啓, 逢同邑人也, 以甘言厚幣誘之出, 不可。國新
君爲法所脅, 亦溫誘之出, 終不可。法人縻其戚眷, 發其先墳

b. 橙 勝은 다 潘廷逢의 麾下라 逢이 御史官이 되더니 會에 權奸이
當國ᄒᆞ야 帝를 廢立홀 식 刀斧가 林立ᄒᆞ고 朝臣을 集ᄒᆞ야 聽命ᄒᆞ
라 ᄒᆞ니 擧朝가 屛息ᄒᆞ거늘 逢이 獨히 抗章 嚴劾ᄒᆞ야 義氣가 凜
凜ᄒᆞ고 鼎鑊을 不避홈이 如此ᄒᆞ더라 勤王詔가 下ᄒᆞ미 逢이 山屯
을 築ᄒᆞ고 法堡를 掠ᄒᆞ며 諸道義兵을 董率ᄒᆞ더라 時에 二省 人民
이 法人의게 歸附ᄒᆞ야 號令이 不行ᄒᆞ고 法人의게 歸降혼 黃高啓
ᄂᆞ 逢의 同邑人이라 甘言厚幣로 誘ᄒᆞ거늘 不聽ᄒᆞ고 또 新君이 法
國에 被脅혼 後 쏘 誘ᄒᆞ거늘 쏘 不從ᄒᆞ니 法人이 其 戚眷을 執ᄒᆞ
고 其 先墓를 發ᄒᆞᄂᆞᆫ지라

c. 반쟝봉은 고승과 완동의 샹관이라 의ᄉᆞ가 되엿더니 그 쌔에 간
신이 나라권셰를 쳔단ᄒᆞ여 황뎨를 폐ᄒᆞ고 새로 황뎨를 세울 새
병긔를 수풀ᄀᆞᆺ치 결어 세우고 위협ᄒᆞ매 죠졍 신하들은 숨도 쉬

지 못ᄒᆞ되 반쟝봉이 홀노 항거ᄒᆞ는 샹소를 올녀 엄졀이 탄힉ᄒᆞ여 의긔 늠늠ᄒᆞ여 두려워ᄒᆞᆷ이 업더라 황실을 구원ᄒᆞ라는 죠셔가 나리매 법국군ᄉᆞ와 싸호며 각식 의병을 거ᄂᆞ리더라 이 때에 두 싱 인민이 법국사람의게 부쳐지냄으로 의병의 호령이 힝치 못ᄒᆞ고 법국사람의게 항복ᄒᆞᆫ 황고게는 반졍봉의 동향 사람이라 간ᄉᆞᄒᆞᆫ 말과 두터운 폐빅으로 반졍봉을 달내거ᄂᆞᆯ 뭇지 아니ᄒᆞ고 새 님국이 법국의 위협을 입은 후에 또 달내거ᄂᆞᆯ 또 듯지 아니ᄒᆞ니 법국사람이 그 친쳑을 잡으며 그 션묘를 파내는지라

a. 逢子弟哭告之。逢曰：世受國恩, 與國同禍, 我先人所甘心也。吾成先志耳, 死不休。遂據險養兵, 儲糧造械, 益爲進取之備, 聲勢行於兩圻, 會廣義賊阮紳爲法人獵獒, 以數千習兵, 與數千法兵, 分道進攻, 兵未入境, 適逢病重斃, 法兵遂搗巢焉, 時麾下無橙勝比, 兵遂潰, 噫嘻, 出師未捷身先死, 長使英雄淚滿襟。逢臨歿, 有絶筆聯云：九重車駕關山外, 四海人民水火中。逢既死, 法人購得逢屍者, 有厚賞, 然逢麾下無肯指引者, 法人遍求諸山中, 得山蠻指逢墓處, 法人發其屍, 驗之, 屍有枝指, 棺面有咸宜帝勅賜兩圻經略大使平西大帥之印, 乃出其屍, 沃以火油, 燒之。恐有斂灰而葬者, 復散其灰, 自古及今, 未聞有如是之酷刑慘狀者, 乃一於歐洲文明國見之。治眞正盜賊, 無此律也。況其爲勤王之義士耶, 文明國其何以解天下之疑也。

b. 逢의 子弟가 哭告ᄒᆞᆫᄃᆡ 逢이 曰 國恩을 世受ᄒᆞ얏스니 國으로 더브러 禍ᄅᆞᆯ 同受ᄒᆞᆯ지라 此ᄂᆞᆫ 곳 我 先人의 甘心ᄒᆞᆯ ᄇᆡ니 吾가 先志ᄅᆞᆯ 成ᄒᆞᆷ이라 ᄒᆞ고 드ᄃᆡ여 據險 養兵ᄒᆞ고 儲粮 造械ᄒᆞ야 더욱 進取코자 ᄒᆞ니 聲勢가 兩圻에 行ᄒᆞ더라 然이나 會에 廣義 降賊 阮紳이 法人의 獵獒가 되야 其 練兵 數千과 法兵 數千을 率ᄒᆞ고 分道 進拒ᄒᆞ야 兵이 入境키 前에 逢이 罹病ᄒᆞ야 死ᄒᆞ니 法兵이 드ᄃᆡ여 剿搗ᄒᆞ고 時에 高勝과 阮橙이 已死ᄒᆞ야 兵이 潰ᄒᆞ니라 逢이 死ᄒᆞᆫ ᄃᆡ 法人이 逢의 屍ᄅᆞᆯ 厚賞으로 購ᄒᆞ거ᄂᆞᆯ 麾下에 指引ᄒᆞᄂᆞᆫ 者가 無

ᄒ더니 法人이 諸 山中에 遍求ᄒ야 得혼 後 其 屍를 火油에 燒ᄒ고 ᄯ 殮灰ᄒ야 葬홀가 慮ᄒ야 다시 其 骸灰를 風에 颺散ᄒ니 古今以來에 如此히 慘刑酷狀은 初見홀지로다

c. ᄌ데들이 통곡ᄒ면셔 반정봉의게 일을 고혼ᄃᆡ 반정봉이 굴ᄋᄃᆡ 이는 션친이 나와 한 가지로 망혼 것이라 ᄯ으ᄒ니 그 뜻을 일우리라 ᄒ고 험혼 곳을 웅거ᄒ여 의병을 기르고 군량을 뎌츅ᄒ고 군긔를 졔죠ᄒ니 형셰가 남북에 힝ᄒ더라 그러나 마츰 광의 사람 완신이 법국사람의게 항복ᄒ여 법국사람의 산양기가 되여 그 조련혼 군ᄉ 수쳔과 법국군ᄉ 수쳔을 거ᄂ리고 나오거늘 맛춤 반정봉이 병들어 죽으니 법국 군ᄉ가 드ᄃᆡ여 짓쳐 이긔고 이ᄶᅢ에 반정봉이 죽으매 법국사람이 반정봉의 시톄를 큰 샹으로 구ᄒ되 ᄀᄅ쳐주는 쟈가 업슴으로 법국사람들이 산즁에 널리구ᄒ여 차즌 후 시톄에 화유를 발나 불살으고 ᄯ 그 태운 ᄌ를 쟝ᄉ홀가 념려ᄒ여 ᄯ 그 ᄌ를 회리 바람에 날려보내니 고금에 이러케 참혹혼 형벌을 처음 볼너라

a. 乙未年, 七月逢死, 義黨潰。十一月, 法人以軍費二十萬金元, 責四轄民賠償, 國遂定。

於是三十六省一百二十餘府縣之土地, 一百兆男婦老幼之人民, 以至山蠻洞丁, 南極河僊, 北極諒山, 西夾暹羅, 東夾大海, 無一不歸法人管轄, 是爲法人取越南之結局。

以後法人乃全出其經理越南之毒手段, 以後法人乃徐展其蹂躪越南之很脚跟。

b. 乙酉年 七月에 潘廷逢이 死ᄒ고 義黨이 潰散ᄒ니 法人이 軍費 二十萬 圓을 四省民의게 賠償케 ᄒ고 越國을 定혼지라 이에 三十六 省의 一百二十餘 府縣의 土地와 五千萬 男婦老幼와 至於 山蠻洞丁 ᄭ지 다 法人 管轄에 歸ᄒ니 此ᄂ 法人이 越南을 取혼 結局이라 法人이 此後로 其 毒手段을 出ᄒ야 越南을 蹂躪ᄒ니라

c. 을유년 칠월에 반정봉이 죽고 의병무리가 문허지니 법국사람이
그간 의병과 싸혼 부비가 이십만 원을 네셩 빅셩의게 물려밧고
월남국을 뎡흔지라 이제 삼십륙 싱에 일빅이십여 고을 되는 토
디와 오쳔만 남녀로소와 산곡에 사는 우밍들닛지 다 법국사람
의 관활에 들어가니 이것은 법국사람이 월남을 탈취흔 결국이
라 법국사람이 이후로 악독흔 슈단을 베풀어 월남을 진익이니라

b. 三 法人이 越南人을 困弱愚瞽ㅎ는 情狀
c. 셋재는 법국사람이 월남사람을 곤ㅎ고 약ㅎ게 ㅎ며 무식ㅎ고
어리석게 ㅎ는 졍샹

a. 嗚呼!越南人三十年間, 干戈了, 又水火, 水火了, 又刀劍, 幾番蹂躪, 餘
喘僅存。又豈堪法人之毒手段哉。今方日日割剥魚肉,　嗚呼!越南豈不
是早晚無遺種哉。

b. 嗚呼라 越南人이 三十 年來로 干戈가 纔畢에 水火가 至ㅎ고 水火
가 纔畢에 刀劒이 又至ㅎ야 幾番 蹂躪에 餘喘이 僅存ㅎ니 此後と
엇지 또 法人의 毒手段을 堪ㅎ리오 方今에 割剥 魚肉ㅎ기 日甚 一
日ㅎ야 早晚에 越人의 遺種이 無홀지라

c. 슬프다 월남 사람이 삼십 년 동안에 싸홈이 겨우 끈치매 물과
불의 지앙이 싱기고 물과 불의 지앙이 겨우 끈치매 칼날이 또
일어나셔 여러 번 패망흔 남은 목숨이 겨우 살아잇스니 이후로
는 엇지 또 법국사람의 혹독흔 슈단을 감당ㅎ리오 이제 월남을
박헐ㅎ여 어육을 민드는 일이 날노 심ㅎ여 미구에 월남사람의
죵쪼가 업서질지로다

a. 今說法人之毒手段, 只恐聽者猶以爲言者之過也, 夫法國乃彊盛之國, 而
凌侮弱小之越南成何國體, 法人爲文明之人, 而魚肉愚瞽之越人, 成何
政法。故說來恐人或不信, 然我據耳目之所及, 從實說出, 逈非臆聞讕

想, 故將惡名歸於法人, 若有一毫虛詭, 天地亦不饒也。夫越南是有君
者, 今且說法人如何處置之。

b. 今에 法人의 毒手段을 說코자 ᄒ나 다만 恐컨딕 聽者가 言者의
過度ᄒᆷ을 疑ᄒᆯ지로다 然이나 大抵 法國은 强盛ᄒᆫ 國이라 弱小ᄒᆫ
越國을 魚肉愚瞽ᄒ기 如此ᄒᆫ 故로 今에 我의 耳目所及者를 擧ᄒ
야 說出ᄒ고 臆說瞞言이 아니니 萬一 一毫라도 虛詭ᄒᆫ 句語가 有
ᄒ면 天地가 容饒치 아닐지라 大抵 越南은 人君이 有ᄒ거늘 今에
法人이 如何케 處置ᄒᆷ을 言ᄒ리라

c. 이제 법국사람의 독ᄒᆫ 슈단을 다 말ᄒ고자 ᄒ나 다만 듯는 사람
이 말을 과도히 ᄒ나 의심ᄒᆯ 듯 ᄒᆷ을 두려워ᄒ노라 대뎌 법국은
강셩ᄒᆫ 나라로 약ᄒᆫ 월남국을 어육ᄒ고 어리석게 ᄒ고 어둡게
ᄒᆷ이 이ᄀᆞᆾ치 심ᄒᆫ 고로 내가 내 눈으로 ᄌᆞ작 보고 내 귀로 ᄌᆞ작
들은 것만 말ᄒ고 억셜도 아니오 속이는 말도 아니니 만일 일
호라도 허황ᄒᆫ 귀졀이 잇스면 밝으신 하늘이 용납지 아니ᄒ시
리라 대뎌 월남 사람은 님군이 잇거늘 법국 사람이 이러케 쳐치
ᄒᆷ을 말ᄒ리라

a. 越南故君, 爲咸宜帝, 冲齡在位, 纔一年, 有何失德, 有何罪惡, 不過一
文弱之主耳。法人旣攻下京城, 咸宜帝於是出走, 所到之處, 尺地寸土,
皆爲祖宗父母故地, 於法何干?乃法人旣追執之, 又遷之絶域曰南斐洲
亞羅熱城, 又幽之密室, 又禁與外人交通, 又絶越人往來音信, 以一有
德無過之君, 羈囚異地, 法人倘欲殺之則殺之己耳。而乃故留此一條命,
歲取幾萬金以爲供養之費, (法人於南國所入之常賦, 分爲三款, 其二款,
全歸法人, 越人不得干預, 其一款, 爲收養越國君之帑, 每歲就此一款
中, 另摘出三萬金, 奉歸法人, 名曰供養越南王之金。)其實供養與否越
人如何得知。

b. 越南 故君은 咸宜帝니 冲齡에 在位ᄒ얏스니 何如ᄒᆫ 失德과 何如
ᄒᆫ 罪惡이 有ᄒ리오 然이나 法人이 京城을 攻下ᄒ니 咸宜帝가 出

走ᄒ거늘 法人이 追執ᄒ야 絶域에 遷ᄒ니 日 南亞非利加洲의 亞
爾熱城이라 密室에 幽囚ᄒ고 外人과 交通을 絶ᄒ며 并히 越人의
音信을 絶ᄒ니 如此흔 幼君을 異域에 出囚ᄒ고 法人이 此 君으로
써 奇貨를 作ᄒ야 每年에 三萬金을 取ᄒ야 日 越帝를 供養ᄒᄂ
費라 ᄒ고 法人이 越國 收入 常賦를 三 款에 分ᄒ야 其 二 款은
法人의게 全歸ᄒ야 越人이 干預치 못ᄒ고 其 一 款은 越國의 君
臣을 收養ᄒᄂ 費를 作홀 시 每年 此 一 款 中에셔 舊 越帝 幽囚
供養費를 抽出흔다 ᄒ나 其實은 供養 與否를 越人이 不知ᄒ며

c. 월남이 젼번 님군 함의뎨가 어려셔 위에 잇셧스니 무슨 죄악이
잇스리오 그러나 법국사람이 경셩을 치니 함의뎨가 도망ᄒ다가
잡혀 멀고 먼 남아비리가 아이열셩에 옴겨 가두고 월남사람의
소식을 쯘ᄒ니 이러케 어린 님군을 먼 디경에 옴겨 가두고 월남
사람이 이 님군을 묘흔 진물덩이로 삼아 함의뎨를 공양홀 것이
라 ᄒ고 해마다 삼만 금식 토식ᄒ며 또 법국 사람이 월남국 국
셰를 삼분ᄒ여 이분은 법국사람이 다 차지ᄒ고 일분은 월남 군
신을 거두어 먹이는 부비로 쓰는듸 이 즁에셔 아비리가에 가둔
젼님군을 공양흔다는 부비로 졔ᄒ나 이 부비로 공양ᄒ는지 아
니ᄒ는지 월남사람은 도모지 알 수 업더라

a. (法人祇借那三萬金, 留那一條生不堪生, 死不得死的性命。殘殘毒毒至
此, 法人卽白取那三萬金, 越人莫敢誰何, 法人要取之有名, 好成個假仁
義的, 這是法人之狡險處。)

a. 越南現在之君, 喚做成泰君, 法人但留的內殿, 與他居住, 存的皇帝名
義, 與他稱呼, 法人却以法兵環守殿門, 一出一入, 由法兵看管, 國君出
都門一步須奉法人號令, 國中一切政令詔旨, 皆先稟白法人, 得法人一
諾, 乃敢施行, 或法人自傳出意旨, 其越人爲奴隷者。行五拜三叩首禮,
(越人見君禮)唯唯遵辦, 而那皇帝却兩手拱拱點一點, 更不得開口問一

聲這是何事, 如此爲國君, 法人便廢棄他, 使法人自公然書個大法大越
兩國皇帝, 誰敢問他, 豈不更乾淨了, 法人故留此土居木坐的虛位, 凡
所爲種種惡虐, 必布之于國中, 聞之於外國, 曰：這是汝越南君臣所願
爲。曰：這是汝越南君臣所順受的。法人想道, 越南人是無耳目的, 外
國人是無公論的, 只那一條計, 法人謂可瞞過了。這敢明明白白愚惑越
南, 這敢明明白白欺弄外國, 果然越南被他愚惑了, 果然大國被他欺弄
了, 無那個問他罪惡者, 這豈不是法人之狡險處。

法人以保護二字, 欺五洲彊國, 一國有利, 各國均霑, 這是公約中所
有。法人卻遮遮掩掩過, 謂越南君在此, 法人但保護客人, 何利於越南,
彊賓不壓主, 想各彊國信法人此説, 爲法人遮掩過。三十年來, 無一彊
國商船到越南者, 無一彊國向越南開商館領事者, 我謂各彊國, 必不爲
法所欺, 此或有故, 我未解得耳, 法人因此緣故, 繩縛束勒他王族極緊,
每一月, 兩三次檢王族譜宗人名, 照名點面, 有欠名的, 法人必窮追。
四面羅捕, 嚴刑治罪。豈不是怕法人秘密情走洩麼, 法人近來, 絶王族
的口食, 王族人如何生活, 卻無一人出外控訴, 皆以此耳。越南國是有
臣的, 看法人如何處置越南之臣, 請我同人聽者。

b. 越南 現君은 成泰帝라 法人이 宮內에 一殿을 留ᄒ야 居住케 ᄒ고
稱曰 皇帝라 ᄒ며 法兵이 殿門을 環守ᄒ야 一出一入에 法兵이 看
管ᄒ고 國君이 都門 一步를 出ᄒ면 法人의 號令을 奉ᄒ고 國中의
一切 政令과 詔旨를 다 法人의게 稟白ᄒ야 法人이 見許ᄒ 後에야
敢히 施行ᄒ고 ᄯᅩ 法人이 意旨를 白出ᄒ면 越人 中 法人 奴隷된
者ㅣ 곳 見君ᄒᄂ 五拜三叩頭禮를 行ᄒ 後 惟惟遵辦ᄒ고 那皇帝
ᄂ 擎立拱拱ᄒ야 頭를 一點홀 ᄯᅮᆫ이오 다시 開口ᄒ야 一聲을 問치
못ᄒ니 如此히 越帝가 無權無勢히 孩兒와 一般이어늘 法人은 오
히려 公然히 大法 大越 兩國 皇帝라 書ᄒ야 此 木居 土坐ᄒ 虛位
를 留ᄒ고 種種 惡虐ᄒ 事를 國中에 頒布ᄒ며 ᄯᅩ 外國에 傳播ᄒ
야 曰 此ᄂ 越南國 君臣의 所願이오 此ᄂ 越南國 君臣의 順受ᄒᄂ
事라 ᄒ고 法人이 ᄯᅩ 保護 二字로써 五洲 各國을 瞞홀 시 大抵 約

章 上에 一國이 有利ᄒ면 各國이 均沾ᄒ다 홈이어늘 法人이 自思
ᄒ되 法人은 種種ᄒᆫ 惡行爲를 他國이 知ᄒ면 責言이 有ᄒᆯ가 恐ᄒ
야 越國 王族을 緊緊 縛束ᄒ며 每月에 兩三 次式 王의 族譜를 點
檢ᄒ야 按名 照檢ᄒ다가 欠名者가 有ᄒ면 반다시 四面窮追ᄒ야
嚴刑 治罪ᄒ니 此ᄂ 秘密事를 漏洩ᄒᆯ가 恐홈이오 法人이 近來에
ᄂ ᄯᅩ 王族의 口食을 絶ᄒ니 王族이 貧困ᄒ야 生活ᄒᆯ 道가 無ᄒᆫ
지라 奚暇에 出外 控訴ᄒᆯ 力이 有ᄒ리오

c. 월남에 지금 님군은 성태뎨라 법국사람이 궐닉에 방 하나를 주
어 머물게 ᄒ고 이를 칭ᄒ여 황뎨라 ᄒ며 법국 병뎡이 그 문을
에워파슈ᄒ여 일동일졀을 법국사람이 간금ᄒ여 한걸음이라도
궐문 밧게 나가고자 ᄒ면 법국사람의 호령을 밧들고 왼 나라의
모든 졍ᄉᆞ는 다 법국사람의게 품ᄒ여 법국사람이 허락ᄒᆫ 후에
야 감히 시ᄒᆡᆼᄒ고 ᄯᅩ 법국사람이 무슨 일노 의ᄉᆞ를 스ᄉᆞ오 내면
월남사람 즁에 법국사람의게 죵되쟈가 곳 님군의게 뵈옵는 례
식과 ᄀᆞᆺ치ᄒ여 법국사람의게 다섯 번 졀ᄒ고 세 번 고두ᄉᆞ례ᄒᆫ
후에 공슌이 쥰ᄒᆡᆼᄒ고 새 황뎨는 우둑커니 셔셔 한 번 머리만
ᄭᅳ덕ᄒᆯ ᄲᅮᆫ이요 다시는 입을 열어 한 마듸도 물어보지도 못ᄒ니
월남황뎨는 이ᄀᆞᆺ치 권셰 업시 드러누어셔 젓이나 바다먹는 어
린 ᄋᆞ희와 일반이라 실졍은 이러ᄒᆫᄃᆡ 법국사람은 외식으로 대
법국황뎨라 대월남 황뎨라고 ᄡᅥ셔 나무로 ᄭᅡᆨ가 셰우고 흙으로
ᄆᆞᆫᄃᆞ러 안친 것ᄀᆞᆺᄒᆫ 헛된 황뎨 위를 빙쟈ᄒᆞ고 죵죵 포악ᄒᆫ 일을
국즁에 반포ᄒ며 ᄯᅩ 외국에 젼파ᄒ여 글ᄋᆞ듸 이 일은 월남국 군
신의 ᄌᆞ원ᄒ는 것이라 ᄒ고 법국사람이 ᄯᅩ 보호라 ᄒ는 두 글ᄌᆞ
로 ᄡᅥ셔 오대쥬 각국의 눈을 속이며 ᄯᅩ 법국사람이 각금 악ᄒᆫ
일을 ᄒᆡᆼᄒ는 것을 타국이 알면 칙망ᄒᆯ가 념려ᄒ여 월남왕죡을
단쇽ᄒ되 들들이 두세 번식 왕의 족보에 잇는 일홈대로 ᄉᆞ실ᄒ
여 가다가 일홈은 잇는듸 어듸로 간지 아지 못ᄒ는 쟈가 잇스면
반ᄃᆞ시 ᄉᆞ면으로 극력 탐지ᄒ여 잡으면 엄ᄒᆫ 형벌노 다ᄉᆞ리니

이는 비밀흔 일을 루셜홀가 두려워흠이라 쏘 근릭에는 왕족들
의 먹을 거슬 다 업시 흠으로 왕족들이 빈곤ᄒ여 살길이 업는지
라 어ᄂ 겨를에 외국으로 나가 이러흔 일을 호소ᄒ리오

a. 越南國破君亡, 這般可痛可恨, 那時越南臣子, 受國王水土的恩澤, 如何
偸忍得過, 若使越南人, 個個都俯首帖耳, 甘心事法的, 竟成何世界?越
南人勢力, 固萬萬不及法的, 與法爭命, 猶如三歲兒童, 去與拔生牛角的
孟賁, 一場決鬪, 如何不敗, 那越南人敗了, 有不肯屈服的, 有十分憤
恨。憤極自死的, 有投首求免罪的, 不肯屈服的, 如潘廷逢范纘一般人,
法人倘容他逃遁山谷, 他固與草木俱朽, 於法何傷?法人卻極力下毒手,
糜他妻眷, 連累他鄉旅, 掘發他墳墓, 他不肯屈服, 到底是他分事當然,
法人罪其生者, 梟不憐病, (是越人俗語)怎敢怨恨他, 可憐死者屍骸, 而
生者當得何罪, 法人竟暴露碎解, 懸之城門, 投之水火, 如此豈不痛
煞。那痛憤自死的,

b. 越南國은 臣子가 有흔 國이라 法人이 越南 臣子를 如何케 處置흠
을 我 同人이 廳흘지어다 越南이 國破君亡ᄒ야 如此히 可痛可恨
흔데 至ᄒ얏스니 此時에 越南臣子가 國王의 水土恩澤을 受흔지라
엇지 偸生過活키를 望ᄒ리오 然이나 越人의 氣力이 萬萬코 法人
을 不當흘지라 譬컨딕 三歲兒가 孟賁과 烏獲을 抗拒흠과 如ᄒ니
엇지 不敗ᄒ리오 이에 越人이 敗흔 後 屈服치 아니ᄒ고 忿極自死
흔 者도 有ᄒ고 쏘 投首 求免者도 有ᄒ니 大抵 法人을 抗拒ᄒᄂ
者ᄂ 極히 毒手를 下ᄒ야 他의 妻子를 囚擊ᄒ고 他의 鄉族을 連累
ᄒ고 他의 墳墓를 掘ᄒ니 其 不服者ᄂ 其 受罪흠이 或 應當흔 事
라 엇지 法人을 怨恨ᄒ리오 然이나 其 生者ᄂ 오히려 言흘 빅 아
니오 오작 더욱 可憐흔 者ᄂ 法人이 死者의 骸骨을 碎解ᄒ야 城門
에 懸ᄒ고 水火에 投ᄒ니 此가 엇지 天理에 合當타 ᄒ리오

c. 월남국은 신ᄌ가 잇는 나라라 법국사람이 월남 신ᄌ를 엇더케
쳐치ᄒ나 우리와 ᄀᆺ흔 사람들은 들어볼지어다 월남이 나라는

쌔여지고 님군은 업서져셔 이러케 이통ᄒ고 긔막히고 한이 되는 디경에 일르럿스니 사람의 은퇴을 입은 신ᄌ들이 엇지 살기를 바라리오 그러나 월남사람의 긔운이 법국사람을 도모지 당ᄒ 수 업는지라 비유컨틴 세 살 먹은 ᄋ히가 힘센 쟝뎡 당흠과 ᄀᄐ흐니 엇지 패ᄒ지 아니ᄒ리오 이에 월남사람이 패흔 후에 굴복지 아니ᄒ고 분흠이 극진ᄒ여 죽은지도 잇고 ᄯ 항복ᄒ여 화를 면ᄒ기 구ᄒ는 자도 잇스니 대뎌 법국사람을 거역ᄒ는 독흔 손으로 그쳐ᄌ를 가두고 그 친척과 동리 사람ᄭ지 련좌ᄒ고 조상 분묘를 파내니 항복 아니ᄒ는 쟈를 형벌흠은 남의 나라를 쎼앗는 쟈가 혹 그리ᄒ 듯 ᄒ나 샹관 업는 쟈를 죽임은 무슨 일이며 ᄯ 산 사람을 죽임은 고샤ᄒ고 죽은 사람의 히골을 부시여 셩문에 매달며 물에도 던지고 불에도 태우니 이거시 엇지 텬리에 합당타 ᄒ리오

a. 如阮高、何文美一般人, 他身旣無辜自戮, 他妻子旣困苦無依, 冤哭愁呻, 天裂地坼, 倘法人休手罷了, 容他一滴血入地, 於法何損, 法人却思快積忿, 必發其屍而火之, 必劃其首而梟之, 彼窮鬼殘屍, 何能作賊

b. 至於 阮高와 何文美ᄂᆞᆫ 元來 無罪흔 人이라 其 妻子가 困苦 無依ᄒ야 冤哭愁呻에 天裂地坼ᄒ니 其一 滴 血이 入地흔들 法國이 何損ᄒ리오 然이나 今에 法人은 積忿을 洩코자 ᄒ야 其 屍를 搜出 燒燬ᄒ고 其 首ᄂᆞᆫ 割ᄒ야 梟示ᄒ니 彼 窮鬼殘屍가 엇지 作賊ᄒ리오

c. 원고와 하문미는 원릭 무죄흔 사람인틴 그 쳐ᄌ가 곤고ᄒ고 의지흘 곳이 업서 원통흔 곡셩에 하늘이 찌어지고 쌍이 터지는 듯ᄒ여 급히 방울이 쌍으로 드러간덜 법국사람이야 무어시 해로오리오 이제 법국사람이 셜분코자 ᄒ여 그 시톄를 차자내여 불살로 그 머리를 버혀 효시ᄒ니 저궁흔 혼괴 쇠잔흔 시톄가 엇지 법국사람을 항거ᄒ리오

a. 黑黑秃秃的骷髏, 受天地間僅有之苦狀, 法人努兩目很視, 拍手稱快快, 豈不令人駭煞, 彼投首求免罪的, 如阮珹、潘仲謀、阮光琚一般人, (此三名不被法殺, 然他是二個進士, 一個擧人, 法人存之以誘諸出首者)他固怯怯的兒, 蠢蠢的漢, 大丈夫行事, 豈有一經敗衄, 輒低首下氣, 向人乞哀。此等臭皮囊, 留之可嫌, 殺之不忍, 但自法人而論, 便是他旣降服的, 又何必殺,

b. 然이나 黑秃秃혼 髑髏가 天地에 最慘刑 惡刑을 受ᄒ거늘 法人은 도로혀 拍手 稱快ᄒ야 歡喜不己ᄒ니 此가 곳 人情上에 駭怪莫測홀 비오 ᄯ 投首 求免ᄒᄂ 阮成 潘伸謀 阮光琚 等 一般人은 他가 곳 怯怯蠢蠢혼 一 漢子라 低首 下氣ᄒ야 向人 乞哀ᄒ니 留ᄒ기 可嫌이오 殺키도 不忍ᄒ거니와 至於 法人으로 論ᄒ면 他가 이믜 降伏ᄒ얏스니 엇지 他를 殺혼 後에야 快樂ᄒ리오

c. 월남사람은 텬디 간에 혹독ᄒ고 참혹혼 형벌을 밧것만은 법국사람은 도로혀 쾌ᄒ다고 손바닥을 치며 깃버흠을 마지 아니ᄒ니 이거슨 곳 인정에 희괴망측혼 일이라 ᄯ 죽기를 면ᄒ고자 ᄒ여 항복혼 왕성과 반쥰모와 완광거 등의 무리들은 어리셕은 겁장이들이라 머리를 숙이고 법국사람을 향ᄒ여 다 항복ᄒ며 살려달나고 ᄋ걸ᄒ니 임의 항복혼 쟈를 이기고 죽인 후에야 쾌홀 거시 무어시며 살려달나고 익걸복걸ᄒ는 거슬 엇지 참아 죽이리오

a. 可憐那安和北門外, 一輩投降人, 儘將一劍揮去, 殺之已矣。

又禁絶他家人族人, 不許認屍收葬, 暴骨流血, 行人爲之絶跡。法人又極狡, 初間一二出首, 法人甘言醴賞誘他, 自相牽引, 陸續俱出, 山中巢穴空了, 便引出安和門, 那時出首人, 都還贈他一劍, 那時諸不肯出首的烈士, 定當拍案叫快, 旣受殺降的名, 又快烈士之志, 又堅思舊之心, 如此無名之刑, 無辜之戮, 文明人胡亦爲之, 汝越南人, 好睜開兩目一看, 勿謂法人可信也。

b. 然이나 法人은 不然ᄒ야 곳 投降ᄒᆫ 數百 人울 北門 外에 驅出ᄒ
야 一劍으로 揮斬ᄒ고 ᄯᅩ 其心에 不足ᄒ야 他의 家族으로 ᄒ야곰
認屍 收葬을 禁ᄒ야 暴骨 流血에 行人이 絶跡ᄒ며 法人은 ᄯᅩ 極히
狡猾ᄒ야 初時에ᄂ 其 來降者를 甘言禮賞ᄒ야 他로 ᄒ야곰 自相
牽引ᄒ야 陸續 俱出케 ᄒ고 山中에 巢穴이 空ᄒᆫ 後에ᄂ 곳 北門
에 引出ᄒ야 向者出首人ᄭ지 幷히 戮殺ᄒ얏스니 大抵 汝 越南人
아 兩目을 睜開ᄒ고 仔細 看觀ᄒ야 法人을 可恃타 謂치 말지어다

c. 법국사람은 그러치 아니ᄒ여 곳 항복ᄒᆫ 수빅 인을 북문 밧그로
몰고 가셔 ᄒᆫ 칼노 둘러다 버혀 죽이고도 법국사람의 ᄆᆞᆷ이 오
히려 부족ᄒ여 그 집안 사람이 쟝ᄉᆞᄒ랴 흠을 금ᄒ여 히골이 들
어나고 피가 흘으케 ᄒ여 참 히흠을 사람의 ᄆᆞᆷ으로는 참아 볼
수 업서 힝인의 자췌가 ᄯᅳᆫ허지며 법국사람은 ᄯᅩ 극히 교활ᄒ여
처음에는 와셔 항복ᄒ는 쟈의게는 감언리셜노 샹급을 준다 ᄒ
여 스ᄉᆞ로 잇ᄭᅳᆯ고 오케 ᄒ여 그 웅거ᄒᆫ 곳시 다 빈 후에는 곳
북문 밧그로 ᄭᅳᆯ고 가셔 처음에 ᄌᆞ복ᄒᆫ 사람ᄭᆞ지 죽이니 월남사
람들아 두 눈을 ᄯᅳ고 ᄌᆞ셰히 보라 법국사람을 밋을만 ᄒ다고 말
ᄒ지 말지어다

a. 彼法人於國未定時, 勸諭出首免罪文, 千口萬口, 汝今日視法人何如?汝
尚信法人否否, 法人又有最兇最狠的手段, 又有最姦最謠的肝腸, 初取
越南時, 他極以甘言禮賞誘越人, 又以美官厚俸餌越人, 他所行種種惡
狀, 嗾越人爲之獵鷹。如阮紳、黃高啓(此二人最以拿匪得力)輩, 其搏
噬如意者, 爲越國中猴面彘腸無義無行之惡棍, 實越人平素所不齒。法
人却極尊崇之, 如武允迓以一通言, 至總督協辦, 其他督撫名錄, 督撫名
芳, 皆爲法通言, 助桀爲虐者, 法人種種惡孽, 先以意指授此奴輩, 欲東
嗾之東, 欲西嗾之西, 此輩奔走不遑, 法人坐享其利。此輩所分肥染指,
歲積月累而得之膏血, 法人知其多也。卽便索瑕吹垢, 罰一罰, 便雙手
捧數十年臭囊, 奉還貴國保護欽使了。全利歸法, 而惡名則此輩分任之,

其兇且譎, 實爲古今第一無二的手段。

b. 彼 法人이 越南 未定時에ᄂ 出首 免罪文을 揭示ᄒ야 千口萬口로 叮嚀明白ᄒ더니 今에 法人이 如何ᄒ고 汝 越南人이 至今에도 오히려 法人을 恃ᄒᄂ가 法人이 ᄯ 越南을 初取時에ᄂ 美官醴賞으로 越人을 餌ᄒ야 獵犬과 倀鬼를 作ᄒ다가 及其 歲月이 積ᄒ야 臭囊에 金帛이 多ᄒ면 곳 瑕垢를 吹索ᄒ야 其 囊을 全奪ᄒ니 이에 保護統監은 其 利를 坐享ᄒ고 惡名은 此輩가 分任ᄒ니 其 奸譎홈이 古今에 無二오

c. 져 법국사람이 월남을 뎡ᄒ기 전에는 항복ᄒ면 죄를 면ᄒ다는 글노 쳐처에 방붓침이 분명ᄒ더니 이제 법국사람의 힝위가 엇더ᄒ뇨 너희 월남사람이 어제도 법국사람을 밋ᄂ뇨 ᄯ 법국이 월남을 처음으로 취홀 째에 벼슬과 샹급으로 월남사람을 밋게 ᄒ여 산양기의 챵귀를 삼아 부리다가 ᄎᄎ 오래여 그 더러운 주머니에 돈이 만히 싸이면 곳 허물을 잡아내여 그 돈을 몰수이 쎅앗스니 이에 보호통감은 그 리를 가만이 안져서 바다먹고 그 허물과 악흔 일홈은 월남사람의게 돌녀보내니 법국사람의 간휼흠이 고금을 통계ᄒ나 둘도 업고

a. 越南國是有民的, 看法人如何處置越南民。請看一看, 想我同人聽到這一段, 有不拍案叫哀, 擘天稱痛者, 便是無耳目的, 便是無心血的, 便是非人種的。我敢斷斷說, 無是天理, 無是人道, 我同人好聽去, 我只怕同人掩淚抑惱也, 我不忍說。然不說出, 我同人如何得知, 我豈不是死罪死罪。我說去, 越民在國未亡時, 國君取於民, 有喚做庸錢, 有喚做租錢, 此外更無雜稅, 其庸錢是身稅錢, 却只八九千, 或至二三十千, 乃同出一口率, 一率只有三百銅錢之多, 蓋照戶不照口, 所以甚少。其遇有凋瘵, 更行蠲免, 其租錢是田土稅, 有三十畝四十畝, 乃出一畝稅, 一畝稅有一官方斛粟之多, 蓋任民開供, 官不過問。所以甚輕, 緣越南待民甚寬, 這是嬌養姑息政體, 漸成惰懶蠻飾氣習, 實非富强的資格。法

人得國, 若稍留意興滯振敝, 令民出銀出錢, 爲民開智興利, 國民豈不甚
大幸福。如何怨他?那法人卻無利民的意思, 一切利權, 都被法人掌握,
越人卻無絲毫分潤。故民財民力民膏脂, 却千端萬緒索取, 朝供到夕,
夕供到朝, 想如此月月年年, 越人一定無食可餐, 無衣可著的, 其目有若
干事, 零零碎碎, 却不勝言, 請摘擧其大者, 說與我同胞聽者。

b. 또 汝 越南國 人民아 法人이 如何케 越民을 處置ᄒᆞᄂᆞᆫ지 또 仔細
廳着ᄒᆞᆯ지어다 越民이 國亡키 前에ᄂᆞᆫ 其 稅出ᄒᆞᄂᆞᆫ 稅錢이 오작 庸
과 租二者ᄲᅮᆫ이라 此外에ᄂᆞᆫ 다시 雜稅가 無ᄒᆞ니 其庸이라 홈은 곳
身稅錢이니 每戶에 다만 八九千 或 二三 千文이리 每人에 銅錢 三
百 文에 不過ᄒᆞ고 또 其中에 凋殘 不堪ᄒᆞᆫ 者ᄂᆞᆫ 다시 蠲免ᄒᆞ고 其
租錢은 卽 田土稅니 三四十 畝에 一 畝 稅를 出ᄒᆞ야 政府에셔 人
民의게 待遇ᄒᆞ기 甚寬ᄒᆞᆫ 故로 姑息 政體가 變ᄒᆞ야 懶惰ᄒᆞᆫ 氣習을
成ᄒᆞ얏스니 今에 法人이 得國ᄒᆞᆫ 後 萬一 興滯 振獎에 留意ᄒᆞ야 人
民으로 ᄒᆞ야곰 錢銀을 出ᄒᆞ야 民智와 民利를 開ᄒᆞ얏스면 엇지 大
幸치 아니리오마는 法人은 此 思想이 全無ᄒᆞ고 一切 利權을 法人
이 全여 掌握ᄒᆞ야 絲毫도 分潤이 無ᄒᆞ고 民財民力과 民膏民脂를
萬端으로 索取ᄒᆞᄂᆞᆫ 故로 越人이 朝食을 夕에야 食ᄒᆞ고 夕食은 翌
朝에 食ᄒᆞ야 如此히 數年을 歷ᄒᆞ면 越人은 곳 衣가 無ᄒᆞ고 食이
無ᄒᆞ야 다 餓殍가 될지라 今에 其 大者로써 我 同胞의게 垂廳키
를 供ᄒᆞ노라

c. 또 월남 인민들아 법국사람이 월남 빅셩을 엇더케 쳐치ᄒᆞᄂᆞᆫ지
또 ᄌᆞ셰히 들어볼지어다 월남 빅셩이 나라가 망ᄒᆞ기 젼에는 셰
내는 거시 몸셰와 쌍셰ᄲᅮᆫ이요 다시는 잡셰가 업스니 몸셰는 ᄆᆡ
년에 삼십 젼에 지나지 아니ᄒᆞ고 그즁에 죠잔ᄒᆞᆫ 쟈는 몸셰를 면
ᄒᆞ여 주며 쌍셰는 삼ᄉᆞ십 이랑에 ᄒᆞᆫ 이랑 셰를 내며 정부에셔
인민을 심히 너그럽게 ᄃᆡ졉ᄒᆞᄂᆞᆫ 고로 편안ᄒᆞᆫ 졍ᄉᆞ가 변ᄒᆞ여 게
으른 풍습을 일운지라 이제 법국사람이 나라를 차지ᄒᆞᆫ 후에 월
남국을 열어줄 싱각은 고샤ᄒᆞ고 모든 권리를 모도 붓들고 실ᄯᅳᆺ

만치도 남아지가 업서 빅셩의 기름과 피를 만단으로 토식ᄒᆞ는
고로 월남사람은 아츰을 져녁에야 먹으니 이ᄀᆞᆺ치 지내면 몃 해
가 못되여 월남사람은 의복과 음식이 업서 줄여 죽을지라 이에
긔록ᄒᆞ여 우리 동포의게 듯게 ᄒᆞ노라

a. (一)爲田土之稅 初法人令民盡括田土, 依數開供, 無得隱瞞, 隱瞞者有
罰。其田土沒入官, 能覺出隱瞞者, 有重賞, 如現今陳日省, 爲法通言,
以査出丁田, 得淸化按察之職, 此是法人嗾犬㕮鷹的左券。田土分爲三
等, 上等田, 每畝稅銀一元, 土亦如之, 中等下等準是而殺, 與民訂約,
永爲成例。纔得一年, 法人謂南人留荒田土多, 宜增加稅額, 使南人勤
於農業, 法人將行一事, 必設爲一巧飾仁義之說, 瞞人耳目。這亦是保
護越南的話頭, 這田土稅如是, 遞年增加, 下等加爲中等, 中等加爲上
等, 其上等無可加, 卽令於田簿, 倍增其數, 百畝增十畝, 十畝增一畝,
數年之間, 田土但有上等中等稅, 無下等稅, (丁簿亦照此例百增十十增一)

b. 一은 日 田土稅니 初에 法人이 人民으로 하야곰 田土를 盡括ᄒᆞ야
官에 沒入ᄒᆞ고 其 隱瞞을 告發ᄒᆞ면 重賞이 有ᄒᆞ니 卽 現今 陳日省
은 通辯人이라 丁田을 査出ᄒᆞᆫ 功으로 按察使에 至ᄒᆞ니 此ᄂᆞᆫ 法人
이 鷹犬을 㕮養ᄒᆞᄂᆞᆫ 一道라 田土를 三等에 分ᄒᆞ야 上等은 每畝에
稅銀이 一圓이오 其他 土地도 亦然ᄒᆞ며 中等과 下等은 此를 準ᄒᆞ
야 降殺ᄒᆞᆯ 시 人民과 訂約ᄒᆞ야 永히 其 例를 作ᄒᆞᆫ다 ᄒᆞ더니 僅히
一年을 經ᄒᆞ야 法人이 謂ᄒᆞ되 越民의 遺荒ᄒᆞᆫ 田土가 多ᄒᆞ니 稅額
을 增加ᄒᆞ여야 越人이 비로소 農業에 勤ᄒᆞᆫ다 ᄒᆞ고 法人이 一事를
行ᄒᆞᆯ 時에ᄂᆞᆫ 반다시 仁義의 說을 巧飾ᄒᆞ야 人의 耳目을 瞞ᄒᆞ니
其 說이 곳 越南을 保護ᄒᆞᄂᆞᆫ 話頭라 곳 田土稅도 如此히 遞年 增
加ᄒᆞ야 下等은 中等이 되고 中等은 上等이 되니 如此ᄒᆞᆫ 後에ᄂᆞᆫ
其 上等田은 可加ᄒᆞᆯ 法이 無ᄒᆞᆫ지라 이에 田簿上에 其 畝數를 增加
ᄒᆞᆯ 시 百 畝에ᄂᆞᆫ 十 畝를 增ᄒᆞ고 十 畝에ᄂᆞᆫ 一 畝를 增ᄒᆞ야 數年
間에 田土가 다만 上等 中等 稅가 有ᄒᆞ고 下等 稅ᄂᆞᆫ 無ᄒᆞᆫ지라 民

丁簿冊도 亦然ᄒᆞ야 百에 增十ᄒᆞ고 十에 增一이라

c. 첫재는 뎐토셰니 처음에 법국사람이 월남 ᄇᆡᆨ셩의 뎐토를 다 관
뎐으로 ᄆᆞᆫ들어 노코 속이는 쟈를 고발ᄒᆞ면 샹급을 준다 ᄒᆞ니 통
변ᄒᆞ는 사람 진일셩은 뎡씨의 뎐토를 ᄉᆔ츌ᄒᆞᆫ 공으로 벼슬을 식
여 안찰ᄉᆞᄭᅵ지 ᄒᆞ엿스니 이는 법국사람이 월남사람을 산양ᄀᆡ로
길으는 ᄒᆞᆫ 슐법이요 ᄯᅩ 뎐토셰는 삼등에 난호아 샹등에는 ᄒᆞᆫ 이
랑에 일환이요 즁등과 하등은 ᄒᆞᆫ 이랑에 일환 이하로 등분ᄒᆞ여
ᄇᆞᆺ기로 ᄇᆡᆨ셩과 약됴를 ᄒᆞ여 이 약됴를 영구히 직흰다 ᄒᆞ더니 겨
우 일 년을 지내여 법국 사람이 말ᄒᆞ되 월남에는 농ᄉᆞ를 아니ᄒᆞ
는 ᄯᅡᆼ이 만흐니 셰를 더ᄒᆞ미 월남사람이 농ᄉᆞ에 부지런ᄒᆞ게 ᄒᆞᆫ
다 ᄒᆞ고 법국사람이 ᄒᆞᆫ 일을 힝흘 ᄯᅢ마다 이런 말을 ᄭᅮ며 사람
을 속이니 ᄒᆞᆼ샹 월남을 보호ᄒᆞᆫ다 ᄒᆞ면셔 뎐토셰는 이러케 해마
다 더 ᄒᆞ여 이제는 하지하등에도 참예치 못흘 박토ᄭᅵ지 샹등과
즁등 셰를 ᄇᆞᆺ고 하등 셰는 업는지라

a. 民村有不堪者, 請法人勘度端供, 法人不復究問, 但準交這田土, 與法農
官耕墾, 其稅, 由總里責賠, (越南例, 收稅人員有稱, 曰總副總里長, 合
稱曰總里。)現民間出稅實田, 爲法農占奪者處處而有, 實是無路可訴的
實狀。(越人修單向官乞度, 曰端供, 詞蓋將實情端與, 官不敢瞞也。)

b. 人民이 其 苦를 不堪ᄒᆞ는 者ㅣ 法人을 請ᄒᆞ야 勘定ᄒᆞ라 ᄒᆞ면 法人
이 곳 究問치 아니ᄒᆞ고 其 田土를 法國 農官의게 予ᄒᆞ야 耕墾케
ᄒᆞ고 其 稅는 其 里正 卽 收稅ᄒᆞ는 越官이라의게 賠出ᄒᆞ니 自此
로 越民이 出稅ᄒᆞ는 田을 法農이 占奪ᄒᆞ야 越人은 稅錢만 出ᄒᆞ고
田土가 無ᄒᆞ나 越人이 呼訴흘 處가 無ᄒᆞ고

c. 인민이 괴로옴을 견ᄃᆡ지 못ᄒᆞ여 법국사람의게 셰를 감ᄒᆞ여 주
기를 쳥ᄒᆞ는 쟈가 잇스면 법국사람은 뭇지도 아니ᄒᆞ고 곳 그 뎐
토를 법국 농관의게 주어 경쟉케 ᄒᆞ고 그 셰는 젼에 뎐토 님쟈
의게 ᄇᆞᆺ으니 뎐토는 ᄲᅢ앗기고 셰만 내는지라 그럼으로 월남사

람은 호소홀 곳이 업고

a. (二)爲人口之稅　法人初言民生須爲國供役，古今通義。若欲終歲安業，
須於身稅外，另出役錢。其人口稅銀，名曰公捜銀，每歲一壯丁出金二
元二角，又役錢曰公益銀，每歲一壯丁出金八角，是爲每歲一壯丁納銀
三元，然其初下令時只金一元，遞年增加，至今西貢民，每丁歲納五六元
之多，外兩圻諸省，歲每丁三元，或初成丁，不滿三元，積歲逐增，尙未
有已時也。越南有一小小事，說來可哭可笑，有某村人，照盛時丁簿太
多，經兵燹後，耗其大半，法人丁例，有增無減。

b. 二는 曰 人口稅니 法人이 言ᄒᆞ되 民人이 國家에 供役홈은 古今 通
義라 萬一 終歲 安業코자 ᄒᆞ면 身稅 外에 ᄯᅩ 另히 役錢을 出ᄒᆞ라
ᄒᆞ야 其 人口稅銀은 名 曰 公捜銀이니 每歲에 一壯丁이 金 二 圓
二十 錢을 出ᄒᆞ고 ᄯᅩ 役錢은 曰 公益銀이니 每歲에 一 壯丁이 金
八十 錢을 出ᄒᆞ니 此는 每歲에 一 壯丁의 所出이 三 圓이라 其初
下令時에는 다만 一圓 되든 者가 遞年 增加ᄒᆞ야 至今은 西貢民이
每 丁에 歲納이 五六 圓이 되얏고 越南 某 村에서는 其 全盛時에
丁口가 甚多ᄒᆞ다가 兵火 後에 其 太半이 死ᄒᆞ얏거늘 法人의 收刷
ᄒᆞᄂᆞᆫ 例式은 有增 無減혼지라

c. 둘재는 인구셰니 매년에 혼 사람의 셰가 일 환 이십 젼이요 ᄯᅩ
법국사람이 말ᄒᆞ되 빅셩이 나라일에 부역홈은 고금에 통힝ᄒᆞ는
일이라 ᄒᆞ고 매년에 한 사람의게 밧는 부역셰가 팔십 젼이니 매
년에 한 사람이 내는 셰가 삼 환이라 령이 처음 나릴 ᄶᅢ에는 일
환뿐이더니 해마다 셰를 늘여 지금은 믹년 믹명에 셰가 오륙 환
식이 되엿고 셰 밧는 법은 이ᄀᆞᆺ치 더홈은 잇스되 감홈은 업슴으
로 빅셩이 졈졈 빈곤ᄒᆞ여 셰곰을 감당ᄒᆞ기가 극히 어려온지라

a. 某村人一貧如洗，納個公捜銀公益銀，實實不能堪的，匃矣富人，哀此煢
獨。乃相聚而謀曰：窮窘至此，無天可上，無地可入。我們盡率所有人

丁, 向貴保護官苦叫, 任他烹宰, 想保護官, 必無盡殺我輩的理, 看他如
何處分, 可憐他途窮計絶, 作無首無尾的乞叫, 他不想法人是很很毒毒
的手, 幾千百銀元, 他如何肯放過. 某村人一齊到法人庭下, 蒲伏陳苦,
法人謂, 汝何不將汝妻兒家居田地賣去, 納銀與我大法便了. 某村人慌
忙, 未及思算, 哭一聲, 向對法人, 謂妻兒賣了, 家屋賣了, 田地賣了,
只有一片天在頭上, 未賣得耳. 法官拍案大笑曰：好好, 汝一片天未賣,
將那天賣與我, 寫下券文, 我與汝免了搜銀罷.

b. 其 村人이 一貧如洗ᄒ야 公搜 公益 兩 件 銀을 納홀 道가 無ᄒ지
라 이에 相聚 謀議 曰 窮窘이 到此ᄒ미 無天 可上이오 無地 可入
이라 我們이 所有혼 人丁을 率ᄒ고 法國 保護官의게 往訴ᄒ야 法
人의 烹宰를 任홀지니 如此ᄒ면 保護官이 我輩를 盡殺홀 理가 無
ᄒ고 必然 別般 措處가 有리라 ᄒ고 곳 衆民이 法人의게 往籲혼
딕 法人이 謂ᄒ되 汝等이 妻子 家屋 田地 等을 賣ᄒ야 上納ᄒ라
ᄒ거늘 村民이 크게 寃結ᄒ야 痛哭ᄒ야 曰 妻兒도 賣ᄒ얏고 家屋
도 賣ᄒ얏고 田地도 賣ᄒ얏고 오작 賣치 못혼 者는 一片 天 ᄲᅮᆫ이
로이다 ᄒ딕 法人이 拍案 大笑 曰 汝等이 이믜 一片 天을 未賣ᄒ
얏거든 其 天을 我의게 賣ᄒ야 券契를 寫予ᄒ면 我 】 汝等의 搜銀
을 免ᄒ리라 ᄒ는지라

c. 한 촌사람들은 빈궁ᄒ여 씨슨 것ᄀᆞᆺ치 아모 것도 업슴으로 인구
셰와 부역셰를 밧칠 도리가 아조 업는지라 홀 일 업서 서로 의
론ᄒ여 ᄀᆞᆯᄋᆞ딕 우리가 곤궁홈이 이 디경에 일으럿슨즉 하늘에
도 올나갈 수 업고 ᄯᅡ에도 들어갈 수 업스니 우리들이 법국 보
호관의게 가셔 호소ᄒ여 우리를 삷아 먹던지 구어 먹던지 우리
의 몸을 법국사람의게 맛겨 ᄆᆞ음대로 ᄒ게 ᄒ면 보호관이 우리
를 다 죽일 이는 업고 필연 무슨 조쳐가 잇스리라 ᄒ고 일졔히
여러 ᄇᆡᆨ셩이 가셔 이런 ᄉᆞ졍으로 호소흔딕 법국사람이 ᄀᆞᆯᄋᆞ딕
너희 쳐ᄌᆞ와 집과 뎐토를 팔아 샹납ᄒ라 ᄒ거늘 그 ᄇᆡᆨ셩들이 원
통홈이 크게 밋쳐 모다 통곡ᄒ여 ᄀᆞᆯᄋᆞ딕 쳐ᄌᆞ도 팔앗고 집도 팔

앗고 뎐토도 팔앗고 다만 팔지 못ᄒᆞᆫ 거슨 ᄒᆞᆫ 쪼각 하늘 ᄲᅮᆫ이로다 ᄒᆞᆫ딕 법국사람이 샹을 치며 크게 우셔 굴ㅇ딕 너희들이 아직 ᄒᆞᆫ 쪼각 하늘을 팔지 아니ᄒᆞ엿거든 하늘을 문셔ᄒᆞ여 내게 팔나 ᄒᆞᄂᆞᆫ지라

a. 某村人面面相覰, 未知如何回答, 已見法官取紙筆來, 押令某村人, 寫下賣天的券文, 寫訖, 村人寫了本村同記字樣, 某某人名, 押手點指訖, 逐出村人, 其券文, 法官納之袖, 村人出, 都想不出法官如何處分。有憂的, 有喜的, 有驚懼的, 俱是未解法人的意, 豈知某村人歸來, 未入室, 一隊巡警法兵, 已四面圍著那村, 疎疎密密, 似攻城一樣, 但聞彼處傳, 此處呼, 喧喧道, 汝村人賣天與我大法, 那村汝上面天, 是大法有了。非汝村有了, 汝村人不得去走天下的, 不得暴曬天光的,

b. 其 村民이 面面相覰ᄒᆞ야 如何케 回答홀지 不知ᄒᆞ더니 此時 法人이 紙筆을 持來ᄒᆞ야 賣天ᄒᆞᄂᆞᆫ 文券을 寫ᄒᆞ고 寫畢에 村民으로 ᄒᆞ야곰 手訣을 畵押ᄒᆞ라 ᄒᆞ고 押後에 村民을 驅出ᄒᆞᄂᆞᆫ지라 村民이 出ᄒᆞ야 法人이 如何케 處置홀지 不知ᄒᆞ고 憂喜가 相半ᄒᆞ미 畢竟 法人의 意想을 未解ᄒᆞ다가 及其 村中에 歸來ᄒᆞ니 忽然히 一隊 法兵이 四面으로 其 村을 圍住ᄒᆞ야 城池를 攻흠과 同ᄒᆞ고 다만 聞ᄒᆞ니 法兵이 高聲大叫ᄒᆞ되 汝 村民아 天을 賣ᄒᆞ야 我 大法國에 納ᄒᆞ얏스니 上面의 天은 大法國이 管有ᄒᆞ고 汝 村民의게ᄂᆞᆫ 無關이니 汝 村民은 天이 照臨ᄒᆞᆫ 地에 行走치 못홀 것시오 ᄯᅩ 天光을 曝晒치 못홀지라

c. 그 사람들이 정신이 아득ᄒᆞ고 긔가 막혀 서로 아모 딕답도 못ᄒᆞ더니 곳 하늘을 파는 문셔를 법국사람이 ᄭᅮᆷ여가지고 와셔 호소ᄒᆞ는 빅셩의게 당쟝 수결을 밧고 몰아 ᄶᅩᆺᄂᆞᆫ지라 빅셩들이 그 촌으로 돌아오니 홀연이 법국 병뎡 일딕가 달려들어 그 촌을 에워 싸고 소릭를 질녀 굴ㅇ딕 너희들이 하늘을 팔아 우리 대법국에 밧쳣스니 너희 우에 하늘은 대법국이 차지ᄒᆞᆫ 거시요 너희 촌빅

셩의게는 샹관업스니 너희들은 하늘 빗치는 쌍에는 다 잇지 못
ᄒ리라

a. 若見汝向屋墻外, 出頭露面的, 便是敢窺我大法天的, 便是侵犯我大法
天的, 便是死罪。我大法決不輕饒, 巡警兵護天的, 一連三日, 那村人
直是水洩不通的, 眞是晝不見日, 夜不見月與星的。此時村人愈窮窘,
乃哭哭泣泣, 千般訴, 萬般哀, 向法官乞許贖回那村頭上一片天來、眞
個是妻兒賣了, 家屋賣了, 田地賣了, 方納淸這搜銀, 方纔討個安居的,
法人方纔罷手。俗諺有云:
　　到底無天苦, 畢竟有天好。
　　妻兒將奈何, 田地未必保。
　　我贖吾天來, 那天不是老。

b. 汝 等이 萬一 屋墻 外에 向ᄒ야 頭面을 露出ᄒ면 此ᄂᆞᆫ 곳 我 大法
國이 決斷코 輕饒치 아니리라 ᄒ고 虎狼과 如ᄒᆞᆫ 法兵 數百이 三日
을 把守ᄒ니 該 村民이 곳 水洩 不通ᄒ야 晝에 日光을 不見ᄒ고
夜에 ᄯᅩ 月星을 望치 못홀지라 村民이 크게 窮之ᄒ야 法兵의게
萬般 哀乞ᄒ야 該 村上에 一片 天을 贖回흔다 ᄒ고 곳 妻子를 賣
ᄒ고 家屋과 田地를 賣ᄒ야 搜銀을 淸賬ᄒ니 法兵이 이에 回去ᄒ
고

c. 만일 문틈으로라도 하늘을 엿보면 이는 우리 대법국의 하늘을
침범흠이니 결단코 죽으리라 ᄒ며 호랑과 ᄀᆞᆺ흔 법국 병뎡 수빅
명이 창을 파슈ᄒ니 그 촌 빅셩이 나졔도 일광을 보지 못ᄒ고
밤에도 월식을 보지 못ᄒ며 슈셜불통ᄒᆞ매 주리고 극히 궁핍ᄒ
여 만단 이걸ᄒ여 하늘을 환퇴흔다 ᄒ고 곳 가옥 뎐토와 쳐ᄌᆞ를
몰수히 팔아 셰금을 다 밧치매 그졔야 법국 병뎡이 돌아가고

a. 又有寓越華商爲城廂旅民身稅, 較本國人逾重, 上等身稅, 可六十元, 中
等半之, 下等至少亦十元。以上各項公搜稅銀, 法人給一紙牌, 用法文

法印, 註明姓名年貫, 爲隨身信符, 不許遺脫, 途行者、家居者, 若遇密
魔邪檢察(法人巡警兵爲魔邪兵, 偵探兵爲密魔邪兵。)無此紙牌, 作逃搜
論, 卽得重罰, 其有官紳在家, 及現爲法從事者, 照越南國例, 無身稅
銀。法人却給一免搜銀牌, 每三年一換, 領牌換牌, 皆納銀三年, 較搜
銀更重, 其紙牌, 有靑紅黃三式, 黃者爲免搜紙牌, 紅者爲受搜紙牌, 靑
者爲外籍紙牌, 外籍紙牌, 又有一則稅例。南人遊商, 自居里過別處,
若忙急, 未及向法官乞通行文憑, 到別處時, 向法官納銀元, 領個外籍
牌。(是靑牌者)以往限速遲爲多少, 領紙牌訖, 方得投客棧居住, 客棧若
許無紙牌者居住, 巡警兵覺出, 拿向法官, 主客同罰, 此是要分客棧之
利, 民間雖納公益銀, 役亦不爲之減, 每役民, 必曰許雇役錢。初時少
支, 頃向便變異其說, 囊錢裹飯, 任民自供, 未嘗雇也。其譎處在狙詐
奴隸, 其凶處在土苴人命。

b. 또 寓越ㅎ 淸商은 越民의 身稅보다 逾重ㅎ야 上等 身稅는 六十 圓
이오 中等은 三十 圓이오 下等은 至少ㅎ야로 十圓 以上이오 至於
越人이 內地 他處에 遊商코자 ㅎ야 法官의 通行 文憑을 乞홀 時에
는 法官의게 銀元을 納홀 시 住限의 遲速으로 銀의 多少를 定ㅎ
고 其 紙牌를 領흔 後에야 客店에 居住ㅎ되 萬一 紙牌가 無흔 者
를 容接ㅎ면 巡警兵이 法官의게 拿往ㅎ야 主客을 同罰ㅎ고 또 民
間은 비록 公益銀을 納ㅎ나 其 徭役은 依舊 不減ㅎ야 民人을 役홀
時에 必曰 雇役 錢을 給흔다 ㅎ고 初時에는 幾 文 錢을 予ㅎ다가
少頃에 곳 其 說을 變易ㅎ는지라 이에 人民이 囊錢 裏飯ㅎ야 其
役을 自爲ㅎ고

c. 또 월남에 와셔 쟝ㅅㅎ는 청국사람들이 만흔디 인구세가 월남
사람들보다 더 즁ㅎ여 한 사람에 샹등은 륙십 환이요 즁등은 삼
십 환이오 하등은 십 환 이샹이요 월남사람이라도 니디에셔 타
쳐로 든니며 쟝ㅅㅎ랴면 법국관원의게 통힝권을 익걸ㅎ여 날수
대로 돈을 밧치고 통힝권을 바다가지고 타쳐긱 즁에 머믈며 만
일 통힝권이 업는 쟈를 긱쥬에셔 머믈게 ㅎ면 슌경ㅎ는 법국 병

뎡이 쥬인과 손을 다 잡아가지고 가셔 흠씌 형벌ᄒ고 ᄯ 빅셩은
부역셰를 밧치나 부역식이는 일은 감ᄒ지 아니ᄒ고 빅셩이 처
음으로 역ᄉ홀 째에는 공젼을 준다 ᄒ고 처음에는 몃 푼식 주다
가 몃 날이 못되여 그것도 주지 아니ᄒ매 빅셩이 이제는 제 밥
먹고 제 돈으로 부비를 쓰면셔 그 역ᄉ를 스ᄉ로 ᄒ여주며

a. (三)爲屋居之稅 照房定款, 逐項徵收, 其例不一, 環城廂者, 上等屋房,
　歲出銀九十元, 或至一百元。中等房屋, 歲出銀五十元, 或至六十元。
　下等房屋, 歲出銀二十元, 或至三十元。房屋前後爲堂軒稅, (南人曰錢
　價軒)堂外爲庭稅, (南人曰稅璘)庭外爲門欄稅, 門欄外爲園居稅, 亦無
　一定規則, 但按項出銀, 照房屋例爲增減, 處處門外, 俱有法文爲記, 無
　者爲瞞稅, 卽有重罰, 登時逐去, 若在村野, 這稅則較輕。

b. 三은 曰 屋層稅니 房을 照ᄒ야 款을 定ᄒ고 逐項 徵收홀 시 其 例
　가 不一ᄒ야 城廂에 環ᄒᆫ 者ᄂᆞᆫ 上等 房屋에 歲出銀이 九十 圓 或
　百 圓이오 中等 房屋은 歲出銀이 五十 圓 六十 圓이오 下等 房屋
　은 歲出銀이 二十 圓 三十 圓이오 房屋 前後ᄂᆞᆫ 堂軒稅를 出ᄒ고
　堂外에ᄂᆞᆫ 庭稅를 出ᄒ고 庭外에ᄂᆞᆫ 門欄稅오 門欄 外에ᄂᆞᆫ 園居稅
　가 有ᄒ나 ᄯ 一定ᄒᆫ 規則이 無ᄒ고 오작 房屋例를 照ᄒ야 增減
　홀 시 各人 門外에 다 法文으로 記號를 寫明ᄒ고 無者ᄂᆞᆫ 瞞稅ᄒ
　얏다 ᄒ야 곳 重罰ᄒ고 立時 逐去ᄒ며

c. 셋재는 집셰니 방의 간수대로 셰를 뎡ᄒ여 샹등방에는 구십 환
　이요 혹 빅 환ᄭ지 밧고 즁등방에는 오십 환 혹 륙십 환이요 하
　등방에는 이십 환이요 혹 삼십 환이니 퇴마루와 ᄯᆯ과 문간과 마
　당과 화원ᄭ지 셰가 잇고 문표는 법국글노 쓰고 셰금을 속이는
　쟈는 즁벌ᄒ여 ᄶᅩ차내고

a. (四)爲渡頭之稅 每到江河橫渡處, 卽隔數尺水, 而水上有一收稅公司。
　其役, 由南人領掌, 其銀, 納於法官。每大江, 一律次, 一人渡江錢, 可

三四十個銅錢。極小江, 一律次, 一人渡江錢, 可六七個銅錢。貧家貿易生理, 極若此事。

b. 四는 日 渡頭稅니 江河 橫渡處에 다만 數尺水가 隔ᄒᆞ야도 곳 收稅ᄒᆞᄂᆞᆫ 公司가 有ᄒᆞ야 其 役은 越人이 執ᄒᆞ고 其 銀은 法員의게 納홀 ᄉᆡ 每 大江 一律에 一人이 渡江ᄒᆞ면 곳 三四十 文이오 至小ᄒᆞ야도 一人에 六七 文이라 貧人의 貿易 生涯가 極히 困苦ᄒᆞ고

c. 넷재는 나루셰니 강과 내와 두어자 넓억지되는 물ᄭᅵ지 건느는 곳마다 셰를 밧는디 그 일은 월남사람이 ᄒᆞ고 셰금은 법국사람의게 밧칠 ᄉᆡ 강의 ᄒᆞᆫ 나루를 ᄒᆞᆫ 번 건너는 디 삼ᄉᆞ십 푼식이요 지극히 적은 물건을 건너도 ᄒᆞᆫ 번에 륙칠 푼식이라 빈한ᄒᆞᆫ 사람의 싱이가 극히 곤고ᄒᆞ고

a. (五)爲生死之稅 男女初生, 卽向法參辨堂呈開, 納呈開銀, 男女至死時, 卽向法之參辨堂, 乞驗。納乞驗銀, 輕重視人之貧富爲差, 此防逃漏身稅也。此是行之於西貢者, 各處未有, 法人徵收, 皆以漸而至, 不一時齊到, 此是陰朘民脈處。

b. 五는 日 生死稅니 男女가 生ᄒᆞ면 곳 法人 叅辨堂에 銀을 呈納ᄒᆞ고 男女가 死 時에도 法人 叅辨堂에 向ᄒᆞ야 驗視키를 乞홀ᄉᆡ 乞驗銀을 納ᄒᆞ기ᄂᆞᆫ 其人 貧富를 視ᄒᆞ야 差別이 有ᄒᆞ니 此ᄂᆞᆫ 身稅를 逃漏홀가 恐흠이오

c. 다섯 재는 싱ᄉᆞ셰니 남녀 간에 ᄒᆡ산ᄒᆞ면 법국사람이 셰를 밧고 남녀 간에 죽으면 법국사람의게 죽엄을 ᄉᆞ실ᄒᆞ여 달나고 비는 셰를 밧치는디 그 사람의 빈부를 ᄯᆞ라 셰가 ᄎᆞ등이 잇스니 이는 죽엇슬지라도 법국사람의 ᄉᆞ실이 업스면 죽은 사람의게도 인구셰를 밧는 고로 법국사람은 ᄉᆞ실 아니ᄒᆞᄂᆞᆫ 거시 더 리가 되매 잘 ᄉᆞ실ᄒᆞ여 죽지 아니홈으로 ᄉᆞ실ᄒᆞ여 주기를 ᄋᆡ걸ᄋᆡ걸ᄒᆞ며 ᄯᅩ ᄉᆞ실ᄒᆞᄂᆞᆫ 셰금을 밧는 거시라

a. (六)爲契券之稅 法人知人間雇借, 賣買田土家屋詞訟單憑, 用紙必多, 却生一術, 於越南紙中, 押下法人印信。凡上所用紙各件事, 須向法人 領這紙, 納銀, 賣領, 若有不用此紙, 名爲背國法, 一切事, 行不著。

b. 六은 日 契券稅니 越南에 雇借 賣買 田土 家屋 詞訟 等 憑單에 用 紙가 多혼지라 法人이 一術을 出ㅎ야 越南 紙 中에 法人의 印信 을 押下ㅎ고 以上 所用 各 件을 다 法人의게 向ㅎ야 此 紙를 取홀 시 銀을 納ㅎ고 賣去ㅎ되 此紙를 不用ㅎ면 國法을 犯ㅎ얏다 ㅎ고 一切 事件을 不行케 ㅎ며

c. 여섯 재는 문권셰니 가옥과 뎐답의 매미ㅎ는 문셔와 송슈ㅎ는 듸 쓰는 조희에 법국사람이 도쟝쳐서 셰를 밧되 이 조희를 쓰지 아니ㅎ면 법국을 범ㅎ엿다고 그 일을 시힝치 아니ㅎ고

a. (七)爲人事之雜稅 或請僧, 或忌臘, 或禳祭, 或改一椽, 或易一瓦, 或送 喪, 或行慶賀等事, 凡聚會一筵, 一時辰, 打一聲鼓, 吹一口簫, 不論貴 賤何等人家, 皆須向法官呈納請銀三角, 或五角。隨事之大小而定稅, 法人給一小紙, 乃得遵辦。名曰乞法銀錢, 日間從輕, 夜間倍之, 此行 之城廂者, 村野各處未有。

b. 七은 日 人事雜稅니 或 僧을 請ㅎ든지 或 忌臘禳祭와 或 一椽을 改ㅎ든지 一瓦를 易ㅎ든지 凡 送葬 慶賀 等 事에 聚會ㅎ기 一筵에 一時辰과 一聲 鼓吹와 一口 簫까지 貴賤 及 何等 人家를 不問ㅎ고 다 法官의게 銀 三十 錢 或 五十 錢을 納ㅎ고

c. 닐곱 재는 인스 잡셰란 것이니 즁을 쳥ㅎ던지 귀신을 위ㅎ여 힝 ㅎ는 일이던지 셕가래 흔아를 갈던지 긔와 흔 쟝을 곳치던지 쟝 스를 지내던지 무슨 잔치를 ㅎ던지 북을 흔 번 치던지 퉁소를 흔 번 불던지 빈부귀쳔 물론ㅎ고 다 법국샤람의게 삼십 젼 혹 오십 젼을 밧친 후에야 힝ㅎ고

a. (八)爲船戶之稅 這稅額亦照房屋稅額, 分上中下三等, 上等船戶, 爲大

商船, 亦歲納銀百元, 或至二百元。中等船戶, 半之, 下等商船戶, 又半
之。最慘苦者, 是漁戶, 漁戶人, 無田地, 無家屋, 無工商各藝, 以一葉
爲生涯, 朝得魚, 暮得食, 從前越南國君, 於此等民, 毫無征取。但令供
水役, 而給予役錢而已, 法人亦令一一徵收, 一漁民幾隻船, 一船幾人
口, 出人口銀錢, 又出船屋錢, 得魚向市, 又取魚稅錢, 以上諸船稅, 船
頭皆有法文爲記。無者爲瞞稅, 卽有重罰。

b. 八은 曰 船戶稅니 此 稅도 ᄯᅩ흔 房屋稅를 照ᄒᆞ야 上中下 三等에
分ᄒᆞ니 上等은 稅納이 二百 圓 或 百 圓 이오 中等은 此에 半이오
下等은 ᄯᅩ 此에셔 半이 되고 其 最慘혼 者ᄂᆞᆫ 漁戶니 漁戶ᄂᆞᆫ 元來
田地와 房屋이 無ᄒᆞ고 ᄯᅩ 工商 各 藝를 不知ᄒᆞ야 오작 一 葉 船으
로 生涯를 삼ᄂᆞᆫ지라 故로 從前 越廷이 此等의게 征取가 無ᄒᆞ야
다만 水役을 供ᄒᆞ고 役錢을 給ᄒᆞᆯ ᄲᅮᆫ이러니 今에ᄂᆞᆫ 法人이 一一
徵取ᄒᆞ야 一 漁民의 幾 雙 船과 一 船의 幾 人口를 査出ᄒᆞ야 每人
이 人口銀을 出ᄒᆞ고 ᄯᅩ 船屋錢을 出ᄒᆞ며 及其 魚를 得ᄒᆞ야 市場
에 向ᄒᆞ면 ᄯᅩ 魚稅錢을 取ᄒᆞ니 以上 諸 船稅ᄂᆞᆫ 船頭에 다 法文 記
號가 無혼 者ᄂᆞᆫ 重罰ᄒᆞ며

c. 여둛 재는 비셰니 비 혼 쳑 셰가 이빅 환 혹 일빅 환식이요 ᄯᅩ
뎨일 참혹흔 거슨 어부셰니 어부는 원릭 뎐디와 집이 업고 ᄯᅩ
다른 싱이 외에 직조 업시 입새ᄀᆞᆺ흔 흔 조각비로 물에서 고기
잡는 거스로 싱이를 삼을 ᄲᅮᆫ이라 이럼으로 젼에 월남 정부에서
는 아모 셰도 밧지 아니ᄒᆞ고 혹 슈즁에 역스를 식이면 다 삭을
주더니 이제 법국사람은 비셰와 ᄯᅩ 그 빅 속에 잇는 사람ᄭᆞ지
수효대로 인구셰를 낫낫이 밧으며 ᄯᅩ 빅에 덥는 씀ᄭᆞ지 셰를 밧
으며 싱션을 잡아 가지고 져자에 팔너 가면 싱션 마리 수효로
셰를 밧고 빅머리에 법국사람이 법국글노 ᄆᆞᆫ드러 준 표가 업스
면 즁벌을 당ᄒᆞ고

a. (九)爲商賈之稅 其最重者, 旅商店, 亦分大中小三項, 照貨收銀, (南人

名曰稅)其大項, 或歲出二三百元上下, 中項半之, 小項又半之。卽一小
小商廛, 設幾件賣買品料, 雖至賣漿、賣菜、賣碎柴、賣檳榔、極少的
事, 亦須有稅牌紙, 無者爲瞞稅, 卽有重罰。

b. 九는 曰 商買稅라 其 最重要者는 旅商店이니 쏘흔 大中小 三 項에
分ᄒ고 其 貨物을 照ᄒ야 銀을 收홀 시 大項은 歲出이 二三百 圓
이오 中項者는 其半이오 小項은 쏘 此에 半이라 곳 一 小小 商廛
幾件 賣品ᄭ지 다 有稅ᄒ고 至於 賣漿 賣菜 賣柴 等 極小 生涯라
도 쏘흔 稅錢이 有ᄒ고

c. 아홉 재는 샹고셰니 그즁에 뎨일 즁흔 거슨 ᄃ니며 쟝ᄉᄒ는 셰
니 대즁쇼 삼등으로 해마다 이삼빅 환식이요 쇼쇼흔 쟝ᄉ가 먹
몃 쟝을 팔아도 쟝수대로 셰를 밧고 쟝 쟝ᄉ와 김치 쟝ᄉᄀ치
지극히 적은 싱이도 셰를 밧고

a. (十)爲市廛之稅 市分大中小三等, 令所在領徵, 而納銀於法官, 大市歲
七八百銀元, 中次之, 小又次之。外又有行市者自出之稅, 擔一肩柴,
挑一籃菜, 亦必納稅。乃得入市, 樵夫野人, 以手足爲生理者, 甚苦此
事, 貧人歸途, 但聞嗷嗷相問。汝今朝出稅幾何, 今晚出稅幾何, 此外
更無一語。

b. 十은 曰 市廛稅니 市廛을 大中小 三 等에 分ᄒ야 所在處에 銀을
法人의게 納ᄒ니 大市는 七八百 圓이오 中小는 降殺ᄒ며 쏘 行市
者의 稅는 一肩柴 一籃菜에도 쏘 納稅ᄒ여야 市中에 入ᄒ니 故로
樵夫와 野人이 歸路에 다만 嗷嗷 相向ᄒ야 稅錢의 多少를 問홀 ᄲᅩᆫ
이오 他語가 無ᄒ며

c. 열 재는 시뎐셰니 대즁쇼 삼 등으로 일 년에 뎐마다 칠팔빅 원
이요 적은 뎐은 리보다 좀 적게 밧으며 나무 흔 단이나 나물 흔
복움이라도 져자에 팔러 오면 다 셰를 밧고야 들어오게 ᄒ고

a. (十一)爲鹽酒之稅 其初, 法人但責煮鹽戶納鹽田稅, 后見越人嗜鹽, 便

起貪心, 令所在有鹽田者, 出其田之稅, 亦照田土例徵收, 而倍其額, 其
鹽貨, 由法人自煮, 責令鹽戶供其役, 少少還些値錢, 鹽煮成, 業賣鹽者,
出銀向法人領買, 法人照銀授鹽訖, 給與一紙牌, 每一紙牌, 隨所買多少
納銀, 買鹽銀, 不在此數。計一升鹽, 至此已有兩重稅, 一爲鹽田稅, 一
爲領買鹽紙牌稅, 買鹽自場出, 又到法商政司呈乞勘, 商政司秤得若干
斤, 若干榭訖, 納銀, 取賣鹽稅牌, 前兩重稅, 是防盜煮, 此一重稅, 方
的是鹽成, 一升鹽, 至此時有三重稅。三重稅納淸, 方得引鹽到市, 入
市時, 又納市稅, 成四重稅, 鹽産那得不窮, 鹽價那得不騰昂, 國中前日
一升鹽, 不過五六十銅錢, 今日一升鹽, 有四五銀元之値。越人海濱傲
居, 實以鹽爲生命, 漁獵至此, 天焦海枯, 慘慘酷酷, 越人苦極, 有自脫
於法網之外, 閭閻自相貿易, 不復向場入市, 更苦法人巡警極嚴, 偵探極
密, 一經覺出, 全家爲之掃地, 更人人忍饑忍死, 尙可言哉。酒稅, 亦與
鹽稅同, 亦由法人自煮, 業賣酒者, 亦向法人領買酒紙牌, 但只兩重稅
耳。

b. 十一은 鹽 酒稅니 其 初에는 法人이 다만 煮鹽戶의게 鹽田稅를 責
納ᄒ더니 後에 越人의 嗜鹽홈을 見ᄒ고 國內에 令ᄒ야 鹽田이 有
흔 者는 其 稅를 出ᄒ기 田土例와 同히 徵收ᄒ되 其 額은 一倍가
되고 其 鹽田는 法人이 自煮ᄒ고 鹽戶로 ᄒ야곰 其 役을 供케 흔
後 若干式 其 價錢을 少還ᄒ며 鹽이 煮成ᄒ면 賣鹽을 業ᄒ는 者ㅣ
銀을 出ᄒ야 鹽을 買홀 시 法人이 銀을 照ᄒ야 곳 鹽을 授흔 後
에 一紙牌를 給予ᄒ니 此 紙牌는 其 所買鹽의 多小를 受ᄒ얏다는
意를 寫홈이라 自此로 一升 鹽에 곳 兩重稅가 되니 一은 壜田稅
오 一은 買鹽 紙牌稅오 及 其 其人이 買鹽흔 後에는 ᄯ 法人 商政
司에 至ᄒ야 勘驗키를 乞ᄒ면 商政司에서 若干 斤 若干 重을 秤定
흔 後 銀을 納ᄒ고 賣鹽稅牌를 取ᄒ니 前 兩重稅는 盜煮를 防홈이
오 此 一重稅는 市上에 往賣홈을 許홈이라 이에 一 升 鹽이 三重
稅가 되고 三重稅를 納흔 後에야 비로소 鹽을 持ᄒ고 市에 往홀
시 入市 時에 ᄯ 市稅를 納ᄒ야 以上 合이 四重稅라 稅額이 如此

토록 夥多ᄒ니 鹽産이 엇지 窮乏치 아니며 鹽價가 엇지 騰昻치
아니리오 前日에는 一升 鹽이 五六十 文 銅錢 되는 者ㅣ 今에는
四五 圓 銀이 되는지라 海濱 居民이 오작 鹽으로써 生命을 作ᄒ
거늘 法人의 暴虐이 至此ᄒ니 越人이 堪耐ᄒ리오 이에 越民이 私
히 隣里 間에 自相 貿易ᄒ얏더니 法人의 偵探이 極密ᄒ야 發覺이
되면 全家가 被罪ᄒ고 酒稅도 또흔 鹽稅와 同ᄒ야 法人이 自釀흔
後 賣酒를 業ᄒ는 者ㅣ 또흔 法人을 向ᄒ야 賣酒 紙牌를 領ᄒ니
此는 오작 兩重稅뿐이오

c. 열한 재는 소금과 슐셰니 소금 밧을 뎐토와 ᄀᆺ치 셰를 밧으며
월남사람이 소금 만히 먹는 거슬 보고 소금 굽는 싱업도 법국사
람이 다 차지ᄒ여 소금쟝ᄉ가 사가는 대로 셰를 밧고 소금 얼마
를 사간다고 표지를 써서 주며 소금쟝ᄉ가 이러케 사가지고 쟝
ᄉ일을 관할ᄒ는 법국사람의게 가셔 그 표지를 보이면 소금을
달아보고 또 셰를 밧은 후에 다시 표지를 ᄆᆫ들어주어야 셔자에
가셔 팔기를 허락ᄒ니 이 두 가지 셰는 월남사람이 법국사람 모
르게 소금을 구어 다 팔지 못ᄒ게 ᄒ는 계칙이요 이런 후에 소
금을 가지고 져자에 들어가면 또 셰를 밧는지라 이러케 셰를 네
번이나 밧으니 소금갑이 엇지 대단이 빗싸지 아니ᄒ리오 젼에
는 소금 흔 되에 오륙 젼식 되던 거시 이제는 ᄉ오 원이 되는지
라 히변 빅셩이 소금 ᄆᆫ드러 파는 업으로만 싱명을 보젼ᄒ거늘
법국사람의 포학흠이 이 디경에 일으니 월남사람이 엇지 견듸
리오 월남사람이 이웃에셔 ᄉᄉ로 소금을 팔앗더니 법국사람이
졍탐ᄒ여 왼 집안을 다 엄ᄒ게 형벌ᄒ며 슐셰도 소금셰와 ᄀᆺ치
슐 ᄆᆫ들기는 법국사람만 ᄒ고 사다가 파는 쟝ᄉ들은 셰를 내고
표지를 어든 후에야 팔계 ᄒ니 슐셰도 두 번을 밧고

a. (十二)爲殿寺之稅 法人無事神奉佛等事, 人間殿寺, 分爲大中小三項,
向法官納稅, 領法文門牌一紙, 方得奉祀。(大項歲五十元, 中項三十

元, 小半之)現今西貢, 廟宇幾爲之空, 其有一二富鄕村, 時得一見, 眞
成魯國靈光矣。

b. 十二는 殿寺稅니 人間 殿宇를 大中小 三 項에 分ᄒ야 法員의게 納
稅ᄒ고 法文 門牌를 領取흔 後에 奉祀케 ᄒ니 大項은 每 歲 五十
圓이오 中項은 三十 圓이오 小項은 十五 元이라 故로 現今 西貢의
廟宇가 一空ᄒ며

c. 열둘 재는 졀과 사당과 위ᄒ는 집들의 셰니 졔ᄉ를 지내던지 무
엇을 위ᄒ던지 다 법국 글노써 주는 문패를 밧아다가 부친 후에
야 힝ᄒ게 ᄒ되 해마다 셰가 샹등에는 오십 환이요 즁등에는 삼
십 환이요 하등에는 오 환이라 이럼으로 셔공에는 지금 사당과
위ᄒ는 집이 도모지 업고

a. (十三)爲工藝之稅 越國工藝人, 多專村居住, 屋其地者, 專其業, 如鉢場
業陶, 楓林業屢, 文林業鐵匠等類, 法人於身稅外, 令納工藝稅錢, 隨業
之貴賤, 定多寡稅額, 亦人給一紙牌稅, 無者禁, 不得做生理, 祇許在官
供役, 貧民以手藝自養, 那堪束手待斃, 噫噫!

b. 十三은 工藝稅니 越國에 工藝人이 多ᄒ야 專村 居住홀 식 其 地에
屋ᄒᄂ 者ㅣ 其 業을 專ᄒ니 鉢場에 業陶와 楓林에 業屢와 文林에
鐵匠 等 類라 法人이 身稅 外에 工藝稅를 徵홀 식 業의 貴賤을 隨
ᄒ야 稅의 多小를 定ᄒ고 每人에 紙牌 一張을 給ᄒ야 無흔 者ᄂ
其 生涯를 禁ᄒ고

c. 열셋 재는 공쟝셰니 월남에 공쟝으로만 싱업을 삼는 사람이 만
흐니 그릇과 사긔와 목긔와 신을 ᄆᆞᆮ는 이들과 목슈들과 쇠로
각식 문건들을 ᄆᆞᆮ는 이들과 그 외에 여러 가지 공쟝들이라 법
국사람이 인구셰 외에 공쟝셰를 또 밧고 표지를 주며 표지 업는
쟈는 그 싱이를 금ᄒ고

a. (十四)爲地産之稅 這等稅卻不勝書, 山産有象牙、犀角、錦石、玉石

等, 海産有玳瑁、珊瑚、燕巢、珠貝等, 淸奲之桂, 廣南之飴糖, 乂安之鐵林黃草, 西貢之砂仁、豆蔲、梬楠、沉香, 南定、海陽之茶煙草, (是名相思草, 可避嵐瘴, 越人嗜此煙, 男女皆食之。)平定之蠶絲, 一切土地間所有貨品, 皆有專稅, 其爲法人所自占管, 不許本土人開採者, 不納費稅, 但出地稅而已。除此項外, 稅額甚繁, 言之可厭, 怕同人爲之掩耳而走也, 姑擧茶煙草稅一則, 其餘可知。

b. 十四ᄂ 地産稅니 山産에ᄂ 象牙 犀角 錦石 玉石 等이오 海産에ᄂ 玳瑁 珊瑚 燕巢 珠貝 等이오 淸奲의 桂와 廣南의 飴糖과 乂安의 鐵材 黃草와 西貢의 砂仁 荳蔲 梬楠 沉香과 南定海陽의 茶 烟草와 平定의 蚕絲 等 一切 土地 所産 貨品에 다 專稅가 有ᄒ고 至於 法人이 自占ᄒ야 越人의 關係가 無ᄒᆫ 者ᄂ 地稅를 出홀 뿐이오 貨稅ᄂ 無ᄒ고 此項 外에 쏘 稅額이 甚繁ᄒ니 今에 다만 茶 烟草의 稅 一 款을 擧ᄒ야 言ᄒ리라

c. 열넷 재는 땅에 싱기는 물건셰니 상아와 록룡과 대모와 산호와 연소와 진쥬와 그 외 각죵 바다 보빅들과 계피와 사탕과 각죵 쇠와 횡초와 슈인과 두구와 익남과 침향과 차와 담빅와 면쥬실과 그 외 이런 종류 물건들은 다 땅셰를 밧고 쏘 물건셰를 밧으며 법국사람이 ᄌ작 차지ᄒᆫ 땅에 나는 물건들은 땅셰만 수업슴으로 다만 차와 담빅의 셰만 들어 말ᄒ리라

a. (十五)爲種煙田之稅 每種煙家, 向法公司納田稅, 畝照常田倍之, 方得下種, 稅一。

b. 十五ᄂ 種烟田의 稅니 種烟家에서 法公司를 向ᄒ야 田稅를 納홀 시 常田보다 一倍를 出흔 後 비로소 下種ᄒ니 稅가 一이오

c. 열다섯 재는 담빅밧셰니 담빅를 심으랴면 법국사람의게 례ᄉ보다 갑졀을 더 밧친 후에야 심으게 ᄒ니 이는 담빅의 첫재 셰요

a. (十六)爲生煙稅 煙草自田間采還, 未經三五日, 割切成片, 得若干, 若干

樹, 須悉向法司呈勘, 納稅訖, 方得出賣, 稅二。(此兩重稅造煙家出。)

b. 十六은 生烟稅니 烟草를 田間에서 採出ᄒ야 三五 日 內에 割切ᄒ
야 成片ᄒᆫ 後 若干 斤 若干 兩이 되면 곳 法公司에 納稅ᄒᆫ 後 出賣
ᄒ니 稅가 二오

c. ᄯᅩ 싱담ᄇᆡ셰가 잇스니 담ᄇᆡᄇᆞᆺ헤 담ᄇᆡ입흘 ᄶᅡ셔 팔고쟈 ᄒ면 근
량대로 법국사람의게 셰를 ᄇᆞᆺ친 후에야 팔게 ᄒ니 이는 담ᄇᆡ의
둘 재 셰요

a. (十七)爲熟煙之稅 業煙商者向造煙家買回, 卽呈商政司, 得若干斤, 若
干樹, 繳納稅淸, 許給稅紙牌, 方得轉運他處。(此一重稅業煙商者出。)

b. 十七은 熟烟稅니 烟商을 業ᄒᄂᆞᆫ 者ㅣ 造烟家에서 買回ᄒᆫ 後 곳 商
政司에 呈ᄒ야 若干 斤을 秤定ᄒ고 稅錢을 納淸ᄒ야 稅紙牌를 得
ᄒᆫ 後에야 비로소 他處에 轉運ᄒ니 此 稅ᄂᆞᆫ 烟商이 出홈이니 稅
가 三이오

c. ᄯᅩ 말은 담ᄇᆡ 셰가 잇스니 담ᄇᆡ쟝슈가 싱담ᄇᆡ를 사셔 말려 다시
팔고쟈 ᄒ면 근량대로 법국사람의게 ᄯᅩ 셰 ᄇᆞᆺ치고야 타쳐로 팔
게 ᄒ며 이는 담ᄇᆡ의 셋 재 셰요

a. (十八)爲公局煙稅 業商者自此省轉載他省, 卽由所在之商政司, 納稅訖,
給與紙牌, 方得散賣, 稅四。(此一重稅行商者出。)

b. 十八은 公局烟稅니 業商者가 此 省에서 他省으로 轉運코쟈 ᄒ면
곳 其 所在處 商政司에 納稅ᄒᆫ 後 納牌를 得ᄒ여야 비로소 散賣케
ᄒ니 稅가 四오

c. ᄯᅩ 담ᄇᆡ 대샹셰가 잇스니 담ᄇᆡ 대샹들이 이 싱에셔 담ᄇᆡ를 무역
ᄒ여 다른 싱으로 가져가고쟈 ᄒ면 법국사람이 셰를 ᄇᆞᆺ고 표지
를 준 후에야 갓다가 팔게 ᄒ니 이는 담ᄇᆡ의 넷 재 셰요

a. (十九)爲弘局煙稅 一切諸小本商家, 從大商家零碎分買, 又必向某處某

處小局商政分司, 呈勘領稅牌訖。方得店前販賣, (此一重稅坐商者出)
然入市時, 一肩之擔, 一掌之握, 亦必向市司納稅, 方得賣之市間, 只緣
法人預防越人太深, 酷嗜越貨太熱, 百端營謀, 萬端索取, 總之越人無一
線生路, 法人志願始滿耳。

b. 十九는 私局烟稅니 一切 諸小本 商家에셔는 大商處를 向호야 零碎
分買호되 또 반다시 某某 處 小局 商政 分司를 向호야 勘定호고
稅牌를 領훈 後에야 비로소 店前에셔 販賣호니 此는 坐商의 納稅
오 至於 一肩의 擔과 一掌의 握이라도 또훈 市司에 納稅호여야
비로소 市間에셔 賣홀 식 大抵 法人이 越人을 預防호기 太深호고
越貨를 酷嗜호기 太熱호야 百端 營謀에 萬端 索取호니 總히 越人
은 一線生路가 無훈 後에야 法人의 志願이 滿足홀지라

c. 또 담비 좌샹세가 잇스니 뎐에 안져 담비쟝스 하는 사람들이 대
샹들의 무역호야 온 담비를 사다가 팔랴 호면 또 법국사람이 스
실호여 셰를 밧고 표지를 주어야 팔게 호니 이는 담비의 다셧
재 셰라 또훈 억기에 메여 가는 것과 흔짐 지어가는 것신지라도
세가 잇스니 대뎌 법국사람이 월남사람의 직물 취호기를 극히
됴하호고 극히 힘을 써셔 만단으로 토식호니 다 말호면 월남사
람들이 싱로가 훈 줄도 업서진 後에야 법국사람의 원호는 것이
만죡홀 연고로다

a. 大抵貨項之稅, 不論貴賤, 入商政司者, 十斤有稅, 人市政司者, 值十文
銅錢以上亦有稅。入巡警司者, 無論何人, 無論何件事, 銀錢便是護
符。

　法人有白取人財一妙法, 想是五洲中文明國, 千思萬想, 不能猜到者,
曰英豪會一事, 法人選民間猾豪姦魁, 鄕曲所厭惡者, 每地方二三人, 名
曰英豪會。(其名甚美)月二禮拜日, 會於公使堂, 指畫利路, 某處有某款
宜征徵, 某事有某利宜收拾, 法人虎也。此輩爲之倀, 日改月新, 搜幽
索隱, 眞個是一文不遺一粒必摘的, 方纔如意。此輩人無學問, 無心術,

驅之作惡, 如蜂得甛, 這是法人最善用人處, 文明各國, 有如是用人手段
麽法人又有陰空人國一絶妙法, 爲五洲中文明國千千萬萬想不到者, 是
爲密魔邪一事。

b. 大抵 貨項의 稅가 貴賤을 勿論ᄒ고 商政司에 入ᄒ 者ᄂ 十斤에 稅
가 有ᄒ고 市政司에 入ᄒᄂ 者ᄂ 其 價値가 十 文 以上 者에 稅가
有ᄒ고 巡警司에 入ᄒᄂ 者난 何人 何件 事ᄅ 無論ᄒ고 다 銀錢아
곳 護身符가 되고 法人이 ᄯ 人財ᄅ 白取ᄒᄂ 一妙法이 有ᄒ니 曰
英豪會라 法人이 民間의 豪猾姦魁로 鄕曲의 賤棄ᄒᄂ 者ᄅ 選ᄒ
되 每 地方에 二三 人式 聚會ᄒ니 名 曰 英豪會라 每月에 二個 禮
拜日을 定ᄒ야 公事堂에 會ᄒ야 利路ᄅ 指畫ᄒ 시 某處에ᄂ 某款
을 可히 征收ᄒ깃고 某事에ᄂ 某利가 有ᄒ니 맛당히 收拾ᄒ리라
ᄒ면 法人이 곳 此輩로써 倀鬼ᄅ 作ᄒ야 日改月新에 搜幽 索隱ᄒ
야 畢竟 一 文도 不遺ᄒ고 一 粒도 必摘ᄒ여야 비로소 其意에 合
ᄒ지라 此輩人 等이 學問과 心術이 無ᄒ고 오작 惡事에ᄂ 蜂이 得
甛홈과 如ᄒ니 此ᄂ 法人의 用人ᄒ기 最善ᄒ 處라 文明國에 如此
手段이 有ᄒ지 可知치 못ᄒ깃고 ᄯ 法人의 絶妙ᄒ 手段은 人國을
陰히 空虛케 ᄒᄂ 妙法이 有ᄒ니 世界 五洲 中 文明國의 所無ᄒ
事라 此ᄂ 곳 密邪魔 法人 巡警隊의 隱名니

c. ᄯ 법국사람이 남의 지물을 잘 쎅앗는 묘법이 잇스니 민간에 간
활ᄒ 쟈와 향곡에 악ᄒ고 버림 쟈들을 디방마다 두세 사람식 쎱
아 일홈을 영웅회라 ᄒ고 믹삭에 두 번식 모혀 법국사람이 되기
를 ᄀᄅ쳐 이러저러ᄒ 일에는 이러저러ᄒ 리가 잇다 ᄒ고 이 무
리들노 챵귀를 삼아 날마다 슈단을 변ᄒ고 날마다 법을 곳쳐 깁
흔 거슬 들쳐내고 숨은 거슬 차자내여 반다시 돈 ᄒ 푼이던지
곡식 ᄒ 알이라도 유루 업시 말씀 긁은 후에야 그 뜻에 합ᄒ게
녁이는지라 이회에 드는 무리들은 본릭 무식ᄒ고 심슐이 부졍
ᄒ여 악ᄒ 일을 맛나면 벌이 꿀을 어든 것과 ᄀᆺ치 덤비는 쟈들
이니 이는 법국사람이 사람을 골라 쓰는 뎨일 샹칙이라 문명국

에 이런 슈단이 잇는지 춤 알지 못ᄒᆞ겟고 쏘 법국사람의 졀묘ᄒᆞᆫ
슈단은 감안이 남의 나라를 비ᄒᆞ게 ᄒᆞ는 거시니 셰계 문명국에
업는 일이라

a. (法人巡警隊之隱名, 越人呼曰瞿列兵)法人補給那密魔邪兵時, 須擇那
個無父母無兄弟無家屋無資業的惡棍, 又察他面貌, 果然是極兇極很極
貪極譎的, 方許選到。選到時, 法人喚那惡棍, 向天罵一聲, 又喚那惡
棍, 呼他父的諱名, 罵一聲, 法人乃欣欣懽懽, 以重金賞那惡棍,

b. 法人이 密邪魔兵을 補給ᄒᆞᆯ 時에 無父母 無兄弟 無家屋 無資業ᄒᆞᆫ
惡棍 惡漢을 擇ᄒᆞ고 쏘 他의 面貌를 察ᄒᆞ되 果然 極凶 極惡 極狠
極貪 極譎ᄒᆞᆫ 人이라야 비로소 入選ᄒᆞᆯ 식 其 入選 時에 法人이 該
惡棍을 命ᄒᆞ야 天을 向ᄒᆞ야 一聲大罵케 ᄒᆞ고 쏘 他의 父諱를 喚
ᄒᆞ야 極口罵ᄅᆞᆯ 後에야 法人이 欣欣歡歡히 重金을 賞ᄒᆞ고

c. 이는 법국사람이 월남사람 즁에 부모도 업고 형뎨도 업고 쳐ᄌᆞ
도 업고 집도 업(148/)고 지산도 업고 싱업도 업는 악ᄒᆞᆫ 부량픽
류들 즁에 그 얼골을 ᄌᆞ셰히 슯혀 과연 극히 흉악ᄒᆞ고 극히 독
ᄒᆞ고 극히 탐욕만코 극히 간휼ᄒᆞᆫ 쟈들만 특별히 퇴ᄒᆞᆯ 식 그 놈
을 식혀 하늘을 향ᄒᆞ여 ᄒᆞᆫ 번 크게 소릭 질러 ᄭᅮ짓게 ᄒᆞ고 쏘
그 놈의 아비 일홈을 제가 불러 큰 욕으로 ᄭᅮ지즌 후에야 법국
사람이 깃버ᄒᆞ여

a. 引那惡棍入隊, 法人謂如此無所忌憚, 巡捕偵探, 方得力故也。那人隊
惡棍, 正是密魔邪的漢子, 搜察姦細也此輩, 徵誅逋漏也此輩。(西貢今
日此輩最盛, 越人目之曰遊棍黨, 然養蜂自蠤未知何如, 有識者看此輩
結局。)然後設爲夜行之禁, 爲偶語之禁, 爲博酒之禁, 爲盜煮私鹽之禁,
爲窩娼貯贜之禁, 爲陰圖潛匿之禁, 爲異人異樣之禁。四布法網, 愈密
愈繁, 全藉此輩偵探之力, 此輩人, 上無天, 下無地, 中無身, 但得悅法
人心, 取法人金, 何波濤不簸弄得起, 何風火不吹煽得烘, 一到法庭, 大

半是摹空語, 法人亦知其然。亦甚憐憫, 要將罰銀與我大法, 我大法釋
了, 便罷, 絲毫之事, 動輒罰銀, 今日罰銀未清, 明日罰銀又至,

b. 該 惡棍을 引ᄒ야 入隊ᄒ니 此ᄂ 法人이 謂ᄒ되 如此히 無所 忌畏
ᄒ 人이라야 巡捕와 偵探에 善ᄒ다 ᄒ지라 此輩가 入隊 後에 姦細
를 搜察ᄒ고 捕漏를 徵索ᄒ며 ᄯᅩ 夜行을 禁ᄒ며 偶語를 禁ᄒ며 博
酒를 禁ᄒ며 私壚 盜煮를 禁ᄒ며 窩娼貯藏을 禁ᄒ며 潛匪陰圖를
禁ᄒ며 異人異樣을 禁ᄒ야 法網이 四布의 愈密愈繁ᄒᆯ ᄉᆡ 全혀 此
輩의게 藉力ᄒ니 此輩ᄂ 無天 無地 無身이오 오작 法人의 心을 悅
ᄒ고 法人의 金을 取홈으로 一大件事를 삼고 平地에 風波를 起ᄒ
며 無中에 生有ᄒ야 法庭에 一到ᄒ면 太半이 다 摹空謊語라 法人
도 其 裏許를 深悉ᄒ야 甚히 憐悶ᄒ나 然ᄒ나 罰銀을 出ᄒ야 我心
이 快ᄒ 後 釋出홀지라 故로 絲毫事라도 罰銀이 皆有ᄒ니 今日에
罰銀이 未清에 明日에 罰銀이 又至ᄒ며

c. 이런 놈이라야 긔탐 업시 졍탐을 잘 ᄒ고 사람을 잘 잡는다 ᄒ
고 월급을 후이 주며 비밀ᄒᆫ 졍탐ᄃᆡ를 숨여 각쳐에 헛쳐 놋코도
피ᄒᆫ 사람을 잡으며 은익ᄒᆫ 셰를 들추며 밤에 ᄃᆞ니는 거슬 금ᄒ
며 숙은거리는 말을 금ᄒ며 슈샹ᄒ 일을 금ᄒ며 슈샹ᄒ 사람을
금ᄒ며 ᄌᆞ의로 소금 굽는 거슬 금ᄒ며 무수ᄒᆫ 일을 다 탐지ᄒ고
금ᄒ니 이 무리는 하늘도 업고 ᄯᅡ도 업고 제 몸도 업고 오직 법
국사람의 ᄆᆞ음만 깃부게 ᄒ여 법국사람의게 월급 밧는 것만 뎨
일 큰 일노 알고 평디에 풍파를 닐으켜 우죄ᄒᆫ 사람을 만히 잡
는 고로 법뎡에 잡혀온 사람의 말을 들으면 다 ᄋᆞ민ᄒ고 관계
업ᄂᆞ니라 법국사람도 그리허를 ᄌᆞ셰히 아나 벌금을 제ᄆᆞ음에
쾌ᄒ게 밧은 후에야 노하 보내는지라 이런 고로 터럭만ᄒ 일도
다 벌금이 잇서 오날 벌금을 다 내기 전에 ᄯᅩ ᄅᆡ일 벌금이 싱겨
사람마다 거진다 날마다 벌금 내기에 다른 겨를이 도모지 업고

a. 其最可哭不能哭, 可笑不能笑者, 爲逼劫民家良婦女入娼之一事, 法人

於各都會城厢處, 皆設娼樓, 徵妓女稅錢, 亦有三等, 上等娼, 歲三十銀
元。中等次之, 下等又次之。給與黃紙一片, 有法文印記, 這紙隨身, 方
得賣藝, 此等女人, 遊惰無業, 煙花生涯, 實人間極賤品, 重收稅錢, 亦
不足怪, 其兇很的, 却在用巡警兵。假偵探爲唆嫁事, 這是抑勒民家良
婦女之妙法, 法人律, 每夜令巡警兵偵探娼樓, 有實無黃紙牌, 私引男子
行嫖者, 押赴刑曹重罰其女, 卽沒入其本銀, 若得娼樓稅日增, 巡警兵有
重賞。巡警兵乘風生事, 尋禍邀功, 但見人家有零丁寡婦, 流落孤娘, 無
父母兄弟可依, 無權要勢力可援, 卽黑夜闖入其家, (法律禁夜入人家,
惟巡警兵得入)誣以竊窩嫖男, 彼孤窮懼禍, 怯見法官, 恐喝雷霆, 無所
控訴, 便獻唏忍淚, 乞領黃紙了事, 明明白白的良人, 從此向賤妓場中生
活, 娼樓稅日重, 巡警聲勢愈大起來。嗟乎!黃紙一貼膚, 終身落地獄,
零丁弱婦, 何辜於天, 眞是古今絶奇慘事, 如此政體, 歐洲文明國, 故當
爲之也。呵呵呵!(法律窩嫖者有罪, 嫖者無罪, 此亦是蕩敗越人一妙法。)

b. 또 法人의 一法이 有ᄒ니 곳 民家女를 劫迫ᄒ야 入娼ᄒᄂ 事라 法
人이 各 都會城厢處에 다 娼樓를 設ᄒ고 妓女稅를 徵홀 시 其 稅
가 三 等에 分ᄒ니 上等은 每年 三十 元이오 中下 等은 此를 擬ᄒ
야 降殺ᄒ고 黃紙 一片을 給予ᄒᄆ 法文 印記가 有ᄒ야 此 紙가
有ᄒ 後에야 비로소 賣藝ᄒ니 此等 女人은 遊惰 無業ᄒ고 烟花 生
涯라 實로 人間에 極賤品이니 稅錢을 重收흠도 또ᄒ 可커니와 다
만 法人의 所爲ᄂ 此와 大異ᄒ야 每夜에 巡警兵으로 ᄒ야곰 娼樓
에 偵探ᄒ야 黃紙牌가 無ᄒ고 男子를 私引ᄒᄂ 者ᄂ 刑曹에 押赴
ᄒ야 重罰ᄒ고 其 女ᄂ 其 本銀을 納ᄒ되 巡警兵이 娼樓稅를 多得
ᄒ면 重賞이 有ᄒᆫ지라 이에 巡警兵이 乘風 生事ᄒ야 人家에 零丁
寡婦와 流落寡娘에 父母兄弟가 無ᄒ 者ᄂ 黑夜에 其家에 攔入ᄒ야
養漢偸姦ᄒ다 稱ᄒ고 恐喝이 無所不至ᄒᄂ지라 彼孤窮無依ᄒ 女
子流가 申訴處가 無ᄒ고 또 雷霆의 威를 怯ᄒ야 곳 獻唏 忍淚ᄒ
고 黃紙를 乞領ᄒ니 從此로 明明白白ᄒ 良人이 곳 賤妓場 中에 入

ᄒᆞ야 生活을 求ᄒᆞᄂᆞᆫ지라 自此로 娼樓稅ᄂᆞᆫ 日加ᄒᆞ고 巡警의 聲勢
가 愈大ᄒᆞ니 嗟呼라 黃紙가 一番 其膚에 貼ᄒᆞ면 곳 終身토록 地獄
에 落ᄒᆞᆫ지라 零丁弱婦가 何罪를 得ᄒᆞ야 如此히 奇慘ᄒᆞᆫ 事를 遭ᄒᆞ고

c. 또 법국사람이 각도각군에 기ᄉᆡᆼ집을 말히 셜시ᄒᆞ고 월남사의
녀ᄌᆞ를 ᄲᅦ이셔 기ᄉᆡᆼ에 들이고 셰금을 밧ᄂᆞᆫ디 해마다 ᄆᆡ명에 샹
등은 삼십 환이요 즁등과 하등은 이보마 ᄎᆞᄎᆞ 적게 밧고 누른
조희 표지에 법국사람 도쟝을 쳐 주고 밤마다 슌포를 보내여
누른 표지 업ᄂᆞᆫ 녀ᄌᆞ가 오입ᄒᆞ면 법소로 잡아다가 즁벌ᄒᆞ니 이
에 슌포의 긔셰가 밍렬ᄒᆞ여 무ᄉᆞᆫ 평디에 풍파를 닐으켜 밤즁
에 졂은 과부 외로은 시악시 잇ᄂᆞᆫ 집에 ᄲᅱ여들어 가셔 빅디에
업ᄂᆞᆫ 죄를 잡아 간음ᄒᆞᆫ다고 벽력ᄀᆞᆺ치 공갈ᄒᆞ고 위협ᄒᆞᄆᆡ 이 일
을 당ᄒᆞᄂᆞᆫ 녀ᄌᆞ들이 무셥고 원통ᄒᆞ나 호소ᄒᆞᆯ 곳이 업셔 눈물을
흘니며 누른 표지 밧기를 이걸ᄒᆞ여 명ᄇᆡᆨᄒᆞᆫ 량민의 녀ᄌᆞ들이 극
히 쳔루ᄒᆞᆫ 기ᄉᆡᆼ이 되니 일로브터 슌포의 셩셰가 더욱 밍렬ᄒᆞ여
가고 기ᄉᆡᆼ수가 날마다 늘어 셰금이 졈졈 만하지니 슬프다 누른
표지가 ᄒᆞᆫ 번 몸에 붓ᄒᆞ면 죵신토록 디옥에 ᄯᅥ러지니 명ᄇᆡᆨᄒᆞᆫ 녀
ᄌᆞ들이 무슨 죄로 이러케 참혹ᄒᆞᆫ 일을 당ᄒᆞᄂᆢ

a. 法人又有個黑迷人國之一妙法, 想是五洲文明國中, 千馳萬驟學不得,
請言那個妙法, 與同人聽, 我同人定當爲越南汪汪淚流, 作東溟怒潮涌
也。

　　越南人得離火正氣, 固聽慧易敎, 又孔孟書流入已久, 不是全喪廉恥的
國人, 法人念現下民智未開, 士習未變, 容易播弄他, 若一旦天牖他心
思, 地豁他障蔽, 却去各文明國, 增幾條見聞, 開幾路學術, 長幾分才智,
他必不肯寄人鼻息下, 我那時駕馭他却難, 便將那愚瞽牢籠的術, 極力
舞弄去, 極力吹煙煽霧去, 這如何是愚瞽之術, 越南從前取士, 有文武二
科, 國中並行, 這二科都是越南千年來腐敗的政法, 都無可觀, 然武科比
文科, 偏有那剛彊奮厲的氣象, 文科比武科, 偏增那委靡柔怯的氣象, 他

纔得國, 卽便除去了武科, 其卑卑恹恹無用的文科, 他却不廢, 他知越南人癖好此無用賤物, 留此一條, 癡惑蒙昧幾個聰明少年, 那聰明少年, 不由此科, 便百般給役, 不堪饑苦, 如何抛擲得, 國中大半人才, 被此途壞了。

b. 法人이 또 人國을 黑迷ᄒᆞᄂᆞᆫ 一 妙法이 有ᄒᆞ니 大抵 越人은 聰慧ᄒᆞ야 敎育키 易ᄒᆞ고 또 孔孟書를 讀ᄒᆞ야 道理를 稍祥ᄒᆞᄂᆞᆫ지라 然이나 法人이 思ᄒᆞ되 民智가 開ᄒᆞ고 士習이 變ᄒᆞ면 容易히 播弄지 못ᄒᆞᆯ 거시오 其 心思와 障蔽를 開ᄒᆞ면 畢竟 他人 字下에 久居치 아니ᄒᆞ리라 ᄒᆞ야 곳 瞀閉牢籠ᄒᆞᄂᆞᆫ 術로 極力 舞弄ᄒᆞᆯ 시 越國이 從前에ᄂᆞᆫ 取士法이 文武 二科가 有ᄒᆞ야 國中에 幷行ᄒᆞ니 此ᄂᆞᆫ 越國 千年來 腐敗ᄒᆞᆫ 政治라 다 可觀ᄒᆞᆯ 者ᅵ 無ᄒᆞ나 然ᄒᆞ나 至於 武科ᄂᆞᆫ 偏히 剛强奮勵ᄒᆞᆫ 氣象이 有ᄒᆞ고 文科ᄂᆞᆫ 武科에 比ᄒᆞ면 委靡柔怯ᄒᆞ거늘 法人이 得國ᄒᆞᆫ 後에 곳 武科를 除廢ᄒᆞ고 오작 文科를 仍用ᄒᆞ니 此ᄂᆞᆫ 越人이 元來 此 無用ᄒᆞᆫ 賤事를 癖好ᄒᆞᄆᆡ 此一條를 留ᄒᆞ야 幾個 聰明 少年을 痴惑蒙昧케 ᄒᆞ고 此 總名少年이 萬一 此科에 不由ᄒᆞ면 곳 百般驅役ᄒᆞ야 饑苦를 不堪케 ᄒᆞᄂᆞᆫ지라 自此로 人才가 太半이나 此 文科에 壞敗ᄒᆞ며

c. 또 법국사람이 남의 나라를 어리셕고 어둡게 ᄆᆡᆫᄃᆞᄂᆞᆫ 한 묘법이 잇스니 대뎌 월남사람은 총명ᄒᆞ여 교육ᄒᆞ기 쉽고 또 공밍의 글을 읽어 도리를 얼마큼 아는지라 법국사람이 싱각ᄒᆞ되 월남사람이 교육에 발달되면 ᄆᆞ음대로 놀려 부리기 어렵게 될 거시요 또 남의 노례 노릇슬 오래 ᄒᆞ지 아니ᄒᆞ리라 ᄒᆞ고 월남사람을 다 어리셕게 ᄆᆡᆫᄃᆞᄂᆞᆫ 슈단으로 이리져리 춤취고 이리져리 놀려서 극력으로 정신을 차리지 못ᄒᆞ게 ᄒᆞᆯ 시 월남이 젼에는 문무 두 가지로 과거를 보이니 이는 월남의 쳔 년ᄅᆡ로 썩은 졍ᄉᆞ라 그러니 호반은 강경ᄒᆞᆫ 긔샹이 잇고 글을 닑는 션븨들은 유약ᄒᆞ고 허문만 슝샹ᄒᆞᆷ으로 법국사람이 월남을 차지ᄒᆞᆫ 후에 무과는 폐지ᄒᆞ고 문과는 그져 보이니 월남사람들이 본ᄅᆡ 쓸ᄃᆡ업는 허문을

숭샹ᄒ기 심히 됴하흠으로 이 문과 보이는 일 한 가지를 그냥
두고 총명ᄒᆫ 쇼년들을 이 일에 셰월을 허도ᄒ여 어리셕고 어둡
게 ᄒ며 아모리 총명ᄒᆫ 쇼년이라도 이 과거를 보지 아니ᄒ면 무
역을 식여 괴롭고 주림을 못 견듸게 ᄒ는지라 이럼으로 인직가
거진다 이 문과에 썩어지더니

a. 法得國數年, 知越南人才, 已漸漸壞些, 他却將此途輕看, 西貢初取, 便
拋棄科擧, 西貢舊時進士, 人間不知姓名, 東京今日, 此途亦漸減殺, 法
人想此途雖無實用, 猶令人喜讀書, 就中有稍能自拔者, 不如空空去掃
了此途, 絶他讀書的種子, 恰好驅策, 他便崇重那稍曉法話不曉詩書的
一般人, 現在要官美階, 全用通寄豪猾, 其由科目進者, 僅十人中之一
二。此輩科目, 固是忘廉喪恥不成面目的, 他尙嫌忌, 況眞正好的人才,
他那得不忌, 他便下一禁令, 極是叫天拍地, 咽不能出聲的事,

b. 如此ᄒᆫ지 數年에 越國人才가 漸壞ᄒ거늘 法人이 ᄯ 思ᄒ되 文科
法도 오히려 士子로 ᄒ야곰 讀書를 喜ᄒ다가 其中에 或 知識이
開ᄒ야 自拔키를 思ᄒ 者가 有ᄒᆯ지라 이에 此 途를 掃去ᄒ야 讀
書種子가 盡絶ᄒ면 곳 驅策키 易ᄒ다 ᄒ고 다시 一計를 出ᄒ야
오작 法語를 稍解ᄒ고 讀書를 不知ᄒᄂ 一般人을 崇重ᄒ야 現在
에 要官과 美階는 다 此輩를 用ᄒ고 其 科目으로 進ᄒ 者는 十中
에 一二라 大抵 此輩가 科目으로 出身ᄒ 者는 元來 廉恥가 無ᄒ야
面目이 不成ᄒ 者어늘 法人이 오히려 嫌忌斥退ᄒ거든 況 眞正ᄒᆫ
人才야 엇지 忌畏치 아니리오 이에 一 禁令을 下ᄒ니 곳 叫天拍
地에 硬咽ᄒ야 出聲치 못ᄒᆯ 事라

c. 이러ᄒᆫ 지 몃 해 후에 법국사람이 ᄯ 싱각ᄒ되 이 문과법으로도
오히려 션비가 글 닑기를 됴하ᄒ다가 그 즁에서 지식이 열리는
쟈가 싱길가 념려ᄒ여 과거법과 글 닑는 거슬 다 폐ᄒ여 씨도
업게 ᄒ고 다시 ᄒᆫ 꾀를 내여 글은 ᄒᆫ 즛도 닑지 못ᄒ고 오직
법국말을 더러 아는 자로만 벼슬을 식이니 이 쟈들은 본릭 념치

업고 톄면 모르는 자들이라 쏘 하늘을 부르고 쌍을 두다려 목이
메여 소리가 나오지 아니ᄒᆞᄂᆞᆫ 일이 잇스니

a. 法人於國中, 設大法學場一, 設法越學場一, 但教以法文法話, 能粗供法
人奴隸役, 卽罷, 其精博處, 一切有用處, 越南人不得見也。法學場外,
若有個人出洋遊學, 及與外洋人交通, 求學各國言語文字者, 照暗通外
人潛圖不軌律擬罪, 法人必嚴捕拿獲, 該范身戮, 該父母兄弟妻子干連,
拿不獲時, 籍沒其家産, 掘廢其墳墓, 父母兄弟妻子嚴囚俟擬。這條禁
例, 不識法人之意何如, 試思學外國文字言語, 與外洋人交遊, 於法人當
得何罪, 法人却如此嚴禁。(現今日本人於越南東京西貢沱灢有妓館然亦
禁越人不得往來)豈不是愚瞀越南人麽, 不惟愚瞀越南人, 幷五洲中文明
各彊國, 都被他瞞飾遮掩得過耳。

b. 法人이 國中에 大法學場 一所와 法越學場 一所를 設ᄒᆞ고 다만 法
文과 法語를 教ᄒᆞ다가 其人이 能히 法人의 奴隸役을 供케 되면
곳 卒業証을 予ᄒᆞ야 其業을 罷ᄒᆞ고 其 一切 精博處와 一切 有用事
ᄂᆞᆫ 越人이 冊名도 不知ᄒᆞ고 法學場 外에 萬一 出洋 遊學커나 밋
外洋人과 交通ᄒᆞ야 各國 言語文字를 學코자 ᄒᆞᄂᆞᆫ 者ᄂᆞᆫ 外人 暗通
에 潛圖 不軌律을 照ᄒᆞ야 擬罪홀 시 반다시 嚴捕拿獲ᄒᆞ야 該人을
戮ᄒᆞ고 父母妻子兄弟ᄂᆞᆫ 干連이 되고 不獲時에ᄂᆞᆫ 其 家産을 籍沒
ᄒᆞ고 其 墳墓를 掘發ᄒᆞ고 父母兄弟妻子ᄂᆞᆫ 嚴囚擬罪ᄒᆞ니 大抵 此條
禁例가 不識케라 法人 意向에 外國遊學과 外人 言語文字를 學홈이
何罪가 有ᄒᆞᆫ지 法人이 如此히 嚴禁(괄없 現今 日本人이 越南의 東
京 西貢 等處에 妓館이 有ᄒᆞ나 쏘혼 越人의 往來를 禁ᄒᆞ나라)ᄒᆞ니
此] 엇지 越南人을 愚瞀蒙昧케 홈이 아니리오 쏘 此事가 越南人
을 愚瞀홀 쑨 아니라 幷히 五洲 文明 各 强國까지 다 彼의 瞞飾遮
掩이 되더라

c. 법국사람이 이에 대법학교 하나를 셜시ᄒᆞ고 법국글과 법국말만
ᄀᆞᄅᆞ치다가 그 학도들이 능히 법국사람의 노례노릇이나 홀마큼

되면 곳 졸업쟝을 주고 다시는 공부를 더 식이지 아니ᄒᆞ여 학문
샹에 유익ᄒᆞᆫ 거슨 칙 일홈도 아지 못ᄒᆞ게 ᄒᆞ고 만일 외국에 유
학ᄒᆞ거나 달은 외국사람과 사괴여 그 말이나 글을 빈호고자 ᄒᆞ
는 쟈는 곳 외국을 가만이 통ᄒᆞ여 역적질ᄒᆞ기를 도모ᄒᆞᆫ다고 잡
아 죽이며 그 부모와 쳐ᄌᆞ를 련좌ᄒᆞ며 잡지 못ᄒᆞ면 그 가산을
젹물ᄒᆞ고 그 조샹의 분묘를 파혜치고 여러 족쳑을 련좌ᄒᆞ며 ᄯᅩ
지금 월남 동경과 셔공 등 디에 일본사람의 기싱집이 잇스나 월
남사람의 왕림룰 법국사람이 금ᄒᆞ니 이거시 엇지 월남사람을
어리셕고 어둡게 ᄆᆞᆫ들미 아니리오 ᄯᅩ 이 일을 밧그로는 소문을
내지 아니ᄒᆞ여 셰계 강국들도 속이더라

a. 法人又有一個法術, 旣攘了銀元, 又愚弄國人, 豈不妙絶。法人於國中
設二報館, 一曰大法日報館, 一曰大南日報館, (只大南二字已覺奇絶,
越南明明白白是無國的, 大於何有法人將誰欺欺天乎。)俱在東京全權處,
法報館, 掌以法人, 報紙中說天說地, 獨西人知之, 不許越人國問焉。
南報館, 以南人分司, 而法人爲主席, 却選個無廉無恥, 得幾個銀元, 便
天神父母法人得俗子, 起筆奉承, 如武范誡、朱孟楨之類, 法人出一令,
令未及行, 報文便極力稱贊貴保護的, 歌誦貴保護的, 法人閱過, 撚鬚
曰：好好, 方許登報。若稍有謗議時政的話頭, 悲憤時事的語氣, 任爾
舌端泉湧, 筆底雷鳴, 半隻字不敢入報, 如此等事, 豈非令人箝口結舌
的, 豈非要人耳昏目黑的, 偏有可喜者, 報紙成, 郵寄各縣府社村, 出納
認紙銀元, 大府縣, 每月報紙銀三十元, 小縣府, 每月報紙銀十五元。
各村社, 大者月六元, 小者月三元。所輸入法人者, 一月有銀幾萬元之
多。於南人眞如霧裏看天也, 豈不可笑呢。

b. 法人이 ᄯᅩ 一箇 法術이 有ᄒᆞ니 이믜 銀을 攘奪ᄒᆞ고 ᄯᅩ 國人을 愚
弄ᄒᆞ니 엇지 妙絶치 아니라오 法人이 國中에 二 報館을 設ᄒᆞ니
一曰 大法日報舘이오 一曰 大南日報舘 大南 二字가 奇絶ᄒᆞ도다 越
南이 明明白白히 國이 無ᄒᆞ거늘 大字ᄂᆞᆫ 何處에 加ᄒᆞ리오 法人이

欺天홈인지 欺人홈인지 可知치 못ᄒ리로다 이라 ᄒ고 다 東京에
在ᄒ니 法報舘은 法人이 掌ᄒ야 報章中 記載ᄒᄂ 事ᄂ 오작 法人
이 知ᄒ고 越人은 看過지 못ᄒ며 大南報舘에ᄂ 越人이 分司ᄒ고
法人이 主席ᄒ야 其 無廉無恥ᄒ 數輩를 選入ᄒ야 法人을 推崇ᄒ
고 法國을 尊奉홀 시 法人이 一令을 出코자 ᄒ면 곳 預先히 其 保
護統監의 盛德을 贊揚ᄒ고 保護統監의 政令을 歌頌ᄒ며 至於 時政
을 謗議ᄒ거나 時事를 悲忿ᄒᄂ 語氣ᄂ 敢히 一句半字라도 記載
치 못ᄒ고 法人이 報章을 各處에 郵寄홀 시 各 府縣社村에셔 다
報章의 價銀을 出ᄒ니 大府縣은 每月에 三十 圓이오 小府縣은 十
五 圓이오 各社村에 大者ᄂ 六 圓이오 小 者ᄂ 三 圓이라 法人의
게 다 輸入ᄒ니 每月에 幾萬 圓이오 越人은 곳 霧中에 看天이라
엇지 可哀치 아니리오

c. 법국사람이 여러 가지 슈단으로 월남사람의 돈과 지물을 로략
ᄒ면셔 ᄯ 돈을 쎅앗는 묘한 법이 잇스니 법국 사람이 월남에
신문샤 둘을 셜시ᄒ니 하나는 대법국 신문샤라 ᄒ고 하나는 대
월남 신문샤라 ᄒ니 월남은 나라가 분명히 업셔젓거늘 대월남
이라는 대ᄌ는 어딕 두리오 법국사람이 하늘을 속이는 것인지
사람을 속이는 것인지 가히 알 수 업도다 이 두 신문샤가 다 월
남 동경에 잇스니 대법국 신문이란 거슨 법국사람이 쥬쟝ᄒ여
그 신문에 내는 일은 법국사람만 보고 월남사람은 보지 못ᄒ게
ᄒ며 대월남 신문이라는 것은 법국사람이 쥬쟝ᄒ되 월남사람
즁에 렴치없는 무리들은 특별히 틱ᄒ여 일을 난호아 맛기고 법
국사람을 위하여 놉히 밧들게 홀 시 법국사람이 무슨 일을 힝ᄒ
랴만 이 신문에 미리 보호 통감의 셩덕올 찬양ᄒ여 만일 경ᄉ를
비방ᄒ거나 나라일을 분ᄒ게 넉이는 말은 반ᄌ도 내지 못ᄒᄂ
딕 이 신문을 각도 각읍 각촌에 보내고 갑을 밧되 믹삭 큰 고을
에는 삼십 환식이요 젹은 고을에는 십오 환식요 각 촌에는 륙
환식이라 법국사람이 이 돈을 다 밧아드리니 믹삭 여러 만 화식

이라 월남사람은 다 이런 일에 휘둘려셔 안개 속에셔 하늘을 보는 것과 ᄀᆞᆺᄒᆞ니 엇지 익통치 아니ᄒᆞ리오

a. 四 越南의 將來

c. 넷재는 월남의 쟝ᄅᆡ

a. 我聽到這回話, 爲之於邑, 咽不能作聲, 旣而熱的面, 豎的眉, 向那男子道：

　果然, 果然, 越南國其終亡乎, 越南國人種, 其悉化爲水面沙蟲, 火中螻蟻, 一百兆黃人種, 其盡淪爲無數千萬億白人種乎, 日：是未可知, 申胥一身, 可以存楚。楚雖三戶, 可以亡秦, 越南國若是有人心, 其終亡, 不終亡, 未可知也。彊弱大小, 是有形的軀體, 勇怯誠僞, 是無形的精神, 以精神與軀體爭衡, 愈磨練愈堅, 愈頹唐愈壯, 始不能勝。終必勝之, 只爭那勇不勇誠不誠耳, 越南人若果一腔愛國, 有蜜蜂戀主的熱誠, 萬死赴仇, 有虎豹護兒的癡勇, 任是地可老, 天可荒, 山可焦, 海可涸, 而此熱誠, 此癡勇, 無一刻消磨。是謂精神旣充, 軀體自猛, 數千餘神怨人憤之法鬼, 其不能與五十兆愛國赴仇之越南人並域而處也。頃刻間耳, 若是, 越南國有人心, 如何終亡?

b. 飮冰室 主人 梁啓超가 此語를 聞ᄒᆞ고 掩面嗚咽ᄒᆞ야 成聲치 못ᄒᆞ다가 旣而오 熱顔堅眉로 巢南子를 向ᄒᆞ야 問曰 果然 果然이면 越南國은 其 맛ᄎᆞᆷᄂᆡ 亡ᄒᆞ고 越南 人種이다 水面의 沙虫과 火中의 螻蟻가 되야 五千萬 黃人種이 白人種의게 淪滅ᄒᆞ겟ᄂᆞ가 日 此ᄂᆞᆫ 可知치 못ᄒᆞᆯ 식라 申胥ᄂᆞᆫ 一身이 能히 存楚ᄒᆞ고 楚國은 三戶라도 秦을 亡ᄒᆞ얏스니 越國에 萬一 人心이 有ᄒᆞ면 其 亡不亡을 可知치 못ᄒᆞᆯ지라 强弱大小ᄂᆞᆫ 有形ᄒᆞᆫ 軀體오 勇怯誠僞ᄂᆞᆫ 無形ᄒᆞᆫ 精神이라 精神이 軀體로 더브러 爭衡ᄒᆞᆯ 時에 愈磨鍊ᄒᆞ면 愈堅ᄒᆞ고 愈頹唐ᄒᆞ면 愈壯ᄒᆞ며 始에ᄂᆞᆫ 不勝ᄒᆞ나 終에 必勝ᄒᆞᄂᆞ니 오작 勇不勇과

誠不誠을 爭홀 샌이라 萬一 越人이 一腔 愛國心으로 萬死 赴仇ㅎ
야 痴勇과 熱誠으로 一刻이라도 懈怠心이 無ㅎ면 精神이 旣健에
體軀가 日猛ㅎ야 同仇敵愾ㅎ는 心으로 法人을 拒敵ㅎ면 越人의 興
復을 可期ㅎ리로다

c. 음빙실 쥬인 량계초가 이 말을 듯고 얼골 가리고 목이 메여 말
을 못ㅎ다가 조금 후에 얼골이 붉고 눈섭이 솟사 소남즈를 향ㅎ
여 물어 글으되 과연 그러ㅎ면 월남국은 맛춤내 망ㅎ고 월남인
죵은 불 속에 개미가 되여 오쳔만 황인죵이 빅인죵의게 아조 다
멸망ㅎ겟는가 긱이 글으되 이는 알지 못홀지라 녯적에 신포셔
는 한몸으로 능히 초나라를 회복ㅎ고 초나라는 세 집샌이라도
진나라를 망케 ㅎ엿스니 월남국 사람이 사람의 ᄆᆞ음이 잇스면
멸망홀는지 멸망치 아니홀는지 가히 아지 못홀지라 강ㅎ고 약
ㅎ고 크고 적은 거슨 형상이 잇는 거시요 용밍스럽고 겁내고 참
스럽고 거짓스러온 거슨 형상이 업는 정신이라 작뎡코 정신과
몸을 단련ㅎ고 단련ㅎ면 처음에는 이기지 못ㅎ나 필경에는 반
다시 월남사람이 죽기를 불고ㅎ고 나라를 사랑ㅎ는 ᄆᆞ음으로
원슈를 쳔 번이라도 딕뎍ㅎ고 만 번이라도 딕뎍ㅎ며 정셩을 다
ㅎ여 잠시 동안이라도 게으른 ᄆᆞ음이 업스면 정신이 졈졈 강ㅎ
여 지혜가 크게 열리고 몸이 졈졈 단단ㅎ여 긔운이 극히 밍렬ㅎ
여 긔어코 셜분코자 ㅎ면 법국을 물리치고 나라를 회복ㅎ기를
가히 긔약ㅎ리라

a. 曰然, 請問那越南人心, 曰此難言也。若據顯顯赫赫的事狀, 實無一那
個是越南國人心。若據鬱鬱勃勃的情狀, 實無一那個不是越南國人心,
他固不曾把肝腸示與我的, 吾亦不從他肚裏出的, 然越南國是人種的國,
不是獸種的國, 吾卽從人理猜想出來, 說與同人聽者。

b. 曰 然ㅎ나 越南 人心이 何如오 曰 此는 難言ㅎ니 萬一 顯著ㅎ 事
狀을 據ㅎ면 一個人도 越國 人心이 無ㅎ다 ㅎ겟고 萬一 其 勃勃鬱

鬱ᄒᆞᆫ 情狀을 據ᄒᆞ면 一個人도 越國 人心이 無ᄒᆞᆫ 者가 無ᄒᆞᆯ지라 其 人 等이 肝腸을 把ᄒᆞ야 我의게 示치 아니ᄒᆞ고 我가 ᄯᅩ 他의 肚裏로 出치 아니ᄒᆞ얏스니 其 心은 洞知치 못ᄒᆞ나 然ᄒᆞ나 越國은 人種國이오 獸種國이 아니니 我ㅣ 人理로써 猜想ᄒᆞ야 公의게 聞ᄒᆞ리로다

c. 쥬인이 굴ᄋᆞ디 월남사람의 ᄆᆞ음이 엇더하뇨 긱이 굴ᄋᆞ디 이거슨 말ᄒᆞ기 어려우니 만일 외양으로만 보면 한 사람도 월남사람의 ᄆᆞ음이 업겟다 ᄒᆞ겟고 그 속에 울울ᄒᆞᆫ 실정으로 보면 ᄒᆞᆫ 사람이라도 월남사람의 ᄆᆞ음이 업는 쟈가 업슬지라 대뎌 월남은 사람의 죵ᄌᆞ로 된 나라요 즘승의 죵ᄌᆞ로 된 나라가 아니니 내가 사람의 도리로 말ᄒᆞ여 공의게 닐ᄅᆞ노라

a. 一般人, 是閥閱高門, 詩書望族, 全家天祿, 累世皇恩, 百餘年鼎食鍾鳴, 何非越南民之膏血, 一二輩輕裘肥馬, 猶是越南國之頭顱, 可憐地塌天崩, 桑沉海陸, 柱中流而奚托, 支大廈以何人, 業旣無事時, 受越南國如許恩榮, 豈容有變時, 任越南國如許禍患, 中夜顧影, 捫心自思, 試問祖宗父母, 何處生長來, 試問妻孥服食, 何處供奉來, 一旦任異種人, 做東做西, 做天做地, 我如何安忍得?我非牛豚, 我非木石, 我如何甘事法人得, 張子房之破産, 惟知五世酬恩, 文天祥之散貨, 不負百年養士。說到古人肝腸, 知越南國故家子弟, 必奮然曰：彼何人也, 我何人也, 有爲者亦若是?這一般人, 是爲越南國報恩者, 斷斷是要滅法人, 若說他不要滅法人, 是他決非人種, 他必不如此。

b. 我 越國의 一般人은 閥閱高門과 詩書望族으로 國恩을 世受ᄒᆞ야 鍾鳴鼎食홈이 다 越人의 膏血이오 輕裘肥馬도 越人의 頭顱러니 可憐ᄒᆞ도다 今에 天崩地坼ᄒᆞ야 桑田碧海라 此輩가 中夜 顧影ᄒᆞ고 捫心自思에 試問ᄒᆞ노니 祖宗과 父母가 何處에셔 生長ᄒᆞ고 妻孥服食이 何處에셔 供奉ᄒᆞ얏ᄂᆞᆫ지 一朝에 異種人으로 任意 妄行에 全國을 磨滅ᄒᆞ니 我ㅣ 엇지 忍過ᄒᆞ리오 我가 木石이 아니라 我ㅣ 엇지 法

人을 甘事호리오 張子房의 破産은 오작 五世酬恩을 知홈이오 文
天祥의 散財는 百年養士를 不負홈이라 古人의 肝腸을 言호면 越南
故家 子弟가 必然 奮發호야 曰 彼 何人 予何人고 홀 거시오

c. 긔이 쏘 굴으딕 우리 월남의 문벌이 놉흔 족속들은 나라 은혜를
딕대로 밧아 호광이 극진호여 먹는 거슨 다 월남사람의 피요 입
는 거슨 다 월남사람의 가족이러니 가련호다 이제 하늘이 문어
지고 쌍이 터져 샹뎐벽히 된지라 이러케 호광호던 무리가 오날
을 당호여 깁흔 밤에 고요히 스스로 싱각홀 쌔에 물어보느니 너
희 조종과 부모가 다 어느 곳에서 싱쟝호엿스며 쳐즈와 노복을
다 어느 곳에서 먹여주느뇨 일죠에 빅인죵의게 온나라가 갈려
가루가 되여 멸망을 당호니 우리 엇지 참아보리오 우리가 목셕
이 아니어늘 엇지 법국사람 셤기기를 달게 녁이리오 쟝즈방이
산업을 파홈은 한나라의 다섯딕 은혜를 갑흠이요 문쳔샹이 헤
친 것은 션빅를 길러 나라를 회복홀 계쵝이라 녯사람의 이런 일
을 말호면 월남의 전일 귀호던 집즈뎨들이 반다시 분발홀 거시오

a. 有一般人, 是頑固赤子, 戴宋遺民, 勤王固義所當然。乃一人荷戈, 而
全家墟塚, 討賊又何罪之有, 乃子馳羽檄, 而父入牢囚, 彼法人誅戮汝父
母師長, 割殺汝兄弟妻兒, 蕩毀汝家居, 收沒汝財産, 汝豈一日能忘之,
汝豈一日忍忘之。汝家居, 汝財産, 汝忘之, 吾願汝忘之, 吾問汝父母
師長今何在乎?是法人誅戮否, 問汝兄弟妻兒今何在乎?是法人殺割否, 出
頭便稱男子, 世界上之美名, 覥面而事仇人, 宇宙間之穢物, 汝將爲美名
乎, 汝將爲穢物乎, 汝若飽汝食, 煖汝衣, 甘與法人並處, 汝父母師長兄
弟妻兒, 地下含冤, 汝何以對?我知汝是越南人種, 不是法人種, 我知汝
是男兒血性, 不是豚犬性, 我知汝必沉然思, 猛然起, 振臂而大呼曰：
仇人仇人, 吾誓必殄滅此仇朝食也。這一般人是與法人有身仇家仇的, 斷
斷不肯與法人共生, 若說他肯與法人共生, 便是他非人種, 我不敢說。

b. 쏘 此外 一般人은 淳良호 赤子라 一人이 荷戈에 全家가 邱墟를 成

ᄒ니 賊人을 討홈이 何罪완듸 이에 子가 馳檄에 父ᄂ 入牢ᄒ니
彼 法人이 汝의 父母 師長을 誅戮ᄒ고 汝의 兄弟 妻子를 割殺ᄒ고
汝의 家屋을 蕩毀ᄒ고 汝의 財産을 籍沒ᄒ얏스니 汝가 一日이라
도 能히 忘ᄒ며 一日이라도 忍히 忘ᄒ리오 汝의 家屋과 財産은
汝가 忘ᄒ기 容 或 無怪어니와 汝의 父母 師長이 今에 安在ᄒᄂ뇨
此가 法人의 誅戮을 被ᄒ얏고 汝의 兄弟 妻子가 今에 安在ᄒᄂ뇨 此
ᄂ 法人의 殺割이라 出門ᄒ면 男子라 稱ᄒ니 此ᄂ 世界上 美名이
어ᄂᆯ 靦顔으로 仇人을 事ᄒ니 곳 宇宙 間 穢物이라 汝가 汝食을
飽ᄒ고 汝衣를 暖케 ᄒ야 法人과 幷處키를 樂ᄒ면 汝의 父母 師長
兄弟 妻兒가 地下에 含冤ᄒ리니 我ㅣ 知케라 汝ᄂ 越南 人種이오
汝ᄂ 男兒 血性이오 豚犬의 性이 아니니 我ㅣ 知케라 汝가 반다
시 沉然 思ᄒ고 猛然 起ᄒ야 扼臂 大呼 曰 仇人아 吾가 此 法人을
殄滅ᄒ겟다 ᄒ리로다

c. 이 외에 한 가지 사람들은 의병에 들어 싸홈에 죽고 남은 사람
이라 너희가 군긔를 들고 원슈를 침이 당연흔 일이어ᄂᆯ 너희가
무슨 죄완듸 법국 사람이 너희 부모와 스승과 형뎨와 쳐ᄌ를 버
혀 죽이고 너희 집들을 다 헐고 너희 지산을 모도 젹몰ᄒ엿스니
너희가 참아 하로라도 이 일을 능히 이져브리고 너희 집과 지산
은 너희가 이져브리기가 용혹무괴어니 너희 부모와 스승이
다 어듸 잇ᄂ뇨 이들이 다 법국사람의 악독흔 형벌을 입어셔 다
죽엇고 또 너희 형뎨와 쳐ᄌ가 이제 어듸 잇ᄂ뇨 이들이 다 법
국 사람의 참혹흔 형벌을 밧아 다 죽엇ᄂ지라 너희는 남ᄌ라 칭
ᄒ는 것이 셰샹에 뎨일 됴흔 일홈이어ᄂᆯ 붓그러온 얼골노 저러
흔 원슈들 셤기니 텬디 간에 더러운 물건이라 네가 음식으로 네
비를 불리고 의복으로 네 몸을 덥게 ᄒ여 법국 사람과 ᄀᆺ치 쳐
ᄒ여 살기를 질겨 ᄒ면 너희 부모와 스승과 형뎨와 쳐ᄌ가 디하
에셔 원통흠을 먹음으리라 내가 아노니 너희는 월남 인죵이오
너희는 혈긔 잇는 남ᄋ의 셩질이오 긔와 됴야의 셩질이 아니니

반다시 분발ㅎ여 법국사람을 믈니치리라

a. 一般人, 是祖宗父母, 爲越國民, 子弟妻兒, 事耶穌教, 並生並育, 誰非
食毛踐土, 斯世斯人, 固亦共天而戴, 皆吾兄也, 皆吾弟也, 有何嫌焉,
有何疑焉。無論前日中、法人之謀, 但說今日被法人之禍, 法人數十年
來, 重刑重罰, 無一事爲耶穌人寬。搜銀稅銀, 無一文爲耶穌人減, 百
年前之線路, 爲恩翻是成仇, 數十萬之生靈, 求福轉而得禍, 可知彼法人
肝腸不測, 非若我南人族類相孚, 與其屈膝而事仇人, 何如同心以保吾
族, 死後之天堂未卜, 但求現在和平, 生前之地獄堪憐, 忍視如斯塗
炭。靜言思之, 我耶穌民, 越南國民也。我必保越南國, 我必不從法蘭
西國, 我必不肯助法人以禍越南國, 如此乃是天主教中之民, 如此乃是
天主教世教之民, 如此乃是越南國同胞之民, 若有不肯誅法人, 忍視法
人禍越人, 便是非天主教之民, 便是天主救世教中無此道理, 便是越南
國同胞中無此人種。

　這一般人是耶穌民, 要滅法人以保同類而扶主教的, 若謂耶穌民無誅
法人思想, 我越南國人, 決無此說。

b. 쏘흔 此外 一般人은 祖宗과 父母가 越國 人民이오 子弟妻兒ᄂ 耶
蘇敎를 奉ᄒ야 幷生幷育에 誰가 食毛 踐土치 아니며 斯世斯人이
다 一天을 載ᄒ야스니 다 吾兄이오 吾弟라 何嫌이 有ᄒ고 何疑가
有ᄒ리오 前日 法人의 謀에 陷흠은 姑且 勿論ᄒ고 다만 今日 法人
의 禍를 被흠을 言홀지라 法人이 數十 年來에 重刑重罰이 一事도
耶蘇敎人을 爲ᄒ야 寬恕치 아니ᄒ얏고 搜銀과 稅銀에 一文도 耶
蘇敎人을 爲ᄒ야 減省치 아니ᄒ니 彼 法人의 不測흔 肝腸을 可知
홀지라 其 屈膝ᄒ야 仇人을 事ᄒ니 보다 同心同力으로 吾 宗族을
保全흠이 何如흔고 死後에 天堂은 來頭事오 現定 困厄을 何堪홀
고 生前에 地獄이 堪憐ᄒ니 如此 塗炭을 忍視홀가 我 耶蘇敎人도
越南人이니 반다시 越南國을 保홀 거시오 越南國을 禍치 아닐지
라 如此ᄒ여야 비로소 天主敎人이오 如此ᄒ여야 天主 救世 敎人

이오 如此ᄒ여야 越南國의 同胞人이라 萬一 法人을 誅치 아니ᄒ
고 法人을 縱ᄒ야 越人을 禍케 ᄒ면 此ᄂ 天主教人이 아니오 곳
天主 教 世教 中에도 此 道理가 無ᄒ고 越南國 同胞 中에도 此 人
種이 無ᄒ리로다

c. 쏘 이외에 한 가지 사람들은 텬주교인이니 너희가 다 월남사람
이라 너희 부모와 쳐ᄌ가 다 월남에서 의복과 음식을 취ᄒ여 싱
명을 보전ᄒ니 너희가 너희 나라 월남을 즁히 역이지 아니ᄒ 리
가 업스리라 이 셰샹에 한 하늘을 머리에 이지 아니ᄒᄂ 사람이
업스니 너희가 하늘을 밧드는 교를 직히는 것이야 무슨 혐의가
잇스리오 쏘 너희가 젼일에 법국사람에 꾀에 싸진 것은 고샤ᄒ
고 수십 년 늬에 혹독ᄒ 형벌을 한 가지도 교인을 위ᄒ여 용셔
ᄒ지 아니ᄒ엿고 허다ᄒ 셰금도 교인을 위ᄒ야 한 푼도 감ᄒ지
아니ᄒ니 법국사람의 불측ᄒ 심쟝을 가히 알지라 무릅을 꿀어
원슈를 셤기는 것보다 동심 합력ᄒ여 우리 동죵을 보젼케 홈이
엇더ᄒ뇨 죽은 후에 텬당은 쟝ᄅᆡ 일이요 싱젼에 견딜 수 업는
디옥이 가련ᄒ니 이런 도탄을 엇지 참아 눈으로 보리오 우리 텬
주 교인도 월남사람이니 반다시 월남을 보젼홀 것이오 월남을
히롭게 ᄒ지 말지어다 이러케 ᄒ여야 비로소 하늘을 밧드는 텬
쥬교인이오 이러케 ᄒ여야 비로소 셰샹을 구원ᄒ는 텬쥬교인이
오 이러케 ᄒ여야 비로소 월남국의 동포라 만일 법국사람을 멸
치 아니ᄒ고 법국사람을 위ᄒ야 월남사람을 히롭게 ᄒ면 텬쥬
교에도 이런 도리가 업스니 이는 텬쥬교인도 아니요 월남동포
도 이런 악향을 홀 리도 업스니 이는 월남 인죵도 아니라

a. 一般人, 是碌碌營生, 嗷嗷待哺, 窮年膏血, 供搜稅而無餘, 終日東西,
入鹽場而未足, 妻子之喑號遑恤, 但憂役吏叩門, 父師之督責猶寬, 只恐
巡丁捉手, 如此情境, 其何以生。如此形軀, 苦不卽死, 我非魚肉, 驚刀
俎之縱橫, 時無英雄, 歎江山之寂寞, 彼豈不知。

b. 쏘 此外 一般人은 碌碌 營生에 嗷嗷 待哺ᄒ야 窮年 膏血은 搜稅를
供ᄒ다가 無餘ᄒ고 終日 事役은 壚場에 奔走ᄒ야도 未足이라 妻
子의 啼號를 遑恤ᄒᆯ가 다만 吏役이 叩門홈을 憂ᄒ고 父師의 督責
은 猶寬이라 다만 巡丁의 捉捕를 恐ᄒ야 如此 情境으로 엇지 生活
ᄒ며 如此 形軀ᄂᆫ 苦히 不死ᄒ야 我가 魚肉이 아니어늘 刀俎를 恐
ᄒ고 世에 英雄이 無ᄒ고 江山이 寂寞ᄒ지라

c. 쏘 이외에 한 가지 사람들은 넉넉히 살기를 경영ᄒ여 쥬야로 고
역에 분쥬ᄒ여 몸이 견딜 수 업도록 이를 쓰나 쳐ᄌ가 주림을
면ᄒ지 못ᄒ여 여러 가지 세금을 다 밧칠 수 업서 슌검의게 잡
혀 어육이 되매 법국사람의 도마와 칼을 두려워ᄒ니 셰샹에 영
웅이 업고 강산이 덕막ᄒ지라

a. (曳拱托痲坤拱托, 功兜椎辱買如埃。)

　　萬事到頭, 一場拚命, 不幸而死, 猶死得勇。死得快, 死得有名, 與其
憔悴消磨, 奄奄待死, 爲餓狗死, 爲枯魚死, 死亦必至, 死得無名。榮辱
相去幾萬倍哉, 況以五十兆之多, 若眞同心協力, 彼摩拳, 此擦掌, 彼炊
火, 此搬柴, 並足齊步, 以與法人爭, 萬越人, 必能殺法百人, 千越人,
必能殺法十人, 百越人, 必能殺法一人, 四五千法人, 只以四五萬越人殺
之, 彼灰眼拳鬚, 決不能與越南人俱生也。如是如是, 越南人必不死,
越南人必生。吾知越南民窮困的思想到此, 必踴踴躍躍, 決與法人鬪,
決不使越南國中, 有一個胡鬚灰眼的白種。這一般人, 是不堪苛虐的,
要滅法人, 若謂他不要滅法人, 便是他非人種的, 是土木的, 決無此
理。

b. 萬事가 到此ᄒ얏스니 一場 拚命ᄒ다가 不幸히 死홀지라도 오히
려 勇死 快死ᄒ야 死ᄒ야도 有名홀지라 其 憔悴鎖磨ᄒ야 奄奄 待
死에 餓狗가 되야 死ᄒ고 枯魚가 되야 死ᄒ면 死ᄂᆫ 同ᄒ나 死가
無名ᄒ리니 其 榮辱과 貴賤이 何如ᄒ고 況 五千萬 國民이 同心協

力ᄒ야 彼ᄂᆫ 摩拳ᄒ고 此ᄂᆫ 擦掌ᄒ며 彼ᄂᆫ 吹火ᄒ고 此ᄂᆫ 搬柴ᄒ야 幷足齊步로 法人과 爭ᄒ면 萬 越人이 必然 法 百人을 殺ᄒ고 千 越人이 必然 法 十人을 殺ᄒ고 百 越人이 必然 法 一人을 殺ᄒ리니 如此ᄒ면 四五千 法人을 다만 四五十萬 越人으로 殺홀지라 如此ᄒ면 越南人은 必 不死ᄒ고 越南人이 必生ᄒ리라 ᄒ리니 吾가 知케라 越南人이 窮困흔 思想이 至此ᄒ면 必然 踴踴躍躍ᄒ야 法人과 決鬪ᄒ야 越南國中에 一個 胡髮灰眼의 白種이 無케 ᄒ리로다

c. 만ᄉ가 다 이 디경에 일은지라 구챠이 목숨을 보젼ᄒ랴고 ᄆᆞ음에 붓그러옴을 무릅쓰고 몸에 괴로옴을 참으면셔 긔운을 펴지 못ᄒ고 말 한 마ᄃᆡ도 ᄆᆞ음대로 못 ᄒ고 이를 쓰다가 필경은 물이 챠챠 말나 죽는 고기ᄀᆞ치 죽기는 일반인ᄃᆡ 죽어도 일홈이 업ᄂᆞᆫ지라 이ᄀᆞ치 구구히 죽는 것보다 오히려 용밍스럽게 죽고 쾌ᄒ게 죽으면 죽어도 일홈이나 잇슬지라 구구히 죽는 것은 얼마큼 욕되고 천ᄒ며 쾌쾌히 죽는 것은 얼마큼 영화스럽고 귀ᄒᆞ뇨 하물며 우리 월남 오천만 사람이 동심합력ᄒ여 서로 죽기를 결단ᄒ고 월남사람 만 명이 법국사람 빅 명을 죽이고 월남사람 천 명이 법국사람 열 명을 죽이고 월남사람 빅 명이 법국사람 흔 명을 죽이면 ᄉ오천 명 되는 법국사람을 월남사람 ᄉ오십만 명이면 다 죽일지라 이러케 ᄒ면 월남사람은 반다시 죽지 아니ᄒ고 월남사람은 반다시 살이라 월남국 사람의 싱각이 한 번 이 디경에 닐ᄅ면 반다시 법국사람과 싱ᄉ를 닷토아 월남국 즁에 빅인종이 하나도 업서질 줄을 내가 아노라

a. 更有一般人, 是眞正人種人, 是眞正黃人種人, 是眞正越南國人男子的種人, 那人不是與國較恩, 不是與法較仇, 却只知黃種的人, 不許白種的人魚肉。

戴天覆地, 中覆載而爲身, 倒海移山, 信轉移之自我。

此一般人, 必不多得, 然想越南國全無此人, 豈不羞煞, 吾甚願越南國
有此人, 吾敢信越南人有此人。

這諸般人, 我但以人理論, 越南國不是獸國人種, 越南國是人國人種,
這樣人心, 定是都有的。

b. 此外에 또 一般人은 果然 眞正흔 人種이오 眞正흔 黃人種이오 眞
正흔 越南國人 男子種人이니 此人은 國의 恩도 不較ᄒᆞ고 다만 知
ᄒᆞ되 黃種人이 白種人의 魚肉됨을 不許ᄒᆞ야 戴天 履地에 覆載間
我身이 有ᄒᆞᆷ을 知ᄒᆞ고 超海 倒山에 轉移가 任我흔다 흘지라 然이
나 此 一般人은 我 越南國 中에 一 人도 無흘지니 엇지 可羞치 아
니리오 然이나 吾가 願ᄒᆞᄂᆞᆫ 바ᄂᆞᆫ 越南國에 此人이 有ᄒᆞ라 ᄒᆞ며
또 吾가 敢히 越南國 中에 必然 此人이 有ᄒᆞ다 ᄒᆞ노니 何也오 此
ᄂᆞᆫ 我ㅣ 人理로써 越南國을 論ᄒᆞᆷ이오 獸國으로 越南國을 待ᄒᆞᆷ이
야니니 越南國은 곳 人國의 人種이라 此等이 必有ᄒᆞ리라 ᄒᆞ노라
c. 내가 월남사람이 필연 이러케 ᄒᆞ리라 ᄒᆞᆷ은 엇지흔 말인고 이는
내가 사람의 도리로 월남국을 의론ᄒᆞᄂᆞᆫ 것이오 월남국을 즘승
의 나라로 의론ᄒᆞᄂᆞᆫ 것이 아니로라

a. 然我也不信, 我聞越南自法人占了, 越南國人, 個個爲法奴隷, 我聞黃高
啓阮紳極爲法人出力, 戕賊越南人, 臂助異種以魚肉同種, 我國無是, 汝
謂越南國有人心, 我也不信。嗚呼!噫嘻, 越南國人心, 我正於此輩人信
之, 我正於此輩人望之,

b. 以上은 巢南子의 言이라 飮氷室主人 梁啓超가 聽畢에 다시 抱膝正
襟ᄒᆞ야 曰 客言이 다 不信ᄒᆞ도다 我ㅣ 聞ᄒᆞ니 越南이 法人 占領
後로 越人이 個個히 法人 奴隷가 되야 黃高啓와 阮紳은 極히 法人
을 爲ᄒᆞ야 越南人을 戕賊ᄒᆞ고 異種을 助ᄒᆞ야 同種을 魚肉ᄒᆞ얏거
늘 汝가 謂ᄒᆞ되 越南國에 人心이 有ᄒᆞ다 ᄒᆞ니 吾ᄂᆞᆫ 不信ᄒᆞ노라
ᄒᆞ딕 巢南子ㅣ 聽罷에 對曰 嗚呼嘻噫라 越南國 人心을 我가 正히
此輩를 因ᄒᆞ야 信ᄒᆞ고 此輩를 因ᄒᆞ야 望ᄒᆞ노라

c. 이 우에는 다 소남ᄌᆞ의 말이라 음빙실 쥬인 량계쵸가 이 말을
다 들은 후에 다시 옷슬 졍졔히 ᄒᆞ고 ᄭᅮᆯ어 안져셔 ᄀᆞᆯᄋᆞ되 손님
의 말슴이 미덥지 못ᄒᆞ도다 나는 들으니 월남국을 법국이 차지
ᄒᆞᆫ 후에 월남사람이 낫낫치 법국사람의 노례가 되여 황계고와
완신은 극히 법국사람을 위ᄒᆞ야 본국사람을 어육식인다 ᄒᆞ거늘
그ᄃᆡ의 말슴이 월남사람이 다 사람의 ᄆᆞ음이 잇다 흠을 밋지 못
ᄒᆞ노라 ᄒᆞ되

a. 有女於此, 東家西家爭娶之, 西家美而貧, 東家醜醜而富, 問女所願。
女曰：東家食飯西家眠, 阮紳黃高啓, 何獨不然?彼豈樂爲醜漢婦哉, 要
食飯耳, 阮紳是世受越南國恩, 其父爲越南國伯爵, 紳以名家子, 能讀
書, 論事論人, 實娓娓可聽。黃高啓於越南國應試, 拔鄕解, 少年頭角,
有樹功名之思, 二人者, 在今日固法人臣僕, 然以法人臣僕稱二人, 二人
斷不受也。所爲法出力者, 或時驅勢迫, 走錯路徑, 未可知, 或紆徐委
屈, 以待機會, 未可知, 一失足成千古恨, 再回頭是百年身。販奴屠戶
極寒賤之家, 尙有一點良心, 尙知越南是祖宗父母國, 尙知越南是同胞
國, 不忍見法人磨壞也。況紳與啓哉, 卽使喪心病狂未至儘忘越南國,
把眼前富貴, 買身後惡名, 彼固自嫌失策, 況法人情態, 彼二人豈不知
之, 免死狗烹, 鳥盡弓藏, 從古而然。法人更甚, 阮文祥前鑒固昭昭
哉。嗟夫!二人者, 皆有智略, 皆能讀書, 有智略則其見機必明。能讀書
則其改過必勇, 一旦翻然易輒, 猛然倒戈, 爲祖國酬國恩, 爲同胞延性
命, 此二人勢力又大, 其運動必靈。

b. 古語에 云ᄒᆞ되 一 女子가 有ᄒᆞ야 東家西家가 爭娶ᄒᆞᆯ 시 西家ᄂᆞᆫ 美
ᄒᆞ나 貧ᄒᆞ고 東家ᄂᆞᆫ 醜ᄒᆞ나 富ᄒᆞᆫ지라 女의 所願을 問ᄒᆞ니 曰 東
家 吃飯ᄒᆞ고 西家 眠이라 ᄒᆞ얏스니 阮紳과 黃高啓가 何獨 不然이
리오 彼가 醜漢婦 되기를 樂爲흠이 아니오 吃飯코자 흠이라 今에
阮紳은 越國 世臣이라 元來 名家子로 讀書 論事에 時勢를 知ᄒᆞ고
黃高啓ᄂᆞᆫ 少年 頭角으로 功名을 樹立코자 ᄒᆞ니 今日에 비록 法人

에 臣僕이 되얏스나 此는 時驅勢迫ㅎ야 路徑을 走錯홈이오 或 機
會가 有ㅎ기를 俟ㅎ야 擧事코자 홈도 또흔 可知치 못ㅎ겟고 또
兎死ㅎ면 狗煮ㅎ고 鳥盡ㅎ면 弓藏ㅎ며 또 阮文祥의 前鑑이 昭然
ㅎ니 此 阮黃 二人은 智略이 有흔 人이니 必然 改過自新ㅎ야 祖宗
을 爲ㅎ야 國恩을 報ㅎ고 同胞를 救홀 거시오 또 此 二人 勢力이
他人보다 甚大ㅎ니 此人이 必然 越南國脈을 保有ㅎ리로다

c. 소남ᄌ가 이 말을 듯고 되답ㅎ여 굴ᄋ되 슬프다 녯말에 닐ᄅ되
한 녀ᄌ가 잇서 동편집이나 셔편집으로 혼인을 ㅎ랴 ㅎ는되 셔
편집의 신랑은 아름다오나 가셰가 빈한ㅎ고 동편집의 신랑은
츄악ㅎ나 가셰까 부요흔지라 그 녀ᄌ다려 어ᄂ 집으로 싀집가
고 십흐냐 물으니 되답ㅎ여 굴ᄋ되 동편집에 가셔 밥을 빌어 먹
고 셔편집에 가셔 자겟노라 ㅎ엿다 ㅎ니 완신과 황계고가 엇지
이러치 아니ㅎ리오 이 두 사람이 츄악흔 놈의 계집이 되기를 됴
화홈이 아니오 법을 빌어 먹고 자홈이라 완신은 월남국에 되되
로 벼슬 ㅎ던 일홈난 집안 ᄌ손으로 원릭 글을 읽고 시셰를 알
며 황고계는 쇼년 공명으로 이제 법국사람의 신하 노릇을 ㅎ니
이는 다시 셰에 몰니고 권력에 핍박된 이라 혹 긔회를 기ᄃ려
일을 뒤즙고자 ㅎ는지도 알 수 업고 또 톡기가 다 ㅎ면 산냥ᄀ
가 삶아지고 새가 다 ㅎ면 활이 감쵸이는 줄을 알 거시오 또 완
문샹의 젼감이 소연하니 이 완신과 황고계는 지혜와 도략이 잇
는 사람이니 반다시 허물을 곳치고 스스로 힘써 죠졍을 위ㅎ야
나라의 은혜를 갑고 동포를 구원홀 것이요 또 이 두 사람은 셰
력이 다흔 사람보다 심히 만흐니 이 사람들이 반다시 월남국 명
믹을 보젼ㅎ리라

a. 前日爲異種出力且二十分, 今日爲同種出力當千百倍, 白頭失節, 不如
老妓從良。此二人若斷然爲之, 雨覆雲翻, 乾旋坤轉, 以二人勢力, 出
之裕如, 越南國脈, 將於此二人是托。越南人心, 正於此二人是賴。彼

閉戶高眠, 以越南人自命, 實於越南人無一毫補者, 相去不啻天淵哉。
吾於二人者, 且將尸祝之, 歌誦之, 金石紀念之。

a. 然我也不信, 我聞越南國之爲法兵者, 小府縣不下數百人, 大省不下數
千人, 計全國習兵, 當得三四十萬, 以越南人鬚眉面目, 爲法人肩槍腰
彈, 任法人指麾, 嗾之東則東, 嗾之西則西, 聚無數蒼髯黑齒之越南人,
從法人背後, 法人拳打之, 法人脚踢之, 終日不厭苦, 如此人心, 尙謂之
有人心乎?我也不信, 曰然, 此我不欲明言也。姑言其略, 鳩婦日營其
巢, 爲鵲計也, 富家日誨其女, 爲男役也, 彼束縛其父母兄弟, 窮餓其族
黨州閭, 而反驅策其人, 倚爲爪牙之用, 不反爲其所拏攫乎。無是理也,
越南國三四十萬之習兵, 法實操練之, 法人軍械, 習兵實掌握之。操法
人之軍械, 以從法人於戰場, 越南國之習兵, 可謂忠於法矣。然習兵之
父母兄弟, 誰則束縛之, 習兵之族黨州閭, 誰則困餓之, 習兵固垂涕泣而
道之。況自國定以來, 法人待習兵極無恩, 約束日以緊, 勞役日以繁,
月餉日以薄, 前日一習兵月銀十元, 或十二元, 多者且十五元, 今日一習
兵月銀八元, 或六元, 少者乃止四五元, 疆場有事, 重之如天神, 邊烽不
驚, 視之如草芥, 採馬芻者習兵, 治垣塗者習兵, 前日無是也。今有之,
執板幹者習兵, 理薪水者習兵, 前日無是也。今有之, 法人之兇狠如是,
法人之鬼蜮如是, 習兵固側目而視之。

b. 飮氷室主人이 聽罷에 又曰 我ㅣ 聞ᄒ니 法國人의 法兵 된 者ㅣ 小
府縣에는 數百 人이오 大省에는 數千 人이라 全國 鍊兵이 三四十
萬이 될지니 越人의 鬚眉와 面目으로 法人을 爲ᄒ야 鎗을 肩ᄒ고
彈을 腰ᄒ야 法人의 指嗾로 蒼髯黑齒의 無數ᄒ 越南人을 拳打脚踢
ᄒ야 終日 不厭ᄒ니 如此ᄒ 人을 오히려 人心이 有ᄒ다 ᄒ리오
巢南子ㅣ 曰 公의 言이 然ᄒ다 然ᄒ다 彼가 其 父母 兄弟를 束縛
ᄒ고 其 族黨 州閭를 窮餓ᄒ고 其人을 驅策ᄒ야 爪牙任을 作ᄒ다
가 도로혀 其 拏攫이 됨은 當然ᄒ 理致라 越國 三四十萬 鍊兵은
다 法人의 操鍊이오 法人 軍械는 鍊兵의 掌握ᄒ는 바라 法人의 軍

械를 執ᄒ고 法人을 戰場에 從ᄒ니 外面으로 觀ᄒ면 可謂 法國의
忠臣이라 홀지라 然ᄒ나 錬兵의 父母 妻子를 何人이 束縛ᄒ며 錬
兵의 族黨 州閭를 何人이 困餓케 홈을 錬兵이 다 涕泣相訴ᄒ며 況
法人이 錬兵을 待ᄒ기 極히 無恩ᄒ야 約束이 日緊ᄒ고 勞役이 日
緊ᄒ며 月餉이 日薄ᄒ야 前日에 一 錬兵에 月銀이 十 元 十五 元
이러니 今에ᄂ 月銀이 八 元 六 元 或 四五 元 되고 疆場이 有事
ᄒ면 重視ᄒ기 天神과 如ᄒ고 邊烽이 不驚ᄒ면 薄待ᄒ기 草芥와
如ᄒ야 馬芻를 採홈도 錬兵이오 垣塗를 修홈도 錬兵이니 前日에
ᄂ 無此ᄒ얏고 至於 薪水 雜役 等도 다 錬兵이라 今에 法人의 凶
狠이 如此ᄒ고 法人의 鬼蜮이 如此ᄒ니 故로 錬兵이 側目 含恨ᄒ
지 久ᄒ지라

c. 음빙실쥬인이 이 말을 들은 후에 또 글ᄋ되 내가 드르니 월남사
람이 법국 병뎡 된 쟈가 젹은 고을에는 수빅 명식이요 큰 도셩
에는 수쳔 명식이라 ᄒ니 젼국에 훈련ᄒ 군ᄉ가 삼ᄉ십만이 될
터인듸 법국사람을 위ᄒ야 억개에 총을 메고 허리에 탄환을 두
루고 법국사람의 지휘로 제 나라 사람을 매일 날이 맛도록 주먹
으로 싸리고 발길노 거더차면셔 실혀ᄒ는 싱각이 조곰도 업스
니 이런 사람들을 엇지 사람의 ᄆ음이 잇다 ᄒ리오 소남ᄌ가 글
ᄋ되 쥬인의 말슴이 올소이다 그러나 저 병뎡들이 법국군긔를
가지고 법국사람의 지휘를 밧으니 외면으로 보면 법국의 츙신
이라 홀듯 ᄒ되 저 병뎡의 부모와 쳐ᄌ들을 다 법국사람이 핍박
ᄒ고 친쳑 향당을 다 법국사람이 굶어죽게 ᄒᄂ 고로 저 병뎡들
이 다 울고 호소ᄒ며 쏘 법국사람이 월남 병뎡 듸졉ᄒ기를 극히
박ᄒ게 ᄒ여 속박은 날노 심ᄒ고 역ᄉ는 날노 번거ᄒ여 월급은
졈졈 박ᄒ야 젼일에는 병뎡 한 명에 월급이 십 원 혹 십오 원이
더니 이제는 팔 원 육 원 혹 ᄉ오 원밧게 못되고 전에 일이 잇
슬 쌔에는 텬신과 ᄀᆺ치 듸졉ᄒ다가 나라에 일이 업스면 소와 긔
와 ᄀᆺ치 쳔듸ᄒ는지라 말 먹는 풀도 병뎡이 비여 오고 길도 병

뎡이 닥그며 물도 깃고 밥 짓는 심브렴도 다 병뎡을 식이며 여
러 가지 역스를 괴롭게 식여 법국 사람의 흉악흠이 이러ㅎ고 괴
휼흠이 이러흔 고로 병뎡들이 눈을 흘기고 한을 먹음은 지 오랜
지라

a. 誰無父母兄弟者, 誰無族黨州閭者, 同此面目, 誰無血性, 割汝父母兄弟
之肉, 以飽啖汝, 汝安之乎? 煎汝族黨州閭之血, 以醨飮汝, 汝樂之乎? 汝
所得於法人者, 一月不過銀十元, 然汝之皮膚剝盡矣, 法人所取償於汝
之鄕族親戚者, 一月且至幾千萬, 法人之誅責, 且未已焉。哀哉, 痛哉!
熬炙我同種, 以供異種人之養, 而我顧樂爲之搬柴炊火者, 豈其情哉, 謂
習兵忠於法, 謂習兵背越南, 謂習兵助法人以攻南人, 習兵斷斷無是理
也。習兵習兵, 豈非人種哉?

b. 大抵 何人이 父母 兄弟가 無ㅎ며 何人이 族黨 州閭가 無ㅎ며 丒
何人이 血性과 面目이 無ㅎ리오 汝 父母 兄弟의 肉을 割ㅎ야 汝를
啖ㅎ면 汝 心에 安ㅎ며 汝 族黨 州閭의 血을 煮ㅎ야 汝를 飮ㅎ면
汝 心에 樂ㅎ리오 汝의 所得은 月銀이 十 元이로되 汝의 皮膚는
剝盡ㅎ얏고 法人이 汝의 鄕族 親戚의게 侵奪흠은 每月에 幾千萬
元이어늘 法人의 誅求가 오히려 己時가 無ㅎ니 嗚呼라 哀哉痛哉
로다 我 同種을 煎熬ㅎ야 異種人의 貪饕를 充홀 식 我는 丒 오히
려 搬柴 吹火ㅎ야 其 煎熬力이 增케 ㅎ니 此ㅣ 엇지 人情의 必爲
흘 者ㅣ리오 所謂 鍊兵이 法國에 忠ㅎ고 鍊兵이 越南을 背ㅎ고 法
人을 助ㅎ야 越人을 攻흔다 흠은 鍊兵이 斷斷코 此 理가 無홀지
라 鍊兵鍊兵이여 此 亦 人種이라 엇지 此 背天 違理흔 惡習이 有
ㅎ리오

c. 대뎌 엇던 사람이 부모 형뎨 쳐즈의 피와 고기를 됴와ㅎ며 엇던
사람이 친척 향당의 가족과 기름을 질겨ㅎ리오 저 병뎡의 부모
형뎨 쳐즈 친척 향당의게 다달이 멧쳔 화식을 쌔앗되 저 병뎡의
게는 월급이라고 오륙 환밧게 더 주지 아니흠으로 몸은 괴롭고

먹는 것슨 적어 졈졈 파리홀 쑨 아니라 이 월급도 다 저의 부모 형뎨 쳐즈 친쳑 향당의게 쌔앗셔 온 것시라 저 병뎡들도 사람이 니 저희 부모 형뎨의 고기를 버혀 저희를 주어 씹게 ᄒ거늘 저 희가 엇지 이것을 달게 먹으며 친쳑 향당의 피를 쏩아 저희를 주어 마시게 ᄒ거늘 저희가 엇지 이것을 즐겁게 삼키리오 이는 다 저 병뎡들도 졍리에 반다시 불쾌홀 일이니 저 병뎡들이 법국 에 츙셩ᄒ고 월남을 빈반ᄒ며 법국사람을 도와주고 월남을 친 다홈은 단단코 이럴 리치가 업슬지라 저 병뎡들도 다 죵이어늘 엇지 쳔 리에 어겨지는 악습이 잇스리오

a. 習兵習兵, 豈已羊豕肝腸哉?斷斷是習兵必不背越南, 斷斷是習兵必不助 法人, 斷斷是習兵必要戮法人。歌曰：

　各註習兵, 各註習兵, 註於安南生, 註於安南長, 註克註暢, 註撫註批, 註滿限衛, 稅搜註折, (死也)戶當註羅劣, 親戚註縠車, 註擬吏別諸, (未 也)西傷腰之註, 西功恩之註, 註昆沒戶, 註貼沒茹, 厭○吏僕古 〇, 賴 賴註, 百拜千拜萬拜註。

　豈獨習兵哉, 法人通言, 法人紀錄, 以至爲法人陪丁, 固皆越南人種也, 固皆習兵之心也。彼豈有忘其祖宗父母之國, 而甘心從法人哉?彼豈甘 心從法人而魚肉其祖宗父母之國哉, 法人危矣, 法人危矣!

b. 故로 鍊兵이 每日에 軍歌를 唱ᄒ민 其 意가 다 法人을 殲盡ᄒ다 는 語오 此 同仇 敵愾ᄒ야 法人을 殲코자 홈은 다만 鍊兵쑨 아니 라 法人의 涌辯과 至於 法人의 書記와 法人의 陪丁이 다 越南 人 種이오 此 諸人이 다 鍊兵과 同心이라 彼가 엇지 其 祖宗 父母를 忘ᄒ고 法人 奴隷 되기 甘心ᄒ며 彼가 쏘 엇지 其 祖宗 父母國을 魚肉ᄒ리오 法人 法人이여 危哉 殆哉라 其 法人을 殲盡홀 日이 有 ᄒ리로다

c. 이런 고로 저 병뎡들이 날마다 법국사람을 다 죽이자는 말노 노 래를 ᄒ고 쏘 이러케 법국사람을 원슈로 역여 법국사람을 죽여

업시 ᄒ고자 ᄒ는 ᄆᆞ음은 이 병명들뿐 아니라 법국사람의게 죵
노릇 ᄒ는 쟈들과 셔긔 노릇 ᄒ는 쟈들과 하인 노릇 ᄒ는 쟈들
도 다 병명과 일반이라 저희들의 실졍도 다 이러ᄒᆫ 것이오 엇지
저희가 다 ᄀᆞᆺᄒᆞᆫ 월남인죵으로 사람의 ᄆᆞ음이 잇거늘 엇지 저희
죠졍과 부모를 이죠ᄒᆞ며 법국사람의 노례 되기를 달게 녁이고
부모의 나라를 어육ᄒᆞ기를 즐겨 ᄒᆞ리오 법국사람이여 법국사람
이여 위틱ᄒᆞ고 위틱ᄒᆞ도다 법국사람을 죽일 날이 반다시 잇스
리로다

a. 附 越法兩國交涉

c. 월남과 법국이 교섭ᄒᆞᆫ 일

a. 上海 新民叢報社 社員編

c. 샹히 신민 춍보샤 샤원이 지음

a. 法之窺越久矣, 其派遣傳敎師, 殆自二百年以前, 迨一七三0年, (康熙五
十九年)法兵艦俄羅地號泊交趾, 士官三人登陸至平順省, 士人群集縛而
獻之于王。艦長與在交之傳敎師, 商以重金贖歸, 此爲法越交涉之嚆
矢。

b. 法國이 越南을 窺ᄒᆞᆫ 지 久ᄒᆞ야 其 傳敎師를 派遣ᄒᆞ기는 西曆 一千
七百 三十 年 距今 一百 七十七 年 前 光武 十年 丙午 計 下仿 此
에 法兵艦이 交趾에 泊ᄒᆞ고 士官 三 人이 登陸ᄒᆞ야 平順省에 至ᄒᆞ
거늘 土人이 厚集ᄒᆞ야 王의게 縛獻ᄒᆞ니 艦長이 在交ᄒᆞᆫ 傳敎師와
相議ᄒᆞ고 金으로써 贖還ᄒᆞ니 此는 法 越 交涉의 始오

c. 법국이 월남국을 엿본 지가 오래다가 법국에셔 텬쥬교ᄉᆞ를 월
남으로 보낼 새 셔력 일쳔 칠빅 삼십 년(륭희 원년으로 일빅 칠

십 팔 년 젼이 아래도 아와 (구홈)에 법국 병함이 젼교슈를 싯고
월남 교디에 들어와 드니고 쟝관 셋시 하륙ᄒ여 평슌싱에 날으
거늘 그곳 월람 빅셩들이 만히 모혀 이 세 쟝관을 결박ᄒ여 님
군에게 밧치니 그 병함의 함쟝이 젼교슈와 샹의ᄒ고 금으로 이
세 쟝관을 속ᄒ여 데려가니 이는 월남과 법국 교섭의 시작이오

a. 一七四九年, (乾隆十四年)法王路易十五命皮易甫亞字爾者爲全權大臣,
至順北府謀通商, 阮王不許。

一七五三年, (乾隆十八年)越人大窘戮天主敎徒, 多逃至印度。

一七八六年, (乾隆五十一年)越內亂, 阮文岳自稱王, 阮光平使其子景
叡詣法國乞援, 翌年遂訂法越同盟之約, 割崑崙島之茶麟港于法, 實爲
法人經營越南最初之根據地, 未幾寒盟, 不實行割讓。

b. 其 後 十九年에 法王 路意十五가 皮利로써 全權 大臣을 拜ᄒ야 順
化府에 至ᄒ야 通商을 請ᄒ거늘 王이 不許ᄒ고 後 五 年에 越人
이 天主敎徒를 窘迫ᄒ니 敎徒가 印度로 逃亡ᄒ고 一千 七百 八十
六 年 距今 一百 二十一 年 前에 越國에 內亂이 起ᄒ야 阮文岳이
自稱 越王이라 ᄒ거늘 阮光年이 其 子 景叡로 ᄒ야곰 法國에 往
ᄒ야 乞援ᄒ고 法 越 同盟을 結ᄒ야 崑崙島의 茶麟港을 割予ᄒ니
此는 法人이 越南에셔 最初 根據地를 經營홈이라 未幾에 違約ᄒ
야 割壤을 實行치 아니ᄒ고

c. 그후 십구 년에 법국 님군로의 십오가 파리로 전권 대신을 삼아
월남 슌화부에 보내여 통샹ᄒ기를 쳥ᄒ거늘 월남님군이 허락지
아니ᄒ고 쏘 그후 오 년에 월남사름이 텬쥬교도를 핍박ᄒ매 교
도들이 인도국으로 도망ᄒ고 일빅이 십 년 젼에 월남에 닌란이
일어나 완문악이 스스로 월남님군이로라 칭ᄒ거늘 완광연이 그
아들 경예를 법국에 보내여 구원ᄒ야 주기를 빌어 법국과 월남
의 동밍약됴를 뎡ᄒ고 곤륜도의 다른 항구를 버혀주니 이는 법
국사름이 월남국에셔 처음 웅거ᄒ든 짱을 엇은 것이더라 얼마

오래지 아니ᄒ여 법국이 약됴를 어긔고 뎡ᄒ여 준 디경 외에도
임의로 힝동ᄒ며 웅거ᄒ더라

a. 一八二0年, (嘉慶廿五年)越王以詔書命殺法人狄亞氏, 以法艦來測量海
口, 國人激昂, 攘夷說盛行故也。(編者案：日本以美艦測量海口之刺激,
而成維新之業, 越南以法艦測量海口之刺激, 而召滅亡之禍, 其故可
思。)

一八四七年, (道光二十七年)法人以兵艦至茶麟港, 大敗越軍。

一八六二年, (同治元年)法帝拿破崙第三, 以海軍大擧伐安南, 奪茶麟
港, 約割下交趾、邊和

嘉定、定祥三省, 開三通商口岸, 償金二千萬佛郎以講, 自是法人在
越之根據定, 嘉定省卽西貢所在, 今越南第一都會也。

b. 一千 八百 二十 年 距今 八十七 年 前에 越王이 下詔ᄒ야 法人을
殺ᄒ니 此ᄂ 法將 狄亞】 軍艦으로써 海口를 測量ᄒᄆ 國人이 激
昂ᄒ야 攘夷說이 盛行ᄒ 故오 一千 八百 四十七 年 距今 六十 年
前에 法人이 兵艦으로 茶麟에 至ᄒ야 越軍을 大破ᄒ고 一千八百六
十二 年 距今 四十五 年 前에 法帝 拿破崙 第三이 海軍으로써 越南
을 伐ᄒ야 茶麟을 奪ᄒ고 交趾를 割ᄒ고 慶和 嘉定 定祥 三 省에
通商口岸을 開ᄒ고 償金이 二十萬 佛狼 每佛狼은 四十 錢이라 이
라 自此로 法人이 越國에 根據地를 定ᄒ니 嘉定省은 卽 西貢地오
今 越南의 第一 都會오

c. 법국쟝슈 적아가 병함을 거ᄂ리고 월남 바다를 측량하매 왼 월
남 사람이 다 격분ᄒ여 외국 오랑키를 물리치자는 의론이 크게
일어나는 고로 팔십팔 년 전에 월남 님군이 죠셔를 나려 법국
사람을 죽이더라 륙십일 년 전에 법국 사람이 병함을 거ᄂ리고
다른 항구에 이르러 월남군ᄉ를 크게 파ᄒ더라 ᄉ십륙 년 전에
법국 황뎨 라팔륜 뎨삼이 슈군으로 월남을 쳐셔 다린항을 쌔앗
고 교디를 차지ᄒ고 경화 가뎡 뎡샹 삼 싱에 통샹항구를 열고

빙샹금 이십만 푸랭크(푸랭크는 법국돈 일홈이니 한 푸랭크는
신화 수십 젼 가량)을 밧으니 이후로는 법국이 월남에 웅거ᄒᆞ는
ᄯᅡᆼ을 크게 뎡ᄒᆞ니 지금 월남에 뎨일 되는 도회 셔공도 법국사람
의 웅거ᄒᆞ는 ᄯᅡᆼ이 되엿더라

a. 一八七四年, (同治十三)年更訂所謂西貢條約者, 今摘擧要點 :

(第二款)法國大皇帝(案：一八七四年法國已改名爲共和國, 此文大皇帝云
云者, 據日本人曾根氏所著≪越法交并記≫原文, 相屬當時譯者之誤。)
嗣后, 以越南國王系操自主之權, 並不遵服何國。越南若有內患外寇,
國王一有請援之擧, 法國立卽隨機自助。(下略)

(第三款)越南已約法國爲之保護, 如此後越南與各外國交通, 則須合法國之
意, 事乃可行。

b. 其後 四 年에 法人이 ᄯᅩ 交趾 南部의 三 省은 割取ᄒᆞ니 自此로 下
交趾 六 省이 다 法國에 屬ᄒᆞ고 一千八百七十四 年 距今 三十二 年
前에 다시 西貢 條約을 結ᄒᆞ니 其 第二款에 曰 法國이 越南王은
自主權이 有ᄒᆞ야 他國에 遵服지 아니홈을 認ᄒᆞ고 越南에 萬一 內
患과 外寇가 有ᄒᆞ면 國王의 請願을 依ᄒᆞ야 法國이 隨機 相助ᄒᆞ고
第三款에 曰 越南이 이믜 法國의 保護를 約ᄒᆞ야 此後ᄂᆞᆫ 越南이 各
外國과 交通ᄒᆞᆯ진딘 法國 意向과 同ᄒᆞᆫ 後에 行ᄒᆞ고 今後 南越이 他
國과 立盟互市ᄒᆞ거든 法國에 知照ᄒᆞᆫ다 ᄒᆞ니 此 約이 凡 二十餘 款
에 第二款에 卽 曰 越南이 自主國이라 ᄒᆞ니 此ᄂᆞᆫ 甌人이 東方 諸
國에 對ᄒᆞ야 外面으로 其 體面을 粧飾ᄒᆞᄂᆞᆫ 慣技오 其 下文에 이
믜 保護 性質을 含有ᄒᆞ얏고 곳 第三 款에ᄂᆞᆫ 曰 保護라 ᄒᆞ니 此ᄂᆞᆫ
法人이 곳 宣言 無諱홈이라

c. 수십일년 젼에 법국사람이 ᄯᅩ 교디 남편에 삼셩을 취ᄒᆞ니 이후
로는 알에 교디 륙 싱이다 법국에 쇽ᄒᆞ더라 삼십삼년 젼에 다시
셔공 약됴을 뎡ᄒᆞ니 둘재 됴건에 ᄀᆞᆯᄋᆞ딘 월남님군은 ᄌᆞ쥬권이
잇스니 타국에 쇽ᄒᆞ여 복죵치 아니ᄒᆞᆯ 것시요 월남국이 나라 안

에셔 란리가 나거나 외국 란리가 나면 월남왕의 청원ᄒᆞ는 대로
법국이 긔회를 ᄯᅡ라 도아준다 ᄒᆞ엿고 셋재 됴건에 글ㅇᆞ딕 월남
이 임의 법국의 보호를 밧기로 언약ᄒᆞ엿스니 이후브터는 월남
이 각 외국과 교통ᄒᆞ랴면 법국의 의향과 ᄀᆞᆺᄒᆞᆫ후에야 ᄒᆡᆼᄒᆞ고 이
후로 월남이 타국과 약됴를 세워 통샹ᄒᆞ랴면 몬져 법국의게 알
게 ᄒᆞᆫ다 ᄒᆞ엿더라 이 약됴가 모도 이십여 됴견인딕 둘재 됴건은
월남이 ᄌᆞ쥬국이라 ᄒᆞ니 이는 셔양사람이 동방 모든 나라에 딕
ᄒᆞ여 외면으로는 톄면을 ᄭᅮ미는 톄 ᄒᆞ는 궤슐이요 그 알에 글에
보호국 ᄆᆞᆫ드는 ᄉᆞ졍이라 포함ᄒᆞ엿고(163) 셋재 됴건에는 보호라
ᄒᆞ엿스니 이는 법국사람이 감조지 아니ᄒᆞ고 다 들어낸 말이라

a. ((中略)今後越南與他國立盟互市, 則須預行照會法國。

(第五款)越南國王現在所割畀于法國者, 其所轄治之地, 卽嘉定、邊和、
定祥、永隆、安江

河仙六省, 其界東臨海, 毗連平順省, 西連暹羅灣, 南枕南海, 北接柬
埔寨, 均歸法國管理, 獨操自有之權。(下略)

(第十一款)越南國因欲便於各國通商互市。故特開平定省施耐汛, 海陽
省寧海汛, 幷該汛上溯 哈尼河一帶, 以達大淸國雲南邊境, 凡一應外國
商船可以隨意往來。(下略)

此條約凡二十二款, 此其最關緊要者也。第二款冒頭認越南爲自主國
一語, 是還其門面, 歐人待東方諸國之慣技也。其下文解釋已含保護國
之性質, 其第三款, 則將保護法宣言無憚矣。其第五款, 則下交趾純然
割讓, 又異於他地也。其第十一款, 則與我雲南有關, 法人之汲汲經營
越南, 其最後之目的, 實在我國也。故今詳擧之, 其餘關於賠款、開
港、傳敎、交犯等, 以僅屬於一時之事項, 故略之。)

西貢條約旣成, 越人擧國上下, 莫不憤悔, 至一八八二年, (光緖九年)
適劉永福率游勇入安南, 將以之爲根據地, 越人乃利用之, 欲以驅法人
于境外, 紅河航路爲便, 全境騷然, 法人乃以兵直陷河內, 罨耗達順化政

府。國王乃頒明詔, 使黑旗軍拒法兵, 我政府一面使公使曾紀澤牒責法國, 而北京法公使布黎氏, 亦抗辯不相下。李鴻章力主平和, 提出協商案四款, 布黎氏亦提出協商案三款, 正相持未決, 而法國政府忽大更迭, 拉克爾氏爲外務大臣, 拉氏者著名之侵略家也, 一意堅持, 兩協商案, 皆置不理, 且免黜布黎氏。一年增兵以略安南, 遂陷南定海陽山西, 直逼順化府, 越人不支, 爲城下盟。卒以一八八三年, 結條約二十八條, 所謂哈爾曼條約是也。語其內容, 則:

b. 西貢條約이 己成ᄒ미 越人의 擧國上下가 다 忿悔ᄒ더니 一千八百八十二年 距今 二十四 年 癸未에 淸人 劉永福이 遊勇을 率ᄒ고 越南에 入ᄒ거늘 越人이 劉永福을 用ᄒ야 法人을 放逐코자 ᄒ야 全境이 騷然ᄒᄂ지라 法人이 곳 兵士로 河南을 陷沒ᄒ니 國王이 詔書를 下ᄒ야 劉永福으로 ᄒ야곰 法兵을 拒ᄒ라 ᄒ다가 ᄯ 法人의게 敗ᄒ야 城下 盟을 結ᄒ고 一千八百八十三年 距今 二十三 年 前 甲申에 條約을 結ᄒ니

c. 셔공약됴가 다 쟉졍이 되매 월남 왼 나라 샹하 인민이 다 분ᄒ여 후회ᄒ더라 이십오 년 젼 계미년에 청국 사람 유영복이 군수를 거ᄂ리고 월남에 들어가니 월남 사람이 유영복을 써서 법국 사람을 쪼차내고자 ᄒ여 왼 나라가 소동ᄒᄂ지라 법국사람이 곳 병명을 거ᄂ리고 월남을 함몰ᄒ니 월남 님군이 죠셔를 나려 유영복으로 법국 군수를 막으랴 ᄒ다가 ᄯ 법국 사람의게 패ᄒ여 이십수 년 젼 갑신년에 ᄯ 약됴를 뎡ᄒ니

a. (一)安南公然自認爲法蘭西保護國。
b. 一은 越南이 法蘭西 保護國이오
c. 첫 재는 월남국이 법국에 보호국이요

a. (二)割讓平順省。
b. 二는 平順省을 割予ᄒ고

c. 둘 재는 평슌싱을 법국의게 버혀주고

a. (三)法國設兵備于安南各要隘, 且于紅河沿岸設哨所。

b. 三은 法國이 越南 各 要隘에 設兵ᄒ고 또 紅河 沿岸에 哨所를 設
ᄒ고

c. 셋 재는 법국이 월남 각 요히쳐에 군ᄉ를 두고 또 홍하가로 지
나가며 병참소를 셜시ᄒ고

a. (四)順化府(卽越京)及其他大小都府, 法國皆設官駐扎。

b. 四ᄂ 越京 及 其他 大小 部府에 法國이 다 設官 駐箚ᄒ고

c. 넷 재는 월남 왼나라 모든 관부에 법국 관원을 두고

a. (五)下列各件, 皆受駐扎官之監督。

b. 五ᄂ 下列 各件이 다 駐箚官의 監督을 受흠이니

c. 다섯 재는 이 아래 벌린 일은 다 법국 관원이 감독흠을 밧음이니

a. (甲)諸大市之警察。

b. 甲 諸 大市 警察

c. 모든 큰 도회와 져자의 경찰ᄒ는 일

a. (乙)稅務。

b. 乙 稅務

c. 셰 밧는 일

a. (丙)自平順省北境以迄東京, 一切官吏及東京城內大小官吏。

b. 丙 平順省으로브터 東京까지 一切 官吏 及 東京의 大小 官員까지

c. 평슌싱에셔 동경ᄭ지 모든 관리

a. (六)下列各件, 法國駐扎官全權執行之。

b. 六은 下列 各件을 法國 駐箚官이 執行ᄒ니

c. 여섯 재는 이 아래 벌린 일은 다 법국 관원이 힝ᄒ는 일이니

a. (甲)外交事務。

b. 甲 外交事務

c. 외교일

a. (乙)稅關事務。

b. 乙 稅關事務

c. 각 항구 셰관일

a. (丙)內外交涉之司法事務。

b. 丙 內外 交涉의 司法事務

c. ᄂᆡ외 교셥에 당ᄒᆫ 법을 힝ᄒ는 일

a. (七)增開三港爲通商口岸。

b. 七은 三港을 增開ᄒ야 通商口岸을 作ᄒ고

c. 닐곱 재는 세 항구를 더 열어 통샹 항구로 삼는 일

a. (八)開西貢河內間之道路, 且架設電線。

b. 八은 西貢 河內間 道路에 電線을 架設ᄒ다 ᄒ니

c. 여듧 재는 셔공과 하ᄂᆡ 사이에 뎐션을 셜시홈이라 ᄒ엿스니

a. 自此條約成, 越南始全然水在法國羈軛之下。

b. 此 條約이 成ᄒ 後로브터 越南이 全然히 法國 羈軛下에 永在ᄒ니라

c. 이 약됴가 된 후에는 월남이 온전이 법국 굴네 속에 영영 들어
　갓ᄂ니라 월남나라 망ᄒ 스긔는 여긔 싯지요 이 아래는 남의 나

라를 멸ᄒᆞ는 새법이라는 것슬 번역ᄒᆞ여 부치노라

a. (一八八四年, (光緒十年)復結順化條約十九條。不過取哈爾曼條約而修
加之確定之耳, 今不多述。

自哈爾曼條約發表, 我國人心大激昂, 主戰之論, 朝野囂然。於是有馬
江之役, 我當局者旣著著失敗, 而法國政府, 亦生紛亂。閣員大更迭,
外務大臣拉克爾以懷憤死。法亦厭兵, 於是乃與我結天津條約, 其第二
條, 聲明法國與安南從前所結條約, 及將來所結條約, 中國一切承認之,
於是中國擧千年來主屬之關係, 一切放棄, 安南遂以正式在醮于法蘭西
矣。)

a. 附 滅國新法論
b. 附 滅國 新法論
c. 나라를 멸ᄒᆞᄂᆞᆫ 새법

a. 今日之世界, 新世界也。思想新, 學問新, 政體新, 法律新, 工藝新, 軍
備新, 社會新, 人物新, 凡全世界有形無形之事物, 一一皆辟前古所未
有, 而別立一新天地。美哉新法, 盛哉新法, 人人知之, 人人慕之。無
俟吾論, 吾所不能已於論者, 有滅國新法在。
b. 今日 世界ᄂᆞᆫ 新世界라 思想이 新ᄒᆞ고 學問이 新ᄒᆞ고 政體가 新ᄒᆞ
고 法律과 軍備가 新ᄒᆞ고 社會와 人物이 新ᄒᆞ야 凡 全世界에 有形
無形ᄒᆞᆫ 事物을 一一히 前古에 未有ᄒᆞᆫ 者를 闢ᄒᆞ야 一 新天地를 別
立ᄒᆞ니 美盛타 新法이여 美盛타 新法이여 此ᄂᆞᆫ 人人이 知ᄒᆞ고 人
人이 慕ᄒᆞ니 吾論을 不竢ᄒᆞ려니와 然이나 吾가 不得不 論ᄒᆞᆯ 者ᄂᆞᆫ
何事오 곳 滅國新論이라
c. 오늘 셰계는 새 셰계라 싱각이 새롭고 학문이 새롭고 졍ᄾᆞ가 새
롭고 법률이 새롭고 군비가 새롭고 샤회와 인물이 새로아 왼 셰
계에 각식 일이 젼고에 도모지 업던 것을 새로 마련ᄒᆞ여 특별이

한 새 텬디를 民둣니 아름답도다 새 법론홀 것은 남의 나라를
멸흐는 새법이라(165/)

a. 滅國者, 天演之公例也。凡人之在世間, 必爭自存, 爭自存則有優劣,
有優劣則有勝敗, 劣而敗者, 其權利必爲優而勝者所呑并, 是卽滅國之
理也。自世界初有人類以來, 卽循此天則, 相搏相噬, 相嬗相伐, 以迄
今日而國於全地球者, 僅百數十焉矣。滅國之有新法也, 亦由進化之公
例使然也。

b. 滅國이라 홈은 天演흔 公例라 人이 世間에 在ㅎ면 自存을 爭ㅎ고
自存을 爭ㅎ면 優劣이 有ㅎ고 優劣이 有ㅎ면 勝敗가 有ㅎ니 故로
其 劣ㅎ야 敗흔 者ᄂᆞ 其 權利가 반다시 優ㅎ야 勝흔 者의게 呑并
이 될지니 此ᄂᆞ 곳 滅國ㅎᄂᆞ 理致라 世界에서 人類가 有흔 以來
로 곳 此 天則을 循ㅎ야 相搏 相噬 相仇 相伐ㅎ다가 今日에 至ㅎ
야ᄂᆞ 全 地球에 國흔 者ᅵ 僅히 百數十이오 滅國ㅎᄂᆞᄃᆡ 新法이 有
흠은 쏘흔 進化ㅎᄂᆞ 公例가 使然케 홈이라

c. 나라를 멸흐는 것은 텬연흔 형셰라 사람이 셰샹에 살매 스스로
보존ㅎ기를 닷토며 지혜 잇는 쟈는 이긔고 어리셕은 쟈는 패ㅎ
ᄂᆞ니 어리셕어 패ᄒᆞ는 쟈는 그 권리가 반다시 지혜 잇서 이긔는
쟈의게 삼킴이 될지니 이것이 나라를 멸흐는 리치라 셰계에 사
람의 죵ᄌᆞ가 싱긴 후로브터 나려오면셔 이 텬연흔 형셰대로 서
로 치고 서로 쌔앗고 서로 먹고 서로 죽이다가 오날에 이르러
왼 쌍덩이 우에셔 나라 노릇 ㅎ는 쟈가 겨우 수십쑨에셔 나라를
멸흐는 새법이 싱김은 쏘흔 사람에 지혜까 졈졈 늘어가는 형셰
로 그러케 되는 것이라

a. 昔者以國爲一人一家之國, 故滅國者必虜其君焉, 瀦其宮焉, 毁其宗廟
焉, 遷其重器焉, 故一人一家滅而國滅。今也不然, 學理大明, 知國也
者一國人之公産也, 其與一人一家之關係甚淺薄, 苟眞欲滅人國者, 必

減其全國, 而不與一人一家爲難。不寧惟是, 常借一人一家之力, 以助
其滅國之手段。

b. 昔日에는 國으로써 一人과 一家의 國으로 知ᄒᆞᄂᆞᆫ 故로 滅國ᄒᆞᄂᆞᆫ
者ㅣ 반다시 其 君을 虜ᄒᆞ고 其 宮을 潴ᄒᆞ면 其 宗廟를 毁ᄒᆞ고 其
重器를 遷ᄒᆞᄂᆞᆫ지라 故로 一人 一家가 滅홈으로써 國이 滅ᄒᆞ얏다
ᄒᆞ더니 今에는 不然ᄒᆞ야 學理가 大明ᄒᆞᆫ 故로 國이 一人의 公産이
아님을 知ᄒᆞᆫ지라 이에 一人 一家의 關係로 더브러 甚히 淺薄ᄒᆞ야
人國을 滅코자 ᄒᆞ면 반다시 其 全國을 滅ᄒᆞ고 一人과 一家로 더
브러 爲難치 아니ᄒᆞ며 ᄯᅩ 如此홀 ᄲᅮᆫ 아니라 恒常 一人一家의 力
을 借ᄒᆞ야 其 滅國ᄒᆞᄂᆞᆫ 手段을 助ᄒᆞᄂᆞ니

c. 녯날에는 나라를 한 사람과 한 집의 나라로 아는 고로 나라를
멸ᄒᆞ는 쟈가 반다시 그 님군을 사로잡고 그 죵묘를 허는지라 그
럼으로 한 사람과 한 집이 멸홈으로 나라가 멸ᄒᆞ엿다 ᄒᆞ더니 이
제는 그러치 아니ᄒᆞ여 학문이 크게 붉아진 고로 나라가 한 사람
의 지산이 아닌 줄을 아는지라 그런 고로 한 사람과 한 집에는
관계가 적으매 남의 나라를 멸코자 ᄒᆞ면 반다시 그 왼 나라를
멸ᄒᆞ고 한 사람과 한 집으로 더브러 싸호지만 안으며 ᄯᅩ 이럴
ᄲᅮᆫ 아니라 흥샹 한 사람과 한 집의 힘을 빌어 남의 나라를 멸홀
슈단을 ᄆᆞᆮᄂᆞ니

a. 故昔之滅人國也, 以撻之伐之者滅之, 今之滅人國也, 以噢之咻之者滅
之。昔之滅人國也驟, 今之滅人國也漸。昔之滅人國也顯, 今之滅人國
也微。昔之滅人國也, 使人知之而備之, 今之滅人國也, 使人親之而引
之。昔之滅國者如虎狼, 今之滅國者如狐狸。或以通商滅之, 或以放債
滅之, 或以代練兵滅之, 或以設顧問滅之, 或以通道路滅之, 或以煽黨爭
滅之, 或以平內亂滅之, 或以助革命滅之, 其精華已竭機會已熟也, 或一
擧而易其國名焉, 變其地圖之顏色焉。其未竭未熟也, 雖襲其名仍其色,
百數十年可也。嗚呼!泰西列强以此新法施於弱小之國者, 不知幾何矣, 謂

余不信, 請擧其例。

b. 故로 昔日에는 人國을 滅홀 時에 撻之 伐之로써 滅ㅎ더니 今에는
人國을 滅홀 時에 噢之咻之로써 滅ㅎ며 昔日에는 人國을 滅흠이
驟ㅎ더니 今에는 人國을 滅흠이 漸으로 進ㅎ며 昔에 人國을 滅흠
은 顯ㅎ더니 今에 人國을 滅흠은 微로써 入ㅎ며 昔에는 人으로
ㅎ야곰 知ㅎ야 備케 ㅎ더니 今에는 人으로 ㅎ야곰 親ㅎ야 引케
ㅎ며 昔의 滅國흠은 虎狼과 如ㅎ더니 今의 滅國흠은 狐狸와 如ㅎ
야 或은 通商으로 滅ㅎ고 或은 放債로 滅ㅎ고 或은 鍊兵을 伐ㅎ
다가 滅ㅎ고 或은 顧問을 設ㅎ다가 滅ㅎ고 或은 道路를 通ㅎ다가
滅ㅎ고 或은 黨爭을 煽ㅎ다가 滅ㅎ고 或은 內亂을 平ㅎ다가 滅ㅎ
고 或은 革命을 助ㅎ다가 滅홀 시 其 精華가 已竭ㅎ고 機會가 已
熟흔 後에는 一擧에 其 國을 易ㅎ고 其 地圖의 顔色을 變ㅎᄂ니
嗚呼라 泰西의 列强이 此 新法으로써 弱小國에 施ㅎ기 其 數를 不
知홀지라 予를 不信홀진딘 其 例를 請言ㅎ리라

c. 이런 고로 녯적에는 남의 나라를 멸홀 째에 치더니 지금에는 남
의 나라를 멸홀 째에는 쇠이며 녯적에는 남의 나라를 멸흠이 급
ㅎ더니 지금에는 남의 나라를 멸ㅎ는 것은 감안이 ㅎ도다 녯적
에는 남의 나라를 멸홀 째에 그 나라 사람으로 알게 ㅎ여 방비
ㅎ게 ㅎ더니 지금은 그 나라 사람으로 친ㅎ여 제 나라가 멸ㅎ는
일을 인도ㅎ게 ㅎ며 녯적에는 남의 나라를 멸ㅎ는 것이 호랑이
ᄀ더니 지금은 남의 나라를 멸ㅎ는 것이 여호ᄀ타셔 혹 통샹으
로 멸ㅎ여 혹 빗주는 것으로 멸ㅎ고 혹 병명을 대신 가르치다가
멸ㅎ고 혹 고문을 두다가 멸ㅎ고 혹 길을 통ㅎ다가 멸ㅎ고 혹
당파의 싸홈을 도아주다가 멸ㅎ고 혹 닉란을 평명ㅎ여 주다가
멸ㅎ고 혹 혁명을 도아주다가 멸ㅎ는딘 그 형셰가 다ㅎ고 그 긔
회가 익은 후에는 한 번에 그 나라를 밧구어 그 디도의 빗츨 변
ㅎ니 슬프다 셔양 여러 당흔 나라가 이 새법으로 약ㅎ고 적은
나라에 베푼 것이 수를 알 수 업는 도다 나를 밋지 아니ㅎ면 그

증거을 말ᄒᆞ리라

a. 一征諸埃及，埃及自蘇伊士河開通之後，始借債於外國，其時正値歐洲諸國物産過度，金價停滯，而資本家懷金無所用之時也。乃恃已國之强，利埃及之弱，以重利而行借貸之術。一千八百六十二年，借一千八百五十萬打拉(一打拉當墨銀二元)，其六十四年，借二千八百五十二萬打拉，皆有所謂經手周旋費者，埃政府所得實額僅十之七耳，其初驟進多金，外觀忽增繁盛，

b. 一은 埃及에 徵ᄒᆞᆯ지라 埃及이 蘇彛士河를 開通ᄒᆞᆫ 後로 비로소 外國에 借債ᄒᆞᆯ ᄉᆡ 其時 歐洲 各國의 物産이 過度ᄒᆞ야 金價가 停滯ᄒᆞᆫ지라 資本家가 金이 有ᄒᆞ나 用處가 無ᄒᆞ거ᄂᆞᆯ 이에 己國의 强ᄒᆞᆷ을 恃ᄒᆞ고 重利로써 借貸術을 行ᄒᆞᆯ ᄉᆡ 一千八百六十二年 距今 四十五年 前 壬戌(광없 光武十年丙午計下倣此)에 一千八百五十萬 打拉(一打拉은 洋銀 二 圓이라)을 借ᄒᆞ고 其 六十四年에ᄂᆞᆫ 二千八百五十二萬 打拉을 借與ᄒᆞ니 其中에 經手 周旋費(卽 居間費)를 除ᄒᆞ고 埃及 政府에 所得 實額은 僅히 十分의 七이오 其 初에ᄂᆞᆫ 多金을 驟進ᄒᆞᄆᆡ 外觀이 忽然히 繁盛ᄒᆞᆫ지라

c. 첫재는 ᄋᆡ급의 증거니 ᄋᆡ급 소ᄉᆞ하를 파셔 통ᄒᆞᆫ 후로 비로소 외국에 빗슬 어들 새 그때 구라파 각국에 물산이 풍족ᄒᆞ여 금갑이 떨어지거ᄂᆞᆯ 부쟈들이 금은이 만히 잇스나 쓸 곳이 업거ᄂᆞᆯ 졔 나라에 강ᄒᆞᆫ 것을 밋고 즁ᄒᆞᆫ 변으로 빗슬 줄 새 ᄋᆡ급에셔 ᄉᆞ십륙 년 젼에 삼쳔칠ᄇᆡᆨ만 환을 빗내고 또 륙십오 년 젼에 오쳔칠ᄇᆡᆨᄉᆞ만 환을 빗내니 그 즁에셔 거간 빗을 졔ᄒᆞᆫ즉 ᄋᆡ급 졍부에 실샹 소득은 십분에 칠분이라 처음에는 만ᄒᆞᆫ 돈이 갑작이 ᄉᆡᆼ기매 외양으로는 대단히 풍셩ᄒᆞᆫ지라

a. 埃王心醉外債之利，復於六十五年六十六年借三千余萬打拉，六十八年借五千九百四十五萬打拉於英法之都。土耳其者，埃及之上國也，慮其

後患, 從而禁之。而埃王左右有歐人而爲顧問官者, 說以富國學之哲理, 惑以應時機之讕言, 復以一千八百七十年, 更借新國債三千五百七十萬 打拉, 而所謂周旋費者去其千萬焉, 土國政府愈禁之,

b. 埃王이 外債의 利를 心醉ᄒ야 다시 其 明年 再明年에 三千餘萬 打 拉을 借來ᄒ고 二 年을 經 ᄒ야 英 法 兩 國 都城에 五千九百四十 五萬 打拉을 借來ᄒ니 時에 土耳其國은 埃及의 上國이라 其 後患 을 慮ᄒ야 禁制ᄒ얏더니 埃王 左右에 歐人 顧問官이 富國學의 哲 理로써 埃王을 誘惑ᄒ야 다시 一千八百七年 距今 三十七 年 前 庚 午에 ᄯ 新國債 三千五百七十萬 打拉을 借ᄒ거늘 土耳其國 政府가 ᄯ 禁制ᄒᄂ지라

c. 잇급 님군이 외국 빗 엇는ᄃᆡ ᄆᆞ음이 팔려 다시 그 이듬해와 ᄯ 그 이듬해에 륙쳔여만 환을 빗내여 오니 그째에 토이기국은 잇 급의 샹국이라 그 후환을 념려ᄒ여 외국 빗내ᄂ 것을 금ᄒ더니 잇급 님군 좌주에 잇는 구라파 고문관들이 ᄯ 잇급왕을 유혹ᄒ 며 삼십팔 년 젼에 새로 칠쳔일ᄇᆡᆨᄉ십만 환을 빗내거늘 토이기 국 졍부가 ᄯ 금ᄒᄂ지라

a. 歐人資本家愈趨之, 卒至行四百五十萬打拉之重賄以賂土本家, 豈不知 埃及之貧弱不足以負擔此重債乎哉?其所謂顧問官者, 豈非受埃之祿而 事埃之事者哉?其各國之政府官吏, 豈不日言文明日言和親以與埃廷相 往來者哉?

b. 이에 歐人 資本家가 더욱 趨來ᄒ야 畢竟 四百五十萬 打拉을 土廷 에 行賂ᄒ고 其 埃及 借債를 禁ᄒᄂ 詔令을 廢케 ᄒ야 其 結局에 ᄂ 埃及 政府에서 外債를 借ᄒ기 五億三千二百餘萬 打拉에 至ᄒ니 大抵 英 法 資本家가 엇지 埃及의 貧弱을 不知ᄒ야 此 重債를 負 擔케 ᄒ얏스리오 其 所謂 顧問官이라 ᄒᄂ 者ᄂ 다 埃及의 祿을 受ᄒ 者오 其 各國 政府 官吏도 ᄯ 다 文明을 言ᄒ고 和親을 言ᄒ 야 埃廷과 時常 往來ᄒᄂ 者라

c. 이에 구라파 부쟈들이 더욱 모여들어 토이기 정부에 뢰물ᄒ고
인급에서 빗내는 것을 금ᄒ는 조셔를 폐ᄒ게 ᄒ여 필경에는 인
급 정부에서 외국 빗슬 엇은 것이 십억륙쳔ᄉ빅여만 환에 이르
니 영국부쟈들이 엇지 인급에 곤난ᄒ고 약ᄒ 것을 모르고셔 이
러ᄒ 즁ᄒ 빗슬 지게 ᄒ엿스리오 소위 고문관이라 ᄒ는 것은 다
인급의 록을 밧는 쟈들이요 각국 정부 관리들도 제 나라가 문명
ᄒ 나라라 ᄒ면서 화친ᄒ자고 인급 정부와 흥샹 왕ᄅᆡᄒ는 쟈들
이라

a. 而何以孶孶焉懇懇焉獻甘言行重賂?務送其巨萬貨財於紛濁不可知之地,
此實在舊法滅國時代百思而不得其解者也。曾幾何時, 至於一千八百七
十四五年, 而埃及財政掃地不可收拾,

b. 然이나 孶孶懇懇히 甘言과 重賂로써 其 鉅萬 貨財를 紛濁 不可知
홀 地에 送ᄒ얏스니 如此ᄒ 事는 舊日 滅國 時代의 法으로는 百思
不到ᄒ든 者라 果然 幾時를 不過ᄒ야 一千八百七十四年 距今 三十
三 年 前 甲戌에 埃及 財政이 掃地 無餘ᄒ야 收拾지 못홀지라

c. 그러나 은근이 단말과 즁ᄒ 뢰물노 이러케 만흔 빗슬 주엇스니
이러ᄒ 일은 녯적 시ᄃᆡ에 남의 나라를 멸ᄒ는 법으로는 빅 번
싱각ᄒ여도 아지 못홀 일이라 과연 얼마 오라지 아니ᄒ여 삼십
ᄉ 년 젼 갑슐년에 인급 직정이 씻슨 것ᄀᆞᆺ치 남어지가 업서 슈
습ᄒ지 못홀지라

a. 債主愈迫, 國帑全空, 於是有英國領事迫埃王聘請長於理財之英人爲顧
問官之事矣。募民債, (其法殆如中國數年前之昭信股票), 加租稅, 絲毫
無所補, 其七十六年, 遂有各國領事迫埃王設立財政局以英法兩國人爲
局長之事矣。局長覆任之始, 因本國戶部大臣議論不合, 立置諸重典,
遂以外人監督歲人, 管鐵道, 掌關稅, 而財權全外移矣。七十七年, 而
財政局增聘數十歐人, 支俸給十七萬五千打拉矣,

b. 이에 債主는 愈迫ᄒ고 國帑이 全空ᄒ거늘 英國 領事가 埃王을 迫
ᄒ야 理財에 善ᄒ 英人으로써 顧問官을 作ᄒ고 民債를 募ᄒ고 租
稅를 加ᄒ나 補益이 毫無ᄒ지라 各國 領事가 埃王을 迫ᄒ야 財政
局을 設立ᄒ고 英 法 兩國人으로써 局長을 삼아더니 局長이 苙任
初에 本國 戶部 大臣과 議論이 不合ᄒ거늘 곳 其 大臣을 重典에
置ᄒ고 드듸여 外人으로 ᄒ야곰 歲入을 監督ᄒ고 鐵道를 掌ᄒ고
關稅를 掌ᄒ야 財權이 全혀 外移ᄒ고 七十三年 距今 三十一 年 丙
子에 財政局에서 數十 歐人을 增聘ᄒ니 俸給이 十七萬五千 打拉이오
c. 이에 빗준 쟈들은 더욱 핍박ᄒ고 나라 지물은 통히 빗 엇거늘
영국 령스가 익급 님군을 핍박ᄒ여 지물을 잘 다스리는 영국사
람으로 고문관을 삼아 빅셩의게 빗을 엇고 셰를 더 밧으나 조곰
도 보통이 되지 못ᄒ는지라 각국 령스가 익급 님군을 핍박ᄒ여
지졍국을 셜립ᄒ고 영국과 법국사람으로 국쟝을 삼앗더니 익급
탁지 대신과 의론이 불합ᄒ거늘 곳 대신을 즁ᄒ 형벌에 쳐ᄒ고
드듸여 외국사람으로 익급 셰입을 감독ᄒ고 텰로를 차지ᄒ고
히관셰를 차지ᄒ여 지졍에 권리가 젼혀 외국사람의게 들어가고
삼십이 년 젼 명ᄌ에 지졍국에서 셔양사람 수십 명을 더두니 월
급이 삼십오만 환이요

a. 未幾又以領事之勸而給債主以厚祿矣。不寧惟是, 關稅之權旣握於外國,
而歐人在埃者十萬, 皆私販運而不納稅矣。及埃廷以此事詰責英法領事,
英法政府猶復依違不答, 經年之後, 始以埃及內政不修爲辭, 竟橫行而
無憚矣。至七十八年, 遂使埃及兩倍其人頭稅, 三倍其營業稅, 羅掘以
遠利息, 而每年歲入四千七百余萬打拉者。僅能以五百三十五萬供本國
政費, 其餘盡投諸外人矣, 全國官吏經數月不得支俸, 而歐人之傭聘者,
其厚俸如故矣。未幾而歐人訟埃王, 裁判於歐人司理之會審法院矣。未
幾而將埃王所有私産, 典與歐客, 以償債息矣。究其極也, 卒乃將埃及
歲入歲出之權, 全歸外人之手, 直以英法人入政府, 尸戶部工部二大臣

之位, 是實千七百七十八年事也。二大臣旣入政府, 借更新百度之名, 謂埃及人老朽不可用, 遽免要官五百餘人, 而悉代以歐人矣。自七十九年至八十二年, 四載之間, 全國官吏, 次第嬗易, 至於歐人在位者一千三百二十五人, 俸給百八十六萬五千打拉。而其名猶曰, 代埃及振興內治也。整理財政也, 及至山窮水盡, 羅掘俱空之際, 猶復裁減兵士之餉。使軍隊無力, 不能相抗, 增加貴族之稅, 使豪强盡鋤, 無復自立, 淸查通國之田畝, 使農民騷動, 雞犬不寧, 猶以爲未足。又欺小民之無識, 以甘言誘, 以强威迫, 使全國的土地, 大半歸歐人之管業, 民無所得食, 鬻家畜以糊口, 餓莩載道, 囹圄充闐, 而埃王卒乃被廢, 擁立新王之權, 歸於債主之手矣。

b. 未幾에 坏 領事의 勸으로 債主의게 厚祿을 給ᄒ며 此뿐 아니라 關稅權이 이믜 外國에 握ᄒᄆᆡ 歐人 在埃ᄒᆫ 者 十萬이 다 私히 貨物을 販運ᄒ야 納稅치 아니ᄒ거늘 埃廷이 此 事를 詰責ᄒ니 英法 領事가 依違 不答ᄒ고 經年ᄒᆫ 後에ᄂᆞᆫ 坏 埃及 內政이 不修ᄒ얏다 ᄒ고 더옥 橫行 無忌ᄒ며 坏 埃及으로 ᄒ야곰 人頭稅ᄂᆞᆫ 二倍에 增ᄒ고 營業稅ᄂᆞᆫ 三 倍로 加ᄒ야 其 前 債 利息으로 計ᄒᆯ 시 每年 稅入이 四千七百餘萬 打拉 中에 僅히 五百三十五萬 打拉을 本國에 用ᄒ고 其 餘ᄂᆞᆫ 다 外人의게 投ᄒ며 全國 官吏ᄂᆞᆫ 數月을 經ᄒ도록 俸給을 不予ᄒ고 未幾에 歐人이 埃王을 訟ᄒ야 歐人의 會審 法院에셔 裁判ᄒ고 埃王의 所有 財産을 歐客의게 典質ᄒ야 債息을 償ᄒ더니 坏 未幾에 埃及의 歲入歲出權을 全혀 外人의게 付予ᄒ야 英法 二國人이 戶部 工部 兩 大臣이 되니 七十九年 距今 二十八 年 前 己卯브터 四 年 間에 全國 官吏를 次第로 擅易ᄒ야 歐人의 在官者가 一千三百二十五 人에 俸給이 一百八十六萬 五千 打拉이오 其名은 오히려 言ᄒ되 埃及을 代ᄒ야 內治를 振興ᄒ고 財政을 整理ᄒᆫ다 ᄒ더니 及其 山窮水盡ᄒ고 羅掘이 俱空ᄒᆯ 時에ᄂᆞᆫ 坏 다시 兵士의 餉을 裁減ᄒ야 軍隊로 ᄒ야곰 抵抗力이 無케 ᄒ고 貴族의 稅를 增加ᄒ야 豪强으로 ᄒ야곰 다시 自立지 못케 ᄒ며

通國의 田畝를 淸査ㅎ야 農民이 騷動ㅎ며 鷄犬이 不安ㅎ며 쏘 不
足ㅎ야 小民을 甘言으로 誘ㅎ고 强威로 脅ㅎ야 全國 土地로 ㅎ야
곰 太半이나 歐人 營業에 歸ㅎ니 埃民이 得食홀 道가 無ㅎ지라 家
畜과 器物을 鬻ㅎ야 糊口ㅎ니 餓莩가 載道ㅎ고 囹圄가 充滿ㅎ다
가 埃王은 畢竟 被廢ㅎ고 新王을 擁立흔 權이 債主의게 入흔지라

c. 얼마 오래지 아니ㅎ여 령亽의 권ㅎ는 일로 빗 준 사람의게 록을
후이 주며 쏘 히관셰를 밧는 권리가 외국 사람의게 차지가 되매
인급에 잇는 셔양 사람이 십만 명이나 되는듸 다 물화를 들여
오고 내여 갈 째에 다 셰를 내지 아니ㅎ거늘 인급 정부에셔 이
일을 칙망ㅎ듸 영국과 법국 령亽가 듸답도 아니ㅎ고 인급에셔
니졍을 닥지 못흔다고 조곰도 긔탄 업시 횡힝ㅎ며 인급에셔 인
구셰를 이 비나 더 ㅎ고 싱업셰는 삼 비를 더 ㅎ여 그젼 빗 변
리를 셰을 홀 새 믹년 셰입이 구쳔亽빅여만 환 즁에셔 일쳔칠만
환만 본국에셔 쓰게 ㅎ고 그 외에는 다 외국 사람의게로 돌아가
게 ㅎ며 왼 나라 관원은 여러 달이 지나도록 월급을 주지 아니
ㅎ고 쏘 얼마 아니되여 셔양사람들이 인급왕을 셔양사람 직판
소로 숑亽ㅎ여 인급왕의 직물을 셔양 사람의게 뎐당ㅎ여 빗의
변리를 갑게 ㅎ더니 쏘 얼마 아니되여 인급의 셰입과 셰츌의 권
리를 온통 외국사람의게 맛기며 영국 법국 두 나라 사람이 인급
탁지부와 농상공부의 대신이 되니 이십구 년 젼으로 亽 년 동안
에 왼 나라 관원을 츠례로 밧구어 셔양 사람이 관원 된 쟈가 일
쳔삼빅이십오 인이요 월급이 삼빅칠십삼만 원인듸 말로는 인급
졍부를 듸신ㅎ여 인급 졍亽를 잘 곳치고 직졍를 잘 다亽려준다
ㅎ더니 왼 나라 직물이 다 ㅎ여 더 홀터 갈 것이 업서지매 쏘
다시 병뎡의 월급을 감ㅎ여 군듸가 항거ㅎ는 힘이 업게 ㅎ고 귀
죡의 셰를 즁ㅎ게 ㅎ여 셰력 잇는 집안으로 다시는 亽식 살 힘
이 업게 ㅎ며 왼 나라의 뎐디를 즈셰히 됴亽ㅎ여 농亽ㅎ는 빅셩
이 소동ㅎ고 개와 닭이 편안치 못ㅎ게 ㅎ고 쏘 부죡ㅎ여 빅셩을

단말로 쇠이고 권셰로 위협ㅎ여 왼 나라 토디를 졀반이나 셔양
사람이 차지ㅎ니 익급 빅셩은 으더먹고 살 도리가 업는지라 가
축과 셰간을 팔아 호구ㅎ니 주려죽는 사람이 길에 너더분ㅎ고
옥이 가득ㅎ다가 익급왕은 필경 폐ㅎ고 빗준 셔양사람들이 새
님군을 세우더라

a. 不寧惟是, 埃及國民于忍之無可忍, 望之無可望, 呼籲不聞生路全絶之
際, 不得不群起而與外敵爲難, 而所謂重文明守道義之大英國, 所謂尊
耶敎倡自由之格蘭斯頓, 直以數萬之雄師, 壓埃境, 挾埃王, 以伐埃民,
石卵不敵, 義旗遂靡, 而埃及國之志士, 卒俯首擊項, 流竄于異洲之孤
島, 而全埃之生機絶矣。嗚呼!世有以借外債用客卿而爲救國之策者乎,
吾愿與之一觀埃及之前途也。雖然, 吾無怪焉, 滅國之新法則然耳。

b. 時의 埃民이 虐政을 不堪ㅎ고 生路가 全絶ㅎ야 不得已 羣起ㅎ야
外敵과 爲難ㅎ얏더니 이에 文明 道義를 守ㅎ던 大英國과 基督敎
를 奉ㅎ야 自由를 唱ㅎ든 大法國이 數萬 雄師로 埃境을 壓ㅎ고 埃
王을 挾ㅎ야 埃民을 伐ㅎ니 埃民의 事勢가 곳 石 卵의 不敵이라
義旗가 遂靡ㅎ고 愛國志士는 俯首 擊頸ㅎ야 異洲 孤島에 竄ㅎ고
全埃에 生機가 絶ㅎ얏스니 嗚呼라 外債를 借ㅎ고 客卿을 用ㅎ야
救國策이라 ㅎ는 者는 願컨딕 埃及의 前途를 一觀홀지어다 然이
나 吾는 其 事를 不怪타 ㅎ노니 滅國ㅎ는 新法이 如此홈이오

c. 이 쌔에 익급 빅셩들은 학졍을 견듸지 못ㅎ여 싱로가 아조 쓴허
져 부득이 무리를 지어 일어나 딕뎍 되는 외국 사람과 난을 지
엇더니 문명흔 도를 직히던 대영국과 그리스도교를 밧들어 주
유를 쥬장ㅎ던 대법국이 수만 명 호랑ㅈㅊ흔 군ㅅ로 익급을 누르
고 익급왕을 끼고 익급 빅셩을 치니 익급의 형세가 곳돌로 알을
바수는 것ㅈㅊ흔 의병의 긔가 쎠러지고 나라 사랑ㅎ니 사람들은
머리를 숙이고 목을 매여 모라 외로온 셤으로 구양을 보내니 왼
익급에 싱긔가 쓴허진지라 슬프다 외국 빗슬 내고 외국사람를

써서 나라를 구원코자 ᄒᆞ는 쟈는 원ᄒᆞ건ᄃᆡ 이급의 지난 일을 한
번 볼지어다 그러나 나는 그 일을 괴상타 아니ᄒᆞ노니 남에 나라
를 멸ᄒᆞ는 새법이 이러ᄒᆞᆫ 연고니라

a. 其二徵諸波蘭。波蘭者, 歐洲千年之名國也。當十七世紀初葉, 波政始
衰, 瑞典王廢波王別立新主, 未幾而前王以俄援復位, 惴息於俄皇勢力
之下, 國中復分爲兩大黨派, 其一仰普法之庇蔭, 其一藉俄爲後援, 於政
治上, 於宗敎上, 訌爭不息。俄人利其有辭也。於是貌爲熱誠博愛, 以
甘言狡計結其歡心, 且煽其黨爭使日益劇烈, 遂藉詞扶助公義, 屯兵四
萬於波蘭境上以爲聲援, 俄兵旣集, 乃使人脅從所庇之黨以二事, 一曰
對波王絶君臣之分, 二曰許俄皇以干涉內政之權,

b. 其二ᄂᆞᆫ 波蘭에 徵ᄒᆞᆯ지니 波蘭은 歐洲에 千年 名國이라 一千六百年
代 初에 波政이 始衰ᄒᆞ거ᄂᆞᆯ 瑞典王이 波王을 廢ᄒᆞ고 別로히 新王
을 立ᄒᆞ더니 未幾에 前王이 俄援을 得ᄒᆞ야 復位ᄒᆞ고 俄皇 勢力 下
에 喘息ᄒᆞᆯ ᄉᆡ 國中에 兩黨이 有ᄒᆞ니 一은 英 法의 庇蔭을 仰ᄒᆞ고
一은 俄國을 藉ᄒᆞ야 後援을 作ᄒᆞᆯ ᄉᆡ 政治와 宗敎 上에 訌爭이 不
息ᄒᆞ거ᄂᆞᆯ 俄人이 外貌로 熱誠 博愛를 施ᄒᆞ고 甘言 狡計로 其 歡心
을 結ᄒᆞ며 ᄯᅩ 黨爭을 煽ᄒᆞ야 더욱 劇烈케 ᄒᆞ다가 다시 公義를 扶
助ᄒᆞᆫ다 稱ᄒᆞ고 四萬 兵을 波蘭境 上에 屯ᄒᆞ야 聲援을 作ᄒᆞᆫ 後人으
로 ᄒᆞ야곰 俄黨의게 二事를 脅ᄒᆞ니 一은 曰 波王의게 君臣 分義
를 絶ᄒᆞ라 홈이오 二ᄂᆞᆫ 曰 俄皇이 內政을 干涉케 홈이라

c. 둘재는 파란의 증거니 파란은 셔양에 쳔 년이나 오랜 유명ᄒᆞᆫ 나
라라 셔력 일쳔륙백년 시ᄃᆡ에 파란국 졍ᄉᆞ가 비로소 쇠ᄒᆞ거ᄂᆞᆯ
셔젼국 님군이 파란국 님군을 폐ᄒᆞ고 새로 다른 님군을 세웟더
니 젼 님군이 아라사의 구원을 엇어 도로 님군이 되여 아라사
황뎨 권제 아래에서 지내매 국즁에 당패가 둘이 잇스니 하나는
영국과 법국을 의지ᄒᆞ고 하나는 아라사를 의지ᄒᆞ여 졍ᄉᆞ와 죵
교로 서로 다톰이 쉬지 아니ᄒᆞ거ᄂᆞᆯ 아라사 사람이 외면으로는

지셩껏 사랑ᄒᆞ는 톄ᄒᆞ고 단말과 간사ᄒᆞᆫ 계교로 파란 사람의 ᄆᆞ
음을 질겁게 ᄒᆞ여 친ᄒᆞ게 ᄉᆞ귀며 ᄯᅩ 이 두 당패의 닷토는 것을
부채질 ᄒᆞ여 싸홈이 더욱 밍렬하게 ᄒᆞ다가 다시 공변된 의를 도
와준다 ᄒᆞ고 군ᄉᆞ ᄉᆞ만 명을 파란 디경에 둔취ᄒᆞ고 아라사를 의
지ᄒᆞ는 당의게 두 가지 일을 위험ᄒᆞ니 하나는 파란의 님군과 신
하의 등분을 업시홈이요 하나는 파란의 졍ᄉᆞ를 간셥케 홈이라

a. 所庇黨旣陷術中, 欲脫不得, 俄軍乃於貴族議院前築一炮臺, 使數兵卒
立炮側爇火以待, 迫全院議員畫諾, 此後俄公使逐握廢置波王、生殺波
民之權者凡數十年, 爾后土耳其、普魯士、奧大利諸國, 展轉效尤。國
內之爭, 亦囂囂未已, 而俄人始終挾波王以令波民, 不遽廢其位也。迨
國民同盟黨到處蜂起, 仍藉王室以壓制之, 一切義士指爲叛民殺戮竄流,
無所不至, 量其國民之氣不可復振, 乃從而豆剖而瓜分之, 至千七百二
十二年, 而波蘭之名, 遂絶於地圖矣。世有以爭黨派聯外國爲自保祿位
之計者乎?吾愿與一覽波蘭之覆轍也。雖然, 吾無怪焉, 滅國之新法則
然耳。

b. 이에 俄黨이 其 術 中에 陷ᄒᆞ야 脫키 不得ᄒᆞᆯ지라 俄軍이 貴族 議
院 前에 砲臺를 築ᄒᆞ고 兵卒로 ᄒᆞ야곰 砲側에서 火를 熱ᄒᆞ야 待
케 ᄒᆞ고 全院 議員을 迫ᄒᆞ야 許諾ᄒᆞ라 ᄒᆞ며 此後에ᄂᆞᆫ 俄 公使가
波王을 廢置홈과 波民의 生殺ᄒᆞᄂᆞᆫ 權을 握ᄒᆞ기 數十 年이라 自此
로 土耳其 普魯士 墺地利 諸國이 此를 效尤ᄒᆞ고 國內 黨爭이 ᄯᅩᄒᆞᆫ
囂囂 不己ᄒᆞ며 俄人은 始終 間에 波王을 挾ᄒᆞ야 波民을 令ᄒᆞ고 其
位ᄂᆞᆫ 姑히 不廢ᄒᆞ다가 밋 國民 同盟黨이 蜂起홀 時에ᄂᆞᆫ 王室을 藉
ᄒᆞ야 壓制홀 ᄉᆡ 一切 義士를 叛民이라 稱ᄒᆞ고 殺戮 竄流ᄒᆞ야 無所
不至ᄒᆞ다가 其 國民의 氣가 復振치 못홈을 知ᄒᆞ고 곳 其 國을 豆
剖 瓜分ᄒᆞ야 一千七百七十二年 距今 一百三十五 年 前에ᄂᆞᆫ 波蘭 國
名이 드듸여 地圖 上에 絶ᄒᆞ얏스니 世人이 黨派를 爭ᄒᆞ고 外國을
聯ᄒᆞ야 祿位를 自保코자 ᄒᆞᄂᆞᆫ 者ᄂᆞᆫ 願컨듸 波蘭의 覆轍을 觀홀지

어다 然이나 我는 其 事를 不怪타 ᄒ노니 滅國 新法이 如此홈이오
c. 이에 아라사를 의지ᄒ던 당이 그 죄에 싸져 벗지 못ᄒ게 된지라
이에 아라사 군수가 파란 귀쪽 의원 압헤 포디를 싸코 병명이
그 포디 겻헤셔 직히게 ᄒ고 아라사 공수가 파란 님군을 폐ᄒ던
지 세우던지 ᄒ는 권리와 빅셩을 살리던지 죽이던지 ᄒ는 권리
를 잡은 지가 수십 년이라 이후로 로국과 보국과 오국이 다 이
것을 본밧고 국내에셔는 당패 싸홈이 긋치지 아니ᄒ며 아라사
사람은 줄곳 파란 님군을 끼고 파란 빅셩을 호령ᄒ며 쓸 디 업
는 파란 님군을 폐ᄒ지 아니ᄒ고 그냥 두엇다가 파란 빅셩이 외
국을 물리차랴고 ᄉ 면에셔 일어나매 아라사가 파란 님군을 빙
쟈ᄒ고 일어나는 빅셩을 압졔홀 새 모든 의잇는 사람들을 반ᄒ
는 빅셩이라 칭ᄒ고 혹은 도륙ᄒ여 혹은 귀양 보내며 참혹흔 압
졔가 못홀 일 업다가 빅셩의 긔운이 썩겨 다시 떨치지 못홀 디
경에 일은 후에야 파란을 서로 난호아 차지ᄒ매 일빅삼십륙 년
젼에 파란 나라 일홈이 디도 우에 업셔졋스니 셰샹 사람이 당패
의 싸홈으로 외국을 련ᄒ여 그 벼슬과 월급을 보젼코자 ᄒ는 쟈
들은 원컨디 파란의 젼감을 볼지러다 그러나 나는 이 일을 괴샹
타 아니ᄒ노니 남의 나라를 멸ᄒ는 새 법이 이러홈이니라

a. 其三征諸印度。印度之滅亡, 可謂千古亡國之奇聞也。自古聞有以國滅
人國者, 未聞有以無國滅人國者, (如古者民族遷徙掠踞土地者, 雖未成
爲國而全體團結已有國之形, 若本國人民起而獨立又非滅國, 也故印度
之例實古今所無。)至於近世之印度, 擧其百八十萬英方里之土地二百九
十兆之人民, 以置諸英皇維多利亞之治下者誰乎?則區區七萬磅小資本之
東印度公司而已, 英人經略印度之起點, 在千六百三十九年, 于其東岸,
得縱六英里橫一英里之地, 閱二十七年, 始得孟買島, 而每歲納十磅于
英王, 以讓受其主權, 由不滿方三里之地, 而衍至百八十萬方里, 由十磅
之歲入, 而增至五六千萬磅, 英人之所以成就此偉業者, 果由何道乎?以

常理論之, 其必暴露莫大之軍隊, 耗竭無量之軍費, 乃始及此, 而豈知有
大謬不然者?英人之滅印度, 非以英國之力滅之, 而以印度之力滅之也。

b. 其 三은 印度에 徵ᄒᆞᆯ지니 印度의 滅亡은 可謂 千古에 奇聞이라 自
古로 國으로써 人國을 滅ᄒᆞᆷ은 聞ᄒᆞ얏거니와 無國으로써 人國을
滅ᄒᆞᆷ은 未聞ᄒᆞ얏거늘 至於 近世의 印度ᄂᆞᆫ 其 地方 一百八十萬 英
方哩와 二億九千萬 人을 擧ᄒᆞ야 英皇 維多利亞 管下에 置ᄒᆞᆷ은 誰
人인고 곳 區區ᄒᆞᆫ 七萬 磅(괄앖 每磅이 銀錢 十元이라) 되ᄂᆞᆫ 小資
本의 東印度 公司라 英人이 印度를 經略ᄒᆞ기ᄂᆞᆫ 一千六百三十九年
距今 二百六十八 年 前에 其 東岸에서 六 英里 되ᄂᆞᆫ 地方을 得ᄒᆞ
더니 二十七 年을 經ᄒᆞ야 비로소 孟買島를 得ᄒᆞ고 每歲에 稅金 十
磅을 英王의게 納ᄒᆞ야 其 主權을 讓受ᄒᆞ더니 今에ᄂᆞᆫ 其 方 六 里
地로 百八十萬 里를 敷衍ᄒᆞ고 十 磅 歲入이 五千萬 磅에 至ᄒᆞ니
其 此 偉業을 成就ᄒᆞ기ᄂᆞᆫ 何道로 由ᄒᆞᆷ인지 常理로 言ᄒᆞ면 必然 莫
大ᄒᆞᆫ 軍隊를 暴露ᄒᆞ고 無量ᄒᆞᆫ 軍費를 耗ᄒᆞᆫ 後에야 及此ᄒᆞ리라 ᄒᆞ
얏더니 此則 크게 不然ᄒᆞ야 英人의 印度를 滅ᄒᆞᆷ은 英國의 力으로
滅ᄒᆞᆷ이 아니오 印度의 力으로 滅ᄒᆞᆷ이라

c. 셋재는 인도의 증거니 인도에 멸망ᄒᆞᆷ은 천고에 긔이ᄒᆞᆫ 소문이
라 디방이 일빅팔십만 영방리가 되고 인구가 이억구쳔만 명 되
ᄂᆞᆫ 나라를 온통 영황 유다리아의게로 들어가게 ᄒᆞᆫ 것은 겨우 ᄌᆞ
본 칠십만 원으로 셜시ᄒᆞᆫ 동인도 샹ᄒᆡ라 영국사람이 이빅륙십
구 년 젼에 인도 동편 바다 언덕에 륙 영리 되는 디방을 엇엇더
니 이십칠 년을 지나 비로소 밍가셤을 엇고 해마다 셰금 빅 원
을 영국 님군의게 드리더니 이제는 륙 영리 되는 쌍을 불려 일
빅팔십만 영방리가 널러지게 ᄒᆞ고 셰금 빅 원을 늘여 오억 원에
일으게 ᄒᆞ니 이러케 큰 업을 일우게 ᄒᆞᆫ 것이 무슨 도리로 되엇
ᄂᆞ뇨 례ᄉᆞ로 싱각ᄒᆞ면 반다시 군ᄉᆞ를 무수히 업시 ᄒᆞ고 군비를
무수히 허비ᄒᆞᆫ 후에야 이러케 되엿스리라 ᄒᆞᆯ 터이나 이는 대단
히 그러치 아니ᄒᆞ여 영국 사람이 인도를 멸ᄒᆞᆷ은 영국의 힘으로

멸홈이 아니요 인도의 힘으로 멸홈이라

a. 昔法人焦白禮之慾吞印度也, 曾思得新法兩端, 一日：募印度之土人, 教以歐洲之兵律, 而以歐人爲將帥爲指揮之。二日：欲握印度之主權, 當以其本國之君候酋長爲傀儡, 使率其民以服從命令。嗚呼!后此英人之所以蠶食全印者, 皆實行此魔術而已。以如此驚天動地之大業, 而英廷未嘗爲之派一兵遺一矢, 課一錢之租稅, 募一銖之國債, 蓋當一千七百七十三年, 征略之事, 旣已大定, 實東印度公司全盛時代, 而在印之英兵, 不過九千人(皆公司之兵非國家之兵), 其餘皆土兵也。至一八五七年, 所養印兵多至二十三萬五千人。

b. 昔에 法人 焦白禮가 印度를 幷吞코자 홀 식 新法 二端을 思ᄒ니 一曰 印度人을 募ᄒ야 歐洲 兵律을 敎ᄒ고 歐人으로써 將帥가 되야 指揮홈이오 二曰 印度 主權을 握코자 홀진딘 其 本國의 君侯와 酋長으로써 傀儡를 삼고 其 民을 率ᄒ야 我의게 服從케 홈이라 ᄒ더니 嗚呼라 其後 英人이 全印을 吞食혼 者ㅣ 다 此 術을 用ᄒ얏스니 如此히 驚天 動地ᄒᄂ 事業을 英廷에셔ᄂ 一 兵과 一 矢를 派치 아니ᄒ고 一 錢의 租稅와 一 銖의 國債를 不用ᄒ고 一千七百七十三年 距今 一百三十四 年 前에 征略 事業이 大定ᄒ니 此ᄂ 實로 東印度 公司가 全盛혼 時代오 在印혼 英兵은 不過 九千 人에 其 兵이 쏘 公司의 兵이라 英國 國兵이 아니오 其 餘ᄂ 다 土兵이라 一千八百五十七年 距今 五十 年 前에ᄂ 所養혼 印兵이 二十萬五千 人이 되니

c. 녯젹에 법국사람 쵸빅례가 인도를 치고져 ᄒ여 새법 두 가지를 싱각ᄒ니 첫 ᄌ는 인도 사람을 쏩아 셔양 병법을 가르치고 셔양 사람으로 쟝슈가 되여 지휘ᄒ게 홈이요 둘 ᄌ는 인도의 쥬쟝 되는 권을 차지ᄒ고자 ᄒ면 인도의 님군과 졔후와 츄쟝으로 망셕즁이를 삼아 그 빅셩을 거ᄂ리고 우리를 복죵케 홈이라 ᄒ더니 그후에 영국사람이 왼 인도를 삼킨 것이 다 이 쇠를 셧스니 영

국 졍부에셔는 병뎡 한아도 쏘지 안이ᄒ고 돈 한 푼도 허비ᄒ지
아니ᄒ고 일빅삼십오 년 젼에 이러케 큰 인도를 다 차지ᄒ엿스
니 이 째에 인도에 잇는 영국 병뎡은 불과 구쳔 명이니 이 병뎡
도 동인도 샹회의 병뎡이요 나라의 병뎡이 아니라 그 외는 다
인도 병뎡이니 오십일 년 젼에 인도 사람을 뽑아 가ᄅ친 병뎡이
이십만오쳔 명이더라

a. 蓋當其侵略之始, 攻印度人者印度人也。當其勘定之后, 監印度人者印
度人也。而自始事迄今日, 凡養戰兵養防兵之費, 所有金谷繒帛, 一絲
一黍無非出自印度人也。今者世界之上, 赫赫然有五印度大后帝之名矣。
而大后帝之下, 其號稱君候酋長, 各君其國各子其民者, 尙以萬計焉。
彼服從于此萬數酋長肘下之群氓, 其謂自國爲已滅乎, 謂爲未滅乎, 是
非吾所能知也。若此者, 豈惟印度, 而英之所以待南洋群島。法之所以
待安南, 皆用此術焉矣。世有媚異種殘同種而自以爲功者乎, 吾顧願與
之一游印度之遺墟也。雖然, 吾無怪焉, 滅國之新法則然耳。

b. 其 侵略ᄒᆯ 始에ᄂᆞᆫ 印度를 攻ᄒᆞᆫ 者ㅣ 印度人이오 其 戡定ᄒᆞᆫ 後에
印度를 統監ᄒᆞᆫ 者도 印度人이라 自初至終에 戰兵과 防兵ᄒᆞᄂᆞᆫ 費
에 金穀紈帛과 一絲一黍가 다 印度人의게 出ᄒᆞ고 今者 世界上에
英皇이 赫赫히 五 印度 大后帝 名이 有ᄒᆞ고 大后帝 下에 其 君侯
와 酋長이 有ᄒᆞ야 各其 其國에 君ᄒᆞ고 其 民을 子ᄒᆞᄂᆞᆫ 者ㅣ 오히
려 萬으로 計ᄒᆞᆯ지니 彼의 此 萬數되ᄂᆞᆫ 酋長 肘下에 服從ᄒᆞᄂᆞᆫ 羣氓
이 其 謂ᄒᆞ되 自國이 已滅ᄒᆞ얏다 ᄒᆞᄂᆞᆫ지 未滅ᄒᆞ얏다 ᄒᆞᄂᆞᆫ지 吾의
能히 知ᄒᆞᆯ 빅 아니오 ᄯᅩ 如此ᄒᆞᆫ 者ㅣ 엇지 印度ᄲᅪᆫ이리오 英國이
南洋 羣島를 待홈과 法國이 安南을 待홈이 다 此術을 用홈이라 嗚
呼라 世人이 異種의게 獻媚ᄒᆞ야 同種을 殘ᄒᆞ고 自稱 有功ᄒᆞ다 ᄒᆞ
ᄂᆞᆫ 者여 請컨딕 印度의 遺墟를 一遊ᄒᆞᆯ지어다 然이나 吾ᄂᆞᆫ 此事를
不怪타 ᄒᆞ노니 滅國ᄒᆞᄂᆞᆫ 新法이 如此ᄒᆞ니라

c. 인도를 처음으로 침로ᄒᆞᆯ 째 인도를 친 쟈는 인도 사람이요 처음

브터 나죵ᄭ지 싸홈ᄒ던 병뎡과 슈직ᄒ는 병뎡의 부비도 다 인
도 사람에셔 나온 갓인딕 이제 셰계 샹에 영국 황뎨 밋헤셔 지
휘를 밧아 인도 각 디방에셔 그 빅셩을 복죵케 ᄒ여 님군 노릇
ᄒ는 쟈들이 만이나 되는딕 그 빅셩들이 저희 나라가 망ᄒ엿다
ᄒ는지 망치 아니ᄒ엿다 ᄒ는지 엇더케 아는지 내가 알 수 업도
다 ᄯᅩ 이러ᄒ 것이 엇지 인도 쑨이리오 영국이 남대양에 여러
셤을 차지ᄒ는 것과 법국이 월남을 쳐치ᄒ는 것이 다 이 쇠를
쓰는 것이라 슬프다 셰샹 사람이 다른 죵ᄌ의게 아쳠ᄒ여 ᄀᆺ흔
죵ᄌ를 멸ᄒ고 스ᄉ로 유공ᄒ다 ᄒ는 쟈는 인도를 한 번 구경홀
지어다 그러나 나는 이 일을 괴샹타 아니ᄒ노니 남의 나라를 멸
ᄒ는 새 법이 이러홈이니라

a. 其四征諸波亞。波亞者, 南阿非利加之强健民族, 而今與英國在戰爭中
者也, 波亞之種, 本繁殖於好望角之地, 百年以來, 爲英人屢次逼迫, 大
去其鄕, 漸入內地, 建設杜蘭斯哇兒及阿郞治兩民主國於南非之中央,
父子兄弟宗族, 相率而農而牧而獵, 以優游於此小天地間, 謂可安堵無
雞犬之驚矣。乃於一千八百六十五年, 某歐人遊歷其地, 見有金礦之跡,
乃測制杜國地質圖, 至八十五年, 遂査出舒杭呢士布之大金穴。好望角
之英商某, 一攫而獲巨萬之利。於是錐刀之徒, 相率麕至, 前後十二年,
歐人設大公司於此間者, 七十有二家

b. 其四는 波亞에 徵홀지니 波亞는 南阿非利加洲의 强健흔 民族이라
波亞 人種이 本來 好望角地에 繁殖ᄒ더니 百年來로 屢次 英人의
逼迫을 被ᄒ야 其 地를 棄ᄒ고 內地에 漸入ᄒ야 杜蘭斯哇兒와 阿
郞治의 兩 民主國을 建ᄒ고 父子 兄弟와 宗族 隣里가 和聚ᄒ야 農
ᄒ고 牧ᄒ고 獵ᄒ야 此 小天地에서 優遊自在ᄒ야 謂ᄒ되 可히 安
堵 樂業ᄒ야 鷄犬의 驚이 無ᄒ리라 ᄒ더니 一千八百六十五年 距今
四十三 年 前 甲子에 某 歐人이 其 地에 遊歷ᄒ다가 金礦이 有홈
을 見ᄒ고 이에 杜國의 地質圖를 測製ᄒ고 八十五年 距今 二十二

年 前 乙酉에 其地 舒抗의 大金穴을 查出ᄒ야 好望角의 某 英商이 鉅萬貨財를 得ᄒ니 이에 錐刃의 類가 相率 齏至ᄒ야 前後 十二 年에 歐人이 此地에 大公司를 設ᄒ기 七十二家라

c. 넷재는 파아의 증거니 파아사람은 아비리가 님편에 강ᄒᆫ 인종이라 본릭 호망각에셔 번셩ᄒ더니 빅 년릭로 여러 번 영국사람의 핍박을 당ᄒ여 그 ᄯᅡ을 버리고 ᄎᆞᄎᆞ 내디로 들어가 두랑사와 아랑치 두 곳에 민쥬국을 셜시ᄒ고 부즈 형뎨와 린리 친척이 서로 모혀 살기가 편ᄒ매 나라가 태평ᄒ여 근심이 업스리라 ᄒ더니 ᄉᆞ십ᄉᆞ 년 젼 갑즈에 셔양 사람이 그 ᄯᅡ에 유람ᄒ다가 금광이 잇는 것을 보고 디도를 그려가지고 이십삼 년 젼 을유에 그 ᄯᅡ에셔 큰 금광을 차자 호망각에 잇는 엇던 영 쟝ᄉᆞ가 루만 직산을 엇더니 그후로 십이 년 동안에 셔영 사람이 이 ᄯᅡ에 큰 회사를 셜시ᄒᆫ 것이 일흔둘이라

a. 以前者蓬艾滿目, 麋鹿群游之地, 忽成爲居民十五萬之巨鎭, 而杜國政府之財權, 幾全移於此金市之域, 而握其樞者實英人也。英人乃變其前此兵力併呑之謀, 改爲富力侵略之策, 因迫杜政府許其開一鐵路自杜京經金市以達好望角, 杜統領知此擧之爲禍胎也。乃別自筑一鐵路, 通印度洋以抵制, 僅乃得免, 而英人之在金市者, 復要求自治權利, 欲人人得入議院爲議員, 以干與杜國之內政, 彼杜國之京師居民不逾一萬, 而金市戶口十五倍之, 富力智力, 皆集於此, 以金市老猾之英商, 與杜京質樸之波民, 同上下馳驅於一議院中, 則全國之政權, 轉瞬而歸於英族之手, 此英人所處心積慮, 亦波亞人所熟察而炯知也。此議開始, 杜入堅執拒絶之, 至千八百九十五年, 遂有英公司董事禪桑氏以六百之兵, 謀襲金市之事, 而其主動者, 實英國好望角總督也。

b. 前者에ᄂᆞᆫ 蓬艾가 滿目ᄒ고 糜鹿이 羣遊ᄒ든 地러니 今에ᄂᆞᆫ 忽然히 居民 十五萬 되ᄂᆞᆫ 巨鎭이 되고 杜國 政府의 財權이 專혀 此 金市城에 移ᄒ고 其 權을 握ᄒ기ᄂᆞᆫ 實노 英人이라 英人이 이에 前此

兵力으로 幷呑ᄒ든 謀를 變ᄒ고 富力 侵略策을 用ᄒ야 杜國 政府
를 迫ᄒ야 一 鐵路를 開ᄒ 시 杜京으로브터 金市를 經ᄒ고 好望角
에 達코자 ᄒ니 杜國 統領이 此 擧의 禍胎됨을 知ᄒ고 이에 別로
히 一 鐵路를 自築ᄒ야 印度洋을 通ᄒ니 英人이 其 謀가 始沮ᄒ야
禍機가 乃息ᄒ고 英人이 金市에 在ᄒᆫ 者】 또 自治 權利를 得ᄒ야
杜國 內政을 干預코자 ᄒ니 大抵 杜國 京師에ᄂ 居民이 一萬에 不
逾ᄒ고 金市의 戶口ᄂ 十五萬이오 富力과 財力이 다 此에 集ᄒ얏
스니 金市에 老猾ᄒ 英商이 杜京의 質樸ᄒ 人民으로 더브러 同히
一 議院 中에셔 上下 驅馳ᄒ면 全國 政權이 轉瞬 間에 英族에 歸
ᄒ지니 英人의 處心積慮를 波亞人의 熟察 炯知ᄒᄂ 바라 此 議가
始開ᄒ거ᄂ 杜人이 堅執 拒絶ᄒ얏더니 一千八百九十五年 距今 十
二 年 前 乙未에 英 公司의 董事 禪桼이 六百 兵을 率ᄒ고 金市를
誘襲ᄒ니 其 主動은 英國의 好望角 總督이라

c. 젼에ᄂ 이 ᄯ앙이 즘싱들의 놀던 쑥밧이더니 이졔 갑작이 인구가
십오만이 일으ᄂ 큰 셩이 되고 이 곳을 금시셩이라 ᄒ고 이 나
라 졍부의 직졍이 모도 이 셩으로 옴기고 그 권리를 잡은 쟈ᄂ
다 영국 사람이라 이에 영국사람이 젼에 병력으로 ᄯ앙을 차지ᄒ
던 ᄭᅬ를 변ᄒ여 두란사 졍부를 위협ᄒ여 두란사 셔울셔 금시셩
을 지나 호망각에 일르ᄂ 텰로를 노코자 ᄒ니 구란사 통령이 텰
로 노랴ᄂ 일에 큰 화가 싱길 줄을 알고 이에 별로히 텰로를 노
와 인도양을 통ᄒ니 영국사람의 ᄭᅬ가 막혀 화의 긔틀이 업셔지
고 금시셩에 잇ᄂ 쟈가 스스로 다스리ᄂ 권리를 엇어 두란사국
ᄂ정을 간셥코자 ᄒ니 두란사 셔울에 사ᄂ 빅셩이 만 명에 넘지
못ᄒ고 금시셩에ᄂ 인구가 십오만이요 또 직물이 모도 여긔 모
혀 잇스미 귀휼ᄒ 영국 쟝ᄉ가 두란사 셔울에 진박ᄒ 사람으로
더불어 한 졍부에셔 ᄀᆺ치 나라일을 의론ᄒᄂ 권리를 어드면 잠
간 동안에 왼 나라의 권리가 다 영국 사람의게 돌아가게 되겟ᄂ
연고라 영국사람의 ᄆᆞ음과 계교가 이러ᄒ 줄을 이 나라 사람들

이 ᄌᆞ셰히 아는 고로 이 의론이 싱기민 두란사 사람들이 견집ᄒᆞ고 거졀ᄒᆞ엿더니 십삼 년 전 을미에 영국 회샤 사람이 병명 륙빅 명을 거ᄂᆞ리고 금시셩을 음습ᄒᆞ니 이 일을 쥬쟝ᄒᆞᄂᆞᆫ 쟈ᄂᆞᆫ 호망각 총독이라

a. 此蠻暴之擧旣爲波亞人先發所制, 不達其志, 迨九十九年, 而流寓杜國之英人, 聯名二萬, 求英政府干涉杜政, 務求得參政權利, 而英政府遂恃大國之威, 用强制手段, 限來往五年者卽得參政權矣。此事之交涉未竟, 又忽移於主權問題, 指杜蘭斯哇兒爲英之屬國矣。且也文牘往復, 玉帛未渝之頃, 卽爲示威運動, 陰調兵隊以陳境上矣。彼英人固不虞波亞之敢於一戰也, 更不信以蕞爾之波亞, 能抗衡世界第一雄國, 使之竭獅子搏兔之全力也, 於是敢悍然以其待埃及待印度之故技以待波人, 波亞雖不支, 要不失爲轟轟烈烈有名譽之敗績乎。然英人之所謂文明道德者, 抑何其神奇出沒而不可思議耶?世有以授開礦權、鐵路權及租界自治權於外國人爲無傷大體者乎, 吾願與之一讀波亞之戰史也。雖然, 吾無怪焉, 滅國之新法則然耳。

b. 此 蠻暴ᄒᆞᆫ 事가 波亞人의 先發所制가 되야 其 志ᄅᆞᆯ 不達ᄒᆞ고 九十九年 距今 八 年 己亥에 杜國에 流寓ᄒᆞᆫ 英人이 英廷에 聯名 請求ᄒᆞ야 杜國 政治ᄅᆞᆯ 干涉코자 ᄒᆞ거늘 英廷이 大國의 威力을 恃ᄒᆞ고 强制 手段을 用ᄒᆞ야 杜國에 來往ᄒᆞ기 五 年 된 者ᄂᆞᆫ 叅政權을 得ᄒᆞ리라 ᄒᆞ야 此 事의 交涉이 未畢에 ᄯᅩ 主權 問題에 移ᄒᆞ야 杜國을 指ᄒᆞ되 英國 屬邦이라 ᄒᆞ고 곳 文牘 往復과 玉帛이 未渝ᄒᆞᆯ 時에 示威 運動으로 兵隊ᄅᆞᆯ 陰調ᄒᆞ야 境上에 陳ᄒᆞ니 此ᄂᆞᆫ 英人이 杜國에 敢히 一 戰키ᄅᆞᆯ 不慮ᄒᆞᆷ이오 大抵 杜國은 蕞爾 小邦이라 엇지 能히 世界의 第一 雄國과 抗衡ᄒᆞ리오 이에 悍然히 埃及과 印度ᄅᆞᆯ 待ᄒᆞ든 故 智로써 杜國을 待ᄒᆞ니 杜國이 果然 數年 戰爭에 支拒치 못ᄒᆞ얏스나 오히려 轟轟烈烈히 名譽가 有ᄒᆞᆫ 敗績이 되얏고 至於 英人의 文明 道德이라 ᄒᆞ든 者ㅣ 果然 如此ᄒᆞᆫ지 世人이 開礦

權 鐵路權 及 租界 自治權을 外人의게 授予홈으로써 國體에 大損
이 無호다 호는 者여 請컨되 英 杜 戰史를 一觀홀지어다 然이나
吾는 此事를 不怪타 호노니 滅國호는 新法이 如此호니라

c. 이 악혼 일이 두란사 사람이 발각호여 이 제홈이 되니 그 악혼
뜻슬 일우지 못호고 구 년 젼 긔히에 두란사에 사는 영국사람이
련명호여 영국 졍부에 쳥호며 두란사 졍ᄉ를 간섭코자 호거늘
영국졍부가 강혼 권셰를 밋고 두란사를 압졔홀 싱각이 나셔 영
국사람이 두란사에 오 년 동안 왕릭혼 쟈는 두란사의 졍ᄉ를 참
예호여 의론호는 권리를 엇으리 호고 이 일노 교셥이 긋나기 젼
에 두란사를 영국의 속국이라 호고 곳 병명으로 두란사 디경에
벌니니 이는 두란사 사람이 감히 한 번도 영국사람과 싸호지 못
홀 줄노 아는 것이라 두란사 사람이 수년 동안에 영국사람과 싸
호다가 이내 젹당치 못호엿스나 오히려 굉쟝혼 명예가 잇고 영
국사람은 도덕이 잇다 문명호다 호는 쟈로 이ᄀᆺ치 참혹호게 남
의 나라를 멸흐는도다 광산권과 텰로권과 죠계의 ᄌ치권을 외
국사람의게 주는 것이 관계치 안타흐는 쟈는 두란사의 싸홈흔
ᄉ긔를 한 번 볼지어다 그러나 나는 이 일을 괴샹타 아니호노니
남의 나라를 멸흐는 새법이 이러홈이니라

a. 其五征諸菲律賓。菲律賓者, 我同洲同種之國民, 兩度與白種戰爭, 百
折而不撓者也。吾人所當南望頂禮而五體投地者也。西班牙之力, 不足
以滅菲律賓, 吾今不具論。吾將論美國與菲國交涉之事, 夫美國亦豈能
滅菲國之人哉?其所以滅之者, 亦特新法而已, 當美、班之交戰也, 菲國
猶受壓於班之軛, 美人首以兵艦欲搗菲島以牽班力, 而自懼其力之不達
也。乃引菲國豪傑阿軍鴉度將軍以自重, 阿將軍前以革命未成, 韜跡香
港, 新加坡之美領事, 與密約相會, 有所計議, 乃以電報往復於華盛頓政
府及海軍提督杜威, 卒以美兵艦而護送阿將軍返故國, 阿將軍之歸也,
爲彼全島同胞之權利義務也,

b. 其五는 菲律賓에 徵홀지라 菲律賓은 我 同洲同種國 人民이라 白種
人과 戰爭ᄒ기 兩 次에 百折不撓혼 者니 我輩가 맛당히 南望頂禮
ᄒ야 五體가 投地ᄒ리로다 大抵 西班牙의 力이 菲律賓을 滅치 못
ᄒ얏스니 此는 具論치 말고 吾가 將且 美國이 菲國과 交涉ᄒ든 事
를 言ᄒ리라 大抵 美國이 쏘흔 엇지 菲國을 滅홀 人이리오마는
쏘흔 新法을 恃흔 故라 向者 美國이 西班牙와 交戰홀 時에 菲國이
오히려 西班牙의게 受壓ᄒ는지라 美人이 兵艦으로써 菲島를 搗ᄒ
야 班力을 牽코자홀 식 其 力이 不逮혼지라 이에 菲國의 豪傑 阿
軍 雅度 將軍을 引ᄒ야 自重ᄒ니 阿 將軍은 向者에 革命이 未成ᄒ
야 香港에 韜跡혼지라 新嘉坡의 美領事가 이에 密約 相會ᄒ고 訂
議흔 바가 有ᄒ야 電報로써 華盛頓 政府 及 海軍 提督 杜危의게
往復ᄒ더니 畢竟 美兵艦으로써 阿將軍을 護送ᄒ야 故國에 返케
ᄒ니 大抵 阿將軍의 歸홈은 彼 全島 同胞의 權利 義務를 爲홈이오

c. 다섯재는 비률빈의 증거니 비률빈은 우리 동양의 ᄀᆞᆺ흔 인종 나
라라 빅인죵과 싸홈흔 지 두 번에 빅졀불요흔 나라니 남으로 이
나라를 바라보고 빅번례홀지라 대뎌 셔반아의 힘이 비률빈을
멸ᄒ지 못ᄒ엿스니 이는 물론ᄒ고 내가 쟝ᄎᆞ 미국이 비률빈국
과 교셥ᄒ던 일을 말ᄒ리라 미국이 엇지 비률빈국을 멸홀 수 잇
스리오 마는 새법을 쓴 연고라 미국이 셔반아와 싸홀 째에 비률
빈이 셔반아의 압졔를 밧는지라 미국사람이 병함을 거ᄂ리고
비률빈에 일을 어셔 밧아 권셰를 업시ᄒ고자 홀 새 미국의 힘이
넉넉지 못흔지라 이 째에 비률빈 호걸 악귀 날도 쟝군이 향쟈에
셔반아를 물리치고 나라 권리를 ᄌᆞ유코쟈 ᄒ다가 그 ᄯᅳᆺ을 일우
지 못ᄒ고 쳥국 향항에 피ᄒ여 잇는디 신가파에 잇는 미국 국령
ᄉᆞ가 가만이 긔별ᄒ여 서로 모혀 의론을 뎡ᄒ고 미국 와싱돈 졍
부와 히군 졔독 두위의게 뎐보ᄒ더니 필경 미국 병함이 악귀 날
도 쟝군을 본국으로 호송ᄒ여 돌아가게 ᄒ니 이 째에 악귀 날도
쟝군이 본국으로 돌아감은 읜 비률빈 섬에 동포를 위ᄒ여 권리

를 회복코자 흠이오

a. 非爲美國之嗾犬而代之驅除也, 美國現政府, 旣已棄其祖傳之門羅主義, 而易爲帝國侵略政策, 欲求一商業兵事之根據地於東洋久矣。於是包藏 禍心以待菲人, 宣言兵艦之來, 將以助菲島之獨立, 脫西班牙之羈軛, 菲 人以爲美國文明義俠之稱, 久著於天下, 坦然信之, 表親愛焉。至一千 八百九十八年, 菲國獨立軍旣奏成功, 民主政府旣已建設, 其時菲政府 所轄者, 有十六萬七千八百四十五方里(西班牙里)之地, 所統治者有九 百三十九萬五千餘之民, 而美軍所侵掠領有者, 地不過百四十三方里, 人不過三十萬餘耳, 菲未嘗借美之兵力以復國權, 美卻藉菲之聲援以殺 班力, 兩國之關係, 如是而已矣。豈意美人挾大國之勢, 藉戰勝之威, 一旦反戈以向非人, 雖血戰三年, 死傷疫癘, 其所以懲創美人者不可謂 不劇, 而卒至今日, 刀缺矢絶, 大將被俘, 百戰山河, 又易新主, 天道無 知, 惟有强權。世有欲借外國之助力, 以成維新革命之功者乎?吾原與 之憑吊菲律賓之戰場也。雖然, 吾無怪焉, 滅國之新法則然耳。

b. 美國의 鷹犬이 되야 本國을 驅除코자 흠이 아니어늘 今에 美國 現政府는 其 相傳ᄒᆞ던 們羅主義 卽 外國을 不侵ᄒᆞᄂᆞ 義旨라를 棄 ᄒᆞ고 帝國 侵略 政策을 用ᄒᆞ야 一 商業 兵事의 根據地를 東洋에 求得코자 흔 지 久ᄒᆞ더니 이에 禍心을 包ᄒᆞ야 菲人을 對ᄒᆞ야 曰 兵艦의 來흠을 菲島의 獨立을 助ᄒᆞ야 西班牙의 羈軛을 脫케 흔다 ᄒᆞ니 菲人이 自思ᄒᆞ되 美國은 文明 義俠이 天下에 著名흔 지 久ᄒᆞ 다 ᄒᆞ고 坦然이 信ᄒᆞ고 一千八百九十八年 距今 九 年 前 戊戌에 菲 國 獨立軍이 成功ᄒᆞ야 民主 政府를 建設ᄒᆞ니 其 時에 菲政府의 管 轄은 一萬六千 方里오 人民은 九百三十九萬五千이오 美國의 侵略 領有흔 者는 不過 十三 方里에 人口는 三十萬섚이라 菲國이 美兵 의 力을 借ᄒᆞ야 國權을 復흠이 아니오 美國이 도로혀 菲國 聲援 을 藉ᄒᆞ야 西班牙를 挫折ᄒᆞ얏스니 菲 美 兩 國 關係가 如此흘 섚 이어늘 千萬 意外에 美人이 大國의 兵을 挾ᄒᆞ고 戰勝흔 餘威로 一

朝에 反戈ᄒᆞ야 菲人의게 向ᄒᆞ니 이에 菲人이 血戰ᄒᆞᆫ 지 三 年에 死傷과 癘疫이 美人을 懲創ᄒᆞᆫ 者ㅣ 甚大 且 劇ᄒᆞ얏스나 畢竟 今日에 至ᄒᆞ야ᄂᆞᆫ 刀缺矢絶ᄒᆞ야 大將이 被俘ᄒᆞ고 百戰 山河에 ᄯᅩ 新主ᄅᆞᆯ 易ᄒᆞ니 嗚呼라 天道가 無知ᄒᆞ야 오작 强權者가 他人을 壓制ᄒᆞᄂᆞ니 世人이 外國의 力을 借ᄒᆞ야 維新 革命의 功을 成코자 ᄒᆞᄂᆞᆫ 者ᄂᆞᆫ 請컨ᄃᆡ 菲律賓의 戰場을 吊ᄒᆞᆯ지어다 然이나 吾ᄂᆞᆫ 此事ᄅᆞᆯ 不怪타 ᄒᆞ노니 滅國 新法이 如此ᄒᆞ니라 近日 美國이 前事ᄅᆞᆯ 追悔ᄒᆞ야 菲島 自治權을 予ᄒᆞᆫ다 ᄒᆞ더라

c. 미국의 산양개가 되여 본국을 해ᄒᆞ고자 ᄒᆞᆷ이 아니어ᄂᆞᆯ 이에 미국이 외국을 침로치 아니ᄒᆞ는 일노 젼ᄒᆞ여 오는 쥬의를 버리고 남의 나라를 멸ᄒᆞ는 새법을 써서 샹업과 병ᄉᆞ로 동양에 근본을 삼아 웅거ᄒᆞᆯ ᄯᅡᆼ을 구ᄒᆞ고자 ᄒᆞᆫ 지가 오래더니 이에 속으로는 악ᄒᆞᆫ 마ᄋᆞᆷ을 품고 비률빈 사람을 ᄃᆡᄒᆞ여 말ᄒᆞ기를 우리가 병함을 거ᄂᆞ리고 오는 것은 비률빈국의 독립을 도아 셔반아의 구레를 벗게 ᄒᆞ고자 ᄒᆞᆷ이라 ᄒᆞ니 비률빈 사람들 스ᄉᆞ로 ᄉᆡᆼ각ᄒᆞ되 미국은 의를 쥬장ᄒᆞ여 문명ᄒᆞᆷ이 텬하에 유명ᄒᆞᆫ 지 오래다 ᄒᆞ며 탄평으로 잇더니 십여 년 젼 무슐에 비률빈 독립군이 셩공ᄒᆞ여 민쥬졍부를 셜립ᄒᆞ니 이 ᄯᅢ에 비률빈의 관할ᄒᆞ는 ᄯᅡᆼ은 일만륙쳔 영방리요 인민은 구ᄇᆡᆨ삼십구만오십 명이요 미국의 차지ᄒᆞᆫ ᄯᅡᆼ은 불과 십삼 영방리요 인구는 삼십만ᄲᅮᆫ이라 비률빈국이 미국 군ᄉᆞ의 힘을 빌어 나라세를 회복ᄒᆞᆷ이 아니요 미국이 도로혀 비률빈을 구원ᄒᆞᆫ다 빙쟈ᄒᆞ고 셔반아를 ᄭᅥᆨ거스니 비률빈과 미국에 권셰가 서로 이러ᄒᆞᆯ ᄲᅮᆫ이어ᄂᆞᆯ 쳔만 ᄯᅳᆺ밧게 미국 사람이 승젼ᄒᆞᆫ 위엄으로 무수ᄒᆞᆫ 군ᄉᆞ를 몰아 비률빈 사람을 치니 불샹ᄒᆞ다 비률빈 사람은 여러 해 동안 셔반아와 싸화 힘이 다ᄒᆞ고 ᄌᆡ물이 궁ᄒᆞ엿스니 엇지 미국을 당ᄒᆞ리오 그러나 목숨이 다 ᄭᅳᆫ허져 텬디 간에 살지 아ᄒᆞᆯ지언졍 외국사람의게 항복코자 아니ᄒᆞ여 피를 흘려 싸혼 지 삼 년에 미국사람을 만히 죽이고 익엿스나 미

국에셔는 무량흔 군수 지물이 대양을 더퍼 련쇽ᄒᆞ여 건너오는
고로 필경은 오날에 일을 엇ᄂᆞᆫ 칼도 업고 살도 업셔 대쟝은 사
로 잡히고 이내 권리를 회복지 못ᄒᆞ고 님군이 밧귀고 나라가 멸
ᄒᆞ니 슬프도다 텬도가 무지ᄒᆞ여 오직 강흔 쟈가 약흔 쟈를 입제
니 셰샹 사람이 외국 힘을 빌어 제 나라 일을 바로 잡고자 ᄒᆞᄂᆞᆫ
쟈는 쳥컨딕 비률빈의 젼쟝을 됴샹ᄒᆞᆯ지어다 그러나 나는 이 일
을 괴샹타 아니ᄒᆞ노니 남의 나라를 멸ᄒᆞᄂᆞᆫ 새법이 이러홈이니라

a. 以上所列, 略擧數國, 數之不遍, 語之不詳。 雖然, 近二百年來, 所謂優
勝人種者, 其滅國之手段, 略見一班矣。 莽莽五洲, 被滅之國, 大小無
慮百數十, 大率皆入此彀中, 往而不返者也。 由是觀之, 安睹所謂文明
者耶?安睹所謂公法者耶?安睹所謂愛人如己視敵如友者耶?西哲有言：
兩平等者相遇, 無所謂權力, 道理卽權力也。 兩不平等者相遇, 無所謂
道理, 權力卽道理也。 彼歐洲諸國與歐洲諸國相遇也, 恒以道理爲權力,
其與歐洲以外諸國相遇也, 恒以權力爲道理。 此乃天演所必至, 物競所
固然。 夫何怪焉, 夫何懟焉, 所最難堪者, 以攘攘優勝之人, 托於岌岌
劣敗之國, 當此將滅未滅之際, 其將何以爲情哉?其將何能已於言哉。

b. 以上에 列擧ᄒᆞᆫ 數國은 其 大槪를 略言ᄒᆞ얏스나 大抵 數百 年來로
所謂 優勝ᄒᆞᆫ다ᄂᆞᆫ 人種의 滅國 手段을 略見ᄒᆞᆯ지라 茫茫 五洲 內에
被滅ᄒᆞᆫ 國 百數十이 다 此 彀 中에 入ᄒᆞᆫ 者ㅣ라 此를 觀ᄒᆞ면 所謂
文明과 公法이 安在ᄒᆞ며 所謂 愛人 如己와 視敵 如友라 ᄒᆞᄂᆞᆫ 者가
ᄯᅩ 安在ᄒᆞᄂᆈ 西國 哲人이 有言ᄒᆞ되 兩 平等者가 相遇ᄒᆞ면 所謂 權
力이라 ᄒᆞᄂᆞᆫ 者ᄂᆞᆫ 無ᄒᆞ고 道理가 卽 權力이 되며 兩 不平等者가
相遇ᄒᆞ면 所謂 道理라 ᄒᆞᄂᆞᆫ 者ㅣ 無ᄒᆞ고 權力이 卽 道理라 故로
彼 歐洲 諸國이 相遇ᄒᆞ야ᄂᆞᆫ 道理로써 權力을 삼고 其 歐洲 以外
諸國과 相遇ᄒᆞ야ᄂᆞᆫ 權力이 卽 道理가 되니 此ᄂᆞᆫ 天演의 所 必至오
物競의 所 固然이라 然則 何를 怵ᄒᆞ며 何를 懟ᄒᆞ리오 오작 最 難
堪흔 者ᄂᆞᆫ 岌業劣敗흔 國이 將滅未滅ᄒᆞᆯ 時를 當ᄒᆞ야 엇지 爲情ᄒᆞ

리오

c. 이 우에 본보기로 말ᄒᆞᆫ 두어 나라는 그 ᄉᆞ정을 대강만 말 ᄒᆞ엿
스나 대뎌 수빅 년릭로 소위 이 셰샹에 뎨일 열렷다는 인죵이
남의 나라 멸ᄒᆞ는 슈단을 대강 볼지라 넓고 넓은 오대쥬 안에
멸망을 당ᄒᆞᆫ 일빅수십여 나라가 다 이러ᄒᆞᆫ 궤휼에 들어가 녹은
지라 이를 보면 소위 문명이라 흠이 어듸 잇스며 소위 공법이라
흠이 어듸 잇스며 소위 사람을 사랑ᄒᆞ기를 몸과 ᄀᆞᆺ치 ᄒᆞᆫ다 흠이
어듸 잇스며 원슈를 친구로 본다 흠이 어듸 잇ᄂᆞ뇨 셔국에 한
사람이 말ᄒᆞ되 평등ᄒᆞᆫ 사람들이 서로 맛나면 소위 권력이라 ᄒᆞ
는 거슨 업고 도리가 곳 권력이 되며 평등치 못ᄒᆞᆫ 쟈들이 서로
맛나면 소위 도리라 ᄒᆞ는 거시 업고 권력이 곳 도리가 된다 ᄒᆞ
니 이 말과 ᄀᆞᆺ치 저 셔양 각국이 서로 맛나셔는 소위 도리로 권
력을 삼고 셔양 외에 다른 나라들과 서로 맛나셔는 권력이 도리
니 이는 텬연ᄒᆞᆫ 형셰니 누구를 원망ᄒᆞ며 누구를 미워ᄒᆞ리오 오
직 뎨일 견듸기 어려온 것은 각싀 일이 다 묵고 어리셕어 멸ᄒᆞᆯ
낙 말낙 ᄒᆞᆯ 째를 당ᄒᆞ여 엇지 ᄒᆞᆯ 줄을 모르는 것이라

a. 天下事未有中立者也, 不滅則興, 不興則滅, 何去何從, 間不容發。乃
我四萬萬人不講所以興國之策, 而竊竊焉冀其免於滅亡, 此卽滅亡之第
一根源也。人之愛我何如我之自愛, 天下豈有犧牲己國之利益, 而爲他
國求利益者乎, 乃我四萬萬人, 聞列强之議瓜分中國也, 則眙然以憂;
聞列强之議保全中國也, 則釋然以安;聞列强之協助中國也, 則色然以
喜, 此又滅亡之第二根源也。吾今不欲以危言空論, 驚駭世俗, 吾且擧
近事之一二, 與各亡國之成案, 比較而論之。

b. 天下事가 中立ᄒᆞᆫ 者ㅣ 無ᄒᆞ야 不滅ᄒᆞ면 興ᄒᆞ고 不興ᄒᆞ면 滅ᄒᆞ
니 何去何從홀지 其間이 髮을 不容홀지라 이에 我 中國 四億萬 人
이 興國홀 策을 不講ᄒᆞ고 竊竊히 滅亡을 免코자 ᄒᆞ니 此가 곳 滅
亡홀 第一 根源이라 人의 愛我홈이 果然 如何ᄒᆞᆫ지 未知ᄒᆞ거니와

大抵 天下에 엇지 己國의 利益을 不願ᄒ고 他國을 爲ᄒ야 利益을 求ᄒᆯ 者 有】ᄒ리오 然이나 我 中國 四億萬 人은 列强이 中國을 瓜分ᄒ다 ᄒ면 곳 嘽然히 憂ᄒ다가 列强이 中國을 保全ᄒ다 ᄒ면 쏘 釋然히 安ᄒ고 列强이 中國을 協助ᄒ다 ᄒ면 곳 色然히 喜ᄒ니 此는 쏘 滅亡ᄒ는 第二 根源이라 吾가 今에 危言空論으로 世俗을 驚駭코자 흠이 아니오 다만 近事의 一二를 擧ᄒ야 各 亡國의 成案으로 더브로 比較ᄒ리라

c. 텬하 일이 다 즁간에 잇는 거시 업서셔 멸ᄒ지 아니ᄒ면 흥ᄒ고 흥ᄒ지 아니ᄒ면 멸ᄒᄂ니 이에 우리 즁국 수억만 인민이 나라를 흥케 ᄒᆯ 계칙을 차지 아니ᄒ고 멸망흠을 면ᄒ고자 ᄒ니 이것이 곳 멸망ᄒ는 뎨일 근본이리 텬하에 엇지 제 나라의 리익을 권ᄒ지 아니ᄒ고 타국을 위ᄒ여 리익을 구ᄒ여 줄 쟈가 잇스리오 그러나 우리 즁국 수억 인민은 여러 강국들이 즁국을 나온다 ᄒ면 근심ᄒ다가 여러 강국들이 즁국을 보젼흔다 ᄒ면 편안이 녁이고 여러 강국들이 즁국을 도아준다 ᄒ면 깃버ᄒ니 이는 쏘 멸망ᄒ는 둘 재 근본이라 내가 이제 위틱흔 말과 빈 의론으로 셰쇽을 놀내고자 흠이 아니오 다만 근릭 일의 한두 가지를 가지고 망흔 각 나라로 비교ᄒ리라

a. 埃及之所以亡, 非由國債耶?中國自二十年前, 無所謂國債也。自光緒四年, 始有借德國二百五十萬圓, 周息五厘半之事, 五年復借匯豐銀行一千六百十五萬圓, 周息七厘。十八年借匯豐三千萬圓, 十九年借渣打一千萬元, 二十年借德國一千萬元, 皆周息六厘。廿一年借俄、法一萬萬五千八百二十萬元, 周息四厘。廿二年借英、德一萬萬六千萬元, 周息五厘。廿四年借匯豐、德華、正金三銀行一萬萬萬六千萬圓, 周息四分五厘。蓋此二十年間, (除此次團匪和議賠款未計)而外債之數, 已五萬萬四千六百餘萬元矣。大概總計, 每年須償息銀三千萬圓, 今國帑之竭, 衆所共知矣。甲午以前, 所有借項, 本息合計每年僅能還三百萬,

故惟第一次德債, 曾還本七十五萬, 他無聞焉。自乙未知議以後, 卽新
舊諸債, 不還一本, 而其息亦須歲出三千萬, 南海何啓氏曾將還債遲速
之數, 列一表如下。

b. 債項五萬萬元, 周息六厘, 一年不還, 其息爲三千萬元, 合本息計共爲
五萬萬三千萬元, 埃及의 亡흠은 곳 國債라 中國이 二十 年 前에 눈
國債가 無ᄒ더니 光緒 四年 距今 二十九 年 前에 비로소 德國 國
債 二百五十萬 元을 借ᄒ니 其 息이 每年 五分半이오 其後 二十 年
內에 外債가 總히 五億四千六百萬 元에 每年 總計 息銀이 三千萬
元이라 今에 國帑이 空竭ᄒ야 甲午 以前 債項 本息에 僅히 三百萬
元을 還흔 故로 오작 第一 次 德債에 本銀 七十五萬을 償還ᄒ고
其他 눈 報償이 無ᄒ며 乙未 和議 後에 눈 곳 新舊 諸 債를 不論ᄒ
고 一本도 不還ᄒ니 다만 其 息으로 言ᄒ야도 每年 三千萬 元이
될지니 今의 中國에 債項 五億萬 元을 將ᄒ야 一 年을 不還ᄒ면
其 息 三千萬 元을 幷ᄒ야 共히 五億三千萬 元이 될 거시오

c. 익급의 망흠은 곳 외국에셔 빗내여 온 일이라 즁국이 이십일 년
젼에는 나라에 빗이 업더니 이십 년 젼에 비로소 덕국에셔 이십
오빅만 환을 빗내여 오니 그 변리가 미년 오 푼 오 리요 그 후
로 이십 년릭에 외국에셔 빗내여 온 거시 모도 오억ᄉ쳔륙빅만
환이요 그 변리가 미년 삼쳔만 환이라 이제 나라 직물이 비어
갑오년 젼에 삼빅칠십오만 환만 갑고 을미년 후에는 젼 빗과 새
빗을 물론ᄒ고 한 푼도 갑지 못ᄒ니 그 변리만 말ᄒ여도 미년에
삼쳔만 환이 될지니 이제 오억 환이나 되는 빗의 변리를 일 년
만 갑지 못ᄒ면 오억삼쳔만 환이 될 거시오

a. 使以五萬萬三千萬元, 再積一年不還, 則其息爲三千一百八十萬元, 本
息合計五萬萬六千六百八十萬元。再以五萬萬六千六百八十萬元, 積八年不
還, 則其息爲三萬萬三千三百萬元有奇。本息合計爲八萬萬九千五百萬
元有奇。

再以八萬萬九千五百萬圓有奇, 積十年不還, 則其息爲七萬萬零八百萬元有奇, 本息合計, 爲十六萬萬零三百萬元有奇。

再以十六萬萬零三百萬元有奇, 積十年不還, 則其息爲十二萬萬六千八百萬元有奇, 本息合計, 爲二十八萬萬七千一百萬元有奇。

b. 쏘 一年을 積ᄒ면 其 息이 三千一百八十萬 元이오 本息 合 五億六千一百八十萬 元이 되리니 此 五億六千一百八十萬 元을 將ᄒ야 八年을 不還ᄒ면 其 息이 三億三千三百萬 元餘라 本息이 八億九千五百餘萬 元이오 此 八億九千五百餘萬 元을 將ᄒ야 十 年을 不還ᄒ면 其 息이 十二億六千八百萬餘 元이니 本息 合이 二十八億 七千一百萬 元餘가 될지니

c. 쏘 일 년을 지내면 그 변리 삼쳔일빅 팔십만 환이 되리니 쏘 이거슬 팔 년 동안만 갑지 아니ᄒ면 그 변만 삼억삼쳔삼빅만 환이 넘을 거시라 쏘 본젼과 이 변리를 합ᄒ면 팔억구쳔오빅여만 환이요 쏘 이거슬 십 년 동안만 갑지 아니ᄒ면 그 변리가 십이억 륙쳔팔빅만 환이 넘으리니 본젼과 이별리를 합ᄒ면 이십팔억칠쳔일빅만 환이 넘을지라

a. 然則不過三十年, 而息之浮於本者幾五倍, 合本以計, 則六倍於今也。夫自光緒五年至十八年, 而不能還一千六百餘萬元之本。則中東戰後三十年, 其不能還五萬萬元之本明矣。在三十年以前之今日, 而不能還三千萬元之息。則三十年后, 其不能還二十三萬萬元之息又明矣。加以此次新債四萬萬五千萬兩, 又加舊債三之一有奇, 若以前表之例算之, 則三十年后, 中國新舊債, 本息合計當在六七十萬萬以上。卽使外患不生, 內憂不起, 而三十年後, 中國之作何局面, 豈待蓍龜哉, 又豈必待三十年而已。蓋數年以後, 而本息已盈十萬萬, 不知今之頑固政府, 何以待之?

b. 然則 不過 三十 年에 息銀이 本銀보다 거의 五倍라 本銀과 合ᄒ면 共히 六倍가 되리니 大抵 中國이 光緒 五年브터 至今 光緒 十八年ᄭ지 一千六百餘萬 元의 本錢을 不還ᄒ얏스니 然則 中東 戰後

光緒 三十 年에 至ᄒ도록 五億萬 元의 本銀을 不還홈이 分明ᄒ니 三十 年 以前의 今日로도 三千萬 元 利息을 不還ᄒᆯ진ᄃᆯ 其 三十 年 後에 二十三億萬 元의 利息을 不還ᄒ기 ᄯᅩ 分明ᄒ고 ᄯᅩ 此次 新債 四億五千萬 兩에 舊債ᄅᆯ 幷ᄒ야 計ᄒ면 三十 年 後에 中國에 新舊 債가 맛당히 六七十億萬 兩 以上이 되리니 곳 內患과 外憂가 不起 ᄒᆯ지라도 三十 年 後 中國이 何狀을 作ᄒᆯ지 未可知오 ᄯᅩ 三十 年 後ᄂᆫ 姑舍 勿論ᄒ고 數年 後에 곳 十億萬 兩이 되리니 中國 政府 ᄂᆫ 將且 何道로써 此ᄅᆯ 待ᄒᄂᆫ뇨

c. ᄯᅩ 그 후로 새 빗의 별리를 합ᄒ여 계산ᄒ면 지금으로 삼십여 년 후에는 외국 빗이 근 일 빅억 원이 되리니 이런즉 외국의 난 이나 국ᄂᆡ의 난이 난이 나지 아니ᄒᆯ지라도 즁국이 무슨 모양이 될는지 알 수 업도다 삼십 년 후는 고만 두고 몃 해만 지내여도 즁국 정부에셔 이 일을 무슨 도리로 죠쳐ᄒ겟ᄂᆫ뇨

a. 夫使外國借債於我, 而非有大欲在其后也, 則何必互爭此權如蟻附羶, 如狗奪骨, 而彼此寸豪不相讓耶. 試問光緒廿一年之借款, 俄羅斯何故 爲我作中保?試問廿四年之借款, 俄、英兩國何故生大衝突?幾至以干戈 相見,

b. 大抵 外國이 我의게 借債홈이 大慾이 有치 아니면 各國이 何必 此 權을 爭ᄒ기 곳 蟻가 附羶홈과 狗가 奪骨홈과 如케 彼此 寸毫ᄅᆯ 不讓ᄒ리오 試問ᄒ노니 光緖 二十一年 借款에 俄國이 何故로 我 ᄅᆯ 爲ᄒ야 中保ᄅᆯ 作ᄒ얏스며 二十四 年 借款에ᄂᆫ 俄 英 兩 國이 何故로 大衝突을 生ᄒ야 거의 干戈로 相見ᄒᄂᆫ데 至ᄒ얏ᄂᆫ뇨

c. 대뎌 외국이 우리 나라에 빗을 주고자 ᄒᄂᆫ 큰 욕심이 업스면 각국이 웨 지금 빗을 주랴고 서로 닷닷토기를 ᄯᅢ닥귀에 개미 덤 비 듯 ᄒ며 광셔 이십일년에 빗을 낼 ᄶᅢ에 아라사와 영국이 웨 크게 닷토아 거진 서로 싸홀 디경에 니르엇ᄂᆫ뇨

a. 夫中國政府, 財政因難, 而無力以負擔此重債也。天下萬國, 孰不知之, 旣知之而復爭之若鶩焉, 願我懷國之士一思其故也。今卽以關稅稅厘作抵, 或未至如何啓氏之所預算, 中國龐然大物, 精華未竭, 西人未肯遽出前此之待埃及者以相待, 而要之債主之權, 日重一日, 則中央財政之事, 必至盡移於其手然後快。是埃及覆轍之無可逃避者也。而庸腐、奸險貌托維新之疆臣如張之洞者, 猶復以去年開督撫自借國債之例, 借五十萬於英國, 置兵備以殘同胞, 又以鐵政局之名, 借外債於日本, 彼其意豈不以但求外人之我信, 驟得此額外之巨款, 以供目前之揮霍。及吾之死也, 或去官也, 則其責任非復在我云爾。而豈知其貽禍於將來, 有不可收拾者耶, 使各省督撫皆效尤張之洞, 各濫用其現在之職權, 私稱貸於外國, 彼外國豈有所憚而不敢應之哉?雖政府之官吏百變, 而民間之脂膏固在, 彼扼我吭而搤我胸, 寧慮本息之不能歸趙, 此樂貸之, 彼樂予之, 一省五十萬, 二十行省不啻千萬乎?一年千萬十年以後不啻萬萬乎?此事今初起點, 論國事者皆熟視無睹焉。而不知卽此一端, 已足亡中國而有餘。而作俑者之罪, 蓋擢發難數矣, 中央政府之有外債, 是擧中央財權以增他人也, 各省團體之有外債, 是並擧地方財政以贈他人也。吾誠不忍見我京師之戶部內務府, 及各省之布政使司善後局, 其大臣長官之位, 皆虛左以待碧眼虯髯輩也。嗚呼!安所得吾言之幸而不中耶?吾讀埃及近世史, 不禁股慄焉耳。

b. 大抵 中國 政府의 財政이 困難홈은 天下 萬國이 다 熟知ᄒᆞᄂᆞ 바이라 이믜 知ᄒᆞ고 다시 爭ᄒᆞ기 如此ᄒᆞ니 願컨딕 我 憂國士ᄂᆞ 其 故ᄅᆞᆯ 一思홀지라 今에 中國은 龐然ᄒᆞᆫ 一 大物이라 精華가 未竭ᄒᆞᆫ 故로 西人이 前日 埃及 待ᄒᆞ든 者로 相待치 아니ᄒᆞ나 大抵 債主의 權이 日重ᄒᆞ면 中央 財政이 必然 其 手에 移홀지라 然後에ᄂᆞ 곳 埃及 覆轍을 踏ᄒᆞ겟거늘 彼 庸腐奸險ᄒᆞᆫ 張之洞은 去年에 督撫가 國債ᄅᆞᆯ 自借ᄒᆞᄂᆞ 例ᄅᆞᆯ 創開ᄒᆞ야 五十萬 兩 銀을 英國에 借ᄒᆞ야 兵備ᄅᆞᆯ 置ᄒᆞ야 同胞ᄅᆞᆯ 殘害ᄒᆞ고 ᄯᅩ 鐵政局을 爲名ᄒᆞ고 日本에 借債ᄒᆞ니 彼 其 意에 云ᄒᆞ되 我가 外人의 信을 得ᄒᆞ야 此 鉅款을 得ᄒᆞ

얏다 ᄒ야 目前 揮霍을 供ᄒ고 ᄯ 吾가 死ᄒ든지 或 去官ᄒ면 其 責任이 我에 不在ᄒ다 ᄒ니 自此로 政府 官吏ᄂᆫ 비록 百變홀지라 도 民間의 脂膏ᄂᆫ 이믜 彼에 在ᄒ야 我吭을 扼ᄒ고 我 胸을 椎ᄒ 얏스니 엇지 本息의 不償을 慮ᄒ리오 此ᄂᆫ 樂貸ᄒ고 彼ᄂᆫ 樂予ᄒ 야 一省에 五十萬 兩이라 二十 省에 千萬 兩이 될 거시오 一 年에 千萬 兩이면 十年 後에ᄂᆫ 萬萬 兩이 될 거시니 此 事가 今次에 起 點ᄒ얏스니 大抵 中央 政府의 外債ᄂᆫ 오작 中央 財權을 他人에 贈 홈이어니와 各省 團體의 外債ᄂᆫ 곳 地方 財權을 將ᄒ야 他人의게 贈홈이라 吾가 預言ᄒ노니 京師의 戶部 內務部 及 各 省 布政司에 大臣 長官이 將且 外人의 坐席이 되리니 嗚呼라 吾가 埃及 近世史 를 讀ᄒ고 股慄을 不禁ᄒ노라

c. 대뎌 즁국에 지졍이 군졸홈은 텬하 각 국이 다 익히 아ᄂᆫᄃᆡ 서 로 빗을 주랴고 이ᄀᆞᆺ치 닷토니 우리 나라 일을 근심ᄒᆞᄂᆫ 션븨들 은 그 연고를 한 번 싱각홀 거시라 빗을 준 쟈의 권리가 날마다 즁ᄒ여 가면 나라의 지졍이 필연 그 손으로 옴겨 갈지라 그런 후에는 이급과 ᄀᆞᆺ치 ᄒ겟거늘 저 용렬ᄒ고 간사ᄒ 쟝지동은 총 독이나 슌무가 외국 빗을 임의로 엇는 법례를 시쟉ᄒ여 영국에 셔 륙십오만 원을 빗내여 병비를 삼아 동포를 잔회ᄒ고 ᄯ 일본 에서 빗을 내니 이는 목젼에 돈 쓰기만 위홈이요 ᄯ 제가 죽던 지 벼슬을 ᄇᆞ리면 그 칙망이 제게 잇지 아니ᄒ리라 ᄒ고 이러케 홈이라 이럼으오 관리들은 빗을 내여 쓰기 조화ᄒ고 외국에서 는 빗을 주기 조화ᄒ매 일싱에서 륙십오만 원식 빗내면 이십싱 에서 일쳔삼빅만이 될 거시요 일 년에 일쳔삼빅만 원이면 십 년 후에는 일억삼쳔만 원이 될 것이니 졍부에서 빗내고 각 싱에서 빗내면 내가 미리 말ᄒ노니 셔울 각 마을에 대신 자리들과 각 디방 각 관샤의 관리 자리에는 다 외국 사람이 안게 되리니 슬 프다 내가 이급 ᄉᆞ긔를 닑고 왼 몸이 ᄯᅥᆯ려 두려움을 견딜 수 업 노라

a. 不寧惟是, 國家之借款, 猶曰挫敗之後, 爲敵所逼, 不得不然, 乃近者疆
吏政策, 復有以借款辦維新事業爲得計者, 卽鐵路是其已事也, 夫開鐵
路, 爲興利也, 事關求利勢不可不持籌握算, 計及錙銖。而凡借款者,
其實收之數不過九折, 而金錢漲價, 還時每須添一二成, 卽以一成而論,
其入之也, 十僅得九, 其還之也, 十須十一, 是一轉移間, 已去其二成,
而借萬萬者短二千萬矣, 此猶望金價平定, 無大漲旺, 然後能之, 若每至
還期, 外國豪商, 高抬金價, 則不難如光緒四、五年時之借項, 借百萬
者幾還二百萬, 是借款斷無淸還之期, 而鐵路前途, 豈堪設想耶?夫鐵路
之地, 中國之地也, 借洋債以作鐵路, 非以鐵路作抵不可, 路爲中國之
路, 非以國家擔債不可, 卽今暫不爾, 而他日稍有嫌疑, 則債主且將執物
所有主之名, 而國家之塡償, 實不能免, 以地爲中國之地也。又使今之
債主, 不侵路權, 而異時一有齟齬, 則債主又將托辦理未善之說, 而據路
以取息, 勢所必然, 以債爲外洋之債也。以此計之, 凡借款所辦之路,
其路必至展轉歸外人之手而后已, 路歸外人, 而路所經地及其附近外,
豈復中國所能有耶, (以上一段多采何氏新政始基之議, 著者自注)試觀
蘇伊士河之股份, 其關係於英國及埃及主權之嬗代者何如?嗚呼!此眞所
謂自求禍者也, 此所以蘆漢鐵路由華俄銀行經理借款, 而英國出全力以
抗之, 牛庄鐵路之借款於匯豐銀行, 而俄國以死命相爭也, 誠如是也, 則
中國多開一鐵路, 卽多一亡國之引路、又不惟鐵路, 凡百事業, 皆作如
是觀矣。今擧國督撫, 亦競言變法矣, 卽如其所說, 若何而通道路, 若
何而練陸軍, 若何而廣製造, 若何而開礦務, 至叩其何所憑藉以始事, 度
公私俱竭之際, 其勢又將處於借款, 若是則文明事業, 遍於國中, 而國卽
隨之而亡矣。嗚呼!往事不可追, 吾猶願后此之言維新者, 愼勿學張之洞,
盛宣懷之政策以毒天下也。

b. 쏘 借款의 危險홈이 以上 所論과 如홀 쑨 아니라 近來 疆吏가 借
款을 得ᄒ야 維新 事業을 辦ᄒ다 ᄒᄂ 者ㅣ 卽 鐵路라 ᄒᄂ니 大
抵 鐵路라 홈은 興利코자 홈이니 興利코자 홀진ᄃ 不得不 籌筭을
持握ᄒ야 錙銖를 計及ᄒ겟거늘 今에 借款은 不然ᄒ야 凡 借款이

라 ᄒᆞᄂᆞᆫ 者ᄂᆞᆫ 其實 收數額이 不過 十分의 九라 곳 償還ᄒᆞᆯ지라도 其 利息 一 分을 加ᄒᆞ면 一千萬 元을 借ᄒᆞᆫ 者ㅣ 곳 二百萬 元을 短縮ᄒᆞᆷ이오 此ᄂᆞᆫ 오히려 金價가 平定ᄒᆞᆫ 時로 言ᄒᆞᆷ이오 萬一 還期에 至ᄒᆞ면 外國 豪商이 金價를 高擡ᄒᆞ야 곳 光緒 四五年 時 借項 百萬 元에 二百萬 元을 還ᄒᆞᆷ과 如ᄒᆞ리니 此ᄂᆞᆫ 借款이 淸還ᄒᆞᆯ 日이 無ᄒᆞ리니 엇지 可歎치 아니며 坐 鐵路라 ᄒᆞᆷ은 中國의 地라 洋債를 借ᄒᆞᆯ 時에 鐵路로써 典當치 아니ᄒᆞ면 不可ᄒᆞ고 路ᄂᆞᆫ 中國의 路라 國家 擔保가 아니면 不可ᄒᆞ리니 卽 今은 暫時間 釁隙이 無ᄒᆞ나 萬一 嫌疑가 稍有ᄒᆞ면 債主가 곳 其 鐵路를 執ᄒᆞ야 借款의 本息을 責ᄒᆞ리니 如此ᄒᆞ기 數次에 鐵路ᄂᆞᆫ 곳 外人의게 歸ᄒᆞ고 鐵路가 歸ᄒᆞᆫ 後라도 其 本息은 依舊히 存在ᄒᆞ야 中國 借項이 山積ᄒᆞ리니 奈何오 嗚呼라 今에 文明 事業을 言ᄒᆞᄂᆞᆫ 者ㅣ라 借款을 得ᄒᆞ야 各般 事業을 經始ᄒᆞᆫ다 云ᄒᆞ나 其實은 事業이 始ᄒᆞᄂᆞᆫ딕로 國은 隨亡ᄒᆞᆯ지니 奈何오

c. 坐 외국에셔 빗내여 오는 것이 이러케 危險ᄒᆞᆯ 뿐 아니라 근릭 관원들이 새 ᄉᆞ업을 ᄒᆞᆫ다 ᄒᆞ고 외국에셔 빗을 내니 외국에셔 빗내는 것은 빅만 원에 이십만 원은 구문으로 업서지는지라 이 빗으로 텰도를 노핫다가 빗 가플 괴한이 지나면 빗 임쟈가 그 텰로를 차지ᄒᆞ고 본젼과 변리는 그냥 잇스니 본젼의 변과 변의 변이 해마다 한업시 늘어 즁국의 빗이 태산 ᄀᆞᆺ흔지라 이를 엇지ᄒᆞᆯ고 남의 나라 빗을 내여 새 ᄉᆞ업을 사쟉ᄒᆞᆫ다는 것은 다 나라를 망ᄒᆞ게 ᄒᆞ는 것이니 이를 엇지 ᄒᆞᆯ고

a. 俄人之亡波蘭也, 非俄人能亡之, 而波蘭之貴官、豪族三揖三讓以請俄人之亡之也。嗚呼!吾觀中國近事, 抑何其相類耶。團匪變起, 東南疆臣, 有與各國立約互保之擧, 中外人士, 交口贊之。而不知此實爲列國確定勢力範圍之基礎也。張之洞懼見忌於政府, 乃至電乞各國, 求保其兩湖總督之任, 又恃互保之功, 蒙惑各領事, 以快其仇殺異黨之意氣, 僚

官之與已不協者, 則以恐傷互保爲名, 借外人之力以排除之, 豈有他哉。爲一時之私利, 一己之私益而已。

b. 또 俄人이 波蘭을 亡홈은 俄人이 亡홈이 아니오 波蘭 貴官 豪族이 俄人을 結ᄒ야 其 國을 亡케 홈이라 嗚呼라 我ㅣ 中國 近事를 見ᄒ니 엇지 相類ᄒ기 如此ᄒ뇨 團匪 變起 以來로 東南 疆臣이 各國과 互保約을 結ᄒ니 此가 곳 列國으로 ᄒ야곰 勢力 範圍를 確定ᄒᄂ 基礎라 張之洞이 政府에 見忌홀가 恐ᄒ야 各國에 乞ᄒ야 其 兩湖 總督의 任을 仍存ᄒ고 또 互保ᄒᄂ 功을 恃ᄒ고 各國 領事를 蒙惑ᄒ야 異黨을 仇殺ᄒ야 僚官이 己와 不協혼 者를 排除ᄒ니 此ㅣ 엇지 他意가 有ᄒ리오 곳 一時 私利와 一己 私益을 爲홀 ᄯ이오

c. 또 아라사가 파란을 망홈은 아라사 사람이 파란을 망홈이 아니요 파란의 귀죡들이 스스로 망케 홈이니 슬프다 우리 즁국의 근릭 일을 보면 엇지 그리 이와 갓ᄒ뇨 즁국에서 십여 년 젼브터 외국을 물리치자는 의화단의 란이 일어난 후로 동남 총독들이 각 국과 약됴를 매져 셰력으로 압제ᄒ며 쟝지동은 각 국에 익걸ᄒ여 총독 노릇 ᄒ는 거슬 썰어지지 아니ᄒ게 ᄒ고 제 ᄯᆺ과 갓치 아니혼 당파를 죽이니 이는 제 ᄉᄉ 욕심을 위홀 ᄯ이라

a. 而不知冥冥之中, 已將長江一帶選擧、黜陟、生殺之權, 全移於外國之手, 於是揚子流域之督撫, 生息於英國卵翼之下, 一如印度之酋長。蓋自此役始矣, 第四次懲治罪魁名單, 榮祿等廣大神通, 借俄、法兩使之力, 以免罪譴, 於是京師西安之大吏, 生息於俄人卵翼之下。一如高麗之屛王, 又自始役始矣, 一國之中, 紛紛擾擾, 若者爲英日黨, 若者爲俄法黨, 得附於大國, 爲之奴隷, 則栩栩然自以爲得計。噫嘻!吾恐非至如俄人築砲台以臨波蘭議院之時, 而袞袞諸公, 逐終不悟也。人不能瓜分我, 而我先自分之, 開群雄以利用之法門, 彼官吏之自爲目前計則得矣。而遂使我國民自今已往, 將爲奴隷之奴隷而萬劫不復。官吏其安之矣, 抑我國民其安之否耶?嗚呼!吾觀天下最奇最險之現象, 則未有如拳

匪之役者也, 列强之議瓜分中國也, 十餘年於玆矣, 事機相薄, 妖孽交作, 無端而有義和團之事, 以爲之口實, 皮相者流, 孰不謂瓜分之議將於今實行乎?而豈知不惟不行行已, 而環球政治家之論, 反爲之一大變, 保全支那之聲, 日日騰播於報紙中, 而北京公使會議, 亦無不盡變其前此威嚇逼脅之故技, 而一出以溫柔噢咻之手段, 噫嘻, 吾不知列强自經此役以後, 何所愛於中國, 而方針之轉變, 乃如是其速也, 一面罵吾民之野蠻無人性, 繪爲圖畫, 編爲小說, 盡情丑詆, 變本加厲, 惟恐不力。一而撫摩而煦嫗之, 厚其貌, 柔其情, 視疇昔有加焉。義和團之爲政府所指使, 爲西后所主持, 亦旣萬目共見, 衆口一詞矣。而猶腼然認爲共主, 尊爲正統, 與仇爲友, 匪怨相交, 歡迎其謝罪之使, 如事天神, 代籌其償款之方, 若保赤子, 噫嘻!此何故歟?狙公之飼狙也。朝三暮四則諸狙怒, 朝三暮四則諸狙喜, 中國人之性質, 歐人其知之矣。以瓜分爲瓜分, 何如以不瓜分爲瓜分, 求實利者不務虛名。將大取者必先小與, 彼以爲今日而行瓜分也, 則陷吾國民於破釜沉舟之地。而益其獨立排外之心, 而他日所以箝制而鎭撫之者, 將有所不及。今日不行瓜分而反言保全也, 則吾國民自覺如死囚之獲赦, 將感再造之恩, 興來蘇之頌, 自化其前此之蓄怨積怒, 而畏折歆羨感謝之三種心, 次第幷起, 於是乎中國乃爲歐洲之中國, 中國人亦隨而爲歐洲之國民,

b. 其 冥冥 中에 長江 一帶의 選擧 黜陟 生殺의 權을 將ᄒᆞ야 外國人의게 全畀홈을 不覺ᄒᆞ지라 이에 楊子江 流域에 督 撫가 英國 卵翼 下에 生息ᄒᆞ기 곳 印度의 酋長과 如ᄒᆞ고 自此로 團匪를 起ᄒᆞᆫ 榮祿은 俄 法 兩 使의 力으로 罪譴을 免ᄒᆞ고 京師와 西安의 大吏ᄂᆞᆫ 俄人 卵翼 下에 生息ᄒᆞ기 恰히 高麗王과 如ᄒᆞ야 一國 中에 紛紛擾擾ᄒᆞ야 此人은 英 日 黨이오 彼人은 俄 法 黨이라 大國에 附ᄒᆞ야 奴隷가 된 後에ᄂᆞᆫ 詡詡然히 得計라 ᄒᆞ니 嗚呼라 今日은 俄人이 砲臺를 築ᄒᆞ야 波蘭 議院에 臨홈과 不如ᄒᆞ거ᄂᆞᆯ 在廷 諸臣이 此를 不恤ᄒᆞᄂᆞᆫ 도다

大抵 人이 我를 瓜分치 아니ᄒᆞ거ᄂᆞᆯ 我가 몬져 我國을 瓜分ᄒᆞ야

各 强國의 奴隷가 되니 彼 官吏의 目前計는 可謂 得計라 ᄒ리로다
然이나 我國民으로 ᄒ야곰 自今以往으로 永히 奴隷의 奴隷가 되
야 萬劫토록 不復ᄒ리로다

嗚呼라 天下의 最奇 最險ᄒ 現象을 觀ᄒ니 拳匪亂과 如ᄒ 者가
未有ᄒ도다 列强이 中國을 瓜分코자 홈이 十餘 年이러니 無端히
義和團의 事가 有ᄒ지라 議者가 皆 謂ᄒ되 瓜分이 今日에 實行ᄒ
리라 ᄒ더니 意外에 各國이 瓜分을 不行홀 ᄲᆞᆫ 아니라 地球 上의
政治家가 政策을 一變ᄒ야 曰 支那를 保全ᄒ다 ᄒ야 每日 各 新聞
上에 記載ᄒ고 北京에 在ᄒ 各 公使도 前日 威嚇 逼脅ᄒ든 故技를
盡變ᄒ고 溫柔 噢咻ᄒᄂ 手段으로 我 中國人을 對ᄒ니 嗚呼라 吾
ㅣ 不知케라 列强이 此 役을 經ᄒ 後에 中國을 何故로 愛ᄒ야 方
針을 變ᄒ기 如此ᄒ뇨

大抵 團匪事ᄂ 西后와 밋 諸 大臣의 所爲라 萬目이 共覩ᄒ고 衆
口가 一詞어늘 歐人이 오히려 淸廷을 尊崇ᄒ야 正統이라 稱ᄒ고
其 謝罪ᄒᄂ 使臣을 歡迎ᄒ고 其 賠償의 策을 代籌ᄒ야 赤子를 保
홈과 如ᄒ니 嘻噫라 此ᄂ 何故오 狙公이 狙를 飼홀 ᄉᆡ 朝三暮四
ᄒ면 諸 狙가 怒ᄒ고 朝四暮三ᄒ면 諸 狙가 喜ᄒ니 中國人 性質을
歐洲人이 知ᄒ지라 瓜分으로써 瓜分ᄒ다 홈이 不瓜分으로써 瓜分
홈이 何如ᄒ고 實利를 求ᄒᄂ 者ᄂ 虛名을 不務ᄒ고 將且 大取홀
者ᄂ 반다시 小爭을 不務ᄒᄂ니 彼가 吾國民을 破釜 沉舟ᄒᄂ 地
에 陷ᄒ야 其 獨立 排外 思想을 益ᄒ면 他日에 箝制鎭撫ᄒ기 難홀
지라 故로 今日에 瓜分을 不行ᄒ고 도로혀 保全ᄒ다ᄂ 言을 出ᄒ
야 吾國民으로 ᄒ야곰 死囚가 獲赦홈과 如히 再造ᄒ 恩을 感ᄒ고
來蘇의 頌을 興ᄒ야 其前 此에 蓄怨 積怒가 變ᄒ고 畏惕 欽羨 感
謝ᄒᄂ 三種이 次第 并起케 홈이라 如此ᄒ면 中國은 곳 歐洲의 中
國이 되고 中國 人民이 ᄯᅩ 歐洲 人民이 되리로다

c. 이에 양ᄌᆞ강 총독들과 슌무들이 다 영국의 날개 아래셔 지내는
것이 죠션왕과 ᄀᆞᆺᄒ셔 왼 나라가 분요ᄒ여 이 사람은 영국과 일

본의 당이요 저 사람은 아라사와 법국의 당이라 강흔 외국에 붓
터셔 노례가 되면 수가 난 줄노들 아니 우리가 서로 난호여 지
금 외국의 노례 노릇 ᄒᆞ는 거시 영원이 남의 노례가 됨이로다
슬프다 의화단 란리에 각국의 의론이 다 즁국을 분파ᄒᆞ다 ᄒᆞ더
니 각국이 도로혀 즁국을 보젼ᄒᆞ다 ᄒᆞ니 이는 각국이 큰 ᄯᅳᆺ이
잇서 즁국 사람들이 외국 사람을 물리치고자 ᄒᆞ는 싱각이 쾌히
ᄶᅥ진 후에 일을 시쟉ᄒᆞ랴 홈이라 그러ᄒᆞᆫ즉 쳥국은 셔양사람의
쳥국이요 쳥국인민은 셔양의 빅셩이 되리라

a. 吾嘗讀赫德氏新著之《中國實測論》(《POBERT HARTS ESSAYS ON
THE CHINESE VISITATION》, 去年西十一月出版, 因義和團事而論
西人將來待中國之法者也)者大指若曰：

　　今次中國之問題, 當以何者爲基礎而成和議乎, 大率不外三策, 一曰分
割其國土, 二曰變更其皇統, 三曰扶植滿洲政府是也。然變更皇統之策,
終難實行, 因今日中國人無一人有君臨全國之資望。若强由此策, 則騷
擾相繼, 迄無寧歲耳。策之最易行者, 莫如扶植滿洲朝廷, 而漫然扶植
之, 則亦不能絶後來之禍根。故論中國最終之處分, 則瓜分之事, 實無
所逃避, 而無奈瓜分政策, 又不可遽實行於今日, 蓋中國人數千年在沉
睡之中, 今也大夢將覺, 漸有"中國者中國人之中國也"之思想, 故義和
團之運動, 實由其愛國心之心所發, 以强中國拒外人爲目的者也。雖此
次初起, 無人才, 無器械, 一敗塗地然其始羽檄一飛, 四方響應, 非無故
矣, 自今以往, 此種精神, 必更深入人心, 瀰漫全國, 他日必有義和團之
子孫, 輦格林之炮, 肩毛瑟之槍, 以行今日義和團未竟之志者, 故爲今之
計, 列國當以瓜分爲最後之一定目的, 而現時當一面設法, 順中國人之
感情, 使之漸忘其軍事思想, 而傾服於我歐人。如是則将來所謂"黃禍"
(西人深畏中國人, 向有黃禍之語互相警嘱者,)可以煙消燼滅矣云云。
(此乃撮譯全書大意非擇譯一章一節, 作者自注。)

b. 向者 歐人 赫德氏가 中國 實測論을 著ᄒᆞ야 曰 今에 中國 問題가 三

策에 不外ᄒ니 一은 曰 其 國土를 分割홈이오 二는 曰 其 皇統을
變更홈이오 三은 曰 滿洲 政府를 扶植홈이라 然이나 皇統을 變更
ᄒ는 策은 實行키 難ᄒ니 此는 今日 中國에 一 人도 全國에 君臨
홀 資格人이 無ᄒ니 萬一 此 策을 更出ᄒ면 騷擾가 相繼ᄒ야 寧日
이 無홀지니 策의 最易 行홀 者는 滿洲 朝廷을 扶植홈이라 然이
나 漫然히 扶植ᄒ면 ᄯ흔 後來 禍根을 絶치 못홀지니 故로 中國
最終事를 論ᄒ면 瓜分을 不免홀 거시어니와 瓜分 政策은 ᄯ 今日
에 遽行치 못홀지라 大抵 中國人이 十數 年來로 沉睡 中에 在ᄒ다
가 今日에는 大夢이 將覺ᄒ야 漸漸 中國은 中國人의 中國이라 ᄒ
는 思想이 有ᄒ 故로 義和團의 運動이 實로 其 愛國心에셔 出ᄒ야
中國을 强케 ᄒ야 外人을 拒코자 홈이라 今에 初起 時를 當ᄒ야
人才가 無ᄒ고 器械가 無흔 故로 一敗塗地 ᄒ얏스나 羽檄이 一飛
ᄒ민 四方이 響應ᄒ얏스니 此가 無故히 作홈이 아니라 自今以往
으로는 此種 精神이 다시 人心에 深入ᄒ야 全國에 瀰滿ᄒ다가 他
日에는 必然 義和團의 子孫이 格林砲를 輦ᄒ고 毛瑟鎗을 肩ᄒ야
今日 義和團의 未克흔 志를 行홀지라 故로 爲今計컨딘 列國이 맛
다히 瓜分으로써 最後에 一定흔 目的을 作ᄒ고 一面으로 中國人
의 感情을 順케 ᄒ야 其 軍事 思想을 忘ᄒ고 我 歐人의게 傾服케
홀지라 如此ᄒ면 黃禍說 西人이 中國人을 畏ᄒ야 黃禍說이 有홈
이라 이 可히 煙消燼滅ᄒ리라 ᄒ얏더라

c. 향ᄌ에 셔양사람 혁덕 씨가 즁국을 측량ᄒ는 론셜을 지어 글으
디 이제 즁국 일이 세 가지 계칙이 잇스니 첫 재는 ᄯ을 난홀
것이요 둘 재는 황통을 변홀 거시요 세 재는 만쥬 졍부를 붓들
거시라 그러나 황통을 변홀 계칙은 실샹으로 힝ᄒ기가 어려오
니 이는 지금 젼국에 님군 노릇 홀 만흔 인물이 업스니 만일 이
계칙을 힝ᄒ면 소동이 흥샹 일어나셔 편안흔 날이 업스리니 그
즁 힝ᄒ기 쉬은 것은 만쥬 죠뎡을 붓드는 것이라 그러나 이 일
을 한만이 붓들면 ᄯ흔 쟝린의 화근이 긋치지 아니ᄒ리니 그런

고로 즁국의 마즈막 일을 의론ᄒ면 나라를 각국이 난호아 가질
수 밧게 업거니와 나호는 계칙은 오날 급히 ᄒᆞᆼ홀 수 업는 것이
라 대뎌 즁국 사람이 수십 년릭로 깁흔 집 속에 잇다가 오날에
는 큰 ᄭᅮᆷ을 쟝ᄎᆞ ᄭᅢ랴고 즁국 사람들이 졈졈 즁국은 즁국사람의
즁국이라 ᄒᆞ는 싱각이 잇는 고로 의화단의 소동이 실노 나라를
ᄉᆞ랑ᄒᆞ는 ᄆᆞ음에셔 나와셔 즁국을 강ᄒᆞ게 ᄒᆞ여 외국사람을 막
고자 ᄒᆞᆷ이라 지금에는 처음으로 일이 나매 인지와 긔계가 업는
고로 패ᄒᆞ엿스나 격셔를 한 번 날리매 ᄉᆞ방이 다 응ᄒᆞ엿스니 이
것이 아모 연고 업시 된 것이 아니라 지금브터는 이런 졍신이
다시 그 ᄆᆞ음에 깁히 들어가 왼 나라에 가득ᄒᆞ다가 타일에 반다
시 의화단 ᄌᆞ손들이 대포를 ᄭᅳᆯ고 창을 메고 오날 의화단의 일우
지 못ᄒᆞᆫ ᄯᅳᆺ을 다시 ᄒᆞᆼ홀지라 그런 고로 오날에 ᄒᆞᆼ홀 계칙은 여
러 나라가 맛당히 즁국을 난호아 가지는 것으로 일뎡ᄒᆞᆫ 쥬의를
삼고 즁국 사람의 ᄆᆞ음을 슌ᄒᆞ게 ᄒᆞ여 난리를 일으킬 싱각이 업
게 ᄒᆞ고 우리 셔양 사람의게 슌죵케 홀지라 이러케 ᄒᆞ면 황인죵
이 화가 되겟다 ᄒᆞ는 말이 업서지리라 ᄒᆞ엿더라

a. 嗚呼!此雖赫德一人之私言, 而實不啻歐洲各國之公言矣。由此觀之, 則
今日紛紛言保全中國者, 其爲愛我中國也幾何?不寧惟是, 彼西人深知夫
民權與國權之相待而立也。苟使吾四萬萬人能自起而組織一政府, 修其
內治, 充其實力, 則白人將永不能染指於亞洲大陸。又知夫民權之興起,
由於原動力與反動力兩者之摩蕩, 故必力壓全國之動機, 保其數千年之
永靜性。然後能束手以待其擺佈, 故以維持和平之局爲第一主義焉。

b. 嗚呼라 此 語가 비록 赫德 一 人의 私言이나 然이나 此는 곳 歐洲
各國의 公言이니 此를 觀ᄒᆞ면 今日에 紛紜히 中國을 保全ᄒᆞᆫ다는
者] 其 中國을 爲ᄒᆞᆷ이 幾何오 ᄯᅩ 此ᄲᅮᆫ 아니라 彼 西人은 民權과
國權이 相待ᄒᆞ야 立ᄒᆞᆷ을 知ᄒᆞᄂᆞ니 萬一 我 四億萬으로 ᄒᆞ야곰 能
히 自起ᄒᆞ야 一 政府를 組織ᄒᆞ고 內治를 修ᄒᆞ야 實力을 充ᄒᆞ면 白

人이 永히 亞洲 大陸에 染指치 못홀 거시오 쏘 民權의 興起는 元
動力 及 反動力 兩 者가 磨盪ᄒᆞᄂᆞᆫ 데셔 由ᄒᆞᆷ을 知ᄒᆞᄂᆞᆫ 故로 반다
시 支邦 全國의 動機를 力壓ᄒᆞ야 數千年 되는 永靜性을 保흔 後에
야 비로소 可히 其 分裂홀 排布를 成홀지라 故로 和平을 維持ᄒᆞᆷ
으로써 第一 義를 삼고

c. 슬프다 이 말이 혁덕 한 사람의 스스의 론이나 이는 셔양 각국
에 공론이니 이것을 보면 오날 어지러운 즁국을 보젼흔다는 쟈
들이 즁국을 위ᄒᆞᄂᆞᆫ 것이 어듸 잇느뇨 쏘 이뿐 아니라 져 셔양
사람들은 빅셩의 권리와 나라의 권리가 샹등ᄒᆞ면 그 나라가 튼
튼ᄒᆞ게 되는 줄을 아니 만일 우리 스스로 일
어나셔 한 졍부를 조직ᄒᆞ고 졍스를 닥가 실샹의 힘이 가득ᄒᆞ면
빅인죵이 영영 아셰아 대륙에서 권셰와 리익을 맛보지 못홀 것
이라 이런 고로 셔양 사람들이 반다시 지나 전국에 동ᄒᆞᄂᆞᆫ 긔틀
을 억졔ᄒᆞ여 즁국 사람에 슈쳔 년 나려오는 고요흔 셩질을 보젼
흔 후에야 비로소 즁국을 난호아 막고자 ᄒᆞᄂᆞᆫ 계칙을 일을지라
이럼으로 화평ᄒᆞᆷ을 직히는 것스로 첫 재 계교를 삼고

a. 又知夫中國民族, 有奴性一姓崇拜民賊之性質也。與其取而代之, 不如
因而用之, 以中國人而自凌中國人自製中國人, 則相與俯首帖耳, 謂我
祖若宗以來, 旣皆如是矣。習而安之, 以爲分所當然, 雖殘暴桎梏, 十
倍於歐洲人, 而民氣之靖依然也。故尤以扶植現政府爲獨一無二之法門
焉。吾今請以一言正告四萬萬人曰：子毋慮他人之顚覆而社稷變置而
朝廷也。

b. 쏘 中國 民族은 一 姓을 奴事ᄒᆞ야 民賊 指人君 을 崇拜ᄒᆞᄂᆞᆫ 性質
이 有ᄒᆞᆷ을 知ᄒᆞᄂᆞᆫ 故로 自謂ᄒᆞ되 其取ᄒᆞ야 代흔 이보다 因히 用
ᄒᆞ야 中國人으로 ᄒᆞ야곰 中國人을 凌ᄒᆞ고 中國人을 制ᄒᆞ면 其 人
民이 俯首 帖耳ᄒᆞ야 相謂ᄒᆞ되 我 祖宗 以來로 다 如此ᄒᆞ다 ᄒᆞ고
習性이 곳 此에 安ᄒᆞ야 分義에 當然ᄒᆞ다 ᄒᆞ고 비록 殘暴桎梏ᄒᆞᆷ이

歐洲人보다 十倍가 될지라도 民氣의 安靖홈이 依然홀지라 故로 더욱 滿洲 現政府를 扶植홈으로 第一 法門을 作ᄒᆞᄂᆞ니 嗚呼라 我가 請컨되 一言으로 四億萬 人에게 告ᄒᆞ야 曰 子ᄂᆞ 他人이 爾의 社稷을 顚覆ᄒᆞ고 爾의 朝廷을 廢置홀가 恐懼치 말지어다

c. 쏘 즁국 빅셩들은 한셩시 님군의게 죵노릇 ᄒᆞ기를 됴화ᄒᆞᄂᆞ 셩질이 잇슴을 아는 고로 스스로 말ᄒᆞ기를 즁국의 님군을 업시ᄒᆞ고 차지ᄒᆞᄂᆞ 것보다 님군을 식여 즁국 빅셩을 압졔ᄒᆞ면 포악홈이 셔양 사람보다 십 비가 더홀지라도 님군이 힝ᄒᆞᄂᆞ 일은 의례히 당홀 줄 알고 머리를 슉이고 슌죵ᄒᆞ리니 그런 고로 만쥬 죠졍을 붓드ᄂᆞ 것이 뎨일 계칙이라 ᄒᆞ니 슬프다 내가 한 말노 우리 스억 사람의게 고ᄒᆞ노니 그듸들은 다른 사람이 그듸들의 샤직을 업질으고 그듸들의 죵녕을 업시홀가 두려워ᄒᆞ지 말지어다

a. 凡有謀人之心者, 必利其人之愚, 不利其人之明, 利其人之弱, 不利其人之强, 其利人之亂, 不利其人之治, 今中國之至愚至弱而足以致亂者, 莫今政府若也。使從而稍有所變易, 無論其文野程度何苦, 而必有以勝於今政府。而彼之所以謀我者, 必不若今之易易, 列强雖拙, 豈其出此。且同是壓制也, 同是凌辱也, 出之於已, 則已甚勞而更受其惡名, 假手於人, 則已甚逸而且藉以市惠, 各國政治家, 其計之熟矣。

b. 大抵 謀人ᄒᆞᄂᆞ 心이 有ᄒᆞᄂᆞ 者ᄂᆞ 其人의 愚昧홈을 喜ᄒᆞ고 其人의 明哲홈을 忌ᄒᆞ며 其人의 弱을 喜ᄒᆞ고 其人의 强을 忌ᄒᆞ며 其人의 亂을 喜ᄒᆞ고 其人의 治를 忌ᄒᆞᄂᆞ니 今의 中國이 極히 愚弱ᄒᆞ야 足히 致亂홀 者ᄂᆞ 滿洲 政府와 如ᄒᆞᆫ 者ㅣ 未有ᄒᆞ니 萬一 變更이 有ᄒᆞ야 今 政府보다 稍勝ᄒᆞᆫ 者ㅣ 立朝ᄒᆞ면 彼의 謀我홈이 必然 今日과 如히 容易치 못홀지라 列强이 비록 拙ᄒᆞ나 엇지 此 計를 出ᄒᆞ리오 쏘 此 事가 同是 壓制오 同是 凌辱이로되 已에셔 出ᄒᆞ면 己ᄂᆞ 甚勞홀 쑨 아니라 다시 惡名을 受홀 거시오 人의게 假手ᄒᆞ면 己ᄂᆞ 甚逸ᄒᆞ고 쏘 市惠가 되리니 各國 政府가 其 計홈이 熟ᄒᆞ도다

c. 대뎌 남의 나라를 차지ᄒᆞ는 쟈는 그 사람의 어리셕음을 됴화ᄒᆞ고 그 사람의 붉음을 ᄭᅳ리며 그 사람의 약ᄒᆞᆷ을 됴화ᄒᆞ고 그 사람의 강ᄒᆞᆷ을 ᄭᅳ리며 그 사람의 어지름을 됴화ᄒᆞ고 일을 그릇치는 쟈는 만쥬 정부와 ᄀᆞ흔 쟈가 업스니 만일 정부를 변ᄒᆞ여 지금 정부보다 난 사람들이 죠졍에 안즈며 셔양 사람들이 우리 나라를 도모ᄒᆞ기가 반다시 오날 만쥬 정부 잇는 것처럼 쉽지가 못ᄒᆞᆯ지라

a. 使以列强之力, 直接而虐我民, 民有抗之者, 則謂之抗外敵, 謂之爲義士, 爲愛國, 而鎭撫之也無名。使用本國政府之力間接而治我民, 民有抗之者, 則謂之爲抗政府。謂之爲亂民, 爲叛逆而討伐之也有辭。故但以政府官吏爲登場傀儡, 而列强隱於幕下, 持而舞之。政府者, 外國之奴隸, 而人民之主人也。主人旣見奴於人, 而主人之奴, 更何有焉。印度之酋長, 印度人之主人也, 英皇則印度主人之主人也。安南之王, 安南人之主人也。法總統則安南主人之主人也。吾中國之有主人也, 主人之尊嚴而可敬畏也, 是吾國民所能知也, 主人之復有其主人也。主人卽借其主人之尊嚴以爲尊嚴也。是非吾國民所能知也, 今論者動慢爲外國之奴隸

b. 大抵 列强으로 ᄒᆞ야곰 直接으로 我民을 抗ᄒᆞ면 我民이 抗拒ᄒᆞ야 謂ᄒᆞ되 外敵을 抗ᄒᆞᆫ다 ᄒᆞ고 義士라 愛國이라 稱ᄒᆞ야 鎭撫ᄒᆞ기 無名ᄒᆞ리니 오작 滿洲 政府를 使用ᄒᆞ야 間接으로 中國人民을 治ᄒᆞ다가 民이 抗拒ᄒᆞ거든 政府를 抗ᄒᆞ얏다 ᄒᆞ며 ᄯᅩ 亂民이라 叛逆이라 稱ᄒᆞ면 討伐이 有辭ᄒᆞᆯ지라 故로 다만 政府 官吏로써 登場ᄒᆞᆫ 傀儡를 作ᄒᆞ고 列强은 幕下에 隱在ᄒᆞ야 繩을 持ᄒᆞ고 傀儡를 舞弄ᄒᆞ면 政府ᄂᆞᆫ 外國 奴隸오 人民의 主人이라 主人이 外國의 奴隸가 되면 主人의 奴隸ᄂᆞᆫ 何物이 되리오 印度 酋長은 印度人의 主人이오 英皇은 印度 主人의 主人이오 安南 卽 越南 王은 安南의 主人이오 法國 統監은 安南 主人의 主人이 될 거시오 吾 中國에도 主人이

有ㅎ야 主人의 威嚴이 可畏홀지라 此ᄂᆞᆫ 吾 國民의 知ᄒᆞᄂᆞᆫ 바라 然
이나 其土에 ᄯᅩ 主人이 有ᄒᆞ민 其 主人이 中國 主人의 威嚴을 借
ᄒᆞ야 威嚴을 施흠은 吾 國民이 不知ᄒᆞ고 今에 論者가 外國 奴隷
됨을 憂홀 ᄯᅡᆫ이라

c. 대뎌 여러 강국들이 ᄌᆞ작 우리 빅셩을 압졔ᄒᆞ면 우리 빅셩이 외
국을 항거ᄒᆞ여 글ᄋᆞ되 외국의 대덕을 항거흔다 ᄒᆞ고 의병이라
ᄒᆞ여 나라를 ᄉᆞ랑ᄒᆞ여 외국을 물리친다 ᄒᆞ면 외국이 이러케 일
어나는 빅셩을 진압홀 명목이 업겟는 고로 만쥬 졍부를 식여셔
즁국 빅셩을 다스리다가 빅셩이 항거ᄒᆞ거든 졍부를 항거흔다
ᄒᆞ며 ᄯᅩ 란민이라 역덕이라 칭ᄒᆞ면 빅셩을 칠 과계가 됴흔 고로
졍부 관원들노 망셕 즁이를 삼고 여러 외국 사람들은 쟝막 속에
숨어셔 줄 만다려 망셕 즁이를 놀니랴 ᄒᆞ니 졍부는 빅셩의 쥬인
인되 외국 사람의 놀림감이 되여 노례 노룻슬 ᄒᆞ면 그 쥬인의게
쇽흔 빅셩은 무슨 물건이 되리오 인도 츄쟝들은 인도 사람의 쥬
인이요 영국 황뎨는 인도 쥬인의 쥬인이요 월남 황뎨는 월남의
쥬인이요 법국 통감은 월남 쥬인의 쥬인이나 우리 즁국도 쥬인
이 잇셔 그 쥬인의 위엄이 대단이 두려운지라 이는 우리 나라
빅셩이 아는 빈어니와 그 쥬인 우에 ᄯᅩ 쥬인이 잇스니 이 쥬인
은 즁국 쥬인의 위엄을 빌어셔 우리 빅셩의 위엄을 베프는 것은
우리 나라 빅셩이 아지 못ᄒᆞ고 이제 의론ᄒᆞ는 쟈들이 외국의 노
례됨을 근심홀 ᄯᅡᆫ이라

a. 而不知外國曾不屑以我爲奴隷, 而必以我爲其奴隷之奴隷。爲奴隷則尙
或知之, 尙或慢之, 尙或救之, 爲奴隷之奴隷, 則冥然而罔覺焉, 帖然而
相安焉, 栩然而自得焉。嗚呼!此眞九死未悔, 而萬劫不負者矣。滅國
新法之造妙入神至是而極矣。

b. 然이나 外國이 我가 奴隷 됨을 不屑ᄒᆞ고 我로 ᄒᆞ야곰 奴隷가 되
게 ᄒᆞᄂᆞ니 大抵 奴隷가 되면 오히려 或 憂慮ᄒᆞ야 救國ᄒᆞᄂᆞᆫ 道를

思ᄒᆞ려니와 奴隷의 奴隷가 되면 곳 冥然罔覺ᄒᆞ고 帖然 相安ᄒᆞ며 訑然自得ᄒᆞ니 嗚呼라 此가 果然 九死ᄒᆞ야도 不悔ᄒᆞ고 萬劫이라도 不復홀 者라 滅國新法의 造妙 入神홈이 至此ᄒᆞ야 極ᄒᆞ도다

c. 외국이 우리가 노례 됨을 아지 못ᄒᆞ게 ᄒᆞ고 우리를 노례 되게 ᄒᆞ니 대뎌 바로 노례가 되면 오히려 근심ᄒᆞ여 나라를 구원홀 도리를 싱각ᄒᆞ려니와 노례의 노례가 되면 컴컴ᄒᆞ게 이저버리고 편안흔 줄노 지내니 슬프다 이것이 과연 아지 못ᄒᆞ고 만 번 죽어도 회복지 못홀 것이라 나라를 멸ᄒᆞ는 새법의 신묘홈이 이 디경에 이르러 극진ᄒᆞ도다

a. 雖然, 惟蜣蜋爲能甘糞, 惟藝臼爲能受辛, 彼列國亦何足責, 亦何足怪。彼自顧其利益自行其政略, 例應爾爾也。而獨異乎四百兆蚩蚩者氓, 偏生成此特別之性質, 以適足供其政略之利用。而至今日, 已奔走相慶, 驅蹌恐后, 以爲列强愛我恤我撫我字我, 不我瓜分, 而我保全, 我中國億萬年有道之長, 定於今日矣。此則魔鬼所爲掀髥大笑, 而天帝所爲愛莫能助者也。

b. 大抵 彼 列强이 其 利益을 自顧ᄒᆞ고 其 政略을 自行홈은 其 例가 應然홀지라 엇지 怪異타 ᄒᆞ리오 오작 我 四億萬 蚩蚩 人民이 偏僻히 此 特別흔 性質을 具ᄒᆞ야 其 政略의 利用을 供ᄒᆞ고 今日에 至ᄒᆞ야ᄂᆞᆫ 奔走 相慶에 趨蹌 恐後ᄒᆞ야써 云ᄒᆞ되 列强이 愛我 恤我 撫我 字我ᄒᆞ고 我를 瓜分치 아니ᄒᆞ고 我를 保全ᄒᆞ니 我 中國이 從此로 億萬 年이나 泰平홀 基礎가 今日브터 定ᄒᆞ얏다 ᄒᆞ니 此ᄂᆞᆫ 果然 魔鬼로 ᄒᆞ야곰 掀髥 大笑케 ᄒᆞ며 비록 上帝ᄭᅴ서도 愛助치 못ᄒᆞ실 者로다

c. 대뎌 여러 강흔 나라들이 제 리익을 위ᄒᆞ여 힝ᄒᆞ는 일은 응당 그러홀지니 엇지 괴이타 ᄒᆞ리오 오즉 우리 어리셕은 수억 인민은 저 외국들이 당쟝에 즁국을 난호지 아니ᄒᆞ고 외국이 우리를 ᄉᆞ랑ᄒᆞ여 보호ᄒᆞ야 준다는 말을 깃버ᄒᆞ여 서로 경스로 녁이며

억만 년이나 태평홀 일이 오날에 명ㅎ엿다 ㅎ니 이는 마귀가 슈
염을 씨드듬으면셔 크게 웃게ㅎ는 일이요 샹뎨도 스랑치 아니
ㅎ실 일이로다

a. 凡言保全支那者, 必繼之以開放門戶, (OPEN THE DORE IN CHINA,
譯意謂將全國盡開爲通商口岸也。)夫開放門戶, 豈非美事?彼英國實門戶
全開之國也, 而無知吾中國無治外法權, 凡西人商力所及之地。卽爲其
國力所及之地, 夫上海、漢口等號稱爲租界者, 租界乎, 殖民地耳, 擧
全國而爲通商口岸, 卽擧國而爲殖民地。

　西人之保全殖民地, 有不盡力者乎。其盡力以保全支那, 固其宜也, 保
全支那者, 必整理其交通機關。今內河旣已許外國通行小輪, 而列國所
承築之鐵路, 必將實施速辦, 而此後更日有擴充矣。夫他人出資以代我
築當築之鐵路, 豈不甚善, 而無如路權屬於人, 路與土地有緊密之關係,
路之所及, 卽爲兵力之所及, 二十行省之路盡通, 而二十行省之地, 已皆
非吾有矣。保全支那者, 必維持其秩序, 擔任其治安, 和議成后, 必有
爲我國代興警察之制度者, 夫警察爲統治之要具, 昔無今有, 寧非慶事,
而無知此權委托於外人, 假手於頑固政府, 施德政則無寸效, 挫民氣則
有萬能。昔波蘭之境內, 俄人警察之力, 最周到焉, 其福波蘭耶, 其禍
波蘭耶?又今者俄國本境警察嚴密, 爲地球冠, 俄政府所以防家賊者則良
得矣。而全俄之民, 呻吟於專制虐政之下, 沉九淵而不能復, 俄民永梏,
而俄政府亦何與立於天地乎。而況乎法制嚴明主權確定之遠不如俄者
也, 故以警察力而保全支那, 是猶假强盜以利刃而已。

　保全支那者, 必整頓其財政, 夫中國之財富, 浮積於地面, 闖塞於地中
者, 天下莫及焉。濬而出之, 流而布之, 可以操縱萬國, 雄視五洲矣。
而無如商權工權政權, 旣全握於他人之手。此後富源愈開, 而吾民之欲
謀衣食者, 愈不得不仰鼻息於彼族, 不見乎今日歐美之社會,

b. 大抵 支那를 保全ㅎ다 ㅎᄂᆞ者】 必然 門戶를 開放ㅎ라 ㅎ리니 門
戶 開放이 엇지 美事가 아니리오 彼 英國은 門戶를 全開ᄒᆞᆫ 國이

라 然이나 吾 中國은 領事 裁判權을 許ᄒ흔 故로 凡 西人의 商力 所及處ᄂᆫ 곳 其 國力 所及地가 되ᄂ니 中國의 上海 漢口 等이 稱號ᄂᆫ 曰 租界라 ᄒ나 其實은 殖民地라 今에 全國을 擧ᄒ야 通商口岸을 開ᄒ면 곳 擧國이 殖民地를 될지니 西國人이 殖民地를 保全홈에 必然 盡力홀지라 然則 坐 其 交通 機關을 整理ᄒ리니 今에 內河ᄂᆫ 이믜 外人을 許ᄒ야 小輪船을 行ᄒ얏스니 列國이 坐 鐵路를 速辦홀지라 大抵 他人이 資金을 出ᄒ야 我의 當築홀 鐵路를 代築혼 後에ᄂᆫ 곳 路權이 他人의게 屬ᄒᄂ니 鐵路와 土地ᄂᆫ 密接 關係가 有ᄒ니 鐵路 所及은 곳 兵力 所及이라 二十 省의 鐵路가 盡通ᄒ면 二十 省의 地가 다 吾有가 아니오 坐 支那의 秩序를 維持코자 ᄒ면 必然 我國의 警察 制度를 代興ᄒ리니 大抵 警察은 統治ᄒᄂ 要具라 此 權을 外人이 前執ᄒ고 頑固 政府의게 假手ᄒ야 民氣를 摧挫ᄒ기 極히 容易ᄒ려니 昔者 波蘭 境內에 俄人 警察이 가장 周密ᄒ얏스니 其 波蘭을 利홈인지 波蘭을 害홈인지 此ᄂᆫ 言홀 비 아니요 坐 今者 俄國 本境에 警察의 嚴密홈이 地珠 上에 第一이 되니 俄政府의 自計ᄂᆫ 善ᄒ나 全 俄 人民은 此 專制 虐政 下에 呻吟ᄒ야 九淵에 沉淪ᄒ얏스니 大抵 俄國은 法制가 嚴明ᄒ고 主權이 確定혼 國이라 然이나 오히려 如此ᄒ거든 況 中國이리오 警察力으로써 中國을 保全혼다 홈은 곳 强盜의게 利刃을 予홈이오 坐 列國이 必然 中國의 財政을 整頓홀지니 中國의 財富홈이 地面보다 浮하야 地中에 闐塞혼 者ㅣ 天下에셔 莫及ᄒ리니 濬ᄒ야 出ᄒ고 流ᄒ야 布ᄒ면 可히 萬國을 操縱ᄒ고 五洲를 雄視ᄒ겟거늘 今에 商權 工權 政權이 다 他人手에 握持가 되얏스니 此後 富源이 愈開홀 사록 吾民의 衣食을 謀ᄒᄂ 者ㅣ 不得不 彼族의게 仰息홀지라 今日 歐美 社會를 見홀지어다

c. 대뎌 지나를 보젼ᄒ다 ᄒ는 쟈가 필연 청국을 다 열어 놋코 임의 대로 통샹코쟈 ᄒ리니 영국ᄀᆺ흔 나라를 다 열어 놋코 외국 사람이 임의로 와셔 쟝ᄉᄒ게 ᄒ되 외국 사람을 다ᄉ리는 권리

를 다 영국 사람이 잡은 고로 관계치 아니ᄒᆞ거니와 우리 나라에
셔는 그러치 아니ᄒᆞ여 외국 사람이 들어와 사는 ᄯᅡᆼ은 곳 그 나
라에 속ᄒᆞᆫ ᄯᅡᆼ과 ᄀᆞᆺ치 된 외국 사람 쟝ᄉᆞ를 붓들면 샹권이 다 그
나라로 들어가셔 강과 바다에는 륜션이 ᄃᆞ니고 륙디에는 륜거
가 ᄒᆡᆼᄒᆞ면 슈륙 권리가 다 외국 사람의게 들어간즉 이십 싱의
ᄯᅡᆼ은 우리가 가진 것이 아니요 즁국에 분란ᄒᆞᆫ 일이 업게 ᄒᆞ랴면
필연 경찰 관리를 차지ᄒᆞ리니 이 권리가 ᄒᆞᆫ 번 외국 사람의게
들어가면 완악ᄒᆞ고 어리셕은 정부 권리의 손을 빌어 ᄇᆡᆨ셩의 긔
운을 ᄶᅥ기가 쉬으리니 젼에 파란국 안에 아라사 경찰이 뎨일 쥬
밀ᄒᆞ엿스니 파란을 리ᄒᆞ게 ᄒᆞᆷ인지 히롭게 ᄒᆞᆷ인지 이는 말ᄒᆞ지
아니ᄒᆞ여도 가히 알지라 ᄯᅩ 여러 나라가 즁국의 직졍을 귀명ᄒᆞ
리니 즁국 직물의 풍셩ᄒᆞᆷ이 ᄯᅡᆼ 밧게 넘치고 ᄯᅡᆼ 속에 가득ᄒᆞᆫ 것
이 텬하에 뎨일 되여 흘너 나가면 가히 텬하 만국을 덥게 ᄒᆞ거
늘 이제 쟝ᄉᆞ의 권리와 공장 권리와 졍ᄉᆞ의 권리가 다 다른 사
람 손에 붓잡혓스니 이후로 부ᄒᆞᆫ 근원이 열리도록 우리 ᄇᆡᆨ셩이
의복 음식을 다 저 외국 사람의게 구ᄒᆞ게 되리니 오날 즁국에
앗는 구미 각국의 회샤를 볼지어다

a. 大公司旣日多, 遂至資本家與勞力者, 劃然分爲兩途, 富者愈富, 貧者愈
貧, 而中間無復隙地以容中等小康之家, 今試問中國資本家之力, 能與
西人競乎, 旣不能爲資本家, 勢不得不爲勞力者, 疇昔小康之家遍天下,
自此以往, 恐不能不低首下聲胼手胝足, 以求一勞役於各省洋行之司理
人矣。

b. 大公司 設立이 임의 日多ᄒᆞᄆᆡ 資本家와 勞力者가 劃然히 兩途에
分ᄒᆞ야 富者ᄂᆞᆫ 愈富ᄒᆞ고 貧者ᄂᆞᆫ 愈貧ᄒᆞ야 其 中間에 隙地가 無ᄒᆞᆫ
지라 故로 中等 小康의 家ᄂᆞᆫ 容接處가 無ᄒᆞᄂᆞ니 今에 中國 資本家
가 能히 西人과 相爭ᄒᆞᆯ 者ㅣ 無ᄒᆞ야 不得不 勞力者가 될 거시니
疇昔에 小康ᄒᆞ든 家가 自此以往으로 低首 下聲ᄒᆞ고 胼手 胝足ᄒᆞ

야 各省 洋行의 司理人을 向ᄒᆞ야 一勞役을 求ᄒᆞᆯ 거시오

c. 외국 사람의 큰 회샤들이 날노 늘어 ᄌᆞ본 잇는 쟈와 품파는 쟈가 두 길에 난호여 부ᄒᆞᆫ 쟈는 더옥 부ᄒᆞ여지고 간난ᄒᆞᆫ 쟈는 더옥 간난ᄒᆞ여 지금 여간 ᄌᆞ본 가진 즁국 사람은 능히 셔양 ᄌᆞ본과 서로 다톨 수가 업서 ᄎᆞᄎᆞ 품파는 쟈가 될지니 젼에 지내던 즁국 사람들이 이후브터는 머리를 숙이고 숨을 크게 쉬지 못ᄒᆞ고 각 셔양 사람의 ᄎᆡ인을 향ᄒᆞ여 품군 노릇 ᄒᆞ기나 구ᄒᆞᆯ 것시요

a. 保全支那者, 必興教育, 教育固國民之元氣也。顧吾聞數月以來, 京師及各省都會, 其翻譯通事之人, 聲價驟增, 勢力極盛, 於是都人士咸歆而慕之。昔之想望科第者, 今皆改而從事於此途焉。而達官華胄, 有出其嬌妻愛女, 侍外國將官之顰笑, 以爲榮幸者矣。吾知此後外國教育之勢日漲, 而此等之風氣亦日開, 所以償義和團之損失者, 如是而已。教育一也, 而國民教育, 與奴隷教育, 其間有一大鴻溝焉。而奴隷之奴隷教育, 更有非言思擬議所能及者矣。嗟乎列國之所以保全支那者, 如斯而已乎。支那之所以自保全者, 如斯而已乎。

b. ᄯᅩ 西人이 必然 教育을 興ᄒᆞ리니 教育은 國家 元氣라 然이나 吾가 聞ᄒᆞ니 數月 以來에 京師 及 各省 都會에셔 繙繹 及 通辯人의 聲價가 驟增ᄒᆞ야 勢力이 極盛ᄒᆞ고 都中 人事가 다 欽慕艶美ᄒᆞ야 昔日에 科第를 望ᄒᆞ든 者ㅣ 今에는 此 途에 從事ᄒᆞ야 達官과 華胄가 其 嬌妻와 愛女를 出ᄒᆞ야 外國 將軍의 顰笑를 待ᄒᆞᆷ으로써 榮幸이라 ᄒᆞᄂᆞᆫ 者ㅣ 有ᄒᆞ니 此ᄂᆞᆫ 外國 教育의 勢가 日漲ᄒᆞᄂᆞᆫ ᄃᆡ로 此 等 風氣가 日開ᄒᆞ야 前日 義和團의 損失을 償ᄒᆞᄂᆞᆫ 法이 如此ᄒᆞᆯ ᄯᅡᆫ이라 이에 國民 教育과 奴隷 教育이 一鴻溝가 有ᄒᆞ니 奴隷의 奴隷 教育이 다시 言辭로 擬議ᄒᆞᆯ 비 아니라 嗟乎라 列國이 所謂 支那를 保全ᄒᆞᆫ다ᄂᆞᆫ 者ㅣ 如此ᄒᆞᆯ ᄯᅡᆫ이오 支那의 所謂 自國을 保全ᄒᆞᆫ다ᄂᆞᆫ 者ㅣ ᄯᅩ 如此ᄒᆞᆯ ᄯᅡᆫ이로다

c. ᄯᅩ 외국사람들이 필연 즁국의 교육ᄒᆞᄂᆞᆫ 일을 잡으리니 교육은

나라 원긔를 기르는 거신되 근릭에 셔울과 각 도회에 번역ᄒ는 쟈와 통변ᄒ는 쟈의 갑시 올으고 셰력이 셩홈으로 공부ᄒ고자 ᄒ는 쟈들이 다른 쥬의는 별노 업고 이거슬 부러워 ᄒ야 이런 교육이나 밧아 이런 셰력이나 누리고자 ᄒ며 ᄯ 외국 사람들은 이런 교육이나 식이기를 됴와ᄒ니 이것은 노례 교육이 될지라 슬프다 외국이 소위 즁국을 보젼ᄒ다는 것이 이러홀 ᄲᆞᆫ이요 즁국 사람이 제 나라를 보젼ᄒ다 ᄒ는 쟈도 이러홀 ᄲᆞᆫ이니 참 슬프고도 긔가 막히는도다

a. 夫孰知瓜分政策, 容或置之死地而獲生, 夫孰知和保全政策, 實乃使其魚爛而自亡乎。新法乎, 新法乎, 前車屢折, 而來軫方遒。飲鴆如飴, 而骨灰不悔。吾又將誰尤哉? 吾又將誰尤哉?

b. 大抵 瓜分 政策은 或 死地에 置혼 後에 獲生ᄒ는 道가 有ᄒ려니와 保全 政策이라 홈은 곳 魚肉糜爛ᄒ야 自亡홀 ᄲᆞᆫ이니 新法 新法이여 前車가 屢折혼데 來軫이 方遒ᄒ고 飮鴆ᄒ기 飴와 如ᄒ야 骨이 灰를 成ᄒ야도 不悟ᄒ니 吾가 誰를 尤ᄒ며 誰를 尤ᄒ리오

c. 대뎌 즁국을 난호는 일에는 즁국이 죽을 디경에 들어갓다고도 다시 살 도리가 잇거니와 즁국을 보젼ᄒ다는 일에는 즁국 사람이 어육 되여 스스로 망홈에 들어가게 홀 ᄲᆞᆫ이라 남의 나라를 멸ᄒ는 새법이여 이 법에 망혼 나라가 만하 증거가 환혼것마는 우리 나라 빅셩은 그 군물에 들어가기를 달게 역이고 ᄲᅧ가 회가 되여도 ᄭᅵᆺ닷지 못ᄒ니 내가 누구를 원망ᄒ며 내가 누구를 원망홀고 다만 우리 나라 빅셩이 스스로 망홈에 들어가니 다시 말홀 수 업도다

a. 日本之朝鮮(1903年)
b. 附日本의 朝鮮
c. 일본의 조선

a. 支那 梁啓超 纂

c. 지나 량계쵸 지음

a. 本報前刊朝鮮亡國史略, 蓋哀之也。自爾以來, 日人之所以加於朝鮮者, 日出而未有窮。東報多諱之, 我輩無實地調査, 不能悉擧也。最近有朝鮮全國警察權入於日本之事。

b. 予가 朝鮮亡國史略을 著ᄒ니 此ᄂᆫ 其 國을 哀흠이오 自此以來로 日人이 朝鮮에 加ᄒᆞᄂᆫ 者 ┃ 日出 無窮ᄒ거ᄂᆞᆯ 日本 報에ᄂᆫ 隱諱ᄒ얏스니 予가 實地 調査가 無ᄒᆞ민 能히 悉擧치 못홀지라 오작 近日의 朝鮮의 警察 全權이 日本에 入ᄒ얏스니

c. 내가 조션이 망흔 ᄉᆞ긔를 지으니 이는 그 나라를 이통이 녁이는 거시라 일본 사람이 조션에셔 힝ᄒ는 일이 날노 더ᄒ여 무궁ᄒ거늘 일본 신문에는 이런 일들을 다 감쵸앗스니 내가 실샹으로 됴ᄉᆞ흔 거시 업스매 능히 다 말ᄒ지 못홀지라 오즉 근일에 조션 경찰 관리가 온통 일본 사람의게로 들어갓스니

a. 陽曆十二月三十日, (距草此文時半月前。)朝鮮之一新會會員, 齊集於某處, 要求政府以改革。朝廷命警察彈壓之, 不可得。已而警吏拔劍發槍, 傷其會員數十人。日本駐韓之憲兵, 亦集以備非常。俄而韓兵中有抛石者, 傷日本步兵一。日本乃急傳令, 捕縛韓兵中之大隊長以下將校六名, 士卒七名, 蓋屬於鎭衛隊第二大隊者也。此第一日事。翌三十一日, 日本公使林氏及駐韓戍軍司令官長谷川氏, 與韓廷爲嚴重之談判, 卒將參政官申箕善、宮內大臣兼內務大臣李容泰革職, 而軍部大臣李允用、法部大臣金嘉鎭, 亦以嫌疑辭職。日軍所捕縛之十餘人, 亦交與韓廷, 使嚴行懲治云。此第二日事。

　新歲正月三日, 長谷川氏遂要求韓廷, 謂貴國警察力, 非惟不足以維持治安, 反足以擾亂治安, 自今已往, 宜將全國警衛之權, 一受成於日本軍

吏之手。翌日, 公使林氏遂以正式之文牒, 布告韓廷及駐韓各國公使, 謂今後韓國境內, 無論韓人及外國人, 皆當服從日本軍事警察之命令云。此第四第五日事。

正月六日, 長谷川氏遂頒軍事警察條例十九條於全韓境內, 凡犯此條例者, 皆經日本司令官之手, 直接爲刑事上之處分云。今摘記其數條：

(第四條)結黨欲反抗日本, 或對於日軍而有抗敵之行爲者。

(第十五條)以集會結社, 或以新聞雜誌廣告, 或以其他之手段, 紊亂公安秩序者。

(第十七條)違軍司令官之命令者。

此其一二也, 其他亦大率類是。嗚呼!朝鮮尚得爲朝鮮人之朝鮮耶?尚得爲朝鮮人之朝鮮耶?

此役也, 朝鮮人對於日本所犯者, 擲石耳。所傷者, 一步兵耳。抑傷也而未死也?輕傷也而未重傷也?

b. 陽曆 甲辰 十二月 三十日에 朝鮮 新會의 會員이 某處에 會集ᄒ야 政府를 向ᄒ야 改革을 求ᄒ니 韓廷이 警察을 合ᄒ야 彈壓ᄒ나 不聽ᄒᄂ지라 旣而오 警吏가 撥劒 發銃ᄒ야 其 會員數 十 人을 傷ᄒ니 日本의 駐韓 憲兵이 ᄯᅩᄒᆫ 會集ᄒᆯ ᄉᆡ 韓人 中에 石을 抛ᄒ야 日本 步兵 一 名을 傷ᄒᆫ지라 日兵이 急히 傳令ᄒ야 韓人 數百을 捕縛ᄒ고 翌 三十一日에 公使 林權助가 駐韓 司令 長官 谷川으로 더브러 韓廷을 對ᄒ야 嚴重히 談判ᄒ고 新歲 一月 三日에ᄂ 長谷川이 韓廷에 要求ᄒ되 韓國 警察力이 治安을 維持치 못ᄒ니 自今으로 全國 警察權을 移ᄒ야 日本 軍事 警察의 命令을 服從ᄒ라 ᄒ니 此ᄂ 第四 第五 日 事라 一月 六日에 長谷川이 軍事警察 條例 十九 條를 全韓 境內에 頒布ᄒ되 此 條例를 犯ᄒᄂ 者ᄂ 日本 司令官의 手를 經ᄒ야 直接으로 刑事上 處分을 行ᄒᆫ다 ᄒ니 其 條例 中에 云ᄒ되 結黨ᄒ야 日本을 反抗ᄒ든지 或 日本의게 抗敵 行爲가 有ᄒᄂ 者와 ᄯᅩ 集會 結社ᄒ든지 或 新聞 雜誌 廣告어나 或 其他 手段으로 公安 秩序를 紊亂케 ᄒᄂ 者와 밋 軍司令官의 命令을 違ᄒ

는 者라 ᄒ니 此는 其中 一二 條라 其他가 大率다 如是ᄒ니 嗚呼
라 朝鮮이 오히려 朝鮮人의 朝鮮이 될ᄂ지 嗚呼라 其 國이여 大抵
此 役에 朝鮮人이 日本에 對ᄒ야 所犯이 오작 擲石 一事 ᄲ이오
所傷은 一 步兵에 ᄯ 死흠도 아니오 곳 輕傷이오 ᄯ 重傷이 아니라

c. 갑진 양력 십이월 삼십일에 조선 새회의 회원이 어ᄂ 곳에 모혀
셔 정부를 향ᄒ여 졍수를 곳치기를 구ᄒ니 죠션 졍부가 경찰을
명ᄒ여 진입ᄒ나 듯지 아니ᄒ매 슌검이 칼을 ᄲ고 창을 들어 그
회원 수십 인을 샹ᄒ고 ᄯ 일본 헌병이 모혀들매 조션 사람 즁
에서 돌을 던져 일본 보병 일 명을 샹흔지라 급히 령을 나려 조
션 사람 수빅 명을 포박ᄒ고 그 잇흔 날에 일본 공ᄉ 림곤죠가
조션에 쥬차흔 ᄉ령관 쟝곡쳔으로 더브러 조션 졍부를 듸ᄒ야
엄히 단판ᄒ고 새히 일월 삼일에는 쟝곡쳔이 조션 졍부에 구ᄒ
되 조션에셔 경찰 ᄒ는 힘이 나라를 평안ᄒ게 못ᄒ니 오날브터
웬 나라 경찰관을 옴겨 일본 군ᄉ 경찰의 명령을 복죵ᄒ라 ᄒ니
이는 나흔날과 닷셋날 일이라 엿셋날 쟝곡쳔이 경찰 됴례 십구
됴를 전국 경ᄂ에 반포ᄒ니 이 됴례를 범ᄒ는 쟈는 일본 ᄉ령관
이 ᄌ즉 형벌흔다 ᄒ니 그 됴례에 글ᄋ듸 당을 지어 일본을 항
거ᄒ던지 일본에 듸덕 되는 힝위가 잇는 쟈와 여러 사람이 모혀
회를 셜립ᄒ던지 신문이나 잡지나 광고나 ᄯ 그 외 수단으로 평
안흠을 어지럽게 ᄒ는 쟈와 ᄉ령관의 명령을 어긔는 쟈라 ᄒ니
이는 그즁 한 두 표건이라 다른 것도 대강 다 이와 ᄀᆺᄒ니 슬프
다 조션이 오히려 조션 사람의 조션이 될ᄂ지 슬프다 그 조션이
대뎌 이번 일에 죠션 사람이 일본에 듸ᄒ야 범흔 것이 돌 던진
것 ᄲ이요 샹흔 것은 한 보병에 즁샹ᄒ지도 아니ᄒ엿는지라

a. 而所獲之報酬, 則軍隊六將校之捕縛處刑也, 政府四大臣之褫職也, 全
國司法權之轉移也。傳曰 : "蹊牛於田而奪之牛。"嗚呼!吾觀此而有以
識强權之眞相矣!抑以此轟天震地之擧動, 而一來復了之, 安然若行所無

事焉。嗚呼!吾觀此而益有以識强權之眞相矣!

b. 然이나 所獲혼 報酬는 全國 司法權을 奪ᄒ얏스니 傳에 云ᄒ되 牛
蹊홈으로써 其 牛를 奪ᄒ얏다 ᄒ더니 嗚呼라 余가 此를 見ᄒ니
强權者의 眞相을 識ᄒ리로다 如此혼 細事에 如此혼 轟天動地ᄒᄂ
事를 强作ᄒ야 全國 警權을 奪ᄒ기 곳 無事홈과 如ᄒ도다

c. 그러나 이 일노 젼국 ᄉ법권을 쌔앗스니 슬프다 내가 이것을 보
니 강ᄒ고 권셰 잇는 쟈의 진졍을 알겟도다 이러혼 젹은 일에
이러케 하늘이 울니고 쌍이 음쟉이는 일을 억지로 힝ᄒ는도다

a. 雖然, 韓廷則無罪乎?夫孰使汝有警察, 不用以衛民, 而惟用以監民, 不
用以糾詰姦慝, 而惟用以凌壓新黨也?據東報載, 此事發現之第三日, 長
谷川謁韓皇。皇詢以對付民黨之策, 長谷川云: "人民在法律之下, 以
平和手段要求改革者, 則政府不宜以威暴手段待之。"嗚呼!日人猶能爲
此言, 而韓廷乃至今猶夢夢也。今者一新會員固放逐矣, 而韓廷警吏之
威風, 則亦何在也?是謂兄弟爭室, 開門揖寇。

　數年來, 中國百事蔑進步, 而惟"辦警察, 辦警察"之聲, 遍於國中焉。
吾見其將來之結果, 一朝鮮警察類也。誠如是也, 則辦警察一事, 其已
足以亡國也已矣。

b. 雖然이나 韓廷은 其 無罪타 謂홀가 誰가 汝로 ᄒ야곰 警察을 設
ᄒ야 民을 衛安치 아니ᄒ고 民을 壓制ᄒ얏스며 誰가 汝로 ᄒ야
곰 奸慝을 糾結치 아니ᄒ고 新黨을 凌蔑ᄒ라 ᄒ얏ᄂ지 東報에 云
ᄒ되 長谷川이 韓皇을 謁ᄒ야 曰 人民이 法律 下에 在ᄒ니 平和로
改革을 求ᄒᄂ 者는 政府에서 威暴 手段으로 待홈이 不可ᄒ다 ᄒ
얏스니 嗚呼라 日人도 오히려 此言을 出ᄒ거늘 韓廷은 至今ᄭ지
夢夢然ᄒ도다 今에 會員을 放逐ᄒ니 其 心에 固히 快快ᄒ거니와
警吏의 威風이 坐혼 安在ᄒ뇨 古語에 云ᄒ되 兄弟가 爭室에 開門
揖盜가 곳 此라 自此로 朝鮮人의 朝鮮이 아니오 日本의 朝鮮이로다

c. 그러나 조션 졍부가 죄가 업다고 홀 이가 누가 널노ᄒ여곰 경찰

을 셜시ᄒ야 ᄇᆡ셩을 보호치 아니ᄒ고 ᄇᆡ셩을 압졔ᄒ라 ᄒ엿ᄂ
뇨 이졔브터는 죠션 사ᄅᆞᆷ의 조이 아니요 일본의 조션이로다

참고문헌

1) 기본 자료

康有爲(2007), 『康有爲全集』, 中國人民大學出版社.
양계초(梁啓超)(2017), 『음빙실자유서』, 푸른역사.
梁啓超(1905), 『越南亡國史』, 上海廣智書局.
梁啓超(1907), 『飮氷室文集(上下)』, 上海廣智書局 4판.
梁啓超(1907), 『飮氷室自由書』, 上海廣智書局 증보 6판.
이한섭(2014), 『일본어에서 온 우리말 사전』, 고려대학교출판부.
全恒基 역(1908), 『飮氷室自由書』, 搭印社.
주시경 역(1907), 『월남망국ᄉ』, 박문서관.
玄采 역(1906), 『越南亡國史』, 普成社.

2) 사전

국립국어원 편(1999), 『표준국어대사전』, 두산동아.
劉正琰·高名凱·麥永乾·史有爲(1984), 『漢語外來詞詞典』, 上海辭書出版社.
박영종(2009), 『現代中韓辭典』, 교학사.
商務印書館編輯部 編(1915), 『辭源』, 商務印書館.
舒新城 편(1936), 『辭海』, 中華書局.
이한섭(2014), 『일본어에서 온 우리말 사전』, 고려대학교출판부.
諸橋轍次 편(1955), 『大漢和辭典』, 大修館書店.
香港中國語文學會(2001), 『近現代漢語新詞源詞典』, 漢語大詞典出版社.
Gale, James Scarth(1911), 『A Korean-English Dictionary』, Yokohama: The Fukuin Printing COM. L'T.
Gale, James Scarth(1931), 『The Unabridged Korean-English Dictionary』, 京城: 朝鮮耶蘇敎書會.
Ridel, Félix Clair(1880), 『Dictionnaire Coréen-Français』, Yokohama: C. Lévy Imprimeur -Libraire.

3) 논저

강중기(2011), 「양계초, 『음빙실 자유서』」, <개념과 소통>8, p.217~238.

강중기(2013), 「자료 정선 : 梁啓超, 「盧梭學案」」, <개념과 소통>11권 0호, p.219~238.

高名凱·劉正琰(1958), 『現代漢語外來詞硏究』, 文字改革出版社.

고병권·오선민(2010), 「내셔널리즘 이전의 인터내셔널-『월남망국사』의 조선어 번역
　　에 대하여」, <한국근대문학연구>21, p.293~323.

고영근(1998), 『한국어문운동과 근대화』, 탑출판사.

권보드래(2000), 『한국 근대소설의 기원』, 소명출판.

김경남(2015), 「근대계몽기 가정학 역술(飜譯編述) 자료를 통해 본 지식 수용 양식」,
　　<인문과학연구>46, p.5~28.

김광해(1994), 「한자 합성어」, <국어학>24, p.467~484.

김남미(2011), 「20세기 초 한국의 문명전환과 번역-重譯과 譯述의 문제를 중심으로-」,
　　<어문논집>63, p.141~172.

김미형(2004), 「한국어 언문일치의 정체는 무엇인가」, <한글>265, p.171~199.

김병문(2012), 「주시경의 근대적 언어 인식에 관한 연구」, 연세대학교 박사학위논문.

김병문(2013), 『언어적 근대의 기획-주시경과 그의 시대』, 소명출판.

金秉喆(1975), 『韓國近代飜譯文學史硏究』, 乙酉文化社.

김상원(2006), 「晚晴 時期 '國語' 企劃과 新文化運動」, <중국어문학논집>40, p.245
　　~266.

김상태(1982), 『문체의 이론과 해석』, 새문사.

김선효(2011), 「근대국어의 조사 '의'의 분포와 기능-동일 원문의 언해 자료를 중심으
　　로-」, <어문논집>제46집, p.141~162.

김영민(2005), 『한국근대소설의 형성과정』, 소명출판.

김영희(1999), 「대한제국시기 개신유학자들의 언론사상과 양계초」, <韓國言論學報>43
　　-4, p5~41.

金允植·김현(1984), 『韓國文學史』, 民音社.

김주필(2007), 「19세기말 국한문의 성격과 의미」, <진단학보>103, p.193~218.

김주현(2009), 「<월남망국사>와 <이태리건국3걸전>의 첫 번역자」, <한국현대문학연
　　구>29, p.9~41.

김채수(2002), 「한국과 일본에서의 언문일치운동의 실상과 그 의미」, <일본연구>1-0,
　　p.9~54.

김철수·이승근(1983), 『문체와 문체론』, 학문사.

김치홍(1986), 「『월남망국〻』 연구」, <명지어문학>17·18호, p.125~130.

김태준(2004), 「유길준의 『서유견문』에 대하여」, <한힌샘주시경연구>17, p.65~80.

김현우(2013), 「박은식의 양계초 수용에 관한 연구-박은식의 유교구신(儒教求新)과 근대성을 중심으로」, <개념과 소통>11, p.5~45.

김형철(1997), 『개화기 국어연구』, 경남대학교출판부.

김홍수(2004), 「이른바 개화기의 표기체 유형과 양상」, <국어문학>39, p.58~77.

南豊鉉(2005), 「韓國 古代史讀文의 文末語助辭 '之'에 대하여」, <口訣研究>15, p.5~28.

노명희(2007), 「한자어의 내적 구조와 어휘 범주」, <진단학보>103, p.167~191.

노명희(2008), 「한자어의 구성성분과 의미 투명도」, <국어학>51, p.89~113.

노연숙(2007), 「개화계몽기 국어국문운동의 전개와 양상-언문일치(言文一致)를 둘러싼 논쟁을 중심으로」, <한국문화>40, p.59~99.

文大一, 「梁啓超在"開化期"韓國的影響」, <清島大學師範學院學報>第28卷第3期, p.82~86.

문준영(2012), 「근대 초 한국에서의 권리, 법, 정치:번역어 '권리'의 수용과정 연구」, <강원법학>제37권, p.163~214.

민현식(1994), 「개화기 국어 문체 연구」, <국어국문학>제 111호, p.37~61.

민현식(1994ㄱ), 「開化期 國語 文體에 대한 綜合的 研究1」, <국어교육>83・84, p.113~152.

민현식(1994ㄴ), 「開化期 國語 文體에 대한 綜合的 研究2」, <국어교육>85・86, p.101~123.

민현식(2008), 「19세기 국어에 대한 종합적 검토」, <국어국문학>149, p.23~68.

朴秀明(1989), 「韓國近代政治思想의 思想的 定向 : 狀況認識과 展開形態」, <師大論文集>19, p.275~294.

박진수(2011), 「한국(韓國)의 한문폐지(漢文廢止) 논쟁(論爭)의 사적(史的) 고찰(考察)」, <동방한문학>47-0, p.175~218.

배수찬(2008), 『근대적 글쓰기의 형성 과정 연구』, 소명출판.

白永瑞(1998), 「梁啓超의 근대성 인식과 동아시아」, <아시아문화>14, p.133~143.

백채원(2014), 「20세기 초기 자료에 나타난 '言文一致'의 사용 양상과 그 의미」, <국어국문학>166, p.77~108.

사이토 마레시(2010), 『근대어의 탄생과 한문』, 황호덕・임상석・류충희 옮김, 현실문화.

손성준(2012), 『영웅서사의 동아시아 수용과 중역의 원문성-서구 텍스트의 한국적 재맥락화를 중심으로』, 성균관대학교 박사논문.

宋敏(1989), 「開化期新文明語彙의 成立過程」, <문학논총>8, p.69~88.

宋曄輝(2006), 「『越南亡國史』의 飜譯 過程에 나타난 諸問題」, <어문연구>34(4), p.183~204.

신승하(1998), 「구한말 애국계몽운동시기 양계초 문장의 전입과 그 영향」, <아세아연구>41(2), p.217~234.

沈國威(2010), 『近代中日詞匯交流研究 : 漢字新詞的創製、容受與共享』, 中華書局.

沈國威(2012), 『近代中日語彙交流史』, 이한섭 외 옮김, 고려대학교출판부, p.204~206.

심재기(1999), 『국어문체 변천사』, 집문당.

안예리(2013), 「'1음절 한자어+하다' 용언의 통시적 변화:말뭉치 언어학적 접근」, <한국어학>58, p.107~133.

야나부 아키라(2011), 『번역어의 성립』, 김옥희 옮김, 마음산책.

양세욱(2009), 「근대 번역어와 중국어 어휘체계의 혁신」, <코기토>66, p.33~53.

양세욱(2013), 「근대 이행기 중국의 자국어 인식」, <한국학연구>30, p.93~121.

葉乾坤(1980), 『梁啓超와 舊韓末 文學』, 法典出版社.

王力(1958), 『漢語史稿』, 中華書局.

王力(2011), 『中國現代語法』, 商務出版館.

汪志國・疏誌芳(2002), 「論梁啓超的"新文體"」, <五邑大學學報 社會科學版>第4卷第4期, p.15~18.

우남숙(2007), 「梁啓超와 신채호의 자유론 비교 : 『新民說』과 <二十世紀新國民>을 중심으로」, <한국동양정치사상사연구>6(1), p135~161.

우림걸(2000), 「개화기 문체에 끼친 양계초의 영향」, <중한인문과학연구>5, p.72~106.

우림걸(2001), 「양계초 역사・전기소설의 한국적 수용」, <중앙인문과학연구>6, p.99~116.

우림걸(2002), 『한국 개화기 문학과 양계초』, 박이정.

이근희(2007), 「번역과 한국 및 일본의 근대화(번역제반 양상의 비교)」, <번역학연구>8(2), p.103~132.

이기문(1970), 『개화기 구문연구』, 일조각.

이병근・송철의・정승철・임주탁・류양선(2005), 『한국 근대 초기의 언어와 문학』, 서울대학교출판부.

이병기(2009), 「한자・한문의 수용과 저항」, <인문학연구>15, 한림대 인문학 연구소, p.89~115.

이병기(2010), 「『易言』을 前後한 '기계'와 '제조'의 어휘사」, <국어국문학>156, p.91~114.

이병기(2013), 「『飮氷室自由書』의 국한문체 번역에 대하여」, <語文論集>54, p.351~376.

이병기(2015), 「'국어' 및 '국문'과 근대적 민족의식」, <국어학>75, p.165~193.

이보경(2003), 『근대어의 탄생-중국의 백화문운동』, 연세대학교출판부.

이연숙(2005), 「[기획: 근대어의 탄생] 일본에서의 언문일치」, <역사비평>70, p.323~345.

이연숙(2006), 『국어라는 사상』, 고영진・임경화 옮김, 소명출판.

이영경(2011), 「칠서七書의 언해와 그 국어사적 의의」, <국학연구>19, p.109~143.

이예안(2011), 「개화기의 루소『사회계약론』 수용과 번역 : J.J.Rousseau Du Contrat Social에서 中江兆民『民約譯解』로 그리고『황성신문』「로사민약」으로」, <일본문화연구>40, p.501~527.

이종미(2006), 「≪越南亡國史≫와 국내 번역본 비교 연구-玄采本과 周時經本을 중심으로」, <중국인문과학>34, p.499~521.

이준환(2013), 「開化期 學部 편찬 讀本 자료의 언어 양상」, <어문연구>41(4), p.81~108.

이지영(2010), 「1910년 전후의 신어 수용 양상」, <돈암어문학>23, p.97~122.

이한섭(2011), 「19세기말 한일어의 접촉과 수용에 대하여-發明을 중심으로」, 韓國일본어학회, p.170~173.

이화여대 한국문화연구원(2004), 『근대계몽기 지식개념의 수용과 그 변용』, 소명출판.

인하대학교 한국학연구소(2015), 『근대이행기 동아시아의 자국어인식과 자국어학의 성립』, 소명출판.

임상석(2008), 『20세기 국한문체의 형성과정』, 지식산업사.

임상석(2014), 「국한문체의 형성과 번역-근대 초기 문자의 교체와 식민지」, <반교어문연구>38, p.107~130.

임형택・한기형・류준필・이혜령(2008), 『흔들리는 언어들』, 성균관대학교 대동문화연구원.

임형택(1999), 「근대계몽기 국한문체(國漢文體)의 발전과 한문의 위상」, <민족문학사연구>14-0호, p.8~43.

장노현(2012), 「근대전환기 중국 매개 번역본학의 현황과 양상」, <국제어문>56, p321~345.

장윤희(2013), 「近代 移行期 韓國에서의 自國語 認識」, <한국학연구>30, p.49~92.

전성기(2008), 「우리 번역글쓰기의 지형도」, <텍스트언어학>24, p.285~311.

전세영(1998), 「『유년필독』에 나타난 현채의 애국계몽사상연구」, <국민윤리연구>40, p.389~410.

정선태(2003), 「근대계몽기의 번역론과 번역의 사상」, <배달말>33, p.93~114.

정승철(2003), 「주시경과 언문일치」, <한국학연구>12, 인하대 한국학연구소, p.33~49.

정현숙(2005), 『한국현대문학의 문체와 언어』, 푸른사상.

정환국(2004), 「근대계몽기 역사전기물 번역에 대하여-『越南亡國史』와 『伊太利建國三傑傳』」, <대동문화연구>48, p.1~32.

齊一民(2013), 『日本近代言文一致問題初探』, 北京大學博士研究生學位論文.

조규태(1992), 「일제시대의 국한혼용문 연구」, <배달말>17, p.25~26.

周光慶(1995), 「梁啓超"新文體"的基本特徵和歷史價値」, <武漢敎育學院學報>第14卷第2
　　期, p.69~74.

최경옥(2002), 「韓國開化期에 있어 일본 번역한자어의 수용과 유입:『혈의누』(1906)를
　　중심으로」, 한국일본학회, p.139~155.

최경옥(2009), 「메이지기 일본의 서양문명 수용과 번역」, <번역학연구>제6권 2호, p.189
　　~208.

최경옥(2009), 「메이지기의 번역어 성립과 한국 수용: 'obligation'이 '의무(義務)'로 번
　　역되기까지」, <코기토>제65호, p.66~82.

최기영(1985), 「國譯『越南亡國史』에 관한 一考察」, <동아연구>6, p.487~506.

최기영(1996), 「한말 천주교회와『월남망국사』」, <아시아문화>12, p.393~408.

崔文靜(2013), 「淺議梁啓超"新文體"的特徵」, <文敎資料>第35期, p.83~85.

최박광(2005), 「『월남 망국사』와 동아시아 지식인들」, <인문과학>36, p.7~23.

崔崟・丁文博(2013), 『日源外來詞探源』, 中國出版集團.

崔埈(1990), 『新補版 韓國新聞史』, 一潮閣.

崔亨旭(2001), 「梁啓超의 文體改革과 그 散文의 特徵」, <중국어문학논집>17, p.405
　　~440.

崔惠善(2013), 『梁啓超 저작물에 나타난 일본어 차용어 연구-『强學報』, 『時務報』, 『淸
　　議報』를 中心으로-』, 고려대학교 석사논문.

코모리요이치(2003), 『일본어의 근대』, 정선태 옮김, 소명출판.

한문희(1977), 「丹齋와 任公의 文學과 思想」, <우리문학연구>2, p.5~29.

韓榮均(2009), 「문체 현대성 판별의 어휘적 준거와 그 변화-1890년대~1930년대 논설
　　문의 한자어 사용 양상을 중심으로」, <구결연구>23, p.305~342.

韓銀實(2015), 「'保障'의 近代的 意味의 成立」, <어문연구>43(4), p.167~189.

허재영(2002), 「근대계몽기의 어문 정책-『구한문 관보』를 중심으로-」, <국어교육연
　　구>10-0, p.97~149.

허재영(2011), 「근대계몽기 언문일치의 본질과 국한문체의 유형」, <어문학>114, p.441
　　~467.

허재영(2015), 「근대계몽기 지식 유통의 특징과 역술 문헌에 대하여」, <어문론집>63,
　　p.7~36.

허재영(2016), 「근대계몽기 신문・잡지의 번역과 역술 문화」, <동악어문학>66, p.165
　　~196.

홍종선(2009), 「20세기 국어 문법의 통시적 변화」, <국어국문학>152, p.35~61.

홍종선(2016ㄱ), 「근대 전환기 개화 지식인의 '국문/언문'에 대한 인식과 구어체 글의
　　형성, <우리어문연구>54집, p.589~618.

홍종선(2016ㄴ), 「한국어사에서 20세기 초 한국어의 위상과 문법 특징」, <한국어

학>71, p.1~22.

홍종선(2016ㄷ), 「유길준의 국문 인식과 근대 전환기 언문일치의 실현 문제」, <한국어
　　학>70, p.211-234.

황호덕·이상현(2011), 「번역과 정통성, 제국의 언어들과 근대 한국어-유비·등가·
　　분기, 영한사전의 계보학」, <아세아연구>54(3), p.41~97.

황호덕(2005), 『근대네이션과 그 표상들』, 소명출판.

황호덕(2010), 「근대 한어(漢語)와 모던 신어(新語), 개념으로 본 한중일 근대어의 재편-
　　『모던조선외래사전』(1937), 공유의 임계 혹은 시작」, <상허학보>30, p.263~
　　305.

Federico Masini(1993), *The Formation of Modern Chinese Lexicon and its Evolution toward a
　　National Language: The Period from 1840 to 1898*, Berkely, 黃河淸 역(1996), 『現
　　代漢語詞匯的形成──十九世紀漢語外來語硏究』, 漢語大詞典出版社, 이정재 옮김
　　(2005), 『근대중국의 언어와 역사』, 소명출판.

저자 소개

한 은 실(韓銀實)

한국 한림대학교(학사 석사 박사) 졸업
現 중국 연변대학교(延邊大學) 朝漢文學院 講師

근대계몽기 양계초 저술의 국한문체 번역

초판 1쇄 인쇄 2021년 12월 14일
초판 1쇄 발행 2021년 12월 24일

지은이 한은실(韓銀實)
펴낸이 이대현

책임편집 임애정 | **편집** 이태곤 권분옥 문선희 강윤경
디자인 안혜진 최선주 이경진 | **마케팅** 박태훈 안현진
펴낸곳 도서출판 역락 | **등록** 1999년 4월 19일 제303-2002-000014호
주소 서울시 서초구 동광로46길 6-6(반포4동 577-25) 문창빌딩 2층(우06589)
전화 02-3409-2060(편집부), 2058(영업부) | **팩시밀리** 02-3409-2059
전자우편 youkrack@hanmail.net
홈페이지 www.youkrackbooks.com

字數 226,997字

ISBN 979-11-6742-239-2 93810

정가는 뒤표지에 있습니다.